Boris Revout

Das Leben geht nicht vorbei

BoD

Boris Revout

Das Leben geht nicht vorbei

BoD

Auf dem Umschlag das Gemälde von Natalie Revout

Bibliografische Information der Deutschen Nationalbibliothek
Die Deutsche Nationalbibliothek verzeichnet diese Publikation in der
Deutschen Nationalbibliografie; detaillierte bibliografische Daten
sind im Internet über http://dnb.d-nb.de abrufbar.

ISBN 978-3-74942-147-3

BoD   2019-02-25
Herstellung und Verlag
BoD- Books on Demand, Norderstedt

Die Kindheit und Jugend

Das richtige Schicksal Mike Knudsens sollte wahrscheinlich durch eine gelegentliche Bekanntschaft mit den Baumeister Philipp Wagner vorbestimmt werden. Von seiner Kindheit an war Mike ein verschlossener und zurückhaltender Junge, der seine Einsamkeit mit einem Buch vorzog. In diesen „heiligen" Stunden befand er sich in einer anderen Dimension, so dass seine Eltern keinen Mut zu fassen fähig waren, ihn dabei zu stören. Selbstverständlich wäre es ihnen lieber, ihren Sohn als einem belebten und geselligen Burschen zu erziehen. Doch die Realität lässt es weit nicht immer so machen, wie man es sich vorzustellen wusste. Außerdem wollten sie ihn kräftig und sportlich aufziehen, was dessen Wesen ablehnte. Zugleich war er ein leidenschaftlicher Fußballfan, der nicht allein alle Weltstars gutkannte, sondern ein enormes Interesse für ihre persönlichen Angelegenheiten besaß. Als ein Jugendlicher träumte er vom Beruf des Sportjournalisten, der ihm anscheinend die Chance gäbe, alle seine Götzenbilder kennenzulernen. Philipp wurde ganz plötzlich in sein einsames ruhiges Leben eingebrochen und eroberte gewaltig sein Herz wie es bei den verträumten Wesen nicht selten der Fall war. Philipp war ein großer und gutgebildete Kerl Mitte Dreißiger mit langen dunkelblonden Haaren, großen hell-grauen Augen und empfindlichen Gesichtszügen, dessen allgemeines Äußere den Eindruck des Schauspielers oder Olympiasiegers schindete. In der Geistesverfassung des Architekten gab es so viel Selbstvertrauen und Überzeugtheit, dass seine Gesprächspartner unwillkürlich seine Meinung zu übernehmen gezwungen waren. Ob es tatsächlich der Fall war blieb aber umstritten, obwohl etwas Ungewöhnliches bei ihm unbedingt vorhanden war. So behauptete Philipp bei einer ihm eigentümlichen Rede: „Mensch fühlte sich seit eh und je sehr klein und nichtig zu sein. Deswegen nahm er gerne den Gotisch Stil im Bauwesen auf, dessen komisch speerwerfenden Scharten menschliche Angst im Einklang und Ruhe bringen sollten. Ich machte selbst wiederholt einen Versuch, gotische Elemente in meine Entwürfe einzuschließen. Nun muss ich Euch eingestehen, dass solche altmodischen Experimente immer nur einen großen Erfolg bei den sachkundigen zu gewinnen pflegen. Bedeutet es, dass der moderne Mensch sich innerlich auch heute im Zeitalter des kosmischen Fortschritts als einem winzigen Grashalm empfindet? Mir scheint es auf jeden Fall so zu sein. Nein, es passiert nicht ausschließlich in der Bauindustrie. Im Gegenteil findet solche Paradoxie in vielen anderen Bereichen statt. Sprechen wir beispielsweise über die Politik, wo ein mittelmäßiger Anhänger der westlichen Demokratie mit beiden Händen für den eher zu despotischen Methoden neigenden Kandidaten zu votieren bereit wird, in dem er die ähnlichen in die Höhe strebenden Scharten notierte. Ihm wäre es dabei absolut egal, welche Motive diese Person bewegen sowie wohin sie den Staat und das Volk mitzubringen bereit wird. Solche heiklen Naturtriebe wäre es aber lieber vernünftigerweise zu vermeiden, denn die jüngste Geschichte warnt uns beharrlich davon". Mike kapierte nicht alles, was Philipp gerade geäußert habe, er fühlte darin etwas Grundlegendes, was er vielleicht später zu verstehen vermöge. Momentan war ihm aber klar, dass der Freund seiner Eltern ein sehr ehrenhafter Mensch gewesen war. Er war aber ziemlich erstaunt, dass seine netten Alten, die üblicherweise in allen Diskussionen eine aktive Beteiligung aufzuweisen suchten, sich mit dem Herrn Wagner eher zurückhaltend benahmen. Hatten sie die ähnliche Furcht vor ihm, über die er gerade erzählt habe, oder wollten sie nicht, ihm zufällig etwas Schmerzhaftes erteilen lassen? Es war eine Frage, auf die Mike keine Antwort finden konnte. Eigentlich habe der Jugendliche ausreichend seine eigenen ungelösten Probleme, um daneben noch die fremden zu sammeln. Im Augenblick war es aber nicht so wichtig, viel bedeutender für ihn war nun das plötzliche Auftauchen dieses Mannes, dessen Gestalt auch in seiner Abwesenheit sehr nah von ihm bleiben sollte. Darüber hinaus unterhielt Mike mit ihm auch in Nachtträumen, was ihm nach dem Aufwachen ganz angenehme Empfindungen übrigließ. Im Unterschied zu seinem realen Zustand sprach der im Traum auf eine vollständig verständliche Art und Weise, mit den Redensarten, die auch Mike selbst gerne benutzte. Vielleicht war gerade dieser Umstand dafür verantwortlich, dass er erstmals in seinem Leben einen echten Freund sich wünschte, der mit allen Eigenschaften an Philipp ähnelte. Auf diesen Grund klang ihm wirklich überraschend, als sein lieber Vater Arno sagte, dass sie den nächsten Urlaub zusammen mit Herrn Wagner verbringen möchten. Von nun an befürchte Mike vor allem, sich vor Phillipp jene Schande zu machen. War es aber in der Tat möglich, diesem athletisch aussehenden Mann ohne große Kraft und sportliche Neigung zu gefallen? Nichtdestotrotz zählte Mike angespannt die Tage, die ihn von der versprochenen Reise nach Malta trennten. Die einfachste für ihn wäre, sich mit allen Medienquellen für diese schöne Zeitspanne vorzubereiten. Und der Teenager las damals unermüdlich im Internet und Sozialnetzen alles, was irgendwelche Verhältnisse mit diesem Archipel haben könnten. Obwohl den Schulunterrichten zwei Seiten besaßen: die gute, weil man sich manchmal zu entspannen vermochte, um sich in eigene Gedanken zu vertiefen, und die schlechte, denn der Hauptanteil forderte eine völlige Konzentration der Aufmerksamkeit, dehnten sich die Tagen ungeheuer aus. Es war für das erste Mal in seinem Leben, als er über die Zeitrelativität nachdachte. Was war der Grund dafür, dass er bei einer freudigen Beschäftigung gar keine Zeit zu bemerken fähig war, während er bei einer langweiligen Sache ständig auf die Uhr kucken sollte, die unverschämt fast keine Änderung zeigte. War dafür die Langeweile selbst schuld oder gab es irgendwelche objektive Ursache? Die folgenden Überlegungen bezüglich dieses Themas, fand aber Mike überflüssig, um weiter die kostbare Zeit zu vergeuden. Mittlerweile wurden schon von den Erwachsenen die Reisekarten bestellt, was der Zeit eine deutliche Beschleunigung erteilen sollte. Die letzten fünf Tage vor den Ferien dachte der Gymnasiast überhaupt nicht über die Schule. Viel aktueller schien ihm die Frage der Ausrüstung, die mit der Nähe des Meers verknüpft werden sollte. die Schwimmutensilien, die er von seinem Vater vor drei

Jahren geschenkt bekam, passten nicht mehr zu seinen neuen Außenmassen. Sicher konnte es Arno diesmal auch allein einkaufen, doch sein Sohn entschied, der Zuverlässigkeit halber, diese Prozedur selbst zu überwachen. Außerdem war er schon groß genug, um dem Verkäufer alle notwendigen Fragen zu stellen. Der Papa hatte nichts dagegen, mit ihm nach dem Kaufhaus zu fahren. Als alle Vorbereitungen beendet waren, verfügte Mike noch über ein paar Tage, die er seinen persönlichen Dingen widmen konnte. So wählte er in einer Buchhandlung einige Sachbücher auf der Meereskunde aus, die ihm am Meer behilflich sein könnten. Außerdem schrieb er eine Liste von Fragen aus, die er dort aufzuklären mochte.

Die erste richtige Reise

In wenigen Tagen sammelten sich fünf Personen im Flughafen, um nach der Hauptstadt Malta Valletta zu fliegen. Die fünfte war eine Gefährtin Phillipps namens Heike Grünsfeld, mit der Phillipp seine Eltern und ihn bekanntmachte. Heike war eine ziemlich große und schlanke Frau mit kurzen braunen Haaren, hellbraunen olivenförmigen Augen und vollen Lippen. Mike merkte bei ihr auch ziemlich kleine Stupsnase und Ohren. Im Unterschied zu Mike war Heike sehr einfach und umgänglich. Sie sprach sofort mit Arno und Eva (Mikes Mutti) als ob sie sie seit Jahren kannte. Phillipp fand sich im Flughafen gut zurecht und wusste Bescheid über das Innere wie ein Fachmann. Der Jugendliche bewunderte sich, ob es überhaupt irgendwas gab, was dieser Kerl nicht wusste. Das Flugzeug Boing 737, auf dem sie fliegen sollten, gefiel Mike gleich als der Bus sie zu ihm lieferte. Er zweifelte von Anfang an nicht, dass er den Platz neben dem Fenster besitzen sollte. Dort konnte man viel mehr über den Flug erfahren als die, die am Durchgang saßen. In der Tat sah er noch am Land durchs Fenster solche wichtige Ausführlichkeit, die er sonst nie gesehen habe. So betrachtete er sogar den Aufstieg und die Landung mehrerer Maschinen. Es war eine unvergessliche Erscheinung. Und dann sollte auch ihr Flugzeug starten. Wenn es seine Geschwindigkeit bis zur Grenze erhöhte, begann die ganze Maschine so stark vibrieren, dass Mike befürchtete, sie konnte im nächsten Augenblick explodieren. Glücklicherweise war es nicht der Fall. Stattdessen stieg sie sich von der Erde und flog immer höher bis sie die Wolken hinter sich ließ. Als die Elfkilometer Höhe erreicht worden war, passierte etwas ganz Unerwartetes, als ob die Maschine sich erstarr. Papa, der neben ihm saß, erklärte diese Empfindung sehr simpel: Nach der hohen Beschleunigung nahm das Flugzeug eine beständige Geschwindigkeit an, was man vom Drinnen als einem festen Zustand zu empfinden vermöge. In der Wirklichkeit ist neuhundert Stundenkilometer ein richtig hohes Tempo, besonders im Vergleich mit dem Ruhezustand. Diese sachliche Schlussfolgerung beruhigte Mike so kräftig, dass er seine folgende Beobachtung durch das Fenster fortsetzen konnte. nun waren sie mit der Sonne verbunden, die südlich grell durch den wolkenlosen Raum strahlte. Zugleich betrug nach der Meldung des Flugkapitäns die äußere Temperatur unerträgliche minus zweiundfünfzig Grad Celsius, das heißt, der richtige Permafrost. Auf seine Frage, wieso sich diese zwei entgegengesetzten Begleiterscheinungen mitexistieren könnten, antwortete Arno mit der weiteren Frage: Wie konnte Mike selbst nach seinen Physikkenntnissen diese Ungereimtheit erklären? Der Junge grübelte wenige Minuten darüber, fand aber eine sinnvolle (nach seiner Sicht) Erläuterung. „Ich bin der Meinung", sagte er mit einem bemerkenswerten Stolz, „dass die Drucksenkung bei dem Abstieg in die höheren Schichten der Atmosphäre nicht zufällig sein sollte. Sie entsteht deswegen, weil die Luft dabei immer dünner wird. Mit anderen Worten es vermindert sich stark die Zahl der Luftmoleküle, die in unserer Aufgabe die Rolle der Wärmeträger spielen sollten. Wir befinden uns jetzt auf der Höhe Elfkilometer, wo vielleicht überhaupt keine Luft mehr gibt. Es ist der Grund dafür, dass hier solche Kälte möglich sind". Dem Vater gefiel unbedingt solche Erklärung, was er dem Sohn gerade sagte. Im Prinzip war es nicht nur eine Denkübung für den jüngeren, sondern ein nützlicher Zeitvertreib, der sie viel näher zum Reiseziel brachte. Noch in eine Halbestunde verkündete der Kapitän die Nachricht, dass das Flugzeug den Abstieg begann und in vierzig Minuten im Flughafen der Stadt Valletta landen sollte. Nach der weichen Landung und Passkontrolle wurde die Familie Knudsen, Phillipp und Heike in zwei Taxiwagen in eine Viertelstunde nach ihrem großen Hotel InterContinental mitgebracht, wo die Bedienung schon auf sie wartete. Alle Formalitäten waren in wenigen Minuten erfüllt, so dass eine Stunde später alle fünf am Strand die bequemste und abgeschiedene Stelle auszusuchen vermochten. Philipp war wohl viel besser als die Knudsen Männer ausgestattet. So stellte es sich heraus, dass er ein erfahrener Surfer war, dem ziemlich große Wellen zu erobern gelang. Gerade er erzählte den beiden, dass diese Wassersportart ihre Wurzeln auf den Inseln Hawaiis hatte. Nach Jahrhunderten erlebte sie in 50-er Jahren des 20 Jh. eine glückliche Wiedergeburt in den südlichen Staaten der USA sowie in Australien. Der Baumeister zeigte nicht ohne Stolz sein professionelles Surfbrett aus der Glasfaser, das eine Reihe von modernen technischen Vorrichtungen wie Koppelleinen, Surfwachs u. ä. beinhaltete. Philipp sagte, dass das Wetter für die gut trainierten Surfer sehr gut geeignet war. Er meinte vielleicht die ziemlich hohen Wellen, die schon auf dem großen Abstand gewaltig aussahen. Man konnte nur vorstellen, was sie in der Nähe aufzuweisen fähig waren. Auf jeden Fall zeugten davon die weißen Kappen des Schaums, die regelmäßig hier und da auftauchen. Herr Wagner war allerdings kein Theoretiker, eher war er der Ansicht, seine Kunst zur Schau zu stellen. Also schwamm er ca. fünfzig Meter in Richtung des offenen Meers mit seinem Surfbrett vor sich, wie einige Anfänger vermögen, den Rettungsring anzuwenden. Danach passte er geschickt den geeigneten Augenblick ab, um seinen großen Körper auf dem Brett zu platzieren, und blitzschnell half er sich, gewandt auf den Beinen zu stehen. Von diesem Moment an ragte seine weiß-aussehende Figur einsam hervor, als ob sie kühn der ganzen Welt herausforderte. Es dauerte bestimmt nicht weniger als fünf Minuten, sammelte aber eine Menge Urlauber, die am Strand eine zahlreiche Gruppe bildete, die aufmerksam seine Bewegungen zu beobachten suchte. Nach mehreren Pirouetten sprang Philipp aus dem Brett und schwamm langsam zum Landstrich, wieder mit dem Brett vor sich. Er schilderte danach bildhaft seine Empfindungen bei Surfing und sollte eingestehen, dass ihm diese Minuten viel Kraft kosteten. Die Wellen waren massiv und ließen ihm nicht mehr, weiter zu manövrieren. Er schlug Arno vor, das Gleiche in der Nähe von Ufer zu probieren, der doch momentan nicht dafür gelaunt war. Diese seltsame (nach Phillips Ansicht) Reaktion sorgte dafür, dass er den beiden Knudsen Männer eines Surfings Unterricht in nächsten Tagen vorstellte, was mit der Dankbarkeit angenommen worden war. All diese Zeit plauderten belebt die beiden Frauen, die anscheinend schnell zu einer Übereinstimmung gelangen. Auf jeden Fall interessierten sie sich gar nicht für die männlichen Sachen. Der Architekt war sicher nicht die Person, die etwas unüberlegt auszusprechen wusste. Im Gegenteil erinnerte er während dem nächsten Frühstück daran, dass sie ihre Bemühungen gleich darauf der versprochene Unterricht zu widmen versuchen. Der Vater und Sohn wurden damit gezwungen, der Absicht zuzustimmen. Als alle fünf nach dem Essen am Strand waren, bevorzugten die Frauen, gleich im Meer zu baden. Bei den Männern sah es eher nicht so angenehm aus. Denn Philipp machte seinen Schüler ein Lehrprogramm bekannt, das eine Vielfalt von Vorbereitungsschritten im Voraus sah. Zuerst sollten die beiden Anfänger beharrlich gewisse Muskelfasern der Beine und Füße trainieren lassen. Der Lehrer zeigte die ersten Übungen, die seine Schüler mindestens zwanzigmal wiederholen sollten. Es war insgesamt vier Übungen, die eine Halbestunde dauerte. Dann sagte Phillipp, dass es für heute ausreichend war. Er erklärte, dass die physiologische Hygiene eine Überspannung der Muskeln verbietet, weil sonst die Krämpfe aufzutreten drohen. Nach den Übungen gingen die drei schwimmen. Bis zur Mittagszeit wechselten sie Sonnenbaden und Wasserabkühlung ab. Nach dem Mittagessen und eine stündige Ruhepause sammelten sich die fünf, um die Umgebung zu beaufsichtigen. Neben den wunderschönen örtlichen Landschaften fielen ihnen mehrere hiesigen Pflanzen in die Augen, die orchideenartigen Blumen besaßen, haben aber mit den Orchideen nicht zu tun. Vielleicht sollten sie später in einer Bibliothek das nicht hastige Recherchieren durch zu führen, denn die seltenen Einheimischen, die etwas davon wussten, nannten diese Pflanzen mit ihren örtlich beschränkten Namen, was kaum irgendwie helfen könnte. Die riesigen Felsen, die, wie fabelhaften natürlichen Gebäuden in die Höhe geworfen waren, machten den Eindruck des Schaffens eines himmlischen Entwicklers, der sich großzügig zu verhohlen vorzog. Die Anwesenheit in der Gesellschaft Herrn Wagner schien Mike freudig von selbst zu sein. Der Kerl sah die Umwelt mit ganz anderen Augen wie Mikes Eltern. Deswegen war es für Mike absolut nicht erstaunlich, dass er ungewöhnliche Häuser und Parkanlagen zu entwerfen fähig war. Er bewertete auch die Perle der Natur als ob sie einen konkreten Urheber haben sollten. Darüber hinaus zeigte er dem Teenager, welche kleinen Änderungen man zu machen vermöge, um einen noch bildhaften Effekt zu erreichen. Mike wusste noch nicht, welche weitere Kenntnisse er von ihm bekommen könnte, er zweifelte aber schon nicht, dass es erheblich seine Bildung ergänzen sollte. Dieses Vorgefühl entstand wahrscheinlich nicht zufällig, was die folgenden Begebenheiten zu bestätigen halfen. In einer Woche passierte etwas Ungünstiges mit Arno, der zuvor nicht nur einen großen Erfolg bei dem Surfunterricht genoss und mehrfach vom Lehrer gelobt worden war, sondern auch stark seinen Eigendünkel beförderte. Der Vater trainierte so gerne und selbstlos, dass er manchmal auch eine Welle von Zweimeter hoch auf dem Brett überstehen konnte. Und nun erwartete ihn ein verdrießliches Unglück. Er wachte wie üblich um acht Uhr morgens auf und war bereit, diesen Vormittag seine harten Übungen mit aller Mühe fortzusetzen. Plötzlich empfand er einen so durchdringenden Schmerz im Kreuz, dass sein Versuch, sich auf die Beine zu stellen, vergeblich sein sollte. Phillipp, der die Familie Knudsen zum Frühstück begleiten wollte, war sehr betrübt von dieser unangenehmen Nachricht. Er wollte gleich eine eilige Hilfe leisten und untersuchte zuerst die Quelle des Schmerzens. Er nannte es Hexenschuss, entschied aber darauf anders, weil der Vater neben dem Kreuz ein schneidendes Weh im Bein und Fuß habe. Solche Anzeichen, sagte er, eher auf ein Ischias hinweisen. Arno sollte sich unbedingt bei einem Orthopäden melden. Es wurde sofort die Verwaltung des Hotels zu Hilfe gerufen, die die gültigen Adresse und Telefonnummer des nächsten Facharztes gegeben habe. Wegen sprachlichen Schwierigkeiten übernahm eine Hotelangestellte die Aufgabe, den Arzt nach Hotel einzuladen und selbst als Dolmetscherin zu vermitteln. In wenigen Stunden war der Fachmann da. Er untersuchte den Kranken und empfahl zuerst eine Bettruhe sowie Schmerzmedikamente. So unerwartet wurde Mikes Papa statt einem Trainieren gezwungen, eine Krankheit zu kurieren. Dieser Umstand verbesserte aber noch die Verhältnisse des Jugendlichen mit Herrn Wagner. Jetzt verbrachten sie mehrere Stunden am Meer, indem der Schüler durch die neuen Übungen am Ufer und im Wasser seine Muskeln und Beine enorm verstärkte. Er stand immer länger am Brett und habe keine Angst, die ähnlichen Handlungen auch in Tiefe zu wiederholen. Nachmittags machten die beiden wohl die dreistündigen Spaziergänge und unterhielten sich über absolut unterschiedlichen Sachen. Was dem fünfzehnjährigen außergewöhnlich war, bezog auf die Art und Weise, wie Phillipp sich mit ihm benahm: Es sprach zu ihm so, als ob zwischen ihnen gar keinen Altersunterschied gab. Im Gegenteil konnte es von außen wie ein Gespräch zwischen zwei alten Freunden aussehen. Der Baumeister zeigte solche Aufrichtigkeit bei allen Themen, dass der Junge glücklich wäre, wenn er ihm etwas Gleiches zurückzugeben vermochte. Er war aber noch zu bescheiden, um sich solche Offenheit zu leisten. Die Umgangsform, die Phillipp mit ihm auswählte, schloss eine gewisse Beichte ein, indem er an dessen Jugendzeit erinnerte, also wenn er auch fünfzehn war. Dabei schien er der Überzeugung zu werden, dass alle gleichaltrige Kumpel (Mike machte sicher keine

Ausnahme) die ähnlichen Neigungen und Verhaltensweise besaßen. Die allumfassende Treibkraft dieser Altersgruppe erwiesen Mädels, die einigermaßen dieselbe Zwecke verfolgen sollten wie die Jungs. Nach dieser nicht besonders komplizierten Philosophie bestand die kognitive Tätigkeit des starken Geschlechts darin, das geeignete Weibchen herauszufischen. Diese Aufgabe war kinderleicht aber nur von einer oberflächlichen Ansicht. Obwohl „the sex appeal" die beiden Hälften der Jugend betraf, spielten einige weiblichen Teilnehmer ihre eigentümliche Rolle, die nicht selten den Partner in Verlegenheit bringen sollte, mehr nichts. Deswegen bedeutete die männliche Urteilskraft etwas prinzipiell anderes und zwar die Fähigkeit, „die Sache" von dem Spiel zu unterscheiden. Folglich schilderte Philipp eine Reihe von Affären, die ihm gut gelangen, mit aller schlüpfrigen Ausführlichkeit. Der junge Knudsen dachte später darüber nach, wozu ein erwachsener Mann ihm alle solchen Lovestorys detailliert erzählte. Denn Herr Wagner gehörte zu Vertreter der flachen und verderbten Art zweifelsohne nicht. Schließlich kam ihm einen Gedanken in den Kopf, dass Phillipp dabei ein barmherziges und wohlwollendes Ziel verfolgte, ihn zu einem Leben der erwachsenen Menschen vorzubereiten. Dieses Gespräch war sicher erzieherisch gefärbt. Wer sonst könnte es mit ihm führen: Schullehrer, Eltern? Nein, keine von ihnen. Nur eine Person, die formell wie eine fremde vorgestellt werden könnte, passte gut zu dieser nützlichen Funktion. Es war eine kleine Entdeckung, die der Teenager für sich machte. Die forderte von ihm aber einen „Gegenzug", der seine Dankbarkeit zeigen sollte. Diese gute Willen Antwort durfte aber nicht aus einfachen Worten wie „vielen Dank" oder ähnlichen bestehen. Sie sollte seine Offenheit Phillipp gegenüber erweisen. Mit diesem Gedanken erzählte Mike am nächsten Nachmittag bei dem Spaziergang durch ein langes malerisches Tal seine eigene unglückliche Geschichte, die mit einer Schulschönheit verbunden worden war. Er sollte sich dafür vorläufig willensstark in eine besondere Stimmung bringen, um seine Schüchternheit zu unterdrücken. So begann er, als ob er daran nebenbei erinnerte: „Phillipp, ich hätte gerne, Ihnen etwas erzählen, was ich vielleicht nicht angemessen zu verstehen vermochte. Es gab in meinem Gymnasium aber in einer anderen Klasse ein Mädchen, das mir auf dem ersten Blick gefiel. Zuerst wollte ich das Gefühl aus meinem Bewusstsein ausrotten. Es gelang mir aber nicht. Ich grübelte wochenlang, was der Grund dafür war, und kam zum Schluss, dass es wegen seiner ungewöhnlichen Schöne passierte. Was sollte ich weitermachen, um meine Ruhe wieder zu erhalten? Die einzelne Chance sah ich darin, mich mit ihm bekanntmachen. Aber wie? Eine Auflösung sah ich in meinem Traum, wo ich ihm ein Stelldichein verabredete. Im Traum ereignete es sich sehr einfach, aber wie sollte es in der Tat aussehen. Kurz und gut begegnete ich es auf der Straße und sagte, dass ich ihm etwas Wichtiges mitteilen sollte. Das Mädchen antwortete sehr simpel: „Dann teil es mit". Es stimmte aber meiner Absicht nicht überein. Deswegen sagte ich: „Nein, ich kann es nur dann machen, wenn wir zusammen irgendwo in Stadtpark spazieren gehen". Es hatte nichts dagegen und ich lud es zu einer Begegnung ein. Wir trafen uns zusammen und nach einem Spaziergang ins Grüne schlug ich vor, in einem Café zu sitzen und eine Tasse Kaffee zu trinken. All diese Zeitspanne versuchte ich, meine Begleiterin mit etwas Lustigem zu zerstreuen. Sie reagierte aber ziemlich gleichgültig und zurückhaltend darauf. Im Café fasste ich schließlich den Entschluss, ihr meine Gefühle zu eröffnen. Erstaunt war sie davon auf keinen Fall, eher wartete sie von Anfang an darauf. Ich begleitete sie bis zum Ort, wo sie wohnte. Darauf dankte sie mir für alles, gab mir nach meiner Bitte ihre Telefonnummer und verabschiedete sich. Unser nächstes Treffen war auch das letzte. Nach einem kurzen Spaziergang bat sie sich um Verzeihung und bat mich, sie nicht mehr zu stören. Ich kapierte, dass ich wahrscheinlich keine geeignete Person für sie war. Gleichzeitig setzte ich diese Grübelei fort, ob ich irgendwelchen Fehler gemacht habe, der für ihre Trennung verantwortlich sein sollte". Der Architekt hörte die Erzählung Mikes sehr aufmerksam an, ohne kleine Bemerkung oder Frage. Danach schwieg er einige Minuten, als ob er seine folgende Reaktion zuerst richtig abzuwiegen suchte. Als er aber das Wort ergriff, änderte sich etwas in dem Timbre seiner Stimme: „Im Grunde berührst du, Mike, sehr wichtige Fragen des männlichen Daseins, die leider nur wenige Vertreter unseres Geschlechts ernst aufzunehmen bereit sind. Die Mehrheit der Maskuline vorzieht, ihr Leben lang nach weiblicher Schönheit zu jagen. Wenn es in der Art von Don Juan vonstattengeht, finde ich es vernünftig und gerecht. Denn der große literarische Liebhaber und Ritter schätzte vor allem, seine unbeschränkte Freiheit unter möglichen Umständen zu bewahren. Seine edelhaften Prinzipien verlangten von ihm, auch seine auserwählte (unabhängig davon, auf welche Zeitspanne) hoch verehren. Er war dabei der Überzeugung, dass sie ebenfalls die ähnliche Freiheit genießen sollte. Deswegen waren ihm absolut fremd die Intrigen, Ränke, Überwachungen und gleiche Scheiße. Er erkannte nur solche Art der Liebe an, die vom Herz kam. Wenn wir von ihm zu seinem realen Antipoden übergehen, müssen wir feststellen, dass der letzte sich durch die hohen sittlichen Eigenschaften unterscheidet. Im Gegenteil benutzt er nicht selten das schmutzige Mittel, um sein Ziel zu erreichen. Heimtückische Handlungen sind seine Lieblingsmethode, um den Gegenstand seiner Begierde bei sich zu bewahren. Er zahlt hohe Preise dazu, die schöne Frau zum Bleiben zu veranlassen. Und ein schönes Weib ähnelt einigermaßen an einem Edelstein, der allerdings keine Ahnung haben könnte, wie kostbar er ist. Im Unterschied zu ihm kapiert eine Frau, dass sie hübsch ist, sowie dass die weibliche Anziehungskraft kostspielig sein sollte. Sie versteht aber nicht, wie hoch das Niveau dieser Kostspieligkeit werden könnte. Noch komplizierter weist sich solcher Fall bei einem jungen Mädchen auf, das nur eine erhebliche Aufmerksamkeit zu seiner Person zu beobachten weiß. Das männliche innere Verlangen, eine schöne Frau bei sich für ewig zu besitzen, kann man mit dem Gefühl vergleichen, einen sehr teuren Edelstein, etwa ein riesiger Brillant, zu haben. Solcher Besitz bringt leider nur selten ein Glück mit, viel häufiger passiert irgendwas Gegenständiges und der Betroffene verliert nicht nur den Schatz, sondern auch das Leben. Die ganze Belletristik ist voll davon. Man ist aber nicht imstande, diese Welterfahrung auf sich anzuwenden. Als Beweis kann ich das Leben der schönsten Hollywoodstars oder weltberühmten Models anführen, das nur selten wirklich glücklich wird. Nun kehren wir zu deinem Fall zurück. Du sollst ursprünglich kapieren, dass deine Schöne nicht nur bei dir, sondern bei dutzenden anderen Burschen die ähnlichen Gefühle erregen könnte. Das heißt, sie habe eine große Auswahl von Jugendlichen und Männern, was sie sehr wählerisch macht. Lassen wir uns nun ein Bisschen träumen: Du hast eine Liebe deines Lebens gefunden. Nun wird es dein Ziel, sie zu heiraten. Stellen wir uns weiter vor, dass es dir gelingt. Du liebst sehr deine Frau und sie dich auch. Das Problem mit euch beiden soll darin bestehen, dass sie weiter in einer Gesellschaft leben, wo deine Frau als eine Schönheit allerseits sehr beliebt verbleibt. Und eine Frau mit solcher Anziehungskraft wird nicht lange imstande sein, den ständigen Einfluss des starken Geschlechts absichtlich zu übersehen. Dieser Umstand führt dazu, dass sie dir untreu wird. Ob du das zu dulden vermöge, hängt von deinem Charakter und deiner Mentalität ab. Es gibt Männer, die solche „Kleinigkeiten" nicht zu bemerken versuchen. Die Mehrheit reagiert allerdings gefühlsmäßig oder sogar streng gewaltig. Es bringt aber nichts. Eine Affäre mit der Schönheit erweist etwas anderes als ein Familienleben mit ihr. Deswegen musst du dir Rechenschaft darüber ablegen, dass deine Liebe dir eine enorme Heimsuchung mitzubringen fähig wird". Der Baumeister schwieg und sein junger Freund kuckte auf ihn mit den dankbaren Augen, denn es war ein unschätzbarer sittlicher Unterricht, die er von keinen anderen bekommen könnte. Diese „Sommerschule" dauerte noch zwei Tagen, weil der Vater allmählich mit den starken Arzneien die Krankheit zu überwältigen vermochte, um wieder am Strand zu liegen und zu baden. Noch in eine Woche flogen sie alle fünf gesund und gutgelaunt zurück nach Hause.

Die Zeit nach der Maltareise

Diese Freundschaft mit Herrn Wagner setzte sich noch viele Jahre fort, obwohl Phillipp während dieser Zeit mehrere Freundinnen wechselte. Mikes Mutter Eva war aber alle Jahre mit Heike befreundet, die häufig bei ihr zu Gast war. Heike arbeitete als eine Journalistin bei einer Umweltzeitschrift. Sie erzählte oft die aktuelle ökologische Lage in unterschiedlichen Regionen der Erde, die das Leben von Millionen Menschen kosten könnten. So passierte es, z.B. mit den kleinsten Inselstaaten im pazifischen Ozean, die im Mittel knapp auf zwei Meter über dem Meeresspiegel liegen und deren Existenz bereits bei einem mäßigen Meeresspiegelanstieg von ca. ein Meter lebensbedrohlich gefährdet wird. Es bedeutete, dass die großen Industrienationen immer bereit sein sollten, einige Millionen Menschen zu sich einwandern zu lassen. Nach der Maltareise konnte Mike Knudsen viele

Schwierigkeiten des Insellebens realistisch begreifen. Er betrachtete schon die Welle von drei Meter hoch und konnte sich auch die tödliche Zehnmeterwelle darstellen. Er diskutierte die möglichen Folgen solcher Naturgewalt mit Phillipp Wagner, der behauptete, dass es keine Chance fürs Überleben der Bevölkerung gab. Der Teenager fragte damals, ob es sinnvoll wäre, auf diesen Inseln den vielstöckigen Gebäuden aufzubauen. Der Architekt antwortete, dass es wegen der seismischen Aktivität der kleinen Inseln sehr gefährlich sein sollte. Also die vollständige Übersiedlung der Einwohner war die einzelne Möglichkeit, ihr Leben zu retten. Mike war zurzeit nah, sein Abitur zu machen, und einen interessanten Beruf sich auszuwählen. Er sprach mit den Vertretern verschiedener Fachgebiete und besuchte mehrere Tage der offenen Türe. Es gab eine Reihe der begeisterten Sachkundigen, die ihre Richtung in märchenhaften Farben zu beschreiben wussten. Es war wunderschön, sie anhören zu dürfen. Es gab allerdings einen Haken dabei, den man nicht übersehen sollte, dass ihre Euphorie eher einer persönlichen Art war und weit nicht für alle jungen Leute passte. Anders ausgedrückt blieb der innere Kammerton den einzigen Prüfstein für das künftige Berufsleben. Im Großen und Ganzen wollte er sich mit der Wissenschaft beschäftigen. Doch die dürre Theorie lockte ihn nicht besonders stark an. Umwelt- und Klimaschutz vereinte dagegen in guten Verhältnissen theoretische und praktische Studien, was einen Raum für das Manövrieren übrigließ. Am liebsten wäre es vielleicht das Studium an den Umweltwissenschaften auszuwählen. Zahlreiche langen Unterhaltungen mit mehreren Sachkundigen aus diesem Bereich ließen dem Abiturienten eine ganz nützliche Schlussfolgerung ziehen: Alle diesen ehrenwürdigen Personen waren ohne Ausnahme leidenschaftlich begeisterte Menschen, die seit zwanzig (oder noch mehr) Jahren diese Beschaffenheit nicht verloren haben. Da sein Vater Arno, Herr Wagner und andere bekannten männlichen Erwachsene der Meinung waren, dass der Beruf für einen Mann die lebensbedeutende Sache sei, sollte eine passende Auswahl der künftigen Tätigkeit eine entscheidende Rolle auch für ihn selbst spielen. Seine Mutti Eva ergänzte diese maßgebende Aussage mit dem weisen Satz, dass eine uninteressante Arbeit leisten zu müssen ähnelte daran, mit einer unbeliebten Frau zu leben. Es war eine überzeugungskräftige Ergänzung. Deswegen sah auch Mike seine Zukunft darin, ein anlockendes Fachgebiet herauszufinden und alle persönlichen Kräfte in dieses Gebiet einzulegen. Ihm war es auch völlig klargeworden, dass die Wissenschaft immer komplizierter werden sollte. Sie brauchte sowohl eine riesige geistige als auch physische Energie, die man aus irgendwelcher Quelle schöpfen musste. Wenn die physische Fitness durch das Sporttreiben auf dem notwendigen Niveau aufzubewahren möglich war (Mike selbst vorzog nun Radfahren und Surfing), sollten für die geistige Vollkommenheit gewisse Kunstarten sorgen. Er spielte seit Kindheit Klavier, obwohl er die letzte Zeit keine Halbestunde dafür hatte, stand das Instrument immer zur Verfügung. Es war sozusagen das erste Standbein der kreativen Kunst. Das zweite war sein Zeichnen Hobby, das er seit einigen

Jahren mithilfe eines talentierten Malers praktizierte. Zwei Zerstreuungs-
arten – Radfahren und Zeichnen waren besonders gut geeignet, weil man ein
Radsimulator sogar neben seinem Arbeitsplatz haben könnte. Das ähnliche
bezog auch auf das Zeichnen, das man inzwischen zu machen wusste. Die
letzten Spannungen, die mit den Abiturprüfungen verbunden waren, konnte
man vielleicht mit dem Finale der Olympischen Spielen vergleichen, wo
jeder um sich allein bangt, zittert aber enorm zusammen mit allen anderen.
Wertvolle Punkte, die komplizierterweise auf die Berechnung der
Gesamtqualifikation beeinflussen sollten, bestimmten die Gesamtnote, die
schließlich noch mehrere Jahre den Betroffenen begleiten müssen. Sind sie
tatsächlich für den hochgebildeten Forscher, Techniker oder Mediziner so
wichtig? Es gibt jedenfalls einen solchen Eindruck. Trotzdem waren Mikes
Bemühungen nicht umsonst, und die Gesamtnote 1,3 wurde ein ernster
Beweis dafür.

Eine wertvolle Ausbildung

Nun war er wirklich in der Lage, selbst die Ausbildungsstelle aus zu
wählen. Diese ganz angenehme Begleiterscheinung begünstigte den
nächsten Entschluss, sich bei der Fakultät der Biowissenschaften der
Universität Heidelberg zu bewerben. Später könnte er die erwünschte
Einrichtung der Biodiversität/Evolution und Ökologie eintreten versuchen.
Seine Eifrigkeit während der ersten drei Semester wurde bestimmt dadurch
belohnt, dass er nicht allein die guten Prüfungsnoten bekam, sondern mit den
führenden Professoren der Fakultät kontaktierte, die ihn gut zu beraten
vermochten. Allerdings versteckte sich das höchste Geheimnis der erfolgreichen wissenschaftlichen Karriere eher in ziemlich einfachen Voraussetzungen, wie es ihm z.B. einer von ihnen erklärte. Professor Paul
Burmeister, ein großer, hagerer Kerl Mitte Fünfziger mit einer auffallenden
grauen Haarpracht, tiefliegenden dunkelgrauen Augen und belebten
Gesichtszügen, schien mit Mike immer offen zu reden. „Meine bescheidene
Erfahrung in der Forschung", sagte er einmal zu ihm, „lässt bestätigen, dass
das Rätsel vieler wissenschaftlichen Errungenschaften aus der Selbstlosigkeit und Zurückgezogenheit vorkommt und mehrere meine Kollegen sind
solidarisch mit mir. Das Geschwätz, dass man anscheinend mit allen Sachen,
seien sie Sport, Vergnügen, Mädels usw. zurechtkommen könnte, entspricht
nicht der Wahrheit. Ich weiß nicht, wie es in anderen Fachgebieten
vonstattengeht, aber in den Naturwissenschaften ist es unwahrscheinlich, all
diesen Nonsens zu vereinen. Deswegen hätte ich Ihnen eher empfohlen,
gerade Ihre Forschungsarbeit zu beginnen, um etwas richtig Bedeutsames zu
erreichen. Die Forschung muss opferbereit werden. Zu solchen Opfern zähle
ich auch die Leistung ohne Entgelt, was heutzutage gar nicht populär ist.

Vielleich sehe ich ganz altmodisch aus, doch ich bin der Auffassung, dass man die grundlegenden Prinzipien der Wissenschaft nicht ändern sollte. Ein davon besagt, dass der Forscher gönnerhaft und barmherzig sein sollte". Diese Worte von Burmeister prägten sich tief in seine Seele ein. Es war etwas Neues für Mike, der zuvor andere Eigenschaften für wichtig in der Forschung anerkennen sollte. Im Grunde war er einverstanden, dass die Zielstrebigkeit, der Fleiß, die Ehrlichkeit die Persönlichkeit des Gelehrten bestimmen sollten. außerdem war er überzeugt, dass die Gemütsbewegungen eher schädlich für dieses unparteiische Gebiet werden könnten. Und nun hörte er aus dem Mund des Lehrers, den er hoch verehrte, an, dass die Qualität, die er den Geistlichen zuschreiben sollte, auch dem Forscher gut passte. Andererseits war Herr Professor ein sehr einsichtiger Mensch, dem er vertrauen sollte. Gewiss war die Naturwissenschaft alt genug, um ihre eigentümlichen Vorzüge aufrechtzuerhalten. Und er, Mike Knudsen, als ein Jungmann, musste sich den allgemeinen Forderungen der Wissenschaft unterwerfen. Um ehrlich zu sein, dachte der Student nicht früher darüber nach, dass er statt einer geradlinigen Lebensbahn über die verworrenen sittlichen Sachen philosophieren wird. Es war sicher eine fremde Tätigkeit, die er fröhlich an andere zu übergeben vorziehe. Jetzt wurde es ihm für das erste Mal verständlich, dass man nicht imstande war, alle unangenehmen moralischen Fragen zu vermeiden. Denn sie waren ein unentbehrlicher Bestandteil von ihm selbst wie seine Jeans oder T-Shirt, die er in einem schweren Augenblick jeden anderen nicht anzuziehen vermöge. Anders ausgedrückt konnte ihn die erhabene Wissenschaft von allgemeinen menschlichen Pflichten und Verantwortung nicht befreien. Wenn er als Student irgendwelche Nachsicht genießen durfte, konnte solche kostbare Begünstigung in naher Zukunft spurlos verschwinden. So habe Professor Burmeister Recht, dass er als eine angemessene Aufgabe seine entgeltlose Beteiligung an einem Forschungsprojekt beantragen sollte. Es wäre eine gute Möglichkeit, sich eine Prüfung auf Beständigkeit und Begabung zu machen. Mit diesem Gedanken bot Mike Herrn Professor Burmeister seine Hilfe bei den laufenden Vorhaben an. Der Gelehrte begrüßte herzlich diese, wie er sagte, mutige Entscheidung, sagte aber Bescheid, dass der junge Kollege erste sechs Monate fast ausschließlich mit schwerer und zur Unterstützung dienender Arbeit beschäftigt wird. Damit war der Student vollkommen einverstanden gewesen. Einigermaßen war es ein freiwilliges Gelöbnis des Verzichts auf viele schönen Sachen, die die Jugend sich zu leisten fähig war. Die nahe Umgebung einschließlich seiner Eltern und Studienkameraden konnte kaum diesen Schritt begreifen. Er sollte diese Reaktion vielleicht im Voraus vermuten und überhaupt keinen Ärger darüber bekommen. Allerdings war ihm der Zustand des Unverständnisses sehr unangenehm, denn er wollte auf keinen Fall den Weg des Einsiedlers auswählen. Nichtsdestotrotz traf er schon die endgültige Entscheidung und es gab nun keine Rückkehr mehr. Diese Zeitspanne dachte er oft darüber nach, wie empfindlich die menschlichen Verhältnisse sein könnten. Manchmal war es einen Satz oder eine unvorsichtige Handlung ausreichend, um freundliche Kontakte unwiederbringlich zu zerreißen. Natürlich betraf es weit nicht alle Menschen. Es gab eine Vielfalt seiner Bekannten, die sogar eine offene Beleidigung leicht zu ertragen bereit waren, oder genauer ausgedrückt, sie fühlten sich enorm beleidigt, zeigten diese Gefühle aber nicht. Aber er meinte momentan ganz gegenteilige Personen, die anscheinend aus einer Mücke einen Elefanten zu machen wissen. Was sollte im Kopf solcher Menschen passieren? Waren sie in der Tat überempfindlich oder nutzten sie eher absichtlich jeden ungünstigen Spruch, um ihre eigenen Vorteile zu gewinnen. Seltsamerweise litten davon vor allem ehrenwürdige Individuen, die mit ihrer harten Arbeit so leidenschaftlich entbrennt waren, dass sie gelegentlich etwas Unwillkürliches zum Ausdruck zu bringen vermochten.

Die Besonderheit der genannten überempfindlichen Menschen bestand darin, dass sie die Eigenartigkeit von anderen nicht zu achten suchten. Wie Martin Luther mehrfach wiederholte, „sehen einige im eigenen Auge nicht den Balken, aber den Splitter im fremden". Auf jeden Fall durfte Mike sich unbedingt nicht ärgerlich über seine Mitmenschen sein. Denn sonst verletzte er die sittlichen Regeln, die ihm Burmeister inständig vorschrieb. Und er war schon innerlich vorbereitet, in einem quasi heiligen Klima der Wissenschaft zu arbeiten und sein Glück zu suchen. Der vage Begriff des Glücks, das eine Reihe von Definitionen genoss, besaß in der Tat irgendwas aus dem Jenseits. Die Begegnung mit ihm konnte in dem nächsten Augenblick stattfinden, konnte aber auf sich ein ganzes Leben warten. Es machte gewisse Anspielungen auf sich, ließ aber kein Spüren übrig. Es war doch nicht ausgeschlossen, dass es mit den Burmeisters Regeln verknüpft worden war. Dann würde man in der Lage sein, alle Einschränkungen, die ihm auf dem Weg zum Erfolg begleiteten, unweigerlich recht zu fertigen. Man konnte selbstverständlich auch den ganzen Weg gar ohne Erfolg vorstellen. Doch die Seele, die das Wesen der menschlichen Natur bestimmte, erhob einen massiven Einspruch dagegen. Sie glaubte aufrichtig daran und duldete keinen Zweifel. Das Thema, mit dem sich Professor Burmeister und seine Mitarbeiter beschäftigten, war großartig und allumfassend, weil es rief die Frage des Überlebens der Menschheit, Tieren und Pflanzen hervor. Hunderte biologischen Arten starben jährlich aus, da die Lebensbedingungen, in denen sie zu existieren suchten, nicht deren Stoffwechsel entsprachen. Mehr davon zwang sie die Ökologie nicht selten, die angewöhnte Regionen der Erde zu verlassen und zu wandern in der Hoffnung, etwas Günstigeres heraus zu finden. Häufig beendete diese unglückliche Wanderung tragisch, indem die absolute Mehrheit der Population sterben musste. Grundsätzlich sorgte der Genotyp für die ewige Beständigkeit der gegebenen Art, der allerdings nicht zu allen äußeren Umständen zu passen vermochte. Es war die Hauptursache des vollständigen Untergangs der riesigen Tiere wie Dinosaurus oder Mammut. Gleichzeitig sollte die Ökologie die notwendigen Mutationen fördern, das heißt solche Veränderungen des Erbguts, die das Anpassungsvermögen

17

des Organismus zur Umwelt stark vergrößert mussten. Die ursprünglichen irdischen Verhältnisse setzten unbedingt nicht eine gigantische Entwicklung der modernen Zivilisation, der Industrie und Landwirtschaft mit Kernenergie und Atombomben voraus, die für Millionen biologischen Arten zur tödlichen Heimsuchung umwandeln könnten. Im Großen und Ganzen stellten sich Burmeister samt Kollegen eine sehr schwere Aufgabe – diesem Vorgang des Artenaussterbens den Garaus zu machen. Um solche unerreichbare Hoffnung näher zu bringen, benötigten die Fachleute, ein objektives Bild von abertausenden Arten weltweit zu bekommen. Es wäre eine umfangreiche und kaum realisierbare Arbeit, die man eher nur auswahlweise schaffen könnte. Das Problem verstärkte sich dadurch, dass mehrere Arten sich zu übersiedeln vermochten. Mit anderen Worten sie verschwinden vollkommen aus dem Gebiet ihres früheren Habitats und tauchen ganz unerwartet in einem anderen Ort der Erde auf. Was könnte die wissenschaftliche Gemeinschaft der Welt gegen das Arten Verschwinden unternehmen? Eine globale Untersuchung des Themas mittels zahlreichen internationalen Forschungsteams war enorm wegen Finanzierungsknappheit beschränkt. Die jährlichen großen Veranstaltungen und Tagungen waren bestimmt nicht in der Lage, alle komplizierten Fragen aufzulösen. Es wurde von dem Arbeitsbereich Professors Burmeister eine effiziente Methode der Bioindikatoren vorgeschlagen. Die Hauptidee dieses Verfahrens bestand darin, einige Organismen als eine Probe der ökologischen Verträglichkeit anzuwenden. Es gibt in allen Klassen der Tiere und Pflanzen solche Arten, die man zu empfindlichsten der Umwelt gegenüberzählen sollte. Wenn sie leiden, was ein Sachkundige mithilfe verschiedener äußerlichen Merkmalen oder Verhaltensweise erkennen kann, bedeutet dieser Umstand, dass es auch für die weniger empfindlichen bald gefährlich sein könnte. Man musste dringend, bestimmte Umwelt schützenden Maßnahmen veranstalten, um die große Katastrophe zu vermeiden. Außerdem errichteten Konstrukteure nach Pauls Entwurf eine leistungsfähige Versuchsanlage auf dem Universitätsgelände, wo man künstlich die benötigten ökologischen Bedingungen zu modellieren befähigte.

Diese Anlage brauchte ständig zusätzliche Hilfsarbeiter. Deswegen war auch Mike ständig hoch gefragt. Man konnte aber nicht behaupten, dass es nur eine Kraft erschöpfende Arbeit war. Für einen nachdenklichen Kerl (zu dem junger Knudsen unbedingt zählte) eröffnete allein der langfristige Verbleib in der Anlage die gute Möglichkeit, sich mit der eigenartigen Ausrüstung sowie mit der modernen Technologie bekanntzumachen. So war Mike schon nach wenigen Monaten davon völlig zufrieden, dass er sich viele rätselhaften Prozesse des biologischen Experiments absolut klarmachte. Im Prinzip konnte er selbst, mehrere von ihnen ohne fremde Hilfe durchführen. Er beobachtete auch verstohlen, wie die wissenschaftlichen Mitarbeiter die klugen Geräte programmieren ließen. Es war eine besondere Tätigkeit, die man allerdings nicht wegzudenken wusste. Schon nach einem Jahr war der Student nicht nur sehr dankbar Herrn Professor, sondern er war einverstanden mit allen dessen Lebensprinzipien. Ihm schien es einfach lächerlich, dass jemand auf eine entgeltlose Arbeit in dem Labor verzichten könnte. Im Gegenteil war er davon überzeugt, dass man für diesen eigentümlichen Lehrgang selbst bezahlen musste. Denn es war eine kostbare Forschungserfahrung, die man sonst nirgendwo zu kriegen vermochte.

Auch die Tugendhaftigkeit, die Paul tagtäglich mit eigenem Beispiel propagierte, schien Mike sehr einsichtig zu sein. Für die selbstsüchtigen Individuen war es eine unzulässige Verschwendung, jemandem, ohne eine Gegenleistung beizutragen. Manchmal betrachteten sie gleichgültig, wie ein unerfahrener Nachbar oder Mitarbeiter einen Fehler nach dem anderen machte, um da-nach eine hoch bezahlte Mitwirkung vorzustellen. Sie sahen darin eine Offenbarung ihrer Vernunft und Auffassungsgabe. Nun verstand Mike in ihrer Handlung eher eine Kurzsichtigkeit und seelische Armut. Jetzt zwei-felte er nicht mehr daran, dass sie eines Tages in große Verlegenheit gebracht werden sollten und keine ihnen zu Hilfe komme. Diese klare Schlussfolgerung ging auch von Pauls Regeln aus und sollte der Wahrheit entsprechen. Seit seiner frühen Teenagerjahren schwor sich Mike, alle Eigenrede vollkommen offenherzig zu führen. Für ihn war es nicht besonders anstrengend gewesen. Mit Jahren änderte sich diese private Sache dadurch, dass ihm die Gespräche mit seiner inneren Stimme nicht ausreichend werden sollten. Er benötigte immer mehr einen äußeren Richter, der seinen Ansichten einem unabhängigen Urteil aussprechen könnte. Er unterhielt gelegentlich mit seinen Kommilitonen, die ihn gewöhnlich nicht gut verstehen konnten. Der weibliche Anteil seiner Gruppe zeigte von Anfang an ein erhobenes Interesse für seine Person, so dass seine Feinfühligkeit von ihm eine entsprechende Gegenseitigkeit verlangte. Der Umgang mit ihnen ließ ihm, mehrfach die Äußerungen von Phillipp Wagner praktisch überprüfen. Sonst nutzte er geschickt die Unterhaltung, um gewisse moralischen Aspekte der weiblichen Seele genauer formulieren zu können. Die jungen Frauen vertraten aber üblich andere Ansichten.

Diese ziemlich kurzen Beziehungen forderten aber viel Zeit und Energie, was ihn schließlich überzeugen sollte, dass Pauls Regeln auch in Bezug auf das schöne Geschlecht richtig waren. Die Wissenschaft war ein solch weibliches Wesen, das keine Nebenbuhlerin duldete. Und eine echte Treue ihr gegenüber sollte wahrscheinlich in ferner Zukunft gut belohnt werden. Die Hauptsache dabei war, nicht darüber zu denken und machen das, was man machen musste. Einigermassen waren Pauls Regeln eine Quasireligion, die ausschließlich Glaubensgenossen vereinen sollte. Solche Genossenschaft erinnerte sich eher an einem alten heimlichen Rittersorden, dessen Mitglieder wichtige Funktionen der globalen Forschung zu erfüllen vermochten. Eine Umgestaltung der Wissenschaft dieser Art wäre vielleicht ganz sinnvoll, sie sollte aber eine Gattung der Utopie aufweisen, die unter realen Bedingungen lebensunfähig sein sollte. Denn die Mehrheit der Gelehrten war Atheisten, die zu keinem Rittersorden passten. Dieser ungünstige Umstand schloss aber nicht die Existenz einer kleinen Gruppe aus, z.b. des Arbeitsbereichs Professors Burmeister, wo seine Regeln längst aufrechterhalten werden konnten. In Wissenschaft nannte man solche Abweichungen von dem allgemeinen Zustand Fluktuation, die im Prinzip ziemlich beständig und langlebig sein könnte. Also schloss sich Mike Knudsen einer Fluktuation oder einem Ritterorden an mit der Hoffnung, dass solche eher künstliche Gemeinschaft eine Zeitspanne zu existieren versprach. Als eine verbindende Komponente nutzte sie vorwiegend die leidenschaftliche Begeisterung der Mitarbeiter, mehr nichts.

Merkwürdigerweise erwies sich der Arbeitsplatz, wo diese Forschung stattfand, ein nahes Modell solcher Utopie, weil der Versuchsanlage keine festgelegte Errichtung, sondern eine Nachahmung gewesen sein sollte. Sie war imstande, eine beliebige ökologische Situation von jedem Ort der Erde wiederherzustellen. In diesem Sinne war sie ein Labor der Zukunft, wo man nach der aktuellen Botschaft über die ungünstige Lage in einer Region die gleichen Bedingungen im Labor schaffen könnte. Die Fähigkeit dieser Anlage war praktisch unbeschränkt, denn man war imstande, ständig moderne Geräte und Computerprogramme einzusetzen sowie die gekünstelten Forschungsmethoden zu vervollkommnen. Man verfolgte dabei die höhen humanistischen Zwecke, was ihn unbedingt das Gefühl der Selbstachtung zufügte. Mike selbst empfand sich als einem abgeschlossenen Einsiedler. Er war aber seltsamerweise absolut glücklich davon. Es war ein Paradoxon, das zugleich wahre und falsche Aussage zu vereinen schien. Die Geschichte des pflanzlichen Artenschutzes begann mit der Entdeckung des Verschwindens einigen weit verbreiteten früher Pflanzen.

Als erschwerende Faktoren bemerkte man später mehrere Namen für gleichen Arten, was vor allem wegen der einheimischen Bezeichnungen zustande kamen. Sogar unter verwandten indianischen Stämmen gab es einen deutlichen Namensunterschied für die eine und dieselbe Pflanze. Zugleich waren viele Arten zuerst nur den Indianern oder anderen natürlichen Völker bekannt. Es bedeutete, dass vor einer Forschungsarbeit brauchte man eine einheitliche und genaue Taxation, die nur die moderngebildeten Botaniker vollzuziehen fähig waren. Das Team von Paul Burmeister schloss erfahrene Sachkundigen sowohl Botaniker als auch Zoologen, weil es für eine Person unmöglich wäre, gleichgroße Kenntnisse in Tier- und Pflanzenwelt zu besitzen. Ökologen durften dagegen, nur allgenmeine Kenntnisse in beiden Reichen besitzen, um sich für die präzise Auskunft an die Fachleute zu wenden. Die Anhänger Pauls vertraten die Ansicht, dass jede Art eine konkrete Vorbestimmung haben könnte. Als ein Beweis dafür führten sie die Tatsache an, dass mehrere Pflanzenarten gegen eine oder andere Krankheit heilende Wirkung haben konnten. Einerseits war es ein ordentliches

Argument für einen beharrlichen Schutz jeder Art, andererseits bestätigte es das Recht jedes Organismus, auch in Zukunft weiter zu leben und gedeihen.

Die Opponenten dieser Ansicht waren der Auffassung, dass die unvermeidliche Änderung der Umwelt durch klimatische Faktoren und menschliche Aktivität immer größere Voraussetzungen für die Mutationen beschaffen sollte, die eine scharfe Bedrohung der Unversehrtheit der Art erweist. Obwohl dieses Problem nur die Genetiker sachkundig aufzuklären wussten, war es auch für viele gebildeten verständlich, dass je „einfacher" der Organismus von der Natur konstruiert worden war, desto weniger seine Chance war, Jahrhunderte seine eigentümlichen Merkmale aufrecht zu erhalten. Bei komplizierten Wesen könnten die Mutationen zu schweren Krankheiten bringen, die Beständigkeit der Art blieb aber erhalten. Für Mike persönlich waren solche Überlegungen eine belebende Quelle der Spannkraft und Euphorie, indem er die Richtigkeit der Berufsauswahl bestätigen konnte. Sonst gefiel ihm den Prozess der Untersuchung, der in die ferne Zukunft gerichtet worden war, viel mehr als irgendwelche Ergebnisse, die man später zu befestigen oder widerzulegen vermochte. Sein Ziel heiligte nicht die Mittel, weil er außer Forschung keine Ziele verfolgte. Mit anderen Worten war er dankbar dem Schicksal für alles, was es ihm vorbereitet habe. Das Übrige hing einigermaßen von ihm selbst ab.

Bei anderen Mitmenschen war das Geschick weit nicht so unbekümmert. Sein Vater Arno erzählte ihm über dessen Kollegen namens Bernd Krüger, der vor kurzem in eine ernste finanzielle Lage geraten worden war. Alles mit Bernd ereignete sich wie nach einem abscheulichen Szenario, obwohl es nichts Schlimmes verkünden konnte. Im Gegenteil wurde er geschäftlich so stark gefördert, dass sein Einkommen von einem Tag auf den anderen fast verdoppelt worden war. Er war in der Tat zum Leiter der großen Abteilung ernannt. Diese Begebenheit sollte auch für seine Familie, das heißt seine Frau und zwei jugendliche Söhne, materiell viel bedeuten. So verliehe ihm eine Bank mit einem günstigen Zinssatz eine Summe für den Erwerb des privaten Hauses und eines teuren Wagens. Das Leben allen vier wurde in etwas wirklich Luxuriöses umgestaltet. Sie konnten sich damals fast alles Gewünschtes leisten. Diese Situation dauerte ca. sieben Jahre, während deren die Kinder ihr Abitur gemacht hatten und bei einer privaten Universität im Ausland ihre Ausbildung zu beginnen erfolgten. Plötzlich war ein grober Fehlschlag bei einem Abteilungsmitarbeiter festgestellt, was den Ruf des ganzen Unternehmens untergraben konnte. Die einzelne Variante, irgendwie die Verlegenheit zu entgehen, sah die Obrigkeit darin, den Abteilungsleiter fristlos zu entlassen. Bernd konnte alle sonstigen Varianten seiner folgenden Karriere vorstellen, nicht aber diese. Denn er plante die nächste Zeitspanne, eine riesige Tilgung von gesamten Schulden zu unternehmen. Jetzt sollte diese Pläne völlig zerstört werden. Gerade im Augenblick als die Söhne von ihm große Lehrgelder sowie Wohnungsmieter-

Bezahlung erwarteten. Zugleich wurde er zahlungsunfähig, um einen neuen Kredit aufzunehmen. Von diesen unerbittlichen Umständen gepresst, suchte er wie ein Besessener nach jenem schwachen Schimmer von Hoffnung. Unter anderen sprach er zufällig mit einem Mitarbeiter des Instituts, das große technischen Entwurfe bearbeitete. Der Kerl zeigte sich bereit, Herr Krüger mit der Institutsleitung bekannt zu machen. Der erfüllte in der Tat sein Versprechen. Bernd war diese Zeit wahrscheinlich enorm erregt gewesen. Auf jeden Fall sah er das offenbar vergrößerte Interesse der Verwaltung zu ihm über. Es wurde momentan eine kleine Besprechung mit Essen und Getränken organisiert, wo ihm die vier Kollegen vorgestellt worden waren. Fernerhin wurde Bernd nach seiner professionellen Qualifikation und dem Werdegang gefragt. Der Gast versuchte beharrlich, einen guten Eindruck über sich zu schinden, was ihm anscheinend gut gelang.

Dann erzählten ihm die Gastgeber über ihre jüngsten Projekte. Sie wollte wissen, ob dieses Thema dem Gast vertraulich war, und er zeigte mit einer ausdrückenden Äußerung, dass es der Fall war. Darauf konnte er eine beruhigende Beteuerung anhören, dass die genannten Projekte mangelfrei gefertigt worden waren. Nun brauchten die Projektautoren die würdigen Gutachter, die eine sachkundige Bewertung schreiben könnten. Sie nannten dabei die Geldbelohnung, die der Gutachter dafür bekommen sollte. Es war gerade, was Bernd im Moment benötigte. Deswegen sagte er gleich sein Einverständnis aus. Im Grunde könnte es ein verhängnisvoller Fehler werden. Doch er habe augenblicklich keine andere Wahl, um seine zahlreichen Probleme mit einem Schlag aufzulösen. Die verehrten Männer des Vorstandes versicherten ihn nochmals, dass er dabei kein Risiko auf seine Schultern zu nehmen wagt. Er schrieb das Gutachten unter, bekam in wenigen Tagen die versprochene Summe auf sein Konto und glich vollständig seine aktuellen Schulden aus. Und wieder war er für mehrere Monate wohlbehalten und beruhigt. Eine echte Katastrophe ereignete sich nach elf Monaten, als die errichtete Anlage nach fünf Monaten völlig einwandfreier Leistung an einer Stelle zusammengebrochen worden war, was zwei Mitarbeiter das Leben kostete. Dem Gerede zufolge gab es dabei einen Exploitation Fehler vorhanden. Allerdings stellte die Untersuchungskommission zusammenfassend fest, dass das kummervolle Unglück auf einen Konstruktionsmangel zurückging. Selbstverständlich war diese Version für die Obrigkeit der Fabrik die günstigste Variante. Deswegen blieb es nicht ausgeschlossen, dass die Stellungnahme der Kommission mithilfe des Schmiergeldes korrigiert worden war. Bekannt wurde nur, dass der Gutachter des Vorhabens, also Bernd Krüger dafür beschuldigt und gerichtlich belangt worden war. Danach wurde zu drei Jahre ohne Bewährung verurteilt. Man konnte schauderhaft vorstellen, welche Tragödie es für die ganze Familie bedeutete.

Der zweite Fall war mit dem Vater eines Schulkamerades Mikes, Jörg Hellwig, namens Timo, verbunden, der ein Arzt für Allgemeinmedizin und Chefarzt eines großen Krankenhauses war. Timo bekleidete dieses Amt über ein Jahrzehnt ohne ungünstige Zwischenfälle. Es dauerte bis in der Abteilung der Onkologie ein 52-jähriger Patient auftauchte, der unterschiedliche Heilmethoden inklusiv Strahlungs- und Chemotherapie hinter sich hatte, leider alle ohne gutes Ergebnis. Die Fachleute der Abteilung versuchten, die Verfahren der Schulmedizin verschiedenartig zu gestalten. Diese Maßnahmen brachten dem Kranken eine Besserung der Lebensqualität, wirkten aber kaum auf die Fortsetzung der Erkrankung. Timo betrachtete den armen auch aufmerksam und gab den Kollegen aus der Abteilung einige Empfehlungen. Nach dem zwei Wochen Aufenthalt in der Klinik verschärfen sich bei dem Kranken die Schmerzen, so dass die Ärzte gezwungen waren, ihm ständig Opiate zu spritzen. Gleichzeitig wurden bei ihm gewisse bakteriellen Krankheiten festgestellt, die man mit starken Antibiotika zu kurieren suchte. In diesem Zustand verblieb der Patient noch über einem Monat ohne jene Besserung. Wegen ständigen schmerzstillenden Medikamenten befand sich der Kranke in einem Zustand nah zum künstlichen Koma. Auch die hohe Dosierung der Antibiotika sorgte dafür, dass der Patient erheblich geschwächt worden war. Die Angehörigen der Kranken besuchten ihn oft, manchmal verblieben bei ihm den ganzen Tag. Dr. Hellwig sprach fast täglich mit den Ärzten der Abteilung und konnte eine Schlussfolgerung ziehen, dass es keine gute Aussicht mehr gab. Man konnte mit den Qualen des armen nichts anfangen. In dieser komplizierten Lage traf der Chefarzt den Entschluss, die Dosierung der Opiate stark zu vergrößern. In drei Tagen war der Patient tot. Die nahen Verwandten bekamen diese gramvolle Nachricht mit dem Verständnis, weil sie nicht mehr das Leiden des Nächsten zu sehen vermochten. Es gingen zwei Jahre nach der Beerdigung hindurch bis den Verwandten im Kopf kam, dass die Sterbensursache des Mannes die tödlich vergrößerten Dosen der Opiate sein konnte. Vielleicht bekamen sie zusätzlich eine „freundliche" Beratung irgendwelchen Mitarbeiter des Krankenhauses. Auf jeden Fall verklagten sie Dr. Hellwig gerichtlich wegen einer fahrlässigen Tötung des Patienten. Der Staatsanwalt eröffnete ein Gerichtsverfahren, das die Ausführlichkeit der ärztlichen Behandlung des Verschiedenen untersuchen sollte. Dr. Timo Hellwig entschied für sich aber anders. Ihm war es wahrscheinlich ausreichend, sich die Prozedur des Exhumierens, komplizierte und dauerhafte chemische und biochemische Analysen, Verhör mehrerer Zeugen und Beteiligten sowie die sonstige Scheiße anschaulich vorzustellen. So ließ er sich, die Zeit- und Mühe-aufwände sparen und erklärte sich in der Tat für die fahrlässige Tötung des Patienten schuldig. Später konnte er eingestehen, dass er formell kein Verbrechen begehen sollte. Denn andere Personen brachten die Verübung der Handlung voll. Und er, der Chefarzt befürchtete, dass mehrere unschuldigen umsonst leiden könnten. Er allein trug aber die vollständige Verantwortung für die Anweisung. Als eine eigene Rechtfertigung nannte er die Hoffnungslosigkeit des Patientenzustandes sowie dessen unerträgliche Qual. Schließlich wurde Timo zu zwei Jahren Haft mit der Bewährung verurteilt sowie von dem Chefarztamt entließen.

Die beiden Beispiele sollten ziemlich aufschlussreich werden. Denn die Rede war von zwei anständigen und verehrten Individuen, die sich Jahre lang keinen Verstoß gegen die sittlichen Regeln zu leisten wussten. Plötzlich befanden sie sich in einer ungewöhnlichen Situation, die ihnen eine komplizierte Alternative vorschlagen sollte. Im ersten Fall wurde Bernd Krüger gezwungen, zwischen zwei Varianten zu wählen: entweder vertritt er weiter seine hohen moralischen Prinzipien und verliert unvermeidlich das unter größter Anstrengung erreichte Wohlstandsniveau oder er unternimmt etwas Riskantes, was den Wohlstand mehr oder weniger zu bewahren versprach. Im zweiten Fall sah die Wahl anders aus, denn Dr. Timo Hellwig war imstande, entweder ruhig auf den natürlichen Tod des hoffnungslosen Kranken zu warten oder er sollte etwas Dringendes unternehmen, um dessen Qual zu beenden. Man konnte daran zweifeln, ob die beiden möglichen Handlungen in moralischem Sinn richtig waren. Gesetzlich gesehen war eine fahrlässige Tötung sicher unakzeptabel.

Der junge Knudsen kritisierte geistig die beiden reifen Kerle, die, jeder nach seiner Art, von dem richtigen sittlichen Pfad einzubiegen vorzogen. Nach seiner Ansicht gab es in deren Benehmen etwas Kindisches, was für einen Erwachsenen unzulässig sein sollte. Nur eine unbeugsame Ergebenheit der Moral gegenüber gab einer Person die Chance, ihr Leben richtig und gesund bis zum Ende zu verbringen. „Im Unterschied zu vielen anderen", dachte sich Mike, „habe ich Glück gehabt, Professor Burmeister kennenzulernen, der für mich nicht nur als ein Fach- sondern auch als Morallehrer fungieren sollte. Diese Gegebenheit bekräftigte ihn so enorm, dass auch die ferne Zukunft verheißungsvoll aussehen sollte. In einer strikten Verfolgung von sittlichen Regeln verbarg sich das Geheimnis, wie alle Erdbewohner glücklich und sinnvoll zu existieren vermochten, ohne Zorn, Misstrauen und Verbrechen. Wenn solche Einstellung einer Utopie ähnelte, dann war auch der Arbeitsbereich, den Paul leitete, ein Teil dieser Utopie, der nie auf seine hohen Prinzipien zu verzichten mochte. Außerdem war Mike stolz auf seine älteren Kollegen, die als ein belehrendes Vorbild für die jüngere Generation dienen sollten. Unter der Obhut solcher ethischen Vorstellungen gingen die nächsten drei Jahre seines Studiums vorüber. Seine selbstlose Forschungsarbeit kümmerte darum, dass er im Gegenteil zu anderen Studenten keine Angst vor den Staatsprüfungen hatte.

Die wissenschaftliche Bahn geht weiter

Mikes folgendes Schicksal wurde schon längst vorausbestimmt, indem er die nächsten zwei Jahre mit seiner Doktorarbeit beschäftigt werden sollte.

Da das Thema der Dissertation mit den konkreten ökologischen Modellen unterschiedlichen Orten des Planeten verbunden war, musste er zahlreiche Dienstreisen unternehmen, um dort aktuelle Umwelt- und Klimadaten zu sammeln. Es war eine ganz neue Erfahrung Mikes, die er üblicherweise durch die Bekanntschaft mit kleinen Völkerschaften der Pazifik und Atlantik zu bekommen fähig war. Diese Natursippen strebten sich anscheinend gezielt danach, die moderne Zivilisation zu vermeiden. Ihre Sitten und Bräuche waren hartnäckig und ungünstig und ließen keine persönliche Freiheit und Unabhängigkeit übrig. Eine unweigerliche Unterordnung dem Willen des Schamanen sowie des Wohls des Einzelnen dem der Gemeinschaft, sollte auch das Vorrecht der Sippe auch in ethischen Angelegenheiten einrichten lassen. Der junge Forscher ertappte sich mehrfach auf den Gedanken, dass die Menschheit sittlich seit Jahrtausenden nicht besonders weit von deren Urahnen entfernt worden war. Man lernte sich, die Gefühlsschattierungen deutlich zu unterscheiden, um das Gute vom Böse abzusondern. Sonst blieben sie ähnlicher Weise hochmütig wie ihre fernen Vorfahren und zogen die unseren den fremden vor. In einigen Sachen kam ihr Bewusstsein das des modernen Menschen zuvor. Z.B. merkten sie alle Umweltänderungen, die das Verschwinden der pflanzlichen und tierischen Arten verursachten, weil sie die gewohnten Lebens- und Arzneimittel allmählich verlieren sollten. Im Unterschied zu den Vertretern unserer Gesellschaft konnten sie nicht, in den Supermarkt oder in die Apotheke zu gehen, um irgendwelchen passenden Ersatz abzukaufen. Sie verstanden aber wohl, dass die plötzliche Abwesenheit einer Pflanze auch die Lebensbedingungen gewissen Tieren so stark zu verschlechtern fähig wird, dass sie auf die Sterbensschwelle geraten können. Und die einheimischen Menschen verlieren mit dem Aussterben dieser Tierarten die eigene Nahrungsquelle, die ihnen Lebensenergie bescheren sollte. Die auffassungsfähige Eingeborene zeigten sich bereit, etwas an ihrem Ort zu ändern, um die Entwicklung der Umwelt in die rückwärtige Richtung zu versetzen. Sie besaßen aber keine Kenntnisse, wie man es machen könnte. Deswegen erfinden sie stattdessen irgendwelche neuen Essensquellen, um einfach zu überleben. Sie sehen aber die Ursache dieser Umweltänderung darin, dass die Geister, die ihr Leben ständig überwachten, von ihnen nicht zufrieden sind und versuchen, sie mit solchen „Strafmaßnahmen" auf einen richtigen Weg hinaus zu gehen helfen. Auch ihre glücklichen Funde auf der Suche nach dem Überleben schreiben sie diesen Geistern zu. Im Großen und Ganzen könnten diese lebendigen Zeugen ein unschätzbares Material über die verschwundenen Arten verschaffen. Sie bezeichneten aber alle diese Organismen auf ihrer seltenen Sprache. Dieser Umstand ließ Mike eine Idee durchdenken, dass ein heutiger Absolvent der Hochschule allein mit der Enträtselung dieser Namen eine Doktorarbeit machen könnte. Sicher wäre es nicht einfach, doch realisierbar. Solche Forschung in weit entfernten voneinander Regionen der Erde sollte einen wertvollen Beitrag zur vergleichbaren Verbreitung bzw. Verschwinden der Arten leisten. Auf jeden

Fall konnte er darüber mit Paul sprechen. Für Mike selbst waren diese exotischen Reisen sehr nützlich. Einigermassen beschäftigte er sich schon mit den Problemen der Zukunft, die nach der Dissertationsprüfung für ihn aktuell werden könnten. Und dieser wichtige Abschnitt seines Werdegangs war ziemlich bald vorbeigewesen. Nach einer erfolgreichen Prüfung der Dissertation bekam er die Möglichkeit, als ein Postdoc in mehreren Uni Europas und USA eine weitere Forschungserfahrung zu kriegen. Fünfjahre danach machte er eine Habilitation in seinem Alma Mater, was ihm die Professur im Arbeitsbereich Paul Burmeister ermöglichte. Er bekam eigene Doktoranden und hielt Vorlesungen. Neben seiner beruflichen Tätigkeit brachte er viel geistige Energie darin, Studenten im Rahmen der Burmeister-Regeln zu erziehen. Es war nun seine moralische Pflicht. Eigentlich zählte sich dieser eigenartige ethische Kodex zu unentbehrlichen Prinzipien der Gemeinschaft, die alle beteiligten festhalten sollten. Allerdings begann Professor Knudsen mit Jahren zu bemerken, dass etwas mit diesen Regeln schief ging. Vor allem betrafen diese Regelabweichungen die älteren Kollegen, die anscheinend alle harten Normen seit Jahrzehnten vollkommen aneignen mussten. Anstatt bekamen einige von ihnen zusätzliche Eigenschaften, die eher von ihren negativen Seiten zeugen könnten.

So erhielt Mike längst gute Beziehungen mit Dr. Dirk Herschel, dessen gute Empfehlungen der jüngere Mitarbeiter immer hochschätzte. Die letzte Zeit sah es aber so aus, als ob Dirk bei ihm gewisse Fehlschläge herauszufinden probierte. Er zeigte unbedingt eine erhöhte Aufmerksamkeit zu allen Projekten und Publikationen Mikes, was vielleicht im Allgemeinen nicht schlimm sein sollte. Doch die Nörgelsucht, mit der Dr. Herschel seine Recherchen machte, könnten eher beweisen, dass der Gegenstand seiner Bemühung nicht der Artikel oder ein Projekt, sondern die Persönlichkeit des Professors war. Dafür sagten nicht allein die Aussagen selbst, sondern die Stimmung, mit der sie gemacht worden waren. Sie könnten den Eindruck schinden, dass der Verfasser mit dem jüngeren Kollegen, der ihn geschäftlich zu überholen vermochte, nicht zufrieden war. Noch unangenehmer schien Knudsen die Tatsache, dass Dirk über ihn Gerüchte verbreitete, die auch andere Mitarbeiter auf dessen Seite zu gewinnen suchten. Obwohl Mike mit allen Kollegen freundliche Verhältnisse zu haben wusste, sorgten diese Gerüchte für eine bestimmte Distanz, die unwillkürlich zwischen ihm und anderen Kollegen entstehen sollte. Die Ergebenheit den Regeln Pauls zwang Mike, seinem offenen Widerstand Einhalt zu gebieten. So beschwerte er sich darüber auf keinen Fall und ließ Paul nicht Bescheid wissen. Wenn Dirk viel jünger wäre, könnte Knudsen mit ihm wahrscheinlich ein moralisch belehrendes Gespräch durchführen, indem er ihm an die Regeln Burmeister erinnerte, die keine von ihnen ignorieren durfte. Er könnte ihm sagen, dass sie ein und dasselbe Team vertreten, das gleiche sachlichen und sittlichen verfolgen sollte. Er könnte natürlich hinzufügen, dass Dr. Herschel kein Vorbild für die jüngere Generation sein sollte, falls er ihre persönlichen

Angelegenheiten ins Gerede zu bringen sucht. Leider war solche Unterhaltung mit Dirk momentan nicht möglich, denn sonst würde Dirk imstande sein, ihm eine Überheblichkeit sowie das Missbrauch seines Professortitels vorwerfen. Was sollte der junge Professor in der Tat dagegen machen? Geduldig warten bis das Gerede die ganze Fakultät umfasst, so dass auch Studenten mit dem Finger auf ihn zu zeigen vermochten? Selbstverständlich wäre es gerecht, die Streitigkeit mit der alten Duellmethode aufzulösen. Sie war aber schon längst unpopulär geworden. Allerdings durfte Mike sicher nicht behaupten, dass Dr. Herschel der einzelne Stein des Anstoßes in ihrem Arbeitsbereich war. Im Gegenteil gab es eher eine gewisse Neigung, die dafür sorgte, dass man gezielt oder unwillkürlich die Regeln Pauls zu verletzen wusste. So passierte es auch mit den anderen Kollegen namens Klaus Sawatzki. Klaus war Professor und ein sachkundiger Botaniker. Er besaß ein betreffendes Gedächtnis, mit dessen Hilfe er mehrere Tausende bedrohten und völlig verschwundenen Pflanzen auswendig kannte. Zu dieser ausgezeichneten Beschaffenheit wurde mit Jahren auch die ziemlich nichtige Fähigkeit eingefügt, die kleinen Kränkungen dauerhaft zu bedenken. Diese erworbene Besonderheit stand aber im Gegensatz zu seinem Beleidiger, der schon längst davon völlig vergessen konnte und kapierte überhaupt nicht, warum Klaus mit ihm schmollte. Ganz auffällig war auch dessen Haarspalterei, die seine Verehrer zur Tugend der Gelehrte zuschrieben. Professor selbst kämpfte anscheinend für jedes kleine Stück seines geistigen Territoriums als ob jemand ihm pausenlos zu berauben suchte. Sonst war Sawatzki ein sehr sympathischer Kerl Mitte Fünfziger mit ausdrucksvollen braunen Augen, großen Gesichtszügen, die aber kaum mit dem kleinen Bart vereinbar sein sollten. In seiner ganzen Gestalt gab es etwas Theatralisches, was den Eindruck zu schinden vermochte, dass er alle seinen Kleinigkeiten nicht wirklich meinte. In der Tat war es aber nicht der Fall: Er war ständig bereit, mit der blanken Waffe zu ringen. Seit Studienzeit blieb Klaus eine harte Nuss für Mike, vor allem, weil er den ganzen Kodex der ethischen Regeln Burmeisters entgegengenommen habe. Klaus gefiel die Offenheit Pauls selbst sowie die seiner geistigen Position. Klaus zeigte Mike auf den simplen Beispielen, dass die echte Wissenschaft offen und verständlich sein könnte. In einem entgegengesetzten Falle sollte der Forscher in einen Konflikt mit sich selbst geraten. Bis diesem Punkt war Herrn Knudsen alles klar. Die ersten Schwierigkeiten sollten daraus kommen, dass Sawatzki seine Verhaltensweise als ein Vorbild für alle anderen Mitglieder der Forschungsgemeinschaft dienen mussten. So lehnte er entschieden die Tatsache ab, dass es manchmal auch in seiner Schlussfolgerung ein zufälliger Fehler auftauchen könnte. „Nein", sagte er mit dem Ton, der keinen Einwand zu dulden wusste, „die Zufälligkeit, von der Sie gerade sprechen, nichts mit mir zu tun habe. Der Bürge dafür ist nicht zuletzt, die ethischen Normen, in deren Rahmen ich meine Untersuchungen durchführe. Mit anderen Worten schützt man sich durch diese hohen moralischen Prinzipien von zahlreichen unerwarteten Begleiterscheinungen, seien sie privater oder allgemeiner

Natur. Professor Knudsen brach sich den Kopf im Versuch zu kapieren, wie eine sittliche Pedanterie und Geringfügigkeit die hohen Einstellungen Pauls Regeln ersetzen konnte. Die gewöhnlichen Sinnsprüche Klaus ließen sich folgendermaßen anhören: „Der verehrte Professor A (ein oder anderer bekannte Gelehrte) bemüht sich darum, ein neues Wort in der botanischen Systematik zu sagen. In der Tat wiederhol er aber das, was ich vor zehn Jahren vorgeschlagen habe. Darüber hinaus macht er es so frech, dass ein uneingeweihter wirklich daran zu glauben bereit wird, dessen großen Beitrag in der Wissenschaft hochzuschätzen. Im Unterschied zu ihm mache ich meine Forschung ruhig und leise, ohne jene Aufmerksamkeit zu meiner Entdeckung anzuziehen. Innerlich bin ich aber in Zorn geraten, wenn jemand meinen Verdienst herabzusetzen sucht. So entstand einmal eine harte Streitigkeit zwischen mir und Dr. B, der sein Erstrecht für die Anordnung der Klasse Pelliopsida beweisen wollte. Er forderte von mir damals den Hinweis auf solche Publikation. Ich erwiderte ihm, dass es leider keine gab, weil ich es nur mündlich äußerte. Ich sagte aber, dass er keinen Anlass besaß, mir nicht zu glauben. Der nächste Kerl und zwar Dr. C versuchte, aus meiner verallgemeinere Aussage eine spezielle Untersuchung durchzuführen ohne mich als Koautor einzuladen, was ich natürlich unverschämt fand.

Kurz und gut bin weiter ich ein unbiegsamer Verfechter der erhabenen wissenschaftlichen Moral, die immer eine Hauptrolle bei allen unseren Leistungen spielen sollte". Knudsen sagte darauf nichts aus, obwohl er die Anständigkeit in der Wissenschaft ganz anders vorzustellen wusste. Ähnlicher Weise konnte er nicht auch Dr. Andreas Zander kapieren, der eine kostenpflichtige Beratung für Studenten veranstaltete. Seltsamerweise war Andreas dabei der Ansicht, dass seine wohlwollende Tätigkeit nichts Gemeinsames mit der Gier haben sollte. Sicher verdiente er dabei ein wenig Geld, das seine Mühe ausgleichen sollte. Doch er machte das gar nicht wegen des Geldes, sondern aus einer barmherzigen Veranlassung. Denn er war angeblich davon überzeugt, dass ein Studierender nur dann das komplizierte Material anzueignen fähig wird, wenn er sein eigenes Geld dafür bezahlt habe. Dr. Zander sah darin ein wichtiges psychologisches Prinzip, das besagt, dass solche Aufwendung die Konzentration und das Anstreben nach Wissen stark vergrößern lässt. In Mikes Augen sah es aber ganz anders aus: Der Bursche versuchte eine unwürdige Sache mit einer edelhaften Absicht recht zu fertigen. Die Mehrheit der Studentenschaft lebte ohne genügend Nahrung, damit man auf sie irgendwelche psychologischen Versuche auf deren Kosten durchführen dürfte. Auf jeden Fall entsprach diese merkwürdige Erziehungsmethode nicht dem Kodex Pauls, der von allen Lehrern unter anderen eine Opferungsbereitschaft forderte. Vielleicht sollte ein Betrachter mit Schweigen auch Frau Dr. Anja Wurst nicht übergehen. Anja war eine hübsche Frau Anfang Dreißiger mit schönen olivenförmigen grauen Augen, langem rot-blond gefärbten Haar, füllen Lippen und kleiner Stupsnase. Sie kleidete sich mit einem guten Geschmack, vorzog aber, ihre netten Formen zu betonen. Die gute Manieren Dr. Wurst erwarben ihr eine klare Zuneigung der Mitarbeiter. Aber nicht die Kollegen allein, sondern die Studenten zeigten ihre Sympathie zu dieser Frau und besuchten gerne ihre Unterrichte. Die Offenheit, mit der Anja ihre Lehrstunde verbrachte, war sicher lobenswert. Nicht besonders anziehend nahmen aber einige Kollegen ihr Benehmen mit männlichen Studenten, zu denen sie offenbar nicht gleichgültig war. Solche „kleinen Schwächen" konnten natürlich unbemerkt bleiben, wenn die Betroffenen zugleich die Beziehungen mit deren jungen Studienfreundinnen nicht aufrechtzuerhalten mochten. Leider war es aber der Fall, der die Begeisterung Anja Wurst zur Schau tragen sollte. Vielleicht bestand ihr Fehler darin, dass sie ihre Position als Hochschullehrerin missachtete. Anstatt probierte sie, den Ausweg aus der Verlegenheit nach einer weiblichen Art zu finden. Anders gesagt wollte sie ihren jüngeren Nebenbuhlerinnen beweisen, dass sie allerseits besser war.

Diese Konkurrenz wurde für sie anscheinend so wichtig geworden, dass sie bereit war, ihr zugunsten sogar ihr Prestige sofort zu riskieren. Die ganze Geschichte war für den ganzen Arbeitsbereich Burmeister so unerwartet und unangenehm geworden, dass alle sich tief beleidigt empfanden. Die Fakultät wollte sich doch weiter nicht, von Anja zu trennen. So wurde es ihr vorgestellt, selbst eine Entscheidung zu treffen. Es gereichte ihr zur Ehre, dass sie schließlich das Amt zur Verfügung zu stellen entschied. Der Fall Dr. Wurst blieb für lange Zeit ein Rätsel für die Mitarbeiter. Wie konnte es passieren, dass eine hoch begabte junge Gelehrte, die man wie einem Eichmaß der Anständigkeit und Gutmütigkeit auffassen konnte, sich plötzlich so veränderte? Die zweite Frage war, ob ein Anhänger der Pauls Regeln so leichtsinnig das erhabene ethische Niveau zu verlieren vermöge. Konnte dabei die Weiblichkeit von Bedeutung sein oder es mit dem Maskulin auch vorstellbar wäre? Professor Knudsen grübelte manchmal über die seltsame Unbeständigkeit menschlicher Natur. Ursprünglich, wenn er noch ein Student war, schienen ihm alle diesen künftigen Kollegen ungewöhnlich barmherzig und gönnerhaft zu sein. Sie alle waren wirklich (oder in seiner fast kindlichen Darstellung) die Mitglieder einer idealen Gemeinschaft, fast einer Utopie, die nach seiner Hoffnung lebenslang in gleichem Zustand vorhanden sein sollte. Ein Jahrzehnt war es aber ausreichend, damit das Wesen einer Person wesentlich entstellt worden war. Wohin versteckten sich alle fabelhaften Menschen, die auf sein Werden einen großen Einfluss nehmen sollten? Nun erinnerten sie an ein schwaches Ebenbild sich selbst. Ihre großartigen Charakterzüge ließen ihre Plätze einer zerstörerischen geistigen Mittelmäßigkeit, die vermeintlich den Weltraum zu erfassen droht. Solch teuflische Umwandlung der menschlichen Seele konnte unbedingt nicht zufällig eintreten. Als ein Naturwissenschaftler wusste Mike Knudsen genau, dass diese ungünstigen Vorgänge eine riesige Energie brauchten. Woher kam sie – aus einer äußeren Quelle oder aus den gutmütigen und netten Menschen selbst? Es war eine schwere Aufgabe, auf diese Frage eine präzise Antwort herauszusuchen. Mike vermutete, dass das Gute in Menschen von selbst auch in vielen Jahren nicht so drastisch verderben konnte. Eher sollten dabei die äußeren Faktoren beteiligen. Global gesehen schienen sie wie das Umweltverschmutzen zu sein. Die allgemeine Verdreckung der Lebensräume sollte unbedingt auch die menschliche Seele nicht verschonen. Vernünftigerweise konnte solche Erscheinung kaum im Laufe eines Jahrzehnts bemerkenswert werden. Viel wahrscheinlicher wäre es vorzustellen, dass der Verstand selbst eine massive Umgestaltung erdulden konnte. Die meisten Prozesse im Gehirn entwickelten sich langsam und schrittweise, so dass man sie schwerlich verfolgen könnte. Nur wenn die Änderung auf der zellulären Ebene bemerkbar wurde, ist es mehr oder minder realistisch, die neuen Merkmale im Benehmen zu beobachten. Zweifelsohne erwies eine menschliche Gestalt in ihrer ganzen Komplexität etwas Eigenartiges, was einerseits eine Vielfalt der Komponenten besaß und andererseits sich ständig in Bewegung befand. In diesem Sinne konnte man nur über eine Tendenz sprechen, die künftig realisierbar werden könnte. Der Kodex Pauls war sicher großartig und alle seine Mitarbeiter verstanden innerlich seinen erhabenen Wert. Gleichzeitig entsprach er eher einem idealisierten Muster, das man nur rein begrifflich vorstellen könnte. Außerdem war es jedem Individuum eigentümlich, sich ein Bisschen durch eine rosarote Brille sehen. Es war ein offensichtlich selbstgemachter Eigendünkel, der sich aber eher historisch rechtfertigen ließ, weil es einen lebenswichtigen Optimismus in eine düstere Umgebung mitbringen sollte. Dieses Selbstidealisieren kam wahrscheinlich von unseren fernen Vorfahren von, die in Unwissenheit verbleiben sollten. Allerdings war es auch in hohem Maß in unseren hochgebildeten Zeitgenossen vorhanden, die die ehrenhaften Titel von Professoren und Doktoren besaßen. Sie übersahen oft unwillkürlich ihren Mangel oder ihre Sünden, um sie weiter zu den sittlichsten Personen zu zählen. Sie wichen sich von der anständigen Verhaltensweise so stark ab, dass ein Betrachter sie eher zu Schurken zuschreiben sollte. So benahmen sich fast alle Kollegen Mikes, vor denen er zuvor bereit war, ehrfürchtig niederzuknien. Anscheinend reiften alle solche Untugenden auf dem fruchtbaren Boden der hohen Moral, die aber allmählich zu entarten begann. Einigermassen erinnerte es an einen majestätischen Palast, der ursprünglich keinen Schaden haben sollte. Mit Jahren entstanden sich doch kleinste Risse und winzig schäbige Stellen. Danach vertieften sich alle mangelhaften Örtchen dramatisch und lassen um das folgende Schicksal des Meisterwerkes befürchten. Der Mensch war eine nicht kleinere Schöpfung als ein Palast, und die schönen humanen Eigenschaften waren wahrscheinlich zur Verderbnis bereit. Nun interessierte sich Professor Knudsen daran, ob ein Mensch gegen diese Schwäche unempfänglich sein könnte. Zu seinem Erstaunen gab es einen solchen Mitarbeiter des Pauls Arbeitskreises namens Martin Schwab, der solchen Ruf zu erfüllen schien. Dr. Schwab war ein ziemlich hoher und beleibter Mann Ende Vierziger mit vergrauten braunen Haaren, hellblauen ausdrucksvollen Augen und fleischigen Gesichtszügen.

Er beschäftigte sich über ein Viertel des Jahrhunderts mit der Diversität der Meer-Biologie. Nach seiner Auffassung brauchte der moderne Mensch unvermeidlich das Meer, das letzte ihn aber gar nicht. Im Gegenteil litt es von dem Einfluss der Zivilisation so bitterlich, dass die natürlichen Bedingungen seiner Existenz immer schlechter werden sollten. Schwab betrachtete das Meer wie einem riesigen Organismus mit allen dessen Bewohnern, der von der Menschheit ständig neue unlösbaren Probleme bekommen sollte, die er nicht mehr in der Lage war, irgendwie zu beseitigen. Allein die Berge des Plastikmülls vergiftete sein Wasser so gefährlich, dass das Reich der Meertiere und -pflanzen jährlich tausend seiner Arten verlieren sollte. Martin selbst war ein barmherziger Kerl mit umfangreichen Ansichten, der sich nicht nur angewöhnte, unter Meeres-Völkerschaften zu leben, sondern er sah in der jungen Generation diese Völker die potenzielle Treibkraft für die künftige Rettung des Meeres. Deswegen legte er viel Zeit und Energie in ihre zielgerichtete Erziehung ein, damit sie ihre erhabene Prädestination kapieren könnten. Die einzige Untugend Dr. Schwab sah Mike aber darin, dass der nicht gleichgültig zum Alkohol war. Dieser Hang kämpfte in ihm verzweifelt gegen seine Leistungsfähigkeit und seinen Fleiß. So konnte er leider wochenlang saufen, während denen er fast kein Essen brauchte. Übrigens war Martin ein erlesener Kenner der alkoholischen Getränke, der von zwei Tröpfchen Hardy Perfection Cognac genau die Sorte bestimmen konnte. Bei der periodischen Trunksucht soff er doch alles, was den Alkohol beinhaltete, vom Bier bis zum billigsten Schnaps. Auch diese, die die einheimischen selbst mithilfe Tonpfeifen und -gefäßen destillierten, wurde bei ihm zum Einsatz gebracht. Der Ausgang aus solchem krankhaften Zustand ging üblich so plötzlich vonstatten wie es begann.

Danach arbeitete er selbstlos und leidenschaftlich ohne Rücksicht auf Zeit und Wetterbedingungen einschließlich Wochenende und Feiertage bis zur nächsten Trunkpause. Dem jungen Knudsen gefiel wirklich dieser offene und gutmütige Mensch, der anscheinend treu den hohen vorigen sittlichen Stützen war. Die Natur im Allgemeinen und das Meer im Besonderen verlangten von Menschen die Herzensgüte, die alle Vorgänge in der Umwelt begreifen und in Ordnung bringen ließen. Diese wertvolle Beschaffenheit hatte sicher nichts Gemeinsames mit der Selbstsucht, Launenhaftigkeit, Rachsucht, Haarspalterei und den Neid, die nicht selten auch den Geist der Mitwirkenden Professors Burmeister zu verschlechtern vermochten. Auf diesen Grund brach Professor Knudsen manchmal seine Vorlesung unter, um seinen Studenten eine Moralpredigt zu halten. Er betrachtete dabei aufmerksam die Augen seiner Zuschauer und versuchte zu begreifen, welche Schattierungen der Gefühle seine Worte in ihnen zu erregen fähig waren. Vielleicht hing gerade von seiner Redekunst die Möglichkeit ab, in ihre noch reinen Seelen wertvolle ethischen Begriffe einzuflößen. Diese fast geistliche Mission stimmte aber nicht ganz mit den atheistischen Ansichten des Professors überein. Nein, er durfte gar nicht etwas Ausgedachtes einflößen.

Seine wissenschaftlichen Grundlagen ließen ihm eher, die studierenden davon überzeugen, was er endgültig kapierte. Schließlich spielte aber seine Überzeugung eine sehr wichtige Rolle. Denn die zweifelnde Vernunft der Jugend suchte selbst nach einer verlässigen Person, die eine richtige Richtung auszuwählen verhälfe. Und wenn diese titulierte Person ihre eigene Geschichte erzählte, in der ein selbstloser Dienst zugunsten der Wissenschaft eine große Bedeutung haben sollte, konnte klar eine Begierde entstehen, diesen Weg nochmal zu wiederholen. Also tauchte nach zwei Semester einen Studentenkreis um Herr Professor Knudsen auf, der vollständig sowohl dessen Forschungs-vorstellungen als auch seine sittlichen Einstellungen anzunehmen bereit war. Für die fünf jungen Menschen war der Schutzschild des renommierten Gelehrten unbedingt sehr hilfreich. Die folgende Entwicklung zeugte aber davon, dass auch für den Professor selbst diese Allianz nicht unnütz war.

Woher ein Forscher eine fremde Finanzierung bekommen konnte

Obwohl Mike Knudsen auf der Fakultätsebene nur als ein Mitarbeiter Paul Burmeister galt, durfte er nach der Uni-Satzung Lehrkreise für die Forschungsarbeit mit Studenten veranstalten. Das faktische Statut dieses Kreises war allerdings so vage bestimmt, dass er sogar selbstständige Forschungsverträge mit mehreren äußeren Finanzierer abschließen durfte. Die Professorsstelle bekräftigte die Rechte solch eigenartigen provisorischen Unternehmens noch stärker. Seit seiner Postdoc Zeit verknüpfte Knudsen mehrere Kontakte mit nationalen und ausländischen Investoren, die seine umfangreiche aktuelle Thematik vollkommen fördern konnten. Für die erhabenen Geldgeber war es auch eine Prestigefrage, der Verschwendung der biologischen Arten ein Ende zu machen. Diese Vorhaben waren unmittelbar von UNO und UNESCO auf jeden Fall moralisch begrüßt worden. Noch in einem Jahr konnte Mike sich eingestehen, dass er als ein gemeines Fakultätsmitglied nur formell bleiben sollte. Tatsächlich und finanziell befestigte er sich schon auf zwei Standbeine, die ihm die künftige Zuverlässigkeit versprechen sollten. Er konnte diesen zufällig in seinen Kopf kommende Gedanke als ein großes Geschenk des Schicksals aufnehmen. Seine ungewöhnliche Art und Weise wurde kurz darauf mit Begeisterung auf hohen Etagen der Uni-Verwaltung begrüßt und in städtischen und bundesweiten Zeitungen hoch abgeschätzt. Es wurde vorgeschlagen, seine Erfahrung in allen Hochschulrichtungen zu übernehmen. Mike war es aber ursprünglich klargeworden, dass solche Überlegung nicht von sachkundigen vorkam. Denn es gab eine lange Reihe von Uni-Disziplinen, wohin kein vernünftiger Banker oder Unternehmer viel Geld zu investieren wagt. Eher gehörte sein Fall zur Ausnahme, die doch ganz ertragreich sein könnte. Also zog Knudsen einige alten Kollegen zu seiner Forschung heran. Auch auf die Leistung Martin Schwab konnte er nicht verzichten. Im Großen und Ganzen war Martin ein Universalkenner der Ozeanbiologie, der imstande war, bald alle „brennenden Orte" des Weltozeans umzufassen. Sonst war Schwab zweifelsohne ein zuverlässiger Kerl. Von vornherein wusste Knudsen bestimmt nicht, dass seine künftige Tätigkeit kein Idyll erweisen sollte. Ähnlicher Weise dem Ozean selbst wurde er in einen Wasserstrudel herangezogen, aus dem es sehr schwer war, hinauszukommen. So stellte es sich heraus, dass viele Angelegenheiten, die den Ozean und große Meere betrafen, von zahlreichen Organisationen kontrolliert worden waren, deren wesentlicher Anteil von kriminellen und korrupten Individuen geleitet worden war. Herr Professor konnte solche Schlussfolgerung daraus ziehen, dass viele seine Projekte, die eine klare Unterstützung sogar der UNO Kommissionen bekommen haben, später abgelehnt worden waren. Der Forschungsgeist Mikes gab ihm aber keine Ruhe, die Ursache dieses Misserfolges unaufgeklärt zu lassen. Er nutzte dabei verschiedene Kanäle, über die seine Bekannten verfügen hatten. Schließlich wurde es ihm gelungen, die Namen von konkreten Personen herauszufinden, die zu diesen Absagen Hand angelegt hatten. Drei von ihnen waren eng mit der Politik verbunden. Der Neuseeländer Cliff Hutchison bekleidete vor Jahren das Amt der Energieminister, wechselte aber danach ins industrielle Business, wo er große Konzerne leitete. Er wurde in den letzten Jahren in die Forbes Liste als ein der reichsten Menschen des Landes eingetragen. Dem Gerede zufolge verlor er auch die vorige Verbindung mit der Regierung nicht, auf die er einen Einfluss inniehielt. Er war auch ein Mitglied des Aufsichtsrates einigen Umweltschutzunternehmen, die große Vorhaben in mehreren Regionen der Welt durchführten.

Der Kolumbianer Fernando Santos war fünf Jahre Innenminister des Landes, verlor aber das Amt wegen eines Streits mit dem Premierminister. Böse Zungen sagten, dass er seine Millionen mit dem heimlichen Drogengeschäft verdiente. Diese Tatsache wurde aber nicht bewiesen. Praktisch beaufsichtigte er alle bekannten Aktivitäten in der Meeresforschung der Pazifik.

Der Multimillionär Yam Salonga stammte aus den Philippinen, wo er zuerst ein Kongressabgeordneter war. Er beteiligte an berühmten Reedereien und Telekommunikationsfirmen, was ihm ein erhebliches Kapital zu sammeln ermöglichte. Danach vorzog er, die große Zeit in Europa und USA zu verbringen, wo er eng mit den einflussreichen Vertretern der Wirtschaft und Politik freundliche Beziehungen verknüpft hatte. Yam unterschied sich von anderen dadurch, dass er sehr schnell auf die Initiative des früheren Vizepräsident USA Al Gore reagierte, der einen globalen Alarm wegen eine anscheinend katastrophale Erderwärmung durch Treibhauseffekt geschlagen habe. Nach der festen Überzeugung Gores waren die sogenannten Treibhausgase (vor allem Kohlendioxid und Methan) dafür schuldig. Mit seinem Buch Bestseller „Earth In The Balance" sowie Dokumentarfilm und Oskar Preis Gewinner „An Inconvenient Truth" (Eine unbequeme Wahrheit) gewann Gore das prominente Establishment auf seine Seite, unter anderen einige Nobelpreisträger. Gores Organisation „The Climate Reality Project" sammelte dutzende Millionen für den Einsatz des weltweiten Programms der Lebensrettung auf der Erde. Die wirkliche Tatsache der ungewöhnlichen Erderwärmung wurde bis jetzt nicht bewiesen. Alle Forschungen in dieser Richtung wurden von Gore Organisation anmaßend veranstaltet, indem die Beteiligten im Voraus wussten, welche konkreten Ergebnisse sie bekommen sollten. Darüber hinaus wurden alle Messstationen, deren Daten dabei ausgenutzt worden waren, (vielleicht absichtlich?) absolut ungleich verteilt (90 Prozent auf der Nordhalbkugel). Außerdem klang auch die Hauptschlussfolgerung, dass die mittlere Erderwärmung im Laufe des letzten Jahrhunderts 0,8 K betrug, nicht überzeugend, weil dieser Wert anscheinend im Rahmen des Messfehlers lag. Nichtsdestotrotz waren viele Beteiligten imstande sein, große Gelder zu verdienen.

Auch Yam profitierte davon, indem er drei Unternehmen auf drei Kontinenten als Start-up eröffnete, die danach gezielt worden waren, die zerstörerischen Folgen der anthropogenen Erwärmung des Planeten zu bestätigen. Er war aber gleichzeitig ganz umsichtig gewesen, um seinem Schlussbericht einen Namensstempel der Vertraulichkeit zu erteilen. Sonst riskierte er, als einem Kronzeugen von der Einstellung Al Gore zu fungieren. Mit seinem Kniff war er für alle Varianten gesichert: vor Gore, der sein Vertrauen nicht verletzten durfte und vor Gore Gegner, die keinen Zugang zu seinem Bericht zu bekommen vermochten. Gore selbst nannte dessen Taktik „eine asiatische Schlauheit". Diese lächerliche Bezeichnung rief eine freundliche Stimmung der beiden Männer hervor, die keinen Zweifel haben könnten, dass sie auch fernerhin keine Uneinigkeit zu bekommen wussten. Mehr davon konnten sie weiter, andere benötigten Partner für sich gewinnen. Vielleich passierte so auch mit Professor Knudsen, der sich schon die Geistesverfassung Mr. Yam Salonga darzustellen bereit war. Doch dem letzten gelang es, ihm zuvorzukommen.

Mike befand sich gerade bei Dr. Schwab auf der Vangunu Insel des New Georgia Archipels, als er einen Anruf auf seinem Smartphone bekam. Es ereignete sich einige Minuten nachher sie über die Person Yam sprachen. Martin verfügte auch über eine ausführliche Kenntnis bezüglich ihn. War dieser Anruf infolge einer Telepathie oder war es eine zufällige Übereinstimmung, blieb den beiden Deutschen unklar. Nach dem kurzen Gespräch mit Yam heiterte diese Situation kaum auf. Denn Mr. Salonga lud Professor zu sich ein. Er war diese Zeit gerade in Sidney, wo eine internationale pazifische Konferenz vonstattenging. Nach einer kurzen Überlegung nahm Mike diese Einladung entgegen. Obwohl der Gegenstand der kommenden Verhandlungen mit dem Philippiner unerklärlich blieb, sollte sich Mike Knudsen sogar psychisch vorbereitet, denn Yam besaß unbedingt neben seinem wesentlichen Kapital die Geheimnisse der alten östlichen Kultur. Der ganze Weg nach Sidney inklusiv den Flug dauerte nicht länger als fünf Stunden. Der Gastgeber fand es sinnvoll, ihn in Hotelzimmer zu empfangen.

Genauer gesagt war es eine Enfilade aus einigen Zimmern, die auch ein Arbeitszimmer einschließen sollte. Yam befahl der Bedienung, das Essen und Getränke zu besorgen, damit sie sich darauf bequem zu unterhalten vermochten. Yam war ein sportlich aussehender nicht großer Kerl über Fünfzig mit hellbraungefärbtem Haar, dunklen Augen, wohlproportionierten Gesichtszügen und dünnen Schnurbart. Seine englische Sprache war fast fehlerfrei, trug aber den Anflug des fernöstlichen Unausgesprochen. Es gab darin aber auf keinen Fall eine Herausforderung dem Gesprächspartner gegenüber, sondern eher ein Verehrungszeichen dessen Vernunft, die ihm selbst zu allem gelangen lässt. Einige Sache äußerte er vielleicht absichtlich mit Anspielungen, die wahrscheinlich eine direkte Bedeutung unzulässig machte. Mr. Salonga war auch nicht geizig auf die Lobpreisung, indem er den großen Verdienst des Professors im Bereich des Artenschützes hochverehrte. Der Übergang zum Hauptthema des Gesprächs ereignete sich so unmerklich, dass Knudsen ihn fast übersehen konnte.

Eigentlich wollte der Gönner einen privaten Fonds gründen, der ohne bürokratische Verschleppung die dringenden Probleme der Umwelt- und Artenschützes aufzulösen verhelfe. Professor sollte bei diesem Fonds eine beratende Funktion erfüllen. Dafür sollte er bereit sein, die Katastrophenregion bald zu besuchen sowie seine Empfehlungen zu machen. Für Mike klang es ganz anlockend, weil er im Unterschied zu vielen anderen Sachkundigen noch jung und beweglich war. Der einzige Haken bestand darin, was Salonga unter den wirklichen Aufgaben des Fonds kapierte. Der Geschäftsmann war aber sehr sachlich gestimmt, damit Mr. Professor die Entscheidung sofort treffen sollte und alle Vertragspapiere zu unterschreiben bereit war. In Mikes Verstand ringen zwei entgegen-gesetzten Gefühle: Er war arbeitsgemäß einverstanden, die Bedingungen Salongas anzunehmen.

Außerdem dachte er momentan darüber nach, dass die Bekanntschaft und die sachlichen Beziehungen mit Yam auch alle künftigen Schwierigkeiten mit der Finanzierung seiner Projekte beseitigen könnten. Andererseits wusste er gut von Martin Schwab, was die Natur seines Gegenübers faktisch erweisen sollte. Nach der Meinung Martin sollte man ihm mit der Vorsicht vertrauen. Doch ungeachtet dessen, dass Dr. Schwab ein ausschließlich anständiger Mensch war, konnte er manchmal die Gefahr übertreiben, indem er oft alle möglichen Risken zu vermeiden suchte. Aber nach Mikes Ansicht bestand unser Leben aus einer Vielfalt von Risikofaktoren, die man sehr differenziert abschätzen sollte. Es gab im Prinzip keine Chance, sie alle zu entgehen. Konkret zu seiner aktuellen Lage bedeutete diese Schlussfolgerung, dass er resoluter handeln sollte. Auf diesen Grund entschied er, die Vorwarnung seines älteren Kollegen nicht zu beachten. Er machte seine Übereinstimmung zuerst durch den Ausdruck seiner Augen verständlich, was sein Visavis augenblicklich begriff. Diese offensichtliche Einigkeit erfreute Yam so kräftig, dass er trotz seinem Wunsch, möglichst schnell den

Vertrag unterschreiben zu lassen, eine Flasche französischen Burgunders zu verkosten vorschlug. Sie stammte wahrscheinlich aus seiner zahlreichen Weinkollektion, die er für feierliche Ereignisse auszunutzen wusste. Dem Professor blieb nichts anderes übrig als das erlesene Geschmack seines Verhandlungspartners zu bestätigen. Der Wein schmeckte so stark nach allen Kräutern des fruchtbaren Gebietes Frankreichs, dass die Verkostung auch später, wenn alle Formalitäten der Vertragsschließung erledigt worden waren, fortgesetzt worden war. Mike ertappte sich beim Gedanken, dass ihm der Vertrag immer an diesen einzigartigen Weingeschmack erinnern sollte.

Außerdem war solche angenehme Assoziation imstande, die unangenehmen Gefühle der Person Yams gegenüber zu vertilgen. „Es ist nichts zu machen", dachte sich der junge Gelehrte, „wir Menschen sind eher die gleichberechtigten Vertreter des Tierreiches, obwohl wir uns zur höchsten Tierart zuzählen. Die sinnlichen Empfindungen spielen bei uns nicht geringere Rolle als bei den anderen Tierarten. Das heißt, auch für Herr Professor Knudsen bedeutet manchmal ein zufälliger Geschmack mehr als abstrakte Anständigkeit oder Gerechtigkeit. Was könnten wir dagegen unternehmen? Gegen Mutternatur sind wir kraftlos gewesen". In dieser Offenbarung wurde wahrscheinlich eine tiefe Welterkenntnis widerspiegelt. Sonst sollte sich Professor für die Willensschwäche und Prinzipienlosigkeit missbilligen. Doch die Selbstkritik könnte nur die Stimmung verderben oder sogar zu einer Melancholie führen, die man heute eine Erkrankung namens Depression anerkennen ließ. Übrigens war sie häufig eine typische Krankheit von Menschen mit empfindlichem Gewissen. Vielleicht hatten auch die Anhänger des Kodex Burmeister eine Gefahr, davon betroffen zu sein. Woraus kamen überhaupt diese Erwägungen? Professor befürchtete sich einzugestehen, dass sie von einem Superqualitätswein entstehen sollten. Darin steckte sich ein harter Selbsttadel, der eine zerstörerische Wirkung auf sein Nervensystem haben könnte. Aber auch ohne ihn gab es eine Reihe von Erlebnissen, die kaum viel Freude zu bringen versprochen. Denn ihm stand die Rückkehr nach dem berüchtigten New Georgia Archipels bevor, wo ihn jetzt eine unvoreingenommene Unterhaltung mit Martin erwartete. Martins Prinzipienstreue schien ihm momentan unerträglich. Die moderne Welt war auf jeden Fall nicht mehr schwarz-weiß, es gab eine Farbenpalette, die man akzeptieren sollte. Man konnte aber zweifellos diese sehr einfache Sache solchem unbiegsamen Idealisten nicht erklären. Natürlich wird ihn Dr. Schwab für seine niederträchtigen Verhandlungen mit Mr. Salonga kräftig schmähen. Im Inneren seines Verstandes kapierte Mike, dass Martin Recht habe. Wie könnte er sich doch vor ihm rechtfertigen? Sicher konnte von einem wunderschönen Wein keine Rede sein. Martin fasste alle alkoholischen Getränke ganz anders auf. Für ihn waren sie mit dem seelischen Schmerz und der Verzweiflung verbunden. Nicht viel besser wäre Mikes Argument, dass er nicht für sich allein, sondern für die ganze Gruppe ums Geld kümmern musste. Denn Schwab ordnete das Geld viel niedriger als seine moralischen Stütze an. Sein Vorgefühl täuschte ihn nicht: Sogar eine milde Schilderung der Verhandlungen mit Yam in Sidney rief bei Martin solche entschiedene Entgegnung hervor, dass Mike keine weiteren Erzählungen zu äußern wagte. Ihre guten Verhältnisse waren stark verdorben. Deswegen bevorzugte Professor fernerhin mit ihn nur aktuelle Sachen zu diskutieren.

Der andere Gesichtswinkel

Dagegen war Mr. Salonga nach dem gelungenen Treffen mit Professor Knudsen gutgelaunt. Es war in der Tat großartig, solchen bekannten Wissenschaftler für sein Vorhaben zu bekommen. Er stellte sich schon die netten Aussichten dar, wie er dessen Name auf dem globalen Niveau anzuwenden vermochte. Außerdem verband er mit dem Gelehrten gewisse ertragsbringenden Pläne. Yams Erfahrung in politischen Angelegenheiten erteilte ihm unterschiedliche Möglichkeiten, bewusste und gezielte Einflüsse auf Menschen, vollkommen ohne deren Wissen und oft gegen deren Willen zu verwirklichen. Der Professor war bestimmt eine harte Nuss, mit der man immer sehr vorsichtig verhandeln sollte. Ihre kurze Verbindung zeugte aber davon, dass man auch zu ihm eine perfekt passende Art des Verhaltens herauszufinden befähigte. Wie Salonga bemerkte, genoss der Forscher teure Weine, was ihm vermuten ließ, dass der Deutsche zur Abendgesellschaft nicht absolut gleichgültig sein könnte. Anders ausgedrückt wäre es vielleicht sogar sinnvoll gewesen, ihn unter dem Vorwand einer wissenschaftlichen Versammlung irgendwelche Vergnügungsmaßnahme vorzuschlagen. Mr. Salonga war sicher ein Mensch, der seine Gedanken bald zu realisieren pflegte.

So bekam Knudsen in einigen Wochen ein SMS auf dem Smartphone mit der Botschaft, dass die nächste Fondstagung in Carlton Hotel Singapore in Singapur stattfinden sollte. Ihm wurde es auch mitgeteilt, dass seine Teilnahme besonders erwünscht worden war. Zusätzlich bekam er einen ausführlichen Stadtplan sowie die Auskunft, wie er das Hotel aussuchen konnte. Professor war noch niemals in Singapur, wusste aber wohl, dass es ein der weltweit höchstentwickelten Insel Stadtstaat war. Die besonders bequemen Lebensbedingungen dieses Ortes sorgten für die riesige Menge Touristen aus aller Welt. Kurz und gut war es ein anlockendes Angebot, das der Gelehrte in Kenntnis nehmen sollte. Zwei Tage waren ihm ausreichend, um den Entschluss zu treffen, die Einladung anzunehmen. Die Tagung wurde im Konferenzsaal des Hotels veranstaltet und es gab viele Gäste, die überwiegend die komplizierten finanziellen Fragen zu diskutieren beabsichtigten. Gleichzeitig wurde Professor Knudsen plötzlich zum Präsidium ausgewählt, was ihm den freien Raum wesentlich beschränkt hatte. Die Anwesenheit der Sachkundigen stand im offenbaren Gegensatz zu einem abendlichen Festmahl, das eine Vielfalt von prominenten Personen heranziehen sollte. Mehrere von ihnen wurden auch dem Professor vorgestellt. Mike fand es ziemlich erstaunlich, dass dabei auch Künstler und Medienstars waren, die man speziell einladen sollte. Unter ihnen war auch eine junge Schauspielerin, die ungeachtet ihres Alters in mehreren westlichen Produktionen gefilmt worden war. Dem Gerede zufolge zeigte auch Hollywood ein großes Interesse an sie. Die Frau schien dem Forscher sofort sehr attraktiv zu sein. Sie erinnerte ihm an Jennifer Lopez. Was aber ihm noch bewundernswerter schien, war die offenbare Aufmerksamkeit, die diese Frau namens Gina Pascual ihm nach ihrer Bekanntmachung erwies. Er zerbrach sich den Kopf über den Grund, warum sie sich das leistete: Fand sie ihn wirklich sympathisch, war sein Professortitel dafür verantwortlich oder gab es gewisse anderen Motive? Der klare Überfluss von besten alkoholischen Getränken machte den Umgang unbedingt einfacher.

Allerdings konnte der verehrte Wissenschaftler damit berechnen, dass sein nicht nüchterner Zustand schließlich zu weit führen konnte. Tatsächlich befand er sich in seinem Zimmer zusammen mit Gina, was im Großen und Ganzen auf keinen Fall seiner Absicht entsprach. Doch es war nun keine Hollywoodstory, sondern eine Wahrheit, die er sich kaum einzugestehen wusste. Der frühe Morgen meldete sich durch die gelborangen Sonnenkugel, die zusätzlich einen herben Meeres- und algenartigen Geruch besaß. Kleine Vögelchen verbreiteten ihre hellklingenden Triller über ganzen Himmel. In der Atmosphäre gab es etwas Märchenhaftes, was das Gedächtnis trüben könnte. Dann taufte eine weibliche Gestalt auf, in der Mike Gina erkannte. Sie kam gerade aus dem Badezimmer und strahlte mit dem Aroma des frischen Waldes. Sie war in einem seidenen Bademantel, der jeden Teil ihres schlanken Körpers deutlich widerspiegelte. Die Besinnung kehrte zu ihm langsam zurück. Er sollte mit ihr nicht in einem Traum, sondern in der Realität die Nacht verbringen. Als einem Beweis dafür konnte man ihre Anrede, ihm gegenüber begreifen: Gestern Abend war es Mr. Professor, heute früh dagegen – eine simple Mike. Wie konnte er dieses zufällige Zusammentreffen der Umstände bezeichnen? Als etwas Passendes konnte er nur das Wort „Glück" herausfinden. Vor zwei Tagen flog er nach Singapur mit dem Wunsch, die exotischen Erscheinungen der Natur zu schauen. Stattdessen erfasste er die wertvollste Sache des Lebens – das Glück. Was aber empfand die junge Frau, wollte er wissen. Besann sie sich auf irgendwas Ähnliches wie er oder war ihr alles egal? Knudsen sollte sich zweifelsohne die Rechenschaft ablegen, dass eine Frau, die gelegentlich mit einem Mann eine enge Verbindung habe, ihm kaum ein tiefes Eingeständnis zu verraten vermöge. Nein, er konnte ihre echten Gefühle nur durch kleine Anspielungen verspüren. Es gab in der Tat einige kleinen Kennzeichen, die er in ihren Gesten und Redeweise zu bemerken fähig war. So ließ sie sich ein paar Mal ihm (eher unbewusst?) „Liebling" sagen. Aber war es wirklich unbewusst? Sonst sollte sie etwas machen, um ihr Versehen korrigieren zu lassen. Doch sie machte es gar nicht. Sie machten alle notwendigen Morgenprozeduren fertig, frühstückten darauf in einem Hotel Café, wo schon mehrere Leute waren, die Gina gut kannten. Auf jeden Fall begrüßten sie sie herzlich und nach deren Gesichtsausdruck sprachen sie miteinander über Ginas Begleiter. In dem Blick einigen von ihnen konnte Mike einen Vorwurf lesen, als ob er ihnen irgendwie beraubte. Er wollte diese Empfindung mit ihr teilen, dachte aber sofort anders, weil sie ihn nicht richtig verstehen könnte. Das Frühstück kam ziemlich schnell zu Ende und der Filmstar wollte in ihr Zimmer gehen. Der Gelehrte war absichtlich nicht der Ansicht, mit ihr für den Abend zu verabreden. Alles musste nach seiner Auffassung von selbst oder gar nicht passieren. Die erste Hälfte des Tages war wieder der Diskussion über die Investitionspolitik des Fonds gewidmet. Und erneut wurden unterschiedliche Gebiete der Erde betrachtet, wo die schlechten Umweltbedingungen zu enormen Massensterben der Arten führen könnten. An diesem Tag war die Persönlichkeit Professors Knudsen besonders gefragt, denn man konnte den endgültigen Beschluss nur nach der Berücksichtigung von maßgebender Auffassung des Sachkundigen fassen. Eine große Verantwortung, die er auf sich diese Stunden nehmen sollte, forderte von ihm eine erhebliche Anstrengung. Deswegen wägte er laut alle dafür und dagegen ab, als ob er von den Anwesenden eine wertvolle Unterstützung erwartete. Doch außer ihm gab es nur einzelne Fachleute, deren Niveau eher mittelmäßig war, um den wichtigen Entschluss zu treffen. Ungeachtet der munteren Atmosphäre der Tagung schindete sie einen düsteren Eindruck auf ihn. Er fühlte sich in eine Sache herangezogen, die ihn weg von den richtigen Zielen nehmen sollte. Allem Anschein nach habe Schwab Recht, wenn er ihn vor diesem Schritt warnte. Nun war es zu spät, seinen Ratschlag zu folgen. Im Grunde ließ er sich überreden, nicht zuletzt unter der Wirkung des teuren Weins. War er tatsächlich käuflich? Wenn ja, dann verriet er unwiederbringlich den Kodex seines Lehrers Burmeister, der viel Mühe in seine sittliche Erziehung eingelegt hatte. Nun war er selbst der Erzieher einer jungen Generation, die ihn wie einem Musterbeispiel annehmen sollte. Ist er nach seinen letzten Verhandlungen dazu berechtigt, ein junges Team zu leiten? Auch diese merkwürdige Begegnung mit einer Schönheit namens Gina ließ ihm keine Ruhe. Was war es? Eine nächtige Lovestory, die wie einem Traum vorüberging oder etwas Ernstes? Er wusste keine Antwort auch auf diese Frage. Vielleich war es eine Kette der Heimsuchungen, die er von „höherer Instanz" bekommen sollte. In diesem Moment erinnerte er sich an die Offenbarung Phillipp Wagner, die der ihm, einem kleinen Teenager eines Tages vertraute. Da habe Phillipp Recht, die weibliche Schönheit war in der Tat eine harte Heimsuchung, nicht nur für die Männer, sondern für sie selbst. Nicht zufällig gab es unter Schönen viel mehr Unglückliche als bei den Übrigen. Herr Wagner gab ihm damals ganz wertvolle Hinweise, wie man mit solchen Frauen umgehen sollte. Und nun traf er wieder eine bezaubernde Frau, die imstande war, das Unterste seiner Seele zuoberst kehren. Er konnte augenblicklich nicht sagen, was er zu machen bereit war, wenn ihn rief, ihr zu folgen. Wahrscheinlich könnte er alle Ratschläge Phillipps missachten und etwas Gegenseitiges machen. Doch könnten seine Erwägungen einen abstrakten Sinn haben, denn alles hing heute davon ab, ob diese schöne Schauspielerin ihn überhaupt sehen wollte. Auf jeden Fall gab es diesen Abend eine Voraussetzung für ihr Treffen: Die Veranstalter verkündeten ein ähnliches Festmahl, das wieder im dasselbe Restaurant stattfinden sollte. Nun meldete sich Professor unter den ersten. Die erfahrenen Restaurateure machten zweifellos ihre Beste, um diesen Abend unvergesslich zu organisieren. Es kamen noch mehr Gäste aus den verschiedenen Bereichen der Kultur. Das Musikrepertoire verbreitete sich von der Oper bis zum Hard- und Modernrock. Die Küche schloss neben Fleisch-, Fisch-, vegetarisch- und vegan Gerichte alle Meeresfrüchte ein. Das Publikum genoss noch in größeren Mengen auserlesene alkoholischen Getränke, vielleicht weil es schon ein Wochenende begann. Diese mir der Sicherheit wunderbar geschafften Begleiterscheinungen freuten heute aber Professor Knudsen nicht besonders: Er bohrte sich mit den Augen den Haufen hinein in der Hoffnung, die einzige Gestalt zu finden. Seine Versuche waren aber erfolglos, so dass er schon bereit war, den Saal zu verlassen. Plötzlich empfand er eine Hand auf seiner Schulter. Er wendete sich unwillkürlich und sah den Gegenstand seiner Begierde. Miss Pascual war in einem erstaunlichen violetten Abendkleid, das sie noch attraktiver machte. Es stellte sich heraus, dass sie gerade den Saal eintrat und Mike war ihr erster Bekannte, den sie zu sehen vermochte. Von diesem Moment an begannen viele Gäste absichtlich zu ihr kommen, um sie zu begrüßen und Komplemente zu machen. Im Blick des Professors entstand nach einer Weile ein deutlicher Ausdruck der Eifersucht, der einem Fremden an etwas Martialisches erinnern sollte. Auf jeden Fall verminderte sich die Zahl der begeisterten Verehrer drastisch. Nun waren die beiden wirklich in der Lage, an einem Tisch zu sitzen und Essen und Getränke zu bestellen. Im Übrigen war es ein unvergesslicher Abend, der alle gastronomischen Wünsche erfüllen ließ. Inzwischen tanzten sie viel miteinander und haben daran ihren Spaß. Ehrlich gesagt schwebte Herr Professor auf Wolke sieben. Fast vier Stunden verflogen wie wenige Minuten. Die obersten Kellner kuckten vielsagend auf die Uhren, was ihren inständigen Wunsch bedeuten sollte, bald das Restaurant zu schließen. Mike kapierte angemessen ihre Mimik. So kaufte er zum Schluss eine Flasche denselben Burgunder, den er mit Mr. Salonga in Sidney verkostete, und schlug seiner Begleiterin vor, den Saal zu verlassen. Als die beiden schon im Hotel waren, lud ihn Gina in ihr Zimmer ein, das sie mehr komfortabel fand. Er habe sicher nichts dagegen. Diesmal erzählten sie einander mehrere Geschichten aus ihrem Leben. Unter anderen schilderte Mike wie er über die Existenz solchen absolut fabelhaften Weines erkannte. Nannte er auch den Namen des Mannes, der ihn damals bewirtete. Für die junge Frau war es eine Überraschung, etwas über ihn anzuhören. „Weiß Du, Mike, was, Mr. Salonga ist mein Onkel". Nun war der Gelehrte an die Reihe, sich zu staunen. „Die Welt ist klein", dachte er sich, „allerdings scheint diese Verwandtschaft ziemlich seltsam zu sein. Oder sagt mir Gina nicht die ganze Wahrheit". Er sagte ihr aber nichts über seinen Verdacht. Obwohl sie weniger betrunken waren als gestern, zu nüchtern konnten sie sich sowieso nicht zählen. Durch die Kenntnis, die der Forscher von seiner Freundin zu begreifen vermochte, sehnten ihre Eltern seit ihrer Jugend danach, sie vorteilhaft zu verheiraten. Sie waren gar nicht reich und sahen deswegen ihr ganzes Vermögen in ihrer Schöne. In engerem Sinne waren sie einsichtig genug, um zu kapieren, dass die weibliche Würde eine ständige Verehrung brauchte. So zeigten sie ihre Tochter auf vielen bekannt-en Wettbewerben bis sie jemand aus der Filmindustrie bemerkte und eine professionelle Bildung zu bekommen verhalf. Es war unbedingt eine ganz wichtige Stufe ihrer Karriere, weil schon ihre erste gefilmte Leistung für ihre landesweite Anerkennung sorgen konnte. Nun mussten sie sich nicht mehr beeilen, die Tochter zu verheiraten, obschon es nun eine lange Reihe von Bewerber um ihre Hand gab. Eine besondere Freude genossen ihre Alten der Botschaft, dass die Rede von ihr sogar Hollywood erreichte. Es war eine Familienfeier, die fast alle Verwandte zusammenbrachte. Wie sollte das Mädchen selbst diese Ereignisse entgegennehmen? Natürlich konnten solche Sachen, sie in Schwindel versetzen. Sie brauchte eine Menge Willenskraft, damit diesen Sternenlauf in Grenzen zu erhalten. Was ihr aber festzustellen gelang, war die Schlussfolgerung über die Qual, berühmt zu sein. Ein Leben, wenn dein jeder Schritt und jene Verhaltensweise für die ganze Welt offensichtlich und bestrafbar wird, konnte man eher mit einem Gefängnis vergleichen. Nicht zufällig entstanden tagtäglich Skandale und mehrere Furchterregende Medienuntersuchungen, die eine schwache Person zum Selbstmord bringen könnten. Allerdings ließ ihr das Schicksal in kurzer Zeit viele begabten Menschen kennenzulernen und mit deren Hilfe eine eigenartig lebenspraktische Ausbildung zu bekommen. Mike war dagegen ein Hochschullehrer, der nicht nur die guten Kenntnisse in Beruf, sondern auch eine erhabene ethische Lehre zu unterrichten wusste. In mehreren alltäglich-en Sachen war er eher ein junger Student, und darin steckte sich der große Unterschied zwischen ihnen. Dieser Umstand hinderte aber auch keinen Fall der Übereinstimmung ihrer Biologie. Es war dabei vielleicht gar nicht besonders wichtig, dass ihre erste gemeinsame Nacht unter der Wirkung der überflüssigen Menge Alkohol stattfand. Denn es gab eine verborgene Macht, die sie zueinander heranzog. Der Professor konnte sicher argwöhnisch sein, indem er auch eine heimtückische Beteiligung Mr. Salongas sehen konnte. Es änderte aber nichts: Er war buchstäblich bezaubert von dieser weiblichen Gestalt und konnte nichts mit sich machen. Etwas Ähnliches sollte auch in ihrer Seele passieren. Man konnte ihr alle sündhaften Züge zuschreiben, irgendwie, dass er ein berühmter Wissenschaftler war oder etwas in der Art.

Doch diese Tatsache spielte kaum eine wesentliche Rolle. Sie möchte einfach den Mann. Diese beidseitige Zuneigung sorgte dafür, dass sie trotz weniger Kenntnis übereinander keine Schüchternheit miteinander empfinden sollten. Anders ausgedrückt erwiesen sie ihre besten intimen Qualitäten, die sie von Natur geschenkt bekommen haben. Diese gleichzeitige Zuneigung wurde aber noch durch ihre unterschiedliche Herkunft befestigt. Die Schönheit besaß anscheinend alle Geheimnisse der fernöstlichen Kunst der Liebe. Und der Gelehrte war zärtlich und gefühlsmäßig von der Natur. Ihre zweite Nacht erinnerte Mike irgendwie an „Tausend und eine Nacht", die er als ein kleiner Junge heimlich von seinen Eltern zu lesen suchte. Nun war er ein erwachsener und selbstständiger Mann, dem vermeintlich alles erlaubt worden war. Nichtsdestoweniger konnte er sich weit nicht alles leisten. Er empfand diese Unfreiheit erneut nach der Bekanntschaft mit Yam, der mit ihm äußerlich sehr freundlich und fürsorglich zu sein schien. Doch in der Tat verbarg darin etwas Vorgetäuschtes und Bombastisches, was von Knudsen eine ständige Vorsicht forderte. In ihren besten Beziehungen steckte sich stets seitens Yams ein „Trojanisches Pferd", das der Forscher vielleicht pausenlos berücksichtigen sollte. Auch seine Teilnahme an Fonds konnte alle möglichen Wendungen aufweisen. Eher konnte Mike das Vorhandensein Yams wie einen Haken auch in seinen Verhältnissen mit Gina verstehen. Denn er war vollständig sinnlich und moralisch bereit, sein Leben mit dieser Frau zu verknüpfen. Ihn störten dabei überhaupt nicht ihre gegenwärtige und künftige Popularität sowie die Aussicht, weit entfernt von ihm zu leben und zu arbeiten. Diese Begleiterscheinung fand er lieber für unbedeutsam: Moderne Kommunikationsmittel und Verkehr machten sie ganz annehmbar. Bestimmt habe er kein Recht, von ihr eine radikale Änderung ihrer Karriereweise zu verlangen. Sie war schön und hochbegabt als Filmstar. Darüber hinaus konnte er sich nicht verzeihen, wenn sie ihn zugunsten dieser Laufbahn zu unterbrechen versuchte. Im Gegenteil teilte Knudsen die Ansicht, dass jede Person sich beharrlich bestreben sollte, alle Begabungen zu verwirklichen. Übrigens diskutierten die beiden alle diesen Fragen an dieser zweiten Nacht ihrer Liebe. Auch Miss Pascual sah in ihm eine wertvolle Partie für die Ehe. Natürlich hörten ein Bisschen euphorisch ihre Worte an, dass sie ihrer Liebe halber ständig bei ihm zu bleiben fähig war. Doch er vertraute ihr und konnte sich vorstellen, dass sie auch zur Opferung bereit war. In solchen ernsten Angelegenheiten interessierte sich Mike Knudsen für die Meinung der Umgebung absolut nicht. Es war eine private Sache zweier Individuen, die allein für ihr Glück verantwortlich sein sollten. Und sie durften alle Termine bezüglich ihrer künftigen Eheschließung allein planen. So entschieden die beiden, dieses Ereignis gerade in einem Jahr zu feiern.

Obwohl das persönliche Glück viel im Schicksal des Professors verändern sollte, blieben alle seine sachlichen Probleme lebendig weiter. Die Bekanntschaft und Zusammenarbeit mit Mr. Salonga hatten unbedingt ihre Vorteile. Er bekam zusätzlich die Unterstützung von zwei weiteren reichen Inverstoren, die zuvor diese Leistung hartnäckig weigerten. Mike war nicht ganz klar, ob dabei unmittelbar Yam selbst vermittelte oder es irgendwelche zusätzlichen Mechanismen in Gang gebracht worden waren. Es war aber für ihn nicht sehr wichtig. Viel angenehmer sah der Fakt selbst aus, dass er ein zusätzliches Personal beschäftigen konnte. Der jüngste Verlauf zeugte aber davon, dass Yam seinen Einfluss auf ihn immer kräftiger zu nehmen suchte. Allmählich begriff Knudsen, dass die Prinzipienlosigkeit, die er sich in Beziehungen mit Salonga zuließ, verheerende Folgen haben konnte. So passierte es bei der Errichtung zwei großen Ölraffinerien in der Nähe von Artenschutzzonen, was von dem Expertengremium genehmigt worden war. Formell gesehen schloss der Entwurf alle benötigten Maßnahmen ein, um die verderbliche Wirkung der Produktion auf die Umwelt zu eliminieren. Doch die absolute Mehrheit der Sachkundigen wusste Bescheid, dass man sehr teure Prozesse und Ausrüstung zum Einsatz bringen sollte, um den erwünschten Effekt zu erreichen. Auf einer praktischen Sprache bedeutete es, dass kein Trottel sein Geld darin einzulegen wage. Knudsen war auch ein Gremiumsmitglied, er nahm aber keine Initiative auf sich über, um einen offenen Widerstand gegen die Mehrheit zu leisten. Tief innerlich konnte er sich dadurch rechtfertigen, dass er keine Belohnung für seine Feigheit (oder für seinen Verrat) bekommen habe. Juristisch gesehen gab es also keinen Tatbestand, für den man ihn gerichtlich belangen könnte. Den Gewissensbiss sollte er sowieso haben, noch mehr deswegen, weil er sich nun geistig nicht allein, sondern zusammen mit Gina aufzunehmen wusste. Sie war also sein neues sittliches Eichmaß, das in einer komplexen Art und Weise mit dem Kodex Burmeister verknüpft werden sollte. Gewiss war seine Ausgewählte eine Vertreterin ganz anderer Kultur. Trotzdem zweifelte Mike keineswegs daran, dass sie die höhen ethischen Stutze aufweisen sollte. In der Filmindustrie war es lebenswichtig, weil die Beteiligten von allgemeiner Vergötterung um gerungen sind. Sie müssen jeden Tag einer Vielfalt der Versuchungen gegenüberstehen, um ihren Geist und ihre Seele nicht zu verderben. Es war nicht einfache kognitive Arbeit, die man pausenlos praktizieren sollte. Gleichzeitig war Gina nun seine engvertraute Person, für die er auch bürgen musste. Es war ein neuer Zustand, in dem seine Vernunft noch nie gewesen sei. Bis jetzt lehrte und betreute er viele Studenten und Doktoranden, die ihm sehr nah standen. Allerdings blieben sie alle ganz frei und unabhängig von ihm. Gina war dagegen (oder er wollte es so sehen) ein unverrückbarer Teil ihn selbst, dessen Einfluss auf seine Körper und Geist er nun ständig zu empfinden fähig war. Seine Verbindung mit Salonga klang anscheinend wie eine Dissonanz zu diesen würdigen Erwägungen. Doch sie brachte ihm einige Vorteile, auf die er momentan nicht zu verzichten vermochte. Dank dieser Bekanntschaft erwarb er die einzige Chance, eine zuverlässige Finanzierung seiner Aktivitäten zu gewährleisten. In seiner aktuellen Position sorgte er für ein großes Kollektiv, das sonst bankrottgehen musste. Diese kümmervolle Variante erschien völlig ungeeignet für ihn und alle seinen Mitarbeiter. In diesem Sinne sollten seine edelhaften sittlichen Prinzipien manchmal misslingen oder, genauer ausgedrückt, sie werden gezwungen, auch das Lebensniveau einzelnen und mehreren Menschen in Betracht zu ziehen. Die Menschheit erfand nicht zufällig das Geld, das nicht nur um den Reichtum der Magnaten, sondern um das arme Brot des Haufens kümmerte. Man musste zuerst satt sein, damit er über die hohen moralischen Grundlagen zu reden vermochte. Leider wurde unsere Welt so merkwürdig eingerichtet, dass die Beachtung der sittlichen Regeln überwiegend den armen und ehrlichen Menschen zur Pflicht gemacht worden war. Dagegen erfanden die Reichen viele Verfahren, die sie davon befreien konnten. Sogar Zeit einer Generation gab es mehrere Gerichtsverfahren, wo die Konzernvorstande für die Verbrechen verantworten sein sollten. Doch nur sehr selten wurden sie zu einer Strafe verurteilt. Der tatsächliche Grund dafür war, dass das Geld in moderner Gesellschaft noch eine schutzbringende Rolle zu spielen befähigte. Starrechtsanwälte sind heutzutage in der Lage, fast jedem Übeltäter einen Freispruch zu versichern. Falsche Zeugen, Speichellecker, verkäufliche Gerichtsbeamten und -angestellten sind nicht imstande, auf große Gelder zu verzichten. Das Böse, das der Reichtum mit sich mitbringt, ist schwer zu überschätzen, denn er zeigt der Bevölkerung nicht selten ein schlimmes Beispiel davon, dass man sich mit Geld von allen Sünden befreien könnte. Diese Schlussfolgerung ließ aber nicht, dem Reichtum ein allgemeines Urteil zu verkünden: Viele Superreichen opfern Millionen für die wohltätigen Zwecke sowie für die Bekämpfung der Armut.

Im Allgemeinen sollten alle Arten der tierischen und pflanzlichen Welt in modernem Ökosystem um ihre Überlebung kämpfen. Das charakteristische Merkmal dieses harten Kampfes war die Anpassungsfähigkeit der Art zu immer schlechter werdenden Umweltbedingungen. Einigermaßen war es eine Prüfung, indem die stärkeren Organismen bessere Aussichten für die Zukunft beizubehalten vermochten. Die Zivilisation und der technische Fortschritt versuchten angeblich, ständig etwas noch heimtückischer zu entwickeln, was zusätzliche Schutzmechanismen von den biologischen Wesen verlangten. Nach dem ungelösten Problem mit den toxischen Plastikmüllabfällen erkannten die Umweltforscher, dass der Tabak nicht nur bei Menschen zu tödlichen Erkrankungen führte, sondern er verursachte sehr gefährliche Folgen auch für alle Meeresbewohner, die gezwungener Weise den Zigarettenstummel konsumieren mussten. Die Palette der giftigen Stoffe in diesen kleinen Stückchen war genug, um die schwächsten von ihnen momentan zu töten. Allein das Nikotin erwies ein riesiges Potenzial für die Vergiftung und Mutationen, die auch in mehreren folgenden Nachwuchswechseln schwere Krankheiten auslösen sollte. Neben seiner Giftigkeit verbraucht das Nikotin große Menge gelösten Sauerstoffs, das fürs Leben vielen Wassertieren unentbehrlich sein sollte. Vergiftete und kranke Meerestiere und -pflanzen sind aber häufig die Glieder einer Ernährungskette für Menschen und Nutztiere, was auch für die Letzten gesundheitsschädlich sein sollte. Auch die Vielfalt der Arzneien, die Menschen in immer größeren Massen konsumieren, gingen fast in einer unveränderten Form die Kläranlage vorüber und landen sich schließlich in Meereswasser. Unter genannten Medikamenten besitzen die letzte Zeit sehr weitverbreitete Geschlechtshormone einen besonderen Platz, weil sie bei den unterschiedlichen Meerestieren für die Änderung des Geschlechts sorgen können. Solch erworbener Hermaphroditismus habe dadurch verheerende Folgen, weil die Arten ihre Fähigkeit zur Reproduktion vollständig verlieren. Und moderne Wissenschaft hat kein Mittel dagegen. Außerdem erhalten Hormone eine hohe Aktivität sogar bei sehr niedrigen Konzentrationen. Wenn man an die Verschwindung gewissen Arten wegen Klimaänderung zu zweifeln kapiert, leisten diese Hormone einen unsichtbaren und zuverlässigen Beitrag zum Artenaussterben. Und nicht nur Meerestiere sind davon betroffen. Auch wir Menschen, die gerne Fische und Meeresfrüchte verzehren, wagen, unsere sexuelle Orientierung zu entarten. Mit anderen Worten kehren alle unseren Vergehen, als ob sie Fehlschläge der Umwelt gegenüber waren, zu uns zurück, als ob sie uns dafür bestrafen wollten.

Zu Gast in Heidelberg

Offen gesagt waren Mike und Gina der Absicht, sich zuerst eine Prüfungsfrist über ein Jahr festzusetzen, um ihre beidseitigen Gefühle durch ihre getrennte Existenz bestätigen zu lassen. Dieser Gedanken zeigte sich aber wie unrealisierbar. Denn schon nach drei Monaten teilte die junge Film Frau seinem Geliebten mit, dass sie in einer Woche eine europäische Dienstreise machen sollte. Im Grunde handelte es sich ums Drehen eines Serials in Spanien und Deutschland, und Miss Pascual bat schon den Regisseur um eine freie Woche, damit sie ihren Bräutigam zu besuchen vermochte. Nach der Ansicht der Filmverwaltung war es ein gewichtiges Argument, um ihrem Wunsch entgegen zu kommen. Für Herr Professor war es nun die Ehrensache, sie würdig aufzunehmen. Außerdem sehnte er sich längst nach dieser teuren Schöne und war heimlich der Auffassung, ein Zwischentreffen mit ihr zu schaffen. Ihr Besuch konnte wahrscheinlich ein Kulturprogramm einschließen. Selbstverständlich musste ihr Professor vor allem die Sehenswürdigkeiten der Altstadt von Heidelberg am südlichen Neckarufer zeigen. Das majestätische Gebäude des Königschlosses aus den 13. und 14. Jahrhundert, das im Barockstil errichtet worden war, bestimmte im Laufe des nachfolgenden Halbes Jahrtausends das Angesicht der Stadt. Die fast zweikilometerlange Talsohle zieht sich dreieckförmig nach Osten hin zusammen. Im Süden wurde sie bildhaft vom steil ansteigenden Königstuhl mit dessen Nebengipfel, dem Gaisberg, begrenzt. Sonst gab es in der Stadt eine Menge von vortrefflichen Straßen und Plätzen, alte und neu Universität sowie fabelhafte Parkanlagen und naturnahe Landschaften. Dieser Stadtbummel sollte unbedingt stattfinden. Doch eine Woche war zu kurz, um die Zeit für etwas Unwesentliches zu vergeuden. Im Gegenteil wollte der Gelehrte, seine Braut in einer tagtäglichen Atmosphäre der typischen städtischen Familienwohnung beobachten, um irgendwelche ihre Angewohnheiten und Manieren zu erkennen. Er empfand sie wie eine nahstehende zu ihm Person, nichtsdestotrotz fühlte er ein inneres Bedürfnis, mehr über sie zu wissen. Nicht umsonst war er ein Naturwissenschaftler, der auch mit seiner nahen Umgebung mit einem Forschungsgeist verhandeln sollte. Auf jeden Fall dachte er im Voraus sein weiteres Benehmen und sogar einige Äußerungen und Fragen durch, die er an ihr richten sollte. Ein Gespräch war nach seiner Meinung ein günstiges Mittel, um viel mehr über ein Individuum zu erkennen. Der Prüfende sollte nur die präzisen Fragen stellen und versuchen, aus den Antworten die präzisen Schlüsse über die Person zu ziehen. Allerdings war Gina eine seine ungewöhnliche Bekannte, und zwar die, die er liebte. Dieser Umstand änderte drastisch die Situation. Momentan konnte er nicht besonders stolz auf seine Wohnung sein, denn er habe sie vor einem halben Jahr abgekauft und es gab noch nicht ausreichend Mobiliar drin, das er sehr nörglerisch auszuwählen beabsichtigte. Einige seinen Kollegen empfohlen ihm, eine praktische italienische Garnitur zu erwerben. Dagegen bestand der Ratschlag Professors Sawatzki darin, die neue Wohnung mit einzelnen Kunststücken englischer Art auszustatten. Was er Klaus nicht versagen könnte, betraf dessen künstlerische Natur, die wahrscheinlich auch für sachliche Qualität sorgte. Deswegen war Mike vollkommen mit Sawatzki einverstanden, das erlesene englische Möbel Stück für Stück auszusuchen. Obwohl es viel mehr Zeit und Energie forderte (und er den Mangel an beiden litt), gefiel ihm diese Idee gut. Nein, er habe augenblicklich gar nicht ausreichend das Mobiliar, mit dem er seine Braut zu begeistern vermochte. Doch sie sollte es ihm sicher verzeihen. Und nun kam der Tag der langen und ungeduldig erwarteten Begegnung. Damit alle benötigten Formalitäten möglichst schnell erfüllen zu können, bot er seiner Freundin an, gleich nach der Ginas Ankunft die Stadtbesichtigung durchzuführen. Da sie (vielleicht der Höflichkeit halber) nichts dagegen zu haben wusste, fuhr Professor sein Audi A7C7 zu allen Orten, die er ihr zu präsentieren vermutete. Sie fand alle diese Anblicke wunderschön, was dem Gastgeber sehr freudig anzuhören schien. Nach einer fast dreistündigen Fahrt und den Spaziergang (auch auf Unigelände bis zu seiner Fakultät) bewegte sich der Audi in Richtung Professors Haus, in dessen Wohnung alles für den Empfang der teuren Frau bereit worden war. Darauf wurde viele Leckerbissen gegessen und nicht weniger Qualitätswein getrunken. Wenn der Wirt zum ersten Mal auf die Uhr kuckte, war es schon über Mitternacht. Mit der gemütlichen Plauderei über alle Ereignisse der letzten Zeit bemerkten die beiden nicht die Flüchtigkeit ihrer eigenen Zeitspanne. Daneben spielte der gebrauchte Alkohol eine angeblich unabhängige Rolle, indem er beharrlich forderte, unverzüglich zu Liebes Zärtlichkeiten zu übergehen. Die monatelange Trennung der beiden verschaffte die besten Voraussetzungen. Eine private Wohnung schien ihnen nun viel angenehmer als das Hotelzimmer zu dienen. Zwei ausgewöhnlich kreative Wesen waren auch im Bett einsichtig und erfinderisch, um die früheren Mittel nicht zu wiederholen. Ihre emotionale Übererregung ließ ihnen kaum bis zu vier Uhr morgens einschlafen. Trotzdem wachte sich die junge Frau schon um acht Uhr, was den Schlaf des Professors auch beenden sollte. Als er mit der Anstrengung die Augen öffnete, stand sie schon in einer vollständigen Kleidung und Makeup vor ihm, mit der Absicht, nach draußen zu gehen. Der Gastgeber fühlte sich jetzt verpflichtet, möglichst bald alle morgens Behandlungsweisen zu erfüllen, um sie zu begleitet. Ihm war es aber nicht ganz klar, was sie so früh in der Stadt machen wollte. Sie erläuterte solche Hastigkeit ziemlich einfach: „Weißt Du, Mike, wir, philippinische Frauen, sind schon seit Jugend angewöhnt, sehr früh aufzuwachen, um zum Frischmarkt zu gehen und alle möglichen Gemüse einzukaufen. Denn wir sind davon überzeugt, dass das Frühstück aus frischen Pflanzen ein langes gesundes Leben zu gewährleisten fähig wird. Deswegen war ich der Ansicht, diese Angewohnheit heute bei Dir wieder zu beleben und die übrigen Tage der Woche auszuüben". Unmotiviert war Gina auf keinen Fall. Im Gegenteil nahm sie die Initiative in seine Hand, um in Wirklichkeit die Vorteile ihres Lebensstils zu beweisen. So bereitete sie kurz nach der Rückkehr von dem Markt das Frühstück vor und sie genossen bequem alle fernöstlichen Spezialitäten und diskutierten die Sachen der Ernährung und mehrere andere Dinge. Der Wirt beobachtete seine Geliebte von einer ganz anderen Seite, die er zuvor nicht vorstellen könnte. Sie schien ihm sehr fleißig auch bei dem Haushalt zu sein. Gina war ungeachtet dessen, dass sie nur wenige Stunden geschlafen habe, ganz gesprächig, indem sie über jene Gemüse und jedes Gewürz etwas Amüsantes zu erzählen wusste. Sie teilte dabei ihre Kenntnis in mehrere Gruppen, eine davon eher mit der Naturwissenschaft und dem modernen Gesundheitswesen verbunden war. Solche Auskünfte könnte man wahrscheinlich in Sachbüchern oder im Internet herausfinden. Doch dem Professor war es sicher viel angenehmer, es von dieser schönen Frau zu erkennen. Zugleich war die Kino Diva eine endlose Quelle der völkischen Legenden über alle betroffenen Pflanzen. Sie wusste genau, auf welches menschliche Körperorgan und auf welches Fragment der Seele den Einfluss besonders stark sein sollte. Es war eine originelle Art der asiatischen Weisheit, die wahrscheinlich von Beschwörer und Schamanen stammen sollte. Alle diesen pflanzlichen Formen kümmerten im Allgemeinen nicht nur um das lange Erhalten der Gesundheit, sondern sie waren imstande, viele Krankheiten auszukurieren, die für die Schulmedizin schwere Probleme erweisen sollten. Und die seelische Wirkung sollte auch für die gute Laune der Person sorgen. Mike fragte, ob Gina selbst solche Diät unbeugsam fest zuhalten pflegte. Sie sagte, dass sie ihr sehr eigentümlich und nützlich war, doch allein die Lebensweise der Filmmacher machte es häufig unmöglich, streng daran zuzustehen.

„Du kannst dir einfach darstellen", setzte sie ihre Aussage fort, „dass wir nicht selten an menschenleeren Orten arbeiten, wo auch die Nahrung ziemlich arm und unausgewogen sein könnte. Der Beruf der Kinematographie ist von selbst so verführerisch gewesen, dass wir alle tagtäglichen Schweren geduldig erleben müssen. Sonst soll man ehrlich eingestehen, dass der Mangel an etwas Angewöhntes zum mächtigen Mittel der Selbsterziehung zählt, das viele von uns brauchen. Je weniger wir solche netten Leckerbissen bei uns haben, desto mehr wir sie darauf zu schätzen vermögen. Es ist, wenn du willst, ein wichtiger Bestandteil unserer Philosophie, die auch unsere echte

Begabung widerspiegeln könnte". Der Gelehrte hörte aufmerksam jedes Wort seiner Braut und bewunderte sich, wieviel komplizierte Einstellungen dieses junge Wesen zu kapieren fähig war. Außerdem war seine Freundin vermeintlich mit der positiven Energie geladen, die unbedingt nicht ausschließlich von grüner Nahrung vorkam. Es wäre eine offenbare Vereinfachung, die Tatsache so zu begreifen. Eher bestand ihre Lebensauffassung darin, dass sie alles von der besten Seite betrachtete. Sie schloss ursprünglich das schlimme Ergebnis ihrer Leistung aus. Im Großen und Ganzen bezog sich jede menschliche Tätigkeit darauf, doch in Filmbranche gab es bestimmt ungewöhnliche Verhältnisse mit dem Erfolg. So war Miss Pascual der Auffassung, dass man den Erfolg ganz problemlos anzueignen vermochte. Dieses schmackhafte Gebiet lag ungekünstelt auf der Hand und hunderte Millionen Zuschauer weltweit waren imstande, das Gelingen oder den Durchfall im Laufe des Tages zu bezeugen, was die Medien sehr bald zu verbreiten versuchen. Wahrscheinlich meinte Gina unter diesem Aneignen einen seelischen Zustand, der nicht allein dich selbst, sondern auch das Publikum überzeugen könnte, dass es dabei um das Kunststück handelt. Eine hervorragende Videoproduktion war natürlich sehr kompliziert und lang realisierbar. Sie habe aber einen deutlichen Vorteil, der mit der Begabung des Produzenten und des Regisseurs verbunden war. Diese beiden waren immer imstande, alle Fehlschläge und mangelnde Offenherzigkeit der Darsteller zu bemerken und rechtzeitig korrigieren zu lassen. Auf diesen Grund strebten sich die größten Schauspieler überwiegend nach einen und dieselben Meister der Kinematographie, auf den sie immer zu verlassen wussten. Diese klare Argumentation der Kino Frau gefiel dem Professor zweifellos. Er konnte sie der Situation in der Wissenschaft gegenüberstellen. Ein talentierter Forscher konnte die Qualität seiner oder fremder Arbeit ganz schnell abschätzen sowie ihre starken und schwachen Seiten aufdecken. Ehrlich gesagt war Gina die erste Vertreterin des weiblichen Geschlechts, die ihre äußere Tugend mit dem scharfen Verstand zu verbinden vermochte. So sprachen sie pausenlos miteinander weiter bis die junge Schönheit im Kopf kam, die aktuellen Fragen der Umwelt zu berühren. „Kannst du mir noch bei einer Verlegenheit helfen", begann sie eine nächste Runde, „ich habe gehört, dass das Ozean wegen Millionen Tonnen Plastikmüll leidet. Wenn es tatsächlich stimmt, wollte ich wissen, warum man diese riesige Menge Müll für die guten Zwecke nicht wiederverwenden sollte?" Diese sinnvolle Frage beschäftigte vor kurzem stark auch den Professor selbst. Nun wollte er doch kapieren, was Gina unter dem Wiederverwenden meinte.

„Ich bin ein Amateur in dieser Sache", überlegte sie angeblich laut ihren Gedanken, „deswegen konnte ich etwas Einfachstes ausdenken, z.B. irgendwelche Konstruktionen, Häuser oder etwas Ähnliches für die armen Leute aufzubauen. Es gibt weltweit Millionen besitzlosen Menschen. Warum sollten diese wertvollen Materialien aus der Anwendung verschwinden und das Ozean zu beschmutzen. Ist das richtig?"

Es war eine wirklich kraftvolle Äußerung, die angeblich auch den Gelehrten beschämen sollte. „Du, Gina, hast vollkommen Recht, was heutzutage mit dem Ozean sowie mit der ganzen Umwelt passiert, ist ungeheuerlich, weil wir Menschen uns unverantwortlich der Natur gegenüber verhalten. Allerdings sind die Schutzkräfte der Natur wie jedes andere Lebewesen nicht unbegrenzt, das heißt, sie leidet schwer daran und stirbt langsam und unvermeidbar. Doch das Kurieren der Natur ist weit viel komplizierter, als ihren rechtzeitigen Schutz. Eine Heilung der erkrankten Natur kann man mit der Behandlung der todeskranken Patienten vergleichen: Riesige Kosten und geringe Chancen, wieder gesund zu werden. Die Gegenüberstellung zeigt ganz genau die Sachlage mit dem Ozean. Man kann natürlich den Plastikmüll aus dem Meer tonnenweise gewinnen, um ihn für die wohlwollenden Zwecke anzuwenden. Das Problem ist aber wie bei einem schwerkranken Menschen: Diese echt geschickten Maßnahmen sind sehr teuer, so dass jeder einsichtige Geldgeber mehrfach überlegen sollte, ob es ihm richtig passte. Und wegen dieses Aufwands werden alle Häuser und Konstruktionen, die du nannte, eher enorm kostspielig. Nichtsdestotrotz muss ich deine Idee hoch beloben, denn die Rettung des Ozeans ist eine unentbehrliche Aufgabe der Menschheit. Sonst droht uns eine globale Katastrophe".

Der forschende Geist der Diva wurde aber keineswegs erschöpft geworden. „Und noch eine Frage lässt mir nicht ruhig schlafen", sagte sie mit kindlich naivem Augenausdruck, „die mit Kernkraftwerken verknüpft werden sollte. Noch wenn ich auf Philippinen lebte, kam die Tatsache zum Vorschein, dass die großen Massen vom hoch radioaktiven Müll im kriminellen Besitz gelandet wurden, was entweder zur Produktion der entsetzlichen Atomwaffen oder zur Kernverschmutzung des Ozeans führen könnte. Stimmt es?" Diese Frage konnte der Professor kaum von seiner Freundin anhören. Er überlegte wenige Minuten, bevor er das Folgende sagte:
„Dem Anschein nach ist deine Frage korrekt. Seit dem Beginn der Atomenergie verstärkte sich das Interesse von kriminellen Strukturen und Staatsregierungen für den Atommüll, weil die Forschung eindeutig zu beweisen fähig war, dass es technologisch realisierbar war, daraus Kernwaffe zu erzeugen. Selbstverständlich wurde dieser Prozess mit der Entstehung großen Volumen sekundären Kern Mull verbunden, der direkt ins Meer geleitet werden konnte. Auf jeden Fall wurden im Ozean viele Orte aufgedeckt mit einer stark erhöhten Radioaktivität. Leider ist es praktisch nicht mehr möglich, die ursprüngliche Quelle dieser hochgefährlichen Stoffe zu erkennen. Sicher wäre es zuverlässiger, diese Verbrecher im Voraus auszurechnen versuchen. Sie sind aber sehr vorsichtig und handeln unter den geheimnisvollen Bedingungen. Darüber hinaus verdienen sie große Gelder davon und kümmern sich um den Ozean- oder Umweltschutz überhaupt nicht".
Seltsamerweise erwies sich das Thema der Ökologie wie eine gramvolle Sache, die der Gastgeber unbedingt gar nicht beabsichtigte, mit seiner Lieb-

lingsfrau zu diskutieren. Viel kluger und angenehmer schien es ihm, das Thema sofort zu wechseln, um etwas Unbekanntes über das Wunderland Philippinen zu erfahren. Zu Ginas Tugenden zählte offenkundig die Beschaffenheit, die Gemütslage des Nächsten momentan zu verspüren. War es ihre persönliche Qualität oder eine eigenartige Fähigkeit ihres Volkes, wollte er wissen. Sie bezog auf seine Frage sehr einfach:

„Meine Landsleute schätzen hoch eine gute Laune, weil sie der Meinung sind, dass dieser seelische Zustand sehr gesund ist. Deswegen lachen sie und lächeln den ganzen Tag und wollen das Gleiche in der Umgebung sehen. Wenn eine Person schlechte Stimmung bekommt, zeugt es davon, dass sie etwas Trauriges erlebte oder sich nicht wohl empfinden. Der Mensch, der diese unangenehme Laune beim anderen entdeckte, fragt ihn höfflich, was für einen Grund davon gibt. Mit anderen Worten kümmern sich Leute darum, dass auch die Fremden sich gut und freudig fühlen. Im Unterschied zu westlichen Bewohnern sind sie sehr gesellig und offen. Sie reden gern und teilen ihre persönlichen Nachrichten ungekünstelt mit. Sie sprechen gewöhnlich sehr laut und sind fast nie befangen. Sie haben keine Furcht, etwas zu verplappern. Nach meiner Auffassung kapieren sie alle, welches Thema für ihr Visavis unerwünscht wäre und sind imstande, es nicht mehr zu berühren. Leider sollten sich unsere Leute gründlich umstellen, wenn sie mit den Westlichen zu arbeiten oder umzugehen beabsichtigen. Diese Gemütsveränderung fordert eine erhebliche innere Anstrengung, gelingt aber nicht immer. Hier sagt man sich – du musst, sonst passt du der neuen Gemeinschaft gar nicht".

Es war in der Tat eine sehr nützliche Auskunft, die Mike Knudsen fernerhin berücksichtigen sollte, um sich Gina gegenüber etwas Taktloses nicht zu leisten. Im Allgemeinen war dieser kurze Besuch der jungen Frau aufschlussreich für ihn. Vor allem deswegen, weil sie eine hervorragende Anpassungsfähigkeit innehabe. Letzte Zeit musste Professor Knudsen mit mehreren Menschen weltweit in Verbindung stehen, die sich stark voneinander nach Erziehung, Tradition und Mentalität unterscheiden könnten. Das musterhafte Beispiel seiner Braut sollte ihm damit helfen, sich auf ihre Stelle vorzustellen. Solche ziemlich simple geistige Übung schien ihm gleichzeitig ganz produktiv zu sein, um auch mit den heiklen Partnern zu einer Übereinstimmung zu gelangen. Diese neue Lehre war ihm gar nicht überflüssig, weil die Vertreter mehreren anderen Sachgebieten (sagen wir Finanzenleute oder Wirtschaftsexperte) dachten gewöhnlich mit ihren eigenen Kategorien, die ihn, Naturwissenschaftler, absolut unverständlich sein könnte. Andererseits war die Beschaffenheit, auf den Gegenstand mit fremden Augen zu kucken, zweifellos vielversprechend. Übrigens war dieser Gedanke überhaupt keine leere Erwägung. Im Gegenteil wurde er vor kurzen zur nächsten Konferenz des Fonds Mr. Salongas eingeladen. Vor dem Besuch seiner Diva bereitete er einen Bericht vor, in dem er einen offenen Zusammenstoß mit der Mehrheit der Beteiligten plante. Diese angeblichen

Tollpatsche waren nicht in der Lage, einfache Fachausdrücke zu begreifen. Deswegen sollte es ein echter Todeskampf gewesen sein, im Sinne, entweder sie oder ich. Nach der weisen Erläuterung Ginas verlor er jeden kämpferischen Drang, mit dem er wie einem rauflustigen Hahn die Gegner zu attackieren suchte. Einigermaßen war es schon ein Sieg über sich selbst oder genauer gesagt über seine Beschränktheit. Warum sollte er eigentlich einsichtiger als diese Finanzleute sein, weil er ein Professor war? Keine gute Argumentation.

Eine aufmerksame Verhältnis Ginas zu Mike wurde unter anderem dadurch verständlich, dass sie erstaunlich empfindlich nicht nur seine Mimik und Gestik, sondern auch seine Angewohnheit zu reden oder sogar zu atmen merkte.

„Du, Mike, lässt dich bei der Atmung zu viel Luft ein", sagte sie als ob nebenbei, „eher sollst du nicht so intensiv, sondern möglichst tiefer einatmen, damit deine Lungen sich von dem Sauerstoff des Blutes völlig zu reinigen befähigen. Dieser einfache Ratschlag kann aber nicht so leicht verfolgt werden wie er anhört. Ich zeige dir einige Übungen, die dir die genannte Eigenschaft anzueignen helfen". Mit diesen Worten begann sie ihn tatsächlich belehren mit der Hartnäckigkeit, die keinen Widerspruch zu dulden schien. Gleichzeitig verspürte sie einen Blick der Fragwürdigkeit in seinen Augen, was von ihr eine Erläuterung forderte: „Verzeihst du mir, bitte, meine Beharrlichkeit, doch sie ist nach meiner Erfahrung das einzige Mittel, den Betroffenen dazu zu zwingen. Die Offenheit der Diva erwies sich auch dadurch, dass sie selbst die komplizierten körperlichen Übungen vor ihm unverhohlen aufführte. Wahrscheinlich war sie dabei der Auffassung, dass er als ein kluger Mann den Wunsch bekommt, das Gleiche nachzuahmen. Er tat es aber nicht, obwohl er ihre Handlungen mit großem Interesse betrachtete. Viele ihren Bemühungen wurden unterschiedlichen Ausdehnungen gewidmet. Sie war dabei der Meinung, dass diese Art der körperlichen Einwirkung für eine besonders intensive Bereicherung des Gewebes mit dem Sauerstoff sorgte. „Durch diese einfache Übung", sagte sie, „richte ich einen massiven Blutstrom zu meinen gesunden und, noch wichtiger, zu kranken Zellen, was ihre Gesundung fördern könnte. Unser Körper, wie ein kompliziertes dynamisches System, besitzt immer eine Menge ungesunden Zellen, die sich entweder heilen oder absterben müssen. Diese Ausdehnungen verstärken die beiden Prozesse und kümmern um die allgemeine Besserung. Meine Gymnastik ist deswegen ein indirektes Verfahren, um die positive Energie an alle Gewebe zu senden sowie die Alterung Prozesse zu verzögern. Man muss sie aber sehr bewusst und konzentriert ausüben. Manchmal kann ich auch verspüren, wie verständnisvoll mein Leib darauf zu reagiere versucht, als ob er meiner Seele zustimmen wollte".

Dem Professor mit seiner wissenschaftlichen Ansicht auf die Natur, schienen solche Erwägungen seiner Braut etwas veraltet zu sein. Er zeigte aber seine Zweifel mit keinem Wink.

Zu ihren Vorzügen gehörte auch die Eigenschaft, irgendwelche tiefen Gedanken unaufdringlich zu äußern, die man zweifelsohne als eine Ergänzung zum Kodex Burmeister anwenden sollte. So sagte sie einmal: „Alle Intellektuellen streben sich nach der Geistigkeit. Sie hat aber mit der Gleichgültigkeit nichts zu tun. Eher im Gegenteil zieht ein Geistiger keine Kompromisse zugunsten seiner inneren Ruhe. Stattdessen wird er aufrichtig, offen und frei, so wie es die gegebene Situation verlangt". Der Professor erwiderte, ob sich auch eine Filmschönheit in solche Art und Weise benehmen könnte. Mit dieser Erwiderung forderte er angeblich voraus, einen abstrakten Sittenpredigt mit der konkreten Lage in der Kinematographie Branche zu vergleichen. Gina reagierte nicht sofort, als ob seine Bemerkung für sie unerwartet werden konnte: „Du stellst mir damit eine ziemlich heikle Frage. Eine Filmproduktion ist eine eigenartige Sache, die häufig unter den diktatorischen Umständen ausgeübt werden sollte. Ein Regisseur ist üblicherweise eine verehrte Persönlichkeit, der die Belegschaft vollständig vertraut. Sonst gäbe es eine unendliche Streitigkeit, weil jeder Darsteller eine eigene Version der Handlung bekommen könnte. Auf diesen Grund darf ich nicht behaupten, dass das ganze Team ausschließlich aus Konformisten besteht. Denn diese Unterordnung ist eine einsichtige Verhaltensweise des Kollektivs einem begabten Individuum gegenüber. Es bedeutet aber nicht, dass auch ich allein meine sachlichen und moralischen Prinzipien in diesem Film nicht zu verwirklichen vermöge. Doch ich habe alle Mittel inne, um meine Begabung (wenn sie wirklich bei mir vorhanden ist) durch meine Geschicktheit zu realisieren. Gerade darin bestehen meine Anständigkeit und Ehrlichkeit, die ich bestätigen wollte". Der Gelehrte versuchte sich aber, nicht locker zu lassen:
„Meine Liebe, ich war keineswegs der Ansicht, dass du irgendwie deine höhen ethischen Stütze zu verletzen wusste. Es gibt aber eine Reihe deiner Kollegen, die immer für die neuen skandalösen Auseinandersetzungen im Kinogeschäft sorgen. Oder irre ich mich?"
„Nein, du irrst dich natürlich nicht. Allerdings unterscheidet sich das Kinogeschäft (wie du es nannte) im Sinne der Sittlichkeit kaum von der Wissenschaft. Kannst du wetten, dass alle deine Kollegen Leute der erhabenen moralischen Prinzipien sind, dass es auch gemeine Kerle und Schufte gibt, von den man jene Unanständigkeit erwartet könnte?" Selbstverständlich konnte Knudsen dagegen nichts aussagen. Nun wollte er aber wissen, wie man unter den harten Konkurrenzbedingungen in Filmindustrie erfolgreich sein könnte, ohne die erhabenen Gesetze der Moral zu verletzen. Miss Pascual habe die Antwort auf diese Frage parat:
„Meiner Auffassung nach haben diejenige, die den Sieg im Wettbewerb wie ein Selbstzweck in Betracht ziehen, keine Chance, ihre Sittlichkeit aufrechtzuerhalten. Vielleicht ist dieses Ziel von selbst unwürdig, um etwas Gutes von dem Betroffenen zu verlangen. Ich sehe die Auflösung dieses Problems etwas anders, und zwar dadurch, dass man alle seinen eigenen Möglich-

keiten und Begabungen auf die Vervollkommnung seiner Leistung konzentriert. Er sollte dabei auf keinen Fall über das Ergebnis, Erfolg oder Misserfolg nachdenken. Denn solche Gedanken sind selbst dem Erfolg zuwiderlaufend. Es zählt sich nur der Prozess des Schaffens selbst, alle Begleiterscheinungen und Nebenwirkungen spiele gar keine Rolle. Mir scheint manchmal, dass auch die Gönner, die absichtlich der begabten Person zu begünstigen suchen, wirken tatsächlich gegen sie. Weil sie im tiefen Bewusstsein dem Talent und der Willenskraft ihres Günstlings nicht vertrauen. Und das Misstrauen raubt die Person gewisse seelischen Fluide, die auf dem hohen Niveau der Schöpfung sehr wichtig sein könnten. Bei großen Persönlichkeiten ist letzten Endes sie allein der höchste Lehrer und Richter, der um ihre Errungenschaft zu kümmern fähig wird. Gewiss kann man aus der Begebenheit kein Hehl machen, dass viele hervorragenden Individuen ihre Berühmtheit ihren Förderer dankbar sein sollten. Es gibt auch riesig aufgeblasene Stars, die man weltweit verehrt und vergöttert. Manchmal gelingt es sogar ihnen, das ganze Leben durch, ihren Ruhm beizubehalten. Dieser Umstand ändert aber prinzipiell nichts. Sonst wäre zwei Varianten möglich: entweder sie würden nicht imstande, etwas Ähnliches zu erreichen oder sie könnten mit eigener Kraft noch höhere Gipfeln erobern".

Am nächsten Tag sprachen die beiden beim Frühstück emotionell über die persönliche Verantwortung jedes Einwohners des Planeten für den Naturschutz und die Rettung des Lebens. Nun wollte der Professor die Sache aus anderem Gesichtswinkel anschauen:
„Gestern erklärte ich dir, wie kompliziert es wäre, den Ozean von banalem Plastikmüll zu befreien. Mir scheint es gerade doch zweckmäßig, eine umweltschönende Anschauung bei Weltbevölkerung (vor allem bei Kindern und Teenager) zu erziehen. Mir kam es in Kopf, dass dieses Thema viel Gemeinsames mit anderen Aspekten unseres Lebens haben sollte. So beschwert sich man in der Politik, dass immer mehr Menschen gerne Hass und Gewalt zu tolerieren oder sogar aktiv zu unterstützen bereit sind. Warum sollte diese gefährliche Tendenz die Oberhand gewinnen. Der gesunde Menschenverstand stellt uns etwas Gegenteiliges dar: Menschen müssen miteinander freundlich und offenherzig verhandeln und umgehen, damit der Frieden und allgemeine Sicherheit eine absolut überwiegende Denkweise der Menschheit werden könnte. Trotzdem ist es praktischerweise nicht der Fall. In der Tat interessiert sich ein, sagen wir, durchschnittlicher Weltbewohner überhaupt nicht für die ganze Menschheit. Viel bedeutungsvoller ist ihm sein eigenes Geschick und sein Ego, das aber ganz andere Lebenswerte verlangt. Sein Ego ist ein anspruchsvolles Wesen, das eine Gleichberechtigung ursprünglich ablehnt. Es sagt ständig: „Du bist der Beste" oder mindestens „Du gehörst zu den besten oder ausgewählten". Für das Ego vielen Menschen klingen vernünftig alle politischen Populisten sowie mehrere Massenmedien gut, die übrigens gleichsam mit jedem Individuum persönlich zu sprechen vorziehen. Und eine Privilegierung bedeutet eine Überlegenheit, die eher sehr

selten ohne Gewalt erreichbar werden könnte. Deswegen hasst man alle Leute, die auf seinem Wege zur Herrschaft stehen, und träumt heimlich, sie zu vernichten. Momentan sind wir Zeugen vielen Staatsregime, die mit solcher Ideologie der Überlegenheit zehnte und hunderte Millionen Bürger auf ihre Seite erfolgreich zu schleppen vermögen. Sie machen es sicher nicht selbstlos. Im Gegenteil befestigen sie damit ihre führende Position. Sie richten den völkischen Zorn gegen andere Völker oder Völkerschaften und versuchen dabei ihre rassistische Natur zu verhüllen, weil es verfassungswidrig sein sollte. Die höchste Offenbarungsform des Zorns und Hasses ist eine Kriegerklärung, die seltsamerweise die Bevölkerung zu vereinen fähig ist.

Ich denke, liebe Gina, wir sind einig für diese Auffassung (sie nickte zustimmend). Dann gehe ich zur Frage über, warum viele Menschen unfreundlich zu Umwelt wirken. Die Wurzeln dieses Benehmens sind auch Unzufriedenheit mit der Lebensweise und Zorn gegen fremden. Das Ego ist momentan nicht imstande, seinen Anspruch auf Herrschaft zu realisieren und versucht, an Umwelt zu rächen. Es ist auch eine Art des Widerspruchs, wenn Millionen „einsichtigen" Menschen weltweit die Meeresstrände bis zur Unkenntlichkeit mit allem möglichen Müll ändern, der allmählich ins Meereswasser gelandet. Mit dieser Art und Weise gelang es uns, die Umweltverschmutzung mit dem Hass und Zorn zu vereinen".
Die Kino Frau fand diese Verallgemeinerung ziemlich gekünstelt, obwohl die Auffassung des Professors der Logik nicht bar sein sollte. Sie selbst konnte aber keine von diesen Sachen annehmen: Sie verzichtet in ihrem Alltag überhaupt auf den Hass und Zorn, weil sie diese Sünden für zerstörerisch für jede menschliche Seele fand. Und die Letzte bestimmte eindeutig das menschliche Wesen. Wenn es tatsächlich gab, wie Mike es zu beschreiben suchte, die Rache an die Natur, hieß es, dass Leute sich zielstrebig ihrem Untergang näherten. Nach Ginas Prinzipien zählte sich die Rache auch zu herzenslosen Untugenden, die immer neue Komplikationen auszulösen vermochten. Nun träumte sie davon, künftig selbst einen Film zu drehen, wo alle verworrenen Auseinandersetzungen um den Umweltschutz zum Ausdruck gebracht werden könnten. Ihr Gastgeber fragte, welche bekannten Darsteller mochte sie für den Film einzuladen. Sie dachte eine Weile bevor sie drei Namen nannte: Ryan Gosling, Christian Bale und Emma Watson. Diese Auswahl erregte sofort die Neugier ihres Bräutigams: „Warum eigentlich diese drei?" Sie antwortete nach einer Pause:
„Ich weiß momentan auch nicht, weil ich diese Arbeit noch kaum vorzustellen bereit bin. Gleichzeitig tauchen diese in meinem Bewusstsein auf und meine innere Stimme sagte, dass sie zu ihm gut passen sollten. Im Filmgeschäft, wie du es bezeichnete, ist manchmal das Vorgefühl wichtiger als eine Reihe von logischen Erwägungen. Mein Umweltfilm sollte eine Farce sein mit mehreren Überraschungen und gelegentlichen Situationen, die eine von ruhigem Gleichmaß bestimmte Ordnung dramatisch kopfüber stellen sollte. Der Protagonist und seine wohlhabende Umgebung leben in einem

Halbparadies. Sie sind davon überzeugt, dass alle Ereignisse auf die Erde mit ihren Wünschen oder Apathie verbunden sein sollten. Und dann sollten sie ungeheuerlich enttäuscht werden, weil alles rum herum wider ihren Willen passieren sollte. Mein Filmstreifen musste einen Beitrag in die Herabsetzung menschlichen Hochmutes der Gesellschaft und Umwelt gegenüber leisten. Die Zuschauer werden hoffentlich in der Lage sein zu begreifen, dass ein Individuum abgesehen davon, welches Amt es bekleidet oder in welche gute Rufe es steht, nur ein kleines Sandkorn in der grenzlosen Wüste der Menschheit und Natur ist. Die zweite gute Schlussfolgerung, die meine Zuschauer zu ziehen vermochten, ist, dass nur der gute Wille und Zusammenarbeit der ganzen Menschheit etwas Großes auf die Erde zu ändern und verbessern vermöge. Man darf nicht seinen hochentwickelten Verstand für die moralwidrigen Zwecke ausnutzen". Im Grunde war es eine lyrische Abschweifung, die die Filmschöne sich gestattete. Im Übrigen sah sie in einer Frühstückrede die Möglichkeit, ihrem Bräutigam etwas Ungewöhnliches aus den Bräuchen und Traditionen ihrer Heimat zu erzählen. Und es gab natürlich eine Vielfalt solcher, über die der Gelehrte keine Ahnung haben konnte. So erklärte Miss Pascual ihm die bedeutendste Tradition des Landes:
„Ich kann nicht behaupten, dass unser Volk sich von seiner Frömmigkeit unterscheidet. Gleichzeitig ist die katholische Tradition seit der spanischen Besatzung noch belebend, indem die Mehrheit der Bevölkerung am Sontag sehr gern zur Kirche geht. Heimlich tadelt man diejenigen, die diesen Brauch nicht streng einhalten, obwohl man es sich laut niemals auszusagen gestattet. Auch für die Schüler ist es verbindlich, regelmäßig zu beten. Es wird dafür häufig auch ein Gebetsleiter aus den Schülern gewählt, der für die Fortsetzung der Tradition sorgen sollte. Die letzten Entwicklungen in der Gesellschaft, die mit dem Internet und sozialen Netzen verknüpft worden waren, konnten den Brauch enorm beschädigen, denn die modernen Teenager vorziehen, ihren Glauben zum Ausdruck zu bringen. Auch die kirchliche Symbolik spielt immer mehr eine äußere und nicht aus eigenem Antrieb erfolgte Rolle. Eher wird sie eine Modesache, ein Kruzifix auf eine Tasche oder an den Autos hängen zu lassen. Allerdings bleibt der Hauptgedanke des Christentums, die Liebe zum Nächsten, jedoch in einer veränderten Form, als irgendwelcher Liebeskult, intakt. Also beten viele Vertreter der jüngeren Generation der Liebe an, die zum wichtigsten Gegenstand der Kunst und Kultur geworden wurde. Diese Vergötterung der Liebe war nicht nur bildlich, sondern auch in direktem Sinne so genannt, weil man mit dem Gefühl auf keinen Fall zu scherzen oder ironisieren suchte. Im Gegenteil wurde es in ihm etwas Sakrales und Allumfassendes verheimlicht, was den Atemanzuhalten zwang. Anders ausgedrückt verwandelte sich letzte Zeit die Liebe in einen heiligen Begriff, den man in unserem Lande eher wie biblische Gebote aufzunehmen pflegte. Allerdings war sie ausschließlich einer sinnlichen Einstellung, die nur wenig Gemeinsames mit dem kirchlichen Verständnis der Liebe haben könnte. In Philippinen kapiert man die Liebe natürlicherweise in allen ihren Erscheinungen, ganz unabhängig davon, ob

es um gleiche oder verschiedene Geschlechter handelte. Im Grunde genommen war es auch eine tiefe Veränderung des Bewusstseins der Gesellschaft. Denn noch vor wenigen Jahrzehnten waren die schwulen Paaren noch unpopulär. Heute scheint man bereit zu sein, auch die Liebesverhältnisse zwischen Erwachsenen und Jugendlichen anzunehmen. Ob es richtig ist, kann ich leider nicht beurteilen: Wenn wir die Liebe als ein höchstes Gefühl zu begreifen wissen, vielleicht ist es auch so. Es gibt auch andere philippinischen Bräuche, die mir gutherzig scheinen, die aber im Westen nicht offen zum Vorschein kommen. So fragt man beim Treffen seinen Gesprächspartner vor allem, ob der oder die den Hunger hat. Einerseits ist diese Frage eine Höflichkeit, andererseits aber befindet sich ein hungriger Mensch in einem unangenehmen Zustand, den sein Gegenüber verbessern könnte. Unsere Leute bemerken gewöhnlich bei einer Begegnung die guten Änderungen, die im Äußeren ihres Visavis passierte. Doch manchmal geht es um irgendwelche unerwünschten Änderungen im Aussehen der Person, so dass ihr Partner mit dem Bemerken dessen Besorgnis über die Gesundheit der Person zeigt. Im Grunde meine ich, dass auch die Traditionen und Bräuche, die richtig eine völkische Natur verstehen lassen, ändern sich allmählich im Laufe des Jahrhunderts. Solches Bekunden der gemeinsamen Seele des Volkes sind üblicherweise wohltuend und barmherzig. Wahrscheinlich war es weit nicht immer der Fall. Mittelalterliche Bräuche sollten sich von heutigen stark unterscheiden, obwohl sie sich auch um die besten menschlichen Tugenden zu kümmern pflegten. Nicht zuletzt beeinflussen sogar die politischen Eliten diese völkischen Traditionen, indem sie günstige für ihre Regine Maßnahmen fördern. So wurde bei autoritären Herrschaften die Denunziation wie eine wertvolle Verhaltensweise verkündet, die angeblich zugunsten des Volkes geschafft worden war".

Der Professor dankte seiner Braut herzlich für diese ausführliche Erklärung, die er innerlich gut genießen konnte. Obwohl Gina zu solchen Frauen gehörte, die sich jeder Gemeinschaft anzupassen vermochten, war es ihm besonders wichtig, etwas Eigenartiges zu erkennen, zu dem sie schon seit ihrer Kindheit und Jugend gewöhnt war. Nach seiner Ansicht könnte ihm diese Kenntnis damit helfen, ihr manchmal angenehme Überraschungen zu machen. Solche Bagatellen spielten wahrscheinlich eine entscheidende Rolle in ehelichen Beziehungen, nicht zuletzt bei den Familien, die nach Art und Weise der Arbeit häufig getrennt leben mussten. Solche nacheinander sehnenden Eheleute nahmen (wie er es vorstellen konnte) viel empfindlicher alle Zeichen der Fürsorge auf, die bei den ständig zusammenlebenden nicht der Fall war. Nun wird er imstande sein, seiner Liebe etwas im Geiste der völkischen Tradition zu leisten. Darüber hinaus wusste er jetzt viel mehr über ihre eigenen Neigungen und den künstlichen Geschmack, was seine Chance, etwas Angenehmes ihr gegenüber zu machen, erheblich vergrößern sollte. Merkwürdigerweise war er von ihrem aus völlig plötzlichem Antrieb vorkommenden Filmsujet verblüfft, das im Großen und Ganzen seiner Tätigkeit entsprach. Letzte Tagen dachte er viel darüber nach, was er als ein Sachkundiger zu dieser Traumproduktion seiner Braut beitragen könnte. Seine Einbildung brachte ihn weit weg auf die unbegrenzte Oberfläche des Ozeans, wo die betäubenden Ereignisse des Films vonstattengehen sollten. Nachts vergaß er absolut, dass seine Gina zu Schöpfern dieser künftigen Produktion zählen musste. Stattdessen sah er sie als eine reelle Protagonistin der Kinofarce, die gegen eine Menge Betrüger kämpfen sollte. In der Tat war diese Filmindustrie eine noch mehr spannende Beschäftigung als die Forschung. Vor allem deswegen, weil man dort alle seinen Fantasien zu verwirklichen fähig war. Nichtsdestotrotz durfte sich ein Außenseiter nicht anlocken lassen, wenn er vermutete, dass Professor Knudsen sein Schicksal beklagte, als ob es ihm eine falsche Berufsauswahl erteilte. Im Gegenteil war er stolz auf seine wissenschaftliche Karriere. Diese unendliche Suche nach Unerforschter war ihm auf der Hoffnungsgrenze. Dahinter blieb nur der Garten Eden. Die Verbindung mit der Kino Diva fügte aber gewisse Korrekturen hinzu, indem er auch die Kunstwelt ein Bisschen anders darzustellen wusste. Einigermassen fühlte er sich jetzt schon für sie Verantwortlich, wie es vielleicht am Anfang der Menschheit passierte. Ja, gewiss stand ihr vielleicht die globale Berühmtheit vor. Doch er war der Vertreter des stärksten Geschlechtes, das so viel bedeutete, dass er die Schöne von allen Bedrohungen der Welt schützen musste. Darüber hinaus war er ein bekannter Forscher, dem mehrere manchmal unerreichbaren Ziele zugänglich sein sollten. Außerdem sollte Ginas Stern noch in ferner Zukunft strahlen. War es tatsächlich in seiner Kraft, diese Zukunft näher zu machen? Im Moment träumte er davon auf jeden Fall. Er musste sich aber die Rechenschaft darüber ablegen, dass auch in Kinoindustrie das Kapital die Hauptrolle spielte. Vor ihm wie vor der Aladin Lampe aus der 1001 Nacht erfüllten sich alle Wünsche. Genau dieser Vergleich passte sich am besten zu Situation. Er, Mike Knudsen, musste die „heilige" Lampe, das heißt, das Kapital für seine Auserwählte erwerben. Er dachte im Moment an Mr. Salonga und dessen Fonds, der über riesige Gelder verfügte. Viele Vorhaben Yams waren eher einer fragwürdigen Natur. Warum konnte er denn nicht, in die hohe Kunst investieren, die ihm noch größere Erträge mitzubringen verspricht? Nach einer kurzen Überlegung kapierte er aber den heiklen Sinn seiner Idee. Miss Pascual war eine Nichte des Businessmans, und dieser Umstand konnte sicher verheerende Folgen für ihn verursachen. Und die kommende Eheschließung der Film Frau mit dem Mitglied des Ausschusses des Fonds sollte die Lage noch erschweren lassen. In diesem Augenblick erinnerte sich Mike an die geliebte Redensart Paul Burmeister, die besagt, dass es überhaupt keine ausweglosen Situationen gibt.

„Paul war immer ein einsichtiger und weiser Kerl", dachte sich Mike, „man sollte unbedingt zu seinen Worten aufmerksam hinhören. Allerdings sind für mich momentan gar nicht alle seine Äußerungen so aktuell wie diese. Und sie bedeutet, dass auch die Frage der Unterstützung Ginas mit ihrem fantastischen Vorhaben eine noch vernünftigere Lösung haben sollte. Gut, wir können wegen heiklen Verwandtschaften die unmittelbare Hilfe Yams nicht ausnutzen. Doch der Bursche besitzt einen breiten Kreis der prominenten Personen, die zweifellos imstande sein könnten, uns zu helfen. Allein der Al Gore, eine weltgroße Figur, konnte die Meinung der Menschheit bestimmen. Leider bin ich noch nicht in ausreichend nahen Verhältnissen mit Mr. Salonga, um alle bedenklichen Sachen mit ihm zu diskutieren. Aber das Problem mit Ginas Film ist nicht so dringlich. Es gibt noch genug Zeit sowohl für die Näherung mit Yam als auch für die Suche nach Filmgelder. Bedeutsam für mich ist, dass ich schon den Algorithmus dieser Suche zu kapieren weiß".

Mit diesem Gedanken kehrte Professor zurück zu seiner Liebe, die gerade ihre fernöstliche Gymnastik zu Ende bringen wollte. Wie gewöhnlich hielte sich Miss Pascual nicht streng an die Zeit der Übungen oder an ihrer bestimmten Zahl. Sie kannte dagegen ein rätselhaftes Gefühl der Durchgesinnung, das eindeutig auf den rechtzeitigen Augenblick hinweisen sollte, damit Schluss zu machen. Sie verriet dem Gastgeber, dass ihr manchmal zehn Minuten genug ist, das genannte Gefühl zu bekommen, was während Dreharbeiten sehr günstig sein sollte. Sonst könnte die Gymnastik bis zu einer Stunde dauern. Die Zeitknappheit verfolgte sie aber nicht allein bei der Arbeit, sondern auch bei der Selbstbeschäftigung zuhause oder in der Bibliothek. Keine Ausnahme erwies sich sogar der Besuch zu ihrem geliebten Mike Knudsen, mit dem sie tagelang zu plaudern bereit war. Trotzdem flog diese Woche noch schneller wie üblich hindurch. Und noch wartete eine lange Trennung auf sie beiden.

Die Dreharbeiten werden fortgesetzt

Die kurze Pause, die der Regisseur Bruce Presley sich und seinem Team gestattete, sollte eine Reihe von monatelang dauerten, Kräfte erschöpfenden Aufnahmen unterbrechen. Denn Bruce merkte immer deutlicher, dass die allgemeine Müdigkeit schon auf die Spielqualität beeinflussen sollte. Sogar seine Operateure, zwei sportlich gebildeten Kerlen, baten ihm häufig um eine Rauchpause. Das Serial sollte das spannende Abenteuer dreier früheren Schulkameraden zeigen, die schon einen erfolgreichen beruflichen Weg hinter sich haben, den ihnen aber enorm zuwider worden war. Der Umgang mit den Mitgliedern der high Society mit ihren strengen Manieren und übertriebenen Anständigkeit erregten bei dreien die Begierde, weg davon zu laufen. Ihr Motto hieß nun – Zurück in die Natur! Jeder von ihnen muss sich wieder wie in den vorigen Schuljahren empfinden – also keine dreiteiligen Herrenanzüge, keine zusammenpressende Wäsche und Hemde. Sie werden erneut die Wildnisse erobern und die gefährlichen Regionen der Erde besuchen. Ihr Transportmittel wird Surfboard und Deltaplan einschließen. Sie sollten mit dem Tauchen Gerät die Tiefe des Meeres untersuchen sowie die Berg-Gipfel besteigen. Sie schwören einander, dass sie auf die festen Beziehungen mit Frauen verzichteten und dass ihre männliche Freundschaft die wertvollste Sache der Welt bleiben sollte. Wie es nicht schwer zu verstehen war, zogen sich auf die Darsteller der großen Gefahr, wenn sie ihre Rollen haargenau auszuüben versuchen. Schon die ersten Monate der Dreharbeit zeigten, dass das Risiko bei einigen Szenen weit die leicht vermutete Grenze zu übersteigen vermochte. So passierte es zuerst bei dem Surfing, wenn die Meereswelle unerwartet über drei Meter hoch geworden war. Für einen von ihnen konnte es fast tödlich beendet werden, als er von dem harten Wellenstoß das Bewusstsein verlor. Nur die glückliche Anwesenheit am Strand des Rettens ließ ihm, den Untergang zu entgehen. Bei dem zweiten Mal war es schon der andere Schauspieler, der sich bei einem starken Sturm auf dem Meer den Oberarm so stark verletzte, dass die Blutansteckung ganz realistisch zu sein schien. Der Mann wurde doch Gott sei Dank mit dem sanitären Hubschrauber in das nächste Krankenhaus abgeliefert und glücklicherweise erfolgreich behandelt. Solche unangenehmen Begleiterscheinungen schindeten aber bei den Beteiligten den Eindruck der Realität des Geschehens, was dem Regisseur imponieren sollte. Sonst reagierte er nach der Durchsicht des Abschnitts eher zurückhaltend oder sagte etwas Missbilligendes wie: „Es ist unecht, ich kann ihnen nicht glauben". Während in ersten Serien der gemeine Wirrwarr der erstaunlichen Ereignisse überwiegen sollte, konnten in nächsten Folgen romantische Sujets auftauchten, die für die Zuschauer ganz unerwartet entstanden. Wie es auch im Leben nicht selten der Fall war, lauerte den selbstsicheren Reisenden eine große Liebe auf, die ihren Plänen gar nicht passen sollte. Es bedeutete nicht nur einen hoch dramatischen Eidbruch, sondern auch den Zerfall der drei unzertrennlichen Freuden. Jeder von ihnen sollte nun seinen eigenen Weg gehen. Das Abenteuer sollte aber nicht aufhören. Im Gegenteil begann es erneut mit noch heftiger Kraft mit dem einzelnen Unterschied – denn die Gefährlichkeit erwartete jeden allein, wenn keine mehr ihnen zu helfen fähig war. Allerdings gab es einen Schutzengel in der Gestalt ihrer Liebe, der gewisse fabelhaften Fähigkeiten besaß, z.B. in einer absolut kritischen Situation zum Vorschein zu kommen, um den Hoffnungslosen zu retten. Der Drehbuchautor schrieb kunstvoll die weiblichen Gemüter aus, so dass die begabten Darstellerinnen ihr Talent vollkommen zu enthüllen fähig waren. Dennoch gelang es Gina Pascual am besten, alle Schattierungen des Buches meisterhaft auszunützen. Sie glänzte auf den Hintergrund ihrer Kolleginnen so grell, dass ihr Spiel in die Augen auffiel. Die Fachleute merkten darin ein eigentümliches Element an: Bei Gina war auch das Schweigen sehr vielsprechend gewesen. Ihr Augenausdruck, ihre Mimik und Gestik waren der wesentliche Bestandteil ihrer Kunst. Bruce sah es schon vom Anfang ihrer Beteiligung an. Gleichzeitig konnte er sich kaum erklären, wie es tatsächlich vonstattenging. Bruce Presley war ein sehr gedankenvoller Kino Mann, der beharrlich jeden seinen Darsteller auszuwählen suchte. Er vergeudete viel Zeit und Mühe für die Probendurchsicht der Bewerber, die ihm alle ihren wirklichen Begabungen zeigen sollten. Die Mehrheit der Probenteilnehmer war gutausgebildete jungen Leute, die die Schauspielkunst als ein Lehrfach studieren sollten. Auch die weibliche Hälfte beherrschte auf den Proben alle ihren Geheimnissen, indem sie Körpersprache wie etwas Selbstverständliches begreifen könnten. Trotzdem verloren sie plötzlich diese Fertigkeit bei der Dreharbeit. Oder, noch genauer gesagt, war diese Beschaffenheit in ihrem Unterbewusstsein tief verborgen, und wenn der Regieführer ihnen alle benötigten Gestik- und Mimik Nuancen erläuterte, machten sie alles richtig. Gina schaffte es aber selbst und, was noch wichtiger war, angebracht. Man sollte ihr gar nichts hinweisen. Die große Konkurrenz in der Filmproduktion rief den Zulauf mehrerer talentierten Personen hervor, die den Charakter dieser Branche bestimmen sollten. Wem es gelang, die beste Besatzung zu sammeln, dem wurden viel größere Chancen eröffnet, einen Kassenfilm zu kreieren. Die andere Sache bestand darin, ob ein Film, der seinen Schöpfer einen riesigen Ertrag mitzubringen vermochte, auch ein Kunstfilm sein könnte. Das war eine zweifelhafte Gelegenheit gewesen. Diese verallgemeinernden Erwägungen konnten aber nicht die tiefen Erschütterungen des Protagonisten und dessen Freunde, die aus eigener Kraft über die schwer durchdringbaren Wälder und Wüsten nach kärglicher Nahrung suchten, übertragen, die völlig kraftlos und erschöpft erfuhren, dass sie sich in einem Kriegsland befanden. Ein gnadenloser Bürgerkrieg, dessen beiden Seiten sich absolut desorientiert empfanden, sollte bestimmt noch grausamer für einen Fremden aussehen, der sogar den Unterschied zwischen ihnen nicht zu begreifen wusste. Jeder unvorsichtige Schritt war sicher fürchterlich und todgefährlich. Eine richtig ausweglose Lage, wenn man sich geistig eine bessere Ermordung auswählt: Entweder von einem Wildtier oder von einem ungeheuren Menschen. Und noch hoffnungsloser schien den Fluchtversuch in die Nachbarländer, wo die Anhänger die beiden kriegerischen Parteien auf dich leidenschaftlich warten. Der arme Abenteuerjäger saß hungrig in einem Erdloch, der wahrscheinlich von einer Bombenexplosion entstand, und kapierte, dass diese von allen möglichen Richtungen guterkennbare Stelle die sicherste in seiner Lage sein konnte. Er erinnerte sich unwillkürlich an die Erzählung seines Urgroßvaters aus der Zeiten des Zweiten Weltkrieg, wenn dieser Veteran in einem ähnlichen Trichter lag, der durch einen gewaltigen Bombenschlag vorkam, und sich dabei an einem ziemlich gefahrlosen Orte fühlte. Denn ein ungeschriebenes Gesetz des Kampfes besagte, dass eine Flugbombe nur sehr selten in einen und denselben Trichter fällt. Einige Minuten darauf, als sein Alte schon das Geräusch des kommenden Bombenflugzeugs anhörte, wurde er von einem riesig großen Kerl aus dem Trichter hinausgeworfen, der gerade seine frühere Stelle besaß. Nach allen nicht angesprochenen Regeln des Krieges musste solch verräterisches Vorgehen eine unvermeidbare Ermordung bedeuten. Weil das einzelne, was dem Armen in dieser kritischen Situation übrigblieb, war, sich möglichst schnell in einen anderen und gar nicht tiefen Trichter zu retten versuchen. Dann folgte etwas absolut Unvorhergesehenes: Eine Bombe fiel genau in den Trichter, aus dem er vor kurzem herausgeworfen worden war. Der Leib des großen Soldaten wurde in kleine Klumpen zerfetzt. Wenn ein weise Gläubiger diese seltsame Geschichte anhören könnte, sollte er unbedingt die Schlussfolgerung ziehen, dass der Riese vom Himmel bewusst gesendet werden sollte, um diesen Armen zu retten. So nahm sein Geschick der Urgroßvater auch auf.

Etwas Gleiches empfand auch der armselige Abenteuerjäger in dessen Erdloch, wohin ihn das Verhängnis hinführte. Eine Todesangst rang in ihm mit dem unerträglichen Hunger, der keine Furcht anzuerkennen bereit war. Deswegen aß der Pechvogel die Reste der schmalen Vegetation, die er um sich zu finden vermochte. Ob sie essbar oder giftig war, schien ihm ganz egal zu sein. Nach vierzig Stunden des Wachseins schlief er vollkommen unwillkürlich ein und konnte nun träumen, dass er in sein vorheriges Leben der Wohlfahrt zurückgebracht worden war. Diese luxuriösen Szenen sorgten aber nicht für die gute Laune. Im Gegenteil strebte er sich wieder nach draußen in die Wildnis. Warum es passieren konnte, wusste er nicht sowie über die Dauer seines Traums. Er erinnerte sich daran, dass er von der Anwesenheit eines Lebewesens in seiner Nähe vorahnte. In der Tat war es nicht genau so gewesen: Er wurde von jemandem aufgeweckt, den er zuerst nicht zu sehen fähig war. Nur nach wenigen Minuten stellte es sich heraus, dass die Rede von einer Katze war. Dieses Wesen schien sich in einer Gesellschaft mit dem Unbekannten nicht unsicher oder gehemmt zu fühlen. So war sie sicher nicht der Meinung, sich zurückzuziehen oder zu verteidigen. Ihre freundliche Stimmung war offensichtlich außerhalb der gewöhnlichen Verhaltensweise in ähnlicher Lage: Im Sitzen fauchend und spuckend, mit Krallen und Zähnen zur Wehr. Eher benahm sie sich so, als ob sie zufällig der längst verlorene Herr wiedergefunden habe. Darauf schmiegte sie sich zu ihm an und schaute ihm in Augen mit dem Ausdruck, etwas Wichtigeres mitzuteilen. Der Kerl war im Allgemeinen weit davon entfernt, an die Seelenumsiedlung zu glauben. Doch sein aktueller Zustand habe mit dem Allgemeinen nicht zu tun. Auf diesen Grund zweifelte er nicht mehr daran oder, genauer gesagt, er wollte darauf hoffen, dass in diesem kleinen Tier eine Engelseele verborgen worden war. Vielleicht existierte diese unsichtbare Instanz im Falle, wenn dem Menschen keine mehr zu helfen vermöge. Und dies immaterielles Ding suchte sich beharrlich sogar der Urmensch darzustellen, der keine Vernunft ehrte und nach seinen eigenen Regeln handelte. Also zwang die Ausweglosigkeit den Kerl, aufs Wunder zu hoffen sowie in einer miesen Katze seine rätselhafte Retterin zu sehen. Mit dieser „klugen" Absicht versuchte er richtig zu verstehen, welche Botschaft diese kleine vierbeinige ihm zu übertragen wusste, die bis dahin nur seine Zärtlichkeit hervorzurufen probierte. Anders gesagt sollte der Mensch selbst darüber nachdenken, was dieser ungeladene Besuch bedeuten könnte. Der erste Gedanke des jungen Mannes war, dass das Tier ihn aus dem fremden Labyrinth raus zu verhelfen vermöge. Am leichtesten wäre es, der Katze auf deren Weg nach oben und weiter irgendwohin zu folgen. Diese „Taktik" konnte gewissen Sinn in Falle der selbständigen Bewegung des Tieres haben. Wenn es sich fest am Menschen hielt, werden die Aussichten für den Letzten nicht günstig. Doch diesmal sah es anders aus, indem die Katze nach einer ziemlich langen Verzögerung hinaufgestiegen war und oben geduldig auf den Kerl wartete. Dann richtete sie sich würdevoll dorthin, wo der Abenteuerjäger die größte Gefahr vermutete. Der Mensch stand ganz unschlüssig und grübelte darüber, ob er in der Tat dem Tier folgen musste. Im Prinzip habe er aber keine andere Wahl, denn seine örtlichen Kenntnisse waren absolut mangelhaft. Nein, die Katze blieb seine letzte und endgültige Hoffnung. Deshalb machte er sich auf den Weg nach seiner launischen Führerin, die dabei äußerlich wie eine echte Ruhestifterin aussah. Der junge Mann empfand die Schwere von jedem Schritt, der ihn mit gleicher Wahrscheinlichkeit in den Tod bringen könnte. Noch in zwei Stunden wurde es so dunkel geworden, dass er die Umrisse der Katze fast nicht mehr zu unterscheiden fähig war. Er bohrte sich mit den Augen in die Dunkelheit hinein und begriff schließlich, dass er nun das Tier nach dem Geruch erkannte. Es war eine ganz neue Beschaffenheit, die er nie zuvor bei sich merken konnte. Aber sie war sehr hilfreich, weil er in diese späteren Stunden fast unsichtbar zu bewegen vermochte. Tatsächlich führte ihn die Katze durch enge Pfade, die schleifenweise von einer Seite zur anderen wie einen Bach zwischen seltenen Bäumen und Sträuchern weiter ging. Diese dauerhafte Bewegung musste aber endgültig einen gewissen Ort erreichen, der nicht nur eine völlig friedliche Siedlung erweisen sollte, sondern eine Verbindung mit kleinen Städten besaß.

Der kurze Umgang mit den Einheimischen konnten bei ihm eine reelle Rettungshoffnung einflößen. In diesem Augenblick erinnerte der Kerl daran, dass vor mehreren Jahren sein Hochschullehrer über die große Verehrung, die dieses Tier seit dem Altertum genoss. So gab es in altem Ägypten sogar die Katzenpriester, die Tempeltiere hüten sollten. Solche alten Miesen besaßen zeitweise großen Einfluss bei Hofe und stellten sich zu einigen Königen. Der Professor erzählte damals über die alten Stadt Heliopolis, wo ein Zentrum des Katzenkults war. Allein der Sonnengott Ra wurde als eine Katze dargestellt. Nicht zufällig war die große Katzenstatue von Heliopolis als ein Wunderwerk meisterhaft gefertigt, indem sie ihre Pupillen erweitern und verengen konnte, und zwar je nach Sonnenstand und Lichteinfall. Bei den Ausgrabungen wurden zahlreiche Katzenstatuetten aufgedeckt und es stellte sich heraus, dass die Stelle ein großer Katzenfriedhof war, wo eine Vielfalt von Katzenmumien im guten Zustande erhalten werden konnte. Wahrscheinlich wurde zu diesen Katzenleichen gerade die ähnliche Einbalsamierungsmethode angewendet, wie es für die Pharaonen und deren nahen Verwandten damals übrig war. Auch in den Werken des großen griechischen Geschichtsschreibers Herodot findet man die Beschreibung solcher ehrenhaften Prozedur für die Katzen. Die Trauerfeiern für tote Katze trugen so schaurige Züge, dass sie den Eindruck schindeten, ein Pharao Familienmitglied gestorben sei. Ägyptische Handelsreisende und Soldaten waren angewiesen, auf ihren Auslandsreisen und Eroberungszügen alle Katzen einzufangen und nach dem Heimatland zurückzusenden. Während eines Brandes rettete man zuerst die Katzen aus dem Haus, dann alles andere.

Wenn der Kerl diese Erzählung zuhörte, kam ihm den Gedanken in den Kopf, dass solche Katzenverehrung ein Unsinn war. Nun, nach seiner eigenen Rettung durch die Katze, änderte er seine frühere Auffassung. Er sah jetzt darin eher ein heiliges Tier. Auf jeden Fall musste man es ernstnehmen. Wahrscheinlich wurde diese Erzählung des Drehbuchs etwas übertrieben geschafft. Doch die menschliche Geschichte schließt tausende Überlieferungen, wo die Katzen und andere Tiere etwas Fabelhaftes für die Menschen leisten konnten. Was aber das Serial selbst betraf, bedeutete die märchenhafte Rettung des Protagonisten auf keinen Fall die Vollendung der Dreharbeiten. Im Gegenteil befanden sie sich ungefähr in der Mitte und der Drehbuchautor schrieb ein Kapitel nach dem anderen weiter.

Artenschutz versus Weltpolitik

Ein aufrichtiger Wunsch, der geliebten Frau in ihrer Arbeit behilflich zu sein, sorgte bei Professor Knudsen für eine beharrliche Grübelei, die enorme geistigen und zeitlichen Aufwendungen forderte. Die Unmöglichkeit, von Mr. Salonga eine unmittelbare Finanzierung der Filmkunst zu bekommen, zwang den Gelehrten, nach einem Paradigmenwechsel zu suchen. Er unternahm zuerst eine kurze Internetreise, die mit geographischen Kontakten des Philippiners verknüpft worden war. In einer halben Stunde machte er sich mit allen Details dessen jüngsten Angelegenheiten bekannt. Der Interessenkreis dieses Mannes verbreitete sich von den aktuellsten Umwelt- und Artenschutzfragen bis zur umfangreichen Verarbeitung und Verwertung des Atommülls. Seine echten geschäftlichen Verbindungen schritten vier Kontinenten über. Es gab einige ziemlich durchsichtigen Anspielungen auf seine Aktivität in den politischen Angelegenheiten, die aber eine zusätzliche Bearbeitung brauchten. Möglicherweise war Yam eng mit den Offshore-Firmen verbunden, die ihm vielleicht einige zweifelhaften Sachen sowie die Geldwäsche durchzuführen halfen. Im Großen und Ganzen war er kein freier Mensch, denn er sollte sich für alle Dienstleistungen teuer bezahlen. Seine Partner ließen sich unbedingt, keine Hilfe ohne Gegenleistung dulden. Mit anderen Worten schien ihm nun der große Finanzier gar nicht unanfechtbar. Professor war sicher fremd, irgendwelche gemeinen Erpressungen oder Bedrohungen gegen Mitmenschen zu leisten. Doch die Kenntnis war nie überflüssig gewesen und eine beschlagene Person besaß immer bessere Chancen, in schweren Situationen sich zurechtzufinden.

Die offene Knappheit der Information über Mr. Salonga, die durch eine halbe Stunde Recherchen im Internet zugänglich war, fasste unbedingt nicht den ganzen Umfang dessen Beschäftigung um. Dieser sehr renommierte Businessman wurde auch in den Adressbüchern vielen großen Politiker gezählt, was er aber nicht zur Schau zu stellen vorzog. Diese mächtigen Individuen des Planeten verwirklichten ihre Pläne mittels komplizierten Verfahrens und zuverlässigen Vertreter der Wirtschaft, Geldbranche oder Militär. Gleichzeitig wollten sie auf keinen Fall in jemandem Schuld stehen. Lieber pflegten sie, im Voraus zu zahlen. Es steckte sich darin etwas Majestätisches, was die echten Herrscher sich zu leisten fähig waren. Da die Offenheit dieser Beziehungen für beiden Seiten unerwünscht war, wirkten sie ausschließlich vertraulich. Dem Gerede zufolge gehörte Salonga auch zur Eurasischen Wirtschaftsunion, die neben zahlreichen Vorhaben, die für ein internationales Ansehen sorgen sollten, nicht zuletzt auch besonders heimliche Maßnahmen in Betracht zogen.

Die hohe Politik war seit eh und je ein eigenartiges Gebiet, wo die Beteiligten mit aller Art und Weise ihre günstigen Positionen zu gewinnen suchten. Obwohl die Weltgeschichte als der zuverlässigste Lehrer der Menschheit eine allgemeine Anerkennung bekam, setzte die absolute Mehrheit der Teilhaber die veralteten Traditionen fort, um ihre aktuellen Vorteile zu kriegen. Dabei störte sie weiter auf keinen Fall die Tatsache, dass sie einigermaßen Wasser auf Mühle von aufrichtigen politischen Gaunern und Verbrecher gossen, sowie dass solche Kurzsichtigkeit schon Dutzende Male zu Welttragödien geführt habe. Ein Beispiel davon zeigte die guten Vorsätze, sich in der Lage der Schurke zu versetzen. Natürlich kann man jedes Individuum weltweit verstehen, unabhängig davon, was es wirklich macht. Die globale Rolle der großen Persönlichkeiten der Politik bestand darin, dass sie nicht allein für ihr eigenes Geschick oder das deren Nation verantwortlich waren, sondern nicht selten für das Schicksal mehreren anderen Völker und Nationen. Diese Begleiterscheinung musste jedes Wort und jede Handlung dieser wichtigen Menschen bestimmen. Bedauerlicherweise waren diese Großen auch die Vertreter der gleichen menschlichen Sippe mit allen deren Sünden und Mängeln. Deswegen waren sie manchmal gar nicht imstande, auf ihre persönlichen Schwächen zu verzichten. Im Prinzip verfolgte jeder Politiker auch seine persönlichen Neigungen, die vor allem seinen guten Ruf nicht schädigen sollten. Die allgemeine politische Lage des letzten Jahrhunderts ließ aber feststellen, dass die Begierde, den Staat zu regieren, zu vielen negativen Situationen führen konnte. Es gab aber sowohl bei fast allen autoritären als auch bei einigen demokratischen Regierungsformen die Möglichkeit, die gesetzliche Bevollmächtigung zu missbrauchen. Unter solchen Bedingungen ließ sich der Staatschef des Landes natürliche Schätze nach eigenem Ermessen verfügen. Yam Salonga war zweifelsohne ein ausschließlich geselliger Kerl, dem man zweimal eine Sache nicht wiederholen sollte. Umgekehrt begriff er im Vorbeigehen die verschlossenen Dinge der internationalen Handlungen und zog daraus wichtige für ihn Konsequenzen. So wurde ihm bald klargeworden, dass die russische politische Elite im Umgehen mit Bodenschätzen freie Hand haben konnte. Wenn die Verhältnisse auf einem Regierungsniveau verwirklicht worden waren, wäre es vielleicht sehr kompliziert gewesen, eine überflüssige Selbstständigkeit aufzuweisen. Doch wenn die Rede von einer privaten Person oder Firma war, ging alles viel einfacher vonstatten. Eine ähnliche Situation entwickelte sich bei dem Erzbergbau in der Arktis, wo das Recht der Gewinnung eher vage definiert worden war. Praktisch gesehen ähnelte dieses Unternehmen an eine Produktion aus nichts. Denn das Erdgas existierte in der Tiefe des endlosen Eisbodens und wurde gleichzeitig nicht berücksichtigt werden. Yam gelang es, persönlich dem russischen Oberhaupt vorgestellt zu werden. Der Philippiner fand diesen Staatsmann bezaubernd: Der sprach mit Yam wie mit einem Ebenbürtigen und zeigte offen das Interesse an dessen Meinung. Solcher gutmütige Ton regte den Asiaten zu einer Offenbarung an, damit er seine Wünsche vorzuschlagen vermochte. Es handelte sich dabei um die gemeinsame Aneignung des Erdöl und -gas Vorkommens vor der Küste.

Salonga sagte: „Mr. Präsident, Ihr Land besitzt eine enorme Erfahrung im Abbau der Fundstätte von Erdöl und -gas, was uns angespornt habe, nun in diesem Bereiche Ihnen eine vielversprechende Zusammenarbeit in diese Bereiche anzubieten".

Die Reaktion des Staatschefs folgte momentan: „Ich nehme Sie beim Worte und bitte Sie, die notwendige technische Dokumentation vorzubereiten, um sie möglichst schnell mir zu übergeben. Meinerseits nehme ich die Verantwortung über, dieses Vorhaben in Gang zu bringen. Sagen Sie, Mr. Salonga, wieviel Zeit brauchen Sie für die ganze technische Dokumentation?"

„Ungefähr zwei Monate", sagte Yam nach einer kurzen Überlegung.

Der Empfangsaalbesitzer befahl etwas im Mikrofon und es entstand im Augenblick einen großen und schlanken jungen Kerl mit dem Smart-Phone, der in einigen Sekunden den freien Termin im zwei Monaten Abstand beim Chef aussuchen musste. Der erwünschte Termin wurde in einer Minute gefunden.

„Ich warte ungeduldig auf Sie zu diesem Termin", scherzte der Politiker zum Abschied.

Es war unbedingt eine unvergessliche Begegnung, an die Yam sich mehrfach zu erinnern wusste. Die auffallende Einfachheit dieser berühmten Person sollte natürlich irgendwie mit ihrer Allmächtigkeit verbindet werden. Doch Yam war nicht dazu gelaunt, sich über solche Schweren den Kopf zu zerbrechen. Ihm schien es viel angenehmer, über sein eigenes Leben zu denken. Nach dieser außergewöhnlichen Bekanntschaft sah er für sich überhaupt keine Probleme, das Universum weiter zu erobern. Warum denn nicht, wenn diese Idee ihm selbst sehr gefiel. Die Glückseligkeit, die sich auf dem Angesicht Mr. Salonga widerspiegelte, kam so deutlich zum Vorschein, dass sie sogar die fremden anzuschauen fähig war. Was konnte man über seine Bekannten sagen: Sie wurden simpel begeistert von der Verwandlung seines Aussehens. Professor Knudsen, der auf der nächsten Konferenz des Fonds mit ihm ein breites Spektrum der Probleme zu diskutieren vermutete, unter anderen auch die Sachlage in der Kinoindustrie, verzichtete sofort auf diese Absicht, als er nur imstande war, seine Gesichtszüge zu betrachten.

Ihm schien dieser bekannte Bursche eher wie einem heiligen Buddha, nicht weniger. Aber nicht ausschließlich äußerlich: Es gab auch in dessen Stimme deutliche Änderungen, die jeder, der mit ihm oft gesprochen habe, wie etwas Metallisches anzumerken fähig war. Nun grübelte Mike darüber, was mit seinem Gesprächspartner passieren konnte. Im Professors Kopf brausten verschiedene Varianten, von einem riesigen Erfolg auf der Aktienbörse bis zur schweren psychischen Zerrüttung. Merkwürdigerweise fand das Gehirn des Gelehrten für jede seine Vermutung ganz sinnvolle Beweise. Zugleich war Knudsen genügend feinfühlig, um dem Betroffenen irgendwelche taktlosen Fragen nicht zu stellen. Schließlich nötigte er sich mit der Willensanstrengung, seine Bemühungen in Ruhe zu lassen. Die Tagung wurde jetzt in indischem Kalkutta veranstaltet.

Das Kenilworth Hotel befand sich in einer bildhaften Gegend der Stadt mit mehreren Sehenswürdigkeiten. Auch die üppige tropische Landschaft freute das Auge mit exotischen Ansichten. Sonst änderte sich der Konferenzverlauf kaum auch in Details: Die vergangene Gegenspielerei zwischen Finanz- und Sachkundigen, unendliche Diskussionen über das Niveau der konkreten Investitionen sowie über die Teilnahme an Ertrag bringenden Projekten, die aber nichts Gemeinsames mit dem Umwelt- oder Artenschutz haben könnten. Die großen Geldgeber, die sich im Konferenzhalle gesammelt haben, waren eindeutig der Meinung, dass sie jede Maßnahme, die momentan in Wirtschaft und Technologie weltweit vorbereitet wurde, auf keinen Fall gleichgültig übersehen dürften. Im Gegenteil planten sie eine Erweiterung des Fondseinflusses auf andere Sphären der menschlichen Tätigkeit. Solche offen martialischen Absichten der reichen Kollegen konnte der Professor noch vor wenigen Monaten ruhig außer Acht lassen. Diesmal war er doch in der Lage, sie unter ganz neuem Gesichtswinkel zu betrachten. Offen gesagt war er nun ein aktiver Anhänger dieser Richtung, er aber im Sinne eines ständig wiederkehrenden Gedankens zu verstehen wusste.

Nach seiner aktuellen Auffassung war die Filmbranche der sinnvollste Bereich wohin man große Gelder einzulegen brauchte. Gerade diese Sache erlebte augenblicklich einen enormen Aufschwung, die sogar mit anderen Zielgebieten unvergleichbar war. Der Wissenschaftler, den die Teilnehmer früher wie einem unbeugsamen Verfechter der Artenrettung kannten, sprach nun mit solcher Begeisterung über ganz andere Sache, dass niemand in der Halle seine Rede ohne Hochachtung anzuhören fähig war. In der Tat war er der erste, der die allgemeine Aufmerksamkeit zu dieser wichtigen Form der Kunst und Kultur heranzuziehen vermochte. Solche zu Herzen gehende Ansicht konnte eher ein talentierter Geist der Forscher erwecken. Sein offenes Auftreten wurde von Anfang an das größte Ereignis der Konferenz gewesen. Es passierte absolut unerwartet, wenn alle von ihm ganz andere Worte aufzunehmen hofften. Vielleicht verborgte sich die Ursache des lauten Erfolgs seiner Äußerung auch darin, dass jeder Anwesende innerlich einen Traum hätschelte, irgendwann überhaupt die Schwelle der Kinowelt zu übertreten.

Dieser jugendliche Gedanke blieb bei den nun ansehnlichen und wohlhabenden Personen ihr ganzes Leben lang, als ob er den Aufruf Professors Knudsen erwartete. Eine Viertelstunde herrschte bei dem ganzen Publikum eine Euphorie, die auf vielen Gesicher ausgedruckt worden war. Nur ein plötzlicher Themawechsel der Sitzung sorgte für die Beruhigung solcher angeregten Stimmung. Nichtsdestotrotz blieb Mike die Hauptfigur sogar bei dem abendlichen Festmahl, das nun schon traditionell im Restaurant des Hotels stattfand. Im Unterschied zu Singapur, wo die Hotel-feierlichkeit eine Vielfalt der berühmten Gäste aus der ganzen Stadt zu sammeln vermochte, gab es in Kalkutta anscheinend nur die Hotelgäste. Auf diesen Grund sollten die Konferenzleute den Ton angeben. Es wurden selbstverständlich zahlreiche Trinksprüche geäußert, die Mehrheit von denen mit dem Namen Professor Knudsen verknüpft worden war. Diese kleine Begleiterscheinung sorgte dafür, dass auch andere Besucher eine große Aufmerksamkeit zu seiner Person zu schenken pflegten. Einige von ihnen nahmen ihn aus Versehen für einen Weltstar und machte alles Mögliches, um sich mit ihm bekanntzumachen. Wenn solches Missverständnis in einer nüchternen Gesellschaft vonstattenging, konnte es wahrscheinlich bald aufgeklärt werden. Doch war es im Kenilworth Hotel nicht der Fall. Und ungeachtet dessen, dass Mr. Professor selbst nicht betrunken war, wollten seine Verehrer keine Widersprüche von ihm ernstnehmen. Sie verzichteten ursprünglich darauf, dass er wirklich kein Weltstar war und setzten ihre Aufdringlichkeit fort. Auch zwei jungen Frauen aus Schweden waren dabei, denen vielleicht seine Ähnlichkeit mit jemandem anderen gutgefallen sollte. Deswegen verfolgten sie ihn bis zur Schließung des Restaurants, indem sie mit dem Gelehrten nach Brüderschaft zu trinken suchten. Sein Widerstand konnte aber nicht ewig dauern, nicht zuletzt, weil er im Voraus auf die Gewalt dem schönen Geschlecht gegenüber verzichten musste. Deshalb gab er schließlich auf und zeigte sich bereit, mit ihnen etwas Stärkeres zu genießen, doch ohne rituelle Handlungen und Küssen. Die Plaudereien zogen sich aber in die Länge hin, so dass Mike sich zu Verlassen ihr Zimmer erst vier Uhr nachts entschloss, als die beiden jungen Damen plötzlich einschliefen, und er diese Begebenheit wie eine Befreiung aufnahm. Diese nachts Ereignisse sollten ihn auf den Rest seines Lebens belehren, dass das Kunststück der männlichen Natur nicht nur in Eroberung des weiblichen Herzens, sondern auch in Fähigkeit bestand, sich von Weibern zu befreien. Diese ziemlich einfache maskuline Philosophie wurde bei ihm doch stark von dem Kopfschmerz begleitet. Am nächsten Morgen wurde er um acht Uhr von einer kleinen Putzfrau aufgewacht, die entscheidend bereit war, sein Zimmer sauberzumachen. Auf diesen Grund musste er, möglichst schnell sich waschen, rasieren, sorgfältig anziehen, um in einer Viertelstunde ins Restaurant zum Frühstück gehen. Die nächste Konferenzsitzung wurde um neun geplant und er sollte ein Redner unter anderen sein. Die Verlegenheit, in die Mike gestern Abend gebracht worden war, schien ihm wie ein peinlicher Fehler. Vielleicht war daran seine übertriebene Feinfühligkeit schuldig. Ihm schien es aber ungeschickt, mit seiner resoluten Ablehnung fremden Ersuchens die jungen Damen zu kränken. Nun verstand er, dass sein Benehmen mindestens unvernünftig war. Die Girls waren zweifellos stark betrunken, sie konnten sich kaum Rechenschaft über ihre Handlungen und Aussagen ablegen. Sein dummes Verhalten konnte eher für einen niedrigen Kerl verständlich sein, der ihren Zustand für die Befriedigung dessen männlicher Lüsternheit aus zu nützen suchte. Bei Mike selbst war es sicher nicht der Fall und das nächste Mal, wenn eine ähnliche Situation entsteht, sollte er von Anfang an entschlossen und klarmachen, dass er keinen Teil an solchen Spielen nimmt. Es klänge vielleicht ein Bisschen scharf, doch fair. Außerdem sollte Professor fernerhin viel vorsichtiger mit der Belobigung eigener Person umgehen. Im Grunde war er gestern Abend selbstschuldig, denn er hörte ruhig diesen Komplimenten Schwall an und machte keinen Versuch, ihm Einhalt zu gebieten. Menschen war es bestimmt eigentümlich, jemandem Brei um den Mund zu schieren. Ein Einsichtiger musste aber es im Voraus kapieren, um die Scheiße rechtzeitig zu stoppen. Stattdessen wartete Mike darauf, dass das süße Geschwätz vom selbst zu erschöpfen vermöge. Dieses Dummes Zeug führte doch dazu, dass sogar die fremden Außenseiter davon Neugier zu erwecken wussten. Und die letzte Auswirkung dieser Neugier – seine Verfolgung durch diese betrunkenen Schwedinnen. Knudsen warnte sich häufig vor gewissen Fehlschlägen, doch diese Selbstwarnungen traten leider nur dann in Kraft, wann das Ereignis schon längst vorbei war. Der Gelehrte konnte sich nicht zu Dummköpfen zählen, doch er hatte gewiss die besten Gedanken hinterher. Die jüngste Offenbarung dieser Begleiterscheinung erwartete ihn bei der morgendlichen Sitzung in Konferenzhalle des Hotels. Sie war mit der Diskussion über die Verteilung von Investitionen zwischen mehreren Branchen verbunden. Dabei setzte Professor seine Idee fort, den großen Anteil des Mittels für die Kinoproduktion in Betracht zu ziehen. Eigentlich war es der Gedanke, der gestern ein erhebliches Interesse an sich anzulocken pflegte. Doch wahrscheinlich kam guter Rat über Nacht: Die Begeisterung letzten Tags schien bemerkenswert schwächer zu werden: Es gab einzige Äußerungen dafür, die aber unvergleichbar mit der allgemeinen Euphorie von gestern sein sollten. Der Wissenschaftler empfand innerlich die Gefahr, dass dieser Punkt vollständig aus der Liste der wichtigen Vorhaben getilgt werden könnte. Sein unmittelbarer Schwung, die Sache, der er selbst den Anstoß zu geben suchte, zu retten, zwang ihn, das Wort wieder zu ergreifen. Vielleicht sollte er nicht so hastig werden, doch er sprach wieder ausdrücklich und metaphorisch wie es dem echten Retter eigenartig scheinen könnte. Das Ergebnis ließ auf sich nicht lange warten: Das Thema wurde in die genannte Liste eingetragen. Zum Nachteil zählte aber die Tatsache, dass seine Rede den Gegenwind erregte, indem er in nachfolgenden Aussagen eine Reihe von ungünstigen Bemerkungen sich gegenüber bekommen sollte. Jemand erinnerte ihm an seine frühere Ergebenheit der Grundlageforschung, der andere deutete auf sein Lieblingsgebiet der Ökologie an und der dritte nannte ihn einfach „Kinofan", was der verehrte Professor sicherlich für die

Beleidigung nehmen konnte. War das Ziel, das er mit seiner Schwärmerei erreicht, dem Teilverlust seiner Achtbarkeit angemessen? Nun zweifelte sich Knudsen daran. Er war aber momentan zu besonnen, um darin irgendwelche verborgene Ursache zu übersehen. „Das Elend kommt nie allein", dachte er sich, „üblicherweise gibt es eine Kette der unangenehmen Erscheinungen, so wie es vor einem Tage mit mir passierte. Zuerst sorgte ich irrtümlich für die ungesunde Erregung der Filmproduktion gegenüber. Darauf ließ ich einen Belobigungsstrom meiner Person entgegen, was von der Bekanntschaft mit zwei jungen Frauen begleitet wurde. Und nun bekam ich als eine würdige Belohnung die zweifelhaften Anspielungen, die mich eher zu kränken beabsichtigten". Obwohl es in seinem Selbstgespräch einen großen Anteil an Selbsterniedrigung gab, stimmte es teilweise mit der Wahrheit überein. Um ehrlich zu sein, bat ihn Gina Pascual auf keinen Fall darum, dass er sich für die Finanzierung ihrer eigenen Filmproduktion sorgen sollte. Andererseits konnte seine Befürchtung über ihre Zukunft für sie persönlich erniedrigend aussehen. Darüber hinaus besaß sie unbedingt eine ausreichende Begabung, um solche Förderung in wenigen Jahren allein zu bekommen. Nun konnte er sich ausschließlich dadurch rechtfertigen, dass er besser für sie machen wollte. Nicht zufällig sagte der große Dante „Der Weg zur Hölle ist mit guten Absichten gepflastert". In der Tat geht manchmal ein wohlgemeinter Mensch vor, als ob er besser versteht, was sein Nächster braucht als der Betroffene selbst. Woher kommt eigentlich diese primitive Logik vor, die dem autoritären Regime gleicht, dessen politische Elite angeblich alles im Voraus sieht? Allerding wusste schon der Protagonist des unsterblichen Romans Cervantes „Don Quijote", dass die höchste Köstlichkeit der Welt Freiheit ist. Denn nur sie macht aus einem Individuum das, was es verdient habe. Gerade die Freiheit eröffnet dem Menschen alle Möglichkeiten, etwas Würdiges im Leben zu erreichen, und zwingt ihn, sich ständig auszubilden und richtig zu vervollkommnen. Die Freiheit ist die innewohnende Kraft der Natur, die allein zu einer grenzlosen Entwicklung geschafft worden war. Die Freiheit ist der beste Lehrer aller Lebewesen überall. Jeder Würger der Freiheit ist ein Teufelsknecht und Feind der Menschheit. Gleichermaßen wirkt der Gönner der begabten Person, der ihr unter dem Vorwand von Beschützung faktisch die höchsten kreativen Stärken beraubt. Mit diesem kritischen Gedanken sollte Professor Knudsen fernerhin viele seine früheren Überzeugungen revidieren lassen. Das Leben war in der Tat sehr kompliziert aufgebaut, so dass auch ein verehrter Gelehrter höchster Qualifikation ständig notwendige Änderungen in seine Verhaltensweise zufügen musste. Diese aktive geistige Leistung konnte aber auf keinen Fall gewisse positiven Ergebnisse gewährleisten. Eher erinnerte sie an eine Versuch-und-Irrtum-Methode, wo nur Herrgott das Resultat wissen könnte.

Nach sieben Stunden des zweiten Konferenztags war Professor Knudsen schließlich in der Lage, eine kurze Bilanz zu ziehen. Er verlor bestimmt an das allgemeine Image. Nun konnte er grob abwägen, wie groß den Verlust sein sollte. Wenn man die Ergebnisse auf dem intellektuellen Niveau beschränken durfte, konnte er sich sogar wie einem Gewinner empfinden. In der Tat brachte ihm seine sittliche Grübelei sehr lebenswichtige Schlussfolgerungen mit. Allein sein neuer Anblick auf die Freiheit konnte ganz nützlich aussehen. Er konnte auch seine aktuellen Verhältnisse mit seiner Braut verbessern, weil er sich nicht mehr wie ihrem finanziellen Beschützer verstand. Sie war allerseits verständlich ein gleichberechtigter Mensch, dessen schöpferische Kräfte unbegrenzt blieben. Es bedeutete, dass die einzelne Macht, die sie beiden zu vereinen vermochte, die gegenseitige Liebe gewesen war. Sachlich gesehen konnte er sich auch nicht zu Looser zählen. Im Gegenteil wurde auch sein kühner Vorschlag angenommen, die Kinoindustrie zu unterstützen, damit unter anderen Gina profitieren konnte. Außerdem errang er die zusätzliche Förderung für sein nächstes Projekt, das mit dem Artenschutz in Antarktik verbunden war. Und es wurde den guten Umgang mit den Kollegen bei Fonds vollständig wiederherstellt, wie das Schlusswort des Vorsitzenden zeigen sollte. Der renommierte Bankier dankte ihm besonders für seine sinnvollen Gedanken. Also wie William Shakespeare sagte: „Ende gut, alles gut". Anders gesagt sollte er sich nicht eine Rüge erteilen. Ein Stein fiel von seinem Herzen und er konnte wieder zu seinen Problemen zurückkehren.

Wie sollten sich Bio-Wesen in kalten Küsten des südlichen Meers fühlen

Knudsen als Biologen interessierte seit langem das Weddell-Meer, das zum größten Randmeer des Südlichen Ozeans am antarktischen Kontinent zählte. Dessen Grenzen wurden ziemlich bedingt zwischen den Küsten von Coatsland im Osten und Grahamland im Westen bestimmt. Eine riesige Masse des schwimmenden Schelfeis nimmt einen bedeutenden Einfluss auf alle Lebewesen dieser Region. Das Meer bedeckt eine Fläche von fast 2,8 Millionen Quadratkilometer. Seine Tiefe weicht von 500 bis 5000 Meter ab. Großbritannien, Chile und Argentinien beanspruchen die Besitzrechte an Teilen dieses Gebietes. Historisch gesehen war die deutsche Bundesrepublik eine der Urheber des Schutzes der Lebewesen des Meers. Unter der Beteiligung von Mikes Mitarbeiter wurde eine allgemeine Abschätzung der Zahl allen Arten geschafft, die insgesamt allein rund vierzehntausend Tierarten erweisen sollte. Die Eigenartigkeit dieser Meeresregion wurde durch verschiedene Faktoren geprägt, die darum kümmern sollten, dass die hiesigen Tierarten ihre hohe Anpassungsfähigkeit aufzuweisen vermochten. Die niedrigen Wasser- und Lufttemperaturen förderten stark die Umweltbedingungen für die allumfassenden Abhärtung der tierischen Gesundheit. Außerdem betraf anscheinend die globale Erderwärmung diese Zone nicht, was für die kältebeständigen Tieren sehr nützlich sein sollte. Eine strenge Befolgung des internationalen Abkommens über das Weddell-Meer sollte es von der überall herrschenden Sachlage, wenn die Meere überfischt sind, und Fischarten vom Aussterben bedroht worden, massenhaft verschont. Die ungewöhnlichen natürlichen Meeresoasen erhöhten vielfach die Überlebenschancen von Wal-, Robben-, Fisch- und Vogelorganismen, aber auch solchen Lebewesen, die am Grund des Meeres leben. Man konnte sich vorstellen, dass die Lebensbedingungen von Meerorganismen enorm von denen ihrer Artgenossen in niedrigen Tiefen unterscheiden sollten. Die gemeinsame Wirkung der sehr niedrigen Wassertemperaturen und ausschließlich hohen Druckwerten sollte die tierische Physiologie drastisch verändern. Es stellte sich dabei heraus, dass auch das Hämoglobin, dieser Farbstoff der roten Blutkörperchen, der den Sauerstoff zu Organen übertragen sollte, kann in den mehreren Kilometertiefen nicht mehr funktionieren. Stattdessen entwickelte die Natur einen anderen Transporter namens Hämocyanin, das die Weichtiere der Tiefe erfolgreich auszunutzen pflegen. Dieses Hämocyanin musste eine Reihe von komplizierten Aufgaben erfüllen, indem es nicht allein die zuverlässige Übertragung des Sauerstoffes gewährleisten musste, sondern ihn am Zielpunkt einfach freilassen. Die Natur brauchte dafür enorme Erfindungskraft, um die Struktur des Transporters leicht veränderlich für unterschiedliche Umstände zu machen. Die Forschern verglichen das Substanz von mehreren Verwandtenarten, die in kalten und warmen Meeren lebten, und bestimmten dessen starke Unterschiede. Den Gelehrten gelang es auch, eine riesige achtarmige Krake aus den mehr Kilometer Tiefen des Weddell-Meers herauszufischen, die fünfzehn Meter lang war und zu solchen Fossilen gehörte, die man schon längst für verstorbene vermutete. In der Tat überlebte diese Art seit dreißig Millionen Jahren. Die Tatsache, dass dieser gigantische Krake des Weddell-Meers im Essen unersättlich sein sollte, machte sie gleichzeitig zum aufschlussreichen Objekt, das die gesamte Sachlage der tierischen und pflanzlichen Arten in der Region wider zu spiegeln befähigte. Wie der Zustand der Leuchtgarnelen, die auch Krill genannt wurden, die Gesundheit mehreren Organismen im antarktischen Meer bestimmen konnte, übernimmt diese riesige Krake diese Funktion für große Tiefe. Denn vom Krill ernährt sich die Vielfalt von Wale, Fische, Robben, Tintenfische und Vögel, damit der gesamte Verbrauch der kleinsten Krebsartigen weniger Millimeter Länge ca. 250 Millionen Tonnen Krill pro Jahr im Antarktischen Meer zur Verfügung stellt. Nicht weniger erstaunlich war die Entdeckung der Fischarten, die in unglaublichen Tiefen zu leben vermochten. Zuvor wurden Wissenschaftler überzeugt, dass die Wirbeltiere in solchen Tiefen hunderte Bar betragen sollte. Das Rätsel wurde dadurch aufgelöst, dass die weise Natur sie mit den großen Mengen vom chemischen Stoff Trimethylaminoxid (TMAO) versorgte, der das Überleben in solchen Tiefen ermöglichte. Das einsichtige Molekül des TMAO schützt die körperbildenden Eiweiße des Fisches gegen superhohen Druck. Mikes Kollegen vermuteten, dass eine höhere Dosierung des TMAO ihnen sogar die Tiefe über acht Kilometer Tiefe überleben lässt. Sonst sagten sie, dass das TMAO auch für den typischen Fischgeruch verantwortlich ist. Auf diesen Grund waren sie davon überzeugt, dass je tiefer der Fang war, desto stärker dieser unangenehme Geruch sein sollte.

Die jüngste Zeit zeichnete sich für Professor Knudsen von zahlreichen Entdeckungen aus, die völlig dank den technischen Errungenschaften realisiert werden konnten. Ein Untertauchen in die ozeanische Tiefe war ein althergebrachter Traum der Menschheit. Nicht zufällig wählte dat Thema der große Phantast Jules Verne, indem er ein spezielles Unterwasserschiff erdenken sollte, in dem man Zwanzigtausend Meilen unter dem Meer zu reisen fähig war. Seine bahnbrechenden Gedanken wurden im 20. und 21. Jh. realisiert, was den Forscher ermöglichte, ein absolut unbekanntes Universum kennenzulernen. Als ein hervorragendes Ereignis erwies sich das Vorgehen des berühmten Regisseur James Cameron, der am 26. März 2012 mit seinem Boot Deepsea Challenger allein den Grund des Challengertiefs im Marianengraben erreichte, die auf dem tiefsten Vermerk des Ozeans 11 Kilometer lag, mit Wasserdruck 1070 Bar, damit er den Weg zu allen bedeutenden Expeditionen in die tiefsten ozeanischen Punkte der Erde ebnete. Darauf stellte es sich heraus, dass die Meerbiologen noch mehrere Tier- und Pflanzenarten noch nicht kannten. Erstaunlicherweise kümmerte sich die schwer zugängliche Tiefe darum, dass viele Lebewesen sich dort unversehrt zu bleiben vermochten. Die komplexen Untersuchungen in verschiedenen Gebieten des Weltmeeres ließen feststellen, dass das Artensterben gar nicht für allen Orten des Planeten typisch ist. Diese neuen Kenntnisse sorgten für die heftigen Debatten zwischen Sachkundigen, ob die Welterwärmung unheilvoll auf die Natur wirken sollte oder, dass sie überhaupt durch die schädlichen anthropogenen Faktoren verursacht worden war. Diese strittige Sache brauchte aber zusätzliche Erforschungen, um das Türfelchen aufs i zu setzen

Der Finanzierer deckt seine Absichten auf

Die Anwesenheit Mr. Salonga auf der Konferenz in Kalkutta konnte allen Beteiligten ziemlich merkwürdig scheinen. Er verbrachte nur wenigen Stunden auf den Sitzungen, als ob er in der großartigen indischen Stadt irgendwelche noch wichtigere Sachen erledigen sollte. Sein Verhalten verursachte deswegen einige Gerüchte, die aber keine zu bestätigen oder wider zu legen vermochte. Gleichzeitig gelang es zufällig Professor Knudsen zu erfahren, dass der Geschäftsmann alle Auskünfte über den Verlauf der Reden und Debatten erteilt bekommen konnte. Am zweiten Tag entstand er vor dem Hotelzimmer Mikes, um ein Gespräch mit ihm anzubieten. Er wollte den Gelehrten dabei in sein Zimmer einladen. Das Treffen sollte in einer Stunde stattfinden, also Mike habe genug Zeit für alle Überlegungen. Gab es bei Yam etwas Neues, über das er erzählen wollte, oder wollte er sich von dem Forscher über die Konferenz erkundigen, die er faktisch absichtlich versäumte? Natürlich gab es eine Reihe anderer Varianten, die er mit Knudsen diskutieren wollte. Salonga empfand ihn doch mit der früheren Gastfreundlichkeit. Der Tisch in dem Gesprächsraum seiner Enfilade, wurde mit Getränken und Nachspeise gedeckt worden. Diese Begleiterscheinung sagte

eine aufrichtige Unterhaltung vorher. Yam war innerlich gewiss ein guter Psychologe, der befähigte, den Schlüssel zu jener Person zu finden. So sprach er während der ersten Stunde, wenn sie freundlich über die unbedeutenden Dinge wie Besonderheiten von Kalkutta oder Essenneigungen deren Bewohner plauderten und starke Getränke und Köstlichkeiten genossen, neutral und zurückhaltend. Darauf sagte er anscheinend nebenbei: „Übrigens, Mr. Professor, ich habe ganz zufällig über Ihre Leidenschaft für die Kinokunst gehört. Stimmt es?" Die Frage klang so unerwartet, dass Mike hastig über die verborgenen Gründe nachdenken musste, um etwas mehr oder weniger Überzeugendes auszusagen. Ihm war es aber klargeworden, dass Yam unter den Konferenzteilnehmer einen Informator besaß. Nun musste er dringend eine Darstellung erfinden, die dem Businessman wahrhaftig sein könnte. Obgleich die alkoholischen Getränke den Verstand des Professors ein Bisschen verwirren sollte, strengte er nun alle kognitiven Kräfte an, bevor er das Wort ergriff. Was er noch nicht wusste, bezog auf die Tatsache, ob er dem Finanzierer über seine Verhältnisse mit Gina Pascual verraten durfte. Schließlich fand er für ganz vernünftig, weil Yam darüber früher oder später Bescheid wissen sollte:
„Vielleicht meinen Sie, Mr. Salonga, mit Ihrer Frage", sagte er mit dem Versuch, absolut ruhig zu scheinen, „dass ich offenkundig für die Förderung der Filmindustrie äußerte". Nach diesem Satz sah er vermeintlich im Ausdruck der Yams Augen eine kleine Bestätigung seiner Vermutung und setzte seine Aussage fort:
„Um mich aber recht zu fertigen, wäre es sinnvoll, das Folgende zu bemerken. Ich bin keinesfalls ein echter Kinofan, erstens weil ich keine genügende Zeit zur Verfügung habe. Zweitens, weil ich dafür sicher nicht ausreichen gebildet bin. Und drittens, weil diese Branche weit von meiner beruflichen Neugier liegt". Nun zeigte die Mimik des Geschäftsmannes eine deutliche Verwunderung. Nach einer gezwungenen Pause sagte Salonga mit einer Reizstimme:
„Dann ist mir völlig unverständlich der Schwung, mit dem Sie diese eigenartige Investitionsrichtung zu verteidigen suchten". Mit diesen Worten erläuterte Yam eindeutig, dass er übers Benehmen Mikes gut beraten worden war. Was blieb dem Professor noch übrig, ohne dessen Beziehung mit der Kino Diva zu erzählen:
„Jetzt muss ich Ihnen wahrscheinlich eine persönliche Angelegenheit eingestehen und zwar, dass Ihre schöne Nichte Gina Pascual und ich ein Paar sind. Vielleicht kann dieser Umstand meine Konferenz Aktivität der Kinobranche gegenüber nicht einsichtig erklären, doch er kann die mögliche Streitigkeit zwischen mir und Ihnen etwas schwächer machen. Sonst war ich nicht der Auffassung, unsere Verhältnisse mit Gina zur Schau zu tragen sowie unsere Verwandte in Verlegenheit zu bringen. Nichtsdestotrotz fand ich es für meine Pflicht, die echt schützende Aufgabe für meine Geliebte zu übernehmen. Vielleicht irrte ich mich, aber ich war der Ansicht, dass ich ihr mit einer fremden Förderung gut machen könnte. Mit anderen Worten ka-

pierte ich die genannte Aktivität auf der Konferenz wie das Mittel, die Sachlage der Karriere Ginas effizient zu verbessern. Selbstverständlich bat sie mich auf keinen Fall darum, und wir sprachen niemals davon. Darüber hinaus wäre es sehr nett von Ihnen, wenn Gina nichts über unsere heutige Unterhaltung erfahren könnte".

Die offenherzige Rede des Professors schindete einen wohltuenden Eindruck auf den Businessman. Allerdings beeilte er sich nicht mit der Reaktion. Im Gegenteil sah er nun die günstige Chance, den Gelehrten in unterschiedlichen Sachen zu nutzen, die er zuvor für unverschämt halten sollte. Mr. Salonga konnte sich überhaupt nicht, diesen deutschen Intellektuellen wie einem eigenen Verwandten darzustellen. Eher schien ihm sicher die Begebenheit solcher Art noch vor wenigen Minuten wie eine erdichtete Geschichte, oder noch ehrlicher gesagt, er konnte davon einfach nicht träumen. Seine Vernunft bildete ihm plötzlich ein Märchen ein, wo der berühmte Wissenschaftler mit dem erfinderischen Geist seine (Yam Salonga) komplizierte Anweisungen zu erfüllen versucht. Yam konnte davon einen Schwindel bekommen. Er nahm sich aber beim Gedanken, dass sein Schweigen in die Länge gezogen worden war. Knudsen konnte sich Gott weiß was darüber nachdenken. So musste er möglichst schnell, sich zu sprechen zwingen.

„Mr. Professor", sagte er versonnen, „Sie können vorstellen, welche Gemütslage Ihre Worte bei mir zu erwecken fähig waren. Ich war imstande, jene Ihre Antwort zu verdauen, nicht aber dieser Art. Nun aber verstehe ich wohl Ihre Motive, die Sie zu solchen Handlungen zu bewegen aufhetzten. Wahrscheinlich passiert etwas Gleiches einmal mit jeden von uns, als wir von einem Liebeswirrwahr den Kopf zu verlieren bereit sind. Ich finde darin aber nichts Schlimmes und selbstverständlich fühle ich unsagbare Freude davon, dass ich jetzt in Ihnen eine verwandte Seele sehen darf. Aber sicher bin ich immer bereit, Ihnen nicht nur seelisch, sondern auch sachlich behilflich zu sein. In diesem Sinne können wir unsere Partnerschaft stark erweitern lassen. Ich hoffe, wir haben später gute Chance, detailliert alle unseren Sachen zu erörtern". Mit diesen Worten schenkte er seinem Gast die nächste Portion Hardy Perfection Cognac ein, der nach seiner Auffassung dem Professor besonders schmeckte. Die beiden tranken das erlesene Getränk mit kleinen Schlucken aus und jeder von ihnen dachte beim Genuss über seine eigenen ungelösten Probleme. Darauf dankte Mike dem Gastgeber herzlich und äußerte seine Zufriedenheit mit der künftigen Kooperation. Dann verabschiedete er sich.

Was konnte die Verwandtschaft mit Salonga bedeuten

Im Grunde passierte es beim Gespräch mit Salonga gerade das, was Mike sich wünschen sollte. Trotzdem blieb in seinem Bewusstsein irgendwelches unangenehme Gefühl zurück, das ihm die Ruhe zu rauben suchte. Dieses Gefühl wurde vielleicht von dem Ton und der Schmeichelei der Worte Yams hervorrufen. War dessen Freude, Mike als einem Verwandten zu haben aufrichtig oder war sie ein Bekunden seiner Heuchelei gewesen? Wer war in der Tat dieser erfolgreiche Geschäftsmann und Entertainer? Der Gelehrte konnte momentan nicht, diese heiklen Fragen beantworten, doch sein Vorgefühl zwang ihm, mit dem Kerl vorsichtig zu sein, obwohl es unter neuen Umständen nicht ganz leicht aussehen sollte. In Wirklichkeit änderten sich ihre Verhältnisse selbst wenn äußerlich ziemlich stark. Gina könnte Mike in dieser Sache gut beraten, denn sie sprachen miteinander fast jeden Tag. Aber er empfand eine Voreingenommenheit, sie in seine Beziehungen mit Yam einzumischen. Nein, er musste unbedingt, solche Dinge selbstständig auflösen. Ungeachtet dessen benahm sich Salonga ihm gegenüber noch entschiedener als zuvor. Er wollte Professor nun zu neuen Projekten miteinschließen, die Knudsen eher misstrauisch scheinen sollten. Zuerst schlug Yam ihm vor, an einer wichtigen Tagung in Nairobi (Kenia) teilzuhaben. Darüber hinaus sagte Salonga ihm vertraulich, dass er dort als sein persönlicher Vertreter wirken sollte, was faktisch die sachliche Leitung der Tagung bedeuten könnte. Der Forscher rechnete damit, dass seine Absage als etwas Unfreundliches aufgenommen werden musste, was die Verhältnisse mit dem neuen Verwandten enorm zu verderben ermöglichte. Solchen unberechenbaren „Vergnügen" durfte sich Knudsen nicht leisten. Also gab er seine Zustimmung und bekam in zwei Tagen vom Auftraggeber einen dicken Ordner mit allen notwendigen Anweisungen, Auskunftsmaterialien, Flugticket und Bankscheck für zweitausend Dollar. Im Prinzip kannte Professor Nairobi wie eine große afrikanische Hauptstadt und den Ort des Nairobi-Nationalparks, der sich faktisch in der Nähe des Stadtzentrums befand. Diese weltberühmte Sehenswürdigkeit fasste über 120 Quadratkilometer Oberfläche und war von über sechshundert Tierarten bevölkert, unter anderen Löwen, Leoparden, Geparden, Panther, Giraffen, Buffen u.a., die Mehrheit von denen im Freien lebten. Sonst war Nairobi ein Kulturzentrum mit einer modernen Infrastruktur. Mike bekam von Yam auch eine Hotelzimmer Bestellung in Hilton-Nairobi-Hotel, wo die Tagung sich ereignen sollte. Dieses fünf Sterne Hotel war mit allem erwünschten Vergnügen ausgestattet, die aber für einen dreitägigen Aufenthalt nicht von großer Bedeutung zu sein schienen. Viel Neugier erregender fand der Professor die Auswahl der Teilnehmer, die nicht mehr als zwanzig Personen aus mehreren Eurasien Staaten, China und Afrika stammten. Den geheimen Sinn und Zweck dieser Versammlung gelang es dem Verbundenen Salongas nur später zu begreifen. Das realistische Ereignis war wahrscheinlich im Hinblick auf einen Zeitpunkt der jüngsten afrikanischen Politik Russlands und dessen Anhänger eingerichtet. Nach vielen Jahren der Abwesenheit auf dem schwarzen Kontinent kehrte dieser größte Staat der Welt zurück in der Hoffnung, eine würdige Konkurrenz den EU Ländern und China zu leisten. Darunter steckten sich große Investitionen, der Waffenhandel und enge militärischen Beziehungen. Die beidseitigen Gewinne sollten auch in anderen Branchen der Industrie wie Erzbergbau und Transport erreicht werden.

Seltsamerweise engagierte sich das größte Land überwiegend in armen und instabilen Staaten Afrikas. Alle Hilfsaktionen inklusiv Waffenverkauf sollten im Wettbewerb mit EU oder China stattfinden. Der erhobene Waffenbedarf sollte in mehreren afrikanischen Staaten wegen endlosen örtlichen Kriegen bedingt werden. Zahlreiche militärischen Partnerschaften wurden von russischer Seite mit Zentralafrikanischer Republik, Kamerun, Demokratischen Republik Kongo, Burkina Faso, Uganda und Angola geschlossen. Im Sudan arbeiten russische Ingenieure und Handwerker auf dem Aufbau des Kernkraftwerkes, das zusätzlich das hochradioaktive Waffenplutonium zu produzieren fähig wird, was ein großes Interesse bei militärischen Regimen und religiösen Extremisten weltweit erregen könnte. In Simbabwe und Guinea wurden mithilfe von russischen Fachkräften die Edel- und Seltenerdmetalle entdeckt, deren scharfen Mangel schon heute auf dem Planeten empfanden worden war. Neben den militärischen und wirtschaftlichen Vorrängen wollte Moskau auch ihren Ruf als einer großen Weltmacht wiederherstellen, die durch die Krimannexion und anti-europäische Handlungen streng herabgesetzt worden war. Eine Verbesserung des Verhältnisses mit dem Westen sollte einen Aufstieg des Landes versprechen. Im Laufe der Tagung betrachtete Professor Knudsen aufmerk-sam alle Redner, mit dem Versuch, ihre verborgenen Pläne sowie verworrene persönlichen Neigungen aufzuklären. Er vertrat einerseits die Position Mr. Salonga, war aber kaum mit ihnen bekannt. Andererseits musste er sich selbst zugunsten benehmen damit man ihn nicht zum Narren hereinzulegen erfolgte. Anders ausgedrückt, wird der Wolf satt und das Lamm bleibt ganz. In dieser Redensart sollte er vielleicht die Rolle des armen Lamms spielen, dem gar nicht einfach wäre, ganz zu bleiben. Denn der Wolf habe großen Hunger und scharfe Zähne, und den Lammshunger wusste keine in Betracht zu ziehen. Allerdings war die Grübelei des Forschers auch nicht völlig nutzlos: Er lernte dabei zwei Russen kennen, deren neblige Phrasendrescherei gewisse einsichtigen Schlussfolgerungen zu ziehen verhalfen. In der Tat war es nicht ausgeschlossen, dass die beiden hoch ausgebildete Ingenieure oder sogar Wissenschaftler waren, die globalen Kenntnisse über wertvolle Abfälle sammelten, um sie abzukaufen oder (noch lieber) kostenfrei anzueignen. Wahrscheinlich waren die beiden mit der Staatssicherheit oder Militär verbunden, die eine heimliche Operation zu organisieren bereit waren und nur auf eine zuverlässige Kenntnisnahme warteten. Für Mike wäre es aber noch wichtiger vorzustellen, welche Funktion in aller solchen Kurpfuscherei Salonga erfüllen sollte. In den Räumen außerhalb des Sitzungssaales gab es genug Platz für die ziemlich vertraulichen Gespräche mit den Kollegen, was Knudsen bestimmt nicht verfehlte. Allerdings wurden anscheinend nur die genannten Russen redselig, deren Bereitschaft, auf alle Fragen ausführlich zu antworten eher an einen Kniff erinnerte, die Wahrheit zu vertuschen. Die anderen Vertreter der eurasischen Union zeigten ein Unverständnis, das wegen ihrer mangelhaften Sprachkenntnisse entstehen konnte. Die sachliche Beobachtungsgabe des Professors ließ ihm aber, diese Verstellung aufdecken, denn sie sprachen sonst fließend sowohl Englisch als auch Deutsch. Der Chinese begründete dagegen seine Schweigsamkeit mit der Pflicht, die Geheimnisse seines Unternehmens nicht auszuplaudern. Die Afrikaner diskutierten gerne alle Themen, der Gelehrte zweifelte aber daran, dass deren Auskünfte richtig waren. Im Großen und Ganzen schienen dem Forscher alle diese Unterhaltungen lächerlich zu sein. Es steckte sich darin etwas aus der Spieltheorie, wo der Spieler sich jedes Mal gedanklich an die Stelle seines Gegners vorstellen sollte, um dessen Handlungen richtig zu kapieren. Mike wählte aber eine ganz andere Taktik. Er saß allein am Tisch in seinem Hotelzimmer und versuchte, alle Äußerungen seiner Kollegen aus seinem Gedächtnis in seinem Laptop zu sammeln und auszuschreiben. Diese Tätigkeit verlangte aber eine vollständige Anstrengung, die eine Stunde danach zu starken Kopfschmerzen führen sollte. Als einem Ersatz dafür bekam er eine Liste von Firmen und Banken, deren Namen von den Teilnehmern gelegentlich oder aus Versehen genannt worden waren. Die folgenden Recherchen brachten ihm gewisse Kenntnisse über einigen von ihnen mit. Fast alle davon waren Off-schore Firmen in Panama, auf dem Cyprus und anderen Inselstaaten. Was sollte es wirklich bedeuten? Diese Notiz wollte der Professor zuerst nicht seinem Auftraggeber zur Schau tragen. Erst, weil er nicht sicher war, dass Salonga darüber nicht Bescheid wusste. Und zweit, weil er diese „Ermittlung" auf eigene Faust unternommen habe, was dem Geschäftsmann kaum gefallen könnte. Warum eigentlich wollte er die Nase in fremde Sachen stecken? Die Antwort auf diese Frage konnte ihm von selbst erscheinen – weil er in den Handlungen der fragwürdigen Vereinigung etwas Gesetzwidriges zu verspüren vermochte. Aber was sollte er damit machen? Er war nur ein Wissenschaftler, kein Polizist, kein Kriminologe oder Justizbeamter, die dafür verantwortlich sein sollten. Es war ein gutes Argument, das aber kaum um seine geistige Ruhe zu kümmern fähig war. Sein aktueller Zustand verschärfte sich noch deswegen, weil er sich einigermaßen mit Mr. Salonga in Verwandtschaft befand. Er ertappte sich beim Gedanken, dass er noch niemals ernst mit Gina über deren Onkel sprach. Jetzt wäre doch ihre Meinung über ihn für Mike sehr wichtig gewesen. Leider durfte man solche Sachen telefonisch nicht besprechen. Ohne solche Erläuterung musste sich der Forscher eher zurück-haltend benehmen, damit Yam etwas Schlimmeres nicht zu mutmaßen wusste. Mit dieser Absicht beendete Mike seine afrikanische Reise und flog zurück nach Kalkutta, wo Yam bis dahin verbleiben sollte. Ihre nächste Begegnung wurde schon im Voraus geplant, so dass Mr. Salonga in dessen Zimmer im Kenilworth Hotel auf ihn wartete. Nach der Kenntnisnahme der engen Verbindung Mr. Professor mit seiner berühmten Nichte bemühte sich der Philippiner, ihm betonend zu zeigen, dass nun ihre Verhältnisse auf ein neues Niveau erhöhen werden sollten. So schloss er eindeutig alle ihren Handlungen auf den belebten Stellen aus. Außerdem fühlte er sich in seiner Enfilade im Hotel wie zuhause. Er machte rechtzeitig die Anweisung, den

Tisch mit den köstlichen Leckerbissen und Getränken zu decken. Damit musste der Gast Yams vollständige Zuneigung empfinden.

Der Gelehrte erschien sich im Hotel mit einer Pflichtaufgabe, den Bericht über die Tagung und deren Ablauf zu erstatten. Auf diesen Grund hätte er gerne nach der Begrüßung schon auf der Türschwelle zur Sache kommen. Das ließ ihm aber der Wirt auf keinen Fall leisten. „Nein, nein", sagte er mit dem Ton, der kaum einen Einwand zu dulden vermocht, „Sie sind mein Gast, der ohnehin viel Zeit unterwegs verbrachte und das Ozean überquerte. Also bitte ich Sie zum Tisch, damit Sie mit frischen Kräften alle Ihre Sachen zu erzählen fähig wären".

Der Reisende musste sich fügen. Die Bewirtung des Gastes sowie die starken Getränke begünstigen eine ungekünstelte Unterredung, indem Mr. Salonga über die Besonderheiten Kalkuttas und ganzen Indien sprach und Knudsen seinen Eindruck über Nairobi darzustellen suchte. Nachdem die gastronomischen Gefühle völlig befriedigend worden waren, stellte der Gastgeber vor, ins Arbeitszimmer zu gehen und die sachlichen Themen zu diskutieren. So gingen sie darin über, was dem Professor die Chance gab, die Ereignisse in afrikanischer Hauptstadt zu erklären.

„Um ehrlich zu sein", begann er seine Rede, „war ich von Anfang an der Ansicht, die Tagung in Nairobi aus meinem professionellen Gesichtswinkel einzuschätzen. Im Laufe der Debatten sollte ich allerdings zum Schluss kommen, dass die politischen Angelegenheiten sich auf der ersten Stelle befinden sollten. Denn gerade von ihnen war die Mehrheit der Probleme abhängig. Außerdem war die Zusammensetzung der Beteiligten anscheinend zuerst von der Politik zu profitieren. Sowie die russischen Kollegen als auch unsere afrikanischen Freunde verteilten die Auffassung, dass sie mit den neuen erfolgreichen Vorhaben die Sachlage in ihren Ländern zu verbessern oder mindestens zu stabilisieren fähig wären. Ich bekam aber das Gefühl, dass sie alle nicht bereit waren, Farbe zu bekennen. Ich empfand aber mich nicht berechtigt zu sein, irgendwelchen Druck auf sie auszuüben. Deswegen musste ich, eine mäßige Position vorziehen, um die gesamte Gemeinschaft zur Einigung zu bringen. Vielleicht gelang mir dieser Versuch".

Der Auftraggeber hörte die ganze Rede des Professors mit der feinsinnigen Aufmerksamkeit zu, und seine emotionale Reaktion ließ auf sich nicht lange warten: „Mr. Professor, ich muss Ihnen eingestehen, dass Sie die Aufgabe perfekt auszuüben vermochten. Ich konnte sie nicht besser machen. Darüber hinaus haben Sie Ihre außerordentliche politische Begabung bewiesen, was mir sehr angenehm sein sollte. Üblicherweise geben sich die großen Wissenschaftler unfruchtbaren Fantasien hin, was ihnen manchmal hindert, einfache irdischen Verhältnisse angemessen zu kapieren. Ich kam ins Business aus der Politik, wo man tagtäglich die komplizierten Verflechtungen menschlicher Auseinandersetzungen entwirren musste, was im Prinzip eine sehr nützliche Praxis auch für die anderen Arten der Tätigkeit zu sein scheinen. Denn ein Businessman beschäftigt sich ständig mit einer Vielfalt von absolut unterschiedlichen Personen, denen er gleichzeitig effizient behilflich sein sollte. Deswegen müssen wir immer auf der Hut sein, um keine Chance zu verpassen. Leider verschärfte sich stark die allgemeine Sachlage in der Welt, so dass wir uns häufig mit den unanständigen Menschen und Regimen verkehren müssen. Leider gelingt es überwiegend nur ihnen, die lukrativen Geschäfte zu machen. Alle übrigen wagen bedauerlicherweise, in die Gruppierung der Looser zu geraten, was wir uns auf keinen Fall zu wünschen wissen. Wenn ich die Bilanz meiner Erwägungen ziehen sollte, muss ich feststellen, dass die Reise nach Nairobi Ihnen eine gute Erfahrung zu sammeln verhalf, mit den betrügerischen Vertretern mehreren Nationen zu unterhalten sowie den beidseitigen Nutzen zu gewinnen. Ich bemühe mich momentan um die großzügigen Vorhaben, die uns hohe Erträge zu bekommen versprechen. Ich bin der Ansicht, dass diese Tätigkeitsart für Sie auch anlockend sein könnte".

Salonga verstummte und der Professor empfand eine Ungewissheit. Wen meinte der Businessman unter „wir", zählte er schon auch ihn zu seinem Team oder handelte es sich um einigen abstrakten Personen, die er noch nicht deutlich vorstellen konnte? Welche großzügigen Vorhaben bewahrte er im Kopf? Die, die mit gewissen staatlichen oder privaten Betrügern durchgeführt werden sollten? Der Verstand bildete Knudsen sofort eine verbrecherische Bande ein, die eine Bankberaubung plante. Es war eine Gruppe von maskierten Ganoven und er, der verehrte Forscher, Mike Knudsen, war unter ihnen. Diese Erscheinung stand vor seinen Augen so klar, dass er unwillkürlich lächeln sollte. Seine Verlegenheit bestand darin, dass er die Fragen solcher Art kaum dem berühmten Unternehmer stellen durfte. Selbstverständlich ähnelte sie an eine offene Beleidigung des Menschen, mit dem er künftig nicht allein mitwirken sollte, sondern der auch sein Verwandter sein musste. So saß Mike einige Minuten lang mit dem besorgten Gesichtsausdruck, was wahrscheinlich auch beim Gastgeber für eine Verwunderung sorgen sollte. In der Tat wollte er von seinem teuren Gast irgendwelches Urteil über die Mühe anhören, die dem Finanzierer viel Kraft kosten sollte. Vielleicht war Knudsen keiner Sachkundiger in den Geschäftsfragen. Er war aber ein Gelehrte, ein Professor, der nach Yams Auffassung alle irdischen Dinge kapieren konnte. Die plötzliche Verwirrung dauerte aber nicht längst. Schon in wenigen Minuten kam Mike wieder zur Besinnung und begriff, was sein Visavis von ihm erwartete.
„Bitte entschuldigen Sie mich, Mr. Salonga", sprach er aus, „es war mir nicht einfach, Ihre Rede gleich zu verdauen. Nun verstehe ich, dass Ihre Absichten großartig sein sollten, obwohl es mir weiter unklar ist, welche konkreten Richtungen dahinter versteckt werden könnten. Ich würde Ihnen dankbar, wenn Sie mir etwas Ausführliches erklären könnten. Ich meine vor allem, welche Länder sollen dabei beteiligen, welche Ziele sollten sie verfolgen usw.".
Jetzt drückten Salongas Augen eine Zufriedenheit aus. „Ich erzähle Ihnen gerne alle diesen Einzelheiten", sagte er freudig, „denn ich sehe nun in Ihnen

einen verlässigen Partner. Das Ausmaß der beteiligten Staaten können Sie mühelos mit den Tagungsteilnehmern in Nairobi vergleichen. Wir machen absichtlich den Akzent auf die Entwicklungsländer, weil diese Tendenz den UNO Richtlinien entspricht. Letzte Zeit stellte es sich heraus, dass die USA einen abgesonderten Weg auszuwählen vorzogen, was die Kooperation mit ihnen erschweren könnte. Auf diesen Grund wäre es uns einfacher, die russische Seite zu nehmen. Dieses große Land zeigte wegen bestimmter politischer Umstände ihre Bereitschaft, mit allen Industrie- und Entwicklungsstaaten zusammenzuarbeiten. Mein Konzept ging daraus, dass wir solche Begünstigung auf keinen Fall aus den Händen verlieren dürfen".

Auf dieser Stelle wurde der Businessman vom Professor unterbrochen, der ihn um eine Präzisierung bat:

„Es klingt aber ziemlich seltsam, Mr. Salonga, dass Sie eine Begünstigung beim Land suchen, dass die internationalen Abkommen und Menschanrechte verletzt. Wie soll es weiter vonstattengehen?"

Diese Frage schien dem Banker aber umstritten zu sein: „Ungeachtet dessen, dass es tatsächlich unter mehreren Sanktionen steht, erkennt das Land sie überhaupt nicht an, im Sinne, dass sie sprechen den nationalen Gesetzen wider. Politisch gesehen verhielt sich die russische Regierung ganz vernünftig. Wenn die absolute Mehrheit der Bevölkerung sie vollständig unterstützt, heißt das, dass auch alle neuen Gesetze, die das Parlament (Staatsduma) in großer Menge beschließt, auch von dem Volk genehmigt wird. Die Philosophen können erwägen, ob nationale oder internationale Gesetze den Vorrang haben sollen. Seit dem altgriechischen Denker Platon wurde es weltweit fest angenommen: Salus populi suprema lex esto – „Das Wohl des Volkes ist das höchste Gesetz". Also ist es nun formell alles richtig. Wir sind aber gar keine Philosophen, sondern bescheidene Praktiker, die nach kleinen Profiten suchen. Wenn ein Staatsoberhaupt uns sagt, dass es uns mit gewissen Privilegien zu fördern bereit ist, müssen wir ihm vertrauen und unsere Beste machen, um seine Anweisungen zu erfüllen. Auf der Sprache der Justiz benehmen sich beiden Seiten und zwar der Staatsführer und wir gesetzestreu. Wenn es in meiner Logik irgendwelchen Mangel gibt, bitte, dementieren Sie sie".

Ehrlich gesagt war Professor Knudsen von solcher tiefen Kenntnis Yams so stark überrascht gewesen, dass er einige Minuten wieder schweigen musste. Das Beispiel mit den Zitaten aus altem Platon zeigte eindeutig, dass Mike ihn zuvor für jemanden anderen halten sollte. Nun sprach eher ein Intellektueller mit ihm, der sich anscheinend im Voraus zu dieser Unterhaltung vorbereiten sollte. Seine Logik war unbedingt einwandfrei. Was konnte ihm der Bekannte Forscher entgegensetzen? Die Frage selbst klang aber lächerlich. Wieso musste er ihn in der Tat widerlegen? In diesem Augenblick begann Mike plötzlich sprechen, als ob er gerade die Rednergabe erwarb: „Lieber Mr. Salonga, ich muss Sie wieder um Verzeihung bitten. Ich war unrecht, als ich Ihnen eine dumme Frage gestellt habe. Ich gratuliere und verkündige Sie wie einem Sieger. Ich bin vollständig geschlagen".

Unter solchen Umständen wünschte sich der Businessman sicher nicht, wie ein Sieger gehuldigt zu werden. Deshalb erwiderte er ziemlich betrübt: „Ich erhebe keinen Anspruch auf irgendwelche Voranstellung Ihnen gegenüber, weil ich Sie weder für meinen Nebenbuhler noch für meinen Gegner halte. Im Gegenteil versuche ich mit voller Kraft, Sie für meine künftigen Vorhaben zu gewinnen. Außerdem muss ich Ihnen sagen, dass das ganze Beweismaterial, das ich gerade auszunützen suchte, taugt eher für eine bescheidene Kasuistik. Mit anderen Worten versuchte ich ein Recht zu finden, wo der gesunde Menschenverstand kein Recht zu sehen versteht. Die heutige Welt stellt uns eine Mehrheit der Beispiele vor, wenn sich die großen Persönlichkeiten aus der Politik oder Wirtschaft, sagen wir, nicht völlig korrekt verhalten. Für solches Vergehen könnte vielleicht ein gewöhnlicher Mensch schon längst hinter Gitter gebracht werden. Diese VIP sind aber von einer mächtigen Rechtsverteidigung geschützt, die im Prinzip fähig wird, fast jede Gesetzwidrigkeit recht zu fertigen. Ich muss auch betonen, dass das moderne Business unter sehr harten Konkurrenzbedingungen vonstattengeht, was die klugen Teilnehmer ständig erfinderisch zu handeln zwingt. Die genannte Kasuistik ist ein Zeichen solcher geschickten Erfindungskraft. Leider Gottes sind wir weit nicht die einzigen, die bereit sind, die Hilfe der Mächtigsten in Anspruch zu nehmen. Hier gibt es auch einen heftigen Wettbewerb, muss ich Ihnen sagen. Vielleicht habe ich ein wenig mehr Glück gehabt als die anderen. Auf jeden Fall gelang es mir, das russische Staatsoberhaupt kennenzulernen. Sollte ich diese fantastische Chance versäumen lassen? Nein, unbedingt nicht".

Da wurde der Finanzierer von Knudsen wieder unterbrochen, der nun eine persönliche Frage stellen sollte:

„Verzeihung Mr. Salonga, ich kann nun wohl Ihr Interesse daran begreifen. Anders gesagt, kann ich Ihnen mit den Klondike Pionieren vergleichen, die gerade eine Goldgesteinsader gefunden haben. Jetzt sind Sie berechtigt, die Fundstelle abzustecken. Ich verstehe aber noch nicht ganz, wozu Sie meine Person brauchen?"

„Mir scheint es doch, diese Frage problemlos zu beantworten. Wir stehen momentan vor einem wichtigen Schritt, nämlich unsere Vision der engen Zusammenarbeit mit der russischen Regierung so stark zu begründen, dass sie auch unsere einflussreichen Gesprächspartner zu überzeugen vermochte. Sie sind ein großer Forscher und ein viel besser ausgebildeter Mensch als wir. Kurz und gut dürfen wir fernerhin fehlerfrei agieren, um unseren Widersacher keine Möglichkeit zu überlassen. Und Ihre enge Beteiligung sollte uns enorm den Rücken stärken. Außerdem warten wir von Ihnen, unser Konzept mit einer wissenschaftlichen Grundlage zu versehen. Wenn Sie auch von dem Gedanken erfüllt werden, das Projekt vom Anfang an bis zum Ende zu unterstützen, nehme ich Sie in die Verhandlungsgruppe auf, die unmittelbar mit der russischen Führung in Verbindung stehen sollte. Ich muss Sie aber zur Vorsicht mahnen, dass unsere russischen Kollegen sich manchmal ungefügig benehmen, was uns stets auf der Hut werden sollte". Mit diesem Satz beendete Yam seine Rede. Der Professor saß einige Minuten absolut schweigsam. Dann bat er den Auftraggeber um eine Zeitspanne, um den Entschluss zu fassen und sich mit den Unterlagen des Vorhabens vertraut zu machen. Er sollte sich innerlich aber Rechenschaft ablegen, dass diese neue komplizierte Aufgabe ihm eine schwere zusätzliche Belastung mitbringen sollte. Denn seine Forschung, Lehrtätigkeit und Doktoranten sollten weiter erhalten bleiben.

Die Qual der Wahl

Eine richtige Entscheidung zu treffen wäre wahrscheinlich für Mike Knudsen eine simple Sache. Er sollte einfach alle seinen Arbeitsverhältnissen gegenüberstellen, um herauszufinden, dass das Vorhaben Mr. Salonga kaum zeitlich und sachlich zu seiner übermäßigen Beschäftigung passte. Allerdings schien ihm nun eine Absage ihm gegenüber unrealistisch zu sein. Sie ähnelte eher an einem Verrat, den Mike sich unter jüngst ereigneten Umständen nicht leisten durfte. Anders ausgedrückt war er nun ein wichtiges Glied der internationalen Kette, die aufs Regierungsniveau mehrerer Länder ausgehen sollte. Deswegen arbeitete er letzte Woche praktisch ohne Feierabende und -tage, so dass der einzelne Vorteil darin bestand, momentan nach dem Zubettgehen einzuschlafen. Er wachte frühmorgens auf ausschließlich dank dem Wecker. Sonst könnte er noch stundenlang weiterschlafen. Die ganze Woche fand er sogar keine Möglichkeit, mit Gina zu telefonieren, obwohl er wusste, dass sie die nächste Serie mit einem großen Erfolg beendet habe. Natürlich erzählte er ihr im Voraus, dass die kommenden Wochen für ihn etwas Teuflisches erweisen mussten. Eine verhältnismäßige Erleichterung fand nur in zwölf Tagen statt, als er die wissenschaftliche Grundlage des Projektes an seinen Auftraggeber abgeschickt habe. Dann bekam er einen ungeduldig erwarteten Zeitraum für die drei Doktoranden, die ihn seit Monaten um eine beharrliche Diskussion der Ergebnisse ihrer Forschung baten. Diese drei waren fast gleichermaßen begabt, um ein schwerlösbares Thema auszuwählen. Nun geriet das Trio fast gleichzeitig in eine Sackgasse, aus der sie nur Herr Professor herauszuführen wusste. So dachten sie auf jeden Fall, was er, ehrlich gesagt, gar nicht hoffte. Es sollte eher einen Gedankenblick geben, der sie vier gemeinsam retten könnte. Sonst riskierten sie eine berufliche Niederlage hinnehmen. Einer von ihnen, namens Julian Hüsch, war mit der Biozönose betätig, also mit der Lebensgemeinschaft von Pflanzen und Tieren in einem Lebensraum, der Biotop genannt worden war. Ein natürliches Zusammenleben mehreren tierischen und pflanzlichen Arten, das sich seit mehreren Jahrtausenden entwickelte, kümmerte um die meist günstigsten Umweltbedingungen für jede einzelne Art. Ein massenhaftes Aussterben von Arten, das das letzte Jahrhundert mitgebracht habe, sollte verheerende Folgen auslösen, indem jene glücklich überlebende Art einen wichtigen Bestandteil deren gewöhnten Bedingungen verloren habe. Julian nahm ein vielversprechendes Ziel über, für einen kleinen Raum den ursprünglichen Zustand nachzubilden versuch-en. Der zweite hieß Orwa Rafeh, er stammte aus Syrien, war einer der besten Studenten Knudsens, der ihm selbst eine Promotion vorschlug. Orwa wählte nach der Empfehlung des Professors eine neue wissenschaftliche Richtung, die den Erbschatz von gegenwärtigen Organismen mit den gleichen den Fossilen vergleichen sollte. Diese Arbeit schien vom Beginn an gar nicht einfach zu sein, denn man musste vor allem die versteinerten Reste eines bestimmten Wesens aus früheren Epochen der Erdgeschichte herausfinden. Dann sollte der Forscher mithilfe moderner Genetik feststellen, dass die DNS der Spezies unversehrt blieb. Darauf folgte die genetische Unter-suchungen selbst, die auch viel Erfindungskraft forderten. Die dritte war eine junge Frau aus Serbien namens Branka Popović. Branka vereinte offenbar in sich eine scharfsinnige Gabe, die ihr in der Wissenschaft eine gute Aussicht versprechen könnte, mit der auffallenden äußeren Schönheit. Sie war ziemlich groß, schlank, mit richtigen Gesichtszügen, olivenförmigen grauen Augen und langen dunklen Haaren, die sie mit dem bunten Band zusammenknüpfte. Branka wurde von ihren Freundinnen dadurch richtig ausgezeichnet, dass sie an einigen Vorlesungen einsichtige Fragen zu stellen vermochte, auf die der Dozent nicht unbedingt die richtige Antwort herauszufinden wusste. Die Anwesend-en bewunderten sich, wie ihr Gehirn funktionieren sollte, um bei ganz unter-schiedlichen Themen und Lehr-fächern etwas Unerwartetes auszudenken. Branka wurde dem Professor Knudsen von der Fakultätsleitung wie ein talentiertes Mädchen vorgestellt. Monate danach sollte er eingestehen, dass diese Wahl korrekt war. Einigermaßen sollte die Arbeit Brankas, die von Orwa ergänzen, weil sie die mikrobiologische Umgebung seiner Fossilen und gegenwärtigen Spezies zu untersuchen beabsichtigte. Praktisch gesehen war es eine recht mühevolle Beschäftigung, denn sie musste ständig für die Reinheit der Proben sorgen. Eine gelegentliche Verunreinigung konnte ihr eine wochenlange Leistung kosten, was manchmal leider trotzdem stattfand. Und nun ging es soweit, dass sie drei die langerwartete Anwesenheit des Professors genießen konnten. Knudsen selbst war der Ansicht, mit allen dreien gemeinsam die Schwierigkeiten der Einzelnen zu besprechen. Ihm gefiel unbedingt die Methode von Brainstorming, die von zwei Amerikaner Alex F. Osborn und Charles Hutchison Clark entwickelt worden war, denn er fand darin ein unvergleichbares Mittel, durch die Grübelei mehrerer klug-en Köpfe die schwersten Probleme aufzulösen. Außerdem schätze er jeden von ihnen sehr hoch. Er selbst hatte eine viel größere Erfahrung als sie, doch deren geistige Leistung konnte von seiner (so dachte er) kaum unter-scheiden. Und es gab noch ein Kunststück, das er selbst gefunden habe, um diese Methode noch zu verstärken. Es bestand darin, dass man sich unter an-gesträngten Bedingungen befinden musste, etwa, dass von ihm eine Kata-strophenvermeidung oder Menschenrettung anhängig sind. Weil solche Um-stände, Gott sei Dank, nicht präsent waren, sollte seine Anwesenheit allein die ähnliche Rolle spielen. Nun organisierte der Professor ihre Kooperation folgendermaßen. Der Beteiligte erzählte kurz das Thema seiner (ihrer) Forschung und stellte das Problem dar, vor dem er (sie) gerade gestoppt worden war. Wenn allen das Problem klar war, begannen sie beharrlich darüber nachzudenken. Im Prinzip war die Zeit unbeschränkt, doch es war jedem verständlich, dass sie die Aufgabe möglichst schnell lösen sollten. Das Vorhandensein des Chefs war in der Tat ganz produktiv gewesen. Nicht zuletzt deswegen, weil sie eine kleine Furcht vor ihm empfinden konnten. Mike erinnerte sich dabei an seine Vergötterung des Professors Burmeister, als er noch ein Student war. Er war bereit, sich sehr anstrengen, um den Boss zufriedenzustellen. Jetzt war er selbst der Boss und konnte wohl den Zustand seiner Schüler ihm gegenüber begreifen.

Im ersten Fall (die beiden jungen Männer stellten höfflich der Dame den Vorrang zur Verfügung) dauerte die geistige Arbeit fast eine Stunde, bevor der erste Vorschlag fertig war. Mike fand ihn nicht nur ganz vernünftig, sondern er unterschied sich von traditionellen Verfahren mit einer deutlichen Neuigkeit. Im Kopf des Chefs gingen mehrere Gedanken herum und ein davon sprach allerdings diesem Vorschlag dagegen. Knudsen zeichnete sein-en Einwand schematisch auf dem Papier, damit er für allen verständlich werden könnte. Kurz danach kapierten alle drei den Sinn des verübten Fehlers. Also sollte die kleine Gemeinschaft weiter nachdenken. Julian, dem der Vorschlag gehörte, war wahrscheinlich davon so hingerissen, dass er die Mühe auf die mögliche Beseitigung seines Fehlers zu richten vorzog. Vielleicht schien es ihm einfacher, als etwas noch Besseres auszudenken. Er quälte noch eine Stunde bevor er imstande war, eine nächste Variante vorzustellen. Die drei anderen betrachteten voreingenommen seine neue Version, konnten aber nichts dagegen aussagen. Auch der Chef, der seine Beste gemacht habe, um etwas nicht Richtiges in der klaren Schlussfolgerung von Julian herauszufinden, gab letztendlich auf. Darauf äußerte er seine Dankbarkeit dem klugen Doktoranden gegenüber und stellte entschieden vor, zum nächsten Problem zu übergehen.

Obwohl seine Schüler gerne anfingen, diese Aufgabe zu erfüllen, wurde Professor in eine düstere Stimmung geraten, damit er sich wie einem Schuldner vor seinen Jungen empfinden konnte. Das heißt, jetzt war er an der Reihe und sollte beweisen, was er tatsächlich kostete. Da das nächste Problem dem einsichtigen Herrn Hüsch selbst gehörte, musste der Chef etwas wirklich Würdiges vorstellen. Der gleichen Auffassung war auch die schöne Branka Popović gewesen, der Julian schon enorm geholfen habe. Nebenbei war Branka ein stolzes Wesen, um das Geschenk gar ohne Gegenleistung zu bekommen. Noch in einer Stunde stellte es sich heraus, dass die alle vier einen guten Ratschluss vorzubereiten wussten. Diese äußerlich angestrengten Stunden zeugten eindeutig davon, dass die Schule Mike Knudsen sich an der Spitze ihrer Fähigkeit war. Sowohl das zweite als auch das dritte Problem waren meisterhaft gelöst. Nach der Bitte des Chefs sollte jedes Teammitglied seine Note für alle Vorschläge geben. So wurde am Ende die Bilanz gezogen, die folgendermaßen aussehen sollte. Der erste Platz sowie die höchste Bewertung bekam Julian für dessen ersten Vor-schlag. Den zweiten Platz teilten der Chef und Branka für deren Leistung beim zweiten Vorschlag. Den dritten Platz besaß Orwa für seine Erwägung in Bezug auf das dritte Problem. Für Mike selbst war diese Bewertung kaum von großer Bedeutung. Viel wichtiger für ihn war die Tatsache, dass sein Team ein gutes wissenschaftliches Niveau erreicht habe, das ihm praktisch die komplizierten Aufgaben der modernen Forschung erfolgreich zu erfüllen ermöglichte. Der Professor war diesen Abend sehr müde, er fühlte zugleich, dass ein schwerer Stein von seinem Herzen fiel. Und das war ein echter Sieg

Am nächsten Tag empfing Mike eine E-Mail von Salonga mit der Botschaft, dass dessen Verbundenen aus der Politik alles Professors wissenschaftliche Grundlage aufmerksam gelesen haben und sie perfekt fanden. Yam gratulierte ihn zu diesem Erfolg und versprach, ihn auf dem Laufenden zu halten. Was der Businessman nicht geschrieben habe, betraf die folgenden Handlungen Salongas, der im scharfen Tempo eine Visite nach Moskau vorbereitete, wo die Teilnahme des Professors wünschenswert sein könnte. Dieses Verschweigen bedeutete für den Gelehrten die Zwangsläufigkeit, sich ständig zu einer Mitreise bereit zu fühlen. Zugleich freute ihn jene feierabendliche Stunde, die er dem Telefonat nach USA widmen konnte, um gemütlich mit seiner Braut zu plaudern. Der letzte Monat brachte ihm solche heftige Gereiztheit, dass er auf jeden Fall diese angenehme Entspannung verdiente. Gina erzählte ihm kurz den Inhalt der neuen Serie, wo das Abenteuer vom Vorhandensein der Außerirdischen erschwert werden sollte. Das Filmteam nahm diese Erfindung des Regisseurs sehr streitig entgegen, weil jeder Schauspieler fähig war, solche außergewöhnlichen Ereignisse eigenartig darzustellen. Nach dem ungeschriebenen Gesetz des Hollywoods gab es aber die einzelne richtige Version, nämlich die des Regieführers. Alle anderen sollten falsch werden. Gina selbst fand die Tatsache für korrekt, weil sonst man jede Episode mehrfach wiederholen müsste. Eine autoritäre Führung war nach ihrer Auffassung sehr nützlich in der Kinobranche sowie auf der Bühne. Mike sah darin eher eine östliche Einstellung. In seinem Bewusstsein entstand sofort die Gestalt eines unumschränkten Machthabers an der Spitze des Staates, dessen Wort das ganze Land als das höchste Gesetz aufzunehmen pflegte. Der Forscher empfand momentan den Schüttelfrost auf seinem Rücken. Es gab etwas Unheilverkündendes darin, was aber nicht alle zu vermeiden vermögen. Er selbst war vor kurzem weit davon entfern. Jetzt konnte er aber nicht ausschließen, dass auch er das „Vergnügen" am eigenen Leibe zu spüren bekomme. Er durfte doch nicht, den Verwandten Ginas dafür verantwortlich machen. Denn er selbst, Mike Knudsen, einsichtiger Kerl und Professor, besaß alle Vorteile der Freiheit. Niemand zwang ihn, etwas Fragwürdiges zu unternehmen. Im Gegenteil habe er es absolut freiwillig gewählt. Dieser Gedankenblitz raste in seinem Kopf so ungestüm, dass er ihn kaum zu verfolgen fähig war. Er kam wieder zur Besinnung und begriff, dass er noch mit seiner Lieblingsfrau sprach. Er sagte ihr nicht darüber und versuchte, als ob nichts passierte, das Gespräch weiter zu bringen. Wahrscheinlich versäumte er aber einige Sätze von ihr. Um wieder das Gleichgewicht zu erlangen, erzählte er ihr das, was mit ihm gestern passierte, wenn er gemeinsam mit seinen Doktoranden nach der Lösung der schweren Probleme suchte. Merkwürdigerweise fand die Kino Diva seine Geschichte für sehr spannend und stellte ihm darauf mehrere Fraugen, auf die er gerne zu beantworten vermochte. Zu seinem Erstaunen schilderte ihm Gina einige Situationen bei der Dreharbeit, wo das Team sich in ähnlicher Lage befand. Es geschah üblicherweise dann, wenn dem Kollektiv etwas fehlte, was für die nächste Episode dringend benötigt war. Also man musste möglichst schnell, einen gleichbedeutenden Ersatz herausfinden. Unter diesen angestrengten Bedingungen beginnt ein starker Wettbewerb zu herrschen. Im Unterschied zum Drehen, wo der Regisseur der König war spielte sein Wort beim Wettbewerb fast keine Rolle. Das heißt, er durfte seine Vorschläge machen, die aber wie alle anderen von dem ganzen Team abschätzen werden sollten. Und der Gewinner kann manchmal ein bedeutungsloser Statist werden, dessen Idee allen anderen am meisten gefiel. Kurz gesagt unterhielten sich die beiden gemütlich jedes Mal, wenn es ihre Arbeit gestattete. Doch nicht selten war es nicht der Fall. So ereignete sich auch diesmal, als Professor Knudsen nach zwei Tagen von Mr. Salonga benachrichtigt war, dass er ihn in drei Tagen in Moskau für eine wichtige Angelegenheit erwartete. Mike bekam von ihm auch die Adresse vom Marriott Grand Hotel, wo ein Zimmer an den Namen Knudsen reserviert worden war. Dem Professor blieb nur die Flugkarte nach Moskau zu bestellen übrig sowie die benötigten technischen Materialien zu sammeln. Da Knudsen einen bedeutenden Beitrag in die Fakultätskasse leistete, genoss er eine meistbegünstigte Klausel für alle seinen Reisen und Ausgestaltungsservice, was für einen intensivbeschäftigten Forscher sehr hilfreich gewesen war. Auch seine Doktoranden kriegten von der Fakultätsverwaltung eine wesentliche Nachsicht bezüglich der Ausrüstung und der modernen Software. Diese klaren Vorteile sollten aber, deren Kreativität ständig ernähren, um die besten Resultate zu zeigen. Ihr Chef sollte ihnen aber Gerechtigkeit widerfahren lassen, dass sie mit vollem Wirkungsgrad gearbeitet haben.

Eine rätselhafte Reise nach dem Osten

Nach der Rückkehr aus Kalkutta dachte Mike oft darüber nach, ob er das Anerbieten Mr. Salonga richtig angenommen habe. Eine Mitwirkung mit der russischen Regierung, die offen oder zweideutig von mehreren Staaten und prominenten Persönlichkeiten der Welt für gesetzwidrige Handlungen heftig kritisiert war, sollte, sittlich gesehen, unzulässig sein. Die Auffassung Yams, dass die genannten Handlungen anscheinend gesetzmäßig waren, weil sie von dem ganzen Volk befördert waren, klang nicht besonders überzeugend. Das Ähnliche bezog auch auf die massenhaften Verletzungen der internationalen Norme für die Umwelt- und Tierschutzmaßnahmen, die bei Erdölschürfen und -gewinnung verübt worden waren. Eine weitverbreitete Anwendung von gefährlichen für Wasserbewohner Schallwellen sowie Druckluftkanonen zur Erdölsondierung erzeugten einen ohrenbetäubenden Lärm. Als ein verderbliches Ergebnis wurde streng das Gehör von vielen Tierarten beschädigt worden, das für ihre Orientierung, Kommunikation und Beutefang verantwortlich war. Darüber hinaus bekamen sie große Schäden in Hirn, Lungen und anderen Organen zur Folge. Noch schlimmer war, dass Wale, Delfine und andere Tierarten dabei in Panik zu geraten fähig waren, indem sie viel zu schnell auftauchten. Das Resultat erwies sich wie das Entstehen von Stickstoffbläschen im Blut und nachfolgende Embolie, die sich oft tödlich beendete. Übrigens litten von dieser Taucherkrankheit auch Menschen. Eine massenhafte Flucht aus den gefährlichen Meeresregionen, die sonst für ihre Wohlfühlen und ausreichende Nahrung sorgte, war häufig für ihr Sterben schuldig. Mikes Kollegen berichteten auch über körperlichen Schäden, die vermutlich von diesem Lärm verursacht worden waren. Zu diesen zählten die Zerstörung der Schwarmstruktur bei Fischen, Zellveränderungen bei Hummern oder Wachstumsstörungen bei Crevetten. Die immer häufiger entstandenen Erdölflecken nannte man wie die Todesursache von Wasservögeln, die durch die Verschmutzung des Gefieders ihre wichtigen Lebensfunktionen, Wasserabweisung und Wärmeisolierung, nicht mehr zu gewährleisten vermögen. Eine dauerhafte Unterkühlung von Vögeln sollte üblicherweise unumkehrbar sein. Enorm litten von Ölresten auch andere Meerestiere, wie Muscheln, Schnecken und Würmer, die ihre Nahrung vom Boden aufsammelten. Für sie waren die Kohlenwasserstoffe des Öls äußerlich giftig. Das Übel beschränkte sich doch nicht auf sie, weil sie ein Glied in der Nahrungskette von Vögeln und Säugetiere erwiesen, die durch ihren Verzehr tödlich vergiftet werden konnten. Fische und Wirbellose nahmen diese Öl Gifte durch ihre Haut und Kiemen. Zahlreichen Artikeln in führenden biologischen Zeitschriften beschrieben die schweren Schädigungen von inneren Organen, Nervensystems vielen Tierarten. Auch Pflanzen verloren wegen Kohlenwasserstoffe ihre physiologischen Eigenschaften und starben vollkommen aus. Diese Erwägung verschlimmerte zweifellos die Gemütsruhe des Professors. Er schmähte sich nochmals dafür, dass er willensschwach war und stimmte die Pläne Salongas gegenüber Russland überein. Allerdings war diesen Entschluss schon gefasst und es gab keine Rückerstattung mehr. Nun musste er diese Sache von anderem Blickwinkel anschauen. War es tatsächlich so schlecht, dass er und keine andere die wissenschaftliche Seite des Vorhabens leiten sollte. Anstatt einem Versöhnler, der immer auf einen Kompromiss bereit wäre, könnte Professor Knudsen jedem ungestümen Kopf einen besonnenen Widerstand leisten. Er unterschied sich von anderen Tollkühnen auch dadurch, dass er sich nie aus einer Schießscharte hinzuwerfen wage. Diese Taktik eines zurückhaltenden Widerstandes schien dem Gelehrten bei den autoritären Regimen ganz einsichtig zu sein. Sonst konnte der alleinherrschende im Zorne befehlen, ungeachtet aller fremden Meinungen seine Absicht ohne Zögerung zu erfüllen. Es war bestimmt schwer zu urteilen, ob der Artenschützer von seiner Schlussfolgerung tatsächlich vollzufrieden sein sollte. Doch der Fakt, dass er sein Gewissen einigermaßen recht zu fertigen wusste, war unumstritten. Und die Kurve seiner Stimmung ging aufrichtig in den positiven Bereich.

Der Lufthansa Flug aus dem Flughafen Frankfurt-am-Main nach Moskau dauerte knapp über drei Stunden. Nachdem der Flug seine geplante Höhe erreicht habe, öffnete Knudsen dessen Laptop und versenkte sich ins Nachdenken. In wenigen Stunden stand ihm die Bekanntschaft mit einem absolut geheimnisvollen Land bevor. Zuvor wusste er nur die allgemeinverbreiteten Auskünfte darüber. Der ursprüngliche Name des Landes „Rus" sollte vor zwölf Jahrzehnten ein kleines Fürstentum bezeichnet, das von vielen inneren Streiten zerrissen worden war. Die entgegenwirkenden Seiten fanden nichts Besseres übrig als einen fremden schiedsrichterlichen Herrscher namens Rurik einzuladen, der wie ein wüte warägische Fürst in 9. Jh. regierte und für dessen verheerende räuberischen Feldzüge in Westeuropa weit bekannt war. Nach der Absicht der Einheimischen des Ruses sollte Rurik versöhnen und mit der harten Hand beherrschen. Der Ankömmling und dessen Verwandte konnten in dieser Einladung eine Chance erkennen, ihre räuberische Begierde zu befriedigen. So wurden die strategischen Ziele des Ruses wie eroberungslustige Kriege festgestellt. Die Nachfolger Ruriks eigneten gerne seinen Grundgedanken an und setzten diese aggressive Politik gewaltsam fort, indem sie ihr Land hunderte Mal größer zu machen erfolgten. Gleichzeitig erzogen sie ihr rechtloses Volk im Geiste der ständigen Kriegsführung sowie der Überlegenheit des Wohlergebens des Landes vor dem der einzelnen Person. Das Leben eines Volksmenschen gehörte vollständig dem Großfürsten und das höchste Pflicht aller Bewohner hieß, selbstlos dem Herrscher zu dienen. Nach der Christianisierung der Rus durch den Großfürsten Wladimir dem Großen im Jahr 988 schloss sich auch die orthodoxe Kirche an die Erziehung der Bevölkerung im Geiste des Dienstes dem Großfürsten sowie in der Gefügigkeit und Bereitschaft zur Selbst-opferung. Ein Leben dem Zaren zu opfern sollte die erhebendste Freude bei dem Volk erregen. Nicht zufällig erhielt sich die mittelalterliche Leibeigen-schaft bis zum 1861, wenn sie von aller fortschrittlichen Welt getadelt word-en war. Eine reelle Möglichkeit, das Volk zu befreien und es mit den allgemeinen menschlichen Rechten zu versorgen, entstand nach der sozialistischen Oktoberrevolution 1917. Dieses lebenswichtige für die Bevölkerung Ereignis wurde schon nach einem Jahrzehnt von einer tyrannischen Diktatur ersetzt, die mehrere Dutzende Millionen menschlichen Leben zum Opfer gebracht hatte. Die nächste Chance, die wirkliche Freiheit und Gleichberechtigung zu erlangen entstand Ende 80-er Jahren des 20. Jh. Doch das folgende Jahrzehnt, das von der Verarmung der Bevölkerung und großen

Entstellungen geprägt war, brachte das riesige Land schließlich wieder in eine nächste Diktatur mit der Massenkorruption und -willkür.

Dieses innere Nachdenken fasste den Gelehrten so intensiv um, dass er kaum bemerkte wie eine Flugbegleiterin vor ihm auftauchte, damit er das Notebook ausschaltete und sich anschnallen könnte. Es bedeutete, dass sich das Flugzeug zu einer Landung vorbereitete. Der Flughafen Domodedowo schien dem Gast ganz modern und bequem zu sein. Auf jeden Fall kaufte er problemlos die letzte Zeitungsausgabe, Vorspeise und Getränke, um im Hotel nicht gerade ins Restaurant zu gehen. Darauf bekam er sein Gepäck und nahm ein Taxi, damit er möglichst bald das Hotel erreichen könnte. Das Marion Grand Hotel erwies ein recht erhabenes Gebäude in den Stilen des Neu Klassizismus aus der Mitte des 20. Jh. Seine geräumigen Zimmer und Wandelgänge schindeten den Eindruck einer verschnörkelten Unmäßigkeit, was wahrscheinlich gezielt für die Gäste der Hauptstadt geschafft worden war. Das Gleiche betraf auch die Restauranthalle, die ziemlich familiär möbliert worden war. Mike erkundigte sich beim Empfang, ob Mr. Salonga schon eingetreten war und erkannte, dass der Businessman nur morgen nachmittags zu erwarten war. Diese Begleiterscheinung konnte Knudsen dafür ausnutzen, die Stadtbesichtigung mit dem Bus zu bestellen.

Der Ausflug dauerte über drei Stunden und war bemerkenswert und erkenntnisreich. Eine Zusammenstellung der längst vergangenen Zeit mit deren patriarchalischer Baukunst mit der modernen Architektur war ziemlich ungewohnt aber nicht schlimm. Die kurzen Spaziergänge, die der Ausflug auch eingeschlossen habe, waren ganz nützlich, um den Geist der alten Hauptstadt zu verspüren. Er war unbedingt eigentümlich und unterschied sich deutlich von westlichen Metropolen. Der Professor war so erstaunt davon, dass er nach der Rückkehr ins Hotel ins Restaurant ging, um dort etwas absolut altrussisches zu Bestellen. Wie ihm der Kellner erklärte, nachdem er ihm zwei Gerichte mitgebracht hatte, dass sie sogar die Bojaren, also alte Edelleute, vorzogen. Das erste war der Krabbensalat mit mehreren Gemüsen, Gewürzen und Kaviar. Das zweite war der Borschtsch, der mit roten Beeten, Weißkohl, Möhren, Kartoffel, Sellerie, Dill und Pfeffer auf dem Fleischstück mit einem Knochen drei Stunden lang gekocht worden war. Die beiden waren so köstlich, dass der Gast den Bojaren sogar zu beneiden wusste. „Sie hatten keinen üblen Geschmack", dachte er sich, „auf solche Leckerbissen könnte ich auch nicht verzichten". Allerdings war das altertümliche Essen übermäßig kalorienreich, was man nur durch eine schwere körperliche Arbeit ausgleichen konnte. Ob die russischen Bojaren in der Tat mit einer Knochenarbeit betätigt waren, zweifelte er aber sehr. Was er doch unbedingt kapierte, war die Tatsache, dass seine Bekanntschaft mit Moskau nicht schlecht anfangen sollte. Die kurze Zeitspanne, die ihm diese Reise anbieten konnte, durfte Mike nicht, ohne der Stimme Ginas verbringen. Deswegen rief er ihr an, obwohl es in Los Angeles noch Frühzeit morgens war. Trotzdem freute sich seine Schöne, ihn gerade zu hören. Sie war schon fertig mit ihren Atmungsübungen und machte sich das Frühstück. Ihr war es neugierig, dass Mike die russische Hauptstadt mit bunten Farben darzustellen vermochte. War es vielleicht der erste Eindruck gewesen? Sie konnte aber nicht lange sprechen, weil die nächste Dreharbeit in einer Stunde beginnen sollte. Und sie habe noch zu tun. So verabschiedeten sie sich und wünschten einander viel Spaß. Die junge Frau war heute wie immer sehr gönnerhaft zu ihm gewesen. Zugleich konnte er in ihrer Stimme irgendwelche seltsamen Schattierungen anhören, die er nie zuvor bemerkte. Waren sie mit seinen wohlgeneigten Äußerungen über Moskau verbunden oder sie war ein wenig von ihrer vorstehenden Arbeit angeregt. Alles war möglich, obschon das weibliche Geschlecht alle Sachen viel emotionaler aufzunehmen fähig war. Die Ursache solcher kleinen Gereiztheit könnten die Ereignisse vom Gestern sein oder ein unangenehmes Gespräch von einigen Tagen, dessen tiefen Sinn ihr nur heute klargeworden war. Ähnliche Begebenheiten passierten nicht selten mit ihm selbst, wenn er viel später imstande war, die echte Bedeutung des Geschehens zu begreifen. Die Zeit spielte dabei eine wichtige Rolle: Sie war angeblich ein Nebenprotagonist, der darum kümmerte, das Verständnis zu verstärken oder herabzusetzen. Noch mehr, brauchte man vielleicht gar nicht, seinen Spürsinn zu vervollkommnen. Im Gegenteil schien es manchmal viel einsichtiger zu sein, die feine Ausführlichkeit außer Acht zu lassen. Solche gezielt gewordene Rauigkeit der Wahrnehmung gäbe uns die Beschaffenheit, den fremden Mangel oder kleine Untugend nicht zu bemerken. Wie Gotthold Ephraim Lessing fragte: „Ist denn nicht das Vergeben für ein gutes Herz ein Vergnügen?" Ein Verzeihen ist nicht nur menschlich, es kann die beiden Personen, also die getadelte und die vergebende heilen. Dieser Gedanke kam dem Professor unwillkürlich in den Kopf, er konnte aber kaum zufällig sein. Nein, solche Grundlosigkeit gefiel dem Wissenschaftler gar nicht. Eher arbeitete sein Gehirn manchmal selbstständig, damit sein Wirt gute Einstellung anzueignen fähig wäre. Solcher Gesichtspunkt stimmte mit der aktuellen Weltanschauung des Gelehrten überein. Die Sache hatte doch einen Haken und er als Naturforscher sollte sich darüber Rechenschaft ablegen: Man durfte sich wahrscheinlich nicht eine volle Vergebung leisten. In der Kirche war es ein Bisschen anders gewesen, dort gab es eine Begriff Absolution, was eine vollkommene Verzeihung nach der Beichte in Betracht zog. Im weltlichen Leben war nicht so einfach, sonst sollte man allen Verbrecher überall Freispruch erteilen. Die gleiche Denkweise bezog sich auf den Konformismus, der kaum mit der Moral vereinbart werden könnte. Diese bis zur absurd geführten Form der Anpassung zu allen Umständen zerstörte menschliche Seele und wandelte eine anständige Persönlichkeit in eine Marionette um. Ein aufschlussreiches Beispiel dazu war Mr. Salonga. Aber befand sich er selbst, Herr Professor Knudsen, nicht auf dem Weg danach? Es war eine gar nicht einfache sittliche Frage, auf die Mike keine Antwort wusste.

Die Zeit lief doch weiter, so dass der Gelehrte es kaum merkte, als jemand an die Tür klopfte. Sein verehrter Auftraggeber war da und wollte mit ihm unbedingt sprechen. Obwohl das geräumige Zimmer Mikes gute Bedingungen für dir Unterhaltung verschaffte, war Yam der Ansicht, vertraute Gespräche in seinem Zimmer zu führen. „Vielleich hat er Recht", dachte sich Knudsen, „Yams Enfilade war sicher bequemer". Diesmal schien der Philippiner wirklich anregend zu sein. So stellte es sich heraus, dass er schon die Situation in Moskauer Regierungskreisen tief erkundet habe. Ihm gelang es sogar auszuschnüffeln, dass der Staatschef sich letzte Zeit in guter seelischer Verfassung war. Es sollte wahrscheinlich eine wertvolle Auskunft werden. Auf jeden Fall habe sie der Businessman so ernst aufgenommen. „Zuerst war ich der Meinung", sagte er nachdenklich, als die beiden sich gemütlich in dessen Arbeitszimmer eingerichtet haben, „Sie von ihm fernzuhalten. Mir schien es damals reizvoll, einen hervorragenden Forscher wie Sie rätselhaft außer der Szene zu bewahren. Nun änderte ich meine Position, indem ich überzeugend bin, Sie wie einem Hauptdarsteller vorzuschlagen. In der Tat sollten Sie der geistige Schrittmacher des Vorhabens werden". Darauf erwiderte der Professor ziemlich heftig:

„Aber Mr. Salonga, ich bitte Sie um Gottes Willen, diesen übereilten Schritt nicht zu machen. Ich bin ein Forscher, also ein Mensch nicht von dieser Welt. Ich bin oft so geistig fortgezogen, dass ich imstande wäre, den dummen Unsinn zu reden. Solche Schmach sollten Sie auf keinen Fall auf sich nehmen".
Auf diesem Punkt unterbrach ihn Yam aufrichtig: „Nein, Mr. Knudsen, Sie verleumden sich unrecht. Ich genieße Ihre Gesellschaft schon lange und muss eingestehen, dass ich noch nie einen so vernünftigen Menschen wie Sie getroffen habe. Auch Ihr Argument, eine einen Nonsens zu reden vermögen, scheint mir nicht gewichtig. Darüber hinaus gibt es einen Kniff, der immer aus der Verlegenheit helfen kann: Sie sprechen Englisch, so dass jener Ihr Unsinn wie eine ungenaue Übersetzung gezeigt werden kann. Kurz gesagt, sollen Sie gar nicht fürchten, weil Sie nur für Ihre wissenschaftlichen Sachen zuständig sein müssen, wo Ihre Lage unwiderstehlich wird. Alles Übriges nehme ich auf mich über".
Mike wollte irgendwelche nächsten Argumente aufheben, doch Yams Gesichtsausdruck war so unerschütterlich, dass der Gelehrte auf alle Erwiderungen verzichtete. Nun zeugten die Augen des Geschäftsmannes davon, dass ihr Besitzer völlig zufrieden war. „Gut", setzte er seine Rede fort, „wenn wir mit Ihrem Beitrag einig sind, kann ich zu wichtigeren Sachen übergehen. Wie ich Ihnen früher erzählte, zeigte sich die russische Seite bereit zu sein, uns in mehreren Bereichen der Wirtschaft zu helfen. Deswegen versuchte ich, die bedeutendsten davon auszuwählen. Die Philippinen verfügen über große Vorräte von Erdöl und -gas, die man präzis zu untersuchen und zu gewinnen beginnen sollte. Die Russen sammelten eine gute

Erfahrung in diesen beiden Richtungen. Außerdem suchen sie momentan weltweit Partner, die das Interesse daran haben könnten. Es bedeutet, dass wir uns beeilen sollten, um die Verwirklichung von riesigen Projekten nicht zu verpassen. Nun können Sie, Mr. Knudsen, an der Reihe sein, indem Sie Ihre Umwelt- und Artenschutzmaßnahmen ins Leben zu rufen vermögen. Ich weiß, dass Sie die benötigten Materialien schon vorbereitet haben. Stimmt es?"

Für den Professor war die Wiederholung der Kenntnisse, die Salonga ihm schon Mal geschildert hatte, eine Unmäßigkeit. Er wollte aber nicht, die Aufmerksamkeit seines Kollegen darauf verschärfen lassen. Ihm war es jetzt wichtiger, seine eigenen Absichten auf einer Person zu überprüfen, die imstande war, ganz praktisch und konkret zu urteilen. Und Salonga war gerade die Person. Ausgehend davon sagte er das Folgende:

„An der Stelle der russischen politischen Elite sollte ich eine logische Schlussfolgerung ziehen: Da wir mit unserer Erdöl- und Erdgasindustrie der Umwelt und dem Tier- und Pflanzenreich verhängnisvolle Schäden zugefügt haben, sind wir nun der Absicht, diesen globalen Verlust angemessen auszugleichen. Wir wissen noch nicht, ob es für die Rettung aller biologischen Arten ausreichend wird, doch es wird unbedingt nützlich für die örtliche Ökologie. Nach dieser Einleitung schlage ich jetzt schon als Professor Knudsen ein Projekt, dass man wie ein nächstes Reservat zum Schutz in freier Wildbahn lebender Tier- und Pflanzenarten dienen sollte. Wählen wir gemeinsam eine stark bedrohte Meeresregion des Planeten aus und machen wir aus ihr einen buchstäblich paradiesartigen Raum für Tiere und Pflanzen. Wir brauchen dafür nicht viel, richtiger ausgedrückt, müssen wir diese Versuchsregion ausschließlich in Ruhe lassen. Denn die verborgenen Kräfte der Natur schaffen alles selbst. Von uns Menschen hängt die Tatsache ab, dass diese Fläche von allen menschlichen Räubern und Gaunern effizient überwacht werden waren. Wir investieren erhebliche Geldmenge für diese Überwachung und prüfen, ob das Geld nicht in verbrecherische Hände gelangt. Das Experiment muss sehr nützlich auch deswegen werden, weil die Menschheit von ihm ein musterhaftes Beispiel bekommt, dass der Mensch in heutiger Welt der größte Störfaktor bleibt. Gleichzeitig werden wir jedem Bewohner des Planeten zeigen, wohin man hunderte Milliarden Dollar einlegen sollte und zwar statt neue Waffenarten zu entwickeln, die alten Tier- und Pflanzenarten zu retten".

Abgesehen davon, dass die Äußerung des Gelehrten etwas pathetisch klang, war ihr der gesunde Menschenverstand gar nicht fremd. Der Geschäftsmann sollte es gerade bestätigen: „Eben, gerade solche Denkweise wollte ich von Ihnen, Mr. Knudsen, bei unseren Verhandlungen mit russischen Regierungskreisen erwarten. Wenn Sie bereit würden, etwas Ähnliches vorzuschlagen, bekommt unser künftiges Vorhaben einen reellen menschlichen Faktor, der auf allen hohen politischen Ebenen besonders geschätzt werden sollte".

Vielleicht fühlten sich die beiden Gesprächspartner nach dieser optimistischen Schätzung Mr. Salongas ganz zufrieden und selbstbewusst, so dass sie nach der Empfehlung des Professors ins Restaurant gehen konnten.

In der fernen Übersee

Ungefähr zu gleicher Zeit bereitete sich Gina zu ihrem neuen vielversprechenden Arbeitstag vor. Sie wurde wie immer sehr früh aufgewacht, nahm eine ziemlich kalte Dusche, machte eine intensive und dauerhafte Gymnastik und Meditationsübungen und aß zum Frühstück ziemlich kalorienreiche Gerichte aus fetten Fischen und Getreide. Darauf folgten gedankliche Erwägungen, an die sie sich schon von ihrer Jugend gewöhnte. Einige ihren Regisseure wurden von ihr erstaunt, wie eine junge Frau komplizierte Nuancen menschlicher Seele fast ohne Erklärung verstehen konnte. Diese Beschaffenheit war bei ihr aber gar nicht angeboren. Eher war es eine lange und komplizierte Selbstvertiefung, die sie noch bei ersten Rollen im Kino zu erwerben suchte. Nun konnte sie diese mit der Sehnsucht und Wehmut verbundenen Erinnerungen wiederherzustellen, die sie heute zu ihrer teuren Lebenserfahrung zuzählen sollte. Nicht zuletzt die Rolle eines Dienstmädchens bei einer ansehnlichen Dame aus der oberen Gesellschaft, die sich ständig ordentlich und gönnerhaft mit ihrer Dienerin benahm. In der Tat sollte sie eingestehen, dass diese anständige Frau ein Schicksalsgeschenk für sie bedeuten sollte. Obwohl diese vom Gott auserwählte Frau erheblich älter als das Mädchen war, konnte die Dienerin wie ein Musterbild der Schönheit betrachten. Wahrscheinlich war deren Lebensweg gar nicht einfach. Sie arbeitete möglicherweise beharrlich von jungen Jahren und setzte diesen Lebensstil auch weiter fort, indem sie einen großen Modesalon leitete. Das Mädchen zweifelte nicht daran, dass ihre Herrin auch jetzt als ein Modell zu beschäftigen vermochte. Denn sie besaß eine neiderregende Figur einer siebzehnjährigen mit gut sichtbaren Formen, die nicht nur durch die wertvolle Kleidung geschafft worden war. Im Gegenteil habe das Mädchen die Gelegenheit, sie jeden Morgen fast nackt zu beschauen. Sie sah wirklich fantastisch aus. Ja, das Mädchen half ihr morgenfrüh bei den Badewannenprozeduren und hatte die Möglichkeit, stets ihre körperliche Vollkommenheit zu sehen. Die Herrin war auch in anderen Sachen sehr aufrichtig mit der Dienerin. Diese seltsame Offenheit schindete den Eindruck, dass die große Dame ihre jüngere Helferin nicht für etwas Unbedeutendes, sondern eher für ihre richtige Freundin hielt. Anscheinend hatte sie überhaupt keine Geheimnisse vor ihr. Die Dame war verheiratet und ihr Mann war ein bekannter Politiker. Diese Begleiterscheinung verhinderte aber nicht, dass die Frau einen männlichen Kreis der Bekannten hatte, die Verhältnisse, mit denen kein Hehl auch für das Mädchen war. Für eine Dame von Welt sollte es das klare Zeichen des Vertrauens erweisen, den sie ihrer Dienerin erteilen sollte. Darüber hinaus konnte sich das Mädchen auch dem Modedesign angehörig zu fühlen. Denn die jüngsten Muster der Kleidung, die sowieso im Hause der Frau erscheinen sollten, waren allmählich auch der Dienerin geschenkt worden. Im Prinzip unterschied sich das häusliche Leben der beiden Frauen nicht besonders. Die jüngere wohnte in demselben Haus, genoss das gleiche Essen, trug die ähnliche Kleidung und war imstande, alle weltlichen Nachrichten aus erster Hand zu erfahren.

Diese auf dem ersten Blick einfache Rolle war für Gina in der Wirklichkeit eine große Lehre nicht nur der Filmkunst selbst, sondern des Lebens. Die zwei Frauen, die wegen der Herkunft, des Alters, Gesellschaftsniveau und anderer Unterschiede, absolut unvereinbar zu sein schienen, befanden sich in einer absolut anderen Lage. Der Grund dafür kann unwesentlich aussehen, war aber eher in der Tat großartig. Denn die Herrin (dank ihrer natürlichen Begabung und reichen Lebenserfahrungen) war imstande, geistig und seelisch weit über dem durchschnittlichen Stand hinaufzusteigen. Gerade dieses geistige Wachstum lässt ihr kapieren, dass ein glückliches Leben der Person nichts Gemeinsames mit der Überlegenheit, Hochmut, Eigendünkel, Angeberei und Erniedrigung haben könnte. Eine wirklich große menschliche Seele erkennt ausschließlich die Tugenden der anderen an, und benimmt sich gleichermaßen mit allen. Leider Gottes gelang es Gina nicht oft (wenn überhaupt) solche Frauen wie diese Herrin im Kinogeschäft im Besonderen und im Leben im Allgemeinen zu treffen. Viel häufiger stieß sie auf die gegensätzlichen persönlichen Eigenschaften: Diejenigen, die ein wenig größere Stelle erreicht haben, machten mit allen ihren Gesten und Mimik (sagen wir nichts über ihren anmaßenden Ton und über ihre schwülstige Sprache) anschaulich, das sie der anderen Welt gehörten. Ein eingebildeter Schauspieler wies stets eine Vielfalt von Ansprüchen auf. Er oder sie verlangten, in jener Streitigkeit ihren Gesichtspunkt in Betracht zu ziehen. Sonst waren sie bereit, das nachfolgende Drehen zu boykottieren. In einer weiblichen Abart verschärfte sich die Begebenheit noch stärker. Wenn die Rede von einer Begeisterung dem männlichen Darsteller gegenüber war, änderten sich die Gestalten des schönen Geschlechtes so drastisch, dass sogar das Schminken nicht fähig war, etwas zu retten. Gina war nicht selten der Auffassung, dass eine Nebenbuhlerin deren Kollegen zu töten beabsichtigte. Auf jeden Fall konnte man solchen Plan auf ihren Augen geschrieben lesen. In diesen Augenblicken wunderte sich die Philippinerin darüber, ob ihnen ihre Erfahrung bei der Rolle des Dienstmädchens in dem genannten Film tatsächlich zu helfen fähig wäre. Nach einer kurzen Überlegung zog sie aber die Schlussfolgerung, dass auch die Gestalt der fabelhaften Herrin aus dieser Serie nicht in der Lage sein sollte, das Wesen dieser jungen Frauen umzugestalten. Weil der Geist des Wetteiferns schien bei ihnen angeboren zu sein. Deshalb waren sie ursprünglich auf den Sieg gezielt, was ihnen das Mitleid berauben sollte. Und die Empathie war nach Ginas Überzeugung gerade die Beschaffenheit, die wie ein Lackmuspapier bestimmen sollte, wen man ins Schauspielermetier zulassen darf und wen nicht. Denn ohne sie war er zweifelsohne unmöglich, die ganze Palette der Gefühle bei einem Darsteller zu entwickeln. Nach dieser wichtigen Erwägung blickte die Kino

Diva auf die Uhr an und war erstaunt, dass sie gleich nach dem Drehen fahren sollte. Sonst konnte sie mit der Verspätung rechnen.

Eine Zusammenkunft auf dem höchsten Niveau

Ungeachtet dessen, dass Mr. Salonga ihm erzählte, konnte Professor Knudsen sich kaum vorstellen, dass man ihn in das Allerheiligste der russischen Hauptstadt, nämlich ins Arbeitszimmer des Präsidenten in Kreml einzuladen vermöge. Ehrlich gesagt ließ er sich den Freilauf seiner Fantasie, als er dem Geschäftsmann seine kühnen Ideen über das globale Projekt schilderte. Innerlich war er völlig überzeugt, dass seine Absicht keine Zustimmung in den regierenden Kreisen finden könnte. Was aber in Wirklichkeit passierte, traf alle seinen Erwartungen über. Bemerkenswert teilte ihm Yam diese Nachricht mit aller Gelassenheit mit, als ob er schon längst davon wusste. Mike wurde aber gewarnt, dass sie mindestens zwei Stunden vor dem Empfang auf der Stelle sein sollten, denn die Ausgestaltung des Einlassscheines sollte in einigen Fällen lange dauern. Sie bestellten ein Taxi, das ganz pünktlich vor dem Eingang des Hotels erschien. Der Fahrer machte aber einen erstaunlichen Gesichtsausdruck, als er erfuhr, wohin er die Gäste bringen sollte. Tatsächlich dauerte die Fahrt nicht mehr als fünf Minuten. Die Ausweißkontrolle und Einlassscheine brauchten insgesamt nicht mehr als eine Viertelstunde. Den Rest mussten die beiden irgendwie in der Wartehalle verbringen, was allein über zwei Stunde dauern sollte. Die ermattende Erwartung erinnerte ihnen an eine Heimsuchung, weil die zwei intensiv beschäftigten Personen gar nicht angewöhnt waren, ohne Betätigung ihre Zeit zu vergeuden. Letztendlich waren sie ins erwünschte Arbeitszimmer eingeladen, wo aber keine auf sie wartete. Dieser Verbleib in Zweisamkeit war doch im Vergleich mit dem früheren ziemlich kurz und traf nicht zwanzig Minuten über. Dann wurde die Tür laut weitgeöffnet und der Zimmerbesitzer trat mit seinem Stellvertreter ein. Sie schüttelten freundlich den Gästen die Hände und luden sie höfflich zum Verhandlungstisch. Die Besucher sollten sicher verstehen, dass das Staatsoberhaupt über keine große Zeitspanne verfügte. Dieser Umstand zwang Mr. Salonga möglichst schnell das Wesen des Vorhabens, das er schon vor einem Monat berichtete, erneut zu wiederholen. Danach ließ er dem Professor das Wort erteilen. Knudsen war nach der langen Erwartung ziemlich nervös geworden. Er nahm sich doch zusammen und schilderte mit einigen bildhaften Ausdrucksformen genau das, was er vor wenigen Tagen seinem Auftraggeber übers Wünsch Vorhaben erzählte. Er war nicht geizig mit Adjektiven und Partizipien und nützte meisterhaft die rednerische Kunst aus, die er sonst bei den Vorlesungen anzuwenden pflegte. Der Staatschef war wirklich taktvoll, um ihn nicht zu unterbrechen. Deswegen war die in Voraus festgelegte Dauer der Verhandlung erheblich überschritten. Der Redner war sicher der Absicht, alles, was er plante, darzustellen. Gleichzeitig war er einigermaßen auch großmütig, indem er aufmerksam beobachtete, wie der Stellvertreter, der auch die Funktion des Dolmetschers erfüllte, seine Worte dem Boss übersetzen ließ. Der Gelehrte zeigte die grellfarbigen Schemen und Grafiken, die er gekünstelt vorbereitete, dem Präsidenten, der mit großem Interesse sie anschaute. Knudsens große Mühe war unbedingt nicht vergebens. Im Gegenteil zeigte der berühmte Politiker eine offen leidenschaftliche Begeisterung, die sowohl der Forscher selbst als auch Mr. Salonga von ihm nicht zu erwarten hofften. Nein, die Ursache des Präsidentenschwungs war unklar. Allerdings wollten die Gäste ehrlich gesagt nichts davon wissen. Was ihnen viel wichtiger war, bezog auf die Frage, ob der Staatsmann die Förderung des riesigen Projektes zu übernehmen vermochte (mindestens teilweise). Stattdessen äußerte sich Mr. Präsident im Sinne, dass er momentan keine Entscheidung fassen durfte. Diesen staatswichtigen Schritt sollte die Regierung allein machen. Trotzdem bedankte er sich herzlich bei den Gästen für einen Entzücken erregendes Projekt und versicherte, dass er sich von nun an zu dessen Anhängern zählte. Solche ermutigenden Worte mussten auch das Ende der Audienz bezeichnen. Nach dem Händedrücken verließen die Besucher das Arbeitszimmer des Präsidenten.

Diese in vollem Sinne internationale Maßnahme war im Grunde genommen ein bedeutendes Ereignis im Leben der beiden Reisenden. Mehr konnten sie kaum erwarten. Als ein früherer Politiker konnte Salonga ihre Mission wie einen großen Erfolg preisen. „Wissen Sie, Mr. Professor", sagte er eindringlich, als sie die Kremlmauer hinter sich beließen, „als ein Expolitiker verstehe ich wohl fast jedes Wort oder jede Geste des russischen Staatschefs. Jedem einsichtigen Menschen ist es kein Hehl mehr, dass in diesem gigantischen Land nichts ohne ihn aufgelöst werden könnte. Formell gesehen ist es aber ein demokratischer Staat mit allen notwendigen Kennzeichen. Diese Begleiterscheinung bedeutet, dass das, was er schon längst für sich entschied, mehrere amtlichen Instanzen durchgehen sollte, um eine gesetzgebende Kraft zu erlangen. Deswegen denke ich darüber nach, dass auch unser Vorhaben in seinem Kopf schon als ein gelöstes Problem entschieden worden war. Anders kann es mit der Hoher der Investitionen aussehen. Hier gibt es wahrscheinlich einen Interessenkonflikt, der zwischen bedeutendsten Geldverbraucher entstehen könnte, etwa zwischen Verteidigungs-, Raumfahrt- oder Energieministerien, die gegeneinander und gemeinsam gegen das Ministerium für Wissenschaft und Bildung zu kämpfen wissen".
Es war noch ein klarer und sonnigen Nachmittag, die breiten und engen Straßen, die radialartig von dem Roten Platz in alle Richtungen verbreiteten, waren dichtbevölkert gewesen. Die beiden Männer haben keine Lust, in geschlossenen Räumen des Hotels zu sitzen. Ein Stadtbummel war gerade die Sache, die sie sich nach einem ernsthaften Besuch zu leisten suchten. Eine winzige Kenntnis des Professors, die er nach seiner Ankunft bekommen habe, schien ihm ausreichend, um die schönen Orte in der Nähe seinem Kollegen zu zeigen. So nahm er auf die kurze Zeitspanne die Rolle des Reiseführers über. Nun konnten sie auch, die Unterhaltung über das Aussehen des

Vorhabens fortsetzen. Im Großen und Ganzen war Mike Knudsen allerdings nicht so verheißungsvoll wie sein Weggenosse gelaunt. Er konnte bestimmt nicht haften, dass alles schon in Butter war.

„Eine Euphorie des Mannes wie dieser", versuchte er, seine Gegenstimmung aufzubauen, „sollte nach meiner Auffassung von nichts konkretem zeugen. Vor allem deswegen, weil der Anlass zu dieser Euphorie uns unbekannt ist. Sie kann im Prinzip mit unserer Angelegenheit nichts zu tun haben. Diese Person strengt sich mit den unzähligen Aufgaben über. Was sollen seine allbekannten Verspätungen bedeuten? Ihm gelingt es einfach nicht, alles rechtzeitig zu schaffen. Ich rede ausschließlich von seinen amtlichen Pflichten, die er wahrscheinlich selbst auf sich aufgeladen hatte. Mir scheint diese schwere Bürde absolut unrealistisch für ein menschliches Wesen. Fügen Sie auch seine privaten Probleme, die jeder von uns haben muss, hinzu, um zu kapieren, dass diese Vielfalt eine Menge von Enttäuschungen und Begeisterungen gleichzeitig zu verursachen vermöge. Klar, könnte meine Meinung irrtümlich werden, und unser großes Projekt bekommt sofort eine allgemeine Anerkennung. Unsere Welt ist unvorhersagbar und alles ist möglich. Dann seien Sie nicht zu streng".

Eigentlich konnte Yam nichts dagegen sagen. Der Gelehrte habe sicher Recht, indem er mit der wissenschaftlichen Genauigkeit die wahrscheinlichen Motive und Angewohnheiten des Politikers nannte. Doch auch er, Yam Salonga, besaß die Fähigkeit, irgendwelche Ereignisse vorauszuahnen. Es war schon bei seiner parlamentarischen Leistung der Fall gewesen, wenn seine Partei davon zu profitieren wusste. Er sagte aber laut nur ein Komplement dem Forscher gegenüber, dass dessen Erwägungen ganz vernünftig waren. Für sich dachte er: „Die Zeit wird es zeigen".

Wie es Philipp Wagner ging

Einer der besten Freunde jungen Mike Knudsen wie es schon geschildert wurde, war der Architekt Philipp Wagner gewesen. Diese merkwürdige Freundschaft eines verschlossenen Jungen und eines hoch erfahrenen erwachsenen Burschen war in Wirklichkeit ein bedeutender Bestandteil Mikes Erziehung. Diese ungewöhnliche Tatsache begann Mike allmählich nur im reifen Alter zu kapieren. Woher noch konnte ein naiver Junge etwas Wesentliches über die weibliche Natur erkennen, über die verborgene Macht weiblicher Schönheit, die tausende und abertausende Männer unglücklich zu machen vermochte, über den Anblick, mit dem ein Mann auf eine Frau schauen sollte? Außerdem erklärte ihm Philipp eine Reihe von Kniffen und Rätseln, ohne die er kaum fähig wäre, das reelle Leben zu begreifen. Auch mehrere naturwissenschaftlichen Sachen, die ihn letztendlich in die Welt der Forschung bringen sollten, stammen ursprünglich eher von diesem sinnvollen Menschen. Natürlich war der Baumeister nicht von Untugenden frei. Manchmal war er eigensinnig, selbstsüchtig oder zynisch gewesen. Doch solche Eigenschaften besaßen Millionen Menschen, die sonst überhaupt keine Würde haben könnten. im Unterschied zu ihnen war Philipp großzügig, barmherzig und nicht nachtragend. Dem jungen Knudsen gefielen solche anständigen Seiten dieses Mannes und er versuchte, damit ihm ähnlich zu sein. Auf jeden Fall bereitete Mike der Umgang mit ihm ein großes Vergnügen. Übrigens trafen Mikes Eltern nicht selten Philipp in ihrer Wohnung oder irgendwo noch, so dass dessen folgendes Schicksal auch Mike bekannt war. So wusste er, dass Herr Wagner sich von seiner Freundin Heike Grünsfeld nach fünf Jahren Beziehung trennen ließ. Noch zwei Jahre darauf fand er eine andere Frau namens Sonja Kruse, mit der er schon seit sechszehn Jahren verheiratet war und zwei Kinder habe. Sonja arbeitete wie eine freie Journalistin und Fotografin für mehrere Zeitungen und Zeitschriften mit hoher Auflage. Mikes Eltern erzählten, dass auch die Änderung des Beschäftigungsgebietes Herrn Wagner wahrscheinlich mit Sonja verbunden worden war. Auf jeden Fall war er letzte Zeit von einem ökologischen Baustil fortgerissen. Philipp verstärkte sein Architekturbüro mit einigen talentierten jungen Fachleuten und wurde für seine kühnen Lösungen bekannt. Bemerkenswert dachte vor kurzem auch Professor Knudsen über diese relativ neue Richtung, die nach seiner Auffassung mit den Umweltoasen vereinbar sein könnte. Er erinnerte daran aus einem unklaren Grunde nach der Verhandlung mit dem russischen Staatschef. Es war keine schlechte Idee, Herr Wagner zu seinem vermuteten Entwurf anzulocken. Damit könnte der Forscher zwei Fliegen mit einer Klappe schlagen: Zuerst Wagners hervorragende Leistungen auszunützen und zweitens – eine neue Ansicht im Umweltschutz zu erschaffen. Wie Mike sich über die Tätigkeit Wagners erkundigte, war der Letzte bis dato nur mit den privaten Auftraggebern beschäftigt. Das hieß, eine Finanzierung aus staatlichen oder internationalen Fonds war für Philipp wünschenswert. Nun konnte der Gelehrte die Gelegenheit, zugunsten des Büros Wagners etwas Konkretes bei Mr. Salonga auszuhorchen. So wählte er den Moment während ihrem gemeinsamen Abendbrot im Restaurant des Marion Grand Hotels aus, wenn der Businessman sich in einer gutmütigen Laune befand, um eine entsprechende Frage zu stellen. Es fand gerade nach dem Genuss eines altrussischen Gericht Buchweizenbrei mit Butter, Steinpilzen und Preiselbeeren statt, das der Feinschmecker für köstlich hielt. Der Kellner behauptete aber, dass man eine besondere Seligkeit nach der bestimmten Reihenfolge von Bestandteilen bekommen könnte und zwar: Brei – Butter – Preiselbeeren – Steinpilze. Für diesen Versuch musste Yam doch abermals das Gericht bestellen. Darauf bestätigte er die Wichtigkeit der genannten Reihenfolge. Kurz gesagt, stellte Professor seine listige Frage gerade nach dem Genuss der abermaligen Portion: „Ich habe vor kurzem gut durchgedacht, wie wir unser Projekt für die Normalverbraucher attraktiv machen könnten. Heute blitzte mir ein glänzender Gedanken auf – uns fehlen dabei gewisse prunkhaften Bauteile, die organisch in die wilde Natur eingetragen werden sollten. Nach meinem

Geschmack wird solche Zusammenstellung des Göttlichen mit dem technischen Fortschritt eine neue Erscheinung der Kultur".

Der Expolitiker hörte diese Rede des Professors mit dem anhalten Atem zu. Sein Gesichtsausdruck sollte von einer Benommenheit zeugen. Nachdem der Gelehrte seine Aussage beendete, wandelte Salonga sein Erstaunen in Worte um:

„Ich verstehe Ihre Idee, Mr. Knudsen, nicht ganz. Was meinen Sie unter diesen schönen Bauteilen – private Villen, Paläste oder Parkanlagen?"

Diese Frage schien für den Forscher etwas unerwartet zu sein. Er war kein Kenner der Baukunst. Was sollte er ihm antworten? Dass es könnten gewisse beeindruckenden Errichtungen geben, die wie berühmte Felsen in Yosemite-Park im US-Bundesstaat Kalifornien oder Felsen von Dabo mit seinen 664 Meter hoch emporragen? Nein, es gab eine Menge von Baukunst Denkmale aus Stahl und Beton oder Glas, die Aussehens- erregend auf alle Passanten zu wirken vermögen, die er aber auf keinen Fall im Augenblick nennen durfte. Sicher spielten dabei auch die eigenartigen Formen keine entscheidende Rolle. Nach einer kurzen Erwägung sagte Mike:

„Es muss bestimmt ein eigenartiges und zu der konkreten Umgebung passendes Bauwerk sein, doch momentan ist es nicht so wichtig. Außerdem ist es eine sich heftig entwickelte Richtung, an die wir nicht achtlos vorübergehen sollten. Meines Erachtens gibt es bis heute kein großes Umweltschutzprogramm, das solche schönen Bauelemente einschließt".

Nun war die Reaktion der Geschäftsperson mehr gewogen:

„Ehrlich gesagt gefiel mir Ihren Vorschlag auf Anhieb, denn es gibt darin ein Kunststück, das unserem Projekt einen Liebreiz zu verleihen verhilft. Ich kann aber nicht begreifen, wer imstande wäre, diese klar geschickte Leistung zu übernehmen".

Die Erwiderung des Professors folgte sofort: „Die Suche nach diesem Architekturbüro kann ich selbst durchführen". Yam konnte darauf nichts widersprechen.

Ein Treffen mit alten Bekannten

Schon drei Tage darauf besuchte Mike Knudsen das Architekturbüro von Philipp Wagner in Würzburg, um die mögliche Zusammenarbeit aus zu forschen. Philipp empfang ihn wie einem alten Freund. Er bat seine Sekretärin, um Kaffee und Bewirtung zu kümmern, nach dem sie sich bequem in Sesseln am einen Rundentisch saßen und ruhig unterhielten. Der betrachtete aufmerksam sein Visavis, als ob er ihn nicht zu erkennen vermochte. Dann sprach er:

„Also muss jetzt Herr Professor Knudsen so aussehen, den ich als einem kleinen Jungen kannte. Ein sehr stattlicher und würdiger Mensch. Mir ist jetzt schwer vorzustellen, dass ich damals mit künftigem großem Forscher unterhielte und ihn etwas zu lehren probierte. Heute darf ich Ihnen sicher nicht duzen wie ich es vor zwanzig Jahren pflegte".

Mike erwiderte heftig, dass ihm solche einfache Anrede ganz angenehm wäre.

„Dann bin ich bereit", setzte Philipp seine Rede fort, „aber unter der Bedingung, dass Sie mit mir auch per du anreden (von der anderen Seite wurde es gerade angenommen). Nun hätte ich gern wissen, wie es dir geht, was du in der Tat seit diesen zwei Jahrzehnt gemacht habe und ob du dich glücklich fühlen kannst".

Es folgte eine kurze Pause, die zeigen sollte, dass der Gast dessen geistige Kräfte anzuspannen versuchte. Dann sagte er das Folgende aus:

„Im Grunde habe ich einen nicht einfachen Weg hinter mich gelassen. Es war kaum wolkenlos beim Studium und immer härter darauf. Ich trieb eine Forschung schon als Student, wurde dafür zur Promotion gefördert, arbeitete einige Jahre als Postdoc in Deutschland und im Ausland und erwarb vor fünf Jahren den Titel von Professoren. Mein Fachgebiet heißt Umwelt- und Artenschutz, was einerseits sehr aktuell klingen sollte, andererseits ungeheuer schwer realisierbar wird. Deswegen suche ich ständig nach einer finanziellen Unterstützung aus Fonds und privaten Quellen".

„Bis jetzt ist mir alles klargeworden. Und wie lebst du privat, hast du eine Familie oder noch nicht?"

„Ich beabsichtige mich, bald zu heiraten: Meine Braut ist eine Kino Diva aus den Philippinen, die momentan im Hollywood tätig ist. Vielleicht veranstalten wie unsere Hochzeit in sechs-sieben Monaten. Auf jeden Fall so kann ich es momentan vorstellen".

„Nach meiner Ansicht warst Du schon als ein Junge ein mutiger Kerl, der wie ein Erwachsener diese würdige Beschaffenheit nicht verloren hast. Anders kann ich deine Auswahl nicht erklären. Es ist natürlich mein äußerst persönlicher Gesichtswinkel, aber mir schien es immer, dass die jungen Frauen aus dem Filmgeschäft gewisse besonderen Eigenschaften erweisen, etwa übertrieben hohe Meinung von sich selbst, Selbstsucht usw. Ob sie in der Tat für ein langes Familienleben geeignet sind, zweifle ich doch stark. Vielleicht irre ich mich. du kannst meine Freundin Heike Grünsfeld, mit der ich damals nach Malta reise. Ich war über fünf Jahre mit ihr zusammen gewesen und halte sie bis heute für eine großartige Frau. Sie ist klug, perfekt gebildet, ich meine körperlich und geistig, empfindlich, offen und gutherzig. Trotzdem konnte ich sie nicht als eine zuverlässige Familienfrau vorstellen. Vielleicht fehlte ihr eine kleine Substanz, die gerade fürs Familien Leben zuständig sein sollte. Nein, es ist nicht ausgeschlossen, dass es solche rätselhafte Substanz in der Natur gar nicht gibt. Ich denke aber, dass du mich gut kapierst, was ich damit meine. Man kann aber nur durch den Vergleich erkennen. Solche Schlussfolgerung konnte ich aus der Bekanntschaft mit meiner Ehefrau Sonja ziehen, die hundertprozentig diese Quasisubstanz besitzt. Das Problem besteht doch darin, dass wir Männer fürs Aufdecken dieser fragwürdigen Substanz einen Sensor entwickeln sollten, der mehrere Jahre geistiger Arbeit verlangt. Ich selbst brauchte beispielsweise dafür ein Viertel des Jahrhunderts. Soviel Zeit steht doch gar nicht jedem zur Verfügung und unsere Geschlechtsgenossen beeilen sich gewöhnlich, um eine gute Frau sich zu wählen. Ich wäre sehr zufrieden, wenn ich mich in deinem Fall einen Fehler mache. Gott segne dich, um alles in deinem Leben mit der Kino-Diva in Ordnung war. Ich fühlte es aber wie meine Pflicht, dich davor zu warnen".

Der Gelehrte war aber der Auffassung, wesentliche Argumente für seine Auswahl anzuführen:

„Philipp, du bist älter und erfahrener als ich in solchen Sachen. Allerdings habe ich meine Braut seit bestimmter Zeit beobachtet und konnte sagen, dass sie sich mit einer deutlichen Tugend unterscheidet: Sie ist sehr empfindlich zum Fremdenschmerz. Dieses fernasiatische Vermögen scheint mir auch für ein Eheleben von großer Bedeutung zu sein. Außerdem arbeitet ihr Gehirn ständig in einer Richtung – den anderen etwas Unangenehmes nicht zu machen. In dieser Art und Weise nimmt sie auch ihre Rolle auf, das heißt, sie beschäftigt sich mit der Selbsterziehung durch den Zustand ihrer Protagonistin, was ich auch für die wirkliche Existenz sehr hilfreich finde. Und auch dann, wenn es mir nicht gelingt, mit ihr ein festes Eheband zu schaffen, wird es eine gute Erfahrung, über die du gerade gesprochen habe. Außerdem bin ich der Ansicht, dass man seine eigenen Fehler machen sollte, um einsichtiger zu werden. Fremde Fehlschläge helfen nicht immer gut".

„Mike, du hast vollkommen Recht. Ich bin älter und vielleicht erfahrener als du. Ich bin aber der gleiche Mensch mit allem Schaden und Misserfolgen. Deswegen kann ich Räte geben und bekommen. Das Letzte lieber von solchen sinnvollen Menschen wie du. Aber wir sprechen viel über die Sachen, wo es noch viel mehr ganz unverständlich bleibt. Lassen wir uns zu unseren praktischen Dingen übergehen. Ich glaube, du triffst die Entscheidung, diesen Besuch zu mir abzustatten, nicht zufällig. Kannst du mir denn verraten, was dich dazu veranlassen sollte?" Die Frage sollte absolut vernünftig klingen, nichtsdestotrotz war der Professor ein Bisschen enttäuscht davon. Denn der Hauptbeweggrund seiner Ankunft war der Wunsch, Philipp Wagner wiederzusehen. Er sah in diesem alternden Burschen einen Freund aus seiner frühen Jugend, der sich alle diese Jahre in seiner Erinnerung verbleiben sollte. Nun musste Mike Knudsen schmachvoll eingestehen, dass er vor allem irgendwelches gewinnbringende Interesse zu haben wusste. Es gab in dieser Schlussfolgerung etwas Beleidigendes, das, was dem Naturwissenschaftler nicht eigentümlich sein sollte. Andererseits zwang ihn die Frage, ehrlich und ohne Umschweife zu antworten. Dieser Zwangsdruck forderte, ausführlich alle Details des künftigen Projektes zu beschreiben. Und er machte das auch. Philipp hörte ihn sehr teilnahmsvoll zu und versuchte, irgendwelchen Sinn für sein Büro daraus zu fischen. Nachdem der Forscher seine Erklärung beendete, folgte die schlagende Bemerkung des Gastgebers:

„Wie mir aus deiner Auskunft klarwurde, machst du dich bereit, den Anstoß einer neuen Abzweigung deiner Hauptrichtung zu geben".

„Es stimmt und ehrlich gesagt machte ich es einigermaßen in Aussicht, dein Büro zu unserem Vorhaben heranzuziehen. Wenn es mir bekannt wurde, dass du deine Entwürfe auch im Sinne der ökologischen Einsicht ab zu wandeln wusstest, dachte ich mir, Philipp musste es unbedingt tief begreifen, um es am besten zu machen. Natürlich kann man ein ökologischer Bau verschiedenartig kapieren. Es hängt vor allem davon ab, welche Ziele deine Konstruktionen verfolgen sollten. Ich bin der Meinung, dass die Bauelemente danach bestreben sollen, eine ästhetische Ergänzung der natürlichen Erscheinungen aufzuweisen. Wenn es dabei irgendwelche sachlichen Voraussetzungen geben könnten, wäre es selbstverständlich noch besser gewesen. Aber abgesehen davon hätte ich gerne über dein Konzept etwas Ausführliches erfahren, zuerst, was du unter einem ökologischen Bau zu verstehen wusstest".

„Was du, Mike, sagst, ist ja clever, denn zwei Sachkundigen, die in unterschiedlichen Gebieten tätig sind, können einen und denselben Begriff ganz anders darstellen. Wie gesagt sind wir alte Freunde, die miteinander aufrichtig sein sollten. Auf diesen Grund mache ich kein Hehl daraus, dass meine Frau Sonja, die als eine Journalistin unter anderen mit vielen Wissenschaftlern spricht, mir diese ökologische Bauart erklärte. Wir haben mit ihr lange über diese Richtung gesprochen, so dass ich folgendermaßen einen Entschluss zu fassen vermochte. Auf der ersten Stufe machte ich eine Betonung auf ökosaubere Baumaterialien. Dann kam mir einen Gedanken in den Kopf, dass wir auch erneuerte Energiequelle ausnutzen können. Das Problem mit den Letzten besteht aber darin, dass sie (seien sie Wind- oder Solarenergie) stark wetterabhängig sind. Ich meine in nördlichen Breitengraden, weil z.B. in tropischen Regionen die Sonne fast das ganze Jahr scheint. Und es gibt eine Vielfalt von Gebieten, wo der Wind kaum zu wehen aufhört. Sicher wäre die Wasserstoffenergie die meist wünschenswert, weil sie als „Abfall" reines Wasser produziert. Ich zweifle mich nicht, dass diese Quelle in der übersehbaren Zukunft die wichtigste auf der Erde wird. Heutzutage ist sie aber urerlässlich teuer geworden. Und nun wurde ich von dir erkundigt, dass man den Öko-Bau auch als eine Ergänzung der natürlichen Erscheinungen begreifen könnte. Wenn es im Tat so ist, gefällt mir solche Möglichkeit sehr. Denn meine jungen Kollegen und ich selbst sind in der Lage, solchen Entwurf ausarbeiten, den man als dem passendsten zu gewissem Naturgebiet beweisen könnte. Übrigens konnte ich mich gerade einbilden, dass man die genannte Ergänzung im wahren Sinne des Wortes zu verstehen vermöge. Warum sollten wir uns auf den Bau für Menschen beschränken. Wir Menschen verursachten schon solch riesige Schaden dem Tier- und Pflanzenreich gegenüber, dass es ist sicher die höchste Zeit, etwas wirklich Tugendhaftes für diese beiden Reiche zu schaffen. Du weißt es viel besser als ich, wie bestimmte Arten wegen der Zerstörung ihres Habitats leiden. Ist es nicht vernünftig, mithilfe unsere Baukonstruktionen die Standorte wiederherzustellen versuchen?"

Offen gesagt war der Professor von diesem Fantasieflug des Baumeisters buchstäblich erschüttert worden. Er konnte nicht begreifen, ob dieses Wunder vom Himmel herabsteigen sollte, ob er eine Botschaft von einer außerirdischen Zivilisation bekommen habe oder ob seinen, Mike Knudsen, Einfluss dabei eine entscheidende Rolle zu spielen verhalf. Gewiss schien Mike die letzte Version die richtigste zu sein. Denn er war einerseits der Forscher, also eine Person, die an ein Wunder des Himmels nicht glauben durfte und andererseits besaß die Wissenschaft bis jetzt keinen Beweis der Existenz der extraterrestrischen Zivilisation. Selbstverständlich habe er auch kein Recht als ein höflicher Mensch diesen Verdienst sich zuzuschreiben. Deswegen reagierte er darauf eher ganz zurückhaltend:

„Ich gratuliere dich, Philipp! du bist in der Tat imstande, auch im Artenschutz mutige Ideen zu entwickeln. Gleichzeitig nehme ich deine Rede wie eine Bestätigung entgegen, an unserem Projekt teil zu haben".

Nach diesem Satz lächelte der Gastgeber mit einem blendenden Lächeln des Kinostars und äußerte seine Bereitschaft, dem Professor in allen Sachen zu helfen.

Die Hochzeit

Da die Tatsache, dass Professor Knudsen und die Hollywood-Diva Gina Pascual verlobt worden waren, gehörte schon längst zu weiten Kreisen der Gesellschaft, sowohl in den USA als auch in Deutschland. Es bedeutete, dass eine in die Länge gezogene Hochzeit gewisse unanständigen Merkmale zu bekommen schien. Darüber sprachen die beiden Verlobten ziemlich oft telefonisch miteinander, was schließlich eine Entscheidung brachte, für das bedeutsame Ereignis eine konkrete Frist auszuwählen. Die Anwesenheit mehrerer Gäste forderte eine ernsthafte Organisation, die weit die Möglichkeiten der beiden übertreffen sollte. Deswegen ließ es ihnen keine andere Chance übrig als sich an ein spezialisiertes Institut zu wenden. Mike ließ gerne diese Aufgabe seiner Braut aus mehreren Gründen. Zuerst, weil sie in Amerika lebte, wo die beide einmütig zu feiern beabsichtigten. Zweitens wollten sie es in Los Angeles in der Nähe von Hollywood machen, und drittens, weil es dort viel benötigten Instituten gab, die bereit waren, alles zu organisieren. Gina und Mike waren einig auch über den Termin, was für die streng beschäftigten Menschen auch von Bedeutung war. Schon am nächsten späten Nachmittag im Mitteleuropa (in California Frühmorgen) teilte Gina ihm mit, dass den Vertrag mit einem passenden Institut schon abgeschlossen worden war. Nun sollten sie ausführlich über die Gäste diskutieren, die sie einzuladen wussten, sowie über die Festkleider. Es war aber eine ziemlich angenehme Pflicht.

Die Veranstalter der feierlichen Zeremonie waren von Anfang an der Absicht, dass dieses Ereignis bei den Beteiligten noch längst im Gedächtnis zu behalten vermöge. Deswegen kümmerten sie sich darum, dass die beiden Tage des Festes in einem hervorragenden Hotel am Strand des Pazifischen Ozeans vonstattengingen. Eine besondere Feierlichkeit sollte nach ihrer Sicht die alte Architektur des Gebäudes betonen. Als meist geeignet dafür wählten sie nach einer heftigen Diskussion The Georgian Hotel in Santa Monica aus. Santa Monica ist eine Stadt im Westen des Los Angeles County im US-Bundesstaat Kalifornien. Sie befindet sich in der Bucht von Santa Monica und zählt knapp 100 tausend Einwohnern. Nach einer unabhängigen Bewertung der Reisenden zählte sich Santa Monika zum beliebtesten Teil von Los Angeles. Das im Jahre 1933 erbaute historische Boutique-Hotel lag 100 Meter vom Strand entfernt. Die Ausstattung des Innenraumes war durch ihren original Art-Déco-Stil ausgezeichnet, der in allen Hotelbereichen und Zimmern zur Geltung kam. Eine kurze Besichtigung, die die Veranstalter für notwendig hielten, ließ keinen Zweifel daran, dass die Auswahl genau worden war. Auch alle technischen Kleinigkeiten wie Flachbild-TV oder iPod-Dockingstation gab es in Hotelzimmer in ausreichender Menge. Nachdem die Hotelverwaltung ihre Bereitschaft zeigte, sechzig Feiergäste anzuordnen sowie alle organisatorischen Sachen der Zeremonie zu übernehmen, wurde die Übereinkunft mit Handschlag besiegelt.

Zum Kulturprogramm des Hochzeitsfestes gehörte auch die Nachtspaziergang entlang der Third Street Promenade, die zum historischen Palisades Park führte. Der Park wurde längs Ocean Avenue an der Oberfläche des Küstensandsteinufers errichtet. Er eröffnete einen Atem beraubende Landschaftsausblick des Pazifik Ozeans und der Küstenreichweite. Er dehnte sich auf 2,5 Kilometer aus von der Santa-Monica-Landesbrücke südlich bis zu Adelaides Weg nördlich. Seine pflanzliche Welt umfasste über 30 Arten inklusiv Eukalyptus, Ananas, Palmen und Feigenbaum. Bei einem sattgegessenen und reich alkoholisierten Publikum sollte diese wunderschöne Maßnahme unbedingt liebesabenteuerliche Gefühle aufwecken.

Die zahlreichen Gäste trafen den Saal ein, und für eine allgemeine Ordnung wurde eine Sicherheitsorganisation zuständig, mit der die Veranstalter der Maßnahme einen Vertrag abgeschlossen worden war. Unter anderen prüfte sie die Gültigkeit der Einladungskarten über. Diese Prozedur verlangsamte ein wenig die Ankunft der Beteiligten, die trotzdem allmählich den Saal mit freudigen Begrüßungen und Glückwünschen zu füllen wussten. Schon in der Garderobe erhob sich ein wirres, stetig anwachsendes Durcheinander von Dutzenden Stimmen, die mit dem Lachen und klangvollen Frauenaufschreien vermischt wurden. Der männliche Bass und Baritone klangen dagegen abgerissen und gründlich. Diese Schallmischung konnte man mit einem köstlichen Salat in einem Schüssel vergleichen, wohin ein erfahrener Koch alle, nur ihm allein bekannten Zutaten zugeben könnte. Einige Helfer sollten beobachten, damit solche tonale Verwirrung in eine gelegentliche Verlegenheit nicht umzuwandeln vermochte. Diese sinnvolle Vorsicht sorgte dafür, dass die Versammlung sich von selbst in Gang hielt. So bekam sie zu einer Erleichterung für die Veranstalter ohne jede besondere Anstrengung ihren eigenen natürlichen Schwung. Alle neukommenden Gäste begrüßten und umarmten liebevoll die Neuvermählten und sagten solche mit auf den langen Weg gegebene Worte, die ihre Meinung am Besten der Situation zu entsprechen fähig waren. Der hoch intellektuelle Kreis des Publikums konnte man sofort durch seine erhabene Verhaltensweise erkennen. So zeigten sich nicht nur die männlichen Personen, für die eine scharfsinnige Äußerung eigentümlich war, sondern auch junge Frauen und Mädchen, die sonst für ihre Bescheidenheit bekannt waren, ihre funkelnden Segenwünsche, die die allgemeine Aufmerksamkeit zu erregen zwangen. Die Urheber der Festlichkeit schienen nicht allein von diesem Ereignis glücklich zu sein, sondern von allen guten Freunden, die imstande waren, ihre plötzlichen seelischen Ausbrüche in die zu Herzen gehenden Worte umzuwandeln. Diese innere Wärme kosteten unbedingt nicht weniger als die teuersten Geschenke, die im Überfluss gegeben worden waren. Doch noch wertvoller auch im Vergleich mit ihnen waren die eigenen Werke der Künstler und Vertreter der Kulturelite, die auch vorhanden sein sollten. So wurde der berühmte Regisseur und Oskar Preisträger Stanley Greenwood mit einem heftigen Beifall gestoßen, der vor kurzem ein autobiografisches Buch auf fast tausend Seiten veröffentlicht habe, mit dessen Autogramm als eine kleine Beilage zu seinem Service aus dem englischen Porzellan überreichte. Stanley war bestimmt nicht nur für seine hervorragenden Arbeiten in Kinobranche bekannt. Er war auch ein mutiger Mensch, dem das Schicksal mehrfach die Gelegenheit verschaffte, eine Heldentat vollzubringen. Von außen sah es so aus, als ob die Umstände sich so gestalteten, dass er und niemand noch es zu machen fähig war. Um nur ein Beispiel zu geben, spazierte er einmal ruhig entlang einer Brücke in Marseille, als ein Auto mit Menschen davon ins Wasser gefallen worden war. Stanley zögerte keinen Augenblick: Er sprang von der Brücke hinunter und rettete nacheinander alle Insassen des Wagens. Auch bei den Dreharbeiten zeigte er seine Bereitschaft, die Funktionen des Stuntmans zu übernehmen. Die Neuvermählten schauten auf Mr. Greenwood mit einer aufrichtigen Begeisterung, indem Mike schon nach einer Stunde mit ihm über die aktuellen Sachen des Umweltschutzes sprach. Diese Unterhaltung war wahrscheinlich für die beiden so hinreißend, dass das Kinogenie nichts dagegen habe, eine Mischung aus der live action movie und Dokumentar zu drehen. Greenwood vereinte in sich einen realistischen Weltanblick mit einer fast kindischen Verwunderung vor allen Dingen, über die Existenz denen er keine Ahnung hatte. Seine vertrauten hellgrauen Augen erglänzten sich feurig, wenn man ihm etwas Anlockendes erzählte, und sein Visavis keinen Zweifel haben konnte, dass in dessen Kopf sofort die bildhaften Gestalten aus dieser Erzählung lebendig werden sollten. Zur selben Zeit kam die Feierlichkeit richtig in Schwung, alles bewegte sich auf solche fabelhafte Weise, die ausschließlich mit gewisser Betrunkenheit vonstattengehen konnte. Die eingeladene Gruppe der musikalischen Instrumentalisten folgte anscheinend aufmerksam den Grad dieser Betrunkenheit, was den Stil der Musik aus der fernen Vergangenheit immer näher der Gegenwart näherte. Wenn es ursprünglich Balltanzen im Geiste von Johann Straus überwiegend klangen, herrschten später Rock Rhythmen mit ihren verführerischen Übergangsstellen vor. Zum späten Abend erwarb die feierliche Gesellschaft etwas Ausschweifendes, wo man den Einklang und die Harmonie eher in uralten biologischen Reizen zu suchen vermochte. Bemerkenswert war dabei das Benehmen der wenigen älteren Persönlichkeiten, die nun unbedingt die letzte Vorstellung über ihre Jahre verloren haben und empfanden sich wie vor Jahrzehnten zuvor. Der ansehnlicher Komponist Bob McGregor, den alle vor dreißig Jahren nicht anders als Robert nannten, verdiente zweifelsohne gesellschaftliche Achtung und Ehre für seine symphonische Musik und nicht zuletzt für die Musik zu populären Filmen. Die Lasterhaftigkeit des Lebens hat bei ihm deutliche Spuren hinterlassen, damit sein Gesicht irgendwelche Striche eines Raubtieres etwas von einem Wolf oder Luchs zu erwerben vermochte. Dieses Äußeres verlieh ihm aber noch eine größere Anziehungskraft bei der weiblichen Hälfte der Gesellschaft. Wahrscheinlich strahlte es gewisse Gelassenheit und Nachsicht, die das schöne Geschlecht besonders schätzte. Seine Beteiligung am Hochzeitball war eher unentbehrlich. Um ehrlich zu sein, war er die treibende Kraft auch dieses Abends, indem er unaufhörlich scharfe Witze riss sowie mit jungen Frauen zu tanzen pflegte. Die Tanzen Leidenschaft war ihm angeblich angeboren. Mit ihr verlor er sein Alter und Körpergewicht und flatterte wie ein junger Vogel durch den Saal. Dabei streichelte er zart den nackten Arm seiner Dame und flüsterte etwas in ihr Ohr, was ein Lächeln bei der Frau erregen sollte. Die Natürlichkeit seiner Handlung schindete den Eindruck, dass er viele schöne Frauen gekannt und besessen hatte und noch in der Lage war, sie zu bewundern und zu würdigen. Es war schwer zu urteilen, ob ihm die Rolle des Hauptprotagonisten des Balls imponieren sollte oder ob er es absichtlich machte. Zweifellos konnte man aber behaupten, dass der alte Komponist nicht allein auf diese Stelle beanspruchen sollte. So wusste sich der bekannte Schriftsteller und Drehbuchautor Mark Hornsby nicht weniger zu schätzen.

Mr. Hornsby war einige Jahre junger als Bob doch weit über die erste Jugend hinaus. Seine klassische Ausbildung ließ ihm vor Jahren, die großen Autoren der Vergangenheit auswendig zitieren. Nun konnte er manchmal kaum unterscheiden, ob seine Äußerung einer historischen Person oder ihm selbst gehörte. Im Prinzip war es ihm auch egal, denn er kapierte, dass es sowieso scharfsinnig klingen sollte. Marks Aussehen wies etwas Majestätisches auf, was den scharfen Zungen den Anlass gab, ihn Marc Aurel zu nennen. Er wusste Bescheid darüber und hatte nichts dagegen. Außerdem war er groß und wohlgebaut, obwohl auch die Fettpolster auf einigen Körperteilen sichtbar waren konnten. Die Eigenartigkeit Mr. Hornsby bestand darin, dass er die fremde Aussage momentan abzuändern befähigte, was bei dem Publikum gewöhnlich für die freudige Laune sorgte. Mit Jahren konnte Mark begreifen, dass er nicht mehr zu jungen Mädchen tauglich war. Deshalb vorzog er die Damen mittleren Alters, die von ihm gegenseitig entzückt waren. Auf jeden Fall befand er sich stets auf dem Hochzeitsball in der Gesellschaft solcher Damen, die sich von dessen kurzen Erzählungen

absolut glücklich waren. Eine von ihnen hieß Emilia Crowe. Sie war früher eine Ballett Tänzerin und nun lehrte die Kunst bei Youth Ballett San Francisco. Emi, wie ihre Freunde sie nannten, sah offensichtlich fiel junger aus, als sie tatsächlich war. Ab und zu brachte sie diese Begleiterscheinung in Verlegenheit, wenn ein Student oder junger Passant ihr ein Rendezvous zu verabreden versuchte. Emi las viel Bücher und Mark war unter ihrer Lieblingsautoren. Nun bekam sie die Möglichkeit, mit ihm unmittelbar zu sprechen. So fragte sie ihn, warum er in seiner jüngsten Novelle den Mörder so sympathisch beschrieben habe. Er antwortete nach einer kurzen Pause: „Da steht es in Matthäus Evangelium – die, welche auswendig hübsch scheinen, aber inwendig sind sie voller Totengebeine". Marks Gesicht zeigte dabei eine sarkastische Grimasse. Übrigens fand er Miss Crowe auch bezaubernd. Er teilte ihr diese Bemerkung aber taktvoll nicht direkt mit, sondern er ließ darüber einer Frau aus der Emis Umgebung Bescheid sagen. Schließlich wurde die beidseitige Neigung den beiden bekannt, was ihre künftige freundliche Beziehung bestimmen sollte. Denn innerlich war der Autor überzeugt, dass die Fähigkeit, jahrelang die Jugend aufrecht zu erhalten, zu königlichen Qualitäten gehörte. Das heißt, Emi besaß etwas ganz Gemeinsames mit ihm selbst. Während er seine privilegierte Lage seiner Herkunft zuschreiben konnte, war es ihm für diese rätselhafte Emi Crowe gar nicht klar. Trotzdem sollte sie nach seiner Ansicht auch stark wägbare Gründe dafür haben, etwas von der Himmelsgnade zu bescheren bekommen. Seine meditationsähnliche Praxis gab ihm aber keine Antwort darauf. Alle seinen Vermutungen wurden von seinen eigenen Argumenten in Scherben zerbrochen. Solche Ungewissheit drückte ihm schmerzhaft auf die Nerven. Er grübelte darüber nach, indem seine großartige Figur eine Runde nach der anderen im feierlichen Saal vorbei den tanzenden Paaren spazierte. Er ertappte sich plötzlich beim Gedanken, dass er umsonst diese merk-würdige Bewegung unternahm, die vom Außen für eine Verwirrung angenommen werden konnte. Er hielt sich sofort an, um zu begreifen, dass ihm eine vernünftige Erklärung nur diese reizende Emi selbst zu geben wusste. Mit anderen Worten sollte er nun feinfühlig zu ihr gehen und sie ruhig nachfragen. Selbstverständlich sollte er dabei keine Neugier zum Ansehen machen. Noch einsichtiger wäre es, ihr eine neutral klingende Frage zu stellen. So kam Mark zu ihr näher und sagte:
„Ich habe mir den Kopf gebrochen, warum sollten Sie mich über diesen Mörder fragen?"
Diese heikle Frage schien Miss Crowe unerwartet anzutreffen, so dass ihre dunkelblauen Augen ein Erstaunen ausdrucken sollte.
„Ich assoziierte immer einen Killer mit dem absoluten Übel", sprach sie versonnen aus, „und nun, wenn ich Ihre genannte Novelle las, war ich deutlich überrascht, dass auch unter einem ansehnlichen Äußerem etwas ganz Abscheuliches verborgen werden konnte. Ich war davon so stark schockiert, dass ich sogar meine Arbeit mit Studenten nicht richtig aus zu führen vermochte. Deswegen nutzte ich die Chance sofort aus, mich bei

Ihnen darüber zu erkundigen. Und Sie hatten mir mit einem Zitat aus der Bibel beantwortet, was für mich bestimmt etwas allgemein und vage klingen sollte".

Offen gesagt wollte der Autor auf keinen Fall, diese erhabene sittliche Diskussion weiterführen, vor allem, weil er das Aussehen seinem Protagonisten auf Anhieb und kaum absichtlich zuschreiben sollte. Andererseits beschäftigte ihn momentan ganz andere Sache, die ihn nun keine Ruhe zu lassen fähig war. Auf diesen Grund musste er möglichst schnell, das Thema wechseln.

„Liebe Miss Crowe", äußerte er mit einer Behauchung, die gleichzeitig seine tiefen Gefühle der hübschen Dame gegenüber bezeichnen sollte, „wir könnten natürlich diese Moralpredigt fernerhin unter Umständen weiterführen, ich bin aber jetzt von einer Erscheinung so erschüttert, dass ich selbst Ihre Erläuterung brauche. Könnten Sie mir bitte das Rätsel ihrer Jugend enthüllen?"

Eigentlich verblieb Emi weiter in Erwartung der Aufklärung der Frage, die sie in Verlegenheit bringen sollte. Deswegen kapierte sie nicht gleich, was der Autor von Novelle von ihr wollte. Nach einer Pause konnte sie aber aus seinen Augen begreifen, was er damit meinte.

„Vor allem muss ich Ihnen, Mr. Hornsby, für Ihr Komplement dankbar sein", sagte sie bescheiden, „ich sehe darin aber kein Rätsel. Wenn es Ihnen in der Tat interessant wäre, bin ich der Auffassung, dass mein Beruf dafür verantwortlich sein sollte. Die Erziehung einer Ballerina ist eine schwere Heimsuchung, die das Wesen der jungen Frau sowohl körperlich als auch geistlich vollständig umzugestalten vermöge. Mit Jahren konnte ich behaupten, dass meine Denkweise und Sinnesart ausschließlich einer Ballettangehörigen sein sollten. Ich muss heute eingestehen, dass es etwas ganz Sklavisches darin gibt, das dir von der Kindheit an eingeflossen worden war. Ja, gewiss, ich bin einigermaßen die Sklavin meines Fachs, was meinen Lebensstil bestimmen sollte. Die Jugend, die Sie mir so höfflich zugeschrieben haben, ist eher ein unvermeidlicher Bestandteil dieser Sklaverei gewesen. Darum herrschen über mich viele Mussbefehle, die ich vom Mor-gen bis zum Abend erfüllen sollte. Für mehrere meinen Altersgenossinnen scheint es unerfüllbar, alle körperlichen Übungen, die ich jeden Tag ohne Ausnahme mache, auszuüben. In der Tat ist es auch so, denn ihre Knochen und Gelenken sind nicht mehr dafür geeignet. Leider kann diese Beschaffen-heit angeboren sein, obwohl eine Veranlagung auch vorhanden sein könnte. Sonst muss man hart bis zum Ende trainieren, um die Jugend zu verlängern. Sie sind vielleicht mit meiner Erläuterung nicht zufrieden geworden, dann verzeihen Sie mich".

Wie es aus dem Gesichtsausdruck des Schriftstellers gelesen werden könnte, habe er etwas ganz Anderes von ihr erwartet. Ihm wäre es lieber, etwas Zauberhaftes anzuhören, was ohne unmenschliche Bemühungen geschafft werden könnte. Er hoffte fast kindisch, über die geheimnisvollen Mittel zu erkennen, was auch ihm die Rückkehr in die Jugend zu verschaffen ermöglichte. Nun stellte es sich heraus, dass er anderem Rohstoff gemacht worden, was dieser Vorgang der Verjüngung ausschließen sollte. So fühlte er sich einigermaßen beleidigt, was er allerdings der schönen Dame nicht zeigen durfte. Deshalb sagte er das Folgende: „Liebe Miss Crowe, zuerst war ich von Ihrem Äußeren erobert. Nun bin ich von Ihrer Willenskraft und Selbstlosigkeit begeistert. Wieviel körperliche und geistige Energie sollte in einer kleinen Frau gespeichert werden, um solche ungeheuren Bemühungen einzulegen und alle möglichen Schwierigkeiten zu überwinden. Ich verbeuge mich aus Ehrfurcht vor Ihnen und würde glücklich, ein wenig von ihrer Tugend anzueignen. Meiner Reihe nach stehe ich immer Ihnen zur Verfügung in allen Fragen der Literatur, die mir bekannt sind".

Auf der Sprache des starken Geschlechts war es anscheinend eine ausgesuchte Form der Liebeserklärung.

Gleichzeitig amüsierten sich die anderen Beteiligten in kleinen und großen Gruppen nach beliebiger Art. Einige Dutzend rangen einen jungen talentierten Schauspieler namens Jimmy Bennet, der neben seine professionellen Erfolge eine besondere Begabung der Nachahmung der bekannten Personen besaß. Sein angeborener Spürsinn auf fremde Satzmelodien und Stimmklänge ließen ihm, sogar die höhen weiblichen Schattierungen der Stimme problemlos zu übertragen. Und wenn die Rede von einer Unterhaltung zweier Weltberühmtheiten war, die alle Anwesenden in einem Augenblick zu erkennen wussten, dann konnte man in seiner Ecke eine Lachen Explosion anhören. Darüber hinaus verfügte der Künstler über einen unauffälligen Übergang zwischen seinen Protagonisten, was von den Zuschauern eine scharfe Aufmerksamkeit forderte, um die neuen Akteure zu erkennen. So wechselten sich in der genannten Ecke die Lachen Getöse mit der Totenstille. In gewissem Sinne war es ein lustiges Spiel, das von einer geschickten Leitung durchgeführt worden war. Es gab aber einige weiblichen Personen, denen seine Kunst nicht völlig ausreichend scheinen sollte. So vorzogen sie zusätzlich, das Wesen des Künstlers selbst zu diskutieren. Denn sie besaßen eine viel wichtigere Information über seine engen Beziehungen mit Mädchen, die jede von ihnen gut kannte. Da der Lärm im Saal samt Orchester, Singer und Publikumsstimmen ganz stark war, wurden diese Frauen gezwungen, auch ganz laut zu sprechen. Die letzte Begleiterscheinung sorgte dafür, dass die Auskünfte über Jimmy Beziehungen auch für sonstigen bekannt wurden. Aber die Mehrheit seiner Zuschauer wollte nicht so gern, die Ausführlichkeit seines privaten Lebens wissen. Sie war vollkommen von seiner Kunst der Umgestaltung verblüfft. Außerdem war es eine gute Übung für ihr Gehirn, in hohem Tempo wechselnde Stimmen der Berühmtheiten zu erkennen. Deswegen zischte sie boshaft auf diese Klatschbasen und zwangen sie zu verstummen. Diese amüsierende Kunst Art war aber keiner Gipfel seiner Begabung, denn einige Minuten nach dem letzten Beifall hob er die

Hand auf als ein Zeichen, dass er für sein Publikum noch über etwas verfügte, was er gerade vorzuführen bereit war. Und wieder begann die absolute Geräuschlosigkeit zu herrschen. Nun beglückte Jimmy seine Verehrer mit der Gesanggabe. Er wendete sich an die Orchesterleitung und bat sie, ihn eine Weile zu begleiten. Dann fing er an, die Schlagermelodien von den Originaldarsteller nachzuahmen. Das Vorkommnis stellte zweifellos irgendwas völlig Ungewöhnliches vor. Die Ähnlichkeit mit dem Original war so erschütternd, dass sogar die Orchestermitglieder nach jedem Stück längst zu klatschen wussten. Zum Schluss sang Jimmy drei bekannten Liebeslieder (auch mit der Stimme der ersten Darsteller) speziell für die Neuvermählten, die davon völlig entzückt waren. Die umsichtigen Ball-veranstalter luden auch ein Team der Dokumentarfilmer ein, das den Verlauf des Feierns verfilmen sollte. Die hocherfahrenen Dokumentalisten wurden mit der Bedingung beauftragt, dass sie aus allen aufgenommenen Materialien einen zweistündigen Film montieren sollten. Die Darbietung Jimmy Bennet musste darin unbedingt vorhanden sein. Allerdings konnten nicht allein die Ereignisse, die später im Film verewigt werden sollten, für die Beteiligten und Nachkommen von Bedeutung sein. Das Benehmen von Menschen, die gewisser Weise die Elite der kulturellen Gesellschaft vertreten sollten, war seit eh und je den Gegenstand der Kunst und Literatur gewesen. Die größten Meister der Antik, Renaissance und Gegenwart verfeinerten sich, um die anpassenden Gestalten der berühmten Menschen (seien sie die Zeitgenossen oder Persönlichkeiten der Vergangenheit) künstlerisch wiederzugeben.

Unter den Ballgästen befand sich auch der Bildhauer Matt Donaldson, ein Mann mittlerer Größe von stämmigem Körperbau mit langen braunen (teilweise grauen) Haaren, dunkelgrünen Augen und ausdrückenden Gesichtszügen. Matt war eng mit der Kinoproduktion nicht nur deswegen verbunden, weil er zahlreiche Büste der hervorragenden Regisseure und Schauspieler gefertigt hatte, sondern, weil er als Berater bei mehreren Kinostudien tätig war. Er war besonders geschätzt bei den Fantasien und Science-Fiction, wo er meisterhaft das Aussehen der eingebildeten Wesen darzustellen vermochte. Mr. Donaldson war Mitte Fünfziger, aber sehr beweglich und aktiv, nicht zuletzt mit dem besten Geschlecht. Seine beruflichen Erzählungen eroberten häufig die weiblichen Herzen, weil sie erstaunlich bildhaft sein konnten. So sprach er mit einer jungen Dame, die Lucy Murphy hieß, draußen, auf einer Bank sitzend. Lucy war vierundzwanzig, des Alters, wenn Frauen bereit sind, stolz ihre Jahre zu verraten. Ihre goldblonden Haare, ein modellartiger Körperbau und melodische Stimme sollten fesselnd auf die männlichen Augen einwirken. Beruflich war Lucy eine vielversprechende Schneiderin, deren Kleid Stücke zum Einsatz bei mehreren Kino Seriellen gebracht worden waren. Sonst träumte sie, künftig ein eigenes Modehaus zu gründen. Sie schilderte diese abgerissene Auskunft über ihr Leben nachdem ihr Mr. Donaldson ausführlich seine Geschichte erzählt hatte. Ob es ihr tatsächlich sehr interessant wäre, konnte der Plastikkünstler kaum genau wissen. Er nutzte sie vor allem als ein Gesprächsthema, das ihm am nächsten lag. Also zählte sich Matt zu Rodin Schüler, obwohl er wegen eines starken Unterschieds in Lebenszeiten nicht direkt sein Schüler sein konnte. Nein, so bestimmt nicht. In der Tat verbrachte er viele Monaten während seiner Lernjahren damit, dass er aufmerksam Skizze und Entwürfe aus mehreren illustrierten Büchern über Rodin studierte und wiederherzustellen versuchte. Er fand dabei eine Menge der Geheimnisse des großen Meisters heraus, die ihm später das Rätsel dessen Plastikmethode aufzudecken verhalf. Er untersuchte wie ein wissensdürftige Forscher Dutzende Varianten von Balzac-, Hugo- zahlreiche andere Studien von berühmten und ganz unbekannten Zeitgenossen Rodin. Er wollte die Antwort auf die Frage wissen, welche Kunststücke und Handgriffe sein großer Vorgänger anzuwenden pflegte, um die menschlichen Gefühle und Gemütsbewegungen den Zuschauer wiederzugeben.

„Sie können mir glauben", sagte Matt nachdrücklich, „dass diese Untersuchung eine harte Nuss war. Ich baute jene Skizze Rodin aus dem Lehm und befahl meinen Finger, die Übergänge der Gesichtszüge zu merken, denn sie sollten mir bei dem Verständnisprozess helfen. So würde es mir allmählich klargeworden, wie die feinsten Gefühlsschattierungen mit der groben Substanz, sei sie Stein oder Lehm, verknüpft werden könnte. Ich war aufrichtig glücklich davon, dass mein Lehrer Rodin „für mich" eine Menge von dazwischenliegenden und weit entfernten von der Vollendung Skizzen und Entwürfe hinterließ, die ich zu betrachten vermochte und sehr wichtige für mich Schlussfolgerungen ziehen. Darüber hinaus war es für mich nicht nur eine große Schule der Plastik, sondern eine erstaunliche Reise in die Welt der menschlichen Emotionen und Erlebnisse. Es war eine anschauliche und praktische Psychologie der nachdenklichen Personen, was ein gewöhnlicher Mensch unbedingt sicher außer Acht lassen könnte. Diese eigentümliche Ausbildung ermöglichte mir auch Rodin zu bekommen. Ist es Ihnen nun klar, warum ich diesen großen Bildhauer zu meinen ersten Lehrern zähle?"

Vielleicht war das Alter des Mädchens noch nicht hoch genug, um alle komplizierten Einstellungen des renommierten Meister zu begreifen. Doch sie fühlte mit ihrem weiblichen Spürsinn, dass es etwas enorm Wichtiges auch für sie sein sollte. Auf jeden Fall dachte sie vor kurzem darüber nach, dass die Kleidung, die sie beharrlich schnitt, mit dem menschlichen Wesen irgendwie verbunden werden sollte. Nun konnte sie kapieren, dass darin auch die innere Welt des Menschen beteiligt werden sollte. Für eine künftige Modedesignerin war es ein gar nicht unbedeutender Schluss. Auch die seelische Erregung, die Lucy Murphy durch die bildhafte Schilderung Matts erfuhr, sollte für sie viel kosten. Er erteilte ihr einen Unterricht davon, dass der große Rodin nicht als solcher geboren worden war, sondern er bewegte sich zum Ziel immer mit der Methode des Versuchs und Irrtums, die man gewöhnlich mit schmerzlichen Beulen auf der Stirn bezahlen sollte. Das heißt, sogar ein talentierter Mensch war imstande, mit großem physischem und geistigem Aufwand sich selbst und die gesamte Menschheit nach vorne zu richten. Und Mr. Donaldson war selbst ein Vertreter solcher menschlichen Sippe, der alles in seinem Fach verstandesmäßig eingedrungen hatte. Er verdiente dafür bestimmt eine hohe Verehrung. Lucy zweifelte daran, dass ihre Begegnung mit ihm absolut zufällig sein könnte. Und wenn nicht, wer musste dafür sorgen. Wie viele ihre Altersgenossen und -genossinnen zählte sich Miss Murphy eher zu Atheisten. Zugleich konnte ein Treffen wie dieses die Idee des äußersten Verstandes allem Anschein nach rechtfertigen lassen. Und das Mädchen hätte gerne daran glauben. Aber ehrlich gesagt war ihr dieser nicht mehr junge Mann sehr sympathisch geworden, vielleicht nach seiner Erzählung oder vielleicht noch früher und hier spielte der große Altersunterschied gar keine Rolle.

Seiner Reihe nach empfand Matt von seiner offenbaren Geschichte keine Zufriedenheit. Er konnte nicht richtig beurteilen, ob seine Mühe nicht umsonst war. Deswegen sagte er nach einer Pause, die plötzlich nach seiner Rede entstand:
„Wahrscheinlich war meine Erzählung mit spezifischen Begriffen überfüllt, die für ein junges Wesen wie Sie unverdaulich sein soll-te. Dann bitte ich Sie um Entschuldigung. Es ist immer nicht einfach für die Künstler, leichtverständlich seine Gedanken zum Ausdruck zu bringen". Lucy erwiderte gleich mit einem Einwand:
„Machen Sie sich, Mr. Donaldson, dafür keine Sorgen. Ich war von Ihrer Erzählung so begeistert, dass ich nicht in der Lage war, etwas Deutliches sofort zu äußern. Natürlich wäre es mir nicht einfach, alle Ihren Empfindungen, die Sie während Ihrer Nachforschungsarbeit der Rodin Werke gegenüber erlitten, angemessen nachzufolgen. Es war weit über meine Fähigkeiten. Meinem Verstand war es ausreichend, die Tiefe und Anstrengungen Ihrer damaligen Leistung zu begreifen. Außerdem muss ich Ihnen eingestehen, dass es mir durch Ihre außergewöhnliche Story mehrere Sachen meines eigenen Lebens verständlich worden waren".
Matt unterbrach sie auch dieser Stelle mit der Frage, wie es in der Tat möglich sein sollte. Das Mädchen überlegte einige Augenblicke, bevor sie zu beantworten bereit war:
„Tadeln Sie mich, bitte, nicht besonders, ich bin in der Modebranche tätig und erfülle bestimmt nicht solche Aufgaben, die ein Bildhauer auf sich übernimmt. Trotzdem wurde es mir nach Ihrer Erzählung klargeworden, dass es darin etwas Wichtiges steckte, dass auch mir von Bedeutung sein könnte. Schlicht gesagt kapierte ich, dass auch die Verhältnisse zwischen einem Menschen und dessen Kleidung viel komplizierter sein sollten als es mir zuvor schien. Im Grunde besitzt unsere Kleidung eine Menge von Qualitäten. Wie bei einem Künstler spielen bei uns Materialien, Farben und ihre Abtönungen, Formen und andere Parameter eine gewisse Rolle. Mit

anderen Worten sollten nach meiner neuen Auffassung jeder Person irgendwelche eigenartigen Kleidungsmodelle entsprechen, die eher von einem speziellen Design vorgesehen werden, könnte. Oder vielleicht beirre ich mich?"

Ehrlich gesagt war das Thema der Kleidung für Donaldson nicht aktuell: Seit Jahrzehnten war er ein treuer Klient der Firma Hugo Boss, dessen dienstfertige Mitarbeiter bereit waren, ihm ständig die besten Modelle anzubieten, die nach Bedarf die notwendige Änderung problemlos machten. Ihm schien solche Dienstleitung bequem zu sein, denn er vergeudete praktisch keine Zeit für die Suche nach einem Mantel, Anzug, Hemd oder einer Krawatte. Der Vertreter der Firma besuchte ihn nach einer Vereinbarung zu jeder ihm günstigen Frist und schaffte alle Dinge im Laufe von einer Viertelstunde. Momentan wollte Matt aber nicht, seiner jungen Gesprächspartnerin diese Begleiterscheinung bekanntmachen. Deswegen reagierte er eher höfflich mit der Bemerkung:

„Ich finde Ihre Erwägung ganz sinnvoll. Sie haben Recht, dass die richtigen Kleidungsfunktion und -design eine viel breitere Einstellung erweisen sollten, als Menschen in früheren Epochen vorzustellen wussten. Ein moderner Modedesigner vereint in sich wahrscheinlich einen guten Künstler, Psychologen und Physiognomiker, indem er unterschiedlichen Seiten der Person in Betracht nehmen sollte. Diese feine Beschaffenheit der Schneiderei steckt sich noch in den Kinderschuhen".

Miss Murphy gefiel sehr diese vielversprechende Aussicht.

Natürlich konnte auch der Stararchitekt Harry Blumental die weibliche Aufmerksamkeit anziehen. Dieser sechzigjährige große und ziemlich hagere Kerl mit dickem grauen-braunen Haar schaute auf die Umgebung mit seinen nachdenklichen braunen Augen und fühlte sich ganz gemütlich unter anderen Ballgästen. Ihm imponierte unverhohlen die Tatsache, dass fast alle Anwesenden ihn ohne Vorstellung erkannten. Natürlich waren die großen TV-Programmen dafür schuldig, die ihn häufig zu sich baten. Diese Talkshows sammelten Millionen Menschen landesweit bei den Fernsehbildschirmen. Es war angenehm und konnte, das Blut in seinen Gefäßen gut erwärmen. Ganz andere Sache war das Lächeln der jungen Frauen ihm gegenüber, die sich unbedingt fern von den Talkshows hielten. Dieses Kennzeichen zeugte davon, dass seine Berühmtheit nichts dafürkonnte. Harry verdiente seine Position hauptsächlich durch die Entwürfe einiger Hotels und Kulturzentren in den USA und EU-Ländern. Er versuchte immer die Natürlichkeit des früheren Bildes des Platzes oder der Straße nicht zu stören. Ihm gefiel es immer, eine vorhandene Parkanlage oder ein Stück des kleinen Waldes als einen Hintergrund seines Gebäudes darzustellen. Wenn er noch ein Student war, sprach man nur selten über den ökologischen Baustil. Aber er selbst war wahrscheinlich ein Wegbereiter dieser Richtung, was bei der Verleihung ihm den Pritzker-Architekturpreises betonnt worden war. Es war das höchste Auszeichnung, von der jeder sein Kollege zu träumen pflegte.

113

Allerdings sorgte sie kaum für sein „ewiges Glück". Im Gegenteil brachten ihm immer häufiger die einfachsten irdischen Empfindungen die Freude. Die jugendliche Begierde nach Ruhm und Reichtum erwies sich im Alter wie etwas Zweitrangiges und Nutzloses. Manchmal war er anscheinend bereit, alle diesen Ehrenbezeichnungen gegen ein aufrichtiges Lächeln eines Mädchens umzutauschen. Doch diese einfache Begebenheit passierte mit ihm immer seltener, obwohl er als ein Uniprofessor, von dem das Schicksal der Lernenden abhängig war, das schmeichlerische Lächeln von Mädchen ständig beobachten konnte. Es war aber gar nicht das, was er sich zu wünschen wusste. Einigermaßen war Mr. Blumental auch mit der Kinoindustrie verbunden. So wurde er von dem Management einer erfolgreichen Serie über die großen Architekten der Welt eingeladen, sie als Redakteur und Gutachter zu begleiten. Es war ein gutbezahlter Job, hatte aber einen Haken, weil seine Meinung über die berühmten Vorgänger nicht immer mit den Vorstellungen seiner Kollegen übereinstimmen konnte. So stellte es sich heraus, dass die launenhaften Starbaumeister vorzogen, die traditionelle und zur Gewohnheit geworden Bewertung der Koryphäen nicht mehr zu beachten. Dieser Paradigmenwechsel sollte den Absichten Blumentals nicht entsprechen. Dieser Umstand verursachte eine Verschlechterung der früheren freundlichen Beziehungen Harrys mit einigen Kollegen. Was sollte er aber tun – zugunsten einer fragwürdigen Zufriedenstellung seiner Zunftgenossen auf seine Überzeugungen zu verzichten? Nein, so einfach durfte sich ein anständiger Sachkundige nicht benehmen. Ihm war es lieber, fernerhin die ähnliche Aufgabe von Kinostudien oder anderen pfiffigen Auftraggeber nicht zu übernehmen. Es blieb bei ihm nach dieser erbitternden mittelbaren Diskussion mit den Kollegen ein unangenehmes Gefühl zurück. Er empfand ein dringendes Bedürfnis, etwas Schriftliches zu veröffentlichen, was Licht in seine aktuelle Architektureinstellung bringen sollte. Ein bekannter Verlag fand diese Idee ganz anlockend und machte sein Buch mit vielen farbigen Fotos fertig. Ungeachtet dessen, dass der Buchpreis recht hoch war, hatte es Erfolg bei den Lesern.

Harry fand es wohl angebracht, das Buch auch den Neuvermählen zu bescheren. Die beiden nahmen es mit offener Dankbarkeit. Darauf sprachen sie freundlich mit Mr. Blumental, was die gegenseitigen Kenntnisse über allen dreien erleichtern sollte. Professor Knudsen erzählte dabei, dass er sich unter anderen an den ökologischen Bau interessierte, was letzte Zeit auch ein Steckenpferd von Harry war. „Wenn es Ihnen, Mr. Blumental, anziehend wäre", sagte er mit einem Lächeln, „könnte ich Sie mit einem deutschen Architekten namens Philipp Wagner bekannt machen, der auch eine gute Erfahrung im Gebiet des ökologischen Bauwesens besitzt. Als Harry bemerkte, dass es keine schlechte Idee war, zeigte Mikes Gesicht eine klare Freude: „Dann können wir dieses Bekanntmachen nicht in die Länge ziehen, weil Philipp sich momentan auch in diesem Saal befindet". Wenn der Name von Professor Blumental für Mike noch vor einer Viertelstunde wie etwas

Fernbekanntes bedeutete, wusste man nichts Neues über ihn, was er Philipp zu erzählen vermochte.

Wagner wusste Bescheid nicht allein über diese berühmte Person, sondern er kannte alle Details dessen Biografie, einschließlich der Ausbildung, ersten Jahren seiner Karriere, bekannten Entwürfe in mehreren Staaten und einigen Veröffentlichungen. Die Botschaft, dass er ihn nun auch privat kennenlernen konnte, die Mike Philipp vermittelte, brachte den letzten ins Entzücken. Es handelte sich un-bedingt nicht um eine durchschnittliche Begebenheit, die man gleichgültig anzunehmen kapierte. Im Gegenteil gab es darin etwas fast Schicksals-wichtiges, was man nur stückweise genießen könnte. Noch erstaunlicher war die Tatsache, dass auch die Berühmtheit über diese unerwartete Begegnung sehr froh war. Für sie war es eine Möglichkeit, die ehrliche Auffassung eines praktizierenden Architekten anzuhören, die hoffentlich viele Seiten ihrer weit nicht einfachen Kunst berühren sollten. Offen gesagt besaß Harry eine Stammliste der Probleme, die er mit allen seinen Kollegen zu diskutieren wusste. Einige von denen waren umstritten oder sogar kritisch. Für einen führenden Sachkundigen der Zunft war die Meinung von Kollegen aus ganzer Welt von großer Bedeutung gewesen. Philipp redete gerne an:

„Wenn wir die Entwicklung des Bebauens eines Geländes mit Gebäuden betrachten, könnten wir zum Schluss kommen, dass sogar eine weitverbreitete und moderne Gestaltung nicht imstande wäre, das ganze Aussehen der Stadt zu retten. Wir haben viele Beispiele davon weltweit. Mit anderen Worten alles, was in den sechziger Jahren gemütlich und vielfärbig vorgedacht worden war, brachte tatsächlich bequeme Wohnungen und eine perfekt organisierte Infrastruktur zum Vorschein. Den Siebzigern wurden eher durch eine massive Rezession gekennzeichnet, die allmählig in den Neunziger zu vernachlässigen Zustand geführt worden war. Die gutaussehende amerikanische Bautechnologie, die mit ziemlich einfachen Mittel gesunde Lebensverhältnisse zu schaffen versprach, führte fast zu einem Zusammenbruch. Interessanter sehe ich die Erfahrung mit dem Wiederaufbau des ganzen Stadtteils, der im ersten Jahrzehnt des neuen Millenniums unternommen worden war".

Harry erwiderte mit einer einsichtigen Bemerkung:

„Wir streiten häufig über die Grenzen zwischen modernem und postmodernem Baustil, was für die philosophierenden Theoretiker vielleicht sehr wichtig scheinen könnte. Ich bin doch schon längst ein handelnder Architekt, der immer nach der Vergünstigung einer nachhaltigen städtischen Stellungnahme suchte. Wir sind beide Verfechter unseres Fachs, die um das Image unserer Branche kümmern müssen. Es bedeutet, dass wir den Menschen in allen unseren Erwägungen für das Wichtigste halten sollen. Wie heimelig sich ein realistischer Mensch in unseren Häusern zu empfinden vermöge, wenn er zu sich aus der Straße nähert, die Vorhalle unwillkürlich betrachten, den Aufzug, das Treppenhaus und schließlich seine eigene Wohnung. Wie fühlen sich die Gäste, die ihn besuchen, die viel mehr als er selbst zu merken fähig sind. Wie es den Kindern geht, für die ein Standort die erste Stelle sein sollte, wo sie die Vorstellung der Schönheit zu erfahren bekommen. Dieses Wohlgefühl kann man mit einer Mutterschule vergleichen, die die ursprünglichen Begriffen des Guten und Bösen aufzunehmen finden. Diese kleinen Bürger des Landes sollen vor allem im Gesichtsfeld unserer Forschung sein, die für die Zukunft der Menschheit sorgen werden. Und die Überlegung über moderne Baukunst, die im Prinzip die Kunst mit der Wirklichkeit verbinden mussten, ist ein Gegenstand der Beziehung von Architektur und Gegenwart, wo die komplizierten Begriffe unserer Zunft aufgeklärt werden sollten. Wenn wir sagen, dass die Moderne uns eher in die Krise mitbringt, vergessen wir vollkommen die Tatsache, dass die alten Epochen, sagen wir, der Renaissance und Aufklärung, die von mehreren Richtungen auch im Bauwesen geprägt worden war, auch in großen Schwierigkeiten geraten werden sollten. Uns wäre es weit viel leichter, unsere Vorstellungen auf die Aussichten der Futurologie einschränken, was wir doch nicht machen dürfen. Übrigens müssen wir nebenan auch unsere fachlichen Bezeichnungen verbessern lassen. Seit den Platon Zeiten verstand man unter „Kunst" unterschiedliche Arten der menschlichen Tätigkeit von Bäcker- und Mauerkunst bis zu Königkunst. Die Bau Abart vereint in sich dieses Verständnis mit der Schönheit und Harmonie bezogenen Gesetzmäßigkeiten der Gesellschaft und deren kollektiven Bewusstseins. Diese Form der Kunst bringt uns die geistigen Verhältnisse zwischen dem Baumeister und der Bevölkerung oder zwischen Menschen zum Ausdruck". Philipp sollte gleich reagieren:

„Mr. Blumental, ich bin grundsätzlich mit Ihrer Argumentation einverstanden. Was ich aber betonen wollte, bezieht auf den Unterschied des Verständnisses des Wortes „Modern". Wenn allgemein das Wort eine ständig zunehmende Komplikation der Ausrüstung und Geräte bedeuten sollte, kapiert die Architektur damit etwas ganz Gegenteiliges und zwar eine erhebliche Vereinfachung von Bauteilen, indem die Letzten überwiegend aus den richtigen geometrischen Formen geschafft werden. Es wurde den Eindruck geschindert, dass man nicht mehr die vorigen Verfeinerungen und Unmäßigkeiten braucht. Also je einfacher, desto besser. Ich verstehe dieser Vorgang aber ein Bisschen anders, z.B. damit man dem Gebäude oder anderem Baustück mithilfe zusätzlicher Ergänzungen, seien sie bestimmte Ornamente, modellierte Verzierungen, Schmuckstücke oder Basreliefs, neue technischen Funktionen zu verleihen versucht. In solcher Art und Weise kann man neben der Vervollkommnung von ästhetischen Qualitäten enorm die Inbetriebsetzung des Bauobjekten verbessern lassen. Anders ausgedrückt sehe ich die künftigen Lösungen vieler Problem darin, das Niveau der Polyfunktionalität zu erhöhen. Unser Übel entsteht nicht selten daraus, dass wir in der Jagd nach der zweckmäßigere und besser durchdachte Vereinheitlichung die nützlichen und unersetzlichen Verfahren außer Acht lassen können". Der Verehrte hielt es für Essenziell, eine Ergänzung zu machen:

„Im Großen und Ganzen wurde die Moderne der Zwanzigern Jahren durch die verschnörkelten Formen geprägt, die einen äußerlichen Eindruck zu machen wusste. Darin steckte sich etwas Erkünsteltes, das durch die abstrakten Figuren hergestellt worden war. Die wechselnde Verteilung der durchsichtigen und offenen Räume mit der angemessenen Nutzung neuer Technologien und Materialien sorgte für einen ungewöhnlichen optischen Effekt. Le Corbusier wurde von kubistischer Richtung der Malerei so fasziniert, dass er von den Gedanken umfasst war, sie in die Baukunst zu verkörpern. Die zugrundeliegende Einstellung des Gebäudes, das vollständig aus einfachen geometrischen Figuren aufgebaut werden könnte, zeigte sich in der Tat wie viel hervorbringend. Seine avantgardistischen Entwürfe (zwei aufschlussreiche Beispiele Völkerbundpalast in Genf und die Weißenhofsiedlung in Stuttgart, auch Werkbundsiedlung genannt) wurden von großem Erfolg der Zeitgenossen gekrönt. Er und seine Anhänger wie Fernand Léger, Jacques Lipchitz u.a. bevorzugten, die scheinbare Schönheit des Inhalts zu vernachlässigen. Die nachfolgende Evolution dieser Richtung, die von Postmodernisten durchgeführt worden war, brachte überwiegend zusätzliche formellen und symbolischen Bestandteile hervor".

Die nächste Stunde wurde dem Meinungswechsel über die persönlichen Zuneigungen der Architekturstile und berühmten Baumeister gegenüber gewidmet, was die gegenseitigen Positionen aufdecken sollte.
Das nächste Thema, das die beiden zu erörtern beabsichtigten, betraf das Verständnis des ökologischen Baus.
Professor Blumental, der unter anderem auch als ein Wegbereiter des ökologischen Bauwesens bekannt worden war, blieb bei einer Auffassung, dass dieser weltweit populäre Begriff unterschiedliche Ansichten übrigließ, die schon von alten Griechen hochgeschätzt werden sollte.

„Wir müssen klarmachen", sagte er, „dass sie die Mutternatur wie ein Vorbild der richtigen Lebensweise verstanden, die einen dauerhaften Ausgleich mit der Umgebung erreichen ließ. Wir sollten auch dieses Prinzip für unser „Koordinatensystem" anpassen lassen. Ich meine damit, dass wir bei dieser ökologischen Art der Kunst nach dem Muster des berühmten römischen Architekten des 1. Jh. v. Chr. Vitruvius verschiedene Aspekte des Kulturlebens in Betracht ziehen sollen. Ich merke übrigen, dass es keine besonders glaubwürdigen Auskünfte über die Persönlichkeit dieses Baumeisters gibt. Genauer gesagt, wir verfügen heute ausschließlich über die Kenntnisnahme, die er selbst über sich hinterließ. Daraus folgt, dass er eine spezielle Architektenausbildung bekam und nach mehreren Jahren der praktischen Leistung „Zehn Bücher über Architektur" verfasste, die man bis jetzt nicht nur aus einem historischen Gesichtspunkt lesen sollte. Exemplarisch beschrieb er bildhaft den Übergang des Menschen vom wilden und tierartigen zum friedfertigen und gesitteten Leben, der den Übergang von der Hütte zum Haus mit Fundamenten mit sich brachte. Seine Begründung des Holzbaus legte er dadurch dar, dass dieses Material in der Natur in einer unzähligen Menge vorhanden ist. Die Steinkonstruktionen vorzog er aber wegen ihrer enormen Festigkeit und Brandsicherheit. Seine Lehre der Architektur sollte auf drei Säulen aufgebaut werden: Festigkeit, Nützlichkeit und Schönheit. Er nutzte das Wort „Dekor" für die Bezeichnung eines fehlerfreien Erscheinungsbildes von Gebäude, die den Regeln der anerkannten Konventionen entsprechen sollte. Aber es war eher ein lyrisches Intermezzo. Wenn wir die heutige Einstellung des ökologischen Baus abzuschätzen suchen, das erste Prinzip dieser Bauart sollte nach meiner Ansicht damit verbunden werden, dass das neue Gebäude eine natürliche Ergänzung der Umgebung sein müsste. Diese einsichtige Eingliederung in den Stoffkreisläufe der Umwelt verfolgte mehrere Ziele, vor allem aber die effiziente Entsorgung nicht mehr benötigten Bauwerke. Der Bauvorgang muss nur solche Operationen zulassen, die keine Schäden der tierischen und pflanzlichen Welt mitzubringen vermögen. Außerdem sollen alle Baumaterialien, die im Gebäude benutzt werden können, über einen ökologischen Ausweis verfügen, das heißt, über eine Bescheinigung, die eine ausführliche Auskunft von dem Niveau der Ressourcenausnutzung (seien sie natürliche, sekundäre o.a.), dem Grad der Auswirkung dessen Produktion auf die Umwelt sowie von den Energieträger (Menge und Quelle). Dieses Dokument muss auch auf die Frage antworten, wie man die Verschmutzung der Natur infolge jeder einzelnen Produktion beseitigen könnte. Alle diesen Paragrafen müssen von den entsprechenden Kostenbegründungen begleitet werden". Auf dieser Stelle wurde die Berühmtheit von Philipp unterbrochen:

„Mr. Professor, ich wollte nur eine kleine Bemerkung machen. Obwohl ich vollkommen mit Ihrer Auffassung einverstanden bin, weiß ich aus praktischen Gründen, dass das Erlangen eines ökologischen Ausweises eine sehr komplizierte Angelegenheit sein könnte. Denn der genannte Ausweis erweist kein unbedeutendes Papierstück. Im Gegenteil muss er die Unterschriften mehreren verantwortungsvollen Personen beinhalten, die für jede konkrete Produktion zuständig sind. Da der wirkliche ökologische Zustand eher kläglich sein sollte und seine radikale Besserung mit einem großen Aufwand verbunden wird, kann man üblicherweise nicht, die schwere Last auf sich aufzuladen".
„Mr. Wagner, wir beiden sind in der Lage, den Sachverhalt mit dem ökologischen Bauwesen weltweit angemessen vorzustellen. Die Komplikationen bezüglich des ökologischen Ausweises, die Sie ganz genau beschrieben haben, können bestimmt Verdruss bereiten. Es ist aber eine bittere Wirklichkeit des Lebens. Leider besitzen wir keine göttlichen Kräfte, um diese Situation drastisch zu ändern. Natürlich unterscheidet sich die Realität von unseren idealen Modellen, die wir uns darzustellen versuchen. Es bedeutet

aber auf keinen Fall, dass wir den Mut sinken lassen sollten. Im Gegenteil müssen wir alles Mögliches unternehmen, um diese erhabene Aufgabe in Gang zu bringen. Ich erinnere mich momentan an einen Entwurf von mir, der vor zwanzig Jahren realisiert werden sollte. es war ein UNESCO Zentrum in afrikanischen Kisangani. Ich wollte unbedingt, alle Forderungen des ökologischen Baus erfüllen. Doch es entstand ein ernstes Problem mit der Ausschmückmaterialien für die Innenausstattungsarbeiten. Denn die geplanten Novopan-Spanplatten wurden mit dem Phenol-Formaldehyd Harz produziert worden, das in dem tropischen Klima zu hoher Absonderung des giftigen Formaldehyds führen sollte. Das Gleiche bezog auf Insektenschutzmittel, das die genannten Spannplatten beinhalteten. Wir haben damals eine günstige Lösung gefunden, indem wir dieses Material durch Calciumsilikat-Platten ersetzt hatten. Die ökologische Bilanz aller Arten der Plastik-Verkleidung der Innenwände zeigte ungünstige Ergebnisse, weil die Letzten allmählich größere Menge an giftigen Chemikalien (weit über die erlaubten Emissionsgrenz-Werte) abzusondern fähig waren".

Philipp unterbrach den Professor nochmals:

„Das ist gerade der Knackpunkt, denn Öko-Bilanz ist ein allumfassendes Mittel der Kontrolle, das bei allen Abarten des ökologischen Baus erfolgreich angewendet werden könnte. Andererseits macht sie fast unmöglich, mehrere traditionellen technischen Verfahren und Werkstoffe weiter zu nutzen. So stellte es sich heraus, dass die Erde schon heute an Mangel der wesentlichen Baurohstoffe leidet. Sogar der Sand, dessen Vorräte uns noch vor Jahrzehnten unbegrenzt schienen, bewies in vielen Regionen des Planeten seine Knappheit. Ich meine, dass eine harte Beschränkung der Stoffe durch Öko-Bilanz, die wir jetzt zu beobachten fähig sind, in kurzer Zeit in einen Konflikt mit dem Ressourcenmangel geraten wird, was uns sowieso zu Kompromissen zwingen sollte".

„Da haben Sie, Mr. Wagner, Recht. Ich sehe darin eine Analogie zum Problem der Welternährung, wo es bewiesen wurde, dass es ohne schädlich giftige Pestizide keine Chance gibt, die Menschheit vor dem schweren Hunger zu retten. Das heißt, mit den Kriterien der Öko-Bilanz sollten wir alle Formen der Lebensmittelproduktion mit Pestiziden verbieten, was dem Hunger Tür und Tor öffnen musste. Die einzelne sinnvolle Alternative wäre, die weniger giftigen Pflanzenschutzmittel zu entwickeln. Diese Richtung hat aber einen Haken, weil die Anwendung der hohen intellektuellen Kraft, die für die Erforschung neuer Pestizide benötig wird, stark die Preisen der Nahrung ansteigen lässt. So werden die ärmsten Schichten der Weltbevölkerung, die vom Hunger leiden, davon am meisten benachteiligt. Wenn wir einen kleinen Überblick vom künftigen irdischen Leben zu machen beabsichtigen, sehen wir eher ein düsteres Bild: Die vergifteten Böden, Atmosphäre und Ozean ließen Menschen, Tieren und Pflanzen immer weniger Freiraum für die gesunde und glückliche Existenz. Der Mensch versinkt sich immer tiefer in seine eigenen Abfälle und Missetaten. Trotzdem dürfen wir nicht, unsere Bemühungen übriglassen. Denn ohne uns

Menschen gibt es keine einsichtige Substanz des Weltalls, die bereit wäre, alle unseren Problemen zu übernehmen". Die Berühmtheit machte eine kurze Pause, die Philipp sicher gleich ausnutzen sollte:

„Einverstanden, und eine davon sehe ich im ökologischen Bau. Eine richtig geschaffte Baukonstruktion sollte aus den lang wirkenden Bestandteilen bestehen, was auch für ihre gesamte Nachhaltigkeit sorgen könnte. Die Anwendung von nahliegenden Energiequellen und Baustoffen lässt nicht nur die nationalen Ressourcen sparen, sondern auch die ökologische Effizienz stark erhöhen. Denn der Transport von Rohstoffen und Bauelementen ruft einen großen Verbrauch Strom und anderen Energieträger hervor. Eine lokalgefundene Energie- und Materialförderung vermindert auch das Niveau der Verluste und Abfälle. Man spricht dabei über die Rationalisierung des Bauentwurfes an. Selbstverständlich wird solche gut durchgedachte Stellungnahme mit der Zerstörung der vorhandenen Natur unvereinbar. Der Einsatz der umweltgünstigen Werkstoffe macht die Voraussetzungen für ihren biologischen Abbau. Es würde unter der Bedingung möglich, wenn die genannten Stoffe gar keine gefährlichen oder giftigen Komponenten beinhalten".
Harry war der Absicht, diese Aussage des Kollegen zu ergänzen:

„Diese wichtigen Merkmale des ökologischen Baus, die Sie, Mr. Wagner, gerade nannten, lassen uns auf einen gemeinsamen Nenner bringen. Ich grübelte schon längst darüber nach, wie wir das gesamte Verständnis des Umweltschutzes im Bauwesen darstellen könnten. Schließlich war ich findig. Nun bin ich ein enger Anhänger des Aufbaus der großen Ökosiedlungen, die alle Vorteile der modernen Technik und Technologie auszunutzen pflegte. Eine vollkommene Digitalisierung, die alle Sphäre des Bauprozesses umfassen sollte, ermöglicht auch fernerhin eine ständige Berechnung des Bestandes und Kontrolle des Zustandes aller Konstruktionen und technischen Geräten, gefährlichen Substanzen in Luft sowie der Alarmanlagen in Gebäuden und Umgebung. Die Planung des Ortes, die alle Aspekte des beruflichen, sozialen, technischen und kulturellen Lebens einschließen müssten, sollte komplexweise unter der Berücksichtigung aller künftigen Bewohner geschafft werden. Im Prinzip sollte es ein großes computergesteuertes Programm sein, das die allgemeinen örtlichen Bedingungen samt Bauwerkstoffe, zusätzliche Materialien, Naturbegünstigungen und menschliche Ressourcen vereinen sollte. Ein reales Sozialnetz, das künftig diese Siedlung erweisen sollte, schließt eine Initiativgruppe ein, die nach der Beendung des Bauvorgangs teilweise eine Verwaltung des Siedlungsorts zusammensetzen werde. Außerdem begreife ich eine umweltfreundliche Siedlung wie einen kommunikationsaktiven Raum für alle Einwohner, die in der Lage sind, alle örtlichen Probleme gemeinsam aufzulösen und eine gegenseitige Fürsorge zu leisten. Solche moderne Gemeinschaft entspricht zweifelsohne der humanistischen Natur unserer Sippe mit ihrer angeborenen (oder erworbenen) Empathie und Hilfsbereitschaft. Eine öko-logische Ideologie ist genau genommen eine Komponente unserer Menschlichkeit, die nicht allein auf die Gegenwart, sondern auf die ferne Zukunft orientiert wird". Mit diesen vielversprechenden Worten des Pro-fessors wurde das Thema des ökologischen Baus erledigt. Doch der Dialog kam noch lange nicht zum Ende. Denn es gab auch eine Vielfalt der besonderen Vorliebe in der Baukunst, die die beiden vereinen konnte. Eine davon betraf die riesigen Kuppeln, die sie entzückend fanden. Die Meister-werke der Antik und Renaissance versetzten immer in großes Erstaunen mit ihrer Erhabenheit und Vollkommenheit der Forme. Doch die neue Zeit brachte ganz unerwartete technische Lösungen auch in dieses Gebiet mit. Die beiden Kollegen erörterten ein Dutzend von bekannten Autoren, deren Errichtungen an mehreren Orten der Erde aufgebaut worden waren. Dementsprechend erzählte Harry eine interessante Geschichte, die ihm wahrscheinlich gerade in den Kopf kam:

„Mr. Wagner, wenn wir heute über die aufsehenerregende Kuppeln sprech-en, entsteht es bei mir unwillkürlich die Gestalt von gewissen Bucky Fuller, dessen Persönlichkeit auf jeden Fall in die Annalen unseres Faches mit den goldenen Buchstaben reingeschrieben werden sollte. Mir gelang eine glück-liche Gelegenheit, diesen hervorragenden Menschen privat kennenzulernen. Er war einer der renommierten Architekten des 20. Jh., der sich viel mit den Kuppeln beschäftigte, sein offizieller Name war R. Buckminster Fuller. Bucky verbrauchte eine Menge Zeit und Mühe darum, die weltbekannten Kuppeln anzuschauen und zu untersuchen. Die erste Schlussfolgerung, die er daraus ziehen konnte, klang ziemlich unerbittlich: Dies handgeschafftes Wunder war für Millionen Menschen unerreichbar, weil sich alle diesen vorbildlichen Exemplaren weitentfernt von der Mehrheit der Weltbevölker-ung befanden. Er empfand ein tiefes Verlangen, etwas Ähnliches zu konst-ruieren, was aber nicht so teuer, so schwer und monumental wegen der traditionellen Materialien wie Stein, Ziegel usw. waren. Gleichzeitig konnte man sie nicht mit der Technik des Zusammendrückens, sondern mit der neuen Spannungsmethode produzieren. Seine bunten Einbildungen ließen ihm, alle möglichen Varianten detailliert zeichnen. Er nutzte für seine mutig-en Entwürfe die anatomischen Muster des Menschen oder der Bäume, deren Rückgrat oder Stämme ganz große Gewichte zu tragen ermöglichten. Schon seine ersten Konstruktionen ähnelten eher an ein Flugzeug, sie waren leicht, steif und kraftvoll. Bucky arbeitete längst unter ziemlich schweren und dürftigen Bedingungen, was aber seine Bemühungen kaum herabzusetzen vermochte: In mangelhaften Jahren des Zweiten Weltkrieges entwickelte er in den USA innovative Einfamilienwohnungen, die man schnell und einfach einbauen konnte. Seine Arbeit erwies einen echten Durchbruch in der Bautechnik, der sofort die allgemeine Aufmerksamkeit an sich anlocken sollte. doch die heftigen Auseinandersetzungen zwischen der Gewerkschaft und Aktionären ließen die Produktion nicht, in voller Kapazität in Gang bringen. In den ärmlichen Nachkriegszeiten verwirklichte er seinen Traum, indem er so geringwiegende und feste Häuser projektierte, die durch die Luft transportiert oder gerettet werden könnten. Zu Verdiensten Fullers gehörte auch seine vergleichende Erforschung des Unterschieds zwischen recht- und dreieckigen Bauelementen. Während die rechteckigen sich falteten und nicht beständig waren, leisteten die dreieckigen den Widerstand gegen den Druck und waren zweifach härter. Nach dieser Erfahrung begann er, neue Baukonstruktionen zu erfinden, die er später „geodätische Kuppel“ nannte. So realisierte er seine Idee, die er „machen mehr mit wenigem“ bezeichnete. Sachlich bedeutete das Prinzip, dass man das größere Volumen des inneren Raums mit den kleineren Mengen der Oberfläche bekommen konnte, was viel Material und Geld sparen ließ.

Die einfache Berechnung zeigte, dass eine zweifache Vergrößerung des Durchmessers für die achtfache Vergrößerung des Volumens sorgte. Seine Entdeckung bestand darin, dass er eine kugelförmige Struktur aus den dreieckigen Bestandteilen schaffte. Diese Neuerung ließ dem Erfinder, die Stärke des Erzeugnisses mehrfach zu vergrößern. Fullers Werk ebnete den Weg nicht nur für die Schöpfung der Prunkstücke, sondern es zeigte, dass die kugelförmige Struktur die meist effiziente Belüftung der Wohnung fördert, weil die Luft und Energie ungehindert umzulaufen fähig sind. Dieser Umstand ermöglicht Heizung und Kühlung, die natürlicherweise vonstattengehen. Heute wurden geodätische Kuppel und Häuser weltweit in unterschiedlichen Klimazonen aufgebaut, wo sie ihre höchste Wirksamkeit zu beweisen pflegten. In den Fünfziger und Sechziger Jahren war Fuller mit seinen Bauprojekten auf den größten Weltausstellungen gejubelt worden“.

Eine andere namhafte Person hieß Edgar Bingham, er war ein Psychologe und arbeitete als ein Abteilungsleiter bei einer Nervenklinik in Los Angeles. Während seines ärztlichen Werdegangs behandelte er viele Patienten aus dem Hollywood, was ihm einen guten Ruf auch dort zuteilen sollte. Praktisch sorgte sein Image dafür, dass er bei mehreren Dreharbeiten eingeladen worden war, um bei schweren psychologischen Verhältnissen zwischen Protagonisten etwas vernünftig Sachliches zu empfehlen. Selbstverständlich war Edgar auch bei der genannten Hochzeit herzlich willkomm-en. Typischerweise sammelte der Arzt viele Gäste um sich, die von seinen Erzählungen vollkommen begeistert waren. Diesmal schilderte er zuerst eine „Vater – Sohn“ Geschichte, die etwas absolut Verhängnisvolles hinter sich versteckte. Der Vater namens Stevan war ein großer Immobilienhändler, der am Ozeanstrand San Diego luxuriöse Villen ein- und verkaufte. Stevan besaß eine fast hundeähnliche Witterung auf die Preissenkung und -steigerung, was ihm ständig wesentliche Erträge mitbringen sollte. Manchmal war er aber gezwungen, zugunsten des Geschäfts unter einem fremden Namen zu agieren, um die erhobene Aufmerksamkeit zu seiner Person nicht an zu locken. Sein ältester Sohn Keith ähnelte ihm nicht nur äußerlich, sondern er benahm sich in heiklen Situationen genauso wie sein Vater, indem er erblassen sollte und einen Krampf im rechten Bein bekam, was ein Fremde wie ein Zittern beobachten konnte. Keith war in eine halblegale künstlerische Szene verwickelt und veranstaltete ungeplante Konzerte von Publikumsliebling auf den Reiseparadiesen der Küste. Für die Berühmtheiten war es deswegen attraktiv gewesen, weil sie eine seltene Gelegenheit bekommen könnten, mit ihren guten Freunden und Kollegen zu treffen, die sie jahrelang nicht sehen könnten. Vielleicht spielte dabei das Geld keine Rolle, doch eine zusätzliche zwanzig-dreißig tausend Dollar, die steuerfrei in die Tasche des Stars gelangen könnte, war gar nicht schlecht gewesen. Im Prinzip wohnte Stevan mit seiner Frau Loni, Keiths Mutter, nicht weit von ihm entfernt. Trotzdem haben die Eltern kaum großes Glück, Keith oft zu Besuch zu kriegen. Auf diesen Grund waren diese Begebenheiten für die beiden Seiten bedeutsam und angenehm. Weiser werdende Alten und viel erfahrener werdender Sohn fanden gegenseitig solche gemeinsamen Charakterzüge, die lebenswichtigen Schlussfolgerungen zu ziehen zwangen. Vor allem war es dem Vater klargeworden, dass sein Erstling immer stolzer auf sich war, was mit seinen wachsenden Einnahmen verbunden werden sollte.

Dr. Bingham, dessen Patienten die drei waren, hatte die Möglichkeit, sie jahrelang medizinisch vorzusorgen. So merkte er im Laufe der Zeit auch starke Änderungen bei Männern. Dagegen schien ihm Loni ziemlich ausgeglichen und stabil zu sein. Bei Stevan und Keith war es wahrscheinlich noch nicht ein typischer Größenwahnsinn, mit dem der Betroffene einen Realitätsbezug verliert, doch es gaben schon einige Merkmale davon. Z.B. konnten sie kaum ihr eigenes Erleben der richtigen Bewertung der Situation entgegenstellen. Der Sachverhalt mit Keith erschwerte sich auch damit, dass er manchmal Alkohol missbrauchen konnte und Drogen konsumierte, obwohl bis dahin nicht abhängig war. Wie schon erwähnt wurde, bereiteten die seltenen Besuche des Sohnes ein offenes Vergnügen für Stevan. Neben der väterlichen Liebe steckte es darin auch eine Chance, eigenes Beispiel als ein aufschlussreiches Vorbild darzustellen. Nach einigen Jahren sollte Stevan aber feststellen, dass der Jüngere immer öfter diese lehrende Rolle zu übernehmen suchte. Er erzählte ganz bildhaft seine freundlichen Beziehungen mit Berühmtheiten und verabsäumte dabei nicht zu sagen, dass er von dieser Freundschaft eine bedeutende Geldmenge zu verdienen vermochte. Solche Belehrungen gefielen dem Vater nicht, er war aber nicht imstande, sie einzustellen, weil solche Verhaltensweise ein öffentliches Ärgernis Keiths zu erregen fähig war. Prinzipiell könnte es zum Abbruch der Beziehungen mit dem Sohn führen, was Loni ihm nie verzeihen könnte. Mit anderen Worten musste Stevan, alle sittlichen Fehltritte Keiths widerspruchslos erdulden. Ein ständiges Leben auf der Schwelle des erlaubten verlangt von einer Person eine konzentrierte Vorsicht und Aufmerksamkeit, was allerdings Keith letzte Zeit unbedingt fehlte. Er verkehrte sich mit mehreren

Menschen beides Geschlechts und ließ sich nicht selten die Plauderei mit vieler Ausführlichkeit. Eine junge Frau, mit der er gerne schlief, konnte ihn sicher nicht verraten. Diese Bedingung konnte aber nicht ewig aufrechterhalten werden. So vergas im Falle einer Nebenbuhlerin seine frühere Freundin alle sittlichen Regeln und konnte mit den Fremden schwatzhaft werden. Gerade solche Begebenheit musste sich mit Keith verwirklichen, der unter unterschiedlichen Namen seine großartigen Vorhaben durchführte.

„Plötzlich" wurde den Polizeibeamten bekannt geworden, dass diese Namen einer und derselben Person gehörten. Der Arme wurde sofort festgenommen und einem Verhör unterzogen. Ungeachtet dessen, dass der Verdächtigte von seinem Anwalt begleitet worden war, spielte vielleicht seine krankhafte Selbsteinschätzung eine schlechte Rolle. Schließlich sollte er nicht nur seine eigene Person schaden, sondern er brachte auch bekannte Menschen (einschließlich seines Vaters) in Gefahr, die fernerhin unter Verdacht stehen sollten. Selbstverständlich machte sein Anwalt das Beste, um ihn zu retten verhelfen. Unter anderem versuchte er, seinem Mandanten Unzurechnungsfähigkeit zuzuschreiben, indem er sich angeblich zu schmälern suchte. Auf diesen Grund wurde von der Polizei ein dienstlicher Psychiater eingeladen, der eine sachverständige Begutachtung machen sollte. Merkwürdigerweise sorgte das Auftauchen des Arztes dafür, dass das Benehmen Keiths vollständig geändert worden war. Er nahm sich momentan zusammen und antwortete auf alle Fragen des Arztes so deutlich und vernünftig, dass der Mediziner überhaupt keine Abweichungen von Normen festzustellen wusste. Damit hatte er sich und seinem Anwalt eine Rüge eingebracht, indem seine Aussagen beim Verhör als stichhaltig anerkannt werden sollten. Die Rettungsaktion, die der Anwalt unternahm, wurde als einem Fehlschlag aufgenommen. Und dem Vater standen auch schwere Beschuldigungen bevor, weil er nicht nur fragwürdige Geschäfte mit den Immobilien machte, sondern sich dabei unter falschen Namen bezeichnete.

Die Erzählung Dr. Bingham rief zahlreiche Fragen der Umgebung hervor. Die Teilnehmer der Feierlichkeit wollten sich nicht allein über die typischen Symptome des Größenwahns erkundigen, sondern über die Details des Gerichtsverfahrens, die Keith und sein Vater erleiden sollten. Diese ernst und sachlich gestellten Fragen lenkten den Psychologen auf den Gedanken, dass sowohl das Thema vom Größenwahn als auch die feinen Details der Geschäftsmachenschaften für die Fragenden ganz aktuell werden sollten. Die anderen baten ihn doch flehentlich, irgend weitere Geschichte aus seiner praktischen Tätigkeit zu erzählen. Eine leichte Trunkenheit ließ Edgar, diese Bitte nicht ignorieren. Deshalb war die nächste Story einem bekannten Kunstsammler, der die Hollywood Drehbuchautoren zu Aktivität anregte, einen Triller nach seinen Memoiren zu machen.

Der Mann namens Sidney Hardy entdeckte schon als Kind eine Neigung zum Malen. Er bekam später seine erste Erfahrung bei einem Malereilehrer und studierte fernerhin bei der New-York School of Art. Seit seinem Studium war Sidney von den Werken Rockwell Kent fasziniert, indem er schon als junger Maler dessen Bilder einzukaufen begann. Eine absolut unerklärbare Umwandlung passierte mit ihm im Jahre 1971, gerade nach dem Tode Kents. Er empfand einen Schwung, mit dem er in nächsten drei Jahren alle seinen Absichten zu verwirklichen fähig war. Er arbeitete während diesem Zeitabschnitt jeden Tag ohne Wochenenden und Festtagen und verlor dabei keine Kräfte. Seine außergewöhnliche Arbeitsfähigkeit konnte keine sinnvolle Erklärung finden, aber er selbst war einfach nicht bereit, darüber nachzudenken. Seine Verwandten und Bekannten litten viel mehr daran als er selbst, einige von ihnen sogar so stark, dass sie ernst krankgeworden waren. Zu Besonderheiten dieser Zeit gehörte auch sein vollkommener Verzicht auf die Bewertung seiner Bilder. Er fühlte gar keinen Bedarf, sie anzuschauen. Es sah so aus, als ob er kein Interesse daran haben sollte. Ganz im Gegenteil beendete er ein Gemälde und machte sich ohne Pause an das nächste, als ob das die Fortsetzung seines vorigen Werks war. Er konnte sich überhaupt keine Rechenschaft darüber ablegen, was und wozu er machte, denn er wusste es nicht. Jedoch wussten Bescheid darüber seine früheren Freunde und Freundinnen, die ihm eindeutig eine Diagnose aufzustellen probierten. Nach ihrer festen Überzeugung war es eine Verrücktheit, die man sicher in einer psychiatrischen Anstalt behandeln musste. Mehr könnten sie ihm nicht helfen, weil er ihnen keine Aufmerksamkeit zu geben suchte.

Jahre darauf erzählte Sidney, dass die äußere Welt samt Freunde und Verwandte im Laufe dieser Zeit einfach aus seinem Bewusstsein verschwand. Oder sie schloss sich in seine Arbeit ein. In seinem Gedächtnis blieben viele Wahrnehmungen fast unversehrt, die er damals bekommen konnte. Diese irgendwoher kommenden Gedanken, die vermeintlich nicht von ihm selbst stammten. Diese Gespenster, die manchmal in der Form von wunderlichen Tieren oder Bäumen vor seinen Augen entstanden, waren wahrscheinlich sehr wichtig für ihn. Manche von ihnen sollte er momentan auf die Leinwand übertragen, denn sie wurden für die Bestandteile seiner Darstellung im Voraus bestimmt. Menschen kamen nur selten in seinen Verstand vor, doch er wusste, dass sie gerade den Gemälden passen sollten. Er selbst war nicht imstande, die Gesichter diesen Personen zu erkennen, allerdings er kapierte eindeutig, dass er sie kannte. Diesen Reminiszenzen wurde es sicher bestimmt, Jahrzehnte danach so klar gesehen zu werden, als ob sie aktuell vonstattengehen sollten. In den Zeiten seines begeisterten Schaffens war ihm absolut unbekannt gewesen, dass eine tiefe Enttäuschung auf ihn warten musste. Es war aber in der Tat der Fall, denn der Himmel kümmerte sich darum, dass sein schöpferisches Leben ausschließlich auf diese drei Jahren beschränkt werden sollte. In dieser Zeitspanne schaffte er fast drei Hundert Gemälden, die von der Kritik sehr hoch bewertet worden waren.

Diese angenehme Nachricht hatte aber einen Haken: Die meisten Kunstsachverständiger sahen in allen seinen Werken die Hand von Rockwell Kent. Gleichzeitig waren den Katalogen von Kents Arbeiten gut bekannt und erforscht worden. Anders ausgedrückt, schien die Tatsache, dass dreihundert dessen Leinwände nicht registriert blieb, war völlig ausgeschlossen. Wie gesagt war Sidney Hardy danach nicht mehr in der Lage, etwas Ähnliches zu schaffen. Es bedeutete aber auf keinen Fall, dass er keine Mühe mehr ein zu legen versuchte, um sein Talent weiter zu entwickeln. Umgekehrt machte er seine Beste, um etwas Wesentliches zu kreieren. Es gab tausende von Skizzen und Entwürfe, die seiner Hand gehörten. Es gab sogar eine Menge Zuschauer, der seine neuen Arbeiten gut gefielen. Sie hatten aber keinen Erfolg bei den echten Sachkundigen, die sie eher gleichgültig entgegen zu nehmen wussten. Diese betrübte Begleiterscheinung rief bei dem Maler eine Zerrüttung des Nervensystems hervor. Er wurde noch mehr von der Gesellschaft abgesondert und kam schließlich in die Klinik von Dr. Bingham.

Der Psychiater konnte bei ihm nur eine schwere Depression feststellen, die der Arzt in folgenden Jahren auszukurieren versuchte. Es war aber eine gar nicht leichte Aufgabe, weil die Erkrankung von anderen Gesundheitsproblemen begleitet worden war. Der letzte Umstand ließ Edgar keine effizienten Medikamente anwenden, deren Nebenwirkungen das allgemeine Wohlbefinden des Patienten zu schaden drohten.
Diese Erzählung des Psychologen wurde mit noch größerer Aufmerksamkeit aufgenommen. Ehrlich gesagt bedauerte Dr. Bingham sogar, dass er diese unangenehme Story dem Publikum vorzustellen wagte. Vielleicht passte sie sich den anderen Menschen oder der anderen Situation. Die feierliche Gemeinschaft bestand aus hochintelligenten Leuten, die sich allerdings in einem lustig-leichtsinnigen Zustand befanden. Es stellte sich heraus, dass den Gästen besonders wichtig aus der Erzählung Binghams die ungewöhnliche Umwandlung zu sein schien, die mit Sidney Hardy ereignete. Was war der Grund seines vorübergehenden Talents, woher es kam und warum es verschwand. Natürlich hatte Edgar keine genaue Erklärung parat auf diese ränkesüchtigen Fragen, die in der Wissenschaft noch keine Deutung finden konnte. Der Psychologe war aber eine anständige Person, indem er auf alle Fragen, die mit seiner Erzählung verknüpft worden waren, eine Antwort wissen sollte. Deswegen sagte er das Folgende:

„Ich könnte wahrscheinlich eine esoterische Erläuterung heraussuchen. Dann sollte ich sagen, dass es eine unsterbliche Seele existiert, die nach dem Tod eine enge Beziehung mit den Verbliebenen zu haben vermöge. Wenn es so wäre, könnten wir auch eine Verbindung der Seele von Rockwell Kent mit Sidney Hardy nicht ausschließen. Es könnte eine plausible Version sein, woher der junge Maler seine angebliche Begabung bekam. Mit anderen Worten wäre es einem Diktat des großen Künstlers seinem jüngeren Kollegen ähnlich, was viele von uns gerne aufzunehmen bereit wären. Mir aber als Mediziner und Naturwissenschaftler wäre es unzulässig, solche Denkweise zu verbreiten. Als ein Psychologe darf ich aber eine Idee vorstellen, dass ein enger Verehrer der Werke Kents, der Sidney in der Tat war (ich habe schon erwähnt, dass er als Student viel Zeit für die Erforschung Gemälden Kent verbrachte), von dessen künstlerischen Ideen und Handgriffen so begeistert wurde, dass er einen Schwung bekam, in dessen Geiste weiterzuwirken".

Die nächste Frage, die eine junge Schönheit gestellt habe, sollte eine Lüke in Erwägung des Doktors merken:

„Im Grunde gefällt mir Ihren einsichtigen Versuch, den Schwung Sidneys zu begreifen. Unverständlich bleibt doch die Tatsache, dass seine Spannkraft gerade nach drei Jahren vollkommen verschwand. Wenn es man mit den esoterischen Einstellungen kapieren könnte, wie sollte denn Ihre Auslegung aussehen?"

Dr. Bingham konnte zweifelsohne diese Frage vermuten, er hoffte aber, dass es bei einem nicht ganz nüchternen Publikum nur schwerlich zustande kommen sollte. Auf jeden Fall habe er kein Recht, die Frage außer Acht zu lassen. Deswegen strengte er alle geistigen Vorräte an, bevor er sprach:

„Ich bin der Auffassung, dass diese an der Gesundheit zehrende Arbeit, die Mr. Hardy drei Jahre lang ohne Unterbrechung leistete, erschütterte enorm dessen geistige und körperliche Stärke und sein folgender Misserfolg kann uns Beweis davon liefern. Und die Ärzte, die ihn später untersuchten, waren damit einig, dass seine Erkrankungen vor allem infolge seiner Überanstrengung stattfanden".

Es gab noch mehrere Fragen, die etwas mit den künstlerischen Begabungen Sidney zu tun haben, die Edgar dadurch abwehrte, dass er kein Fachmann für Kunst war, um eine kompetente Ansicht darüber zu äußern.

Noch eine junge Dame wollte wissen, was Dr. Bingham über die Psyche der Schauspieler sagen könnte, mit denen er viel beschäftigt worden war und ob es in der Tat irgendwelche besondere Qualitäten bei den Vertretern dieses Berufs vorhanden waren. Edgar machte eine Pause, um seine Gedanken zu sammeln und sprach:

„Das Fach der Schauspieler ist erstaunlich kompliziert gewesen. Die Zuschauer sehen üblicherweise nur die schöne Seite des Berufs, etwa bei der Erscheinung der Stars auf der Zeremonie der Preisverleihung oder bei einem gelegentlichen Auftauchen in einem fünf Sternen Hotel oder Restaurant. In der Tat soll es ganz anders aussehen. Das menschliche Wesen des Darstellers muss mehrere Stunden lang die feinsten Schattierungen der fremden Seele schöpfen, die ihm oder ihr gar nicht eigentümlich oder sogar widerlich sind. Ein anständiger und gutmütige Mensch verwandelt sich für lange Zeit in einen Schuft und Abschaum der Menschheit, Räuber oder Mörder und lebt in diesem erworbenen Zustand manchmal viele Monate. In der langen Geschichte der Schauspielerei waren die Funktion der Akteure bis zu gewissen schematischen Gestalten herabgesetzt worden, was nach der Absicht der Veranstalter besser die Verfasserversion übertragen konnte. Die alten Griechen versuchten sogar die Aufführung so vereinfachen, dass statt reellen menschlichen Gesichter mit ihren eigenartigen Ausdrucken erstarren Masken angewendet worden waren, die schon gefertigte Grimassen parat beinhalteten, die eine tiefe Natur des Protagonisten widerspiegeln sollten. Eher entstand das Theater mit seelischen Eigenschaften der Charaktere in der Regierungszeit der Elisabeth 1. in England im späteren 16. Jh. vor allen in der Form eines Monologs, der man ans Publikum richtete. Und dieser Durchbruch ebnete den Weg für die spätere Wirklichkeitsnähe Darstellung, die allmählich in die Kinokunst übertragen worden war. Die höchste Aufmerksamkeit wurde damals auf dem menschlichen Körper und dessen Sprache einschließend Gestik und Mimik konzentriert, was wie eine große Errungenschaft gefeiert worden war. Es war gar nicht einfach vorzustellen, dass man diese einsichtige Einstellung Jahrzehnte danach als etwas Äußerliches verstehen konnte, um ihren Platz den inneren Erlebnissen der Charaktere zu überlassen. Das komplizierte Gedankenspiel, das im Kopf des Darstellers vonstattengeht, ist sehr schwer nachzuvollziehen. Die Zuschauer und Kritiker interessieren sich dabei für ganz andere Sachen und zwar wie echt und glaubwürdig der Mann oder die Frau sich auf der Bühne oder auf dem Leinwand verhalten, ob etwas nicht stimmt oder falsch aussieht. Ihnen ist scheißegal, was dabei mit dem Geist und der Seele der Künstler passieren sollte. Allerdings kann auch ein Individuum, das weit von diesem Metier entfernt ist, vorstellen, dass eine ständige Umgestaltung die Psyche des Betroffenen stark schaden könnte. Statt dieser vernünftigen Denkleistung bemerken gerne die Besucher des Kinos oder Theaters, dass diese oder jene Person gewisse narzisstischen Eigenschaften erwarben. Es ist aber kaum erstaunlich, dass die Leute, die ihren langen und ungeduldig erwarteten Erfolg zu genießen vermochten, glücklich und stolz auf sich sein können. Es bedeutet aber auf keinen Fall, dass die Person an Narzissmus leidet. Denn dieser Erkrankung sind gewisse Symptome, etwa eine verminderte Fähigkeit, andere Menschen abzuwerten, eine Neigung zum Neid, zur Missgunst oder Aggressivität. Und noch einen wichtigen Unterschied gibt es bei der Mehrheit der Akteure, der mit der Empathie, das heißt, mit der Bereitschaft, sich in die Einstellungen anderer Menschen einzufühlen, verbunden wird. Zugleich muss ich eingestehen, dass auch seriöse Entstellungen des Nervensystems bei Schauspieler nicht ausgeschlossen sind, was zu Risiken des Berufs zählen sollte. Den Menschen kommt nicht in den Sinn, dass solche ernsten psychischen Störungen ein Ergebnis der schweren professionellen Arbeit sein könnten. Es scheint aber bis heute umstritten zu sein, welche Methode, sich in die Rolle einzufühlen, der Akteur auswählen sollte. Einige Sachkundigen behaupten, dass der richtige Weg darin besteht, sein Gedächtnis durchzusuchen, um daraus etwas Ähnliches den Erlebnissen des Pro-

128

tagonisten herauszufinden. Wahrscheinlich hat diese geistige Übung bestimmte Vorteile, weil man sich nach solchem Muster auf natürliche Weiße zu spielen weißt. Außerdem besitzt sie ein kleineres Gefahrpotential für die psychische Gesundheit. Dagegen ist unter Darsteller eine andere Auffassung weit verbreitet und zwar, dass er oder sie den ganzen Satz der Gefühle und Emotionen parat erhalten sollte, um die benötigte gleich anzuwenden. Solche spontan impulsive Arbeit lässt dem Meister schneller auf die Änderung der Situation reagieren, um seiner Gestalt näher zu sein. Sie ist aber mit der genannten Gefährlichkeit für das Wohlbefinden verbunden. Und das ist nicht eine leere Vermutung, sondern eine ganz reelle Sache. Wie gesagt habe ich während meiner psychiatrischen Karriere eine Menge von Schauspieler zu heilen versuchte. Die Mehrheit von ihnen wurde wegen ihrer angestrengten Dreh- und Bühnentätigkeit krankgeworden. Ich wollte aufklären, ob dieser Beruf unvermeidlich zu starken Verletzungen des Nervensystems führen sollte. Dafür wäre es vor allem wünschenswert zu wissen, in welchem Zustand das System ursprünglich sein könnte. Alle Menschen besaßen ihr eigenes neuronales Netz, das mehr oder weniger belastbar zu sein scheint. Was für einen als eine lächerliche Übung aussieht, ist für den anderen ein unüberwindliches Hindernis, das eine schwerheilbare Erkrankung auszulösen vermöge.

Solche Sachlage war für mich sicher keine leere Neugier gewesen. Meine Absicht war aufzuklären, ob eine bestimmte Art und Weise des Benehmens eines Individuums auf der Bühne oder bei den Dreharbeiten für dessen Nervensystem schönend sein könnte. Mir fiel es einmal ein, dass viele ehrwürdigen Akteure eine erstaunlich standhafte seelische und geistige Verfassung besaßen. Welche ihren inneren Kräften waren dafür verantwortlich? Ich schloss zweifelsohne die Möglichkeit aus, dass sie ihre Rolle irgendwie mit der verminderten Emotionalität spielen konnten. Nein, sie arbeiteten dabei unbedingt mit höchstem Wirkungsgrad. Vielleicht wussten sie ein Geheimnis der Psychohygiene, die mir bis dato unbekannt war? Nun muss ich Euch verraten, dass ich einen klinischen Versuch unternahm, der mir zu klären verhelfen sollte, wie die genannte Hygiene zu funktionieren vermochte. Ich benutzte bei dieser Forschung eine sogenannte funktionelle Magnetresonanztomographie, die eine bestimmte geistige Leistung in Verbindung mit gewissen Gehirnarealen bringen könnte. Zu meinen Pro-banden zählten sowohl die ehrwürdigen Vertreter des Fachs als auch die jungen Schauspieler und Praktikanten. Von allen von ihnen wurde verlangt, sich vollkommen in die Gestalt eines oder anderen Protagonisten, um zu gestalten und diese Rolle mit maximaler Anspannung zu spielen. Wie Ihr verstehen könnt, durfte man sich im Gerät nicht bewegen, also sollte das Spiel in Gedanken vorgestellt werden. In Laufe der Untersuchung wurde es festgestellt, dass in manchen Fällen zugleich mehrere Hirnregionen aktiviert worden waren, was für den Affekt sehr typisch war. Aber wie im realen Leben gab es in dem Schauspiel gewisse Schwierigkeiten, aus dem Affekt zu gehen. Man brauchte, sich in kurzer Zeit zu entspannen, damit die Überanregung ihre zerstörerischen Stärken nicht zu entfalten vermöge. Sonst drohte ihm eine Reihe von krampfähnlichen Reaktionen den ganzen Körper durch, die gefährliche Impulse nach dem Hirn senden sollten. Und noch eine bemerkenswerte Beobachtung gelang es mir und meinen Kollegen zu beobachten. Eigentlich wollten wir wissen, welche Gefühle für die meisten großen Akteure überwiegend vorhanden sind. So stellte es sich heraus, dass es die Gnade war. Wegen solchen barmherzigen Verbindungen mit der Umgebung waren viele von ihnen sehr populär bei dem Publikum. Und ich als ein Psychologe konnte eine wissenschaftliche Mutmaßung darüber aussagen, dass dieses Gefühl auch eine schützende Funktion erfüllen konnte oder, wie ich schon früher erwähnte, für die Psychohygiene des Organismus sorgen sollte. Um verständlicher meine Ansicht auszudrücken, führe ich einen Vergleich an. Wenn ein Akteur die schweren fremden Gefühle und Emotionen auf sich übernimmt, ähnelt er einigermaßen an einem untrainierten Menschen, der plötzlich eine körperliche Aufgabe erfüllen sollte, die weit über seine physischen Kräfte geht. Das Ereignis erwies sich wie erhebliche körperliche Schaden, die den Betroffenen krankenhausreif machen. Gleichzeitig scheint die gleiche Aufgabe für einen gut trainierten Sportler eine nichtige Sache zu sein. So unkompliziert sieht wahrscheinlich die Frage der Übernahme fremden Emotionen für die genannten ehrwürdigen Meister des Kinos und der Bühne. Es ist aber auf keinen Fall eine oberflächliche Aufnahme fremden Qualen, eher eine angemessene Wahrnehmung deren Erlebnisse. Aber die Gnade selbst ist auch ein komplizierter Begriff, denn sie schließt in sich eine Menge von besonderen Eigenschaften ein, die man nur infolge einer sorgsam bedächtigen Selbsterziehung an zu eignen vermöge. Eine gesellschaftliche Erkenntnis ist eine Art und Weise unseres Denkens über andere Menschen, was sie machen und welche Emotionen sie dabeihaben.

Wir verwerten unsere Umgebung durch unsere eigenen lebenswichtigen Werte und Einstellungen. Es ist aber nicht immer ausreichend, um den fremden Geist und die Seele richtig zu kapieren. Und ohne diese Erkenntnisfähigkeit kann keine Schauspieler den Gipfel des Faches erreichen. Allerdings gelang es uns festzustellen, dass das Gnaden-gefühl bei vielen Personen sehr eng mit der genannten Empathie verknüpft worden war. Als ein Beweis dafür haben wir nicht nur unsere eigenen Empfindungen ausgenutzt, sondern die strengen Zeugnisse des Geräts, das die Erregung von nahliegenden Regionen des Gehirns für die beiden diesen Gefühlen entdecken ließ.

Nun wurde es uns bewusst, dass die barmherzigen und offenen Menschen auch in Kino und Theater größere Chancen haben könnten, erfolgreich zu sein. Was mich aber weiter beschäftigte, betraf die Frage, wie ein Darsteller, dessen Charakter sich in einer entsetzlichen Lage des Krieges, der Gewalt oder einer Katastrophe befindet und unmenschliche Qualen erdulden sollte, daraus auszugehen fähig wird. Eine angemessene Verhaltensweise macht diese Aufgabe ungeheuer schwer zu sein. Meine eigene Erfahrung umfasst zahlreiche Fälle der psychischen Krisen, die mit Menschen unterschiedlichen Alters, Berufs, sozialen Stands oder des Bildungsniveaus passieren könnten. Ein kleiner Anteil davon setzte die professionellen Schauspieler zusammen, die infolge ihrer aktiven Arbeit beim Drehen oder bei einer theatralischen Aufführung betroffen worden waren. Einige von der letzten Kategorie erlitten entweder einer kurzfristig einwirkenden Belastung, die einer Schockreaktion ähnlich war. Andere wurden von einer lang andauernden Belastung erfasst, was gewöhnlich zu starken traumatischen Erlebnissen und Depressionen führen konnte. Eine akute seelische Notlage verhinderte natürlich ihre fachliche Beschäftigung. Denn sie verloren ihr inneres Gleichgewicht und ihre Denkvermögen und Gefühle waren teilweise gestört. Bei einigen drehten sich die Gedanken im Kreis, waren zerstreut und konnten nicht sinnvoll zu Ende gebracht werden. Ihre Empfindungen konnte man nur schwer unter Kontrolle bringen, obwohl sie weitere Schaden verursachen konnten.

Manchmal war ihre Lage von miteinander wechselnden Wut-, Angst-, Hoffnungslosigkeit- oder Einsamkeitsanfälle verdüstert. Es wurde bei meinen künstlerischen Patienten auch sogenannte bipolare Störungen oder manisch-depressive Erkrankungen diagnostiziert worden, die durch ausgeprägte Schwankungen im Antrieb, im Denken und in der Stimmungslage hervortreten werden konnten. Es gab bei ihnen gewisse abwechselnden depressiven und euphorischen Phasen oder wurde eine ungewöhnlich gereizte Stimmung beobachtet, die mit einem deutlich gesteigerten Antrieb einherging. Man unterschied dabei schwach ausgeprägte oder hypomane und voll ausgeprägte manische Episoden. Bei schweren Manien kamen Symptome einer Psychose hinzu, z.B. Größen- oder Verfolgungswahn. Üblicherweise kam bei einer hypomanen Episode an vier aufeinander folgenden Tagen zu einer ungewöhnlich gehobenen oder gereizten Stimmung.

Nach einer dauerhaften Beobachtung diesen armen kam mir ein Gedanke in den Kopf, dass ich versuchen sollte, ihre eigenen berufsmäßigen Fähigkeiten für die Therapie auszunutzen. So begann ich, einen Forschungsversuch mit ihnen durchzuführen. Ich sagte meinem Patienten: „Nun wechseln wir mit Ihnen unsere Stellen. Stellen Sie sich vor, dass Sie ein Arzt sind und ich Ihr Patient mit Ihrer Erkrankung bin". Damit wollte ich das künstliche Talent des Betroffenen wie eine Heilkraft für ihn selbst ausnutzen. Meine Absicht wurde darauf begründet, dass die Kunst der Umgestaltung ein Wunder zu schaffen vermöge. In der Tat stellte es sich heraus, dass die Person, die sich in eine fremde Gestalt einzufühlen fähig war, gewisse heilenden Handgriffe aneignen kann. Ich habe zuerst diese Methode auf einen Kranken gründlich eingeübt und kam zum Schluss, dass es eine ziemlich lange Prozedur war, führte aber zu einer vollständigen Genesung. Das Geheimnis der Methode versteckte sich in der Tiefe der genannten Umgestaltung. Mit anderen Worten je tiefer der Darsteller in diese

131

Rolle eindringen konnte, desto größer sollte der Erfolg sein. Die Hauptschwierigkeit bestand aber darin, dass der Kranke wesentlich an diese Beschaffenheit, sich umzuwandeln, infolge sein-er Krankheit verlor. So war meine Aufgabe, diese Eigenschaft bei ihm wiederherzustellen. Wenn es mir gelang, wurde den Weg zu Heilung wiedereröffnet worden. Darauf führte ich diese Methode in die Praxis unserer Klinik ein". Mit diesem Satz beendete Dr. Bingham seine Erzählung. Diese inhaltsreiche Rede schindete einen wohlwollenden Eindruck auf das Publikum, indem mehrere (vor allem junge Frauen) Zuschauer ihm Lob enthaltende Äußerungen zu machen suchten. Vielleicht waren sie teilweise mit ihrer eigenen Sympathie Dr. Bingham gegenüber verbunden. Allerdings entsprachen diese Worte dem Wesen des Arztes, was zweifelsohne seiner Persönlichkeit eigentümlich war.

Es gab unter den Gästen der Feierlichkeit auch ein bekannter Politiker David Caffrey, der den State California im Kongress von den Republikanern vertrat. Das Erscheinen Davids im Hochzeitsfestsaale war für viele Anwesenden eine angenehme Überraschung, denn er vorzog sonst eher die größten Ereignisse des Staates zu besuchen. Es gingen gerade die Gerüchte, dass er entweder von der schönen Braut fasziniert worden war oder dass er damit seine Gewogenheit dem Hollywood gegenüber betonen wollte. Auf jeden Fall war es eine große Ehre für die Versammlung, die der Kongressman dem Ereignis erweisen konnte. Die Kinodokumentalisten, die auf der Festigkeit Videoaufnahmen machten, teilten der Persönlichkeit des Politikers eine angespannte Aufmerksamkeit zu. Praktisch bedeutete es, dass sie jedes sein Wort und jede Bewegung zu ergreifen suchten. Jedes Versäumnis konnte ihnen später eine klare Enttäuschung mitbringen. Aber die Berühmtheit schien so aktiv zu sein, dass dieser mögliche Fehler von Dokumentalisten von Anfang an unmöglich wäre. Es sah von außen so aus, als ob er zu beweisen hoffte, dass er ein echter Volksvertreter war. Deshalb musste er ständig mit einer künstlerischen Darbietung die allgemeine Aufmerksamkeit erregen. Eigentlich wäre es einfach unrealistisch, seine große und kräftige Figur, seine majestätische Haarpracht sowie seine Kleidung außer Acht zu lassen. Mr. Caffrey lächelte gerne mit seinem bezaubernden Lächeln und verteilte auf alle Seiten seine scharfsinnigen Witze und Anekdoten, die das Publikum bis zu Tränen schallend zu lachen zwangen. Er zeigte sich sogar bereit zu sein, auf alle politischen Fragen zu beantworten. Die allgemeine Atmosphäre der Veranstaltung ließ seine Absicht nur in einem scherzhaften Tone vorzustellen. So sammelte sich eine Gruppe von jungen und älteren Leuten um ihn und schon die erste Frage klang etwas heikel.
Frage: Mr. Caffrey, Sie haben fast zehn Jahre zum Führungsgremium der US-Republikaner gehört. Welche Verbesserung in die Politik Ihrer Partei wünschen Sie sich durchzuführen?
D.C.: Es gibt eine völkische Weisheit, dass eine Verbesserung unbegrenzt ist. Ich finde jüngste Zeit gewisse autoritären Neigungen in meiner Partei,

die ich gerne bereit wäre, herabzusetzen. Gleichzeitig verstehe ich, dass sie einigermaßen rechtfertigen werden konnten, weil sonst die Situation in heutiger Welt sehr gefährlich zu sein scheint. Was ich Euch verraten sollte, betriff den Unterschied zwischen meiner Weltwahrnehmung als einer Privat- und als einer Staatsperson. Als die erste kann ich mehr liberal als die Demokraten werden, als die zweite bin ich sicher viel konservativer gewesen.

Dieser kleine Scherz, den der Politiker mit einem grellen Lächeln vereinte, rief einen Sturm des Beifalls bei den Zuschauern hervor.

F: Mr. Caffrey, wir erleben heutzutage ziemlich große Erschütterungen sowohl in der Gesellschaft, als auch in der Politik. Was sollten Sie momentan unternehmen, wenn Sie dafür Recht haben könnten?

D.C.: Ihr sollt mich aber richtig verstehen. Ich bin ein Politiker, also ein praktischer Mensch, kein Träumer. Das heißt, ich darf nicht mit Kategorien denken, die mir unzugänglich sind. Deswegen kann ich Euch statt der Antwort eine kleine Erläuterung machen. Ihr habt Recht über die Erschütterungen der letzten Zeit. Es gibt in unserem Lande ganz erhebliche gesellschaftlichen und politischen Verwerfungen, die man auf allen Ebenen verfolgen kann. Leider haben wir viele Probleme unter den Teppich der politischen Korrektheit versteckt, um sie in Ruhe zu lassen. Für manche von uns ist es ein guter Kniff, um das Problem nicht aufzulösen suchen.

F: Trotzdem sind viele Politiker sehr freigebig auf Versprechungen. Was meinen Sie, Mr. Caffrey, damit, muss ein Staatsmann seine Versprechungen vollkommen erfüllen oder darf er sie nicht ernst in Betracht ziehen?

D.C.: Ich kann Euch eindeutig sagen, dass das Erfüllen der Versprechungen für jeden Politiker ein Muss sein sollte. Sonst kann er nicht nur das Vertrauen seiner Wähler vollkommen verlieren, sondern er riskiert, auch seine Kollegen unter Verdacht stehen lassen. Es können natürlich gewisse unvorhergesehenen Umstände entstehen, etwa Naturkatastrophe oder Kriege, die seine Pläne unmöglich machen, doch es passiert Gott sei Dank sehr selten.

F: Man bezeichnet manchmal einen Politiker mit dem Adjektiv „listig", was wie eine Voraussetzung für seine gute Leistung wirken sollte. könnten Sie, Mr. Caffrey dieser Aussage zustimmen?

D.C.: Wisst Ihr, ich nehme das Adjektiv „listig" wie etwas nicht besonders Lobenthaltendes auf. Der Beruf des Politikers ist sehr alt. Vor tausenden Jahren war er ein Repräsentant einer erhobenen Gruppe der Intellektuellen, die ihre Position in einem harten Wettbewerb verteidigen sollten. Ein Wettbewerb erinnert mir an eine sportliche Maßnahme, wo jeder Beteiligte ausschließlich wegen seiner Gewandtheit und Pfiffigkeit zu gewinnen vermöge. Eine politische Kunst bestand darin, etwas Klügeres und Günstigeres dem Volk vorzuschlagen. Man machte damals kein Hehl daraus, dass das Wort „listig" dem echten Politiker gut passte. Nun gibt es andere Zeiten, trotzdem verbringen wir stundenlang für die Begriffsanalyse. Ich bin der Meinung, dass jeder Politiker im Rahmen des Gesetzes handeln sollte und die Bestimmung der Wortschattierungen konnte er lieber den Philologen überlassen (lautes Lachen und Beifall). Zugleich rufe ich Euch auf, Politiker vor allem als Menschen aufnehmen, mit ihrer Tugend und Sünden. Nach meiner Auffassung gibt es ideale Sterblichen nur in Heiligen Schriften (Lachen und Beifall).

F: Es herrscht in den USA letzte Zeit eine deutliche Abgeschiedenheit der Gesellschaft. Was könnte, nach Ihrer Auffassung, Mr. Caffrey, unser Volk fest zusammenschließen?

D.C.: Eigentlich lag die Meinungsmannigfaltigkeit in der Grundlage unserer Demokratie. Unsere Bevölkerung besteht aus mehreren Ethnien, sozialen und religiösen Gruppen und Vereinigungen, die in ihrem Leben verschiedene Ziele und Prinzipien verfolgen. Wir sollen leider daraus auch die kriminelle Komponente unserer Gesellschaft nicht ausschließen. Deswegen scheint mir die Frage des Zusammenschließens des ganzen Volkes sehr kompliziert zu sein. Ganz unerschütterlich sehe ich nur unsere demokratischen Gesetze, die man als den wichtigsten Bestandteil unserer Einheit sehen sollte. Gerade die strikte Befolgung der Gesetze kann die Ordnung und den Wohlstand unseres Landes gewährleisten.

F: Mr. Caffrey, heute sammelten sich in diesem feierlichen Saale unter anderen die Vertreter der Kultur- und Kunstszene, die sich sehr für die jüngste Politik in dieser Sphäre interessieren. Könnten Sie, bitte, Ihren Eindruck über die massiven Kürzungen des Haushaltsplans für die Kulturprogramme und -maßnahme aussagen?

D.C.: Ich verstehe wohl Eure Besorgnis um die Regierungshandlungen, die schon zu Boykottankündigungen mehrere Preisträger des Kennedy-Preises sowie zum Zurücktreten des Berater-Gremiums der Künste und Geistwissenschaften geführt haben. Als eine private Person wurde ich davon sehr traurig geworden. Ich bin seit meiner Jugend ein zuverlässiger und begeisterter Verehrer der Kunst, seien sie Musik, Theater oder Malerei. Ich finde aber nicht, dass Mr. Präsident von USA ein überzeugender Gegner der Kultur sein könnte. Der Staatsetat ist aber eine enorm komplizierte Sache, die man bildhaft mit einer Kleidung zu vergleichen vermöge, die mehrere Stoffflicken zum Ausbessern braucht. So entsteht plötzlich eine Situation, wenn man entscheiden muss, wohin den Stoffflicken zu platzieren. Wenn wir zurück zur Finanzpolitik kehren, wird es verständlich, dass es manchmal eine dringende Notwendigkeit gibt, das Geld in den leidenden Bereich zu senden. Allerdings hoffe ich, dass die Schwierigkeit mit den Geldinvestitionen in Kultur vorübergehend wird. Unser Land ist reich genug und findet schließlich alles, was Kultur braucht. (ein gemeinsamer Beifall)

F: Mr. Caffrey, letzte Zeit verschlechterten sich stark die Verhältnisse zwischen den USA und den Staaten der Europäischen Union. Wie können Sie sich die Aussichten dieser Verhältnisse darstellen?

D.C.: Die EU-Staaten sind unsere alten guten Partner gewesen, die ich mit einer Familie vergleichen könnte. Aber auch in einer Familie, deren Mitglieder sich zärtlich lieben, sind gewisse Auseinandersetzungen nicht ausgeschlossen. Darüber hinaus bin ich der Ansicht, dass die kleinen Konflikte für die Befestigung der Beziehungen sorgen könnten. Warum nicht? Jede lebendige Gemeinschaft braucht manchmal eine Heimsuchung, um ihre Beständigkeit zu beweisen.

Diese Äußerung des Politikers wurde auch mit dem Beifall begleitet und sollte die Vollendung des Gesprächs bezeichnen.

Natürlicherweise gab es eine Zahl der Teilnehmer, die sich vollständig abgewöhnt haben, stundenlang ohne ihre berufliche Beschäftigung aus zu kommen. Sie begannen sich allmählich so lang zuweilen, dass es sogar das Essen und Getränke nicht zerstreuen konnten. Deswegen versuchten sie, eher einen passenden Gesprächspartner zu suchen, mit dem man sachkundig unterhalten könnte. Ein von ihnen war Mr. Yam Salonga, der sicher nicht imstande war, so viel Zeit ziellos zu vergeuden. Im Gegenteil erkundigte er sich schon in ersten Stunden der Zeremonie, dass es unter den Gästen ein gewisser Sam Wilson, einer der Begründer von Hollywoods Tochter-Unternehmen Pixar, gab, den Yam zweifelsos kennenzulernen beabsichtigte. Pixar entstand als eine weitere Entwicklung des Disneylands, indem es eine computergesteuerte Multiplikation in Gang brachte, um eine Reihe von speziellen Effekten zu bekommen. Yam dachte schon längst darüber nach, große Gelder in die US-amerikanische Filmindustrie zu investieren. Nach seiner Auffassung war Mr. Wilson gerade die Person, mit der man darüber sprechen könnte, und die Bedingungen der Hochzeitsfeier standen gut dafür. Darüber hinaus bat er seine Nichte und die Haupturheberin des Festes Gina Pascual, ihn dem Filmemacher vorzustellen. Sam hatte gar keine Ahnung, worum es gehen könnte, war aber wie eine echter Businessman wissbegierig, um etwas Wichtiges nicht aus den Händen zu verlieren. Auf diesen Grund bot er Mr. Salonga dar, einen kurzen Küstenspaziergang zu machen und zu unterhalten. So fand ihr Gespräch auf dem leichten Schallhintergrund der Ozeanwellen statt, was für eine angenehme Laune sorgen sollte. Um bei seinem Begleiter irgendwelche Neigung zu erregen, sagte Yam das Folgende:

„Mr. Wilson, ich will nicht verhehlen, dass ich von Ihrem Pixar ganz fasziniert worden war. Nach meiner Amateurauffassung schafften Sie damit eine Revolution in der Zeichentrickfilmbranche. Man kann nur vorstellen, welche unbeschränkten Möglichkeiten die sich ungestüm entwickelte IT-Technologie für diesen Zweig der Filmproduktion auszudenken vermöge. Ich bin selbst als Vertreter eines Investmentfonds für die unterschiedlichen wohltuenden Innovationen zuständig, unter anderen für den Umweltschutz und die Rettung von leidenden Tier- und Pflanzenarten".

Mr. Wilson unterbrach ihn aber mit einer Frage:

„Ich bin auch ein Anhänger des Tier- und Umweltschutzes, aber ich verstehe nicht ganz, aus welchem Anlass Sie sich für die Multiplikationsfilme interessieren sollten?"

„Das ist gerade das Thema, das ich mit Ihnen zu diskutieren vorhatte. Es versteht sich von selbst, dass alle Probleme, die wir momentan mit der

Ökologie erleben, einigermaßen von der Position des Betrachters abhängig sind. Mit anderen Worten spielt der Gesichtswinkel oder die Grundeistellungen und Wertungen eine entscheidende Rolle. Andererseits wurde es von Psychologen und Soziologen bewiesen, dass die modernen Medien in der Lage sind, einen aktiven Einfluss auf das Massenbewusstsein nehmen zu können. Vor allem profitieren dabei solche von ihnen, die ziemlich komplizierte Sachen mit einfachen und anschaulichen Mittel diese Hindernisse aufzudecken und darzustellen vermögen. Ich bin der Überzeugung, dass die Methoden der neuen digitalen Multiplikation das Problem am besten zu beherrschen verhilft. Deswegen bin ich bereit, diese wesentliche Richtung beim Pixar zu fördern und einen entsprechenden Nutzen der Ökologie und der Menschheit mit zu bringen. Obwohl es nicht einfach ist, präzise Vorhersage zu leisten, beweisen mehrere mutigen Unterfangen, dass das Risiko sich vollständig rechtfertigen konnte. deswegen hoffe ich, bei Ihnen ein echtes Verständnis zu bekommen".

Diese deutliche Erläuterung wirkte auf den Filmmacher viel günstiger aus, denn die erste Einleitung: Sein Gesicht wurde viel freundlicher geworden und seine Augen drückten die innere Wärme aus:

„Jetzt verstehe ich wohl, was Sie mit Ihrer Absicht meinten. Im Prinzip sollte unsere Zeichenfilme die Funktion einer PR-Agentur leisten, die auf ein breites Ausmaß der Weltbevölkerung den Einfluss haben könnte. Ich finde dieses Unternehmen ganz vernünftig und kann Ihnen meine Zustimmung versprechen. Natürlich werden dabei viele zusätzliche Schwierigkeiten entstehen. Ich kann nur einige von ihnen nennen: wir brauchen dafür ein hervorragendes Drehbuch. Kennen Sie Menschen, die diese Arbeit übernehmen wollten?"

„Nein, Nein", erwiderte ihm rasch Salonga, „dafür sollen Sie keine Sorge tragen. Ich habe schon einige begabten Fachleute in Sicht, die diese Arbeit übernehmen könnten".

„Das ändert natürlich die Situation. Nun können wir beliebige Sujets ohne Einzelheiten diskutieren. Sie sind sicher imstande, das Wesen unserer Produktion zu begreifen. Die sogenannte Digitalisierung ist die letzte Stufe des Schaffens unseres Werks. Zuvor müssen wir einen umfangreichen Kreis der großen und kleinen Aufgaben ausfüllen, die zuerst für uns vollständig aufgeklärt werden sollten. Wenn wir etwas Globales zu präsentieren beabsichtigen, sei es ein riesiges Gebiet des Landes oder Ozeans, wo es eine Vielfalt von Tieren und Pflanzen gibt, steht uns eine nicht einfache Pflicht vor, die wichtigsten (nach unserer Auffassung) auszuwählen, damit sie in unserem Film als Akteure wirken könnten. Das heißt, sie werden denken und miteinander sprechen, um unsere Ziele verständlich zu machen. Ich muss Ihnen noch eine Besonderheit unserer „Kinofabrik" verraten. Wir verwirklichen gewöhnlich eine unzählige Menge von dazwischenliegenden Handlungen, über die die Zuschauer künftig keine Ahnung haben könnten. Deswegen arbeiten wir in einem heftigen Tempo, sonst verliert unsere Leistung jeden Sinn. Es ist ein Grund dafür, dass alle unsere Partner auch sehr schnell und in Einklang mit uns arbeiten müssen. Irgendwelche faule Ausrede wie „wir haben momentan keine Zeit" usw. geht bei uns nicht. In diesem Falle sagen wir „Vielen Dank" und die Kooperation wird eingestellt. Ich muss Ihnen auch deshalb davor warnen, dass wir diese Umstände in unsere Verträge hineinbringen, um die Schuldigen stark finanziell zu belasten. Ich kann mich einen Vergleich leisten, dass das heutige Hollywood eine Fließbandproduktion ist, ein ausbeuterisches System. Gleichzeitig würde ich froh gewesen, wenn Sie alle unsere Bedingungen zu akzeptieren vermögen und bereit wäre, uns zu unterstützen".

Vielleicht entstand es irgendwelchen schroffen Ausdruck in Wilsons Stimme, der ausschließlich wegen Spirituosen zustande kommen konnte. Doch Salonga reagierte so, als ob er diese Kleinigkeit gar nicht zu merken wusste. Außerdem war er ein renommierter Businessman und ehemaliger Politiker, der sich ständig darüber Rechenschaft ablegen sollte, dass sein Geld, das er in eine neue Sache zu investieren wagte, ihn zuverlässig zu gewährleisten versprach. Ob es eine saumselige Sache oder eine Fließbandproduktion war, spielte dabei keine Rolle. Letztendlich sollten darum die unmittelbaren Ausführenden kümmern. Mit diesem Gedanken sagte er ziemlich zuversichtlich: „Ich bin der Meinung, dass die beiden unseren Seiten komplett verantwortungsvoll diese Zusammenarbeit durchzuführen einstimmen. Natürlich verstehe ich wohl die Arbeitsgespanntheit, die im Hollywood im Allgemeinen und im Pixar im Besonderen seit Jahren beherrscht. Ich könnte mir glauben, dass Millionen Menschen weltweit von dieser Tatsache gut wissen sowie Eure gesamten Beiträge in die Weltkultur hoch abzuschätzen vermögen. Auch Ihre kurze Einleitung in die Pixar Produktion war mir sehr nützlich, damit ich in einer neuen für mich Richtung eine bessere Orientierung bekommen könnte. Jetzt kann ich die globalen Angelegenheiten, die im Bereich des Umwelt-, Tier- und Pflanzenschutzes heute passieren, angemessen Ihren Fähigkeiten und Möglichkeiten gegenüberstellen. Sie haben vollkommen Recht in Sinne, dass wir, praktische Leute und Ihr, Kunstvertreter, die einen und dieselben Dinge im unterschiedlichen Lichte sehen können. Anders ausgedrückt sprechen wir gerade verschiedene Sprachen, was enorm unser Leben erschweren sollte. Bildlich gesagt brauchen wir dringend einen Dolmetscher, der unser Leben leichter zu machen wusste. Wir sollen aber etwas unternehmen, um die beiden Seiten verhandlungsfähig zu machen. Dann entwickelt sich hoffentlich eine richtige Anschauung, die ich schon heute anzufangen begann. Ich kann auch Ihrem Vergleich mit einer PR-Agentur zustimmen, denn die Letzte beschäftigt sich sowieso mit der Förderung und dem Vorantreiben der Novitäten, die für die Massenanwendung oder Massenwohlfahrt im Voraus bestimmt sind. Ich kapiere aber Ihre Funktion wie die eines Vermittlers, der die abstrakten Begriffe der Naturwissenschaft und Technik mit klaren künstlerischen Zeichen Gestaltungen für alle verständlich machen könnte. Das menschliche Auge nimmt eine Darstellung viel effizienter auf, als die anderen Sinnesorgane oder Denkzentren des Gehirns, die dafür eine tiefe Grübelei brauchen. Und seit

Walt Disney in den 20-er und 30-er Jahren des 20 Jh. mit seinen unvergesslich fabelhaften Protagonisten wie Mickey Mouse und Donald Duck ein halbes der Erdkugel erobert hatte, stellte es sich heraus, dass man mithilfe einer scharfsinnigen Technik aus einfachen Zeichnungen lebendige Gestalten zu schaffen erfolgte. Seine tapferen Akteure konnten nicht nur, ernsthaften und betrübten Menschen zum Lachen zwingen, sondern sie waren imstande, ihnen eine unaufdringliche Art der Moralpredigt zu halten. Es war in der Tat ein neues Wort in der uralten Kunst der Erziehung. Und jetzt können Sie, Mr. Wilson, dieser barmherzigen Sache mit Ihren modernen technischen Methoden eine hervorragende Fortsetzung finden. Ich meine damit, dass der Schutz der wehrlosen Organismen der wilden Natur auch große menschlichen seelischen Wärme und Herzensgüte brauchen". Diese Worte des Investors trafen unbedingt den Filmemacher sehr empfindlich:
„Nun sind wir mit ihnen, Mr. Salonga quitt. Denn ich versuchte zuerst, bei Ihnen eine echte Verantwortung für die Filmproduktion auswecken, und Sie ließen mir deutlich kapieren, dass ich nicht kleinere Verantwortung vor der ganzen Menschheit tragen müsse. Wenn es in der Tat der Fall ist, darf ich nicht, die Chance versäumen, die Menschheit aus der Verlegenheit zu retten verhelfen". Nach diesen Worten Sams drückten sich die beiden die Hände als ein Zeichen des Übereinkommens.

Der Sachverhalt der Feierlichkeit wurde grundsätzlich dadurch bestimmt, dass die Beteiligten überwiegend die ansehenden und enorm beschäftigten Menschen waren, die sich üblicherweise vor allen Augen befanden, was ihnen keine Chance zu entspannen übrigließ. Ein solch bedeutendes Ereignis wie eine Hochzeit war gerade das, wovon ein Renommierter träumen könnte. Ein berückendes Publikum, prunkvolle Bedingungen des fünf Sternen Hotels sowie der erfinderische Geist der Gäste eröffneten ein breites Spektrum der Belustigungen und Vergnügungen. Und Anwesenheit der jüngeren Generation gab den Anlass dazu, dass auch gewisse berauschenden Zubereitungen nicht ausgeschlossen werden könnten. Solche aus eigenem plötzlichen Anhieb Zusammenstellung der unterschiedlichen Altersgruppen kümmerte darum, dass eine einheitliche Gemütslage ohne Schwierigkeiten anbrach. Denn die Situation schien in der Tat unrealistisch zu sein, wenn jemand anwesend, aber nicht dabei wäre. In Wirklichkeit war es eine seltene Gelegenheit, aus ihrer gewöhnten und offiziellen Haut zu schlüpfen und, wie mehrere von ihnen schon hunderte Male bei den Dreharbeiten machten, eine fremde Gestalt anzueignen. Die Besonderheit der genannten Substanzen bestand aber darin, dass die Gestalt der Person, die dem Betroffenen zu erwerben bevorstand, unvorhersagbar war. Es war einerseits eine abenteuerliche Reise in die Ungewissheit und andererseits – ein mutiger Versuch mit sich selbst, der doch gleichzeitig die Minuten oder Stunden der Glückseligkeit versprach. Selbstverständlich handelte es sich nicht um einen ständigen Konsum dieser gefährlichen Stoffe, was eine menschliche Persönlichkeit vollkommen zu zerstören vermochte. Diese armen Abhängigen waren nun zu dunkelsten Sachen der Welt geeignet, um eine nächste kleine Dose der „Arznei" zu kriegen. Ein Verrat oder Raub standen parat in ihrer heimlichen Liste. Trotzdem blieb der einzelne oder seltene Gebrauch sinnestäuschenden Substanzen eine Art von Heldentaten, die zahlreiche Prominenten sich ab und zu leisteten. Eine bezeichnende Gruppe der psychoaktiven Stoffe wurde aus dem spitzkegeligen Kahlkopf abgesondert worden, als aus einer Pilzart, die sich in vielen Regionen des Europas, in asiatischen und südamerikanischen Ländern gut gediehen. Einige von ihnen ähneln in ihrer Wirkung an LSD, doch mit einer kürzeren Dauer, indem sie die Wahrnehmung und das Bewusstsein stark verändern. Haschisch, Marihuana und Kiff aus den unterschiedlichen Teilen der Hanfpflanze können zu starken Persönlichkeitsstörungen führen. Bemerkenswert erhalten einige Menschen einen Spürsinn auf die Suche nach neuen und zulässigen Substanzen, die mit den psychedelischen Eigenschaften verbunden werden könnten. So wurde solche Beschaffenheit auch in geliebten Bananen vermutet worden, was später auch in Bananenschalen bestätigt worden war. Die Substanz hieß Salsolinol und sorgte dafür, dass nach dem Verzehr von Bananen die Haupthormone Serotonin und Dopamin, die um die Übertragung des Nervenimpuls kümmern, nicht unmittelbar im Verdauungstrakt abgebaut werden, sondern sie könnten in den Blutkreislauf gelangt werden. Die höchsten Konzentrationen Salsolinol wurde in den dunklen Stellen von überreifen Bananen und in ihren getrockneten Abarten festgestellt. Es blieb ein Rätsel, wie alle genannten „Präparate" gleichzeitig im Georgian Hotel vorhanden sein sollten. Gab es tatsächlich eine Verschwörung, die von bösen Geistern verwickelt worden war mit dem Ziel, die feierliche Veranstaltung irrezuführen? Einigermaßen sah es gerade so aus. Vor allem einem der Urheber der Feierlichkeit, dem Bräutigam Mike Knudsen, der bereit war, darin einen klassischen britischen Zombiefilm zu erkennen, wo eine Stadt plötzlich von Zombie erobert worden war. Die Grunddenk- und Anschauungsweise des Zombies sind die des Sklaven, der von seinem Herrn zur Gehorsamkeit erzogen worden war. Und der Zombie selbst suchte, die anderen mit allen möglichen Mittel, wie psychischem Druck oder Suggestion zu seiner eigenen Weltanschauung zu erzwingen. Und etwas Ähnliches passierte bei der Anwendung berauschender Substanze. Abgesehen davon, dass mehrere von ihnen unterschiedlich auf jede Person auswirken können, findet bei allen von ihnen eine Geistestrübung statt, was von außen seltsam aussehen sollte. Wenn man dabei eine außergewöhnliche innere Freude zu empfinden vermag, war es auffällig bemerkbar.

Es gab zufälligerweise unter den Teilnehmern der Hochzeitszeremonie auch einige Personen, die schon eine unangenehme Zeit in einer Entzugsanstalt verbracht hatten. Die Qualen von diesen Armen sollten auch wegen gefährlichen Nebenwirkungen der Drogen zunehmen. So litten sie vor allem unter starken Knochen- und Zahnschmerzen, die infolge Kalziumentfernung aus deren Geweben oft der Fall war. Kaum Optimismus erregend waren die

Leiden der Nachbarn, die ständig körperliche oder geistliche Beschwerden erlitten. Obwohl das medizinische Personal alles Mögliche unternahm, um die höllischen Qualen zu erleichtern, gelang es ihm nur teilweise. Unter anderen Hilfs Arm war auch das Sittenpredigt, das die Leitung der Anstalt für ziemlich effizient fand. Sie war der Meinung, dass das Vorbild der hervorragenden Personen, die sich durch ihren Mut und ihre Willenskraft aus tödlichen Umständen zu retten fähig waren, auch diesen völlig erschöpften Menschen guttun sollte. Noch schlimmer wirkte auf die Betroffenen der Versuch, sie als Spitzeln im Kampf gegen organisierte Drogenkriminalität zu nutzen, der die Staatsvertreter manchmal unternahmen. Ihre Absicht war ganz klar, denn viele von diesen Kranken erhielten die guten Kontakte mit Drogenhändler und waren imstande, auch die großen Haie der illegalen Branche zu erreichen. Aus dem Gesichtspunkt der Behörde für Inneren war diese Gelegenheit völlig sinnvoll: Die Unglücklichen, die gar keine Pläne für die Zukunft haben könnten, werden nun in der Lage sein, sich als einen wichtigen und nutzbaren Bestandteil der Gesellschaft zu empfinden. Außerdem wäre es eine ständige Beschäftigung, die ziemlich gut bezahlt werden sollte. Natürlich setzten sie sich dabei der Gefahr aus, aufgedeckt zu werden. In diesem Falle drohte ihnen ein offenes Todesurteil seitens kriminellen Bonzen. Doch die Offiziere der Behörde sollten ihnen rechtzeitig zu Hilfe kommen. Darüber hinaus schien den Machtvertretern die Tätigkeit als eine Gewährleistung gegen den Rückfall der Krankheit zu sein. Allerdings war der Gedanke, sich mit den Bossen der Drogenmafia bekannt zu machen wahrscheinlich eine Zukunftsmusik. Zuerst sollten die, die mit der Aufgabe einverstanden waren, sich tief in unterschiedlichen sozialen Gruppen eindringen, seien sie Studenten, Musiker oder Künstler, wo der Drogenkonsum besonders aktuell war. Es stellte sich dabei heraus, dass diese Sache auch nicht einfach war, denn diese kleinen Gemeinschaften aus ziemlich furchtsamen Individuen zusammensetzten, die sich sehr argwöhnisch zu jedem neuen Gesicht verhielten. So forderte die Arbeit eine Geduld und Ruhe und kostete dem Neuling viel Zeit und Mühe. Dieses nicht vorübergehende Gefühl, dass du für allen diese Menschen absolut fremd bist, druckte schwer auf die Nerven und sorgte für die schlaflosen Nächte. Der einzelne günstige Antrieb bestand darin, dass man sich selbst und anderen verhelfen konnte, sich völlig unabhängig zu machen. Diese gar nicht inhaltlosen Kenntnisse schienen den Festteilnehmer nicht aktuell zu sein. Sie waren noch völlig gesund und unabhängig. Es passierte zuerst ganz unmerklich, als neben den gewöhnlichen Zigaretten ein Joint auftauchte, den man als ein zusammengedrehtes und mit Haschisch oder Marihuana gefülltes Papier sofort zu unterscheiden wusste. Das Haschisch gewann man aus dem Blütenharz des Hanfs, das Marihuana – aus dem getrockneten Kraut und Blütenstände des indischen Hanfs. Das Rauchen dieser Erzeugnisse erfüllten den Raum momentan mit einem herb süßlichen Duft, der die Kenner sofort zu bestimmen befähigten, war für die Anfänger etwas, was anders als der Tabakrauch roch. Die Letzten empfanden eine leichte Trunkenheit,

140

die sie ziemlich angenehm fanden. Der darauffolgende Zustand ließ ihnen aber, ganz anderem Schluss machen. Manche erlebten eine Geistestrüb-ung, die mit fantastischen Erscheinungen verbunden worden war. Die Palette der vorhandenen Drogen sollte sich wahrscheinlich erheblich verbreiten. Denn auch Tabletten und Pulver wurden in großer Menge konsumiert bis die allgemeine Gemütslage an irgendwas Paradiesisches erinnern konnte. Einigermaßen waren die Anwesenden die Repräsentanten einer idyllischen Gesellschaft, die mit allen, was mit ihnen passierte, vollständig zufrieden waren. Man fühlte sich selbstgenügsam, was das Vorhandensein anderer Personen gerne tolerieren ließ. Die seltenen Gespräche fanden ab und zu zwischen Gästen statt, die vielleicht mit den biblischen Sujets vergleichbar waren. So sagte der Hollywood Produzent und Drehbuchautor Jeremy Evert, ein wohlgebauter grauhaariger Kerl Ende Vierziger seiner jungen Begleiterin namens Jane Logan, die als ein Komparse in 20th Century Fox diente: „Kleine, ich bin so glücklich, als ob ich gerade geboren worden war. Es ist unsagbar schön, sich kindisch zu empfinden und zugleich völlig erwachsen zu sein. Ich kann solche Gestalten in Wirklichkeit sehen, die ich jahrelang erfolglos zu verfolgen suchte. Es ist ein echtes Wunder, das zwischen uns entstand und Du bist nun auch in einem majestätischen Gewand bekleidet, das Dir perfekt passt. Wir sind heute so nah zu unserem Ziel geworden waren, wie es nur bei einer göttlichen Belohnung möglich wäre. Wir schweben einfach zusammen auf Wolke sieben und werden imstande sein, jedem Traum zu verwirklichen". Man konnte dabei auf dem Gesichtsausdruck Janes alle ihre Denkweise lesen, die keine Worte mehr brauchten. „Meine Seele", äußerte sie, „stimmt deiner überein. Es ist gerade das, was uns letzte Zeit fehlte. Es gibt ein kleinstes Elementarteilchen, das nicht allein eine kosmologische Theorie zum Abschluss bringen könnte, sondern auch für die praktische Realisierung der Liebe sorgen sollte". Diese komplizierten Begriffe der Physik kamen in den Janes Verstand wahrscheinlich während Dreharbeiten eines Trillers, wo der Protagonist ein Theoretiker war, der zufällig ein Zeuge des Terroranschlages worden war. Damals hörte sie die Worte des Darstellers mehrfach an, kapierte aber überhaupt nix davon. Jetzt unter der Wirkung von Droge wurde ihr einen tiefen Sinn dessen Äußerung absolut klargeworden, vielleicht noch besser als dem Physiker selbst. Auf jeden Fall stand dieses rätselhafte Teilchen vor ihren Augen wie ein Lebewesen, mit dem man sogar umgehen konnte. Außerdem sah sie nun in Augen Jeremys solches Verständnis und Mitgefühl, die sie immer zu sehen hoffte.

Bemerkenswert konnten auch die Neuvermählten diese heimtückische Heimsuchung nicht vermeiden. Während Gina mit ihrer festen Überzeugung dagegen mutig und beständig die Versuchung abblitzen ließ, war der Bräutigam Knudsen der Ansicht, dass sie (oder mindestens er allein) als Gastgeber die allgemeine Stimmung der Gemeinschaft nicht missachten durften. Natürlich hatte er niemals im Leben den Wunsch, diesen „Teufelskraut" zu probieren, doch jetzt gab es eine ganz andere Sache, die sein Verhalten bestimmen sollte. so kiffte er wie die anderen Joints und Blunts und ließ sich auch etwas Heroin genießen. Er schwor aber zuvor seiner Ausgewählten, dass dieser Versuch fernerhin niemals wiederholt wird. Gina nahm seine Versprechung sehr ernst entgegen, weil sie daran keinen Zweifel haben konnte, dass er nicht belügt. Ihr außergewöhnliches sechste Sinnesorgan ließ ihr, diese Tatsache im Voraus wissen. Diesmal war es eine Ausnahme und gleichzeitig eine einzigartige Erfahrung, die ihr als einer Schauspielerin auch nützlich sein konnte. Mike erzählte ihr darauf alle Empfindungen, die er zu bekommen vermochte. Es war sicher eine ausdrucksvolle und farbenreiche Erscheinung, die Mr. Professor nur mit einem Hollywoodfilm vergleichen konnte. Im Grunde wusste er nicht, ob es ein Traum oder ein Trugbild war. Er befand sich in einem fantastischen Ozean mit der ursprünglichen Vielfalt der Tiere und Pflanzen, die man schon längst für ausgestorbenen hielt. Zwischen bunten Schlingarmen und Ranken schwammen wunderliche Tierarten, die ihm an Sauriern erinnern konnten. Obwohl sie nicht riesig groß waren, besaßen sie eine ungeheuerliche Kraft, mit der sie die schönen Pflanzen staudenweise von der Tiefe heraus zu reißen fähig waren. Mike betrachtete angsthaft den Kampf zwischen einem viermeterlangen Hai und einem Wesen, das einem Walross ähnelte, besaß aber muskulöse Gliedmaßen, mit denen es gewandt zu raufen vermochte. Der Hai verstärkte seine Bewegung bis zu Raketengeschwindigkeit, um seinen Gegner zu angreifen. Er sollte aber jedes Mal mit schweren Verletzungen seitens des pseudo Walrosses rechnen, was ihn schließlich erschöpfen musste. Es entstand daneben ein Korallenriff märchenhafter Schönheit. Die massiven Purpursteine strahlten Lichte aller Schattierungen um sich und lockten unzählige Menge von Fischen und Weichtieren aller Arten an, die selbst erstaunlich wunderbar aussehen konnten. Achtarmige Kraken mit zehnmeterlangen Fühlern tasteten prüfend das wesentliche Volum ab, und ließen sich kein Geschöpf ruhig fühlen. Sie waren aber einsichtig genug, um den Menschen von anderen Meerbewohnern zu unterscheiden. Das nächste Objekt, das die Aufmerksamkeit des Gelehrten fesselte, war sicher sehenswert: Eine Riesenseekuh, über die Mike in einem alten Buch las. Es schilderte über einen dänischen Marineoffizier in russischen Diensten namens Vitus Jonassen Bering, der als Geograf und Naturforscher weit bekannt war. Bering war der erste, der die Welt mit der sogenannten Stellerschen Seekuh bekanntmachte. Seiner Beschreibung entsprach ein wertvolles Exemplar mit acht Meter Länge und rund zehn Tonnen schwer. Das Wesen besaß eine quergestellte, gegabelte Schwanzflosse fast zwei Meter Breite. Seine Haut war zum Schutz vor Verletzungen an Felsen und Eis mehrere Zentimeter dick. Diese zur Isolierung vorbestimmte Fettschicht hatte eine rindenartige Konsistenz, die Farbe war dunkelbraun. Nun quellte den Forscher eine Frage: Welche Kraft sollte das Wesen aus dem Norden nach Süden vertreiben? Angst vor Kälten sollte nicht ein wahrhaftiges Argument präsentieren. Diese Erwägung wurde aber durch das Auftauchen eines nächsten Lebewesens unterbrochen. Nach seiner Länge ca. 15 Meter ähnelte es an einen Grauwal, dessen eigentümliche Merkmale ziemlich gut in Meeres-

142

biologie bekannt worden waren. Dieser Typus sammelte aber auf seiner Haut eine Vielfalt unterschiedlichen parasitischen Läusen, Seepocken und Krebstieren, deren Lebensraum eng mit der Laune des Wirtes verknüpft war. Wieviel konnte er wiegen, 20-30 Tonnen oder noch mehr? Er atmete durch zwei Löcher so energisch, dass der Blas in die Höhe von vier Meter ausgestoßen werden konnte. Ganz fabelhaft sah das ausgestoßene Wasser-Luftgemisch aus, das senkrecht nach oben stieß und eine herzförmige Nebelsäule schaffte. Sein Körper besaß keine Finne, er hatte aber noch ein eigenartiges Merkmal – ein Rostrum auf der Schwanzflosse, die die Position im Raum aufrechterhalten ließ. Nach der Betrachtung solchen Giganten schien dem Biologen der Roter Thun mit seiner drei Meterlänge und 300 Kilogramm Gewicht eher ziemlich klein zu sein. Dieser Blauflossen-Thunfisch wurde für seinen spindelförmigen Körper bekannt, dessen größte Höhe in der Mitte der ersten Rückenflosse erreicht worden war. Für einen begeisterten Biologen konnte man die Euphorie, die er in diese Minuten erlebt hatte, mit einer Idylle vergleichen, die sehr selten einen Sterblichen zu besuchen herabließe. In diesem Strudel der Empfindungen genoss er auch ein Korallenriff ungewöhnlicher Schönheit. Die purpurroten Steine blitzten mit allen möglichen Schattierungen wie Brillanten und lockten eine Vielfalt von buntfarbigen Fischen und Mollusken an, die die ersehnte Köstlichkeit für sich besorgen konnten. Diese Beobachtung selbst war eine außerordentlich nette Betätigung, die aber ganz plötzlich unterbrochen worden war. Es flog mit einer teuflischen Geschwindigkeit ein Scheusal, dessen Größe über fünfundzwanzig Meter erreichte. Man konnte nur seinen Rachen mal sehen, um einem Schlaganfall zu erlegen. Es gab Reihen von starken weißen Zähnen, deren Furcht erregende Macht das Ungeheuer gerade zeigte. Dafür fand es als Opfer einen Zehnmetergroßen Buckelwal, dem es über die Hälfte dessen Körper mit einem Messer abbiss. Die Vorstellungskraft erstattete im Augenblick dem Professor den Namen der Ausgeburt zurück. Natürlich war sie ein Megalodon, über dessen möglichen Rückkehr vor wenigen Jahren alle Medien sprachen. Doch mit diesem Horrorakt war die Szene noch nicht zu Ende, denn der Rest des Walkörpers war noch am Leben. Es entstand unbekannt woher einen Schwarm von ziemlich kleinen Fischen, die äußerlich an Roten Piranha erinnerten. Sie brauchten nur Minuten dafür, dass der Rest des Wals völlig und ganz abgenagt worden war. Diese Fleischmenge sollte den Bauch der Vielfraße für eine Woche oder noch mehr vollfüllen und sattmachen. Doch dem Schicksal wurde es gefällig, dass im nächsten Augenblick an der Stelle drei weiße Haie auftauchten, die den ganzen Vielfraßen Schwarm verschluckten.

„Im Großen und Ganzen", dachte sich der Gelehrte, ähnelt sich das Meeresreich an eine menschliche Gesellschaft mit deren ungestümen Ereignissen und Leidenschaften. Allerdings zeichnet sich ein Mensch durch gewisse Gemütsbewegungen aus, die ihm zu lieben, hassen, neiden oder mitfühlen ermöglichen. Dagegen leben die Tiere ausschließlich nach den

Naturtrieben wie Hunger, Selbstschutz oder Fortpflanzung. Diese unbedingten und bedingten Reflexe ließen ihnen, sich manchmal ganz einsichtig und angemessen benehmen. Trotzdem sind sie nicht in der Lage, die Rahmen ihrer Instinkte zu verlassen. Zugleich blieb der Mensch ein Bestandteil der Natur, der wegen seiner Vernunft und seinen guten Willen um den ganzen Planeten kümmern sollte. Leider stimmt diese Auffassung mit dem Wesen des modernen Menschen nicht überein, was nicht selten in der Form einer übertriebenen Selbstliebe, Beschränktheit, Aussichtlosigkeit oder des Fremdenhasses hervorgeht. Die Mutternatur verlangt nach einer wesentlichen Umgestaltung der menschlichen Sippe. Heute sind von der Weltbevölkerung absolut andere Eigenschaften gefragt, die für das Überleben der Menschheit und Umwelt sorgen sollten.

Am nächsten Morgen erzählte Mike alle diesen Einzelheiten seiner nächtlichen Erscheinung in grellen Farben seiner Ehefrau. Er fühlte sich davon noch sehr angespannt und wunderte, woher alle diese sonderbaren Tiere und Pflanzen entstehen konnten, die er nie zuvor zu sehen vermochte. Gina fand dafür eine eigene Erklärung:
„Weißt du, Liebling, ich interessierte mich seit meiner Jugend für rätselhafte Erscheinungen der Psychologie, was mir damals wertvolle Auskünfte bekommen ließ. Nach dieser Erfahrung kann ich deine Wundererlebnisse folgendermaßen erläutern. Du bist, Gott sei Dank, kein Drogenabhängiger, das heißt, du nimmst alles anders als diese Armen auf, die solche Bürde lebenslang tragen müssen. Gleichzeitig wirken diese Substanzen auf dich viel tiefer aus, als auf sie. Alle deine Erlebnisse stützten sich auf deine mannigfaltigen Kenntnisse und Eindrücke, die deine Besinnung seit Jahrzehnten gespeichert habe. In deinem gesunden Verstand hielt dein Gedächtnis alle diese Kenntnisse fest, und lässt einige von ihnen nach dem Abruf ausgeben. Für einen kranken Verstand – du wirst sicher nicht ablehnen, dass die psychedelischen Drogen unseren Verstand krank machen – gestatten sie unserer Psyche einen Freilauf. Mit anderen Worten wurde dein Gedächtnis unter dem Einfluss des Rauschgifts chaotisch und kontrollfrei alle Sachen ausgeben, die vorhanden waren. Du bildetest dich seit deiner Kindheit beharrlich auf, indem du viel las und nachdachte. Das ganze Massiv dieser Information wurde verborgen in deinem Gedächtnis gesammelt. Als ein fantastisches Resultat sahst du heute Nacht alle diese verschwundenen oder nie gewesene Tiere und Pflanzen".
Mit diesem Satz verstummte sich Gina und ihr Mann sollte auch einige Minuten schweigsam bleiben. Er war das nächste Mal überrascht, wie informiert in unterschiedlichen Bereichen seine Frau sein könnte. Er war bestimmt nicht mit allen, was sie sagte, einverstanden. Doch war ihre Darstellung ziemlich argumentiert und glaubwürdig. In der Tat las er irgendwann über alle diesen Lebewesen, an die sich sein Verstand irgendwie erinnern könnte. Zugleich war er dankbar seinem Schicksal, dass es ihm diese seltene Möglichkeit überließ. Wo und unter welchen anderen Bedingungen

konte es sich verwirklichen? Diese netten Gedanken wirbelten sich in seinem Kopf morgenfrüh des zweiten Tags ihrer Hochzeit. Dieser Tag versprach, nicht zuletzt dank den würdigen Gästen auch gut zu gelingen.

Der Forschungsgeist Professors Knudsen war von der Frage begierig, wie sich die Stars und Prominenten nach dem gefährlichen Versuch mit dem Rauschgift benehmen sollten. Es wäre wunderschön, etwas Ähnliches, was mit ihm selbst passierte, von einem Künstler anzuhören. Der könnte unbedingt, die ganze Palette von bunten Adjektiven und Adverbs ausnutzen, um seine Empfindungen zu beschreiben. Mike kapierte aber, dass dieses Unterfangen unrealistisch war. Denn dafür sollte die Berühmtheit vor allem eingestehen, dass sie mit der erklärt illegalen Verhaltensweise verknüpft war. Es wäre zu sehr riskant gewesen, besonders bei einem zahlreichen Publikum. Allerdings war die wissenschaftliche Geschicklichkeit nicht auf die unmittelbare Beobachtung beschränkt. Im Gegenteil gab es eine Menge von Besonderheiten, die an die Abweichung von der Normalität hinweisen könnten. man musste nur aufmerksam sein, um die Redeweise und andere auffallenden Merkmale nicht zu verpassen. Und der zweite Feiertag begann natürlich mit dem freudigen Frühstück. Von der gesamten Versammlung wurde der Braut wieder einen großen Blumenstrauß samt andere Geschenke überreicht. Die Trinksprüche setzten sich fort, bis die Redner anscheinend davon völlig erschöpft waren. Darauf sollte nach der Absicht der Veranstalter einen Spaziergang entlang der Küste folgen, wo die Gäste mit einander ungekünstelt zu unterhalten vermochten. Trotz eines sonnigen und warmen Wetters waren die Ozeans Wellen ziemlich hoch, was das Baden nicht besonders angenehm machte. Es gab aber keinen Anlass für die einigen tollkühnen Schwimmer, die sich gegen die lärmenden Wassermassen zu werfen wagten. In der Tat war es eine ganz Furcht erregende Erscheinung, diese mutigen Menschen zu betrachten. Wenige Minuten darauf war es klargeworden, dass auch unter den Kühnen eine gewisse Abstufung vorhanden war. So riss sich jemand zupackend los und die anderen blieben weit hinter ihm. Was konnte dieser angstlose Held vorhaben? Man konnte in der Nähe keinen Rettungsdienst sehen. War er ein Selbstmörder? Professor Knudsen, der unter sonstigen Gästen der Zeuge der Schau war, sah darin eine klare Bestätigung seiner Vermutung, dass die heimtückischen Drogen ihre Wirkung zu offenbaren begannen. Diese außergewöhnliche Szene, die momentan die allgemeine Aufmerksamkeit des dicht bevölkerten Strands auf sich fesselte, lieferte sicher einen Beweis davon. Der Hauptursache des Hochzeitfestes fühlte sich betrübt und unglücklich, denn seine Gedanken konnten aus den unbekannten Gründen für diese geistige Umnachtung des Armen verantwortlich sein. Wäre es überhaupt möglich, dass ein müßiger Gedanke eine verhängnisvolle Wirkung auf anderen Menschen haben sollte? Solche gramvollen Erwägungen beherrschten seinen Verstand nur fünf-sechs Minuten, doch er konnte sie mit der Ewigkeit vergleichen. Er wurde aus diesem entsetzlichen Zustand eher durch die allgemeine Beseelung des

Publikums hinausgeführt. Er warf einen Blick in die Richtung der Schwimmer und begriff, dass gerade ihre Bewegung für die Belebung sorgte.

In der Tat schwamm die Gruppe nach dem Ufer und wieder war eine Figur wesentlich vorn vor den anderen zu sehen. Es dauerte nicht lange bis die ganze Gruppe auf den Sand des Strandes ihre nassen Spuren hinterließ. Mehrere Mitglieder der feierlichen Gesellschaft rangen gleich die Person um, die sich im Ozean heldenhaft benahm. Er war ein gewisser Brian Craig, ein mittelgroßer gutaufgebauter und muskulöser Kerl Mitte Vierziger mit kurzem teilweise grauen Haar, großen hellgrauen Augen und dünnem Schnurbart. Brian war ein bekannter Stuntman, der seinen Namen im Hollywood durch besonders gefährliche und lebensbedrohliche Tricks-Handgriffe gemacht habe. Er war auch bei den leitenden Schauspieler wegen seiner Anteilnahme und Großmut sehr beliebt. Manche von ihnen waren der Meinung, dass er selbst außerordentlich künstlerisch und theatralisch war und konnte zweifelslos die Funktionen des Hauptdarstellers übernehmen. Brian erwiderte aber jedes Mal, dass er als ein Kaskadeur geboren worden war und sich nichts Besseres wünschte. Allerdings waren fast alle jungen Hollywoods Damen in ihm verliebt. Auch hier am Strand von Santa Monica zeigten die zahlreichen Zuschauer ihre Neigung, mit ihm zu verkehren. Deswegen sollte er gerade jetzt, seine Ausdauer zur Schau stellen. Natürlich beabsichtigten viele seine Anhänger, ihn über etwas Wichtiges zu fragen. Der erste, der sich mit ihm zu sprechen entschied, war ein junger Bursche im Schorts. Er wollte erst wissen, was sein Götzenbild vor zwanzig Minuten im Ozean unternahm und ob er überhaupt keine Angst hatte. Mr. Craig antwortete ganz einfach:
„Doch, ich bin kein Heilige, um keine Angst zu haben. Im Gegenteil muss ich mich vor jedem risikovollen Schritt in bestimmte Stimmung bringen. Jede Gefahr braucht ihr eigenes Stimmungsniveau. Für mein heutiges Handeln im Wasser war dieses Niveau eher sehr niedrig gewesen, denn ich bin daran gut gewohnt und keine Besorgnis finde". Eine junge Frau war an die Dreharbeiten des Trillers interessiert, wo der Darsteller in einer Flamme aus dem Dach des Hochgebäudes in einen Fluss springt. Nach ihrer Ansicht sollte das Vorgehen alle menschlichen Fähigkeiten übertreffen, das heißt, man sollte sich entweder durchbrennen oder zersplittern und es gab für das Überleben gar keine Chance. Eine kurze Pause, die nach der Frage entstand, sollte zeigen, dass es für den Stuntman in der Tat eine schwierige Aufgabe war. „Vor allem hätte ich gerne, Ihnen für die Frage danken", sagte Brian offenherzig, „weil diese Arbeit mir viel Zeit und Mühe kostete. Wissen Sie, mein Beruf ist einer eigenartigen Art, denn er setzt ausschließlich eine eigene Erfahrung voraus. Man kann mir bestimmt etwas empfehlen, aber ich bin der Einzige, der die Entscheidung trifft. Die Sache, die auf Ihre Frage Bezug hat, forderte von mir eine Erfindungsgabe. Ich wollte nicht verhehlen, dass ich einige technischen Handgriffe nutzte, um am Leben zu bleiben.

Sonst wäre ich sicher schon tot. Ein normaler Sterbliche hätte keine Chance, direkt die Aufgabe zu erfüllen und nicht zu sterben".

Eine Passantin mittleren Alters war der Absicht, auch die Möglichkeit nicht zu versäumen, der Berühmtheit ihre Frage zu stellen: „Mr. Craig, ich kannte Sie bis heute nicht persönlich, ich war aber von Ihrer Leistung immer tief begeistert. Könnten Sie bitte mir erklären, wie es Ihnen gelingt, sich vom Darsteller nicht zu unterscheiden. Es wurde den Eindruck geschunden, dass alles gerade der Schauspieler selbst macht". Die Pupillen des Kaskadeurs erweiterten sich, als ob die Frage etwas Unantastbares berührte. Er sollte aber möglichst schnell eine Antwort bereitstellen. „Meine liebe Dame, Sie haben gerade die ehrwürdigste Stätte des Kino-Heiligtums übertreten, wohin kein Zuschauer darf. Denn wir machen unsre Beste, damit diese Angelegenheit als topsecret erhalten könnte. Leider bin ich auch nicht imstande, diese Sache Ihnen zu verraten. Entschuldigen Sie mich bitte". Diese Reaktion des Publikumslieblings rief ein lautes Lachen und Einen Beifall hervor.

Abgesehen davon, dass Brian ein zum Wagnis neigende Individuum war, probierte er – im Unterschied zu vielen Intellektuellen – niemals ein Rauschgift, denn ein ungetrübter Verstand war für ihn immer von großer Bedeutung. Mittlerweile antwortete er weiter auf viele schwer entwirrbaren Fragen der Hochzeitgäste sowie der gelegentlichen Urlauber, die damit ihre Neugier zu befriedigen suchten. Um ehrlich zu sein musste man eingestehen, dass diese Betätigung ihm schon längst überdrüssig worden war. Er setzte sie aber fort deswegen, weil sie nicht um seinen guten Ruf allein, sondern viel mehr um den des Hollywoods kümmerte. Allerdings war seine Geduld auch nicht grenzenlos, und wenn die Fragen immer beharrlicher in sein Privatleben einzudringen begannen, bat er die Zuschauer gefällig um Verzeihung, weil er anscheinend noch einige Pflichten erfüllen musste. Die Wanderung der feierlichen Gesellschaft ging mit der netten Unterhaltung und dem Genuss der bezaubernden Natur weiter. Der Duft der blühenden Bäume zog aus dem Gedächtnis die biblischen Zeilen über das Paradies, was richtig der Gemütslage Mike Knudsen entsprach. Dieser augenblickliche heiterzuversichtlich erlebte Zustand war wahrscheinlich ein Ergebnis mehrerer Faktoren, einschließlich nächtlicher geistiger Reiser in der Meerestiefe, Bekanntschaft mit dem mutigen und gleichzeitig berückenden Brian Craig und diese saftgrüne Landschaft, die allen Sinnesorganen eine vollkommene Befriedigung bereitete. Seine Braut und schon Ehefrau blieb mit einigen Kolleginnen etwas hinterher, und sein gelegentlicher Begleiter hieß Roy Tester, er war ein Investment Manager, der seit mehreren Jahren mit dem Hollywood eng verbunden war. Roy war äußerlich ein ziemlich kleiner sympathische Kerl nahe Sechziger mit einem, Glatze bekommenen Kopf, ausdrucksvollen braunen Augen und großen Gesichtszügen. Der lange Umgang mit der großen Kunst sorgte vielleicht für seine deutlich gefühlsschwärmerische Neigung, die auch im Palisades Park zum Vorschein kommen konnte. Mike war aber erstaunt davon, weil diese Beschaffenheit ihm wie eine Dissonanz zum Wesen eines Finanziers schien. Nichtsdestotrotz besaß Roy eine erklärt poetische Fähigkeit, die kleinste Ausführlichkeit der Natur zu begreifen und mit präzisen Worten zu beschreiben. Man fühlte sich neben ihm wie in einem lebendigen Theater, wo die Rollen zwischen den Objekten der Natur verteilt worden waren. so zog er gleich die Aufmerksamkeit des Professors an Bluten, Bäume oder Vögeln heran und erzählte dabei etwas fast Intimes aus dem Leben dieser Lebewesen, als ob sie alle mit menschlichen Gesinnungen und Emotionen ausgestatten werden sollten. Er fand in Vogelstimme Tenore, Sopran oder Belcanto, so dass man sie anscheinend gerade auf die Oper Bühne schicken sollte. Knudsen wusste selbst perfekt die Biologie und Lebensweise aller diesen Tieren und Pflanzen und konnte über ihre Physiologie und Habitat viele Sachen erzählen. Doch was Mr. Tester besaß, war ganz anderer Art, sie verbarg etwas Unsichtbares und Geheimnisvolles, was wahrscheinlich die Lebewesen nicht auszuplaudern vermochten. Es schien dem Gelehrten besonders angenehm zu sein, diese Gabe bei einer Person des meist materialistischen Faches aufzudecken. Deswegen scheute er nicht, seinen neuen Bekannten in den höchsten Tönen zu loben. Die Reaktion Roys ähnelte aber mehr an den Versuch, sich recht zu fertigen:

„Aber lieber Mr. Professor, ich habe wirklich keine Absicht, irgendwelche Lobpreisung bei Ihnen zu verdienen. Im Gegenteil äußerte ich meine Empfindungen der Natur gegenüber ausschließlich, weil es mir meine seelische Zuneigung zu machen zwingt. Wissen Sie, ich stamme aus dieser Gegend und wurde von meiner Kindheit an zu dieser Natur angewöhnt. Sie gehört nicht nur zu meiner Umgebung, sondern sie ist ein wichtiger Bestandteil von mir selbst. Mir scheint es manchmal, dass ich häufig davon rede, was ich von diesen „Vertreter" der Natur anzuhören vermöge. Ich bin Ihnen sehr dankbar für Ihre gutmütigen Worten. Doch sie waren absolut grundlos". Mike erwiderte ganz heftig: „Ich sagte nur das, was ich sagen musste, und jetzt hätte ich gerne das Folgende betonen: Alles, was ich von Ihnen gehört habe, sollte nach meiner Auffassung veröffentlicht werden, denn es ist ein Teil des menschlichen Kulturerbes. Ich bin vollständig davon überzeugt, dass Ihre heutige Vorlesung – man kann sie natürlich mit einem anderen Begriff nennen – eine eigenartige Erscheinung darstellt, die niemandem noch auf der Erde den Kräften angemessen wäre. Ich werde Ihnen zu Dank verpflichtet, wenn Sie ein Exemplar Ihres künftigen Buches zu überlassen geruhen". Der letzte Gedanke wurde so aufrichtig geäußert, dass es keinen Verdacht auf die Schmeichelei entstehen konnte. Nun sollte Mr. Tester bestimmt seine Gedanken sammeln, um etwas Einsichtiges zu sagen. Nach einigen Minuten sprach er schon wieder:

„Verstehen Sie mich, Mr. Knudsen, doch richtig. Ich bin keinen Schreiberling, einen Brief zu fertigen, ist eine meinem Geist unangemessene Arbeit. Ich bin eher ein Businessman, der sich mit den Kategorien des Gewinns und Renditen umzugehen angewöhnte. Allerdings säten Ihre Lob Worte in meiner Seele einen ernsten Zweifel daran, dass ich auch für die Schreiberei absolut verloren sein sollte. Natürlich brauche ich eine Zeit, damit ich Ihren verlockenden Vorschlag zu verdauen vermöge. Aber wurde es mir schon klarer geworden, dass wir alle unseren Fähigkeiten nicht richtig zu kapieren wissen. Anders ausgedrückt, kann ich momentan auch das künftige Verfassen eines Buches nicht ausschließen. Und die Aussicht – ein Exemplar Ihnen zu bescheren – wird ein guter Antrieb für meinen Schreibversuch gewesen". In diesem Augenblick wurden die beiden von den anderen Teilnehmern des Restes eingeholt, was den Abschiedshändedruck der Gesprächspartner beschleunigen sollte. Die Gesellschaft war in einer angeregten Verfassung von dem schönen Wetter und der Natur geworden. Der Ausflug dauerte schon fast drei Stunden und die Rückkehr nach dem Hotel verlangte noch fast eine Stunde, was gerade der feierlichen Mahlzeit entsprechen sollte. Auf diesen Grund beeilten sich alle Gäste in die Hotelrichtung.

Die Veranstalter der Hochzeitzeremonie waren bestimmt nicht nur sehr erfahrene Leute in solchen und ähnlichen Maßnahmen, sondern auch diejenigen, die vom Geist Hollywood durchgedrängt worden waren. Das heißt, sie sollten zuerst ein perfektes Drehbuch des Ereignisses fertigstellen, damit sie es fernerhin Schritt für Schritt zu verwirklichen versuchen. So machten sie die festlichen Mahlzeiten zu einer fast theatralischen Kulmination, wo die erlesenen Gerichte und Getränke als eine Ergänzung des Auftretens von Gästen oder speziell eingeladenen Redner und Musiker dienen sollten. Man sollte unbedingt von Anfang an die Langweile wegtreiben, indem die Freude und Heiterkeit vorzuherrschen vermochten. Wie gesagt gab es eine Menge von wertvollen Geschenken, unter anderen die persönlichen Werke der Gäste, mit ihren schriftlichen Widmungen den Neuvermählten. Außerdem boten mehrere Teilnehmer dem jungen Ehepaar die glaubwürdigen Konzertstücke in der Form von Tanzen oder Songs dar. Es war besonders angenehm anzuhören, dass diese oder jene Berühmtheit speziell zu diesem großen Ereignis die Programmnummer längst einüben sollte. Genauso konnten die Hauptverursacher der Feierlichkeit und ihre Gäste von dem Auftauchen von Kino-Stars Jon Burr überrascht sein. Abgesehen davon, dass Jon selbst vor einem Jahr für das erste Mal geheiratet worden war (im Alter von 51) und vor kurzem ein Vater von Zwillingbrüderchen war, brachte er viel Zeit und Mühe mit, um ein Lied mit einer Rockgruppe zu proben. Gerüchten zufolge schließ Burr auch die folgende Karriere des Rocksängers nicht aus. Bemerkenswert war auch die Tatsache, dass auch seine Dreharbeiten-Partner niemals die Chance hatten, ihn singend zu hören. Sollte das von dessen Bescheidenheit oder Verschlossenheit zeugen? Die beiden Varianten schienen eher unwahrscheinlich zu sein. Denn er präsentierte sich gewöhnlich wie eine offenherzige und gesellige Person und sein charmantes Aussehen ließ danach keinem Mädchen ruhig schlafen. Vielleicht sorgte seine Beschaffenheit des Herzensdiebes dafür, dass er ziemlich spät gekommen war, eine Familie zu gründen. Das Gerede schrieb ihm zahlreiche erfundene

Geschichte zu. So verkehrten letzte Zeit gewisse Märchen, dass er für seinen kleinen Söhnchen sieben Nannys in Dienst nahm, also eine für jeden Tag der Woche und bezahlte jeder täglich fünfzehnhundert Dollar. Die erfinderischen Köpfe versuchten, das Rätsel der Zahl sieben zu entziffern und waren (nach ihrer Ansicht) findig geworden. „Eine regelmäßige Wiederkehr mit wöchentlichem Takt", sagten sie, „sollte im Gehirn der kleinen einen ewigen Rhythmus legen, der im Grunde nicht zu konkreten Personen angebunden werden könnte. So wächst ein Säugling wie bei der Mutternatur und bekommt dabei nur die notwendigen Kenntnisse und Instinkte. Es ist anscheinend besonders wichtig für das Schaffen eines beständigen Gleichgewichts zwischen beiden ohne jene Schräge. Die Hypothese war ganz scharfsinnig und gefiel gut der absoluten Mehrheit der Zuschauer. Es gab auch einige alternative Varianten, die aber zu nichts taugten. Also könnte die erste zu Gewinner gekrönt werden. Gleichzeitig stellte es sich heraus, dass von Anhänger (oder vielleicht Anhängerinnen) Mr. Burrs der Auffassung stammte, dass die Zahl sieben überhaupt nichts mit den Babys haben könnte, weil die genannten Nannys nicht für sie, sondern für die Berühmtheit selbst vorausbestimmt worden war. Was in dieser Idee die Oberhand haben könnte, entweder einen tiefen Sinn oder eine aufrichtige Frechheit, blieb aber umstritten. Festgestellt wurde aber der Umstand, dass der Film-Star in mehreren Ländern der Welt ein Anwesen hatte, wo die Erziehung der künftigen Ritter ganz wahrscheinlich sein könnte. Mit dieser neuen Kenntnis schien die Zahl sieben offensichtlich zu niedrig zu sein. Man sollte dafür zusätzliche Fachkräfte beschäftigen. Allerdings sollte diese Zahlen-Mathematik eine persönliche Sache von Mr. Burr sein und keine durfte sich darin einmischen. Was das Publikum des Hochzeitsfestes betraf, sollte es momentan seine neue Gabe angemessen abschätzen und genießen, denn auch in dieser Rolle war er zweifelsohne unvergleichlich. Sein musikalisches Talent besaß verschiedene Grenzfläche, die nicht zuletzt die Mitglieder der Rockgruppe nach Gebühr einzuschätzen wussten. Irgendjemand im Saal vermutete, dass auch die Kompositionen, die er vorstellte, von ihm selbst geschrieben worden waren. Ob es in der Tat so war, war aber in Dunkel gehüllt. Ehrlich gesagt war es nicht so wichtig, viel bedeutsamer war der Fakt, dass seine Darbietung einen gewogenen Eindruck auf die Neuvermählten und Gäste schinden konnte. Es gab eine offenkundige Zusammenstellung der Stimme, Gefühle und Ausdrucksstärke, die niemanden gleichgültig bleiben ließ. Zum Schluss widmete der Star ein Lied persönlich der Braut, was er unmittelbar vor ihrem Tische zu singen vorzog. Man konnte diese Programmnummer mit einer Perle vergleichen, die ihren grellen Glanz in alle Seiten strahlte. Und so grenzenlos war der Liebreiz des Darstellers. Nach solchem Kunststück konnte man mit einem Gefühl der Vollendung den Camus XO Elegance Cognac genießen, was Jon Burr gerne mit den Festverursacher machte. Die drei unterhielten sich dabei freundlich, weil es sich sofort herausstellte, dass sie eine Reihe von gemeinsamen Interessen haben sollten. Das Gespräch konnte aber nicht länger als eine Halbestunde dauern, denn darauf bat Jon um Ver-

zeihung, dass er die schöne Gesellschaft verlassen musste, und verabschiedete sich. Zu diesem Zeitpunkt war der ganze Saal mit tanzenden Paaren gefüllt, die einigermaßen an den Ball der alten Aristokratie erinnerte. Es war aber ein äußerer Anschein. Das Publikum habe keine Ahnung davon, und es bereitete sich nur das Vergnügen. Dem Tanze forderten aber einen enormen körperlichen Energieverbrauch, was die Beteiligten in bestimmten Zeitabständen mit den Köstlichkeiten und Getränken zu ergänzen suchten. Aber es gab auch nicht selten die improvisierten Reden und musikalische Stücke von Gästen, was eine Sinnlichkeit erregende Empfindung mitbringen sollte. So verriet Dick Boyd den Gästen, dass er heimlich humoristische Erzählungen schrieb, die schon für zwei Bücher ausreichend wären. Mehreren anwesenden war Mr. Boyd als ein Produzent des Universal Pictures bekannt, der zweimal sogar für Oscar-Preis nominiert worden war. Dass er seine Kraft auch für die Belletristik aufzuwenden versuchte, wusste keine im Festsaal. Es war allerdings eine angenehme Überraschung, weil die Erzählung sehr scharfsinnig verfasst und ausgezeichnet gelesen worden war. Dick zeigte sich wie künstlerische Natur, indem er eine Vielfalt von Mimik und Gesten meisterhaft benutzt habe. Sein Protagonist befand sich zufällig an der Stelle, wo die Dreharbeiten einer Komödie vonstattengingen. Der Arme wollte aber auf dem Platz seine Mittagspause verbringen, damit er eine Tüte mit dem Essen und Kaffeekanne mit sich mitgebracht. Für das Kino-Team war seine Anwesenheit ganz unerwünscht, doch eine minutenlange Betrachtung seiner Verhaltensweise erregte bei dem Regisseur eine Idee, ihn vollständig aufzunehmen. Denn dessen Äußere und Benehmen sehr gut dem Geist des Films passte. Der notgedrungene Akteur wusste zuerst gar nicht, dass ihn jemand zu Nutze zu bringen beabsichtigte. Deswegen war er absolut natürlich und, weil er sich allein fühlte, machte er alles mit seinen Händen und Füßen, was er wollte. Darauf begriff er aber die Situation und begann, sich sehr verwirrt und bestürzt zu verhalten, was sein Wesen noch lächerlicher machte. Im Grunde geriet er nicht nur in eine Verlegenheit, aus der er keinen Ausweg wusste, sondern er wurde zornig und hässlich zugleich geworden.
Nein, diese ewigen Sünden waren für ihn sicher nicht eigentümlich. Im Gegenteil war er ein weichherziger und geneigter Kerl, der keiner Fliege etwas zuleide zu tun vermochte. Aber es könnte mit jedem Sterblichen passieren, dass die Sachlage sich plötzlich eskaliert, und man sich wie ein Fremder benimmt. Offen gesagt, schuldig war nicht er selbst, sondern diese Filmmacher, die die Aufnahme unternommen haben, ohne ihn davon zu benachrichtigen. Es war gesetzwidrig und frech. Vielleicht sah er in der Tat lächerlich aus. Es bedeutet aber auf keinen Fall, dass sie Recht hatten, jemanden mit dem lächerlichen Aussehen, gleich zu verfilmen.

Der Regisseur, dem dieser Gedanke in Kopf kam, kapierte selbstverständlich, dass er etwas nicht besonders Anständiges unterfing. Doch es spielte für ihn augenblicklich keine Rolle, denn er machte eine Komödie, wo das Lachen der Hauptprotagonist werden sollte. Dieser nicht selbstbewusste Bursche war komisch von Anfang an mit seinen altmodischen Klamotten und der Mittagsessentüte. Man sollte kein Hehl daraus machen, dass er viel besser für der Rolle geeignet war als seine beruflichen Schauspieler. Es war weit über Regie-Macht hinaus, die Aufnahme sofort einzustellen und die wertvollsten Episoden nicht zu machen. Danach fühlte sich der Regieführer imstande zu sein, sich nachgiebig zu entschuldigen. Darüber hinaus war er bereit, den armen in die Liste der Darsteller hineinzutragen sowie ein gutes Entgelt zu bezahlen. Doch der Kerl wurde störrisch geworden und forderte nur die moralische Genugtuung, das heißt etwas dem Duell Ähnliches. Nun könnte es noch lächerlicher klingen, wenn es nicht so kümmervoll wäre. Wegen dieses Zwischenfalls neigte nun der Regisseur, das Filmgenre zu ändern und es Tragik-Komödie zu nennen.

Was auf dem Papier wirklich ziemlich traurig aussah, war in der Aufführung von Mr. Boyd lächerlich und lustig bis zum Ende. Das Publikum der Hochzeit wälzte sich vor Lachen. Das beträchtliche Ausrücken von Dick Boyd wurde auch beim neuen Ehepaar ganz hoch bewertet, obwohl die emotionale Wirkung der Erzählung auf beiden eher unterschiedlich sollte. Während Gina darin eine aufrichtig künstlerische Meisterschaft hochschätzte, versuchte Mike auf die Situation mit dem „Akteur wider Willen" aus einem anderen Gesichtswinkel anzukucken:
„Liebling, ungeachtet des zweifellosen Talents Dicks als Schriftsteller und Erzähler, müssen wir feststellen, dass sein Protagonist sich unter heiklen Umständen befinden sollte. Ich könnte ihm sicher nicht beneiden. Außerdem war seine Lage absolut realistisch gewesen, das heißt, sie konnte mit jedem anderen passieren. Wir wissen überhaupt nicht, was es sich in dem nächsten Moment zu ereignen ermöglicht. Ich verstehe dabei wohl, dass viel von den persönlichen Eigenschaften des Individuums abhängig ist. Es gibt eine Vielfalt von Menschen, die nicht nur das Geschehene ganz leicht zu erleben vermochten, sondern sogar wären bereit, gemeinsam mit dem Publikum über sich selbst mitreißend lachen. Es gibt aber nach meiner Abschätzung eine viel kleinere Zahl der Menschen, die ähnliche Sachen wie eine lebenswichtige Tragödie zu erdulden wissen. Dürfen wir sie wirklich auslachen? Ich zweifle mich daran, vor allem, weil ich nicht weiß, wie ich mich unter der Bedingung benehmen könnte. Es ist auch nicht ausgeschlossen, dass die Sache bis zu einer Rauferei zu führen vermochte. Sag mal, wieso konnten überhaupt die Duelle entstehen. Bestimmt nicht deswegen, weil es keine Möglichkeit gab, die Auseinandersetzung friedlich aufzulösen. Im Gegenteil machte ein von den beiden Kontrahenten „seine Beste", um aus einer Mücke einen Elefanten zu machen. Er tat es absichtlich, nicht selten mit schweren Beschuldigungen und Beleidigungen, damit seine Begierde nach dem Duell hundertprozentig befriedigt worden war. Solche Relikte aus der Vergangenheit leben noch in vielen von uns, obschon unsere Zeit Menschen viel nachsichtiger und besonnener machen sollte". In diesem Augenblick merkte

der Bräutigam, dass das Gesicht seiner Braut sich von seinen Worten verfinsterte. Deswegen änderte er sofort seine Richtlinie: „Selbstverständlich, mein Schätzchen, hast du Recht, aus dem künstlerischen Gesichtspunkt ist der Erzählung Dicks perfekt, man kann ihm nichts übelnehmen. Bezüglich meiner Erwägungen muss ich eingestehen, dass sie meine inkompetente Meinung widerspiegeln sollten, mit der man nichts anzufangen vermöge. Es tut mir leid".

Diese einsichtige Taktik sorgte unbedingt für die Einmütigkeit in der jüngsten Familie.

Was geschah aber zu diesem Zeitpunkt im Restaurant? Das ausreichende Volum der erlesenen Getränke ließ bestimmt seine heimtückische Wirkung hinter sich. Einige der Beteiligten wurden immer dreister und redseliger geworden und scheuten nicht mehr, auf das Podium aufzutreten und sich etwas Einmaliges zu leisten. Unter solchen tollkühnen war auch der bekannte Dokumentalist Jack Leslie, der bei den Kollegen den Ruf des guten Kenners der modernen Gesellschaft hatte. Jack selbst war vier Mal verheiratet und hielt freundliche Verhältnisse mit allen seinen vorigen Familien. Nun zeigte er seine Bereitschaft, mit dem Publikum etwas im Innern Verborgenes anzuvertrauen. Seine Schilderung bezog aufs Leben solcher Personen wie er selbst, also denen, die mehrere Ehepartner und entsprechend Kinder haben sollten. Selbstverständlich nannte Mr. Leslie keine konkreten Personen oder Namen, so dass nur die Eingeweihten vermuten konnten, von wem er redete. So kam eine Dame zum Vorschein, die ihr Leben mit einem renommierten Mann aus dem Hollywood zu verbinden entschied, der wie gesagt schon eine Reihe von Ehefrauen und fast ein Dutzend Nachkommen hatte. Der Mann und die Dame mochten einander und sahen vielversprechende Aussichten für ihr Zusammenleben. Gleichzeitig wächst maßlos die Eifersucht der Dame auf seine Kinder. Ihr Gesichtsausdruck änderte sich momentan, als sie etwas Günstiges über seine Sprösslinge anhört. Sonst keine keine Begegnung des Mannes mit dessen Kinder oder (Gott bewahre!) mit seinen ehemaligen Frauen. Von ihr wurde es ein „offizielles" Verbot erteilt, dass er an der Erziehung seiner Kinder nicht teilnehmen durfte. Er habe sich aber angewöhnt, die kleinen aus der Schule abzuholen, ihnen mit den Hausaufgaben zu helfen oder gemeinsam Sport zu treiben. Der Mann zählt diesen Umgang mit den Kindern zu wichtigsten Wertsachen des Lebens. Wenn seine neue Frau ihm droht, sich wegen seiner Beziehung mit den alten Familien von ihm zu trennen, vorzieht er eher, diese Bedrohung nicht zu beachten. Was soll man mit den eifersüchtigen Partnern weitermachen? Die Dame, die einen Mann auswählt, der schon einmal oder mehrfach verheiratet war, sollte lieber diese früheren Verhältnisse des Mannes rechtzeitig anerkennen und damit ihre Menschlichkeit und Einsicht bekräftigen. Jack schien bewusst, die Sachlage des Mehrfamilienvaters nicht zu berühren. Denn sonst erinnerte er an eine Person, die den Ast absägt, auf den sie sitzt. Diese anscheinend zufällige Versäumnis wurde trotzdem von der schönen

Hälfte der Menschheit sofort entdeckt und zur Schau gestellt worden. So musste der Dokumentalist sich recht zu fertigen probieren, indem er die notwendigen Beispiele aus seinem Gedächtnis herausbrachte, wo die Frauen die ähnliche Rolle zu übernehmen befähigten und die schmerzhafte Eifersucht ihren neuen Männern überließen. Doch Mr. Leslie war in der Tat nicht der Absicht, mit den Frauen abzurechnen. Eher versuchte er, eine beratende Funktion für die beiden Geschlechter zu erfüllen. Deswegen ging er geradezu Empfehlungen über, die das Problem blutlos aufzulösen vermochten.

„Ladies und Gentlemen", sagte er ziemlich schwülstig, „ich wollte mich auf keinen Fall als einem allmächtigen Arzt vorstellen, der die Verwirrungen der Eifersucht zu überwältigen wusste. Man braucht dafür viel Zeit und Mühe beiderseits sowie das klare Verständnis, wie es den Kindern am wenigsten den Schmerz zu erteilen fähig wird. Doch die Mühe hat sich immer gelohnt. Die neuen Partner könnten sich ab und zu natürlich über die früheren Kinder deren Geliebten ärgern. Zugleich sollten sie sich Rechenschaft darüber ablegen, dass die Kinder für die Eltern das Wichtigste überhaupt sind. Das heißt, das Wohl der Kinder steht ewig an erster Stelle. Ihr könnt fragen, was man denn mit der Eifersucht anfangen sollte. Meine Antwort wäre: Ihr versucht sie großmütig auszurotten. Wie es praktisch vonstattengeht hängt von individuellen Fähigkeiten der Person ab. Mir gefällt, z.B. die folgende Erwägung: Wenn ich diesen Mann (diese Frau) liebe, muss ich seine (ihre) väterlichen (mütterlichen) Gefühle akzeptieren. Sonst mache ich mich für meine (meinen) Geliebte(n) unerträglich. Im Großen und Ganzen ist unser Leben eine ständige Auswahl zwischen günstigen und annehmbaren Entscheidungen. Dieser vernünftige Zusammenhang zwischen eigenen Vorrängen und dem gemeinsamen Glück bestimmt letzten Endes die Möglichkeit der beiden Partner, wohlwollend miteinander zu leben. Man kann sich sicher, auch einen guten Psychotherapeuten aussuchen, der diese komplizierten geistigen Angelegenheiten zu erleichtern probiert. Ich bin aber der Ansicht, dass jeder Mensch der beste Psychotherapeut für sich sein könnte. Denn der menschliche Verstand erkennt seine eigenen Fähigkeiten und Schwäche viel besser als ein Außenseiter. Aufgrund meiner Auffassung rufe ich Euch auf, sich häufiger an Eure innere Stimme zu wenden und ihre Meinung zuzuhören. Damit sollt Ihr viel weniger Fehler machen als zuvor".

Mit dieser moralischen Belehrung und bei einem Beifall verließ Jack Leslie das Podium.

„Was denkst Du, Liebling", flüsterte die Braut ins Ohr des Professors, „war diese Rede wirklich angebracht oder fand sie eher wegen seiner nicht vollständigen Nüchternheit statt?" Mike fühlte sich nicht berechtigt zu sein, entschieden auf diese Frage zu beantworten:

„Weißt du, Schatz, ich kenne Mr. Leslie gar nicht, um ein strenges Urteil über ihn zu erteilen. Mir scheint er ganz einsichtig und lebenserfahrend zu sein. Man soll sich kaum dagegen aussprechen, dass man auch beim schweren Zusammentreffen der familiären Umstände von hohen sittlichen Verpflichtungen befreit werden durfte. Auf jeden Fall bin ich mit ihm einverstanden, dass solche nicht einfache Verhältnisse zwischen Partner eine noch höhere Verantwortung zwischen den beiden verlangen sollte. Leide sehen wie heutzutage immer häufiger, dass die Selbstsucht und der Eigensinn die Oberhand gewinnen. Ich sehe darin eine Krankheit unseres Zeitalters". Gina war aber anderer Meinung:

„Im Unterschied zu dir, meine Sonne, kenne ich Jack Leslie ziemlich gut, um eine unparteiische Vorstellung über ihn zu bilden. Nach meiner Auffassung versteht er eine moralische Verpflichtung etwas einseitig, indem vor allem seine eigene Position hochgeschätzt werden sollte. Ich könnte mit seinen neuen Frauen Mitleid haben, weil sie überflüssig um seine zahlreichen Kinder kümmern müssen. Ich wollte doch mal sehen, wie er sich selbst verhalten sollte, wenn seine neue Frau in Begleitung von einem Dutzend ihrer Kinder erscheinen könnte, und verlangte, sie alle herzlich zu lieben. Ich glaube, dass er seine grenzlose Geduld schnell zu verlieren vermochte. Habe ich kein Recht?" Ehrlich gesagt, war der Gelehrte von Ginas Worte nicht überzeugt. Natürlich konnte man kaum die zwei Situationen, die Gina ihm beschrieb, vergleichen, denn es war nicht einfach, eine Frau mit mehreren Nachkommen vorstellen, die einen neuen Mann gefunden habe und von ihm eine offenherzige Liebe zu kleinen forderte. Im Falle des Mannes klang es viel gewohnter. Trotzdem durfte man wahrscheinlich darüber nicht diskutieren, weil man solche Sachen zuvor am eigenen Leibe zu spüren bekommen sollte. Höflichkeitshalber sagte aber Mike nur:

„Ich finde du hast tatsächlich Recht, mein Schätzchen". Aber so einfältig war seine Film-Diva unbedingt nicht. Sie schaute ihm eindringlich in die Augen und sprach wie ein Gebet aus:

„Mein Unvergleichlicher, wir beide haben unbedingt die planetare Macht der Liebe unterschätzt, die mit uns Sterblichen ein Wunder zu schaffen vermöge. Nur dank ihr wird es verständlich gewesen, dass der Stiefvater und die Stiefmutter die Kinder ihrer Partner wie ihre eigenen zu lieben fähig sind. Und das Begreifen dieser Weisheit soll auch unsere Liebe heiligen".

„Solche kurzen Offenbarungen machten unser Leben zweifelsohne wertvoll", dachte der Knudsen, als er der Vollkommenheit der Liebesgefühle in den Augen seiner Braut vorlas, „was unsere Hochzeit bekräftigen sollte". Obgleich das Fest etwas familiäres bedeuten sollte, wurde es in der Tat für seine Braut und für ihn selbst eher irgendwas fast epochales erweisen, im Sinne, dass sie eine Menge von hervorragenden Menschen kennengelernt haben, einen Überblick auf vergangene Jahre zu werfen vermochten sowie die Aussichten für die Zukunft darzustellen. Für Gina gab es eine Chance, die renommierten Personen, die sie nur im Laufe von Dreharbeiten beobachten konnte, unter ganz anderen Umständen anzuschauen und freundlich zu unterhalten. Für den Professor Knudsen waren die zahlreichen Kontakte mit den Berühmtheiten aus der Kinoindustrie und aus anderen Kunstgebieten unentbehrlich benötigt, weil sie ihn mit ganz neuen Ideen und Gedankenweisen zu bereichern pflegten. Ein aktiver Naturwissenschaftler war ständig auf der Suche nach Problemauflösung. Deswegen brauchte er eine gründliche Umgestaltung seiner gewohnten Einstellungen. Für die großen Künstler war ein Phantasieflug etwas Selbstverständliches, ohne das er kaum sein Schaffen vorstellen konnte. Es war aber auf keinen Fall eine „Einbahnstraße", eher ähnelte es an einen Umtausch von Gedanken und Emotionen, weil auch die Künstler viel Interessantes von dem Gelehrten zu entnehmen vermochten. Die beiden Seiten kamen endgültig zum Schluss, dass die Verbindung mit den einsichtigen Personen aus anderen Arten der Tätigkeit viel fruchtbarer sein sollte, als bei den Kollegen aus einer Branche. Denn die letzte Variante macht die Partner nicht selten enorm argwöhnisch, weil sie in einander einen Konkurrenten zu sehen wussten. Ein praktisch denkender Mensch konnte vielleicht versuchen, das Nutzen von solchen Unterhaltungen im Bargeld zu berechnen. Doch für den Forscher oder Künstler war ein geistiges Kapital viel wertvoller, als diese Gelder: Sie waren in der Lage, neue Wege in die Zukunft zu eröffnen, was von selbst unschätzbar war. Und jetzt, als diese bedeutsame Feierlichkeit zu Ende war, konnten die Beteiligten wieder zu ihrer schöpferischen Arbeit zurückkehren und weitere Träume und Hoffnungen verwirklichen. Aber natürlich bestand das größte Glück des Professors darin, dass er eine schöne und vernünftige Frau geheiratet habe. Und sogar die Befürchtung, von ihr wieder mehrere tausend Kilometer entfernt zu werden, schien nicht so bedrohlich zu sein. Darüber hinaus versprach sie jede Zeit die Möglichkeit zusammenzukommen und erneut ihre beidseitige Liebe zu genießen. Sie könnten aber künftig auch ihren gemeinsamen Aufenthaltsort nicht ausschließen. Denn einerseits verbreiteten sich die internationalen Verbindungen Professors Knudsen schon auf den amerikanischen Kontinent und andererseits war eine Hollywoodstar auch in Europa hoch gefragt. Kurz und gut scheuchte der Abschied die neuvermählten Leute nicht besonders stark. Ihre Zukunft ähnelte ihnen eher an einer sonnigen Bahn als an einer düsteren Sackgasse.

Ein wertvoller Besuch

Ungeachtet angeregter Stimmung, der die Hochzeitzeremonie ein zu flößen fähig war, verblieb Mike Knudsen noch unter dem Eindruck vom Treffen in Moskaukreml. Obwohl er selbst ein bekannter Wissenschaftler und Chef des Arbeitsbereichs in einer weltansehenden Universität war, gelang es ihm noch nicht, mit dem Staatsoberhaupt des größten Landes des Planeten zusammenzusitzen und zu unterhalten. Diese innere Empfindung, die tief im Verstand vorhanden war, konnte man kaum einfach vergessen. Eine zusätzliche indirekte Mahnung erwies die Anwesenheit Mr. Salonga im Georgian Hotel. Die Gestalt seines neuen Verwandten war für Mike nun vielleicht für die nächsten Jahre mit dem russischen Chef verbunden. Der Biologe konnte nicht deutlich erkennen, ob es mit dem magischen Einfluss des Russen oder mit dessen Fähigkeit, die Sympathie zu sich zu erwecken, verknüpft war. Er versuchte auch, die Meinung Ginas dem großen Mann gegenüber zu erfragen. Seine Frau besaß zweifelsfrei einen Spürsinn auf

schwer entwirrbaren Personen. Diesmal reagierte sie aber ziemlich ausweichend, als ob sie sagen wollte, man konnte angeblich von ihm alles erwarten. Sie war wahrscheinlich nicht imstande, konkreter ihren Gedanken
auszudrücken. Es konnte aber auch deswegen stattfinden, weil sie keine Lust
hatte, bei ihrem Mann einen voreingenommenen Eindruck über die Person
zu schinden, mit der er irgendwelche wichtigen Sachen zu schaffen beabsichtigte. Mike fand dieses Benehmen seine Frau nicht nur politisch ver-
färbt, sondern günstig in anderem Sinne. Es war manchmal gewogener, dem
fragenden die Politik der freien Hand zu überlassen, als irgendwas Be-
stimmtes zu empfehlen. Besonders passte solche Verhaltensweise den klug-
en und besonnenen Menschen, zu denen sie hoffentlich auch seinen Ehemann zählte. Nein, Mike brauchte unbedingt nicht, dass man ihm jede Idee
in einer zerkauten Form mitbringe. Ganz im Gegenteil meinte sie, dass jene
Ausführlichkeit die kognitiven Stärken des Mannes zu herabsetzen vermöge.
Sonst konnte sich Mike unmittelbar an Yam Salonga wenden, der selbst ein
nicht einfältiger Politiker war. Auf jeden Fall verdiente er sich diesen Ruf im
philippinischen Parlament. Allerdings hielte Knudsen ihn weiter wie zuvor
(wenn Yam noch nicht sein Verwandter war) für einen zum Risiko öffneten
Kerl, dessen Ratschläge man vielfach überlegen sollte. Nichtsdestotrotz war
Salonga sein enger Partner, mit dem Professor Knudsen globale Projekte
realisieren sollte. Der unternehmerische Geist unserer Zeit war kaum mit
einer vollständigen Ehrlichkeit und Anständigkeit vereinbart. Diese Gedank-
en brodelten im Kopf Mikes während des elfstündigen Flug Los Angeles –
Frankfurt-am-Main, den der Gelehrte bei seinem Laptop zu verbringen bevorzugte. Es war seine Lieblingsbeschäftigung bei dauerhaften Fliegen. Er
nahm gewöhnlich alle Daten der aktuellen Arbeiten seiner Doktoranden mit,
indem zum Ende der Reise nicht selten den ganzen Artikel für eine Zeitschrift geschrieben worden war. Er mochte diesen Zeitvertreib gern, weil
ihm sonst nicht leicht war, so viel Zeit der Vorbereitung des Artikels zu widmen. In seinem Uni-Labor war er ständig mit den Studenten und Doktorand-
en tätig, die während seiner Abwesenheit eine Menge Fragen an ihm sammelten, die sie darauf gemeinsam zu antworten suchten. Auch die Fakultätsverwaltung zeigte immer ihre offene Freude, den Professor zu sehen, weil
mehrere Sachen nur mit seiner Beteiligung aufgeklärt werden konnten. So
rasen die Tage in solchem Tempo, dass er kaum zu merken vermochte, dass
die Arbeitszeit schon längst vorbei war. Doch der Fleiß bis in den späten
Abend gehörte zu dem Stil seines Arbeitsbereiches. Er selbst wurde so erzogen und seine Schüler folgten ehrlich seinem Muster. Im Salon des Flugzeugs fühlte sich der Forscher wie zuhause. Der eintönige Lärm der Motore
erzeugte einen Schallhintergrund, auf dem seine Gedanken sich vollkommen
in der Arbeit befanden. Es war eine eigenartige Art des Glücks, das man sich
zu wünschen wusste. Es war ihm sicher nicht weniger angenehm gewesen,
als für die anderen Fluggäste eine schöne Musik zu hören oder ein Video an
zu schauen. Er sah in diesen Stunden mit eigenen Augen das Gesicht seines
Doktoranden, der anscheinend neben ihm saß und alle notwendigen Er-

klärungen machte. So schrieben sie zusammen diesen Artikel, der den verehrten Kollegen im Ausland bestimmt gefallen sollte. Und das Internet war auch immer verfügbar, um irgendwelche Auskunft zu erteilen. In solche Momente empfand Knudsen eine tiefe Dankbarkeit Adam Osborne, Steve Jobs und anderen hervorragenden Personen der IT-Branche, die für die universelle Mobilität der Menschheit sorgten. Für ihn selbst bedeutete diese räumliche Befreiung die Umgestaltung jedes gelegentlichen Sitzplatzes in ein richtiges Arbeitszimmer. Diese Gemütsbewegung fasste ihn so stark um, dass er sich dringlich mit seiner Frau per Handy verbinden sollte, um sie mit ihr zu verteilen. Gina war gerade nach Hause gekommen und war offen freudig von seinem Anruf. Sie war noch sehr angeregt von der heutigen Dreharbeit gewesen und nutzte gerade die Chance, ihm ihre aktuellen Erlebnisse mitzuteilen. Denn mehreren ihren Mitwirkenden gefiel nicht besonders die letzte Wendung des Regisseurs, der auf einer scharfen Änderung des Drehbuches bestand. Gina versuchte sogar, kurz das Wesen der Änderung zu beschreiben. Diese Begleiterscheinung zog das Gespräch in die Länge, so dass zum Augenblick seiner Vollendung Mikes Begeisterung allmählich verschwand. Also wurde es ihm übriggeblieben, Gina für ihre Erzählung Dank zu sagen, seine Unterstützung ihrer Position zu äußern und seine Liebe zu ihr zu bestätigen. Wie seine Frau kapieren konnte, war das Letzte der einzige Beweggrund seines Anrufs. Nun konnte der Gelehrte, ruhig zu seinem Artikel zurückkehren, der geduldig auf ihn wartete. „Natürlich habe jeder Mensch seine eigenen Probleme", dachte sich der Biologe, „im Vergleich mit denen mein plötzlicher Schwung kaum etwas kosten könnte. Eine Auseinandersetzung bei den Hollywoodleuten war eine andere Sache, wo man den Kampf von Ideen und Weltanschauungen zu verspüren vermöge. Diese Künstler waren unbedingt sehr erhabene Individualitäten, die ihr geistiges Revier mit der Waffe in der Hand zu verteidigen bereit sind". Trotzdem fühlte er eine Erleichterung nach dem Monolog seiner Liebe, der irgendwie auch ihm behilflich sein konnte. Denn die Leidenschaft des Ideenkrieges besaß ein großes Ansteckungspotential, mit dem er einen strengen neuen Antrieb für seine Leistung bekam. Deswegen schrieb der Forscher seinen Text mit einer noch größeren Schwärmerei als zuvor. Und diese Elfstunden des Flugs schienen ihm viel kürzer zu sein gegenüber der Zeit auf dem Boden. Sollte dieser Umstand eine nächste Bestätigung der Relativitätstheorie werden? Oder sollte sogar alles in unserem Leben relativ sein? Die beiden Fragen waren aber eher philosophischer Natur. Allerdings war der Professor momentan nicht philosophisch gelaunt: Sein wichtiger Artikel gehörte zu den standhaften praktischen Angelegenheiten. Nun musste man ihn zuhause fertigmachen.

Nach der Landung des Flugzeugs in Frankfurter Flughafen dauerte die Fahrt mit dem Taxi eine knappe Stunde bis Mike seine Wohnung in Heidelberg erreichte. Ungeachtet dessen, dass er schon im Flugzeug zwei Tabletten Melatonin geschluckt habe, um den Längenkreisen Unterschied zwischen beiden Kontinenten zu überwinden, fühlte er sich vollkommen arbeitsunfähig. Grundsätzlich war es ihm gar nicht eigentümlich, am Tage zu schlaffen. Nun wurde er aber gezwungen, eine Ausnahme zu machen. Er schief nicht weniger als fünf Stunden ganz tief, aber der Traum machte seine Erholung unruhig. Der Protagonist von Tom Cruise Nick Morton aus dem Film „Die Mumie" lud ihn nach einer abenteuerlichen Reise nach Irak ein, wo vor kurzem ein altes Grab eröffnet worden war. Der Geist des Forschers zwang Mike, die ernste Warnung von Gina nicht zu beachten und die Einladung entgegenzunehmen. Er wurde doch im Grababgrund von einer seltenen Spinne gebissen. Infolgedessen wurde in seinen Verstand der böse Geist des Altertums eingedrungen worden. Von diesem Augenblick an machte der Biologe alles wider seinen eigenen Willen. Er verursacht große Schiffbrüche im Ozean, deren verheerenden Folgen tausenden Menschen das Leben kosteten und die seltenen Tiere und Pflanzen völlig vernichteten. Er verschob die Flugbahn der Asteroiden, so dass sie sich präzis in die dichtbevölkerten Städte hineinstoßen und viele Menschen und Tiere töten. Er machte die gemeine Hackerattacke auf die Computer der großen Unternehmen, was zu schrecklichen Unfällen führte. Er quälte sich mit Gewissensbissen, aber sie waren vergeblich, denn der „Fremde" schaffte alles, was er beabsichtigte. Diese fünf Stunden des Schlaffen fliegen ganz schnell vorbei. Der Gelehrte wunderte sich aber weiter darüber, was für diesen Zustand verantwortlich war: Entweder die Tabletten mit dem Hormon Melatonin, das allerdings zuvor nur dank seinen heiligen Fähigkeiten bekannt worden war, oder eine beharrliche Leistung im Flugzeug sowie die Unzufriedenheit, dass er den Artikel nicht zum Abschluss gebracht habe. Nun sollte er sich wirklich beeilen, um die notwendigen Sachen auf seinem Arbeitsplatz zu erledigen. So machte er sich möglichst schnell den Instantkaffee und trank ihn mit den Keksen, die er in seiner Küche gefunden habe. Dann ging er nach dem Parkplatz, wo sein Audi A3 geparkt worden war, und fuhr in Richtung der Uni. Wie er schon erwarten konnte, war sein Erscheinen allerseits mit der großen Freude getroffen. Besonders benötigt schien er aber den Studenten und Doktoranden zu sein, die fast ohne Begrüßung zu ihren aktuellen Problemen übergingen. Der Professor gewöhnte sich schon längst zu einem solchen Empfang, wo die Höflichkeit eher keine Rolle spielen sollte. Dagegen wurde allein die sachliche Seite geschätzt. Diesmal konnte der Chef aber eine angenehme Schlussfolgerung ziehen, dass in seiner Abwesenheit gute Ergebnisse bekommen worden waren, einige von denen vielleicht für die neuen Artikeln geeignet waren. Diese nützliche Beschäftigung war aber ziemlich bald von einem Kollegen aus dem Dekanat unterbrochen, der ihn zu einer Sitzung einlud, die in einer Viertelstunde vonstattengehen sollte. Knudsen versuchte etwas zu erwidern im Sinne, dass er gerade ein wichtiges Gespräch mit den Mitarbeitern habe, doch der Kollege sagte, dass die Dekanat-Sitzung unter anderen auch die Sachlage von seinem Arbeitsbereich zu diskutieren plante. So wurde Professor Knudsen gezwungen, sich zu fügen.

In der Tat gab es aber eine übliche Bestätigung der schon früher angenommenen Untersuchungen seines Arbeitsbereiches, was dazu führte, dass Knudsen faktisch seine zwei jahrealte Rede im Dekanat wiederholen sollte. Diese alte Begebenheit wurde aber von niemanden bemerkt worden. Die gesamte Dauer der Sitzung betrug fast zwei Stunden, was für den immer beeilenden Knudsen ganz unerträglich zu sein schien. Deswegen schimpfte er zum Schluss leise unter Erwähnung des Teufels, was im Prinzip auch hilflos war. Als er endgültig zu seiner Gruppe zurückkehrte, wartete alle geduldig auf ihn, obwohl die Arbeitszeit schon längst zu Ende war. Die heftigen Diskussionen begannen von neuem, und wenn alle sich zufrieden davon fühlen konnten, gab es schon einen späten Abend. Mike fuhr nach Hause und dachte, dass seine Schüler eine der größten Wertsachen des Lebens waren. Darin steckte sich die Fortsetzung seiner Karriere und seines Wesens. Diese jungen Männer und Frauen sollten seine wissenschaftlichen Ideen und Hoffnungen verwirklichen und beweisen. Aber heute Abend kümmerten sie darum, dass er seinen täglichen Alptraum komplett vergessen habe. Jetzt im Auto kam er ihm doch auch in Sinn. Warum entwickelte sich gerade dieses dramatische Thema, und welche Rolle dabei Tom Cruise in der Gestalt von Nick Morton spielen sollte? Es war vollständig unerklärlich und rätselhaft geblieben. Der dritte Verdacht betraf aber eine esoterische Funktion des Traums, die anscheinend einen feinen Spürsinn des Betroffenen verschärfen sollte. Nach dieser Denkweise sollte man durch gewisse Kennzeichen im Voraus erkennen, was ihm drohte, und retten sich daraus. Jetzt hielte der Forscher alle drei Punkten vor sich in Sicht, konnte aber feststellen, dass die ersten zwei, also die Hormonwirkung und eine klare Überanstrengung im Flugzeug kaum bedeutsam sein sollten. Dann blieb nur der dritte Faktor übrig. Solche Auffassung konnte ganz einsichtig aussehen, wenn man die Beschaffenheit besaß, diese geistige Vermutung auf einfache menschliche Sprache zu übersetzen. Mit dem Professor war es aber nicht der Fall. Das heißt, er besaß weiter seine vage Ahnung, mit der man kaum was anfangen konnte, mehr nichts. Darüber hinaus kannte Mike wohl, dass einer Person, deren allein ein bloßes Vorgefühl typisch war, die einzelne Verhaltensweise möglich wäre, geduldig weiter warten, bis ein Ereignis sich von selbst verwirklicht. Diese Erwägung begleitete den Biologen einige Tage lang, die er einer intensiven Arbeit in der Uni gewidmet hatte. Darauf war er eines Tages sieben Uhr früh von einem Telefonklingeln aufgewacht worden. Sein erster Gedanke dabei war, dass jemand zeitlich ganz richtig angerufen habe, denn es war genau der Zeitpunkt, wann er sich zur Arbeit vorbereiten sollte. In diesem Fall sollte es jemand in der Nähe gewesen sein. Er war aber von seinem neuen Verwandten überrascht. Mr. Salonga sprach so leise, als ob er fürchtete, dass jemand sie ablauschen konnte. Dieser Umstand forderte vom Professor, gehorsam den gleichen Ton zu übernehmen. Besonders redselig war der Philippiner aber gar nicht, seine ziemlich unklare Botschaft bestand darin, dass der Wissenschaftler in zwei Tagen für eine wichtige Besprechung herzlich willkommen worden war. Ihm wurde schon ein Zimmer im Savoy Hotel Manila in der philippinischen Hauptstadt bestellt. Mehr wollte Yam kaum reden, und das Gespräch wurde beendet.

Dieser unerwartete Anruf konnte Mike zweifelsohne in Verlegenheit bringen: Er war gerade in einer arbeitsmäßigen Stimmung, denn er versprach vielen Studenten und Doktoranden seine Hilfe bei der Vorbereitung des Versuchs und anderen laufenden Sachen. Nun sollte es den gemessenen Rhythmus diesen Beratungen so stark ändern, dass alle von ihnen nur einen Teil davon zu bekommen vermochten. Außerdem wurde er gezwungen, sonstige Maßnahmen, die er auf dem Verwaltungsniveau zu erledigen hoffte in die Länge zu verschieben. Alle solchen Dingen waren nicht nur un-angenehm, sondern sie zerstörten einfach seine Pläne, was Knudsen hasste. Auch diese Dringlichkeit und Unklarheit seitens Salonga konnten aus-schließlich für die Nervosität sorgen. Was meinte er unter dieser wichtigen Besprechung, wer sollte noch dabei sein, warum sprach er so leise? Es gab noch eine Reihe von Fragen, die er dem Philippiner zu stellen wusste. Doch Yam gab ihm keine Chance, das zu machen. Mike trank wieder beeilend seinen Instantkaffee mit den Keksen und richtete sich ohne üblichen Vorbereitungen nach der Uni. Er bat seine Sekretärin, gleich alle Mitarbeiter zu versammeln, um ihnen die Gespanntheit der Situation zu erklären, die heute und morgen für eine besonders intensive Arbeit forderte. Er konnte im Laufe der Versammlung die enttäuschenden Gesichter seiner jungen Kollegen betrachten, die wahrscheinlich mit ihm stundenlang zu diskutieren berechneten. Stattdessen lief alles diese zwei Tage durch so, dass der Professor an alle Ereignisse kaum zu erinnern fähig war.

Er war imstande, alle Details dieser Tage in Ordnung zu bringen nur im Salon des Liners, der ihn nach Manila trug. Diesem relativ ruhigen Zustand gingen die Transportprobleme voran, weil er zuerst nach dem Flughafen Hannover reisen sollte, aus dem die schnellste Fluglinie nach Manila möglich war. Allerdings betrug die Gesamtzeit des Fluges mit zwei Zwischenladungen zweiundzwanzig Stunden. Der Forscher war umsichtig und nahm wieder alle dringenden Materialien mit, die er am Bord zu fertigen beabsichtigte. Einerseits gab es ihm eine Chance, die Arbeit zu erledigen, andererseits lief die Zeit viel schneller. Die beiden Seiten fand Mike ganz günstig. Grundsätzlich gab es zwei unterschiedliche Zeitarten: Auf dem Land konnte sie sowohl langsam als auch schnell durchgehen. Am Bord des Flugzeuges beschleunigte sie sich mehrfach, natürlich falls man etwas beharrlich tat, z.B. irgendwelche Arbeit vollenden sollte. Und die Mitglieder des Arbeitsbereiches Knudsens kümmerten darum, dass dem Professor die Arbeit nicht fehlte. Außerdem sollte er sich selbst beeilen, weil er in Manila sicher keine Chance hätte, sich mit diesen Sachen zu beschäftigen. Er bemühte sich zwölf Stunden ohne Unterbrechung bis er eine tiefe Müdigkeit und den Wunsch zu schlaffen empfand. Er schlief vielleicht nicht weniger als drei Stunde, aber wenn er nicht auf die Uhren anschaute, wäre er überzeugt gewesen, dass der Schlaf nur wenige Minuten dauerte. Jedenfalls sah er keinen Traum, der auf die Dauer deuten konnte. Diese Empfindung der kurzen Dauer sorgte aber dafür, dass er wieder in Schlaf sank. Das Gefühl der Zeitflüchtigkeit verschwand doch auch diesmal nicht, obgleich es die gleichen drei Stunden dauerte. Im Unterschied zum ersten Mal spürte der Gelehrte eine zweifelsfreie Erholung, als ob er die ganze Nacht tief und traumlos zuhause schlief. Jetzt war er völlig in der Lage, weiter intensiv zu arbeiten, und er durfte nicht die nächste Chance versäumen. Es dauerte nun aber nicht lange, als die Stimme des Flugleiters alle technischen Geräte abzuschalten verlangte, denn das Flugzeug bereitete sich zur Landung. Diese Minuten widmete Knudsen dem Gedanken, wie er ein Taxi nimmt und wie lange die Fahrt nach dem genannten Savoy Hotel dauern könnte. Die letzte Begleiterscheinung hing einigermaßen von der Anständigkeit des Taxifahrers, der die unterschiedlichen Wege zum Ziel auszuwählen wusste.

Nach der Landung und dem Durchgang der Zollkontrolle wurde Mike doch von Mr. Salonga erstaunt, der auf ihn in dem Flughafen wartete. Bis dahin traf Knudsen Yam mehrmals in verschiedenen Städten der Welt, es ging aber niemals soweit, dass Yam ihn im Flughafen erwartete. Solche Gelegenheit konnte unbedingt nicht zufällig sein. Allerdings begrüßte ihn der Businessman herzlich und fuhr ihn zu seinem Auto praktisch wortlos. Nur als sie bequem in dessen Mercedes GLE Coupè unterkamen, ergriff der Gastgeber das Wort:

„Ich verzeihe mich, Mr. Professor, dass ich mit Ihnen so undeutlich sprechen musste. Es gab doch dafür einige bestimmten Gründe. Es handelt sich darum, dass ich vor vier Tagen nach der russischen Botschaft eingeladen war. Dort erkannte ich, dass es in wenigen Tagen eine halboffizielle Visite des russischen Oberhaupts zu erwarten ist. Das Programm der Visite wird hochgeheim erhalten. Mir wurde es aber klargemacht, dass alle notwendigen Sicherheitsmaßnahmen schon von der russischen Seite durchgeführt worden. Außerdem wurde ich ermahnt, dass ich diese Auskunft hochvertraulich bewahren musste. Daraus konnte ich einen klaren Schluss ziehen, dass es eine Verfolgung meiner Person gegenüber organisiert worden war. Ich weiß nicht, ob sie auch jetzt uns nicht beobachten oder unser Gespräch nicht belauschen. Ich habe gehört, dass sie gute Geräte dafür haben können. Aber egal sieht es sich hier sicherer aus als bei mir zuhause. Mir wurde auch gesagt, dass Ihre Anwesenheit bei den künftigen Verhandlungen erwünscht wäre. Deswegen musste ich Sie so plötzlich stören lassen. Ich bitte Ihnen nochmals um Entschuldigung. Nun wollte ich Sie nach dem Hotel bringen und später könnten wir uns irgendwo treffen".

Die Redeweise, mit der Salonga dessen Aussage machte, war seltsam genug, damit Mike etwas Argwöhnisches zu sehen vermochte. Sie beiden verbrachten in Unterhaltung mehrere Stunden und diskutierten dabei offenkundig einen breiten Problemkreis. Heute sprach der Investor und einflussreicher Mann so vorsichtig, dass dem Biologen die Tatsache des Belauschens sehr realistisch schien. Ob es wirklich möglich war, dass die Vertreter des fremden Staates im Ausland eine Verfolgung von gesetzmäßigen Bürgern des Landes organisieren konnten, war schwerverständlich. Unser Zeitalter mit dessen technischen Fortschritten ließ aber alles vorstellen. Wahrscheinlich machte gerade dieser Umstand die neuen Verwandten fast sprachlos. Nein, absolut schweigend fuhren sie bestimmt nicht. Yam verherrlichte seine Hauptstadt mit allen möglichen Adjektiven als eine der schönsten Regionen Asiens. Sogar der Name Manila stammte von einer fabelhaften weiß blühenden Mangrovenpflanze. Die weltverbreitete Neigung zum Vergrößeren ging auch Manila nicht vorüber, indem sich siebzehn Städten um die Hauptstadt vereinten, um eine riesige Metropole Manila, kurz Metro Manila zu bilden. Die bildhaften Vulkanlandschaften bewunderten Millionen von Reisenden, die kaum eine ständige Befürchtung der hiesigen entgegenzunehmen vermögen, dass jeder von Vulkanen jede Zeit wieder aktiv werden kann. Salonga zeigte dem Gast solche „Meisterwerke" der Natur wie einem immergrünen Tropenwald, den man „die grünen Lungen der Erde" nannte, eine unendliche Lagune und der Ozean, der keinen gleichgültig bleiben ließ. Danach erzählte Yam über die Einzelheiten von weltberühmten historischen Denkmalen sowie über die nicht weniger schönen monumentalen Gebäuden nach europäischem Stil, die Philippiner auch zu deren Stolz Objekten zählten. Die saftige Grüne der Stadt, die mit allen grellen Farben von Blättern und Blumen verziert worden waren, erweckte in der Nase ein Gefühl einer edelhaften Parfüme, was der Gast mit der rauschenden Wirkung der Drogen vergleichen konnte. zeigte der Businessman im Vorüberfahren auch ein Kunststück der modernen Architektur mit prachtvollen Boulevards, zahlreichen luxuriösen Geschäftshäuser und eigenartigen Wolkenkratzern, die an die Globalisierung hindeuten sollten. Nach der USA Reise fand der Gast eine auffallende Ähnlichkeit mit den reichsten Städten dieses westlichen Landes. Dieser Stadtteil von Metro Manila hieß Makati, er sollte wahrscheinlich das Symbol einer futuristischen Großstadt verkörpern. Der äußere Eindruck, den der Gastgeber dem Professor schinden ließ, war märchenhaft und erschütternd. Wenn es ein unterhaltsamer Stadtbummel wäre, konnte Knudsen den Spaß pur genießen. Doch nach dem düsteren Vorwort Yams im Flughafen waren Mikes Gedanken mit einer unangenehmen Ahnung betrübt worden. Deswegen wollte er eher bald das Hotel erreichen und mindestens eine Stunde allein zu sein. Trotzdem war Salonga ganz anders gestimmt. Ihm schien es besonders gastfreundlich, seinem neuen Verwandten möglichst viel Perle der süd-östlichen Metropole zu präsentieren. Natürlich sollte er in diesen Sinnen auch die malerischen nationalen Traditionen des Chinatown zeigen, denn er wusste, dass der Gelehrte eine bemerkenswerte Leidenschaft dafür habe. Diese vielstöckigen turmartigen Pagoden erregten in der Tat im Bewusstsein des Biologen die wunderlichen Erinnerungen aus alten Büchern, die er schon in seiner Kindheit las. Nun kam dem Gast plötzlich ein Gedanke in den Kopf, dass der Chinatown am besten die asiatische Seele widerspiegeln konnte. Mike dachte sofort an

Gina, deren Seele ihm sehr wertvoll und nah war. Er empfand aber eine Befürchtung, dass die veränderten Umstände ihm verhindern könnte, mit ihr zu telefonieren. War es wirklich so ernst, wie es Yam beschrieben hatte oder gab es einen falschen Alarm? Das Gefahrniveau wäre nicht einfach abzuschätzen. Mike ertappte sich beim Gefühl, dass er die Rede Yams nicht mehr zuhörte, obwohl der Gastgeber ganz redselig war. Es war offen unhöflich gewesen, er musste irgendwas sagen oder fragen, damit der Mann am Steuer nicht etwas Schlimmes zu verdächtigen wusste. So sagte er mit einem Ton, der seine innere Ruhe bestätigen sollte:

„Mr. Salonga, ich finde Ihren Stadtausflug und die Erzählung sehr interessant und aufschlussreich, vielen Dank. Jetzt weiß ich Bescheid über mehrere Sehenswürdigkeiten der Metro Manila, die mir sehr gefällt. Nun könnten wir wahrscheinlich kurz über die Sache sprechen, die uns beiden im kurzen bevorsteht. Vor allem hätte ich aber gerne wissen, ob die Gefahr des Fernablauschens oder -verfolgung wirklich existieren konnte".

Der Gesichtsausdruck Yams konnte verraten, dass die Frage ihm unangenehm schien. Feinfühligkeit halber sagte er allerdings das Folgende:
„Ich bin nicht sicher, ob es tatsächlich vonstattengeht oder gehen könnte. Nach meinem Besuch der russischen Botschaft erlebte ich aber ein Gefühl, dass die hiesigen Leute ganz präzis viele unsere Geheimnisse kennen, was wir prinzipiell nicht zu vermuten vermochten. Nun verlor ich den letzten Zweifel daran, dass sie hier ein Netz der Informanten besitzen, das alle Sphären unseres beruflichen oder vielleicht auch privaten Lebens umfassen könnte. Unter solchen ungünstigen Bedingungen werden unsere nächsten Ver-handlungen mit ihrem Staatschef kaum wohltuend für uns. Außerdem haben wir beide keine Ahnung, was sie realistisch gesehen von uns wollen. Der Fakt, dass sie an unseren ökologischen Projekten teilzuhaben bereit waren, sagt uns gar nichts, wofür sie uns auszunutzen suchen. Ehrlich gesagt, ich bin geistig auch ein Politiker. Aber diese Menschen verstehen in der Politik weit viel mehr als ich. So werde ich nicht groß überrascht, wenn sie uns hereinzulegen erfolgen. Darüber hinaus sind sie militärisch und technisch so ungeheuer stärker als wir, dass unsere Versuche, Status quo zu erhalten, hilflos werden sollten. Kurz und gut mussten wir schon jetzt den Beschluss fassen, was wir keineswegs zu machen wagen. Übrigens teilten mir diese Botschaftsleute mit, dass dabei irgendwer aus unserer Regierung vorhanden sein sollte. Es wäre ganz einsichtig, im Voraus diese Person aus zu suchen und um die gemeinsamen Aktionen zu kümmern".

Einen Augenblick dachte Knudsen über die letzte Belehrung des Gastgebers, die eher ein Selbstgespräch erweisen sollte. Professor selbst war ein fremder in diesem traditionsartigen Land, der praktisch außer Salonga keinen mehr hier kannte. Zugleich forderte die Aussage Yams von ihm eine sogar moralische Beteiligung. Deswegen sagte er gefühlsmäßig:

„Ich finde Ihre Absicht, Mr. Salonga, ganz vernünftig, habe aber keine Ahnung, welche Person uns dabei behilflich sein könnte".

Die funkelnden Augen des Businessmans sagten eindeutig, dass er es schon wusste:

„Sie wissen Bescheid, Mr. Knudsen, dass ich früher viel mit der Politik beschäftigt war. Ich habe schon einen Kerl in Sicht, der dank seinem Einfluss auf die politische Elite tief in der Sache ist. So versuche ich, schon heute Abend, ihn herauszusuchen".

Yam sagte diesen Satz gerade im Moment aus, als sein Wagen sich vor dem Eingang des Savoy Hotels befand. Mike dankte ihm noch einmal herzlich für alles und verabschiedete sich.

Am nächsten Morgen meldete sich Salonga beim Professor so früh, dass der Forscher die Morgenprozeduren nicht zu beenden fähig war. Der Besucher entschuldigte sich für sein Frühkommen und erzählte, was ihm schon zu er-reichen gelang. Er fand in der Tat diese einflussreiche Person und verabredete sich für ein Treffen, das in einer Halbestunde im Barbara's Heritage Restaurant stattfinden sollte. Diesmal war Yam viel freudiger gelaunt als gestern. Er lächelte und scherzte, was vermuten ließ, dass er von kommendem Treffen etwas Besonderes erwarten könnte. In zehn Minuten war Mike einsatzbereit und die beiden fuhren nach dem Restaurant. Unterwegs erklärte Salonga, dass ihr Gesprächspartner namens Manny Recto ein Lobbyist und Banker war, der sich in verschiedenen Gebieten der nationalen Politik zurechtfand. Er hoffte, dass Manny ihnen in der Tat etwas Wichtiges mitzuteilen vermochte. Sie waren an der Stelle viel schneller als Yam vorstellen konnte und traten gleich rein, um die fremde Aufmerksamkeit auf sich nicht zu lenken. Drinnen bat Yam den obersten Kellner, ihnen drei versteckte Plätze in der Ecke zu erteilen. Das Innere des Restaurants war sehr gemütlich und bildhaft mit einer Vielfalt von örtlichen Pflanzen und Blumen verziert. Abgesehen davon, dass es ein Morgenzeit war, gab es schon mehrere Besucher drin. Mr. Recto erschien fast pünktlich im Saal. Er war ein magerer großer Kerl Mitte Vierziger mit dunklen Haaren, feinen Gesichtszügen und asiatischer Form der Augen. Seine Gestik und Mimik sollten eher einen leicht erregbaren Personentyp widerspiegeln. Wenn der Professor dessen Metier nicht kannte, könnte er ihn für einen Künstler oder Schriftsteller nehmen. Es sah so aus, dass er in diesem Einrichten nicht selten ein Gast war. Salonga grüßte herzlich den Banker und stellte ihm Knudsen wie seinen Vertrauten und einen ansehnlichen Wissenschaftler vor. Sie bestellten traditionelle Paksiw und Muscheln und sprachen zuerst über allgemeine Sachen des Business und der Politik. Es dauerte aber nicht länger als eine Viertelstunde. Darauf erklärte Yam, warum die beiden Mr. Recto zu stören wagten. Er nannte keine Namen und versuchte, seine tiefen Gedanken auf einer Äsopischen-Sprache auszudrücken. Manny war unbedingt von leichter Auffassungsgabe und verlangte nicht nach irgendwelchen ausführlichen

Deutungen. Der ganze Frühstückgang kostete den Gesprächspartner nicht mehr als eine Halbestunde, indem Mr. Recto vollständig begriff, wie seine Aufgabe aussehen sollte. In seinem Kopf brodelten schon einige Ideen, mit welchen zuverlässigen Personen er die Bitte Salongas zu erfüllen vermöge. Sie verabschiedeten sich noch im Saal, damit sie draußen schon verschiedene Wege zu fahren wussten. Salonga war ganz zufrieden mit dem Treffen. „Wissen Sie, Mr. Knudsen", sagte er, wenn die beiden allein waren, „ich hoffe, Manny macht sein Bestes, um uns zu helfen. Ich war schon vielmal für ihn sehr nützlich gewesen".

In der Tat war seine Hoffnung nicht unbegründet. Der Banker rief ihn schon diesen Nachmittag an, um eine neue Zusammenkunft mit ihm zu verabreden. Diesmal sollte es im Café Adriatico stattfinden. Yam war der Ansicht, den Professor nicht mehr zu stören, und fuhr nach dem Café allein. Er besuchte aber ihn nochmal nach den nächsten Verhandlungen mit Mr. Recto. Sie sprachen wieder im dessen Wagen, der sich durch ziemlich leere Straßen bewegte.

„Wie ich vermuten konnte", begann Yam seine Botschaft, „bemühte sich Manny ziemlich heftig. So wissen wir nun, wer von der Regierung für die Unterredungen mit den Russen zuständig ist. Es gibt dabei ein gewisser Ted Tinio, der neben wirtschaftlichen Fragen auch mit dem Militär etwas zu tun habe. Es bedeutet, dass jemand davon schon zwischendurch uns zuvorkam, um die Aufmerksamkeit eines reichen Landes zu erwecken. In diesem Falle sehe ich ein heikles Spiel um eine Zusammenwirkung in militärischen Angelegenheiten mit einem mächtigen und aggressiven Partner. Es ist etwas Unvergleichbares mit dem Klimaschutz oder der Ökologie, wo wir als gleichberechtigte Teilnehmer handeln könnten. Bemerkenswert ist auch, dass Mr. Recto uns auch einen vernünftigen Ausweg daraus vorschlug. Er nannte mir einen Wahrsager, der uns, wenn wir Glück haben, noch mehr über die richtigen Pläne des russischen Staatschefs zu erzählen versucht. Wir müssen ihm aber dafür die präzisen Fragen stellen, die keinen Zweideutigkeit zulassen. Der Mann sollte Jorge Elago heißen. Er lebt ganz zurückhaltend in seinem bescheidenen Haus fast am Ozeanstrand und ernährt sich überwiegend von dem Fischen Fang, den er mit dem primitiven Zubehör treibt. Ein Außenseiter bekommt nach wenigen Minuten den Eindruck, dass der Fisch von einer Zauberei angelockt wird, die er anscheinend unwillkürlich ausstrahlt. Der Altermann besitzt kein Auto, kein Fernsehen, kein Telefon oder Handy. Man kann ihn aber ziemlich einfach herausfinden wegen seiner unbekümmerten Gemütslage, die allen in der Umgebung gut bekannt ist. Solche angeblich unwesentlichen Merkmale ließen trotzdem gewisse Chancen übrig, ihn tatsächlich zu finden. Selbstverständlich sollte der Suchende nicht überflüssig auffallend sein, um nicht die allgemeine Neugier zu seiner Person anzuziehen. Auf diesen Grund trafen die beiden Männer den Entschluss, morgenfrüh die Autoreise zu unternehmen. Sie studierten

166

beharrlich die Landkarte mit dem Ziel, den Wagen ca. in einem Kilometerabstand zu verlassen und bis zum Haus des Zauberers zu Fuß zu gehen. Die Bekleidung sollte auch nicht schreiend sein, im Gegenteil könnte der freie Schnitt mit grauen Tonfarben dafür gutgeeignet sein. So trafen sich die Neuverwandten um sieben Uhr morgens und fuhren in süd-westlichen Richtung nach der Ozeanküste. Die Fahrt dauerte deutlich mehr als zwei Stunden, was ganz ausreichend war, um verschiedene Meinungen umzutauschen. Nach der Empfehlung Mannys nahmen sie auf jeden Fall ein gutes Lichtbild der erwarteten Person mit, die sie dem Wahrsager zu zeigen beabsichtigten. Doch es wurde im Laufe der Reise einen anderen Aspekt diskutiert, der obwohl hoch unwahrscheinlich vorstellbar war, schien bei beiden sehr anlockend zu sein. Denn sie wussten Bescheid, dass das Moskau Oberhaupt ein leidenschaftlicher Liebhaber der ungewöhnlichen Abenteuer war. Gerüchten zufolge flog er mit einem Turmdrachen an der Spitze des Storchschwarms sowie senkte sich in einem Bathyskaphen in die Kilometertiefe des Meeres. Der mutige unternehmerische Geist Salongas war unbedingt imstande vor zu stellen, dass eine gemeinsame Mühe von Recto und Tinio bei dem Russen ein Verlangen zu erwecken vermöge, bei einem tiefen Eintauchen teil zu haben. Am liebsten wäre es in der Nähe vom Haus Jorge Elago zu organisieren. Für den Alten wäre es vielleicht auch nicht schlecht, einen berühmten Mann kennenzulernen. Yam selbst sah darin eine Möglichkeit, etwas Verborgenes über den Russen zu erkennen. Es war zweifelsfrei eine fantastische Idee, doch auch der Professor dachte oft nach der Bekanntschaft mit Mr. Salonga darüber nach, dass sogar die unerfüllbaren Einbildungen unter einigen gewissen Bedingungen verwirklicht werden konnten. Vielleicht wäre auch dieser Traum Yams keine Ausnahme aus einer Zufälligkeitsregel. Ungeachtet dessen blieb die Frage offen, ob sie heute dem Wahrsager das Foto von der genannten Person zeigen sollten oder nicht. Man konnte schwerlich die Gemütszüge einer rätselhaften Natur wie Jorge begreifen. Denn es gab neben seinen eigenartigen Eigenschaften noch die Einwirkung seines Alters. Der Businessman erzählte über einen seinen Bekannten aus seiner Jugend, der schon längst gestorben worden war, der auch ähnliche esoterischen Fähigkeiten besaß, dass der jedes menschliche Wort ganz spezifisch aufzunehmen vermochte. Darüber hinaus zog er aufgrund weniger Worte eine seltsame Schlussfolgerung über den Charakter und die Anständigkeit der Person. Es blieb aber eine Unklarheit übrig, ob es in der Tat so war oder ob die Rede von einer eigenen Ansicht war. Natürlich durften alle Menschen mit besonderen Eigenschaften ihre bestimmten Abweichungen von den durchschnittlichen besetzen. Doch der Umgang mit ihnen sollte nicht immer angenehm werden. Diese Sache war aber für die beiden reisenden momentan ganz aktuell, weil sie überhaupt keine Ahnung haben konnten, wie dieser Jorge sie zu empfangen wusste. Nun waren aber solche vagen Erwägungen schon überflüssig, denn sie befanden sich fast auf der Stelle, wo sie den Wagen zu verlassen und zu Fuß zu gehen beabsichtigten. Obwohl es keinen Parkplatz in der Nähe gab und die Gegend absolut menschenleer

167

zu sein schien, haben sie keine andere Gelegenheit, um ihr Unternehmen fortzusetzen. So gingen sie einfach so, als ob sie viele Kilometer hinter sich ließen. Ihr Gewand konnte diese Vermutung auch bestätigen und es gab im Augenblick gar keine Zeuge, den ihre Anwesenheit neugierig wäre. Jetzt betrachteten sie sorgfältig jene Person, die ihnen die Auskunft über Jorge zu erteilen wusste. Es gab aber keine in Sicht. Nach einem Hundertmeter tauchte ein Kerl unter zwanzig auf, der auch sie neugierig anschaute. Sie grüßten ihn und fragten, ob er von diesem Ort war. Es war wirklich der Fall und er wollte seiner Reihe nach auch wissen, was die fremden Gentlemen dort suchten. Sie erklärten ihm das Ziel ihres Vorhandenseins, was den Burschen deutlich zu beruhigen schien. Er sagte, dass sie sich in einer genauen Richtung bewegten, die zum Haus Jorge führen sollte. Er wiederholte auch die Tatsache, die sie schon wussten, dass der Alte häufig mit der Fischerei tätig war, das heißt, nicht zuhause sein konnte. Plötzlich entstand bei den Gästen den Schwung, etwas Ausführliches über Mr. Elago zu erkennen, z.B. über seine außengewöhnlichen Fähigkeiten. Der Kerl hörte aufmerksam zu, antwortete aber nicht sofort. „Der Alte befindet sich letzte Zeit nicht selten in einer betrübten Laune", sagte er schließlich, „deswegen weiß ich nicht, welchen Eindruck er auf die Gentlemen zu schinden fähig wird. Zugleich kann ich Euch erläutern, dass er früher tatsächlich die menschliche Seele auf den ersten Blick zu erraten vermochte. Die Hiesigen nahmen ihn aber auch damals argwöhnisch entgegen, wahrscheinlich weil sie von ihm irgendwelche bösen Einflüsse zu erwarten pflegten. Ich bitte Euch allerdings darum, niemanden etwas über meine Worte zu sagen. Wisst Ihr, wir leben in einer kleinen Gemeinde, wo jeder von jedem alles kennt. Alle Gerüchte verbreiten sich bei uns sehr bald. Sonst wünsche ich Euch eine gute Unterhaltung mit dem Alten". Mit diesem Satz kehrte er scharf um und ging in einer anderen Richtung. Seine Äußerung konnte unbedingt die gute Stimmung der Reisenden verdüstern. Außerdem war sie in der Lage, die Zweckmäßigkeit des Besuchs unter Frage zu stellen. Sollten sie unter solchen Umständen weiter gehen oder wäre er vernünftiger, zu ihrem Wagen zurückzukehren? Die beiden standen einige Minuten in einer Unentschlossenheit. Doch sollten nun die verlorene Zeit und Reisemühe dafür sorgen, dass der Wunsch, fortzugehen, überwog. So bewegten sie sich weiter und sprachen etwas mechanisch über die plötzlich veränderte Sachlage. Sollte sie davon zeugen, dass sich die Auskunft über Jorge ein Bisschen veraltet worden war? Oder wurde diese Seite seiner Natur schon längst da, aber keine wollte sie in Betracht nehmen? Es war aber nicht ausgeschlossen, dass die ungünstige Ansicht nur für die jüngere Generation typisch war. Bestimmt hängt jetzt viel davon ab, wie der Alte die Besucher zu empfangen vermochte. Deswegen sollten sie eine Geduld haben, um im kurzen selbst eine deutliche Meinung über seine Person auszusagen. Sie gingen nicht länger als eine Viertelstunde als sein Holzhaus rötlicher Verfärbung, die wahrscheinlich wegen der Holzqualität entstand, vor ihnen auftauchte. Sie klopften anstatt ganz laut an die Eingangstür, dann ans Fenster, was aber keine Wirkung habe. Sie probierten die Tür zu öffnen, sie war aber nicht geschlossen. Die beiden standen eine Weile draußen und fanden es unhöflich, ohne Besitzer das Haus einzutreten. Einsichtiger wäre es, ihn irgendwo in der Nähe zu suchen. So gingen sie ein wenig entlang der Küste und sahen nicht weit entfernt die Figur eines Weißhaarigen, der sich ihnen entgegen bewegte. In dessen Hand war ein großer Fisch gewesen. Es gab keinen Zweifel mehr, dass der Alte gerade Jorge war. Doch erstaunlich schien ihnen den Gesichtsausdruck des Mannes, der sicher irgendwas Wohlgemeintes sagen sollte. Noch merkwürdiger war aber die Tatsache, dass der Fischer mit ihnen als der erste zu sprechen anfing bevor sie ihn mit einem langen Satz zu begrüßen im Sinne haben. Stattdessen sagte er einfach gar ohne Begrüßung: „Ich wusste Bescheid, dass Ihr heute kommt". Diese unerwartete Einleitung brach alle Vorbereitungen der Gäste unter, so dass sie nichts besseres gefunden haben als zu fragen: „Von wem denn?" Diese Frage blieb aber ohne Antwort. Anstatt lud er die Besucher zu sich ein. Während die beiden das Innere des Zimmers anzuschauen vermochten, bereitete der Wirt sein Beutelstück in der Küche vor. In einer Halbestunde war der Alte schon damit fertig. Er deckte den Tisch im Zimmer mit kalten und heißen Gerichten und lud die Gäste zum Tisch ein. Nun wurde es ihnen die Möglichkeit gegeben, den Sinn und Zweck ihres Besuchs zu erläutern. Yam machte es so leichtverständlich, wie er es könnte. Die ganze Zeitspanne, die er das machte, schaute der Alte ihm beharrlich in die Augen, als ob er daraus gewisse geheimnisvollen Gründe auszulesen suchte. Nachdem der Beschaute völlig schwieg, sagte der Wirt das Folgende: „Wisst Ihr, ich bekam gestern ein klares Vorgefühl, dass jemand oder ein paar Menschen zu mir kommen sollten. Ich versuchte, mir genauer zu erkennen, was sie von mir wollen sollten. Mir wurde es allmählich klargeworden, dass sie sich für die verborgenen Eigenschaften oder Charakterzüge einer Person interessieren, die wahrscheinlich sehr verworren war. Seit meiner Jugend bekam ich vielleicht tausende von solchen Neugierigen aus dem ganzen Land. Ich weiß es aber noch nicht, ob ich Euch behilflich sein könnte".

Zur einschleichenden Stimme des Weissagers wurde noch ein Reizerreger hinzugefügt, in der Art von dem Wohlgeruch der Gerichte, was kein Sterblicher mehr zu erdulden fähig wäre. Vor allem deswegen, weil es schon eine Mahlzeit war. Salonga machte es so zartfühlend, wie möglich, zu verstehen, dass die drei auf keinen Fall auf die Geschmackprüfung der Köstlichkeiten zu verzichten bereit wären. Mr. Elago kam anscheinend plötzlich zur Besinnung und begann, seine Gäste großzügig zu bewirten. Der Weise kannte sich perfekt nicht nur in feinen Strukturen der menschlichen Seele aus, sondern kaum weniger in den Leckerbissen, indem er ihm allein bekannte Kräuter und Gewürze anwendete. Professor Knudsen ertappte sich dabei beim Gedanken, dass Herrgott seine Auserwählten mit unterschiedlichen Begabungen geschert habe. Der alte war ein aufschlussreiches Beispiel davon. Darüber hinaus war sein Essen in allem Sinn heilsam: Es

machte nicht allein satt, sondern kümmerte sich um die gute Laune der Anwesenden. Diese eigenartige Gemütslage ließ den Gästen, das Problem, mit dem sie zum Alten gekommen waren, gang in anderem Lichte zu sehen. In der Tat war die Person des russischen Chefs sehr kompliziert und unvorhersagbar. Allerdings waren alle dessen Mangel und Sünden vollkommen menschlich ge-wesen. Das heißt, man könnte ihn in einen benötigten Entwicklungsweg lenken. Selbstverständlich meinte er unter dem „man" eine außerordentliche Persönlichkeit wie Mr. Elago, den der Gelehrte nun in eine Reihe mit den weltgroßen Denkern und Künstlern platzieren sollte. Deswegen machte er einen Wink dem Businessman, das genannte Foto zu zeigen. Dieser Gedanke fiel vielleicht zeitlich mit dem Wunsch Yams zusammen (oder war er selbst vom Weissager eingeflößt worden), der ihn sofort übernahm. Nun hielte der Alte das Lichtbild in seiner Hand fest und die Gäste blickten aufmerksam auf den Ausdruck dessen Augen. Was konnte der Weise daraus erkennen. Diese fast theatralische Aktion dauerte nicht weniger als fünf Mi-nuten. Darauf ergriff der Wirt das Wort:
„Der Kerl verdiente unbedingt eine angespannte Aufmerksamkeit. Denn er leidet an mehreren großen Begeisterungen, die seine Seele zu zerreißen suchen. Er ließ sich leicht entbrennen und wird schnell gleichgültig. Er ist selbst- und rachsüchtig und vorzieht, sein Ziel mit allen Mitteln zu erreichen. Ich bin der Meinung, dass er nicht ein aus dem Haufen ist. Stimmt es?"

Die beiden schauten auf den Alten wie verzaubert. Sie konnten das Foto stundenlang betrachten und nichts Ähnliches daraus zu erkennen befähigten. Mehr davon hatten sie die Möglichkeit, den einflussreichen Mann unter normalen Bedingungen zu beobachten. Sie waren aber nicht imstande, daraus irgendwelche wertvollen Schlussfolgerungen zu ziehen. Im Gegenteil schien er ihnen, ein leistungsfähiger Politiker und Businessman zu sein, mit dem man zusammen riesige Vorhaben zu verwirklichen vermochte. Nun öffnete ihnen ein zufälliger Mensch, der diesen Politiker nicht nur niemals gesehen, sondernd nie gehört habe, die Augen, was der wirklich sein sollte. Es war darin etwas absolut Wunderbares, was sie zweifelsohne weiter nutzen sollten. Es wäre sicher der Mühe wert. Als sie dem Alten bekannt machten, wer der Mann auf dem Foto tatsächlich war, änderte sich dessen Gesichtsausdruck kaum.
„Ich war davon völlig überzeugt gewesen", reagierte er zurückhaltend, „diese Kenntnis war mir sowieso klar geworden. Allerdings bin ich der Ansicht, dass seine Charakterzüge für solche hohe Position sogar gefährlich sein könnten. Denn was wäre einem Menschen aus dem werktätigen Volk verzeihlich, wird für eine Person, die das Schicksal des Landes bestimmt, unzulässig".
Die letzte Aussage Jorge musste man eher zu einer Volksweisheit zuschreiben. Aber wer war Mr. Elago, wenn nicht ein Volksweiser. Die Gäste waren aber so begeistert von seiner Persönlichkeit, dass sie keinen Versuch zu machen beabsichtigten, deren Haus zu verlassen. Im Gegenteil dachten sie

nun intensiv darüber nach, wie sie ihm die Idee vorzustellen wagten, einen künftigen Besuch in das Haus zusammen mit dieser Berühmtheit zu unternehmen. Wenn Salonga diese Idee konkret ins Wort darzustellen probierte, stellte es sich heraus, dass Jorge diese Möglichkeit für ganz realistisch erhielte. Die Unbefangenheit dieses Mannes verbreitete sich so weit, dass er keinen großen Unterschied zwischen einem bescheidenen Fischer und dem Staatsoberhaupt des riesigen Landes zu empfinden fähig war. Es klang einerseits lächerlich, schien aber andererseits den Gästen sehr vielversprechend zu sein. Jedenfalls entsprach es vollkommen der Absicht ihrer Reise nach der Ozean Küste. Anders ausgedrückt, handelte jetzt der Weise so, als ob er von Anfang an auf ihrer Seite war. Nun gab Mr. Elago ihnen freie Hand und sie durften gar nicht, diese günstige Chance verpassen. Wer konnte überhaupt sagen, dass dieser gönnerhafte Mensch unter betrübter Laune litt oder, dass er sogar für gewisse bösen Einflüsse schuldig sein sollte. Es war eine klare und offenkundige Lüge und Verleumdung gewesen. Gleichzeitig fühlten sich die Besucher selbst wie die Schuldner dieses „Halbheiligen". Offen gesagt war er, materiell eine arme Person, ihnen, zwei wohlhabenden Menschen, ganz fremd. Doch er empfing sie wie die teuersten Gäste. Und dieser Empfang lag sicher auf der Grenze seines Vermögens. Das hieß, sie mussten ihn auch materiell herzlich danken. Das Einfachste wäre, ihm eine Menge Geld anzubieten. Diese Sache konnte aber ihn beleidigen oder ihm unangenehm aussehen. Deswegen benahm sich Yam so, wie es ihm natürlich schien. Er sagte:

„Lieber Mr. Elago, nun kam der Zeitpunkt, uns von Ihnen zu verabschieden. Wenn Sie es nicht ärgerlich sehen, hätten wir gerne, Ihnen als unsere Dankbarkeit für Ihre hervorragende geistige Leistung und für Ihre großzügige und schmackhafte Bewirtung ein Bisschen Geld zu geben".

Zu ihrem Vergnügen reagierte Jorge sehr einfach und natürlich, indem er den beiden dankte und das Geld entgegennahm.

Während die zwei Gentlemen nicht beeilt entlang einen engen Pfad zu ihrem Wagen gingen, pflegten sie sich, die hohen Prinzipien des Jorges Gemüts zu diskutieren. „Sagen Sie mir ehrlich, Mr. Knudsen", erstaunte sich der Businessman, „konnten Sie erwarten, dass der Alte ohne Verzögerung und Widersprüche unser Geld hinnimmt?"

Der Professor antwortete nicht sofort, er sollte zuerst etwas überlegen. Dann äußerte er es ziemlich überzeugt: „Ich finde seine Verhaltensweise nicht nur einsichtig, sondern auch geistig perfekt. Denn mit dieser Geste zeigte er uns, dass er uns vollständig vertraut. Außerdem erhielt er das Gleichgewicht in unseren künftigen Beziehungen aufrecht. Konnten Sie, Mr. Salonga, vermuten, dass eine Persönlichkeit Jorges Niveaus irgendwelche sittlichen Normen nicht beachten ließ. Es ist ausgeschlossen, weil sie ein wichtiger Bestandteil seiner Natur ist. Seine Seele ist offen für alle Mitmenschen und gleichzeitig bestimmt sofort ganz fehlerfrei einen Betrüger oder Lügner. Ich bin der Auffassung, dass wir mit ihm einen guten Freund und Gleichgesinnter bekommen können. Natürlich wenn wir unsererseits dabei keine großen Fehlschläge machen. Nun sollen wir aber ausführlich durchdenken, wie wir die ganze „Inszenierung" mit dem großen Russen veranstalten können. Es ist eine weit nicht einfache Aufgabe, vor allem, weil die Agenda seiner Visite streng nach Minuten vorgeschrieben wird".

Auf dieser Stelle unterbrach ihn Yam mit der eigenen Idee: „Ich stelle Ihnen vor, eng Ted Tinio in unser Spiel einzuschließen. Ted kennt ausgezeichnet viele politischen Angelegenheiten und könnte uns beim Entstehen unerwarteten Unterwasserströmungen behilflich sein. Darüber hinaus hoffe ich, dass er etwas auf einem Regierungsniveau zu unternehmen weiß, damit wir das geplante Eintauchen des Russen problemlos vorbereiten können. Nun sollen wir beide mit der Zufriedenheit feststellen, dass unser „Vorhaben" mit Mr. Elago gut gelungen war. Das letzte Glied dieser Kette wäre die Schluss-folgerung des Hellsehers über die erwähnte Person nach ihrer unmittelbaren Begegnung. Um dieses Ereignis zu ermöglichen, brauchen wir dringend eine vertraute Unterstützung des Auswärtigen Amtes. Das versuche ich jetzt auch durch Ted Tinio aufzuklären".

In einer Halbestunde saßen sie wieder in Yams Mercedes, der bald die gute Geschwindigkeit gewann, mit der sie die Strecke von dem Strand bis zum Savoy Hotel in weniger als zwei Stunden überwanden. Es wurde vereinbart, dass der Professor in seinem Zimmer im Internet ein günstiges Modell des Bathyskaphen zu recherchieren probiert, das für das kurzfristige Versinken geeignet wird. Danach sollten sie aufklären, wer solches Modell besitzt und ob es realistisch wäre, es möglichst schnell in die benötigte Region zuzustellen. Der Forscher sollte in hohem Tempo arbeiten, damit er die Ergebnisse in wenigen Stunden für Mr. Salonga fertigzustellen bereit war. Der Letzte verband sich telefonisch mit Mr. Tinio und verabredete mit ihm über eine Zusammenkunft, die in einer Halbestunde stattfinden sollte.

Ein ungewöhnlicher Bathyskaph

Eine angestrengte Suche ließ dem Gelehrten schon nach vierzig Minuten eine optimale Lösung seiner Aufgabe herausfinden. Als ein leistungsfähigstes Modell des Versinkens Apparats erwies sich dabei ein gewisser „Lula 1000", der schon von mehreren Sachkundigen hochgeschätzt worden war. Er bewährte sich als relativ leicht, klein, fest, beständig und sicherte eine verlässliche Nutzung. Dank seiner umfangreichen Tätigkeit im Bereich der Ökologie erkundigte sich Knudsen ausführlich nach allen Unternehmen und Vereinigungen, die sich mit Ozeanforschung befassen. So wusste er nun wohl, dass die Bundesregierung seit den 1970-er Jahren die Deutsche Gesellschaft für Internationale Zusammenarbeit (GIZ) förderte, die unter anderen großen ökologischen Projekten sowie die Arbeiten in Meeresforschung auf den Philippinen durchführte. Es gab sogar eine regionale Filiale der GIZ, die ihr Sitz in Manila hatte. Es war ein guter aktueller Wink für seine dringende Aufgabe. Man sollte sich ohne Zweifel in Kontakt mit dieser Organisation bringen, die hoffentlich auch über die Standorte des Aufenthalts von Lula 1000 Bescheid wusste. Er teilte diese neue Kenntnisse Mr. Salonga mit, als der ihn in zwei Stunden wieder besuchte. Der Businessman war in einer munteren Stimmung, denn er versicherte sich eine starke Unterstützung des Auswärtigen Amts sowie der nationalen Industrie- und Handelskammer, die eng mit der gleichnamigen Kammer in der Bundesrepublik Deutschland zusammenarbeitete. Ihm wurde auch eine geheime Auskunft über den Einreisetermin des russischen Oberhaupts nach Philippinen gegeben. Es sollte in zwei Tagen vonstattengehen. Die Bekanntschaft mit Mr. Tinio konnte Yam wie sehr nützlich abschätzen. Dieser Kerl war wirklich imstande, sich in unterschiedlichen Fragen des politischen Lebens sowie in Verhältnissen zwischen verschiedenen hohen Strukturen der Macht im Lande zurechtzufinden. Auch mit dessen Hilfe gelang es den beiden aufzuklären, ob es sich in der absehbaren Nähe eine Submarine des Typen Lula 1000 gab, die man möglichst bald in das philippinische Wasser zuzustellen vermochte. Diese Sache duldete momentan keinen Aufschub mehr deswegen, weil sie einen Ausgangspunkt ihrer Absicht war, mit dem sie eine seltene Chance bekommen könnten, die Begierde des russischen Chefs zu erregen. Die Abwesenheit des Versinkens Apparats bedeutete ein vollkommenes Scheitern ihres Planes, denn sonst gab es keine Berührungslinie, die diese hochrangierte Person in das Haus von Mr. Elago mitbringen lassen könnte. Das heißt, man musste alle Mechanismen in Gang bringen, um den genannten Apparat zu erwerben. Praktisch bedeutete es, dass Salonga sich wieder unterwegs werden sollte, um die schwierige Aufgabe auszufüllen versuchen. Seine kurze Mitteilung dem Professor in Anderthalbstunde, dass alles klappte, sollte in einer ausführlicher Sprache viel mehr bedeuten und zwar, dass, erstens, wurde ihm gelungen, eine zuständige Person in einem Ministerium herauszufinden, die nicht allein deren Bereitschaft zeigte, ihnen behilflich zu sein, sondern selbst die benötigte Spannkraft zum Einsatz brachte, um das Bild klarzumachen. Zweitens wurde es schon eine umfangreiche Suchtarbeit unternommen, in Folge deren man sich mit allen vermutlichen Behörden und Firmen in Kontakt setzte, die etwas Gemeinsames mit „Lula 1000" haben könnten. Und drittens erfolgten alle diesen Beteiligten (deren Zahl bestimmt nicht klein war) damit, ein solches Modell in einer ziemlichen Nähe herauszufinden sowie einen Auftrag für die Lieferung des Apparats an die gewünschte Stelle im Zeitabschnitt von zwei Tagen zuzuliefern. Diese Details erzählte Yam seinen neuen Verwandten schon am nächsten Morgen, als er ihn noch früher als zuvor besuchte.

„Wissen Sie, Mr. Professor", sagte er sobald er die Türschwelle dessen Hotelzimmer übertrat, „ich war der Absicht, Sie noch gestern Abend zu besuchen. Doch empfand ich mich so müde, dass meine Beine kaum noch bewegbar waren. Wenn man die Schilderung aller Ereignisse vom Gestern in einer schriftlichen Form zu verfassen probierte, wäre es bestimmt eine gute Novelle gewesen. Was aber mich in Erstaunen setzte, betraf eine märchenhafte Verwirklichung der Begebenheiten, die auf dieser Erde prinzipiell nicht realisierbar waren. Falls ich selbst kein Zeuge worden war, sollte ich feststellen, dass ich von jemanden verarscht wurde. Trotzdem war es etwas Gewesenes. Könnten Sie mir vielleicht dieses glückliche Zusammentreffen der Umstände aus dem wissenschaftlichen Gesichtspunkt erklären. Ich bin aber fassungslos. Hören Sie mal. Es gibt hunderte Beamten, die irgendwelches Verhältnis zu diesem Apparat sogar in unserem Erdteil haben könnten. Die Rede war aber von einem einzelnen Modell „Lula 1000", das sich gerade in dieser Region der Erdkugel steckte. Die Suche ähnelte sich eher an die Suche nach einer Nadel im Heuhaufen. Allerdings wählte der Himmel für mich die einzelnen Personen aus, die mir den Ausweg aus dieser unlösbaren Situation zu zeigen verhalfen".

Der Gelehrte betrachtete seinen Kollegen mit einem seltsamen Gefühl, denn man sollte Salonga auf keinen Fall zu entzückten Menschen zählen. Umgekehrt war er immer sachlich bewusst und zurückhaltend. Was mit der Durchführung des Plans passierte, konnte man sicher als etwas absolut Ungewöhnliches vorstellen. Deswegen sagte der Forscher nach einer kurzen Überlegung:

„Alles, was mit Ihnen passieren konnte, habe natürlich mit der Wissenschaft nichts Gemeinsames. Wir können die Erklärung eher in einer Esoterik suchen, die sich aber mit ganz anderen Kategorien zu beschäftigen vorzieht. Mir kam momentan einen Gedanken in Sinn, der auf geistigen und nicht materiellen Grundlagen aufgebaut werden könnte. Nun versuche ich, meine Denkweise verständlich auszudrücken. Uns Naturforscher ist es gewiss nicht einfach, alle unsichtbaren Prozesse immaterieller Welt darzustellen. Doch es wäre prinzipiell möglich, einen geistigen Raum vorzustellen, der für das menschliche Gelingen verantwortlich wird. Das Problem besteht darin, wie man in diesen Raum zu geraten fähig wird. Wahrscheinlich muss man dafür eine bestimmte geheime Beschaffenheit besitzen". Yam unterbrach ihn ungeduldig: „Bis dahin sprechen Sie, Mr. Knudsen, auf einer rein begrifflichen Sprache, die eine konkrete Verdeutlichung braucht. Mir ist von Anfang an nicht klargeworden, was für einen geistige Raum Sie meinten und wie man sich dorthin geraten könnte?"

„Selbstverständlich ist es ein gedachter Raum, wohin Sie keinen Verkehr mitbringen konnte. Ich meinte aber einen geistigen oder seelischen Zustand, in dem man sich befinden sollte, um in den Raum des Gelingens zu geraten. Ich probiere, es verständlicher auf das folgende Beispiel zu machen. Wir beide haben das Glück gehabt, einen wunderbaren Menschen in der Gestalt von Mr. Elago kennenzulernen. Wir werden jetzt nicht diskutieren, wieso er seine fabelhaften Fähigkeiten bekam. Zweifellos besitzt er aber solche sittlichen Eigenschaften, die die genannten Fähigkeiten recht zu fertigen vermögen. Wir waren einige Stunden bei ihm zu Gast. Es bedeutet, dass er uns die ganze Zeit geistig und moralisch zu erziehen und zu belehren vermochte. Warum sollte dessen, nennen wir sie „Strahlung" nicht dafür sorgen, dass wir in den genannte Gelingens Raum zu geraten fähig waren? Darüber hinaus gibt es bei mehreren Völkern einen Glauben, dass der Umgang mit solchen „göttlichen" Menschen, wie Mr. Elago, auch für sie sehr wohltuend sein sollte. Und wir selbst erlebten momentan etwas Ähnliches, nicht wahr? Und ich kann als ein Naturforscher behaupten, dass ohne diese Erläuterung brauchten wir, eine lange Reihe von unvorstellbaren Hypothesen zu machen. Die Realisierbarkeit einer Begebenheit davon wäre sehr gering. Doch das Zusammenfallen allen Ereignissen sieht einfach unwahrscheinlich aus. Das heißt, es wäre unmöglich in unserem Leben. Es war last but not least. Da uns einen solchen unordentlichen Erfolg in der Tat gelang, können wir auf die Fortsetzung des Gelingens rechnen. Wenn es richtig der Fall wird, wäre es sinnvoll, meine Erwägung Mr. Elago gegenüber als ein Beweismaterial seines geistigen Einflusses vorzustellen".

Nun fand Salonga die Aussage des Gelehrten ziemlich verständlich und stellte keine Frage mehr. Die erste angenehme Überraschung kam schon in zwei Tagen, als es bekannt worden war, dass das Modell des Apparats „Lula 1000" sich schon im philippinischen Wasser befand. Nun konnte man es an einen beliebigen Ort liefern. Am gleichen Tag begann die offizielle Visite des russischen Chefs in den Philippinen, die von allen Medien ausführlich kommentiert worden war. Besonders betont wurde aber eine großzügige Unterstützung der hiesigen Volkswirtschaft durch das größte Land der Welt vom Umweltschutz und des Schürfens der Bodenschätze. Die privaten Angelegenheiten des großen Mannes worden eher karg erwähnt. Gleichzeitig wurde es Mr. Salonga und Mr. Knudsen durch deren Auskunftspersonen bekannt worden, dass das russische Staatsoberhaupt ein Angebot bekommen habe, ein abenteuerliches Versinken im speziellen Apparat in die ozeanische Tiefe von ungefähr Halbkilometer zu unternehmen. Das Angebot war sofort entgegengenommen, was den Beginn der höchsten Anstrengung für Yam und Mike bezeichnen sollte. Die beiden wurden für die Vorbereitung des U-Boots und der Besatzung sowie für die Versorgung von Brennstoffen und Hilfsmaterialien verantwortlich. Innen wurde auch offiziell mitgeteilt worden, dass sie in die Liste der Ansprechpartner des teuren Gasts eingetragen waren. Ein Bisschen komplizierter wurde es, die Notwendigkeit der Teilnahme von Mr. Elago zu begründen, der bis dahin keine staatlichen Aufgaben erfüllte. Der Professor und Mr. Salonga setzten aber beharrlich durch, dass diese alte Person ein eigentümliches nationalen Kolorit der hiesigen Einwohner widerspiegelt sollte, was schließlich ihre Wirkung zeigte. Salonga gelang es auch zu erkennen, dass der russische Politiker ein scharfes Gedächtnis besaß, das ihm ermöglichte, an jenes Gesicht zu erinnern, das er einmalig getroffen habe. Praktisch bedeutete diese Qualität, dass er die beiden momentan bemerken sollte, um mit ihnen kurz zu unterhalten. Diese eine-zwei Minuten sollten sie vollständig darum ausnutzen, den Inhalt des Gesprächs im Kreml zu erfrischen, etwas über die Fortsetzung des geplanten Vorhabens zu äußern sowie ein paar Wörter über die Persönlichkeit Jorge Elagos und seine herzliche Einladung zu sagen. Diese wichtige Funktion musste Professor übernehmen, weil der angesehene Gast gut Deutsch konnte. Allerdings forderte diese bedeutende Aufgabe eine zusätzliche Einübung, die der Gelehrte möglichst bald verwirklichen sollte. Das Pflichtgefühl flößte ihm eine neue Menge Konzentration ein, die er nun in die Tatkraft umzuwandeln versuchte. Schon am nächsten Morgen bekam Mr. Salonga ein SMS aus dem Auswärtigen Amt, dass die geplante Zusammenkunft um vierzehn Uhr stattfinden sollte, und dass Mr. Salonga und Mr. Knudsen unter den Beteiligten anwesend sein sollten. Der Professor war sofort vom Businessman benachrichtigt, was die Gemütsverfassung des Forschers auf eine höchste Stufe zu steigern verhalf. Er studierte seine kurze Rede mehrfach ein und konnte sie nun innerhalb zweier Minuten auswendig aufführen. Für einen Berufsdolmetscher wäre es selbstverständlich, alles wortgetreu zu übersetzen. Die Sache habe aber einen Haken, denn der russische Chef eine schnelle deutsche Sprache kaum aufzufassen vermochte. Es bedeutete, dass man für ihn persönlich ziemlich langsam und klar sprechen sollte. Der letzte Umstand sorgte dafür, dass Knudsens Rede über sechs Minuten dauern sollte. Nach dem amtlichen Protokoll wäre es unzulässig, die Rededauer in die Länge zu ziehen. So stand Mike vor einem Dilemma: Entweder musste er der Richtlinie des Protokolls folgen, was seine Aussage unbegreiflich für den russischen Politiker machte, oder er sollte das Protokoll absichtlich nicht beachten. Es war eine neue Aufgabe, die eine Grübelei forderte. Letzten Endes war der Forscher die Person, die Entscheidung zu treffen wusste. Und die Grübelei konnte nur den Zweifel verstärken. Außerdem erörterte Mike die Sachlage folgendermaßen: „Ich muss vor allem dem einzelnen Teilnehmer verständlich sprechen, und dieser Teilnehmer ist das russische Staatsoberhaupt. Wenn ich wage, dass der Protokollführer mich unterbricht, sollte der Russe auf meine Seite übergehen". Diese Erwägung klang ziemlich einsichtig. Salonga holte ihn vor einer Stunde mit dem Wagen ab, im Verdacht auf die Stauung auf die Straßen, die wegen der russischen Visite entstanden könnte. Es war tatsächlich eine richtige Vorsichtsmaßnahme, weil neben den politischen Begebenheiten die Belebung auf den Verkehrswegen mit den Hauptverkehrsstunden verbunden worden war. Sie diskutierten unterwegs die kleinen Details der nahekommenden Verhandlung in der Absicht, grobe Fehlschläge zu vermeiden. Eine zuverlässige Unterstützung seitens des mächtigen Politikers des riesigen Landes versprach eine erhebliche Erweiterung ihrer ökologischen Projekte. Sie berührten auch die persönlichen Besonderheiten dieses Mannes. Nach ihrer einstimmigen Meinung gab es in ihm etwas gekünstelt Theatralisches. So benahm er sich manchmal wie ein Schauspieler, für dem die Gestalt, die er augenblicklich präsentierte, viel wichtiger als sein eigenes Wesen war. Ihm gefiel es zweifelslos, vor dem großen Publikum als berühmtes Modell eine bestimmte Körperstellung einzunehmen. Er empfand keine Scham von seinem bloßen Leib, der mit perfekt trainierten Muskeln ausgestattet worden war. Vielleicht war er dabei der Auffassung, dass seine gutgebildete Figur eine Verkörperung der Mächtigkeit seines Staates vertreten sollte. Was könnten die beiden Wageninsassen momentan unternehmen, um diese eigentümlichen Eigenschaften der Person sich zugunsten auszunutzen? Das Beste, was man ihnen zur Verfügung zu stellen bereit war, bezog sich auf das abenteuerliche Versinken in die Tiefe des Ozeans. Die beiden waren davon überzeugt, dass die absolut unvergleichbaren Schönheiten des tiefen Lebens einen unauslöschlichen Eindruck auf die verehrten Zuschauer zu schinden befähigten. Man konnte solche Erscheinung nur mit der Reise nach irdischem Paradies vergleichen. Der Biologe ging in seinen Einbildungen noch weiter: Er behauptete sogar, dass man danach seine beständige Weltanschauung zu verändern vermöge. Weil alle unnötigen und gelegentlichen Sachen der Welt sofort in den Hintergrund gehen sollten. Vielleicht gab es etwas Übertriebenes in den Worten des Professors, was für die Individuen mit der Neigung zur Faszination nicht selten der Fall war. Doch die Auswirkung der Schönheit auf ein menschliches Wesen war auch mit den modernen Methoden der Wissenschaft nachgewiesen worden. Es war wahrscheinlich der einzelne Fall, wenn der äußere Einfluss ausschließlich heilsam auf menschliche Natur wirken konnte. Und ein gönnerhaftes Verhältnis mit den Mitmenschen war eine zuverlässige Voraussetzung für den Erfolg der Zusammenarbeit. Die ruhige Besonnenheit der Fahrenden begünstigte nicht nur das innere Klima des Raums, sondern die Situation auf den Straßen Manilas. Sie verfügten nach der Ankunft noch über eine Viertelstunde Zeit, um sich anzumelden und eine Tasse Kaffee zu trinken. Nach einer Weile wurde es offiziell verkündigt, dass alle Personen aus der Liste vollzählig versammelt waren. Fehlte nur der russische Gast mit dessen Gefolge. Diese unangenehme Begleiterscheinung erregte eine ernste Besorgnis bei den Anwesenden. Für die Ausländer in einem fremden Land, die keinen richtigen Fahrweg nach der Verhandlungsstelle kannten, wäre es bestimmt klar und verzeihlich. Aber zwischen den Gästen befanden sich die Mitarbeiter des russischen Konsulats, die die Stadtkarte in allen Kleinigkeiten kannten. Als die Verspätung den Vermerk von einer Halbestunde überschritt, wurden allmählich aufregende Ausrufe gehört. Jemand aus dem Podium schlug es vor, sich mit dem Konsulat zu verbinden, um die Ursache der Verzögerung aufzuklären. Die Anwesenden stimmten dieser Initiative zu. Das Gespräch mit dem Dienst habenden Diplomaten war außergewöhnlich höflich, indem der Gesandte sich entschuldigte und erklärte, dass der russische Staatschef eine unerlässliche Versäumnis in den Leistungen des Personals aufgedeckt habe und nun ist schon unterwegs nach der Versammlung. Diese Auskunft rief verschiedene Geschwätze unter den Menschen aus der Liste. Stattdessen vertiefte sich Professor Knudsen ins Nachdenken. Noch vor wenigen Stunden quälte er sich mit der Tatsache, ob er überhaupt die Redezeit von zwei Minuten überschreiten durfte. Nun schien ihm sein damaliges Problem vollkommen lächerlich, denn nun verfügte jemand über Stunde nach eigenem Ermessen. Doch die Stunde war auch eine übertriebene Größe, denn schon nach fünfzig Minuten Verspätung war die russische Delegation am Platz. Der Vorsitzende äußerte in milden Tönen seine Unzufriedenheit mit der Verspätung und grüßte die Gäste trotzdem herzlich. Danach begannen die Teilnehmer ein nach dem anderen das Wort zu ergreifen, bis Professor Knudsen an der Reihe war. Die langen Minuten der Erwartung erregte in dessen Kopf unvermittelt nicht angenehme Gedanken, unter anderen an die zwei Stunden, die er vor wenigen Monaten gemeinsam mit Salonga in der Wartehalle des Kremls verbringen sollte. War solche Geduld von großen stattlichen Problemen gefragt oder, wie es ihm nun zu sein schien, wurde es wie eine Prüfung für die Fremden geplant? Seltsamerweise tauchte diese Vermutung damals nicht auf. Sie entstand eher für das erste Mal hier in Manila, wo die Situation sich anscheinend zu widerholen wusste. Mike zählte sich seit seiner Kindheit nicht zu rachsüchtigen. Umgekehrt wurden seine Eltern von ihm erstaunt, wenn er keinen Ärger gegen seinen gleichaltrigen bekam, der ihm etwas Böses machte. Sie sahen darin eine gefährliche Schlappheit, die für einen Mann unzulässig sein sollte. Was er allerdings während heutiger faden Wartens Zeit empfand, ähnelte sicher an ein starkes Verlangen nach Rache. Von ihm wurde sein typisches Wohlwollen und seine Anteilnahmen verdrängt. Deswegen war er ganz entschieden gelaunt als er auf das Rednerpult aufkam. Nun wurde er der Absicht, diesen Menschen verächtlichen Politiker zu bestrafen. Wie könnte es aber ein bescheidener Hochschullehrer gegenüber einem mächtigen Mann der Welt machen? Es wäre nur im Rahmen der Formalitäten möglich. Auf diesen Grund wählte der Professor die Waffe seiner Gegner aus, indem er zuerst seine kurze Mitteilung in die Länge zog. Außerdem sprach er in verständlichen Worten Deutsch und beobachtete zugleich den Gesichtsausdruck der Person, zu der er faktisch redete. Die anderen, die kaum ein Wort zu kapieren vermochten, mussten schweigsam zuhören. Er erinnere dabei an ihr Treffen im Kreml, an das Versprechen des Staatschefs, sie bei allen Wohlgemeinten Maßnahmen zu unterstützen, an die Bereitschaft, die globalen Projekte des Arten- und Klimaschutzes zu finanzieren. Diese Mahnungen konnte der Zuhörer wie etwas Lächerliches auffassen, konnte aber wie irgendwas Kränkendes aufnehmen. Der Gelehrte unterschied diese Kleinigkeiten ganz wohl, was ihn veranlasste, das Thema zu ändern. Jetzt sprach er ausschließlich über das kommende Unterwasserversinken, das ein großes internationales Ereignis erweisen sollte. Er beobachtete dabei die Reaktion des ansehnlichen Manns, die eine vollkommene Zustimmung darstellte. Diese unerwartete Begebenheit sorgte eindeutig dafür, dass Professors Gemütslage sich drastisch umwandeln sollte, so dass er sich absichtlich die lobenthaltenden Äußerungen dem Politiker gegenüber gestattete. Wie es sich darauf in der Tat herausstellte, war es ganz rechtzeitig, denn das Gesicht des großen Mannes strahlte nun eine klare Gutmütigkeit aus. Wahrscheinlich erlitt er gerade den Gewissenbisse für seine starke Verspätung oder dieser Zustand bei dem Forscher nur erscheinen konnte. Jedenfalls ging nun Knudsen zur Persönlichkeit Jorge Elagos, die er wie einem Halbheiligen vorzustellen wusste. Diese Beschreibung erweckte zweifelslos die Aufmerksamkeit des Präsidenten, dessen Augen momentan mit herzlichem Entgegenkommen erfüllt worden waren. Mike blickte viel-

178

leicht unwillkürlich auf seine Armbanduhr und stellte es plötzlich fest, dass er das Zeitreglement mehrfach übertraf. So entschuldigte er sich offenherzig und beendete seine Rede. Der Vorsitzender der Versammlung nahm den Beschluss zur Kenntnis, dass die geplante Sitzung alle zulässigen Normen überragte, und erteilte das letzte Wort dem teuersten Gast. Das Auftreten des russischen Staatsoberhaupts war ziemlich kurz, doch bildhaft und mit schönen Metaphern gewürzt. Er erwähnte alle Zwecke seiner Visite, betonte aber besonders das Darbieten, das ihm Mr. Professor vornehm zur Verfügung stellte. Er sagte auch, dass er sich etwas Besseres nicht wünschen konnte. Er bat seinen Referenten, den Namen des verehrten Mannes zu wiederholen, und sagte danach, dass auch auf eine Bekanntschaft mit Mr. Jorge Elago wartete er mit der Ungeduld. Gleich in diesem Augenblick wendete sich Mr. Salonga an Knudsen, um den Letzten zum vollkommenen Erfolg zu gratulieren. In einigen Minuten darauf wurde die Zusammenkunft für beendet erklärt.

Auf der Rückfahrt nach dem Hotel besprochen die beiden wieder alle Details der Versammlung auf hohem Niveau. Sie wurden bestimmt gezwungen, aufgeregt zu sein. Doch das letzte Stadium dieser Begebenheit wurde nicht nur gutgelungen, sondern auch vielversprechend. Dafür konnte man sogar ein Bisschen leiden. Nun hofften die beiden darauf, dass sie den russischen Chef zu ihren echten Freunden zu zählen vermochten. „Wissen Sie, Mr. Professor", äußerte sich gefühlsbetont der Businessman, „wir können unbedingt mit den Ergebnissen des Tages zufrieden sein. Allerdings bringt mir meine politische Erfahrung ein Vorgefühl, dass wir fernerhin keinen Fehlschritt machen dürfen, weil unsere Sachlage ziemlich unbeständig sein sollte. Wir gründen unseren Einsatz, offen gesagt, auf einem Abenteuer und zwar auf einem Unterwasserversinken, das ein großer Staatsmann nie ernst zu nehmen versteht. Nicht vielversprechender sehe ich auch die Bekanntschaft des Russen mit Jorge Elago, den man eher als eine kurzfristige Zerstreuung verstehen könnte. Gott bewahre, dass die beiden Ereignisse uns ohne Komplikationen funktionieren". Der Gelehrte war aber anderer Meinung: „Mr. Salonga, ich verstehe wohl Ihre Befürchtung. Natürlich unterscheiden sich die tagtäglichen Verhältnisse von denen des staatlichen Niveaus. Trotzdem fühle ich mich nach dieser Versammlung viel sicherer, als zuvor, weil ich die wirkliche Reaktion des Präsidenten zu beobachten befähigte. Er ist augenblicklich auf unserer Seite und wird meines Erachtens in diesem Zustand noch ein-zwei Tage verbleiben. Auf etwas Größeres sollten wir bestimmt nicht rechnen. Und noch eine Sache kann mich beruhigen: Er zeigte sich heute ziemlich emotionell zu sein. Diese Begleiterscheinung ist auch nicht belanglos. Sie bedeutet, dass er hoffentlich von den Schönheiten des Tiefmeeres begeistert wird. Außerdem können wir die Anwesenheit Mr. Elagos wie unsere Trumpfkarte nutzen. Denn er besitzt eine Gottesgabe, eine wohltätige Laune einzuflößen. Deswegen wird unsere gemeinsame Unterhaltung ganz fruchtbar gewesen".

Zu diesem Zeitpunkt hielt sich der Wagen schon vor dem Savoy Hotel an. Die Partner sollten sich nun verabschieden, um morgens wieder zusammenarbeiten zu können.

Der nächste Tag konnten Knudsen und Salonga sicher zu aufschlussreichsten in ihrem Leben zählen. Denn gerade dann wurden ihre gemeinsamen Träume realisiert, die zu einer geistigen Annäherung mit dem russischen Oberhaupt führen sollten. Sie erklärten schon im Voraus ihren Kollegen aus dem Auswärtigen Amt den genauen Aufenthaltsort des U-Boots, damit die Letzten ihn problemlos finden könnten. Sie besuchten schon früh das Haus Elagos, um ihn zu bitten, bei dem Beginn des Versinkens dabei zu sein. Ihnen war es wichtig, den russischen Gast noch vor dem Tiefwasser Abenteuer mit den Alten bekanntzumachen. Und alles verlief wie am Schnürchen: Kein Schritt durfte sich verspäten, und kein Hinweis ließ sich unerfüllt bleiben. Die Kapazität des Boots war für eine Gruppe aus drei Personen ausgestattet, neben russischen Staatschef sollte es ein Sachnavigator und Professor Knudsen sein. Alle anderen sollten am Strand bleiben und auf das Auftauchen der Gruppe warten. Nach einer freundlichen Bekanntschaft mit dem russischen Politiker lud der Alte ihn zu sich ein, was von der großen Person angenommen worden war. Der Vorgang des Eintauchens erwies zweifellos eine eigenartige Kunst, die nur dem Eingeweihten den Kräften angemessen war. Das gewandte Hantieren mit der komplizierten Ausstattung, die die Schwermachung des Boots ständig mit der Wasserverdichtung vergleichen ließ, forderte Kenntnisse aus verschiedenen Bereichen der Wissenschaft und Technik. Die geregelte Leistung des Navigators kümmerte um ein gleichmäßiges Eintauchen ohne Stoßen und Schwingungen. Einer der wichtigsten Bestandteile des U-Boots war sein mächtiges Beleuchtungssystem, das in Tiefen über 200 Meter ganz unentbehrlich sein sollte. denn in diese Wasserschichten kein Sonnenlicht mehr sichtbar wird. Es bedeutet, dass ohne das System sollten sich die Reisenden in voller Dunkelheit befinden. Mit anderen Worten öffnete sich das künstliche Licht den U-Boot Insassen eine multifarbige Unterwelt märchenhafter Schönheit. Die bunten Fische mit den ausgeklügelten Hautmustern erschreckten sich wahrscheinlich deswegen, weil sie bis dato nie ihre Umgebung so wunderbar zu sehen vermochten. Während der erfahrene Navigations-Sachkundige über alle Fragen der Tiefgröße und des Lokalisierens verfügte, war der Biologe imstande, eine ausführliche Auskunft über das Tierreich mitzuteilen. So entdeckte der Präsident einen kleinen Fisch mit einem relativ großen Kopf, der mit einem trügerischen Glanz funkelte. Der Gelehrte erkannt momentan einen Tiefsee-Beilfisch, der auch Silberbeilfisch genannt worden war. Das Tierchen schien ein Bisschen plump zu sein. Er besaß ein oberständiges Maul und nach oben gerichteten Augen, aber auch „persönliche" Lichtorgane an der Unterseite des Körpers. Zu Besonderheiten dieser Art gehörte auch die Fähigkeit, auf der Schwelle zwischen dem Leben und Tod noch intensiver zu leuchten.

Der Einsichtiger Staatschef wollte nun wissen, ob die Tiefschichtentiere eine dauerhafte Migration in vertikaler Richtung nach oben unterfangen könnten. Diese Frage fiel einigermaßen mit der Forschung, die Knudsen mit seinen Mitarbeitern und Doktoranden vor einigen Jahren durchgeführt habe. Es war in der Tat der Fall: Mehrere Tierarten aus den Tiefen von 400-500 Meter wanderten regelmäßig in die höhere Wasserschichten, obwohl solche Besonnenheit für die Menschen typisch sein sollte. Selbstverständlich besitzen höhere Schichten viel größeres Biomasseproduktionspotential, weil die Zugänglichkeit des Sonnenlichts für das Pflanzenwachstum sorgt, was den Tiefenbewohnern fehlte. Nach dem reichen Fressen bekommen sie genug Energie, um die Rückkehr in die Tiefe auszuüben. Der Untersuchung zeigte, dass nicht allein die Fische, sondern Einzeller, Larven und Würmer, Krebstiere und Quallen bereit waren, diesen Weg hinter sich zu lassen. Es passiert sozusagen bewusst. Aber es gab auch eine unwillkürliche Bewegung nach unten, wenn die großen Tiere sterben und ihre Kadaver in die Tiefe sanken, wo sie zu einer wesentlichen Nahrungsquelle der hiesigen werden sollten. „Wissen Sie, Mr. Präsident, setzte der Forscher seine Antwort fort, „uns beschäftige sehr die Tatsache, dass die gemeinen Aasfresser, seien sie Aalen, Krabben oder Riesenasseln, diese sterblichen Überreste bis auf die Knochen abnagen. Noch neugieriger schienen mir die Tiefwasserbakterien, die aus dem freigesetzten Schwefelwasserstoff und Kohlenstoffdioxid wertvolle organischen Verbindungen aufzubauen vermögen. Ich bin der Meinung, dass Sie diese Prozesse gut verstehen können, da habe ich gehört, dass Sie auch eine chemische Ausbildung besitzen". Der Staatsmann bemerkte aber den letzten Satz des Professors kaum, weil er in diesem Augenblick von einem großen bunten Fisch überrascht war. „He, da gibt es noch", fast schrie der Biologe, „mit dir hoffte ich gar nicht zusammenkommen. Der ist ein Fangzahnfisch, kucken Sie mal, Mr. Präsident, der Körper scheint nicht zu groß zu sein, doch dies erheblicher Kopf und Maul schinden den Eindruck eines riesigen Tieres. Seine Zähne reichen sogar ins Gehirn wofür sie spezielle Hohltaschen entwickelt worden waren. Übrigens wies er ein gutes Beispiel auf, wie die Fische zwischen 4 Kilometer Tiefe in die sonnigen 200 Meter und zurückkreisen. Plötzlich zeigte es sich eine Viertelmeter große Kompassqualle in ihrem hellen rot-blauen Gewand, die eine aufrichtige Neugier zu den Lebewesen in U-Boot haben sollte. Die fast ideale Durchsichtigkeit des Plexiglases, das die Rolle des Bullauges auf dem Boot spielte, schaffte die Täuschung einer vollständigen Abwesenheit des Hindernisses, was ein Angreifen ganz unvermittelt lassen sollte. Der Biologe war von der Anwesenheit dieses Tiers in pazifischen Wässern ein Wenig erstaunt, weil sie dort bis dato nicht bekannt waren. Doch die maßgebliche Verschmutzung des Weltmeeres letzte Zeit konnten nicht selten für die seltsamen Entdeckungen der Tierarten sorgen, die früher dort nicht einheimisch waren. Es war ein ernsthaftes Argument dafür, dass man viel Geld in Umweltschutz einlegen sollte. Der Politiker war aber momentan daran interessiert, ob das Gift von

Quallen für die Menschen tödlich sein könnte. Knudsen antwortete mit der Bereitschaft:

„Mr. Präsident, das Spektrum der Giftigkeit dieser Tierarten ist sehr breit, von leichter Verbrennung und Rötung bis zu unerträglichen Schmerzen in inneren Organen und Tode durch die Lungenödeme. Merkwürdigerweise zählt man zu den giftigsten Qualen auch die portugiesische Galeere, die in der Tat für Menschen tödlich sein könnten, gehören aber nicht zu dieser Art, sondern sie weisen eher eine gigantische Gemeinschaft der Polypen, die man bildhaft Polypen Staat nennt, auf. Eigentümlich für solche Biozönose ist eine deutliche Verteilung der lebenswichtigen Funktionen zwischen allen Teilnehmern, indem bestimmte Gruppen für die Nahrungsversorgung, Fortpflanzung, Verteidigung und das Wachstum der Fühler zuständig sind".

„Eine Reise wie unsere heutige", erwiderte ziemlich unerwartet der Russe, „scheint mir wie eine Mahnung, dass die Welt um uns sehr trügerisch und vergänglich sein sollte. Wir sind hier nur gelegentliche Gäste, deren gedrängte Eindrücke für die künftigen Generationen sehr aufschlussreich sein sollten. Diese fantastischen Fische, Mollusken, Krabben und Korallen, die wir wie Gemälden alten Maler in einem Museum zu betrachten vermögen, sind wahrscheinlich in begrenzter Menge oder sogar in einzelnen Exemplaren vorhanden. Sie können im Laufe unseres Lebens vollkommen verschwinden ohne jene Spüre hinter zu lassen. Ich bin natürlich ein Politiker, der über viel größere Möglichkeiten verfügt, das Verschwunden zu verhindern. Aber auch ein jeder Mensch aus den sieben Milliarden weltweit wird teilweise dafür verantwortlich. Heute habe ich kapiert, dass eine feste Beständigkeit nicht nur für eine Person oder einen Staat, aber auch für die ganze Natur von großer Bedeutung sein sollte. Denn im Unterschied zu Menschen schafft die Natur ein vernünftiges Gleichgewicht zwischen Guten und Bösen, Leben und Tod, Gründung und Zerstörung, Glück und Elend. Der Mensch ist das klügste Wesen der Welt, er kann sich doch nicht der Weisheit der Natur entgegensetzen, weil es für ihn selbst und für die Natur vernichtend wäre".

Der Professor hörte die Rede des Präsidenten sehr aufmerksam, und sollte mit jedem Wort der Machthaber einverstanden sein. Die Frage nun hieß, ob der Redner selbst alles Vorstellbares zu machen versuchte, um einen schwer-wiegenden Beitrag für die Rettung der Natur zu leisten. Augenblicklich empfand der Gelehrte die Notwendigkeit, im Namen der Weltbevölkerung eine offizielle Erklärung auszusagen:

„Mr. Präsident, Sie haben zweifellos Recht in allem, was Sie gerade gesagt haben. Ich als Wissenschaftler muss Ihnen meine Zustimmung dazu erteilen. Kann ich aber nun Ihre Worte wie eine Bestätigung Ihrer künftigen Förderung unserer globalen Vorhaben aufnehmen?" Eine überzeugende Zusage kam sofort:

„Glauben Sie mir, Mr. Knudsen, Sie können sich unbedingt auf mich verlassen".

Wenn der Forscher abergläubisch wäre, könnte er vielleicht die Wahrheit des letzten Satzes des ehrenwürdigen Mannes in einem wunderschönen Bild hinter dem Bullauge des U-Boots anschauen. Denn die vielfarbigen zauberhaften Fische, Krabben, Weichtiere und Muscheln sammelten sich gleichzeitig in Strahlen der Beleuchtung. Dieses tierische Schauspiel fiel auch zeitlich mit dem Moment zusammen, als das Boot sein Auftauchen begann. Es zeugte davon, dass sie sich ungefähr in einer Stunde auf der Wasseroberfläche befinden sollten.

Der Empfang der Unterwasser Expedition zog eine zahlreiche Menschenmenge, die die Auftauchten wie eine Mondmission entgegenzunehmen wusste. Als Professor Knudsen eine ungewöhnliche Versammlung auf der sonst menschenleeren Stelle gesehen habe, kam ihm ein Gedanken in Sinn, dass das russische Oberhaupt ein sehr kühner Kerl war. In der Tat war, die maß hafte Ausstattung des Boots abgesehen von der Zuverlässigkeit des Herstellers nicht imstande, bei einer Panne die Rettungsaktion zu organisieren. Mike konnte sich aber keine Rechenschaft darüber ablegen, warum diese Sache ihm gerade nach der erfolgreichen Beendung des tollkühnen Unternehmens gezeigt worden war. Der alte Jorge Elago war nicht unter den Treffenden. Er bat aber persönlich Mr. Salonga, herzlich die verehrten Gäste zum Mittagstisch nach seinem Haus einzuladen. Das von dem Staatschef geleitete Abenteuer dauerte nicht weniger als fünf Stunden, und die Beteiligten und den Gefolgen waren richtig hungrig gewesen. Da die sofortige Veranstaltung des staatlichen Diners auf dem Strand ziemlich kompliziert aussah, wurde die Einladung mit der Dankbarkeit aufgenommen. Der Alte bewirtete das teure Publikum mit dem gebackenen Wildlachsfilet in der Käsesauce. Austern und andere Meeresfrüchte kamen als eine köstliche Zugabe. Jorge nutzte wieder eine Vielfalt der Kräuter und Gewürze, die das Essen nicht nur höchst schmackhaft, sondern auch edelriechend machten. Sein gastfreundlicher Tisch brach fast von besten Leckerbissen, die er selbst aus dem Ozean angelte oder züchtete. Nach dem Essen unterhielt er seine Gäste mit den hinreißenden Geschichten, die ihm zu erleben gelang. Für einem Außenseiter konnte seine Erzählungen an die Sagen und Legenden aus dem Mittelalter erinnern. Vielleicht waren sie auch so gewesen. Außerdem dienten sie ihm für eine beharrliche Beobachtung der Anwesenden, die beim Zuhören alle Hindernisse, die ihre tiefen Geheimnisse verborgen innehielten, aufzudecken verhalfen. Dieser gewandte Kunstgriff verübte der Alte so unbemerkt, dass es keinen Verdacht bei dem Publikum gab, etwas Misstrauisches dahinter zu sehen. Dank der bildhaften Schilderung des Gastgebers lief die Mahlzeit unbemerkt über zwei Stunden, was zuerst von dem Referenten des Staatsoberhaupts verkündet worden war. Der junge Mann sagte auch, dass die Botschaft Wagen schon unterwegs waren und sollten den Präsidenten in einer Viertelstunde abholen. Diese Nachricht rief gleich eine allgemeine Aufregung hervor. Der Staatschef fühlte sich verpflichtet, seine offenherzige Dankbarkeit dem Wirt gegenüber zu äußern, dessen Küche den Delikatessen der besten Restaurants der Welt entsprach. Allem Anschein nach war es tatsächlich so gewesen, obwohl der alte Jorge sein Leben lang niemals dort gegessen hatte. Der Referent bescherte dem Gastgeber eine Wanduhr mit den Edelsteinen und dem Kremlmuster. Die zwei Botschaftswagen kamen pünktlich zum genannten Zeitpunkt. Zum Abschied dankte der Politiker alle Anwesenden und sprach die Hoffnung aus, Mr. Salonga und Mr. Knudsen bald wiederzusehen. Darauf fuhren die Wagen los.

Als Yam und Mike mit dem Wirt allein geblieben waren, warteten die beiden ungeduldig, was der Alte ihnen über den russischen Staatsmann mitteilen könnte. Zugleich schien Jorge so ungestört zu sein, als ob er nicht zu beeilen suchte. Deswegen wurde er unmittelbar danach gefragt worden. „Meine Gentlemen", begann er zu beantworten, „mir ist es kaum einfach, eine kurze Schlussfolgerung über diese Person zu ziehen. Denn ihre Seele sollte sich stark von ihrem Äußeren unterscheiden. Als der Mann die Türschwelle meines Hauses übertrat, war ich der Ansicht, in ihm einen gutmütigen und gönnerhaften Kerl zu sehen. Wisst Ihr, es ist seit meiner Jugend bei mir so Brauch, dass ich in einem Fremden ausschließlich die guten Eigenschaften aufzunehmen vermöge. Meine Dorfumgebung besteht aus bescheidenen Leuten, die wirklich fast nichts zu verbergen haben. Ich meine damit, dass sie äußerlich und innerlich fast gleich sind. Mit diesem Menschen sieht alles ganz anders aus. Er hat viel zu viel zu verhehlen. Diese Beschaffenheit kostet ihm eine Menge der seelischen Energie, was er wahrscheinlich mit speziellen Übungen auszugleichen versucht".
Salonga brach ihn auf dieser Stelle unter, um eine dazugehörige Bemerkung zu machen:
„Mr. Elago, Sie haben vollkommen Recht, der Mann verbringt mehrere Stunden täglich im Schwimmbad und im Fitnessstudio, damit er sich in einer guten Gemüts- und Körperauffassung instand zu halten vermöge. Doch es war nur eine kurze Ergänzung, ich bitte Sie um Verzeihung".
Der Gesichtsausdruck des Alten zeigte dabei eine tiefe Ruhe, als ob er diese Bemerkung nicht aufgenommen habe. So setzte seine Erwägung fort:
„Im Grunde mache ich keine Mühe dafür, eine Meinung über den Menschen zu bilden. Ich höre es simpel aus dem geistigen Raum gesagt an. In schweren Fällen muss ich mich aber an einige besonderen Handgriffen wenden, die für das Hellsehen unentbehrlich sein sollten. Im letzten Fall wurden sie mit meinen alten Geschichten verbunden, die meine engen Verhältnisse mit dem genannten Raum wiederherstellen ließen. So wurde es mir allmählich klargeworden, dass mein ehrenhafter Gast ein Wesen mit zwei Gestalten sein sollte, die nie zusammenzutreffen fähig sind. Nach meiner Sicht sind solche Menschen sehr unglücklich, weil jene Personenspaltung etwas Unheilbares bedeuten sollte. Aber das ist ein ganz anderes Thema. Nun wurde meine Seele überwiegend mit der zweiten Gestalt beschäftigt, die für den Kerl viel wichtiger wird, als die erste. Diese zweite Grundlage ist selbst- und machtsüchtig, sie weist ihre aggressiven Pläne auf, sie duldet kein Mitleid. Sie ist zugleich klug genug, um ihre Laune aufzumachen. Deswegen muss sie im-

mer lügen, damit die Umgebung ihre Natur um Gottes Willen zu begreifen wusste. Ich weiß nicht, welche Absichten er in unserem Lande zu verfolgen sucht, und diese Sache, ehrlich gesagt, interessiert mich gar nicht. Was ich aber feststellen konnte, betrifft die heimtückischen Gedanken dieser Person. Mehr habe ich für Euch, meine Gentlemen, nichts zu sagen". Mit diesen Worten gab der Alte den Besucher zu verstehen, dass er nun allein bleiben wollte. Selbstverständlich war seine heutige Belastung übermäßig für sein Alter und seine Gesundheit. Die beiden kapierten diese Begleiterscheinung wohl. So äußerten sie ihre tiefe Dankbarkeit ihm gegenüber und beeilten sich zu ihrem Wagen.

Was der Gelehrte und der Businessman von dem Heilseher erfahren haben, konnte ihnen wahrscheinlich keine hochentwickelte künstliche Intelligenz verraten. Diese wertvollen Kenntnisse werden nun zum Gegenstand ihrer Unterhaltung auf dem Heimweg geworden. Wer sonst auf der Erde wäre es in der Lage zu sein, etwas Gleiches mitzuteilen? Ob das Ausgesagte eine „heilige Wahrheit" war, konnten die zwei Atheisten gewiss keinen Zweifel verspüren. Sie waren sicher nicht imstande, solche seltsame Überzeugung mit einigen vernünftigen Argumenten zu beweisen. Doch der Glaube sollte in diesem Fall ganz unumstritten sein.
„Haben Sie, Mr. Salonga, irgendwelche Ahnung über die Charakterzüge des Betroffenen", begann der Forscher sein Nachdenken, als der Wagen langsam auf die Straße rollte, „die wir gerade zu erkennen vermochten? Im Unterschied zu Ihnen verbrachte ich heute über fünf Stunden mit diesem staatlichen Mann, in einem pausenlosen Gespräch unter vier Augen. Ja, ja, ich darf es behaupten, weil unser Navigator so zurückgezogen und konzentriert mit der Vielfalt der schwersten Aufgaben befasst war, dass er kein Wort von uns zu kapieren vermochte. Unbedingt berührten wir mehrere Angelegenheiten der Gegenwart, obwohl es nicht um die Politik handelte. Ich fand es taktlos, den berühmtesten Mann der Welt, der aus der Höflichkeit gezwungen wurde, auf meine politische Fragen zu antworten, damit zu stören. Natürlich interessierte ihn auch meine Meinung über seine Politik gar nicht. Es gab aber eine Menge von Sachen, die wir aufrichtig zu diskutieren wussten. Eine kräftige Schlussfolgerung, die ich aus dem Meinungsaustausch zu ziehen bereit war, betraf dessen hohen menschlichen Stützen, die in mir keinen Zweifel erregen sollten. Er äußerte sich so offen und innig über die große Gefahr der Menschheit, die die Klimawandlung und Umweltverschmutzung mitzubringen bedrohten, dass ich ihn zu meinen besten Freunden zu zählen bereit war. Er brachte mich fast zum Weinen, als er mich beteuerte, dass er die größten Investitionen in die globale Ökologie einzulegen versuchte. Diese hervorragende Persönlichkeit, dachte ich mir, verdiente unbedingt die Gemeinverständlichkeit und Zuneigung der Mehrheit der Weltbevölkerung. Darüber hinaus wurde ich davon überzeugt, dass die Worte, die unter äußerst komplizierten Bedingungen gesagt worden waren (und man sollte ein solches Unterwasserversinken in die Tiefe von fünfhundert Meter sicher dazu

zählen), nicht heuchlerisch sein mussten. Und was nun nach der Offenbarung Mr. Elagos in meinem Verstand passierte, kann ich mit einer bitteren Enttäuschung vergleichen. Was können Sie dazu sagen?" Der Businessman war auch fassungslos:

„Was soll ich nun sagen? Ich habe mich schon viermal mit diesem großen Menschen getroffen, und alle diesen Begegnungen schindeten einen günstigen Eindruck auf mich. Gleichzeitig vertraue ich unbeschränkt Mr. Elago, den ich zu den anständigsten und ehrlichsten Menschen der Welt zähle. Auf diesen Grund zweifle ich mich nicht mehr, dass seine Urteile absolut wahrhaft sein sollten. Wissen Sie, Mr. Knudsen, ich war selbst mit der Politik beschäftigt, um zu begreifen, wie schwer es wäre, in diesem Metier absolut ehrlich und unverkäuflich zu bleiben sowie mit keinen fragwürdigen Partnern zu verhandeln. Natürlich kann ich mich auf keinen Fall mit dem russischen Staatschef vergleichen, ich war sozusagen ein Politiker des örtlichen Niveaus. Trotzdem bezieht sich meine Bemerkung teilweise auf alle Figuren der modernen politischen Milieus, seien sie klein oder supergroß. Ich finde es überflüssig, die konkreten Beispiele mitzubringen".

Es klang ein Bisschen hart aber fair, um dem Mann am Steuer etwas widerzusprechen. Und der Professor war wirklich stark erregt von allen unglaublichen Begebenheiten des Tages, um irgendwas Zusätzliches auf eigene Schulter zu übernehmen. Deswegen lieferte ihn Yam ohne Verwicklung nach Savoy Hotel, wo sie sich verabschiedeten.

Man konnte den Kremlchef um dessen unbegrenzte Energie und Arbeitsfähigkeit richtig beneiden. Denn sowohl Salonga als auch Knudsen empfanden sich nach allen Anstrengungen der letzten zwei Tagen vollkommen erschöpft. Sie mussten sogar ihre nächste Tagesordnung umgestalten, um die notwendigen Stärken wieder zu tanken. Das heißt, sie trafen sich erstmal nachmittags, damit der neue Tag günstig abzulaufen vermöge. Wie gewöhnlich kaufte sich Yam morgens „The Manila Times", um sich nach allen Schlagzeilen zu erkundigen. Diese älteste englischsprachige Zeitung des Landes, die seit dem 1898 aktiv war, präsentierte nicht nur die wichtigsten und aktuellsten Ereignisse, sondern sie machte es verhältnismäßig unparteiisch. Diesmal gab es mehrere Nachrichten, die mit der Staatsvisite der russischen Führung verknüpft worden waren. Allerdings gab es kein Wort über das bedeutende Versinken in die Ozeantiefe. Diese kleine Tatsache schien dem Businessman eher seltsam zu sein. Er teilte darüber seinem neuen Verwandten mit, als sie sich nach der guten Erholung trafen. Der Professor war auch davon erstaunt und vermutete, dass der Hinweis, die Begebenheit nicht darzulegen von den Regierungskreisen vorkommen konnte. Salonga schloss diese Variante nicht aus, äußerte aber den Zweifel, weil die Zeitung ziemlich ausführlich den Wünsch des Präsidenten diskutierte, eine große Summe in den Umwelt- und Klimaschutz zu investieren. Bis dato war es nicht klargeworden, wem abgesehen von Professor Knudsen der Russe diese Absicht anvertrauen konnte. Diese Denkweise forderte dringend eine Aufklärung, und die einzelne Chance, sie zu kriegen, bestand darin, sich wieder mit Ted Tinio in Verbindung zu setzten. Obwohl Ted augenblicklich unter einem Zeitmangel litt, fand er freundlich eine Lüke in seinem Terminkalender, um mit den beiden kurz zu unterhalten. Ted nannte das Tao Yuan Restaurant, wo er sich zum Abendbrot beabsichtigte. Es gab also noch Zeit, um die beiden sich gut zur Begegnung vorbereiten konnten. Vor allem erzählte Yam seinem Verbündeten über den Eindruck, den Mr. Tinio auf ihn schindete. Er war unbedingt ein hochintelligenter Kerl, mit dem man sich stets auf der Hut sein sollte. Seine umfangreichen Kenntnisse in allen Aspekten der äußeren und inneren Politik verlangte von ihm eine besondere Vorsicht bei dem Umgang mit den fremden. Mit anderen Worten musste man vor dem Gespräch mit ihm deutlich die Fragenauswahl bestimmen, die man ihm zu stellen wage, ohne irgendwelchen Verdacht zu erregen. Sonst wäre Ted imstande, die wichtigen Auskünfte durch die spitzfindige Ausrede zu ersetzen. Die letzte Möglichkeit würde für die beiden völlig unerwünscht gewesen. Deswegen debattierten sie im Hotelzimmer beharrlich jeden Satz, den sie dem Sachkündigen zu sagen wussten. Diese geistige Aktivität dauerte über zwei Stunden und für ziemlich einsichtige Berührungspunkte, die sie in wenigen Stunden ihrem Gesprächspartner vorstellen sollten. Zehnminuten vor dem Termin nahmen sie schon ihre Plätze am Tisch, um die Speisekarte zu studieren. Ted entstand in einer Viertelstundenverspätung und zeigte sofort die Neugier dem Essen gegenüber, weil er Hunger hatte. Seine Tischfreunde äußerten ihr Einverständnis, bei der Auswahl der Gerichte mit ihm solidarisch zu sein. Nach dem Teds Geschmack waren im Essen große Menge Fisch und Meeresfrüchte sowie Gemüse enthalten, was die dreien gutgefiel, bald satt machte und die Laune verbesserte. Darauf stellten sie sich eindeutig auf das Gespräch um, indem Salonga in Kenntnis setzte, dass er und Professor im Kurzen zum russischen Oberhaupt eingeladen werden sollten. Den beiden stand anscheinend vor, mit ihm das große ökologische Programm zu diskutieren, wohin das riesige Land viel Geld einzulegen bereit war. Yam war der Auffassung, dass dieses Thema die Hauptsache der Staatsvisite werden sollte. Ted hörte die Auffassung Yams ruhig an, und blieb schweigend eine Weile, nachdem der Businessman verstummte. Darauf sprach Mr. Tinio so rasch, als ob ihm jemand aus der hohen Instanz zu übermitteln wusste: „Ich verstehe Sie, Mr. Salonga, nicht ganz. Woher könnten Sie es überhaupt wissen, welche Ziele der Staatschef eines ziemlich unumschränkten Landes verfolgen sollte, oder welche von ihnen einen herrschenden bsw. untergeordneten Wert haben könnte?"

Salonga erwartete auf keinen Fall solche ungünstige Wendung des Gesprächs. Sein Gesichtsausdruck zeugte davon, dass er hastig nach den Argumenten suchte, um sich recht zu fertigen. Seine folgende Phrase ließ ihm aber kaum, sich aus der Verlegenheit befreien:

„Wissen Sie, Mr. Tinio, ich verfüge in der Tat nicht über enge Verbindungen mit großen Politikern. Deswegen begründe ich meine Schlussfolgerungen ausschließlich auf meine persönlichen Erfahrungen sowie auf die Kenntnisse aus den zuverlässigen Quellen. Im gegebenen Fall kamen sie aus meinen persönlichen Verhandlungen mit dem russischen Präsidenten, der mich beteuerte, dass das Thema des Klima- und Umweltschutzes für ihn vorrangig sein sollte. Darf ich ihm nicht glauben, oder was?"

Dies angeblich schwaches Beweismaterial sollte relativ stark auf Ted wirken. Jedenfalls klangen die Worte aus dem Mund des Staatsoberhaupts viel überzeugender als ein unbegründetes Gerede. Tinio musste jetzt dringend überlegen, wie er diese neue Sachlage bewerten könnte. Nun dauerte die Pause ca. fünf Minuten bevor er zu sprechen anfing:

„Im Unterschied zu Ihnen, Mr. Salonga, erwerbe ich meine Kenntnis aus unterschiedlichen Quellen, was mir die Möglichkeit erteilt, die Daten vernünftig gegenüberzustellen. So wurde es mir vor kurzem bekannt geworden, dass dieser verehrte Gast sich nicht nur um unsere saubere Umwelt kümmert, sondern aufzuklären versucht, ob es eine enge Zusammenarbeit in Erdölerkundung oder in der Suche nach den anderen wertvollen Bodenschätze gute Aussichten in unserem Lande haben könnte. Außerdem scheint ihm unser Inselstaat sehr anziehend für die weit verbreitete militärische Kooperation zu sein. Wenn Sie, Mr. Salonga, der Meinung sind, dass der teure Gast uns ausschließlich mit den Wohltätigen Absichten zu besuchen pflegte, irren Sie sich. Der Mann ist viel eigennütziger, als es von dem ersten Blick scheinen könnte. Was er von uns wirklich wollte, ist völlig in Dunkel gehüllt. Es gibt aber, wie es mir bekannt worden war, gewisse Anzeichen, dass er unser Land zum Rohstoffanhängsel seines Reiches zu machen sucht".

Nach solcher merkwürdigen Offenbarung fühlte sich der Forscher verpflichtet, seine eigene Einsicht darzustellen:

„Mr. Tinio, ich bin Naturwissenschaftler und weit von der großen Politik entfernt. Allerdings habe ich das Vergnügen erlebt, mit dem russischen Staatschef fünf Stunden im Gespräch zu verbringen. Verstehen Sie mich doch richtig, ich verfüge wohl über die Weltsachlage im Bereich des Luft- und Ozeanverschmutzens. Sie ist fast katastrophal geworden, muss ich Ihnen verraten, und wenn jemand, den ich nicht besonders hochschätze, mir eine wesentliche Unterstützung für die Rettung der Welt aus diesem Zusammenbruch darbietet, sage ich Ihnen ehrlich, interessiert mich keinesfalls dessen Absichten im Rohstoffgewinnen oder in Militärfragen. Ich muss wiederholen, die Rede ist nicht mehr und nicht weniger als von der Zukunft der ganzen Menschheit". Diese Einmischung des renommierten Biologen sollte ziemlich stark auf den Politiker auswirken: Sein Gesicht erwarb bald einen rötlichen Anflug und seine Zunge schien nicht vollkommen von der Hirnkontrolle zu sein:

„Lieber Professor, ich empfinde mich momentan nicht bereit, irgendwelche wissenschaftlichen Diskussionen mit Ihnen durchzuführen. Denn ich bin kein Gelehrte, sondern ein Politikfachmann. Doch die Frage, die Sie dargestellt haben, ist, meines Erachtens, nicht politischer, sondern moralischer Art. Anders ausgedrückt, wollten Sie sich klarmachen, ob es für die anständigen Personen zulässig wäre, die edelmütigen Zwecke auf das Geld der fragwürdigen Herkunft zu erreichen. Ich bin persönlich unberechtigt, solche komplizierten Sachen ab zu schätzen oder zu beurteilen".

Dagegen war der Forscher ganz anderer Auffassung gewesen:

„Ich darf mit Ihnen, Mr. Tinio, nicht einverstanden sein, denn ich bin absolut davon überzeugt, dass auch jeder Politiker, dem das Schicksal der Menschheit nicht gleichgültig wird, sich dafür verantwortlich fühlen sollte. Wenn Sie mir nun sagen, dass der moralische Aspekt nichts Gemeinsames mit der Politik haben sollte, muss ich eingestehen, dass Sie die Aufgaben der Politik nicht ausreichend zu begreifen wissen".

Nach diesen Worten des Gelehrten versuchte Ted nochmals, sich damit recht zu fertigen, dass die Politik anscheinend eine Vielfalt ihrer eigenen schwerwiegenden Probleme auflösen musste. Doch sein Beweisstück wurde entschieden von beiden Gesprächspartner niedergeschlagen. Die folgende Streitigkeit wurde von allen Beteiligten für unproduktiv anerkannt, was zur Vollendung der Diskussion führen sollte. Was aber unumstritten bleiben sollte, betraf die gegenseitige Bereicherung mit den Kenntnissen, die den dreien vor dem Treffen fehlten. Es war der Grund dafür, dass sie miteinander auch fernerhin dankbar und freundlich verbleiben sollten. Nach dem Abschied von Mr. Tinio fuhren die beiden nach dem Savoy Hotel zurück, um die neuen Auskünfte zu erörtern. Der Businessman empfand sich ganz zufrieden mit der Information, die ihnen Ted wohl oder übel mitzuteilen vermochte:

„Natürlich war es nicht in dessen Plänen", begann Yam seine Erwägung über die Unterhaltung im Restaurant, „uns irgendwelche heimlichen Daten aufzudecken. Trotzdem machte er es unwillkürlich, indem er seine Ansicht zu befestigen suchte. Jetzt verfügen wir unbedingt über die zuverlässigen Materialien, die die Voraussage von Jorge Elago über den russischen Präsidenten vollständig bestätigen sollten. In der Tat stellte sich der Russe viel wichtigere Ziele für diese Visite vor, als wir uns zu vermuten fähig waren. Wie konnte ich mich, ein ziemlich erfahrener Businessman und Politiker, an der Nase herumführen lassen, dass der einzelne Grund seiner Visite die wohltätigen Maßnahmen war, die mit dem Umwelt- und Klimaschutz verbunden werden sollten. Nun bin ich einerseits enttäuscht, dass ich so einfältig nachdenken konnte, frohe mich aber andererseits für meinen verspäteten Gedankenblitz, der mir hoffentlich künftig keine ähnlich falsche Denkweise begehen lässt".

Knudsen versuchte, die Aussage seines Partners genauer zu bestimmen und zu ergänzen: „Sie sollte sich, Mr. Salonga, nicht so heftig tadeln lassen. Das Fachgebiet, das ich vertrete, geht davon aus, dass die allgemeinen Fehler ein notwendiger Bestandteil jedes Fortschritts sein sollten. Eine fehlerfreie Handlung ist, theoretisch gesehen, eine Prärogative der künstlichen Intelligenz. Doch die großen Pannen der letzten Zeit zeigen deutlich, dass auch die Roboten nicht hundertprozentig davon geschützt sein können. Außerdem muss ich betonen, dass die Personen, mit denen sie letzte Zeit zu verhandeln erzwungen wurden, nicht der tugendhaftesten Natur sind. Umgekehrt benah-

189

men sich in solcher Art und Weise, dass man früher oder später einen Fehlschlag zu verüben riskierte. Unsere Generation lebt unter ziemlich gefährlichen Bedingungen der harten Konkurrenz, wo jeder Mangel des Gegners von den Wetteifern begrüßt wird. Wir können diese Situation mit der militärischen Aktion vergleichen, wenn die Beteiligten sich wünschen, mit kleineren Verlusten daraus wegzugehen. Und uns wurde es bis dahin gelungen, nicht zu versinken und auf dem Wasser zu bleiben. Die nächste Regel des Erfolgs wäre nach meiner Auffassung die Fähigkeit, auch aus den schlimmsten Umständen irgendwelchen Nutz für sich heraus zu ziehen. In unserem letzten Falle, der mit dem russischen Staatschef verbunden worden war, würde es gar nicht schlimm, die Investitionen, die er uns für die globale Ökologie versprach, in der Tat von ihm zu bekommen".

Yam war dagegen nicht so optimistisch gestimmt: „Setzten Sie weiter, Mr. Knudsen, Ihre Hoffnung auf seine großzügige Förderung unseren Vorhaben fort? Ich befürchte mich aber, dass er bei einem Misslingen seiner Pläne im Rohstoffgewinnen und im Militärbereich auch das Interesse an den Umwelt- und Klimaschutz zu verlieren vermöge. Und wir besitzen keinen Hebel, den wir in Gang bringen könnten, um ihn dazu zu bewegen. Ich nenne diese Sachlage „der Einbahnfußball". Darin besteht der echte Unterschied zwischen uns, bescheidenen Bürger und dem Machthaber, der anscheinend ein Mann seines Wortes sein sollte. Ob es in der Tat so wäre, zweifle ich mich".

Die Einstellung des Forschers sah etwas zuversichtlicher aus: „Wir werden bald, hoffe ich, imstande sein, Ihren Zweifel bestätigen oder widerlegen, denn die kommenden Verhandlungen mit Ihrer Regierung wissen in dieser Frage, das Tüpfelchen aufs i zu setzen".

Die Ereignisse der nächsten Tage entwickelte sich aber nach einem anderen Drehbuch: Die Regierungsverwaltung hielte es für überflüssig, in die Liste der Teilnehmer auf dem letzten Stadium der Verhandlungen mit der russischen Delegation diesen beiden Gentlemen einzutragen. Solche Begleiterscheinung trieb einerseits die Absichten Salongas und Knudsens hinter, andererseits rief aber einige Vermutungen hervor. Einigermaßen könnten sie vielleicht auch den Einfluss von Ted Tinio auf diese Entscheidung nicht ausschließen, obwohl Yam diese Version von Anfang an abzulehnen wusste. Viel wahrscheinlicher schien aber den beiden die folgende Auffassung der Regierungsbeamten: Die Verhandlungen auf dem höchsten Niveau sollten prinzipiell die zweiseitigen Verhältnisse zwischen beiden Ländern aufklären. Es gab dabei wichtige Probleme der Politik, Wirtschaft und Militär, die man zu obligatorischen Fragen zählen sollte. Dagegen konnte man die ökologischen Maßnahmen zu fakultativen Aufgaben zuschreiben. Dieser Ansicht nach schien die Beteiligung der Biologen und dessen Partner nicht notwendig zu sein. Solch eigenartige Logik entsprach im Großen und Ganzen der gegenwärtigen Abstufung von globalen Fragen nach ihrer Wichtigkeit und Bedeutung.

„Ich sehe darin nichts Neues", sagte Professor mit einem Anflug der Verzweiflung, „ich stoße ziemlich oft auf die Sachlage, wenn man der Ökologie und dem Artenschutz gegenüber in Worten vollständig auf meiner Seite steht, in Taten aber weit davon entfernt wird gewesen. Nun haben wir beiden die Chance zu überprüfen, ob das russische Oberhaupt in der Tat ein Mann seines Wortes ist. Denn es gibt in unserer Abwesenheit nur eine Gelegenheit, unsere gemeinsame Verhaltensweise fortzusetzen, und zwar, wenn er selbst unsere Initiative bei den Regierungsverhandlungen verkündet".

Es war die letzte Aussage des Gelehrten, die er vor dem Abschied im Flughafen Manilas machte. In zweiundzwanzig Stunden sollte er wieder in Hannover landen, woher er erneut mit dem Taxi nach Heidelberg zu fahren beabsichtigte. Diesmal fühlte sich Mike so physisch und mental erschöpft, dass man ein tiefer Schlaf als eine wirksamste Arznei vorstellen konnte. So schlief er ein fast nachdem das Flugzeug die geregelte Höhe gewann. Seine Hoffnung nach der Erholung konnte aber nur teilweise verwirklicht werden.

Denn er sah von Anfang an einen Traum, wo die jüngst geschehenen Ereignisse ihre unerwartete Fortsetzung fanden. So befand er sich wieder am Bord des U-Boots, das in Tiefe des Ozeans eintauchte. Seltsamerweise begleitete sie aber statt des Navigators der alte Mr. Elago. Wie es passieren konnte, war er sicher nicht imstande zu erklären, doch der Präsident und der Biologe mussten die bedeutendsten Aufgaben des Fachmanns übernehmen. Auf diesen Grund wurden die beiden gezwungen, aus ihrem Gedächtnis alle früheren Kenntnisse, die irgendwelche Verbindung mit den Unterwasserreisen haben konnten, krampfhaft herauszuholen. Deswegen bewegte sich ihre „Arche" nach unten ständig stoßweise, obwohl sie jene Handlung im Voraus beharrlich zu diskutieren vorzogen. Man sollte wahrscheinlich einen Zauberspruch wissen, um eine ruhigere Vertiefung zu gewährleisten. Noch merkwürdiger schien das Benehmen des Hellsehers zu sein. Er sagte kein Wort aus, abgesehen davon, dass seine heftige Mimik und Gestik etwas Lebenswichtiges mitteilen sollten. Wenn es wohl oder übel die erwünschte Tiefe erreicht worden war, und der Alte ein wunderliches Tier im Bullauge gesehen habe, das für eine vollständige Dunkelheit im Boot sorgte, gab er ihm ein Zeichen mit den Fingern, so dass das Wesen momentan wegschwamm. Der Staatsmann war davon so überrascht gewesen, dass er nichts Besseres fand, als dem Alten wie einem Geistlichen die Hand zu küssen. Alle folgenden Begebenheiten wurden ausschließlich von den Absichten Mr. Elagos bestimmt, indem er fast wie ein Zauberkünstler im Zirkus aus Nichts ein Tier nach dem anderen erschafft, die die Reihe nach im Bullauge erschienen.

Der Forscher ertappte sich beim Gedanken, dass seine fundamentalen Erfahrungen in Meerestiersystematik plötzlich ungültig werden sollten. Er konnte dafür nur eine Erklärung finden: Alle diesen Unterwasserorganismen der modernen Zoologie nicht bekannt wurden. Solche Erscheinung konnte nur in zwei Fällen zustande kommen: Entweder sie in Gebieten wohnten, wo kein Forscher bis dato gewesen sein konnte, oder sie waren die seltenen Vertreter der Arten, die vor Jahrtausenden aus dem Weltozean verschwanden. Die letzte Denkweise machte den Professor so neugierig, dass er bereit war, eine neue Forschungsreise auf das Geld von russischem Machthaber zu organisieren. Er wollte gerade diese Idee dem Russen mitzuteilen. Doch er empfand gleichzeitig ein anderes Gefühl, als ob irgendwer ihn zärtlich die Hand berührte. Er wachte sofort auf und begriff, dass seine hübsche Nachbarin ihn mit dieser Bewegung davon bitte, sie in den Salon Durchgang vorbeizulassen. Er stand gleich vom Platz auf und ließ dem Mädchen ausgehen. Nun bedeutete ihm diese zufällige Nachbarin ein Wesen, das ihn in die Realität zurückbrachte. Wie lange sollte sein Traum dauern? Er kuckte auf die Armbanduhr und stellte es fest, dass man ihn kaum zu sehr kurzen Ereignissen zählen durfte: Anderthalb Stunde konnte bestimmt einen vollwertigen Schlaf nicht ersetzen, war aber imstande, die entstandene Müdigkeit zu verdrängen.

Nach der Bekanntschaft mit Jorge bemerkte Knudsen eine neue Beschaffenheit in sich – die Neigung, verborgene Dinge und Erscheinungen in Betracht zu ziehen. Jetzt, nach dem Traum, erörterte er ernst die Aufeinanderfolge der Begebenheiten darin, mit dem Ziel, jeder von ihnen einen heimlichen Sinn zuzuteilen. Unter den offenkündigen Schlussfolgerungen fand er, z.B. die Fähigkeit Jorges, nicht nur Menschen, sondern auch die Tiere beeinflussen zu können. Diese ungewöhnliche Tatsache schien ihm jetzt ganz aufschlussreich zu sein, weil sie etwas Gemeinsames in dem Bewusstsein von Tieren und Menschen vermuten ließ. Vielleicht waren sie sogar durch ein unsichtbares Feld miteinander verbunden. Wenn diese flüchtige Hypothese das Recht aufs Leben hätte, könnte man darin auch die Quelle der besonderen Begabung Mr. Elagos suchen.

Die zweite Beobachtung des Professors betraf die klare Bestätigung der früheren Vermutung, dass allein das Vorhandensein dieser hervorragenden Person in der Nähe für den Erfolg des Unterfanges sorgen konnte. Und da Mike nun ein Befürworter des Satzes „Aller guten Dinge sind drei" war, sah er die dritte bemerkenswerte Sache des Traums darin, dass ein äußerst praktisch veranlagter und materialistischer Mensch wie der russische Staatschef unverzüglich dem Hellseher die Hand küsste. Es gab darin etwas Heiliges, aber auch menschlich Natürliches, was jedem verständlich sein sollte. Diese drei geistigen Umstände drangen tief in den Verstand des Gelehrten. Zugleich kapierte er als Wissenschaftler die Schwäche aller Erwägungen, die auf einen Traum begründet worden waren. Ungeachtet dessen, dass Jorge ihnen eine unschätzbare Hilfe für das Verständnis der Persönlichkeit russischer Präsident erwies, blieb der Letzte für sie ein Rätsel. Teilweise war es mit dem Wesen dieses Berufs verknüpft, der immer eine eigentümliche Verhaltensweise von dem Betroffenen forderte. Diese Eigenartigkeit war aber ganz charakteristisch für alle Staatsleute, die ihr Ziel im Wohlstand und im Gedeihen aller Bürger ihres Landes zu sehen wussten.

Die Kehrseite der Münze war aber mit den persönlichen Interessen dieser ansehenden Menschen verbunden. Und da lag der Hund begraben. Anders ausgedrückt, bekam eine Machtperson fast unbegrenzte Möglichkeiten, die eigenen Absichten zu verwirklichen. Wahrscheinlich war es auch bei dem Russen der Fall. Das Wortgefecht mit Ted Tinio war sehr bezeichnend: Es sollte betonen, ob ein Geschäftsmann oder Forscher einen Kompromiss mit einem fragwürdigen Politiker einzugehen bereit war. Rein begrifflich wäre es sicher nicht erwünscht. Unser Leben stellte uns allerdings immer solche Situationen vor, wenn eine von Sittlichkeit oder Menschenliebe gefärbte Maßnahme ohne eine dringende Einmischung solcher mächtigen Person nicht möglich wäre. In diesen Sinnen war der Professor bereit, sich an das russische Oberhaupt zu wenden, das allein in der Lage wäre, eine Rettungsmaßnahme für die Tiere oder für den Umweltschutz zu unterstützen. Wenn solche erhabene Position ein obszönes Individuum zu besetzen vermöge, sollte es eine Schande für die Gesellschaft sein. Im konkreten Fall bestimmte nun der weite Niveauunterschied zwischen ihm und dem Präsidenten das Misslingen des Projekts, weil es jetzt keine Kontakte zwischen ihnen gab.

Aber Schluss damit, er sollte darüber nicht mehr nachdenken. Viel attraktiver wäre es, gerade mit seiner Frau zu sprechen, von der er die letzte Zeit eine Ladung der Weisheit zu kriegen pflegte. Gina war in der Tat seine Liebe und Schutzengel, die sogar auf mehrere Tausend Kilometer Entfernung die einzigen richtigen Worte für ihn zu finden wusste. So wählte er ungeduldig ihre Smartphone Nummer und empfand eine Beruhigung als er ihre leise Stimme anhörte. Die Filmdiva war vor kurzem nach Hause gefahren und beschäftigte sich mit dem Haushalt. Er wusste schon wohl, dass diese Arbeit für sie nicht allein das Mittel war, die große Wohnung in Ordnung anzuhalten, sondern viel mehr, ihren Geist nach dem nervösen Drehtag wieder ins Gleichgewicht zu bringen. Sie teilte ihm die letzten Nachrichten des Hollywoods mit, sie waren bemerkenswert und neugierig. Aber nach den „Lehr-stunden" vom alten Jorge konnte Mike auch die Rede von Gina anders aufnehmen. Nun schien es ihm so zu sein, als ob er zum geistigen Feld seiner Frau angeschlossen wurde, von dem er eine gewisse „seelische Nahrung" zu bekommen vermochte. Von dieser Denkweise fühlte er eine so deutliche Erleichterung, dass er seinen Zustand momentan Gina beschreiben musste. Ihm war es jetzt gar nicht überraschend, dass sie es gleich angemessen ver-stand. War es eine verborgene Form der Nähe auf der großen Entfernung?

Unter ziemlich mittelmäßigen Neuigkeiten gab es auch solche, die ein direktes Verhältnis zu Gina selbst haben sollten. Der Gelehrte konnte sich für das nächste Mal vergewissern, wie hoch die Selbstbeherrschung bei seiner Frau entwickelt war. Denn sie ließ die wichtigste für sie Sache nur zum Schluss verraten. Es handelte sich dabei um eine prinzipielle Uneinigkeit mit dem Produzenten, einem ganz würdigen Kerl, mit dem Gina sonst keine Schwierigkeiten bekam. Nun sah sie in Drehverfahren einigen Episoden viel Ausdrucksvollere Audio- und Video Möglichkeiten, die aber mit dem wesentlichen Aufwand verbunden waren. Der Kerl vorzog aber die finanziellen Sachen den künstlerischen, was man, praktisch gesehen, vielleicht rechtfertigen konnte. Für die Schauspielerin sollte aber die künstlerische Seite eine Überlegenheit genießen. Mike konnte ihr nur seine wörtliche Übereinstimmung aussagen, denn er verfügte leider über keinen Hebel, den er in Bewegung zu setzten wusste, um ihr zu helfen.

Damit wurde das Gespräch beendet, und der Professor empfand eine leichte, aber unangenehme Enttäuschung. Sowohl er selbst als auch seine Frau waren selbständige und -bewusste Menschen, die mittels ihrer eigenen Bemühungen eine gute Position zu erreichen pflegten. Trotzdem waren sie nicht in der Lage, ohne fremde Stütze auszukommen. War diese Tatsache gerecht? Knudsen zweifelte daran. Dem Flugzeug waren aber alles Zweifeln fremd: Es setzte mittlerweile seinen Kurs in Richtung Europa fort. Und seine zielstrebige Bewegung kümmerte darum, dass die Gedanken des Forschers allmählich in die Aufgaben seines Arbeitsbereichs übergingen, wo er schließlich mit seiner Lieblings Geschäftigkeit befasst werden könnte. Der Schlaf verließ ihn endgültig nach dem Telefonat mit Gina, und der einzelne Wunsch war mit der aktuellen Arbeit in Uni verbunden. Er machte sein Laptop auf und fand die Webseite der Fakultät, um die jüngsten Mitteilungen und Nachrichten zu lesen. Schon in den ersten Zeilen dieser Daten gab es einen Anlass für Freude, denn man konnte daraus erkennen, dass einer Gruppe seines Bereichs die bedeutende Geldsumme von einem privaten Fonds zugesagt wurde. Diese Botschaft bereitete ihm ein Vergnügen auch deswegen, weil die genannte Gruppe ihm letzte Jahre stark benachteiligt schien. In der Tat konnte man vermuten, dass sie in eine Pech Zone geraten habe, und konnte nicht mehr daraus. Mehrere gutbezahlten Vorhaben missglückten auf der letzten Stufe der Vorbereitung, wenn sie schon hundertprozentig gesichert schienen. Heute war der Biologe imstande, durch ein neues Verständnisniveau zu begreifen, dass ein tiefes Missgeschick gewisse materiellen und geistigen Grundlagen haben konnten. Das heißt, ein Mensch oder eine Gruppe befanden sich eine Weile unter ausschließlich ungünstigen Umständen, so dass ihre Rettung daraus eine komplette Zerstörung der Grundlagen forderte. Die genannte Nachricht über den Erfolg der Finanzierung konnte bedeuten, dass bösartige Grundlagen wirklich zerstört worden waren, und die Gruppe gute Aussichten für die Zukunft haben sollte.

In einem realen Leben gab es eine Vielfalt von Faktoren, die den Prozess in unterschiedliche Richtungen zu steuern vermochten. Anders gesagt, sollte man das aktuelle Glück genießen und die künftigen Ereignisse philosophisch entgegennehmen. Dieser Gedanke beruhigte Mike weiter, so dass ihm sogar die Unterwasserwelt, die er im Traum sah, ganz realistisch zu sein schien. Unser Planet verbarg noch so viele weiße Flecke, dass allein die Suche nach ihrer Natur und ihre Geheimnisse für mehrere Generationen ausreichend wäre. Ähnlicher Weise wurde auch die Ozeans Tiefe erforscht, was ein weites Feld für die künstliche Intelligenz verschaffen konnte. Der Weltozean war in der Tat erheblich verschmutzt, dieser Umstand konnte aber vollkommen ausschließen, dass es noch unter gewissen abweichenden Bedingungen ganz günstige für das Gedeihen der Vielfalt von Arten Regionen übrigblieben, wo gleichsam dem Oasen inmitten lebloser Wüste ein ursprüngliches Paradies zu existieren vermochte, das ein Biologe wie eine höchste Glückseligkeit des Lebens vorstellen könnte. Und vielleicht unter dem Einfluss des jüngst geschehenen Gesprächs mit seiner Frau dachte er augenblicklich über einen Abenteuerfilm, in dem ein Forschungsteam sich zu solchem Unterwasser Paradies auf den Weg machte und welche erschütternden Überraschungen es darin erwarteten. Es wäre eine unvergleichbare Erscheinung, wo mehrere Hollywood Studien ihre besten Qualitäten erweisen könnten. Der Professor selbst war so von dieser Idee begeistert, dass er beim nächsten Telefonat mit Gina sie unbedingt erzählen sollte.

Doch sein euphorischer Gedankengang wurde von einem Anruf unterbrochen. Philipp Wagner brennte darauf, mit ihm eine Neuigkeit zu teilen, die mit der Förderung seines Bauprojekts verbunden war, die ein australischer Mäzen namens Malcolm Irwin zu leisten erklärte. Bis dahin wurde Malcolm für dessen großen Einlegen in Kulturgüte bekannt, die UNESCO als die wertvollen Welterben verkündete. Dem Gerede zufolge war Mr. Irwin auch ein berühmter Sammler der Meisterwerke des Expressionismus, indem sein Anwesen ein eigenartiges Museum aufweisen konnte. Malcolm erkannte über die letzten Arbeiten Philipps durch Facebook, nachdem er ihm über seine Absicht mitteilte, ihn finanziell zu unterstützen. Der Mäzen träumte über eine moderne Siedlung auf der Küste Australiens, die den künftigen Darstellungen der sauberen Umwelt entsprechen sollte. Dazu gehörte nach Irwins Auffassung auch ein natürliches Großraumgehege zum Schutz bestimmter, in freier Wildbahn lebender Tierarten. „Als ich diese Nachricht bekam", setzte Philipp seine Rede fort, „dachte ich selbstverständlich über dich, denn es gibt unter meinen Bekannten keinen anderen Sachkündige, der diese Angelegenheiten besser als du begreifen konnte. Deswegen mache ich dir mit diesem Telefonat eine offizielle Einladung, bei meinem Vorhaben teilzunehmen".

Die Antwort Mikes folgte ohne Verzögerung: „Lieber Philipp, vielen Dank für deine Einladung, ich muss sie bestimmt entgegennehmen. Allerdings sitze ich momentan in einem Flugzeug und sollte erst ca. in zwanzig Stunden zuhause sein. Dann rufe ich dich gleich an".

Nach dem Philipps Anruf empfand der Gelehrte eine energische Gefühlsschwung. Was mit ihm seit dieser Reise nach Philippinen passierte, zählte zweifelsohne zum etwas Übernatürliches. Er begegnete die mächtigsten Männer der Welt, versank in die ozeanische Tiefe, genoss die grundliegende Weisheit des Heilsehers, erkannte über den Erfolg seiner Mitarbeiter, die er längst für hoffnungslosen Pechvögeln hielte. Und nun dieser Anruf von Philipp sollte die unglaubliche Kette der Ereignisse ergänzen. Welche überirdischen Kräfte sorgten dafür, dass die gleichen Begebenheiten überhaupt zustande kommen könnten? Die freundliche Aufforderung Philipps verlangte von ihm, Mike, aber eine komplette Anstrengung des geistigen Potenzials, weil eine wissenschaftliche Begründung des Pflanzen-Tierischen Reservats eine besonders komplizierte Aufgabe wäre. Es gab dabei eine Menge von Konzepten, die entweder auf einer schon vorhandenen Biozönose oder auf einer künstlich geschafften Lebensgemeinschaft von seltenen oder allmählich aussterbenden Arten aufgebaut werden könnte.

Es wäre unbedingt sehr anlockend gewesen, einen Versuch zu unterfangen, die Rarität aus den Pflanzen- und Tierreichen wiederherzustellen. Ein solches Experiment sollte man zu globalen Ereignissen der Menschheit zählen. Professor Knudsen war nach seiner eigenen Abschätzung gar kein Individuum, das sich nach dem Ruhm strebte. Doch das Metier des Naturforschers näherte immer stärker solche Kategorien der menschlichen Tätigkeit, wo der Wettbewerb eine entscheidende Rolle spielen sollte. Es war schon einigermaßen dem Sport ähnlich, wo die Gesellschaft ziemlich bald das Interesse zu mittelmäßigen Athleten, die ursprünglich große Hoffnungen zu erwecken pflegten, zu verlieren bereit war. Und die wissenschaftliche Gemeinschaft machte in diesen Sinnen keine Ausnahme: Die langjährig erfolglosen Forscher verloren erbarmungslos das Vertrauen von Kollegen und wurden gezwungen auf zu geben. Deswegen wünschte Knudsen sogar seinem seltenen Gegner auf keinen Fall, sich in die Gruppe der Erfolglosen zu geraten. Anders ausgedrückt ähnliche der Mangel an Erfolg in Forschung einer Form der Ungnade, die jede Person mit dem gesunden Menschenverstand zu vermeiden versuchen sollte.

Die beste Arznei gegen solche „erworbene Krankheit" bestand darin, sich einfach unter den besten zu positionieren probieren. Es war gewiss außerordentlich schwer, doch man konnte sich dadurch beruhigen, dass den Sportstars es noch komplizierter war, sich unter den ersten zu befinden. Außerdem war Knudsen der Ansicht, dass ein Naturforscher sich wie ein Künstler ständig eine Superaufgabe stellen sollte. Weil allein die Leistung auf der Grenze deiner Fähigkeit zu einem zuverlässigen Erfolg führen könnte. Es war der Grund dafür, dass er lieber die zweite Variante der Lebensgemeinschaft, also das künstliche Zusammenleben der Raritäten auswählen sollte. Als einem materiellen Hintergrund dieser kühnen Erwägung sah er die Zuverlässigkeit seines Arbeitsbereichs, der vorwiegend aus jungen und talentierten Menschen bestand. Vor Jahren schrieb noch selbst junger Mike Knudsen die erhabenen Eigenschaften der Studenten und Doktoranden des Arbeitsbereichs von Professor Burmeister dessen fast religiösen moralischen Kodex zu, der seine Mitglieder wie eine Konfession zu vereinen vermochte. Seit zwei Jahrzehnten war Mike ein Träger dieser Stützen und versuchte, sie auch für seine Schüler lebenswichtig zu machen. Nun zweifle er sich nicht mehr daran, dass auch das professionelle Talent der jungen Generation unmittelbar mit den sittlichen Qualitäten der Lernenden verknüpft worden war. Denn es gab sowohl bei den Anhängern des Kodex Burmeister als auch bei den Mitgliedern einer kirchlichen Gemeinde eine Begeisterung vor den verborgenen Geheimnissen der Natur, die er von der Höhe seines Alters und seiner Erfahrung wie eine unentbehrliche Komponente des Erfolgs begreifen sollte. Mit seinen allsehenden Falkenaugen beobachtete er seine Schüler, wie der weise Vogel seine jungen aufzuziehen pflegte. Die Gutherzigkeit und Geneigtheit waren und blieben die wichtigsten Bestandteile seiner wissenschaftlichen Erziehung. Im Großen und Ganzen gab es allerdings keinen Unterschied zwischen der Erziehung eines anständigen Forschers und eines ehrwürdigen Sportlers. Darüber hinaus sollten die beiden wohl verstehen, dass sie nur durch die selbstlose Arbeit ihr Ziel zu erreichen vermögen. Diese anscheinend einfache Philosophie war in der Tat sehr weise, weil die beiden genannten Vertreter absolut unterschiedlichen Berufsrichtungen ihren Weg in einer vollständigen Unkenntnis beginnen sollten.

Das heißt, ihre ehrlichen und gewissenhaften Leistungen konnten ihnen als die einzigen Orientierungspunkte dienen. Mike erinnerte sich an seine jüngsten Schritte, wenn er selbst noch ein Student und später ein Doktorand war. Die höchsten Errungenschaften seiner ersten Jahre in Forschung waren mit einem besonderen Zustand der Seele verbunden. Nun war Professor in der Lage, diesen seelischen Zustand wörtlich zu beschreiben: Es war etwas Erhabenes, was man mit der Begeisterung oder dem Ergötzen vergleichen konnte gleichsam der Verbindung mit der Wahrheit. Diese Empfindung war natürlich eine Idealisierung der Wirklichkeit, weil niemand sich mit der Wahrheit zu verbinden fähig wäre. Darüber hinaus war auch die Wahrheit begrifflich eine vage Einstellung. Trotzdem konnte ein begeistertes Individuum solche Verbindung vorstellen oder daran glauben. Die einigen Jahrtausendlange Wissenschaftsgeschichte war voll von Entdeckungen, die deren Schöpfer in Stunden und Tagen der angeregte Aufschwung gegeben worden waren. Sicher konnte der Betroffene danach fragen, von wem sie gegeben werden sollten. Die Antwort hing von der Weltanschauung und Religiosität (oder dem Atheismus) des Gelehrten ab, unter denen sowohl sehr gläubige als auch absolut ungläubige waren. Die Beschaffenheit, die die beiden Gruppen zu vereinen pflegte, bestand aber darin, dass sie ihre Untersuchungen nach dem Gewissen durchführen sollten. Nur so wurde es möglich (und der Professor zweifelte nicht daran, dass es so auch künftig bleiben sollte), etwas Hervorragendes zu kreieren. Die Realisierung des Projekts von

Philipp Wagner, wie es Knudsen darzustellen wusste, verlangte unbedingt eine geistige Selbstopferung aller Teilnehmer. Der Bereichsleiter sah schon gedanklich seine Mitarbeiter und die Aufgabe, die jeder von ihnen zu erfüllen vermochte. Es gab eine Liste mit Namen und kurzen Beschreibungen der Funktionen, die arbeitsgemäß von jeden gefragt werden sollten. Arbeitsgemäß war dabei eine einfache und klare Definition, sie konnte aber nicht, das Größe des Problems bewerten. Die Macht der Natur (oder nach der kirchlichen Einstellung des Gottes) brauchte riesige Energie und Zeit, um die zusammenpassende Einheitlichkeit der pflanzlichen und tierischen Organismen zu erzeugen. Das Ergebnis war wunderschön und vollkommen. Die Pflanzen mit ihrem biologisch aktiven Chlorophyll, das heißt, mit einem unersetzlichen Naturfarbstoff, der den eigenartigen Pflanzenzellen ihre grüne Farbe verleiht, schafft damit auch eine erstaunliche Qualität, der im Großen und Ganzen das Leben auf unserem Planeten zu Dank verpflichtet worden war. Gerade dieses Chlorophyll war imstande, das Sonnenlicht auf zu nehmen, indem aus dem Kohledioxid, der Luft und Wasser organische Bestandteile der lebendigen Organismen aufgebaut wurden. Solche unentbehrliche Stufe der Lebenskreation löste eine lange Kette der synthetischen Prozesse aus, die schließlich die ganze Vielfalt der Lebensformen bestimmen sollte. Mit anderen Worten gelang es der Natur (oder dem Herrgott), aufgrund einsichtigen und feinen Verfahrens die komplexen Lebensgemeinschaften auf der Erde zu kreieren. „Nun versuchen wir", dachte sich Professor Knudsen darüber nach, „eine fabelhafte Leistung der Natur zu übernehmen, indem wir etwas weitentfernt Ähnliches zu machen versuchen. Selbstverständlich fühlt sich sogar ein moderner Mensch mir seinem Hightech und künstlicher Intelligenz noch zu schwach, um mir der Natur wett zu eifern. Deswegen spricht er bescheiden über eine angebliche Analogie. Doch man muss ehrlich eingestehen, dass auch solches Niveau der Analogie eine bedeutende Errungenschaft der Menschheit bezeichnen sollte". Wie konnte er, ein angesehener Naturforscher, Professor der weltrenommierten Uni und Arbeitsbereichsleiter diese komplizierte Aufgabe vorstellen? Unbedingt sollte sie sich zu einer perfekt organisierten Zusammenarbeit von Sachkundigen der höchsten Qualifikation zählen, was vom selbst verständlich war. Denn nur solche „Ausgewählten" wären in der Lage, die Bürde des Problems auf ihre Schulter aufzuladen. Das Vorhandensein der erhabenen wissenschaftlichen Titel sollte die Person nicht von dem Starrsinn und Subjektivismus bewahren. In diesen Sinnen prägte sich dem Gelehrten ins Gedächtnis die Ereignisse der jahrelangen Vergangenheit, wenn die ehrenwürdigen Biologen ihrer Fakultät wutschnaubend die Rechtlichkeit und den Vorrang ihrer eigenen Forschung zu beweisen suchten sowie die Fehler und Mangel in der Arbeit ihrer Kollegen zu betonen probierten.

Nun stellte sich der Professor die neue Situation dar, wo diese ehrgeizigen Individuen bei dem neuen Projekt teilzuhaben entschlossen hätten. Es wäre unbedingt einer Katastrophe gleich gewesen. Unter diesen prekären

Bedingungen würde eine strenge Sachlichkeit so eingeschüchtert geworden, dass die Fortsetzung der Forschung unvernünftig wäre. Aber welche Schutzmechanismen konnte Knudsen als ein Projektleiter zum Einsatz bringen? Es war eine gute Frage, die er kaum augenblicklich zu beantworten vermochte.

Eine ausführliche Ansicht auf das Vorhaben ließ allerdings vermuten, dass es im Prinzip eine unbegrenzte Menge von Organismen gab, die man für den geplanten Ozeanversuch anzuwenden wusste. Gleichzeitig sollten in dem Arbeitsteam die demokratischen Normen beherrschen. Das bedeutete, dass er, Mike Knudsen, auf keinen Fall einen Druck auf die Beteiligten ausüben durfte. Und die endgültige Zusammenfassung der Pflanzen und Tiere, die die experimentelle Biozönose bestimmen sollte, konnte kaum den bestmöglichen Proportionen entsprechen. „Wir besitzen aber nicht ausreichend Zeit", sagte sich der Professor, „um darauf zu warten, wenn das notwendige Gleichgewicht von selbst erreicht wird. Dafür sollten wir die Ausdauer der Natur, das heißt, tausende oder sogar Millionen von Jahren haben. Die Überlegenheit des Menschen vor der Natur besteht darin, dass der erste zu planen fähig ist, was der Natur völlig fehlt. Und etwas zu planen bedeutet auf der modernen Sprache, die Beschaffenheit, unterschiedliche mathematischen und biologischen Modelle so einsichtig zu bearbeiten, dass wir im Voraus die möglichen Varianten zu sagen vermögen sowie die ungünstigen zu verwerfen. Zugleich sollten sich die Forscher Rechenschaft darüber ablegen, dass man weit nicht alle essenziellen Details vor zu programmieren fähig wird. Deswegen konnten auch die wichtigen Elemente der Entwicklung eines komplexen Systems unbestimmbar bleiben. Unter solchen heiklen Umständen erhöht sich die Verantwortung jeder Teilnehmer des Projekts erheblich. Denn nun konnte vor allem die Erfahrung und die Vorstellungskraft des Forschers eine entscheidende Rolle spielen. Seiner Reihe nach sollte Knudsen selbst die Verantwortung für das ganze Vorhaben sowie für das Personal und dessen konkrete Leistung tragen. Mike habe mit diesen neuen Gedanken so stark fortreißen gelassen, dass seine folgenden mechanischen Bewegungen fast automatisch reguliert worden waren. Er verließ beachtungslos das Flugzeug, ging zur Taxi Haltestelle, wahrscheinlich sprach mit dem Fahrer während einer über eine Stunde dauernde Fahrt über irgendwelchen Sachen, machte es eher unbewusst und wenn man zu fragen beabsichtigte, worüber diese Unterhaltung bescheinigen sollte, konnte er kaum etwas Verständliches sagen. Sein innerer Beantworter nahm wahrscheinlich diese Funktion über und befreite dessen Besitzer von allen unbedeutenden Dingen. Auch zuhause machte er eine Reihe von Kleinigkeiten, wenn er sich in Ordnung brachte, das heißt, eine Dusche nahm, sich rasierte usw., gefrühstückt, die arbeitsnotwendigen Materialien sammelte und sich nach der Uni mit dem Auto richtete. Wenn eine Computer Tomografie imstande sein könnte, zu bestimmen, was sein Gehirn alle diese Zeitspanne gemacht hatte, sollte sie feststellen, dass es dabei weiter die schwierigsten Angelegenheiten des bevorstehenden Projekts fleißig zu erfüllen suchte.

Dieses eigenartige „Programm" wurde nur nach seinem Eintritt ins Fakultätsgebäude eingestellt worden. Wie es tatsächlich passierte, wusste der Professor selbst gar nicht. Vielleicht sorgte dafür seine junge Doktorandin namens Renate Steinkohl, die nach einer kurzen Begrüßung alle ihre aktuellen Erfolge und noch in größerer Anzahl die Misserfolge in einem Atem zu sagen vermochte. Solcher unerwartete Reiz brachte den zerstreuten Gelehrten momentan in die irdische Wirklichkeit zurück gleichsam einer Überschwemmung, die mitten in der Nacht zustande kam. Die Realität war unbedingt viel reicher an Eindrücke als dem Verbleib in der abstrakten Versonnenheit. Außerdem zählte sich Renate oder Nadja, wie man sie im Labor nannte, nicht zu diesen trägen Personen, von denen man mit einer faulen Ausrede losmachen konnte. Im Gegenteil sollte das ähnliche Geschwätz Nadja in einen noch aktiveren Zustand versetzen, so dass ihre neue „Attacke" noch effizienter wirken sollte. Infolgedessen begann das junge Talent, dessen Schwierigkeiten noch präziser dar zu stellen und die einzelne Auflösung bestand darin, alle sonstigen Sachen beiseitezulegen und sich vollkommen mit den Nadjas Problemen zu beschäftigen. Diesmal kam dem Professor doch eine plötzliche Rettung seitens der Frau aus der Fakultätsverwaltung, die von ihm dringend die redaktionelle Leitung von Lernkursen forderte. Die echte Erleichterung erwies diese unaufschiebbare Aufgabe aber auf keinen Fall. Denn die Anwesenheit des Chefs in dessen Arbeitszimmer erregte den allgemeinen Abstoß, seine Aufmerksamkeit zu gewinnen. Eine zahlreiche Gruppe der Studenten und Doktoranden häufte sich schon in seinem Sprechzimmer, wo nun jeder von ihnen zu beweisen versuchte, die eigene Angelegenheit als die wichtigste überall darzustellen. Die Sekretärin war aber mutig genug, um den Ansturm des Haufens abzuwehren.

„Kapiert Ihr mich doch richtig", flehte sie ausdrücklich, „Herr Professor ist heute den ersten Tag nach einer Auslandsreise, außerdem muss er eine wichtige Aufgabe der Verwaltung erfüllen. Seid Ihr hochherzig und vernünftig und kommt Ihr bitte morgen vorbei".

Dieser wohlgemeinte Aufruf wurde in der Tat von einem Anteil der Besucher richtig entgegengenommen, während die anderen den Kampf für ihre „Menschenrechte" fortzusetzen bereit waren. Die Entschlossenheit und die Kühnheit der Vorzimmerdame schien grenzenlos zu sein. Sie war bereit, sofort auf eigene Faust zu agieren, um die Sicherheit des Chefs zu gewährleisten. Als der letzte Versucher das Zimmer verließ, atmete sie befreit auf, weil sie schließlich ihre eigene Arbeit machen konnte. Die unerwartete rasche Aufgabe der Verwaltung erwies sich fernerhin auch für Mike Knudsen wie eine ziemlich nützliche Sache, die seine nervöse Aufregung aus zu merzen fähig war. Wahrscheinlich nahm er die Einladung von Philipp, bei dem Projekt zu beteiligen zu nah zum Herz auf, als ob es eine der bedeutendsten Arbeiten seines Lebens wäre. Oder er empfand eine Befürchtung, seinem Freund nicht angemessene Hilfe zu leisten, was später zu großen Gewissensbissen führen könnte. Diese kürze geistige Erholung in der Form von einer bürokratischen Tätigkeit, wo man abgesehen von primitiver mechanischer Aufmerksamkeit keine Geübtheit brauchte, war ihm vielleicht lebenswichtig, um der Seele die benötigte Ruhe zu erteilen. Im Unterschied zu ihm war die Verarbeitung des Lernmaterials für die Studienleitung gar keine angenehme Zerstreuung, sondern ein bitteres Muss, das wie ein tödliches Damoklesschwert schon über zehn Tagen über ihre Halse hing. Auf diesen Grund nahmen sie das Erscheinen des Professors Knudsen wie eine evangelische Erlösung auf, die nur aus dem heiligen Himmel zu erwarten vermochte. Ungeachtet der angeblichen Einfachheit dieser Arbeit trug sie das Siegel der Wichtigkeit eines Ministeriums, das in Falle der Nichterfüllung zur Strafsanktionen führen sollte. Die amtliche Beteiligung des Professors bei diesen Dokumenten war zweifelsohne unentbehrlich, weil dort auf einer ehrwürdigen Stelle seine Unterschrift einen schönen Anblick bieten sollte. die sorgsam bedächtige Tätigkeit ließ aber dem Forscher, die Nebengedanken empfinden.

„Ich bin ein unversöhnlicher Gegner aller solches Papierhinziehens", sagte er unwillkürlich leise für sich selbst, „aber heute habe ich die Möglichkeit gehabt, mich darin vergewissern, dass solche schematische Tätigkeit manchmal ganz nützlich und wohltuend sein könnte. Dank ihr gelang es mir, mein inneres Gleichgewicht vollständig wiederherzustellen. Darüber hinaus war ich auch imstande, den tiefen Sinn dieser anscheinend mechanischen Arbeit zu begreifen. Außerdem muss man wahrscheinlich eine anstrengende Grübelei durch eine nicht so komplizierte Leistung ersetzen, damit das Gehirn sich zu erholen vermöge". Solchen unbekümmerten Erwägungen des Professors trat aber die Stimmung des „Haufens" entgegen: Die aufgeregten jungen Leute wurden durch die Absage, mit dem Lieblingschef über die aktuellen Probleme deren Lebens zu reden, in Rage gebracht. Sie fühlten sich nun geschlagen und im Stich gelassen. Deswegen kapierten sie buchstäblich die Worte der Sekretärin, dass sie ruhig morgen vorbeikommen durften und kamen ganz früh morgen, um den Chef in erster Linie zu besuchen. So wurde es dem Gelehrten klargeworden, als er sein Arbeitszimmer nächsten Morgen eintrat, dass ihm an diesem Tag heiße Debatten mit den Studenten und Doktoranden bevorstanden. Sein Verstand versprach ihm aber etwas persönlich Günstiges, was er von den kommenden Gesprächen heraus zu ziehen vermochte: Er sollte sie zusätzlich unter dem Blickwinkel des neuen Projekts durchführen, indem die künftigen Teilnehmer deutlicher ausgewählt werden könnten. Außerdem bat er seine Sekretärin darum, eine Liste mit der Reihenfolge der Besucher vorzubereiten mit einem strengen Reglement – Studenten – zwanzig Minuten, den Doktoranden – eine Halbestunde zu überlassen. Und darauf begann er so intensiv zu arbeiten wie er konnte. Den ganzen Tag mit den zwei Überstunden wurde nur mit einer Halbestunden Pause unterbrochen. Das Ergebnis schien sicher nicht schlecht zu sein: Zwölf Studenten und acht Doktoranden bekamen die ausführlichen Antworten auf alle deren Fragen. Es bedeutete, dass er den nächsten Tag ausschließlich dem neuen Projekt widmen durfte. Bemerkenswert bei fast allen Gesprächen war die Tatsache, dass sie eine Vielfalt von frischen Ideen aufzuwecken befähigten, die man üblicherweise im Laufe von Monaten oder sogar Jahren kaum bekommen konnte. Die eine davon kam von einem Studenten namens Viktor Brenner. Der junge Genetiker erwähnte dabei den bekannten Fall von einem Urtier aus der Gruppe von Quastenflosser, das heißt, der Knochenfische aus der Klasse Fleischflößer. Die Systematiker schrieben die Lungenfische und die Landwirbeltiere (z.B. Frosche) zu ihren nächsten Verwandten zu. Moderne Zoologie verfügte über mehr als 70 Arten der Fossil-Quastenflosser in 28 Gattungen, dessen Alter 400 Millionen Jahren übersteigen sollte. Es wurde angenommen zu vermuten, dass sie vor 70 Millionen Jahren ausgestorben waren. Diese feste Überzeugung herrschte bis zum Jahre 1938, wenn in der Nähe von südafrikanischer Küste ein noch lebendes Exemplar gefischt worden war. Das nächste ähnliche Glück erlebten die Meeresforscher im Jahre 1997, als in der Nähe von indonesischer Insel Sulawesi ein lebender Manado-Quastenflosser gefangen worden war.

Diese raren Begebenheiten sorgten momentan für einen globalen aufsehenerregenden Tumult, der in der Tat die Gegenwart mit der fernen Vergangenheit zu verbinden vermochte. Daneben erwiesen diese hervorragenden Funde ein Beweismaterial für die Evolutionstheorie. Viktor wollte aber auf keinen Fall auf dieser Stelle Schluss machen. Umgekehrt war er der Absicht, nicht nur den Erbgutschatz des Wesens zu entziffern, sondern auch es im Labor vervielfältigen zu versuchen. Dieser kühne Entschluss, der unbedingt allein der jungen Generation den Kräften entsprechend war, rief eine Begeisterung beim Professor. Solche Persönlichkeit durfte er auf jeden Fall nicht, außer Acht zu lassen.
„Das höchste Glück eines Wissenschaftlers", dachte sich der Biologe nach dem Gespräch mit diesem Kerl, „besteht darin, ab und zu mit solchen jungen Talenten zu unterhalten". Natürlich wirbelte nun auch im Kopf von renommiertem Forscher eine Menge von Gedanken, die er in der nächsten Zeitspanne zu verwirklichen fähig war. Zu acht Uhr abends fühlte sich Mike Knudsen so erschöpft, dass er schwerlich imstande war, zu seinem Wagen zu gehen. Er konnte schließlich am Steuer die Tagesbilanz ziehen. Abgesehen von der Müdigkeit, die ihm der Tag brachte, war er ein fröhlicher Tag. Er erfüllte seine unmittelbare Pflicht des wissenschaftlichen Betreuers seiner jungen Schüler und half ihnen, die aktuellen Schwierigkeiten zu überwinden. Er unterstützte mehrere von ihnen bei deren erstaunlichen Gedanken und zeigte ihnen, dass sie sich auf ihn verlassen durften. Für einen Außenseiter klang diese Aussage vielleicht wie eine nichts Bedeutende. Doch er selbst wusste aus seiner Erfahrung, wie wichtig sie für einen oder eine, am Anfang der dauerhaften wissenschaftlichen Karriere stehenden(er) Kerl oder Dame, war, mit der Stütze des ansehenden Chefs zu rechnen. Es war gleichsam einem Wanderer, der sich allein in der Wüste vor dem Sandsturm befand und keine Bewegungsrichtung wusste. Mehrere seine Schüler waren ausreichend

ehrgeizig, doch der Gelehrte ertappte sich für den nächsten Mal beim Gedanken, dass er in dieser Untugend nichts Schlimmes fand. Der Ehrgeiz war eine häufige Beschaffenheit der außerordentlichen Menschen und ganz ohne ihn riskierte eine Person, auch das Talent zu verlieren. Wenn der Professor heute über seine eigene Person dachte, konnte er feststellen, dass alle seinen jüngsten Unterfangen unbedingt mit seinem deutlichen Ehrgeiz verbunden worden waren. Aber auch seine Partner, seien sie wissenschaftlicher oder wirtschaftlicher (sagen wie nichts von politischer, wo sein vermutlicher Verbündele – der russische Staatschef – ein glänzendes Beispiel davon war) Herkunft, besaßen ihn in hohem Maße. Allerdings war das Geschwätz vom Ehrgeiz eher ein lyrisches Intermezzo, das für die spätabendliche Gemütslage des Professors keine große Rolle zu spielen vermochte. Vergleichsweise schienen ihm die die kommenden Ereignisse des morgigen Tages viel wichtiger zu sein. Denn er war der Auffassung, Morgen sein Team mit der Nachricht über das neue Projekt zu beglücken. Das letzte Verb war ziemlich angemessen ausgewählt, weil die Wortverbindung „das neue Projekt" immer eine magische Wirkung auf das „Publikum" haben sollte. Der himmlische Zauber dieser Worte versteckte sich aber nicht in den Tonen der Aussprache, sondern in der Empfindung des Beschütz Werdens, einer dichten Mauer, die die armen Betroffenen vor allen Gefahren zu bewahren wusste. Das Projekt bedeutete in der Tat eine zuverlässige Finanzierung für zwei oder drei Jahren, die für unsere ungestüm entwickelnde Welt einer Ewigkeit ähnlich war. Ein menschliches Wesen, das unter jede Bedingung eine lang garantierte Bezahlung herauszufinden vermöge, war für die Umgebung manchmal noch mehr als ein Zauberer. Er war ein „Vater unser", ein nächster Verwandte, dem man mit Leib und Seele ergeben sein sollte. In solchen wertvollen Minuten wandelte sich der Arbeitsbereichsleiter in einem Geistlichen um, der offenherzig die Nächstenliebe feierlich verkündete. Von diesem Augenblick an konnte die genannte Liebe nur bildhaft existieren. Geistig und materiell war sie vollkommen durch harte Arbeit und die schlaflosen Nächte ersetzt. Biologische Untersuchungen der letzten Jahrzehnte wurden mit brillanten technischen Methoden ergänzt, die mehrere früher unzulässigen Bestandteile und Strukturen lebendigen Organismen auf zu klären und beeinflussen ließ. Zugleich stieg erheblich die Arbeitsproduktivität an, was von den Forschern immer größere Leistungen forderte. Schon die ersten Schritte des Studenten in einem Labor wurden von einem Kontrollsystem begleitet, die alle Handlungs- und Messergebnisse ausführlich zu protokollieren und zu analysieren ermöglicht. Diese Begebenheit erzieht den Neulingen zur Disziplin und Ordnung und hilft den erfahrenen Mitarbeiter, alle Stadien der geschafften Arbeit durchzusehen und rechtzeitig zu korrigieren. Um die vielseitigen Bedürfnisse des Forschungsprojekts zu befriedigen, braucht man eine energische Anwendung aller seiner Kenntnisse und Geübtheiten, was gemeinsam mit dem selbstlosen Fleiß das Gelingen der Arbeit zu gewährleisten verspricht. Je umfangreicher das Vorhaben wird, desto größer sollte der Beitrag jedes Beteiligten werden sowie dessen Verantwortung für den gesamten Erfolg des Teams. Solche Binsenwahrheiten brauchte der Projektleiter nicht zu wiederholen, denn alle Mitarbeiter wurden schon längst von dem Pflichtgefühl völlig durchdrungen geworden. Knudsen sollte nun auch nicht, ihnen an den Kodex Burmeister erinnern, den jeder Fakultätsstudent auswendig kannte.

Der nächste Morgen begann in der Tat mit einer Versammlung des Arbeitsbereichs, indem Professor Knudsen die große Bedeutung des Projekts nicht allein für das Team oder die erhabene Uni, sondern auch für den weltweiten Umwelt- und Artenschutz verkündigte. Das Ereignis sorgte (wie geplant) für die allgemeine Erregung, so dass es bei einigen Beteiligten einer übermäßigen Einbildung führte, was der Chef unbedingt energisch und plötzlich abstellen sollte. Das sinnvollste Mittel dagegen fand der Vorsteher darin, dass er ursprünglich die Sachlage wie einem kommenden Wettbewerb darzustellen versuchte. „Wisst Ihr, meine Damen und Herren", sagte er ziemlich rätselhaft, „eine zuverlässige Finanzierung für zwei-drei Jahre zeugt auf keinen Fall davon, dass wir mit ihr eine Überzahl der Kollegen zu beschäftigen vermögen. Leider sind wir auch in dieser Sache stark beschränkt. Deswegen hoffe ich, Ihr versteht mich doch richtig, dass eine auf den Wettbewerb gegründete Auslese wie eine gerechteste Methode fungieren könnte. Im Großen und Ganzen seid Ihr hoch qualifizierte und erfahrene Fachleute, die zweifelsohne verdiente, sich dabei teilzuhaben. Jetzt wurden die Unterlagen mit der kurzen Beschreibung des Projekts zwischen Euch verteilt, die Ihr aufmerksam durchlesen sollt, damit Ihr im Laufe der nächsten Woche eine wissenschaftliche Begründung Eures Beitrags ins Projekt zusammenzusetzen probiert. Bei allen aktuellen Fragen stehe ich Euch gerne zur Verfügung. Ich danke Euch im Voraus und wünsche Euch herzlich viel Glück damit".
Die Art der Auswahl der Beteiligte war wahrscheinlich wirklich gerecht, sie sollte aber die gute Laune, die die Anzeigevermittlung erregt habe, erheblich verschlechtern. Einige von Kollegen empfanden sich sogar im Stich gelassen. Realistisch gesehen konnten sie darin die Zerstörung ihrer grundliegenden sittlichen Positionen verstehen. Einer der wissenschaftlichen „Väter" der Fakultät, Professor Burmeister, den viele von Anwesenden als dem Papst verehrten und dessen Kodex für sie keinem Zweifel unterlag, lehrte, dass ihre kleine Gesellschaft sich immer wie ein biologischer Organismus verhalten sollte. Wenn aber unter ihnen kleine innere Widersprüche aufzutauchen beginnen, werden sie wie ein krankes Wesen zur Entartung und zum Tode verurteilt. Und was sollte der Vorschlag Knudsens bezeichnen außer der Selbstsucht auf den Kosten der Teamgenossen? Führt uns dieser Weg nicht zur Situation, wenn der Freund allmählich zum Feind wird? Und die dritte Frage klang noch überzeugender: „Sollten meine Interessen eine Überlegenheit gegenüber denen meiner Kollegen haben?" Es gaben auch andere Ausdrucksformen der Kritik, die Knudsen zu spüren fähig war. Um ehrlich zu sein gefiel ihm diese Reaktion der Mitarbeiter gar nicht. Er sah darin

etwas Missgünstiges gleichsam er mit dem neuen Projekt jemanden zu kränken oder erniedrigen suchte. Solche Beweggründe ließ er nie durch den Kopf gehen. Kurz und gut hätte er gerne mit dem unbegründeten Gerede Schluss machen.

„Meine Damen und Herren", sagte er am Morgen nächstes Tages als er eine neue kurze Versammlung anordnete, „ich bin auf keinen Fall der Absicht, meine Forderungen durchzusetzen. Deswegen bitte ich Euch, eine bessere Variante der Auswahl der Kandidaten für die Projektteilnahme vorzuschlagen". Nach seiner Aussage begann es das Schweigen zu herrschen, es sah so aus als ob es etwas Inneres gab, was ungeschickt wäre, laut zu äußern. Schließlich wurde ein Flüstern gehört, das man unbedingt berücksichtigen sollte. Die Vertreter des stärken Geschlechts vorzogen aber, weiter zu schweigen. Die einzelne Person, die eine Zivilcourage bekunden bereit war, erwies Frau Dr. Silke Becker. Genau genommen war Silke eine Schülerin von Professor Klaus Sawatzki, mit dem Knudsen in den ersten Jahren seiner Tätigkeit als Professor ziemlich gespannte Beziehungen haben sollte. Zu einem offenkundigen Vorzug Dr. Becker gehörte ihre Neigung zur Gerechtigkeit, die sie unter allen Umständen zu beweisen bereit war. Sachlich beschäftigte sich Silke seit langem mit den seltenen Pflanzen der südlichen Halbkugel, die sie beharrlich unter verschiedenen Gesichtswinkel zu untersuchen vermochte. Außerdem war sie immer ganz erfinderisch gewesen, um eine angemessene Lösung des Problems zu finden. Auch die Worte, die sie für diesen kurzen Zusammenruf, zeugten von ihrem klaren Verstand. „Nach dem Anzeigen dieses Vorhabens", sagte sie, betonend den Sinn dieser Nachricht, „wurden wir alle einigermaßen in die Lage gebracht, dass wir uns sittlich mit etwas Unangenehmem auseinandersetzen mussten. Es ist nach meiner Ansicht logisch und unvermeidlich, wenn die Rede von einer beschränkten Geldmenge wird. Wir sollten aber vor allem ehrlich vor uns selbst bleiben, um einzugestehen, dass das Mittel, das uns Professor Knudsen vorgestellt habe, das einzige ist. Mir scheint es anständig zu sein, ihm darüber Bescheid zu sagen. Denn sonst ließen wir dem dummen Zeug über uns herrschen". Es folgte wieder eine schweigende Pause, die plötzlich von einer Eintracht verdrängt worden war. Ob sie tatsächlich aus den offenen Herzen oder aus einer Befürchtung kam, sich über Bord zu befinden, blieb unklar. Aber solche Kleinigkeit interessierte nun keine. Viel wichtiger wäre, alle inneren Kräfte in Gang zu bringen, um eine wertvolle Begründung der eigenen Teilnahme zu bestätigen. Der Projektleiter wurde nun restlos davon überzeugt, dass man alle Schritte der Projektvorbereitung für die Öffentlichkeit durchsichtig machen sollte. So wendete er sich unverhohlen an die Fakultätsverwaltung, um zu bitten, einen unabhängigen Ausschuss zu ordnen, der sachkündig die Auswahl der Kandidaten überprüfen könnte. Dieser Schritt fand auch ein allgemeines Verständnis bei den Arbeitsbereichsmitgliedern. Der folgende Vorfall, der nach Zwei Wochen stattfinden sollte, war mit dem Telefonat von Yam Salonga verbunden, der ihm mitteilte, dass der Philippiner zu Gast in Dortmund sein sollte, wo eine Konferenz seines Fonds stattfand. Auch der Professor war herzlich willkommen. Dies höffliches Anerbieten bedeutete nach Mikes Auffassung etwas Größeres als eine zufällige Chance, einander wiederzusehen. Viel wahrscheinlicher besaß nun Yam eine Menge von Neuigkeiten, die er mit dem Gelehrten zu teilen wusste. Das inhaltlose Geschwätz war für den Businessman nicht eigentümlich. So sollte der Forscher abgesehen von seinem dichten Terminkalender die wertvollen zwei Arbeitstage zugunsten dieser Konferenz opfern.

Die Tagung sollte im Mercure Hotel Dortmund Messe & Kongress vonstattengehen, wo Mr. Salonga schon auf das Treffen mit ihm wartete. Der Unternehmer änderte auch diesmal seine Gewohnheit nicht, eine Enfilade zu besetzen. So unterhielten sie sich bequem wie vorher in dessen prachtvollem Arbeitszimmer, wohin der Gastgeber umsichtig die Speisen und Getränke bestellte. Yam war wie immer der Meinung, dass man kaum imstande wäre, etwas Gutes auf den nüchternen Magen aus zu denken. In einer knappen Stunde wurde das Gespräch über alle aktuellen Ereignisse so weit gegangen, dass auch diejenige, die das beidseitige Interesse für die Partner erweisen konnten, berührt worden waren.

„Wie es mir vor Kurzem bekannt war", sprach der Gastgeber, „nahmen die Regierungsverhandlungen mit den Russen allmählich eine neue Wendung, indem die russische Seite immer verständlicher auf die Kooperation im militärischen Bereich andeutete. Im Großen und Ganzen wurde diese Sache zum Knackpunkt des diplomatischen Erfolgs verwandelt, die momentan die verheißungsvollen Aussichten für die beiden Länder zu eröffnen vermochte. Den unseren wurde es klargemacht, dass auch die Unterstützung der Suche nach Bodenschätzen mit diesem heiklen Thema verknüpft worden war. Deswegen fassten unsere Politiker den Entschluss, nicht weiter Katze und Maus zu spielen, sondern einfach die vorgeschlagenen Bedingungen aufzunehmen. Einigermaßen rechneten sie dabei auf Hoffnung, künftig einen mächtigen Beschützer bei allen möglichen Konflikten mit den Nachbarn zu bekommen. Ehrlich gesagt war solche Denkweise nicht bodenlos, was der Chef des großen Landes mit der Waffenlieferung zu bestätigen wusste. Und wenn unser Außenminister das Abkommen unterschrieb, zeigte das russische Oberhaupt dessen Bereitschaft, unseren Staat auch im Umwelt- und Klimaschutz zu fördern. Und die letzte Begleiterscheinung sollte nach meiner Ansicht für Sie, Mr. Professor ganz angenehm klingen, nicht wahr. Ich war immer der Meinung, dass die einsichtigen Individuen in der Politik die schwersten Aufgaben auszulösen vermögen. Alles hängt ausschließlich davon ab, welche Gegenleistung man vorzustellen bereit ist. Sogar ein armes Land wird keine Ausnahme ausmachen, weil seine Bodenschätze oder Menschen für die reichen Staaten von großer Bedeutung werden können. Im Grunde ist es alles, was ich Ihnen sagen wollte. Sind Sie auch damit zufrieden?" Was Knudsen gerade angehört habe, klang in der Tat sehr ermutigend. Er erinnerte sich an die fünf Stunden, die er in der Tiefe von Fünfhundertmeter Schulter zur Schulter mit dem russischen Präsidenten verbrachte. Solche

Unterwassertaufe konnte einfach nicht ohne irgendwelche Fortsetzung in den Grundsand verschwinden. Es sprach aller Gesetzen der Logik wider. Der Russe war steinreich und er, Professor Knudsen, befand sich auf der ewigen Suche nach Finanzierung, die in gewissen Sinnen einen Beitrag zur Rettung der Erde zu leisten fähig war. Bemerkenswert konnte solche Wohltat nur als eine zweitrangige Aktion des militärischen Handelns sowie Waffenzulieferung zustande kommen. Allein dieses Beispiel konnte eindeutig zeigen, wie die technischen und humanitären Werte in moderner Welt verteilt werden können. Die Aggressivität und mit ihrer verbundenen Ermordung tausenden und abertausenden Mitmenschen gewinnen zweifelsohne die Oberhand über die Rettung der Natur, die für die Gesundheit der Menschheit sorgen sollte. Dieser bedrängte Gedanke konnte bestimmt die zuversichtliche Laune des Gelehrten verderben. Zugleich war er sehr dankbar dem Businessman für dessen Nachricht. Denn der russische Chef war jedenfalls ein Kerl, der sein Wort hielte. Und es war ein Anlass dazu, ein adeliger Cognac zu bestellen, was wie einem symbolischen Ausdruck des Vertrauens seitens Knudsen aussehen sollte. Diesmal hieß er Cognac Albert de Montaubert Jahrgang 1968 mit einer individuellen Namens-Gravur. Schon das Aroma, das das Arbeitszimmer von Mr. Salonga in einen Augenblick anfüllte, konnte man eher mit dem feinsten Duft des kostbarsten Parfums vergleichen. Die beiden genossen das Labsal tröpfchenweise und empfanden eine heilige Ausbreitung des Getränks durch die dünnen Blutgefäße, indem der ganze Leib eine Wärmeenergie zu tanken vermochte. Wenn man über die himmlischen Fluiden zu sprechen vermag, war es gerade das Gefühl, das Yam wie einem Schicksalsgeschenk bezeichnete. Die offenkundige Macht dieser „Medizin" kümmerte darum, dass die Männer ihre Unterhaltung in die Länge ziehen sollten. Und das überirdische Wesen des Cognacs wies sich nicht zuletzt dadurch auf, dass es eine Reihe von frischen Gedanken zur Welt bringen sollte. Dieser Ideenaustausch zweier vernünftigen Persönlichkeiten konnte bestimmt zu einer gegenseitigen Bereicherung führen. So schlug der Forscher eine Auflösung der Umweltverschmutzung und Klimabesserung dadurch vor, dass die Regierungen der hochentwickelten Staaten, die den höchsten Beitrag darin leisten könnte, unmittelbar mit den Sachkündigen in den entsprechenden Ausschüssen zu arbeiten fähig waren, was den riesigen Verlust von Geldmassen in den bürokratisch-korrumpierten Strukturen zu beseitigen vermöge. Der sogenannte „menschliche Faktor" bedeutete im Großen und Ganzen nichts anderes, als den Versuch mehrerer hochpositionierten Personen, die privaten Angelegenheiten mithilfe von reichen Staaten zu lösen. Das Problem verschärft sich noch stärker in vielen Entwicklungsländern, wo die autoritären Führer das Hilfsmittel aus den internationalen Banken und Fonds ausschließlich für sich selbst und ihre nahe Umgebung ausnutzen. Ein großer Anteil dieser Hilfe wurde aber für die Zwecke des Umwelt- und Klimaschutzes prädestiniert worden. Aber nicht nur die völlig korrupten Staatschefs solcher „Bananenrepubliken" waren dafür verantwortlich, sondern auch die Vertreter der

westlichen Staaten, die auf eine persönliche Vergünstigung kaum zu verzichten verstanden. Die Frage der Ehrlichkeit und Anständigkeit spielte allgemein in unserer globalisierten Welt eine entscheidende Rolle". Diese echt gefühlsmäßige Rede des Professors fand ein vollständiges Verständnis bei seinem Partner, der selbst davon überzeugt war, dass die Weltkorruption, die eng mit der Staatsmacht verknüpft worden war, die absolute Mehrheit der Weltfinanzen ausfraß. Es gab aber, nach seiner Meinung kein Mittel mehr, um diese verderbliche Tendenz zu bekämpfen. Deswegen klang seine eigene Darstellung der heutigen Verlegenheit viel sachlicher und konkret: „Ich sehe die mögliche Lösung des Problems darin, dass die Fachleute, deren Ehrlichkeit und Würdigkeit noch viel höher, sagen wir als im Business oder in der Politik, verbleibt, ihre Arbeit weiter durchzuführen vermochten und die Forschung und Entwicklung im Bereich, z.B. der Ökologie, fortzusetzen. Inwieweit es mir bekannt ist bereitet die Wissenschaft deren Betreibern ganz von selbst solches Vergnügen, das man sonst kaum noch irgendwo zu genießen vermöge. Und ein großer Gelehrte wie Sie wird noch glücklicher dank dessen Schüler, die einigermaßen die Spiegelbilder ihn selbst sein sollten. Bei mehreren Ihren „Zunftgenossen" sind die Schüler wie Lieblingskinder, nicht wahr? Im Leben gibt es leider solche gönnerhaften Verhältnisse zwischen Eltern und Kindern nicht besonders oft. Mit dem Alter wird die grundliegende menschliche Tugend immer wertvoller, das heißt, man kann lediglich von den Schülern in der Neige der Jahre beglückt werden".
Die simplen Worte, die Yam gerade aussprach, fielen wahrscheinlich zeitlich und örtlich mit der Stimmung und der Wahrnehmung der wertvollsten Einstellungen Mikes zusammen. Diese Empfindung war erstaunlich und eigenartig. Wie konnte es passieren? Die zwei Stunden des Gesprächs waren schon vorbei, als der Forscher sich beim Gedanken ertappte, dass er eine tiefe Dankbarkeit zu diesem Kerl erlebte. Es war bestimmt etwas ganz Neues. Bis dahin nahm der Biologe die Persönlichkeit des Businessmans mit einem Anflug der Ironie wie einem Reichen, der immer bereit war, die dubiösen Geschäfte zu machen, die die großen Gelder versprochen. Er sah darin eher etwas in der Art Unanständiges, was ihm selbst ursprünglich verboten war. Was Yam ihm heute mitteilte, änderte drastisch seinen Eindruck ihm gegenüber. Nun schien er ihm sogar sehr sympathisch zu sein. Es gab wirklich in dem Kerl eine verborgene Beschaffenheit, die ihn von den anderen Finanzleuten unterscheiden sollte. Mehr davon verdiente Salonga nun sogar sein ernstes Mitleid. Solch inneres Eingeständnis gehörte kaum zu typischen Eigenschäften des Forschers, was sonst zu einem Widerspruch führen sollte. Heute war es aber nicht der Fall. Gab es noch eine unbekannte Offenbarung der Hexerei des Zaubertranks? Knudsen zweifelte nicht mehr daran, dass es ganz möglich war. Und noch eine „wissenschaftliche Beobachtung" begleitete ihre Unterredung: Auch ein tröpfchenweiser Genuss des „heiligen Getränks" sollte zum vollständigen Erschöpfen der Flasche führen. Es war möglicherweise die letzte Schlussfolgerung, die der Gelehrte diesen Nachmittag zu ziehen fähig war. Am nächsten Morgen waren die beiden aus-

schließlich mit dem Geschehen der Konferenz beschäftigt, die die prekären Angelegenheiten der Verteilung der Fondsgelder aufklären sollten. Und wieder gab es Meinungsverschiedenheit zwischen Vertretern unterschiedlichen Richtungen, die nur unter der Druckverstärkung zur Einigung gebracht worden konnte. Etwas Anderes konnten die beiden Partner nicht erwarten, besonders im Lichte der vorhergehenden Konferenzen. Am nächsten Tag gab es traditionell ein abendliches Festmahl, das erneut eine Menge von fremden Gästen hineinziehen konnte. Salonga verabschiedete sich diesen Abend ziemlich früh, weil er am nächsten Morgen eine Flugreise nach Sidney gebucht habe und der Flug sollte aus dem Flughafen Frankfurt-am-Main stattfinden. Die beiden drückten einander sehr herzlich und freundlich die Hand und wünschten alles Gute. Mike war ein Bisschen enttäuscht von der Tagung, obwohl der Umgang mit Yam ihm unbedingt Spaß machte. Er aß und trank diesmal ganz wenig, weil seine Gedanken ausschließlich mit den Sachen des Arbeitsbereichs verbunden waren. Mit einer besseren Gemütslage konnte er vielleicht tanzen, denn es gab eine Menge von jungen Damen, die deren Interesse ihm gegenüber gezeigt haben. Doch seine Teilnahmslosigkeit ließ alle Fragen offen.

Das Projekt gewinnt an Dynamik

Was die Personalfragen betraf, wurde nach der Auffassung des Projektleiters fehlerfrei organisiert. Der Fakultät Ausschuss begann den Auswahlvorgang von Anfang an in besten demokratischen Traditionen, indem alle potenziellen Kandidaten die Möglichkeit erwarben, ihre Meinung mündlich oder schriftlich aufzuweisen sowie die Ansprüche der Wetteifer zu diskutieren oder herabzusetzten. Tatsächlich gab es eine Menge von ziemlich vernünftigen Bemerkungen, die den Vorgang wahrscheinlich verbessern könnten. Keine war aber imstande, etwas Ungünstiges über die Kollegen zu sagen. Schließlich schienen auch die, die Pech gehabt hatten, einigermaßen zufrieden zu sein. Denn sie begriffen, dass der Wettbewerb irgendwie an die Lotterie zu erinnern fähig war, wo die Gewinner ihre Arbeitsgenossen sein sollten. Solche wohlwollende Einstellung entsprach den sittlichen Prinzipien, die in der Fakultät seit eh und je herrschten. Professor Knudsen vorzog, sich in die Arbeit des Ausschusses nicht einzumischen und war am Tag der Auswahl abwesend. Die Atmosphäre der Öffentlichkeit, die um das Projekt geschafft worden war, erwies sich wie die beste in allen Sinnen. Außerdem machte sie sofort Schluss mit dem unbegründeten Gerede. Nach der Bestätigung der Wahlergebnisse versammelte Knudsen die Teilnehmer des Vorhabens, um die Details der persönlichen Pläne genauer zu formulieren sowie die inneren Verbindungen zu bestimmen. Das Team sollte unbedingt wie einer gutgeregelten Maschine funktionieren. Im Grunde sollten alle Kollegen ihre gewöhnlichen Untersuchungen weitermachen, was keine Probleme auszulösen vermöge. Die Novität bestand aber darin, dass eine längst erforschende Gemeinschaft der Pflanzen und Tieren in einer neuen Region mit eigenartigen Klimabedingungen und Sonnenaktivität erprobt werden sollte. Knudsen selbst versuchte schon vor Jahren, diese Fragen theoretisch zu begreifen. Es gab aber eine Menge von konkreten Nuancen, die man nur praktisch an Ort und Stelle aufklären konnte. Nun gab es gerade der Fall, der das Tüpfelchen aufs i setzen sollte. Es wäre ein Wunscherfüllen, auf das der Professor noch längst wartete. Mike sprach mehrfach mit Philipp Wagner über die räumliche Veranstaltung dieses Experiments, das organisch in dessen architektonische Gesamtheit eingetragen werden sollte. Es war gar nicht einfach zu erfüllen, weil ein Vorhaben im Forschungsbereich üblicherweise nichts Gemeinsames mit der Schönheit des Städtebaus haben sollte. Außerdem gab es eine Vielfalt von Kriterien, die man bei einer ökobiologischen Untersuchung genau befolgen musste. Zum Verdienst Philipps zählte Mike dessen Bereitschaft, den klugen Forderungen der Wissenschaftler entgegen zu kommen. Und es werden allmählich mehrere Komplikationen ins reine gebracht. Die geistige Anstrengung, die Knudsen letzte Zeitspanne erlebte, war imstande, alle anderen wichtigen Sachen aus seinem Verstand zu tilgen. So ließ er vollkommen das Versprechen Mr. Salonga los, so schnell wie möglich die Unterlagen des philippinischen Projekts, das von den Geldern des russischen Staates finanziert werden sollten, an ihm zu schicken. Yam war ein sehr verbindlicher und zuverlässiger Mensch, um seine Versprechen nicht zu erfüllen. Wenigstens sollte sich der Businessman mit ihm bald in Verbindung setzen und die Ursache seiner Verzögerung klarmachen. In der Tat passierte es aber nicht und was noch merkwürdiger aussah, dass der Forscher selbst diesen Fakt nicht in Betracht zog, obwohl es fast ein Monat vorüberging. Dieser Seltsamkeit sollte doch eine plötzliche Erklärung gegeben werden, nachdem Mike spätabends einen Anruf von Gina bekam.

Die besorgte Stimme seiner Frau musste zweifelsohne davon zeugen, dass etwas Unglückliches vonstattengehen sollte. Nach einigen Worten, die seine Liebe als eine kurze Einleitung vorzubereiten pflegte, sagte sie ganz einfach: „Es tut mir leid, Liebling, dir Bescheid zu sagen, aber Yam Salonga ist tot". Mit dieser kümmervollen Nachricht war Mike so erschüttert, dass er minutenlang keinen Laut von sich zu geben fähig war. Nein, es konnte bestimmt nicht die Wahrheit sein. Er sah momentan den gesunden und lebenslustigen Yam vor seinen Augen, der dem Jenseits mit den geringsten Merkmalen nicht passte. Der nächste Satz Ginas sollte ihn wieder zu sich kommen lassen: „Bist du noch dran, ich fühle mich auch gar nicht wohl, wir können aber nichts dagegen unternehmen, es tut mir so leid". Augenblicklich empfand der Gelehrte eine Pflicht, etwas Trostbringendes zu äußern, was seine Frau zu beruhigen vermöge: „Entschuldige mich, Schatz, es war wie ein Blitz aus heiterem Himmel gewesen. Wir waren vor kurzem mit ihm zusammen auf einer Konferenz und sein körperlicher und geistiger Zustand konnte keine Befürchtung erregen. Für mich ist es ein unersetzlicher Verlust, den ich kaum zu überwinden vermöge. Aber für dich ist es vielleicht noch ein größerer Verdruss. Unbedingt wäre es uns nicht so schmerzhaft, diese

Tragödie zusammen zu erdulden. Es gibt leider keine Möglichkeit, diesen Umstand zu verwirklichen. Du hast allerdings kein Wort gesagt, wie es sich ereignet konnte. Schwerkrank war er bestimmt nicht, oder?" Die junge Frau entgegnete nicht ohne Zögerung: „Ich fürchte mich, es war kein natürlicher Todesfall. Zugleich war ein ferner Verwandte von mir nicht redselig, um die Ausführlichkeit zu verbreiten. Er sprach anspielend darauf gleichsam jemand ihn zu belauschen wusste. Seine Aussage schindete bei mir den Eindruck, dass Yam angeblich in einer kriminellen Sache verwickelt worden war, was mir nicht wahrhaftig schien. Yam war letzte Zeit immer flott, er brauchte bestimmt nicht, am fragwürdigen Unterfangen teilzuhaben. Es ist aber nicht ausgeschlossen, dass er jemandem aus der Unterwelt zum Halse herauszuhängen vermochte. Solche Gefahr konnte bei jedem entstehen. Jedenfalls sollte sein Tod aufgeklärt werden. Sonst wird er noch Jahre der Stein des Anstoßes bei uns werden. Das Gespräch setzte sich noch wenige Minuten fort und wurde mit einer traurigen Redensart beendet. Mikes Gemütslage sank in den Keller, so dass sogar das Projekt ihm kein Vergnügen mehr zu bereiten fähig war. Nichtsdestotrotz prägten sich Ginas Worte, dass die Unwissenheit über die richtige Ursache des Todes Yams zum Stein des Anstoßes für sie beiden werden könnten, ihm tief ein. Jetzt hörte er deutlich seine innere Stimme an, die ihm beharrlich empfahl, alle Sachen beiseitezulegen und wieder nach Philippinen zu fliegen, um die Antworten auf schwierigen Fragen zu bekommen. Sollte er das in der Tat machen, war ihm momentan nicht klar. Natürlich konnte er sich dadurch rechtfertigen, dass er diesen Monat sehr beschäftigt war, und niemand konnte ihm darauf Anspruch erheben. Doch es gab neben sachlichen auch sittlichen Argumenten, die vielleicht an Gewicht übertreffen sollten. Darüber hinaus zweifelte der Biologe nicht mehr daran, dass es abgesehen von ihm selbst keine Person weltweit gab, die das Erforschen dieser verworrenen Sache durchzuführen vermöge. Diese düstere Schlussfolgerung ähnelte sich schon an einem endgültigen Urteil. „Es gibt in unsrem Leben solche Dinge", dachte sich der Professor, „die uns keine Chance geben können, aus dem Spiel heraus zu kommen. Sie sind selbst so todsicher, damit man sie kaum um Gnade bitten konnte. Vielleicht sind sie so beständig wie die Gesetze der Physik. Auch die Relativitätstheorie gehörte dazu. Wenn man aber nicht von der Höhe der Wissenschaft, sondern simpel und alltäglich begreifen wollte, verlangte von ihm dieses Zusammentreffen der Umstände, ohne Zögerung wieder nach Manila zu fliegen und alle Probleme am Ort zu lösen versuchen. In seinem Kopf existierte heute kein Plan, doch er hoffte, dass eine dauerhafte Reise ihm etwas Einsichtiges aus zu denken verhilft. Deshalb suchte er besorgt die Auskünfte über die nächsten Flüge nach Philippinen und war nach einer Viertelstunde schon findig gewesen. Eine Fluggesellschaft bot gerade nächste Nacht die Möglichkeit an, in fünfundzwanzig Stunden auf dem philippinischen Boden zu landen. Der Gelehrte stellte alle dringenden Maßnahmen in Rechnung, die er vor der Reise fertigmachen sollte. Es sah so aus als ob er ausreichend Zeit besaß, um seinem Stellvertreter die Fragen der Projektleitung und andere Sachen des Arbeitsbereichs zu übergeben, eine Stunde der Unterhaltung mit Kollegen und Doktoranden zu widmen, eine Stunde mit der Sekretärin über die aktuellen Forschungs- und Lehrprogrammen zu unterreden und die unaufschiebbaren Materialien für die mögliche Arbeit im Ausland zu sammeln, die er nach der Vollendung per E-Mail oder Fax nach der Fakultät senden könnte. Es war wahrscheinlich nicht ausgeschlossen, dass er abends über etwas Freizeit zu verfügen vermöge, um alle diesen Sachen zu erledigen. Der Rest von Zeitspanne bis zum Flug sollte er unterwegs sein, denn die Airline, die er ausgewählt habe, hieß Air France, und die Maschine sollte aus Flughafen München starten. In der Wirklichkeit war seine Rechnung nicht nur ziemlich präzis, sondern er sollte auf die Luftreise nicht lange warten.

Als Knudsen am Bord saß, kapierte er sofort, dass die innere Unruhe, die er die letzten Tage erlebte, für die Überanstrengung seines Nervensystems sorgte. Solcher Zustand versprach ihm bestimmt eine schlaflose Nacht. Mike kannte aber gut seinen Organismus, für den die beste Medizin eine Vertiefung in die Arbeit war. Gott sei Dank war sein Notebook bei ihm bequem zu benutzen, und es war die Hauptsache, die um seine künftige Gemütslage zu kümmern pflegte. So ließ er sich durch die Bordmedien Musik hören bis das Flugzeug an Höhe gewann. Dann schaltete er seinen Computer ein und begann zuerst mit der Überarbeitung des Artikels, die ihm vor kurzem aus der Redaktion der Zeitschrift mit gewissen Bemerkungen gesendet wurde. Diese sorgsam-bedächtige Nachtbeschäftigung in dem Milieu der schlafenden Umgebung schien ihm in der Tat heilsam zu sein. Vier Stunden verflogen unbemerkbar, indem fast alle Fragen der Redaktion sinnvoll beantwortet worden waren. Die nächsten drei Stunden war er mit den ungelösten Sachen des Projekts betätigt bis er endgültig die deutliche Müdigkeit empfand, die eine gute Chance förderte, einzuschlafen, und es war wirklich der Fall. Der Schlaf fasste ihn so plötzlich um, dass er diesen Moment kaum erkennen konnte. Zuerst gab es nur eine steile und tiefe Schlucht, die allmählich mit bizarren Lebewesen gefüllt worden war. Danach verschwanden sie alle so unerwartet wie sie zuvor entstanden. Ihre Stelle besetzte niemand anderer als Yam Salonga. Obschon Knudsen letzte Tage viel über ihn gedacht habe, war seine Erscheinung für Mike eine Überraschung gewesen. Yam war wie gewöhnlich in einem dunkel-blauen Anzug, cremefarbenem Hemd mit einer grellen Rosenkrawatte und goldenen Manschettenknöpfen. Sein Aussehen strahlte Ruhe und Würde. Der Businessman schien viel zu sprechen, doch Mike konnte vielleicht wegen des fremden Lärms nichts verstehen. Yams Gesicht sagte aber, dass seine Äußerung von großer Bedeutung sein sollte. Wie lange dauerte seine Rede konnte der Biologe nicht abschätzen, weil die Zeit im Traum ganz andere Dimissionen haben konnte. Als Knudsen zur Besinnung kam und seine Bandarmuhr kuckte, konnte er diese Episode nicht länger als zehn Minuten bewerten. Sollte dieser plötzliche Traum ihm etwas Wichtiges mitteilen, was unmittelbar mit seiner Reise verbunden war? Oder konnte alles aus seinem, Mikes, Verstand vorkommen? Auf diese Fragen konnte er keine Antwort finden. Allerdings kam der Forscher zum Schluss, dass ganz zufällig diese Sache auch nicht ereignen konnte. Wenn er an die Existenz einer unsterblichen Seele glaubte, wäre es ihm viel einfacher, eine Erklärung herauszufinden. Sicher könnte er dann vermuten, dass der Geist Salongas ihn gerade besuchte, um eine wesentliche Botschaft mit zu bringen. Es wäre ganz logisch (wenn man überhaupt über eine Logik nach dem Tode sprechen konnte) zu erwarten, dass Mr. Salonga alles Mögliches zu machen unternahm, um ihm einen Hinweis darauf zu liefern. Der nächste Gedanke, der den Kopf Mikes besuchte, war, dass die einzige Person, die ihm dabei helfen könnte, Mr. Elago sein sollte. Die Schwierigkeit der Lage bestand aber darin, dass bei seiner ersten Reise nach Philippinen Salonga selbst die Sachen des Transports, der Suche nach einem benötigten Menschen usw. übernahm, so dass Mike sich als ein teurer Gast fühlen konnte. Nun griff der Gelehrte wohl, dass es ein nicht wiedergutzumachender Fehler war. Die Unwissenheit der einfachen Lebensweise des Landes konnte ihm jetzt viel Zeit und Mühe kosten. Er kannte sogar den Weg zum Haus Elagos nur ungefähr, weil Yam ständig am Steuer war. Doch er hatte keine andere Wahl, denn er musste nun ausschließlich allein handeln, das heißt, ein Auto mieten und aus dem Kopf alle Merkmale der Fahrt herauszufischen versuchen, um sich schließlich in der Nähe des gewünschten Hauses zu befinden. Eine wertvolle Beratung des Hellsehers wäre aber nur eine Halbsache. Darauf brauchte er einen Helfer oder mindestens einen Komplizen, der ihm beim Umgang mit örtlichen Behörden zur Seite stehen könnte. Im Prinzip sahen die Aussichten der nahen Zukunft eher schlecht aus. Es gab trotzdem einen winzigen Ausweg, der einen schwachen Schimmer der Hoffnung zu erteilen vermochte, und der war auch mit der Person Elagos verknüpft. Denn gerade die Bekanntschaft mit Jorge ließ ihm begreifen, dass man sich in der ausweglosen Situation nicht aufgeben sollte. Mit anderen Worten gab es neben sichtbaren und völlig reellen Umständen irgendwas, auf das man sich verlassen dürfte. Und diese einfache Begleiterscheinung sorgte für die Zuversicht bei einem Misserfolg. Momentan ertappte sich der Professor beim Gedanken, dass er vollkommen vergas, wo er gewesen sei. Ja, natürlich, er befand sich weiter am Bord des Airbus A320, der beharrlich seinen Flug nach Manila fortzusetzen wusste. Allerdings habe Knudsen keine Absicht mehr, einzuschlafen. Vor allem, weil er eine neue Begegnung mit Mr. Salonga im Traum befürchtete. Lieber wäre es sinnvoll, die schon begonnene Arbeit weiter zu machen versuchen. So schaltete er sein Notebook erneut ein und überlegte, mit welchen wissenschaftlichen Feinheiten er seinen neuen Artikel zu verzieren vermochte. Diese geistige Zerstreuung schien ihm jetzt wie eine günstige Tätigkeit zu sein, die finstere Laune zu entgehen. Doch sein Denkvorgang wurde schon in einer Halbestunde von einem Anruf unterbrochen. Gina war nach den Dreharbeiten schon zuhause und wollte wissen, wie es ihm ging. Sie war ernst in einer seelischen Verfassung, ihn bei der Reise zu begleiten oder sogar zu betreuen, damit er die Selbstbeherrschung nicht zu verlieren riskierte. Das Beste in dieser Richtung sah sie darin, ihm ausführlich das am Tag geschehene zu berichten. Ihre bildhaften Erzählungen konnten unbedingt eine heilsame Wirkung erweisen, was ihr Mann schon nach zehn Minuten empfand. Die frühere Spannung im Kopfbereich, die seit dem Aufsteigen der Maschine vorhanden war, löste sich langsam auf. Die unangenehmen Vorgefühle einer kommenden Niederlage zeigten sich wie einen falschen Alarm und ein dumpfer Schmerz in der Brust, die die Mediziner gewöhnlich auf das Konto der Herzenschwäche zuschreiben, ließ an sich nicht mehr erinnern. Sogar in Momenten, wann ihre Stimme verstummte, konnte Mike eine klare Beeinflussung aus dem Mobilfunk verspüren. Es gab eine verbreitete Meinung bei den Naturwissenschaftlern, dass solche unerklärbaren Phänomene aus der Autosuggestion vorkamen. Nun zweifelte der Biologe kräftig daran. Denn er war die gesamte Zeitspanne des Telefonats selbstbewusst und kontrollierte fest und präzis seine Denkaktivität. Gewiss war der Einfluss seiner Liebe ganz offenkundig und positiv. Außerdem ging ihr Einfluss aus ihrem Wohlwollen aus, was das gute Ergebnis der Sitzung gewährleisten sollte. Zugleich stellte es sich heraus, dass seine Frau auch eine ziemlich praktische und zweckmäßige Dame war, denn sie setzte sich schon in Verbindung mit seinem jüngeren Bruder, der in Manila lebte, und bat ihn darum, ihrem Mann die möglichst große Unterstützung zu leisten. Gina sendete Mike SMS mit der Telefonnummer und Adresse von Vicente Pascual. Der Gelehrte wusste Bescheid darüber, dass Vicente bei einer Großhandelsfirma tätig war, was ihm sicher nicht viel Freizeit übrigließ. Doch es war ihm momentan sogar die Anwesenheit einer Person selbst von großer Bedeutung, die auf seiner Seite stehen konnte. Mindestens konnte sie ihm etwas Wertvolles empfehlen, wenn seine Lage in Verlegenheit gebracht wird. Diese letzte Botschaft beruhigte Mike so wohl, dass er imstande war, wieder seine gesamte Aufmerksamkeit an sein Notebook zu übertragen. Es war unbedingt eine guttuende Handlung, die sowohl für sein Nervensystem als auch für die Arbeit nützlich war. Zuerst wurde es ihm großartig gelungen, ein theoretisches Problem der Evolutionsbiologie aufzuklären. Es könnte der Gegenstand eines künftigen Projekts oder einer Doktorarbeit werden. Dann kam ihm eine Idee in den Kopf, wie man die gemeinsame Anpassungsfähigkeit der Organismen in Biozönosen erheblich zu verbessern vermöge. Im Grunde war es eine Entdeckung, die man der Wissenschaftswelt mitteilen sollte. Denn Dutzende seiner Kollegen weltweit darüber Tag und Nacht gedacht haben. „Selbstverständlich muss ich vor allem", sagte sich der Forscher, „diese gar nicht einfache Einstellung für mich allein erläutern. Es gab schon zahlreiche guten Gedanken, die bei nahen Überprüfungen zu scheitern fähig waren. Die Ursache bestand allem Anschein nach darin, dass ein Forschender seine Einfälle sehr liebevoll betrachtet. Ein echter Vertreter der Wissenschaft ist letzten Endes auch ein Mensch mit allen seinen Schwächen. Es ist nicht einfach, sich mit dieser Binsenwahrheit einzuvernehmen, aber wir benehmen uns häufig wie kleine Kinder, die ihr Spielzeug für das Beste überall halten. Manchmal liegt der Mangel unserer Theorie oder unseres Versuchs auf der

Oberfläche. Doch wir vorziehen, dieser Mangel nicht zu beachten, als ob er von einem bösen Vorsatz vorkam. In der Tat wurde jeder Gelehrte verpflichtet, seine eigenen Untersuchungen der härtesten Überprüfung unterzuziehen". Dies selbstkritisches Gespräch wurde nun von der Stimme des Flugleiters unterbrochen, der bekanntmachte, dass das Flugzeug sich zu senken begann und in einer Halbestunde eine Landung im Flughafen Manilas begehen sollte. Diese Nachricht brachte ihn in die Realität zurück. Denn sie bedeutete, dass er sich sehr bald auf dem philippinischen Boden befinden sollte. Der Professor sammelte sofort seine Gedanken und rechnete nach, was er zuerst im Flughafen machen könnte. Er bestellte im Voraus kein Hotelzimmer, mit der Absicht, sich mehr Freiraum zur Verfügung zu stellen. Nun entschloss er aber anders: Die günstige Variante wäre, das gleiche Hotel wie zuvor auszuwählen. Denn sein Gedächtnis besaß zurückliegend die Bilder aus den früheren Fahrten im Wagen von Yam Salonga, die ihm zu verhelfen vermochten, die ganze Reise im Verstand wiederherzustellen. Der Tod seines Partners war wahrscheinlich auch für seine Unkonzentriertheit verantwortlich gewesen. So versuchte er weiter, zielstrebig eine Handlung nach der anderen zu erfüllen. Doch es drang unerwartet ein Zwischenereignis ein, und die ganze Kette der präzis nachgedachten Handlungen ging verloren, so dass er nicht mehr wusste, wo er nun anfangen sollte. Es ähnelte sich einigermaßen an eine Heimsuchung, die ihn wie ein Missetäter auflauerte. Die ersten Schritte durch die Flughafengeländer erregten in seinem Gehirn angeblich solche Zentren, die ihm den Namen des Savoy Hotels flüsterten. Gerade diese Sache fehlte ihm als er ein Taxi nehmen wollte. Nun saß er mehr oder weniger ruhig auf dem Beisitz Platz und sprach mit dem Fahrer auf einem verständlichen Englisch über die Verkehr Stauungen und über die Regenzeit, die fast zu ihrer Hohepunkt näherte. Der Jungermann am Steuer äußerte ihm sein Mitleid, dass der Gast gleich zum „shit rainy season" gekommen war. „Die Hiesigen", sagte er betrübt, „machen alles, um diese schlimmste Zeit irgendwo anders zu verbringen". Der Forscher versuchte aber unverblümt, sich nicht zu fertigen: „Ich bin hierher dienstlich gekommen, um eine unaufschiebbare Sache aufzuklären. Dieses Argument schien, den Kerl völlig zu befriedigen: Er wechselte das Thema und erzählte, welche Artgruppen in Metro Manila aktuell besonders populär waren. Im Grunde war es das Gebiet, das den Biologen am wenigsten interessieren konnte. Er zeigte es aber mit keinem Wink. In einer Halbestunde war ihr Wagen schon an Ziel. Mike bezahlte. dankte dem Burschen und trat den Eingang ein. Ein vorübergehendes Gefühl, das er schon in Vorhalle empfand, war ganz angenehm gleichsam einer Rückkehr zu alten Freunden. Vor seinen Augen entstand die frühere Autoreise zu Mr. Elago, dessen außergewöhnliche Fähigkeiten nun zu einem Bestandteil Mikes Wesens geworden waren. ungeachtet dessen, dass er sich nicht rechtzeitig anmeldete, bekam er sofort ein bequemes Zimmer auf der ersten Etage, das alle benötigten technischen Einrichtungen inklusiv Interneteinschluss und DSL enthielte. Der erste Gedanke, der dem Gelehrten nach dieser Auskunft in den Kopf kam, war, dass er augenblicklich kein Foto von Yam Salonga hatte, was beim Gespräch mit Mr. Elago von Bedeutung sein könnte. So wendete er sich sofort an Internetdaten, die zu seinem Erstaunen eine große Menge von ihnen zusammensetze. Sogar die Wikipedia widmete ihm einen großen Artikel, in dem dessen Tätigkeit seit der politischen Karriere ausführlich beschrieben worden war. Für einen Forschenden, der eine Biografie dieses Manns zu verfassen vermutete, gab es völlig ausreichende Kenntnisse. Auch die Mediennachrichten mit mehreren Fotos von guter Qualität gestatteten, einen umfangsreichen Eindruck über ihn zu machen. Knudsen trug einige wichtigen Materialien in sein Notebook über und war nun vollkommen bereit, mit dem Hellseher zu sprechen. Mike zählte sich zuvor nie zu den Besessenen zu. Nun empfand er etwas ganz Ähnliches zu dieser fragwürdigen Beschaffenheit, als ob jemand Mächtiger ihn dazu zwang. Er sollte aber gar nicht, seine Aufmerksamkeit auf solche Lappalie ablenken. Im Gegenteil wäre es sinnvoll, alle Hebel in Gang zu bringen, die etwas Nützliches für die Untersuchung der Todesursache Yams zu erkennen vermögen. Jetzt war auch Vicente Pascual an der Reihe, dessen Telefonnummer er gerade wählte. Der Kerl besaß eine gut anhörende Tenorstimme, die wahrscheinlich eine Sympathie zu erwecken fähig war. Dessen Englisch, auf die er nach den ersten Worten Mikes überwechselte, war kundig und fehlerlos. Vicente fragte, was er dringlich für seinen Schwager machen könnte. Und der Gast vorzog, daraus kein Hehl zu machen, dass es wünschenswert wäre, wenn Vicente ihn mit dem Wagen an einen Ort fortzuschaffen bereit wäre. Und der junge Mann war in der Tat bereit für solche Wohltat. Wenn er aber erfuhr, wo dieser Ort sich befinden sollte, schlug er vor, die Reise nach morgen früh zu verschieben. Der Professor fand diesen Vorschlag ganz vernünftig, weil er als eine Person, die den Weg zeigt, nicht besonders zuverlässig sein konnte, viel zusätzliche Zeit brauchte. Vicente erschien sehr pünktlich am nächsten Morgen, um das Unterfangen zu verwirklichen. Er war ziemlich groß hager mit kurzem braunen Haar, feinen Gesichtszügen, dunklen Augen und dünnem Schnurbart, was ihm etwas Rätselhaftes verleihen sollte. Sein Lächeln druckte seine Geneigtheit aus, das bei dem Biologen eine entsprechende Widerspiegelung erregen könnte. Die darauffolgende Fahrt erwies sich wie eine Bestrebung des Beifahrers, nach den ihm allein bekannten Kennzeichen den richtigen Weg zu bestimmen. Zweimal war es aber eine irreführende Bewegung, die zu einem neuen großen Kreis bringen sollte, was insgesamt die Dauer der Reise erheblich vergrößerte. Doch nach dem zweiten Fehler schien die Vernunft des Wissenschaftlers den Wind zu bekommen, so dass er danach keinen Fehlschlag mehr gemacht habe. Schließlich befand sich ihr Wagen genau am Platz des Strandes, woher sie das letzte Mal mit Mr. Salonga zu Fuß in Richtung des Hauses Jorges durchgingen. Diesmal war der Gast der Auffassung, die letzte Strecke wie eine postume Ehrung Yams zu gedenken. Doch der vermeintlich zufällige Spaziergang wies einen viel größeren Sinn auf, als Knudsen vorzustellen wusste. Die beiden Männer empfanden eine tiefe Trauer, die sie vollkommen umfasste. Ihre Augen waren so voll von Tränen, dass sie sie voneinander verbergen sollten. Denn eine Weinerlichkeit war keine männliche Tugend. Trotzdem sollten ihre Tränen der anderen Art sein, weil sie imstande waren, ihre Seelen zu vereinen. Waren sie in der Tat zwei Verwandten? Jedenfalls wollten sie sich als solche empfinden. Der Biologe sah schon auf einer großen Entfernung den Umriss des Hauses Jorges, das anscheinend ein besonderes Licht strahlte. Mike fühlte mit jedem nächsten Schritt ein stärkeres Herzklopfen. Er versuchte, es mit der Willenskraft zu unterdrücken, doch es gelang ihm nicht. Es gab schon einen Mittag, und Mr. Elago sollte aller Wahrscheinlichkeit nach zuhause bleiben. Und es war auch wirklich der Fall. Nach das zwei kräftige Klopfen an die Tür öffnete sich die Letzte weit und der Hauswirt erschien sich auf der Schwelle so natürlich, dass ein jener Fremde etwas nicht Gutes zu verdächtigen vermochte. Jorge erkannte sofort den Gelehrten, sein ruhiges Gesicht zeigte eine klare Freude daran. Mike stellte seinen Weggenossen vor, der mit dem Alten auf Filipino sprach. Nach dem Hinweis Knudsen teilte ihm Vicente die wehmütige Nachricht über Yam mit. Zugleich schaltete Mike sein Notebook, um die Fotos des Verstorbenen zu zeigen. Jorge betrachtete die Fotos mit aller Gelassenheit. Die wenigen Minuten des Schweigens schienen dem Biologen wie eine Ewigkeit zu sein. Dann sprach der Hellseher sehr leise als ob sein Zimmer voll von kranken Menschen war. Der junge Mann probierte, mit einem gleichen Timbre die Worte Jorges zu übersetzen: „Ich wusste schon längst Bescheid. Leider war der gute Kerl endgültig verurteilt geworden, so dass niemand imstande war, ihn zu retten". Der erste Schwung, den der Professor nach dieser Aussage empfang, war zu schreien: „Aber von wem konnte er verurteilt werden?" Er hielte sich aber rechtzeitig inne, um eine ganz andere Frage zu stellen: „Lieber Mr. Elago, meinen Sie, dass der arme Yam ermordet worden war?" In dem Blick des Weissagers, den er auf den Forscher richtete, wurde eine Vielfalt der Gefühle geschrieben, die ihn wahrscheinlich überfüllten. Statt einer Antwort folgte noch eine lange Schweigepause, die den beiden Besucher unerträglich schien. Vicente begriff die Misslichkeit der Situation und wollte sie entschärfen. So sagte er: „Ich befürchte mich, dass wir davon ausgehen sollten, die Ermordung als die Hauptversion anzunehmen". Dieser Satz nötigte Jorge, seine Erklärung zu geben: „Wie gesagt, wurde unser Freund unter den Einfluss der bösen Kraft geritten, was dem Betroffenen gewöhnlich die tödliche Gefahr mitbringen könnte. Deswegen warne ich alle Leute aus meiner Umgebung davor, keine Verbindungen mit den zweifelhaften Personen oder Organisationen aufzunehmen. Eine ähnliche Anspielung machte ich auch bei der Unterhaltung mit dem Verschiedenen, als er mich das letzte Mal besuchte. Der bevorzugte aber, meine Warnung absichtlich nicht zu beachten. Meine geistigen Grundlagen verbieten mir allerdings, Menschen zu irgendwelchen Handlungen zu zwingen. Denn ein Mensch wurde vom Himmel ursprünglich frei und unabhängig geschafft worden. So ist er bis heute selbstbewusst und einsichtig gewesen". Die letzte Erwägung des Alten erregte bei den Biologen den Wunsch, etwas Konkreteres über die

Übeltäter zu erfahren. Die Augen des Hauswirts zeugten davon, dass seine Erläuterung ganz komplett sein sollte. Er konnte sie nur mit einem kurzen Satz ergänzen: „Sie, verehrter Weisemann, machten mich mit einem großen Staatsmann bekannt, über den ich Ihnen fast alles erzählte. Die Schlussfolgerungen zu ziehen ist nun Ihre Aufgabe". Das war alles, was der Alte ihnen mitteilen wollte. Der junge Mann, der das Gemüt der einheimischen viel besser als Professor kannte, gab seinem Schwager einen Wink mit den Augen, dass sie jetzt gehen sollten. Knudsen kapierte ihn nun richtig und begann, sich bei Jorge herzlich für dessen unschätzbare Hilfe zu bedanken. Seine Worte wirkten vielleicht so stark, dass die Augen des Alten mit den Tränen gefüllt worden waren. Der Weise kam einfach ihm entgegen, um ihn väterlich um zu armen. Diese zärtliche Szene sollte das Ende des Besuchs auszeichnen. Die Gäste wurden gleich fort gewesen. Die Rückfahrt forderte von Vicente viel weniger Zeit, als die Hinfahrt, weil er den Weg ganz deutlich vorzustellen wusste. Dabei konnten die beiden ihre Meinungen über Jorge und dessen grundsätzliche Überzeugungen austauschen, was für sie augenblicklich sehr bedeutsam sein sollte. „Ich bin der Ansicht", sagte Mike, wenn der Wagen mit einer verminderten Geschwindigkeit von dem Strand auf eine große Straße rollte, „dass der Alte uns eindeutig klarmachte, welche bösen Kräfte für die Ermordung Yams verantwortlich sein sollten. Das schlimmste verbergt doch darin, dass die kriminellen Strukturen, die sich in das Verbrechen einzumischen versuchten, mit der großen Macht verknüpft werden sollten. Andererseits wäre es für die Ermittlung solche Kleinigkeiten wichtig, die Jorge als völlig belanglos abzuschätzen wusste. Umgekehrt pflegte er, die unabänderlichen Werte der menschlichen Seele für das Wichtigste zu halten". Auf dieser Stelle unterbrach ihn Vicente mit der Bemerkung:

„Du, Mike, sollst dich von Anfang an Rechenschaft darüber ablegen, dass du eine gut organisierte Vereinigung herausforderst, die ihre Fühler in alle Bereiche unseres Lebens herein zu lassen versuchte. Sie sind ausschließlich grausam und rachsüchtig, sie scheuen sich vor keinem Übel mehr. Außerdem kennst du kaum unsere nationalen Besonderheiten, indem du gegen grobe Fehlschläge nicht geschützt werden könnte. Deswegen bitte ich dich inständig, keine unüberlegten Handlungen zu unterfangen". Mike dankte seinem Verwandten aufrichtig und verabschiedete sich.

Eine gerichtliche Untersuchung auf eigene Faust

Die Vorsichtsmaßregel, die Professor Knudsen seinem Schwager versprach, war eher eine höffliche Ausrede, die in der Wirklichkeit wohl so viel wie nichts bedeuten sollte. Denn er sollte sich praktisch mit verschiedenen privaten Personen sowie mit staatlichem Amten in Verbindung setzen, was von selbst keine einfache Aufgabe war. Was ziemlich simpel aussah betraf den Erhalt der Sterbeurkunde vom Standesamt, mit der man irgendwelche postumen Handlungen anfangen könnte. Ein Bisschen schwieriger war es, die amtliche Todesursache zu bekommen: Dafür brauchte er zuerst, seine Verwandtschaft mit dem Verstorbenen zu beweisen. Er brauchte dafür, zweimal die deutsche Botschaft an Ayala Ave zu besuchen, und sich um den Kontakt zwischen den deutschen Diplomaten und örtlichen Behörden zu kümmern. Im Grunde waren diese Bemühungen eher vergeblich gewesen. Schließlich gelang es ihm, da das Sezieren der Leiche nicht stattfand, eine offizielle Bescheinigung zu kriegen, dass Mr. Yam Salonga dem Herzstillstand erlag. Das heißt, keine zweifelte daran, dass der Tod naturgemäß geschehen konnte. Von diesem Moment an wäre es möglich, ein gerichtliches Verfahren einzureichen. Man musste aber dafür, schwerwiegende Beweisgründe anführen. Wenn man den Forscher fragte, wen und warum er unter Verdacht stellen könnte, wäre er nur imstande sein, die Aussage von Mr. Elago zu wiederholen, dem er vollständig vertraute. Er selbst empfand eine tiefe Ahnung, dass der alte Weise Recht habe. Trotzdem durfte er keineswegs, Elago wie einem Zeuge darzustellen, weil die gewöhnlichen Polizeibeamten bestimmte Beweisstücke benötigten, um eine Ermittlung in Gang zu bringen, und alle geistigen Vorgefühle klangen für sie wie ein leeres Gerede. Es gab auch keinen Sinn, ihnen darüber zu erzählen, dass er diesem seltsamen Alten komplett vertrauen konnte. Darüber hinaus sollten alle Prozedere einschließlich des Exhumierens und nachfolgende Analysen und Verfahren viel Geld kosten, das jede staatliche Einrichtung lieber zu sparen suchte. Das gesamte Verzeichnis der Maßnahmen, das man zusammenfassen sollte, um das Gerichtsverfahren zu eröffnen, war so nachdrücklich, dass Knudsen es allein kaum von der Stelle fortzurücken fähig war. Umgekehrt sollte er sofort jemanden Sachkundigen aus dem Beamtenkreisen auf seine Seite hinüberziehen. Der gelehrte probierte, aus seinem Gedächtnis einen Bekannten herauszunehmen, der für das Ziel gut geeignet werden könnte. Es gab leider nicht viel davon, wenn er überhaupt die Bekannten Yams als seine eigenen Verbündeten vorstellen durfte. Nach einigen Minuten kapierte er aber, dass er sonst gar keinen potenziellen Sympathisanten zu finden vermochte. Die zwei einflussreichen Männer aus der Politik hießen Manny Recto und Ted Tinio, mit denen Yam den Forscher bekanntmachte. Die beiden waren unbedingt in der Lage, die Aufgabe Knudsen zu erfüllen verhelfen. Die Frage bestand aber darin, ob sie zu einer Mitwirkung bereit waren. Und nun konnte der Biologe ohne nächste Unterstützung Vicente nicht ausgehen. So rief er ihn gleich an und bat wieder um ein Treffen. Der junge Mann versprach, noch heute nach der Arbeit ihn im Hotel zu besuchen. Diesmal fühlte sich Mike so sicher in der Anwesenheit seines Schwagers, dass er ihm sofort alle Schwierigkeiten zu verraten wusste. Dessen zurückhaltende Reaktion, die infolge aller Ausführlichkeit zustande kam, sollte die Euphorie des Gelehrten stark vermindern. „Wenn meine Meinung für dich von welcher Bedeutung sein könnte", äußerte Vicente nach einem kurzen Nachdenken, das der Mitteilung des Professors folgte, „wage ich, dich davor zu warnen. Ich bin persönlich mit den beiden Gentlemen nicht bekannt, habe aber mehrfach über ihre umfangreichen Kenntnisse und Gewandtheit in der

Politik und dem Business gehört. Sie besitzen, muss ich sagen, unbeschränkte Beziehungen mit einflussreichen Persönlichkeiten unseres Landes. Niemand konnte aber behaupten, dass sie diese Möglichkeiten ausschließlich für die Wohltätigkeit auszunutzen suchen. Mit anderen Worten sollst du dich mit diesen beiden sehr vorsichtig benehmen". Eine klare Erwiderung des Forschers ließ nicht lange auf sich warten:

„Vicente, ich danke dir für deine Warnung, du sollst doch mich richtig verstehen. Mein Bekanntenkreis in diesem Land ist sehr dürftig, und was die Politik betrifft, ist er vielleicht mit den genannten Kerlen begrenzt. Mein Pflichtgefühl fordert allerdings von mir, unter allen Umständen die Ermittlung der Ermordung von Yam Salonga bis zum Ende zu bringen. Und es sieht momentan so aus, dass man diese Aufgabe ohne großes Risiko nicht zu erfüllen vermöge. Auf solchen Grund bitte ich dich, natürlich wenn es deinen Kräften angemessen wäre, mir zu helfen, mit den beiden Gentlemen in Verbindung zu stehen". Abgesehen davon, dass der Auftrag Mikes dem jungen Mann äußerst peinlich schien, durfte er keinesfalls seinem Verwandten dessen Bitte abschlagen lassen. Denn sonst würde Knudsen in die Ausweglosigkeit geraten, und wegen dessen aktuellen Gemütslage grobe Fehlschläge machen, die ihm (Gott bewahre!) sein Leben kosten könnten. Infolgedessen sagte Vicente einfach: „Einverstanden, Mike! Ich mache meine beste, um dich mit den beiden zu verbinden". Der letzte Satz versetzte den Biologen in solche mitfühlende Erregung, dass er armte ganz väterlich den Burschen um und zeigte damit seine tiefe Dankbarkeit. Sie verabschiedeten sich voneinander, und Vicente verließ das Hotel. Nun empfand der Gelehrte etwas Warmes in der Brust gleichsam jene geistige Macht auf seiner Seite anwesend war. Das Gefühl war so sachlich, dass es fähig war, ihn nach draußen hinauszutreiben. Es war sehr bezeichnend gewesen, weil das regnerische Unwetter als ob nach dem Wink eines Zauberstabs absolut plötzlich hell und sonnig erschien. Der Gast schritt die Pfützen über, und war froh über sein Schicksal, das ihn schon von einer Menge drohender Gefahr zu retten wusste. „Falls es mir auch diesmal gelingt", dachte er sich, „alle Unterwasserstromschnelle zu überwinden, sollte ich feststellen, dass wir, Naturwissenschaftler, gar nicht alles richtig zu begreifen wissen. Denn viele Sachen der Welt passieren wider unsere Auffassungen". Zugleich war er geistig vollkommen bereit, jeden Entschluss „der höchsten Kräfte" ganz angemessen aufzunehmen. Sonst wäre er zu sehr selbstsüchtig und eigensinnig gewesen, was für den Forscher unzulässig sein sollte. Seltsamerweise dauerte der sonnige Abschnitt fast genau innerhalb seines kurzen Philosophierens. Darauf rückte drohend eine schwarze Wolke heran, und die großen Wassertropfen fielen gleichsam mit der Absicht, die gesegneten und heranströmenden Gedankenwellen zu vertreiben. Mit einem sportlichen Schwung verschwand der Professor sofort aus dem Freien, um in seinem Hotelzimmer ein Verbergen zu suchen. Er wendete sich gleich ans Notebook in der Hoffnung, die unangenehmen Gedanken zu zerstreuen. Seine Finger tippten aber nach ihrem eigenen Willen die Netzadresse seines Arbeitsbereichs, was er wahrscheinlich momentan nicht zu machen verstand. Der ungeplante Besuch dieser Seite war wahrscheinlich auch nicht zufällig gewesen, denn es gab dort gewisse Neugier erregende Auskünfte über neues Projekt, das nach diesen Mitteilungen schon in voller Fahrt war. Die kleine Gruppe der Botaniker fing die Untersuchung einer alten Algenart, die wie ziemlich seltene oder sogar wie eine aussterbende betrachtet worden war. Sie haben aber bestimmte passenden Lebensbedingungen für diese Art ausgesucht, die die Hoffnung einzuflößen verhalfen. Diese kurze Nachricht wurde in der Tat imstande sein, die finstere Stimmung zu verbessern. „Mein Team nähert sich zu seiner besten Form", flog über seinen Kopf hin, „denn das Gelingen dieser Arbeit konnte für den Erfolg des ganzen Vorhabens sorgen". Der Professor wusste Bescheid, um welche Algenart es ging. Ein neues Verfahren, das die Vermehrung der kleinen stark zu beschleunigen vermöge, versprach, den ganzen Biotop gedeihen zu lassen. Solche fabelhaften Gedanken kamen Knudsen früher nur in einem Traum. Die Träume besaßen aber die Fähigkeit, manchmal sich zu erfüllen. Seine Gemütslage war momentan viel besser als zuvor geworden. Nun hätte er gerne, kurz mit seiner Liebe zu sprechen. Mike wusste wohl, dass auch Gina, die sich mental morgen früh zur Arbeit bereitete, eine günstige Laune haben sollte. Da habe er Recht: Seine Frau war offenkundig froh über seinen Anruf, weil sie äußerlich besorgt um seine Handlungen in Manila war. Mikes ziemlich muntere Stimme konnte sie richtig beruhigen lassen. Das Gespräch konnte leider nicht lange dauern, weil sie sich zur Dreharbeit beeilen sollte. Doch dem Gelehrten war es eher ausreichend, damit er die kommende Nacht gut schlaffen könnte.

Am nächsten Nachmittag erwies sich Vicente wieder wie ein verbindlicher Mensch, indem er nicht nur die Telefonnummer der beiden Politiker aussuchte (die absichtlich aus der öffentlichen Auskunft entfernt worden waren), sondern er setzte sich mit den beiden in Verbindung, um die Erlaubnis für Mr. Knudsen zu bekommen, sie anzurufen. Jetzt war der Forscher imstande, mit den beiden zu telefonieren. Für Professor selbst war es viel mehr als ein freundliches Gefallen, denn dieser wichtige Schritt ebnete ihm den Weg für die folgenden Handlungen. So rief er gerade sowohl Manny Recto als auch Ted Tinio an, um jeden um einen Termin zu bitten. Bemerkenswert zeigten die beiden nach einander deren Bereitschaft, mit dem Gelehrten zu unterhalten. Allein diesen Fakt fand Knudsen wie ein kleiner Erfolg, besonders, weil die beiden Gespräche schon Morgen stattfinden sollten. Darüber hinaus besaß er nun den ganzen Abend, damit er seine Position in klaren Worten zu begründen vermochte. Außerdem klangen bis dahin in seinen Ohren die überzeugenden Argumente der beiden, mit denen er nun auf jeden Fall rechnen musste. Um ehrlich zu sein schien ihm Ted wie eine einsichtige und vorausblickende Person, die einfache Unterredung mit dem, Spaß machen könnte. Natürlich verpflichtete Knudsen seine aktuelle Sachlage, über solche kummervollen Angelegenheiten zu reden, die im Prinzip keinen Spaß zu vermuten wussten. Trotzdem war ihm der Umgang mit einem klugen Gesprächspartner weit lieber, als mit einer Beschränktheit gewesen. Mit diesem Gedanken wendete der Biologe wieder an seinen Computer, der ihm jetzt zu helfen vermöge, die klaren Schlussfolgerungen aus dem Zusammentreffen der Umstände zu ziehen.

Am nächsten Morgen, es gab einen Donnerstag, fühlte sich der Gelehrte gleichsam einer Kampfbereitschaft. Er versäumte auch nicht zu bemerken, dass die hohe Sonne grell strahlte, was ein günstiges Kennzeichen sein sollte. Nach der Forderung Mr. Recto sollte ihre Begegnung im Barbara's Heritage Restaurant passieren. Schon unterwegs erinnerte sich der Professor daran, dass auch die vorige Unterhaltung mit Manny im gleichnamigen Restaurant stattfand. Er war am Platz eine Viertelstunde vor dem angesetzten Termin, er fand es aber vernünftig, nicht weiter draußen zu bleiben, sondern reinzukommen und um den Tisch zu kümmern. Er erklärte dem Ober, dass er auf einen Gentleman wartete, und bestellte sich ein Cola. Manny erschien pünktlich und schlug vor, ein Fischgericht mit Meeresfrüchten zu bestellen. Knudsen hatte nichts dagegen. In Interessen des Forschers war es, den ersten Anstoß zum Gespräch an sich zu reißen. So sagte er entschlossen:

„Mr. Recto, ich wagte mich, Sie wegen eines rätselhaften Todes Mr. Yam Salongas zu stören". In diesem Augenblick las der Gelehrte aus dem Gesichtsausdruck Mannys ein offenes Erstaunen gleichsam ihm diese Redeweise ganz seltsam scheinen konnte. Es bedeutete, dass der Politiker von Knudsen eine sachliche Bestätigung dessen Worten verlangte. Deswegen setzte Professor seine Aussage unter neuen Umständen fort: Es gibt eine Reihe von Beweisstücken, die die natürlichen Todesursachen in Verdacht setzen können". Der Lobbyist unterbrach ihn ziemlich scharf mit der Erwiderung: „Sie meinen also, Mr. Professor, dass der arme Salonga ermordet worden war. Kapieren Sie richtig Ihre Verantwortung für solche starke Beschuldigung? Und verstehen Sie angemessen, dass Sie konkrete Personen für die Übeltat verdächtigen sollten. Mir scheint es momentan nicht der Fall zu sein". Der Ton, der aus dem Mund des Politikers vorkam, sollte dem Forscher die Ohren spitzen. Im Grunde brauchte er einen einflussreichen Menschen dafür, ihn in einer schweren Situation eine Unterstützung zu leisten, keineswegs, um ihm einen Widerstand zu erweisen. Allerdings wurde das Wort schon ausgesprochen, und die Fortsetzung musste folgen. „Ich habe leider keine große Erfahrung in Rechtswissenschaft", sprach der Professor weiter, „doch wie es mir bekannt wurde, gab es in vielen Ländern der Welt die Regel, die in zweifelhaften Fällen, z.B. wenn die Todesursache vermutlich bestimmt worden war, eine Exhumierung durchzuführen, die diese Ursache bestätigen oder widerlegen lässt. Gewöhnlich stellt die Familie oder die Verwandtschaft den Antrag auf die Exhumierung und nachfolgende Untersuchung. Ich weiß nicht, ob etwas Ähnliches in Philippinen gibt, aber ich glaube, dass diese Praxis auch hier vonstattengehen sollte". Manny nahm die Aussage Mikes etwas anders entgegen:

„Trotzdem ist mir bis jetzt nicht klar, welche Gründe für diese mögliche Untersuchung, die mit einer erheblichen Aufwand verbinden werden sollten, Sie persönlich aufheben könnten". Der Forscher erwiderte unverzüglich: „Ich bin der Ansicht, dass jeder Tod mit zweifelhaften Ursachen sofort und präzis ermittelt werden sollte. Das sehe ich wie ein unentbehrliches Recht jedes Menschen der Welt, der gemein ermordet worden war. Solche Pflicht gehört zu meinem etischen Kodex, den ich mein Leben lang zu verfolgen pflege".

„Ich hätte dagegen keinen Wunsch, mich in die sittlichen Debatten zu vertiefen. Außerdem bin ich weit davon entfernt, einem Verschiedenen irgendwelche Eigenschaften zuzuschreiben, die nur den lebenden eigentümlich sein könnten. Der Mensch lebt nicht mehr, ist es so wichtig zu wissen, ob er von einem Herzinfarkt oder von einem fremden Kopfschlag gestorben war?"

Mike war sicher nicht bereit, solche prinzipienlose Position aufzunehmen: „Ich fürchte, Mr. Recto, dass Sie sich irren, wenn Sie behaupten, dass es den Toten egal ist, wie und unter welchen Umständen sie gestorben worden waren. Darüber hinaus gibt es eine solche Einstellung wie ein langes Andenken, mit dem nicht nur die ganze menschliche Geschichte in Verbindung steht, sondern das menschliche Wesen bestimmt wird. Was sind wir eigentlich ohne unser Gedächtnis? Alleinstehende Missgeburt oder ein entartetes Tier? Und eine Sache noch betrifft unmittelbar Mr. Salonga: Er war ein würdiger und allerseits geschätzter Mensch, der es wirklich verdient habe, die echten Ursachen seines Todes aufzuklären, nicht wahr?"

Der Politiker blickte in diesem Augenblick ziemlich misstrauisch auf den Gelehrten an, gleichsam er von ihm solche Behauptung nicht anzuhören erwartete. Darauf sagte er:

„Ich vermute, Mr. Professor, dass Sie mit dieser Bewertung des Verstorbenen etwas übertrieben haben. Meinen Sie es tatsächlich so oder sind Sie der Absicht, mich in Verlegenheit zu bringen?" Der letzte Satz des Lobbyisten klang dem Biologen wie etwas Herausfordernde an, als ob er ihn auf zu hetzen suchte. So äußerte er gereizt:

„Sind Sie anderer Meinung von der Persönlichkeit Yams? Dann sagen Sie mir offenkundig Bescheid".

„Wissen Sie, Mr. Knudsen", begann Manny seine Erläuterung, „es gehört tatsächlich zu unserer Tradition, einen Verstorbenen ein Bisschen zu verschönern. Einige nennen ihn sogar „ein seliger", was natürlich mit der Realität nichts zu tun hat. Selbstverständlich war Yam keine Ausnahme. Mehr davon, konnte ich sagen, dass er in dessen Leben mehrere Fehlschläge beging, die, kann ich wagen zu vermuten, auch irgendwelches Verhältnis zu seinem Ableben zu haben vermag. Wir, intellektuelle Menschen, sollen an alle solchen Sachen mit der Vorsicht herangehen. Seien Sie aber nicht böse auf mich, wenn ich irgendwas nicht richtig sage. Ich bin auch nur ein Sterblicher gewesen". Der Professor ertappte sich momentan beim Gedanken, dass die letzten Worte des Politikers irgendwie mit den vagen Worten Jorge Elagos, die der über Yam aussagte, in Wechselbeziehung stehen könnten. In der Tat zog der Heilseher vor, ziemlich rätselhaft und unbestimmt über die Ursache des Todes Salongas zu erwägen. Ja, er sagte im Sinne eines unklaren Befehls, zu dem Yam anscheinend von einer hohen Instanz verurteilt worden war. Der alte Weise war auch der Meinung, dass kein imstande wäre, Mr. Salonga zu retten. Bedeutete es nichts etwas Ähnliches, was Mr. Recto anders auszudrücken versuchte? Diese Tatsache sollte der Forscher jetzt erklären lassen. So sprach er:

„Seien Sie, Mr. Recto, bitte, so freundlich zu sein, mir wissen zu lassen, welche konkreten Fehlschläge Sie meinten, die mit dem Tode Mr. Salongas verbunden werden konnten. Ich vermute, dass Sie keine unbegründete Behauptung zu machen wussten". Wahrscheinlich wartete der Lobbyist tatsächlich auf diese Frage, denn er antwortete darauf fast sofort:

„Verehrter Mr. Knudsen, ich bin heute nicht gestimmt, Ihnen alle Ausführlichkeit der Verhaltensweise Yams zu schildern. Der Grund dafür ist natürlich nicht, dass ich Ihnen nicht vertrauen durfte. Im Gegenteil halte ich Ihre Person für sehr anständig und würdig. Verstehen Sie mich doch richtig: Ich verkehre mich weiter im gleichen Milieu, wo auch Mr. Salonga vor kurzem aktiv war. Deswegen forderten Sie von mir keine komplette Offenheit, die ich augenblicklich zu leisten vermöge. Gleichzeitig bin ich bereit, Ihnen das Folgende zu verraten. Salonga war, ehrlich gesagt, nicht besonders wählerisch beim Suchvorgang, mit welchen Geschäftspartner er lieber die engen Beziehungen anzuknüpfen pflegte. Das Wichtigste für ihn war, wie groß der Gewinn dabei sein konnte. So war er vollkommen von der Chance begeistert, sich mit den russischen Machthabern bekanntzumachen. Nach meiner Auffassung war es sein größter Fehler. Auf diesem Punkt wollte ich, unsere angenehme Unterhaltung leider für beendet erklären und Ihnen meine herzliche Dankbarkeit zum Ausdruck bringen". Mit diesen Worten machte Manny einen Wink dem Kellner, bezahle ihm für die beiden mit gutem Trinkgeld, drückte dem Forscher die Hand und verschwand ohne weitere Worte. Professor blieb eine Zeitweile in einer Verwirrung sitzend. Er war aufrichtig davon erschüttert, was in jüngsten Minuten passierte und fühlte sich sowohl von der Äußerung Mannys als auch von seiner blitzhaften Bezahlung und seinem Abschied geschlagen. Der Kellner sah sein bestürztes Gesicht und wollte wissen, ob der Gentleman irgendwas noch brauchte. Nur nach dieser Höflichkeit des Obers begriff der Biologe, dass es die höchste Zeit war, das Restaurants zu verlassen. Er war von dem grausamen Schluss und Abschied Rectos wirklich in eine strenge Verlegenheit gebracht. Was sollte es nun machen? Die Düsterkeit des Nachmittags mit dessen feucht-regnerisch-grauen Farben flößte seinem Verstand verzagte Stimmung ein. In zwei Stunden sollte er in einem   Restaurant mit dem chinesisch klingenden Namen Tim Ho Wan den nächsten klugen Politiker Ted Tinio treffen. Noch vor wenigen Stunden sah er darin etwas Unerfüllbares, was gewöhnlich nur in Märchen vonstattengehen konnte. Das traurige Gespräch mit Mr. Recto stellte alles in gewisser Ordnung auf. Seit seiner Jugend war Mike ein unbeugsamer Anhänger der Ordnung. Allerding entsprach das, was Manny im Kopf des

Forschers geschafft habe, auf keinem Fall dessen Vorstellung der Ordnung. Umgekehrt herrschte jetzt ein Chaos in seinem Verstand und wenn es theoretisch noch wahrscheinlich war, den Entwicklungsverlauf in einer rückwärtigen Richtung gehen lassen, war es praktisch fast unmöglich. Das schwache Wort „fast" konnte nun für ihn den letzten Hoffnungsstrahl bedeuten. Darüber hinaus könnte es ausschließlich dann passieren, wenn Mr. Tinio trotz der normalen menschlichen Logik auf seine Seite hinüber zu springen bereit wäre. Es hörte sich eher fantastisch an, doch Herrgott habe ihm nichts Besseres gegeben. Anders ausgedrückt hing sein Erfolg an einem Faden. Und die „angenehme" Nachricht bestand darin, dass er jetzt nichts zu verlieren habe. Allerdings war Knudsen in der Wissenschaft nicht umsonst für seine Kreativität und seinen Scharfsinn hochgeschätzt worden. Diese wertvollen Eigenschaften verliehen ihm nicht selten den Mut und die Kraft, damit er komplizierte Aufgaben zu lösen vermochte, vor denen mehrere seinen Kollegen aufzugeben bereit waren. Heute stieß er auf eine Sache, die weit von der Forschung entfernt war, sie brauchte aber eine besondere Einsicht und Hartnäckigkeit, die ihm bis jetzt nicht erforderlich waren. Die Einstellung Mr. Recto war klar und gut begründet, sie passte aber keineswegs der Absicht des Professors. Diese kurze Überlegung verlangte von dem Gelehrten, dringend seine vorige Denkweise umzugestalten. Außerdem war sein nächster Gesprächspartner ein erfahrener in der Politik Kerl, der jene Sachlage in günstiger für ihn Gestalt darstellen könnte. Ausgehend davon sollte er, Mike Knudsen, die Situation mit dem Tod Salongas so beschreiben, dass sie gewisse politischen Beweggründe einzuschließen fähig war. Es gab einen wohltätigen Anlass für eine Grübelei, in die der Forscher sich in der folgenden Halbestunde vertiefen sollte. Sonst war Ted Tinio ein würdiger geistige Wetteifer, mit dem man sich bestimmt mit voller Kraft anstrengen sollte, damit man irgendwelche Erfolgschance zu sichern hoffen könnte.

In diesem Moment tauchten vor seinen Augen einige Bilder aus ihrem letzten Treffen auf, in denen Ted sich als ein ausgezeichneter geistige Duellant zeigte. Es gab damals unvergessliche Szenen der kognitiven Äquilibristik, wo der Politiker meisterhaft die feinen moralischen Voraussetzungen sich zunutze zu machen wusste. Dann war Ted ein zweifelloser Gewinner des „Zweikampfes" gewesen. Wäre es nun möglich, eine Revanche zu bekommen? Es war eine gute Frage.
Und jetzt ging noch eine Stunde vorbei und der Biologe befand sich im Restaurant Tim Ho Wan, das für seine wunderschöne asiatische Küche bekannt war. Leider erwiesen die köstlichen Leckerbissen nun solche seltenen Dinge, die den Forscher am wenigsten interessierten. Um ohne Verspätung den Restaurantsaal zu erreichen, nutzte Knudsen wieder ein Taxi, das ihn dorthin in wenigen Minuten lieferte, so dass er etwa eine Viertelstunde den Politiker aufwarten sollte. Ted erschien wie eine Berühmtheit mit einer viertel stündigen Verspätung. Sein Gesicht druckte dabei eine offenkundige Besorgnis aus, die aller Wahrscheinlichkeit nach mit seinem leeren Magen verknüpft

worden war. Jedenfalls fragte er Knudsen gerade nach der Begrüßung, ob der Professor schon seine Bestellung gemacht habe. Wenn es ihm bekannt wurde, dass es noch nicht der Fall war, schien die Laune des Neu Gasts stark verbessert zu sein. Taktvoll zog der Professor vor, alle sachlichen Angelegenheiten auf den Zeitpunkt der Sattheit Ted zu verschieben. Es war auch eine zusätzliche Prüfung der Selbstbeherrschung des Gelehrten, denn sein Geist war nach einem echten Streit versessen, was ihm die überirdischen Kräfte nicht in Erfüllung bringen ließen, zuerst durch die Verspätung Tinios und dann wegen seines Hungers. Der Politiker schien umgekehrt absolut ruhig und selbstbewusst zu sein, indem er eine große Portion aus Meeresfrüchten, Kartoffeln und Artischocken bestellte, die er darauf mit voller Konzentration genoss, während der arme Biologe ihm eher nachzuahmen versuchte. Allmählich kam die Mahlzeit zu Ende und Mr. Tinio war bereit, seine Aufmerksamkeit vollständig dem Forscher zu scheren. Knudsen sprach ganz entschlossen:
„Mr. Tinio, ich lasse mir Sie niemals stören, wenn die Sache mit dem Tod von Mr. Salonga nicht so kümmervoll sein konnte. Ich befürchte mich, dass der Verschiedene nicht infolge natürlicher Umstände gestorben worden war. Diese unangenehme Tatsache fordert von mir, einer Untersuchung der richtigen Ursachen seines Todes den Anstoß zu geben. Mir ist dabei bewusst, dass diese Aktion mit einem wesentlichen Aufwand verbunden werden sollte. Deswegen bin ich bereit, einen persönlichen Beitrag dazu zu leisten".
Zum Erstaunen Mikes zeugte der Gesichtsausdruck Tinios davon, dass die Nachricht keine Überraschung für ihn war. Es bedeutete, dass das nachfolgende Schweigen Teds nicht mit etwas Unerwarteten, sondern eher mit der Schwierigkeit der Reaktion verknüpft werden sollte. In der Tat ergriff Tinio das Wort in zwei Minuten, indem er sagte:
„Der Tod Salongas bewegte mich auch viel tiefer, als ich ihn zuerst vorstellen konnte. Vor allem deswegen, weil ich mit ihm vor zwei Tagen zuvor in einem Café betroffen habe und ein Gespräch führte. Mir schien seinen körperlichen und geistigen Zustand ziemlich fit zu sein, um etwas Katastrophales zu vermuten. Nein, er war voll von optimistischen Gedanken und versuchte aufrichtig, mich in den Kreis seiner Verbündeten hinüberzuziehen. Ich erkläre Ihnen gleich, warum ich solche Schlussfolgerung ziehen durfte. Üblicherweise spricht ein Mensch, der etwas Ungünstiges verspürt, deutlich und in klaren Worten. Mit Yam war es damals gar nicht der Fall. Er redete von mehreren Sachen, die anscheinend unsere gegenseitigen Interessen betreffen konnten. Er war unbedingt ein zielstrebiger Kerl, der letzte Zeit besonders erfolgreich aussah. Diese Begleiterscheinung, dass er mir nichts Konkretes zu verraten wusste, versetzte mich in eine Unkenntnis, was er in der Tat meinte. Trotzdem bekam ich ähnlicher Weise wie Sie ein Gefühl, dass irgendwas mit dem Tode Salongas nicht in Ordnung war. Ob wir eine Untersuchung zu veranstalten vermögen, kann ich Ihnen momentan nicht versprechen, weil ich alle Details dieses Verfahrens nicht kenne. Jedenfalls ist es meines Erachtens nicht ausgeschlossen". Solchen einfachen Umlauf

des Problems konnte der Wissenschaftler nicht vorstellen. Im Unterschied zu Mr. Recto, der irgendwelche unverständlichen Gründe zu erwähnen suchte, die angeblich für das vorzeitige Ableben Salongas sorgen sollte, sprach Tinio klar und vernünftig über allen Dingen, die mit dem Tod des Businessmans verbunden waren. Was konnte nun Knudsen sagen, um sein Verständnis mit der Meinung Tinios zu zeigen? Er äußerte nur seine Dankbarkeit dem Politiker gegenüber und ergänzte sie mit der Hoffnung, dass sie beide die unangenehme Angelegenheit gemeinsam zum Schluss zu führen vermochten. Danach verabschiedeten sie sich freundlich voneinander und versprochen, weiter in Verbindung zu stehen.

Das Treffen mit Ted war sicher bezeichnend für die Gemütsverfassung der Biologen. Zuvor war er der Ansicht, in einen Zeitabschnitt des Missgeschicks zu geraten. „Solche Sachen könnten manchmal mit jedem passieren", beschwichtigte er sich, „es kann aber gefährlich werden, wenn der Betroffene sich immer tiefer darin sinkt, so dass es schließlich unmöglich wird, einen Ausweg herauszufinden. Die Umstände sind in der Lage, über die Menschen zu herrschen. Vielleicht war auch Yam Salonga zum Opfer solches missglück gefallen worden. Das Gespräch mit Tinio ließ mehrere schwere Gedanken aus dem Kopf des Professors verjagen. Darüber hinaus vergewisserte es Mikes Vermutung, dass Yam ermordet werden konnte. Nun beschäftigte ihn die neue Frage, wem Yam wirklich zum Halse heraushängen sollte. Im Großen und Ganzen war dieser Unternehmer und Finanzierer ein umgänglicher und barmherziger Mensch, mit dem eine Vielfalt renommierten Personen zu unterhalten pflegte. Mike kannte persönlich viele diese Leute, von denen er niemals ein böses Wort über Yam anhören konnte. Im Prinzip vereinte der Businessman in sich eine asiatische Hilfsbereitschaft mit der deutlichen europäischen Tüchtigkeit, was seine Gestalt besonders attraktiv machen sollte. Konnte es überhaupt zustande kommen, dass solche günstige Zusammenstellung sich so dramatisch umgestaltet, dass sie eine Anwandlung zu erzeugen vermag, ihn zu töten? Solche Sache schien dem Biologen unwahrscheinlich zu sein. „Nein", sagte er sich, „solche Mutmaßung zählt sich eher zu krankhaften Ereignissen, auf die man im Voraus verzichten sollte. Dann lässt uns nur eine Variante übrig, dass Yam aus Versehen ins fremde Geheimnis eingedrungen war, was seine künftige Existenz für jemanden lebensbedrohlich machte". Die erste mögliche Situation, die dem Forscher in den Sinn kam, bezog sich auf einen Drogen- oder Waffenhandel, dessen Zeuge Salonga zufälligerweise sein konnte. Obgleich der philippinische Präsident Duterte einen unversöhnlichen Krieg dem Drogenhandeln und -Konsumenten erklärte, gedieh dieses illegale Business weiter, was dessen Betreiber Milliardenerträge jährlich brachte. Der Forscher zweifelte nicht daran, dass der Verstorbene keineswegs in die Drogenszene verwickelt werden konnte. Doch die Letzte verbreitete ihre langen Fühler erfolgreich in alle Richtungen der Wirtschaft, so dass irgendwie auch er von ihr betroffen werden konnte. Nicht vollständig ausgeschlossen schien nun dem Professor auch die Situation, wenn die militärischen Kreise in Philippinen oder im

Ausland seine guten Kontakte mit prominenten Personen auszunützen suchten. Natürlich verlor sich der Gelehrte in Vermutungen, denn alle diesen Varianten gewisse Beweisstücke brauchten. Zugleich setzte er weiter seine Hoffnung auf Ted Tinio, der viel sachlicher als er selbst alle Bedingungen im Lande verstehen konnte. Auf diesen Grund ließ sich Knudsen eine kurze Entspannung, indem er alle Fragen über den Fall Salongas gedanklich beiseite zu legen probierte und sich mit anderen Sachen zu betätigen wusste. So rief er zuerst Philipp Wagner an, der sich gerade in australischem Sydney befand, wo er einen wichtigen für sein Projekt Empfang von Malcolm Irwin genoss. Sogar nicht zahlreiche Sätze über seine Reise ließen verspüren, dass der Architekt von dem Mäzen begeistert war. „Du, Mike, kannst dir nicht vorstellen", äußerte er gefühlsmäßig, „was für ein Mensch dieser Malcolm ist. Eine Unterhaltung mit ihm versetzt mich in einen solchen Zustand, den ich seit meiner Jugend kaum bekommen konnte. Für Malcolm scheint die Kunst kein Beschäftigungsgebiet zu sein, sondern ein Existenzmilieu, wo er sich frei und ungezwungen fühlt. Ich war auch glücklich, sein Museum zu besuchen, um dessen Erzählung über die Gemälde großen Meister an zu hören. Seine Sicht ist absolut unvergleichlich gleichsam er selbst jedes Bild malte. Und eine noch größere Überraschung für mich war, wie tief er die globalen ökologischen Probleme zu begreifen vermag, die eher den berühmten Wissenschaftlern den Kräften entsprechend sein sollten. Ähnlicher Weise wurde ich von dessen architektonischen Kenntnissen einfach erschüttert, die ich momentan hoch ab zu schätzen bereit war. Ich kam zum Schluss, dessen Bau Ideen in meiner künftigen Arbeit zu verwirklichen versuchen. Es soll unbedingt großartig aussehen".

Der Forscher empfand sich momentan nicht nur glücklich für seinen Freund, sondern auch ein Bisschen neidisch.

Der Baumeister setzte aber seine Erzählung fort: „Nun bin ich komplett überzeugt, dass auch für dich, Mike, die Bekanntschaft mit Mr. Irwin von großem Nutz sein könnte. Selbstverständlich kapiere ich, dass du ein renommierter Fachmann im Arten- und Umweltschutz bist. Doch ich bin der Auffassung, dass es manchmal von hoher Bedeutung sein könnte, die Meinung eines richtig talentierten Amateurs zuzuhören, der über weltriesige Erfahrungen verfügt".

Darauf tauschten die beiden die jüngsten berufsmäßigen Nachrichten auf und beendeten ihr Gespräch auf dem Anzeichen eines angenehmen Gefühls. Im Allgemeinen zählte Knudsen Philipp zu solchen seltenen Menschen, der Verkehr mit denen eine verbesserte Gemütsverfassung mitzubringen versprach. In unserem meist betrübten Alltag war es eine wertvolle Beschaffenheit, die man sehr preisen sollte. Und die zweite Besonderheit Wagners bestand darin, dass dessen sittliche Unterstützung fast immer ganz rechtzeitig zu kommen bereit war. Vielleicht war aber die zweite eine einsichtige Ergänzung der erste. Auf jeden Fall empfand sich der Professor nach der Unterhaltung mit Philipp in einem anderen seelischen Raum, wo man im Unterschied zur üblichen Welt weiter zu leben und zu schaffen vermag. Im

Augenblick war diese Empfindung mit dem Wunsch verbunden, an den Artikel über die künstlichen Gemeinschaften von pflanzlichen und tierischen Organismen zu arbeiten. Eigentlich sollte diese theoretische Denkweise einen bedeutenden Beitrag zur praktischen Überlebensvermögen von tausenden Lebewesen Arten leisten. Der Wissenschaftler sah darin etwas Ähnliches der Entdeckung „auf der Federspitze" des Planeten Neptun, was er zu den größten Errungenschaften der Menschheit zuzuschreiben wusste. In der Tat ermöglichte die modernen Untersuchungen der lebenden Arten gemeinsam mit den Methoden der IT-Technik eine zuverlässige Vorhersage der stabilen und aufblühenden Gemeinschaften aus den Pflanzen- und Tierreichen, die die Wissenschaft bis jetzt nicht kannte. Außerdem sollte es künftig ganz realistisch aussehen, dass man mit der Bewertung der klimatologischen Daten die großen Risiken und Überlebenschancen für jene beteiligten Art in Voraus erkennen könnte. Aufgrund solcher hochwahrscheinlichen Prognose wird es auch technisch und technologisch möglich, die speziellen Rettungsaktionen für die genannten Arten zu veranstalten. Schon diese Modelle, die der Professor zu verarbeiten beabsichtigte, schienen vielversprechend zu werden. War es wirklich ein Verfahren, das die unerwünschte gegenwärtige Entwicklungsrichtung rückwärtig zu machen vermochte? Momentan konnte der Biologe nicht hundertprozentig zustimmend auf diese Frage beantworten. Er hoffte aber beharrlich darauf. Denn die jüngsten Ergebnisse der Labor- und Feldversuche deuteten ermutigend darauf hin, dass es keinesfalls nur gute Vorsätze waren. Umgekehrt wurde es schon experimentell bewiesen, dass die genannten Rettungsaktionen keine Fantasie sein sollten. Heute wurden in der biologischen Forschung die so genannten experimentellen Phytokammern besonders populär, die unterschiedliche klimatischen Bediengungen wie Temperatur, relative Luftfeuchtigkeit, Lichtwellenlänge und -intensität mithilfe von entsprechenden Geräten einzustellen vermögen. So kann man präzis den Einfluss von mehreren Umweltfaktoren für das Wachstum von Pflanzen und Tieren untersuchen. Im Arbeitsbereich Knudsen gab es ein wenig solcher Einrichtungen, so dass man auch ein studentisches Praktikum zu veranstalten vermag. Zahlreiche Resultate dieser Erforschung wäre es möglich nur mittels hochleistungsfähiger Computer zu bearbeiten. Sonst konnten die Forschenden tief in die komplizierten Berechnungen versinken. Professor selbst hantierte geschickt mit den grafischen Darstellungen der künstlichen Intelligenz, indem er hunderte von Varianten zum Vergleich gegenüberstellen sollte. Nach den Forderungen der wissenschaftlichen Zeitschriften sollte der Verfasse vom Artikel alle solchen Darstellungen beilegen. Diese Voraussetzung ermöglichte allen Kollegen, die Rechtmäßigkeit der gezogenen Schlussfolgerungen zu überprüfen. Auch Knudsen wies nicht selten seinen Doktoranden und Studenten darauf hin, dass sie nicht ganz korrekt die experimentellen Daten zu verstehen vermochten. Aber die Besonderheit seiner aktuellen Arbeit war, dass ihm nach dem Gespräch mit Philipp einige Sachen leicht zu begreifen wurden, die er früher nicht kapieren konnte. Woher kam dieser Gedankenblitz vor? War dafür die Persönlichkeit dieses Menschen verantwortlich oder war es die Beschaffenheit des Professors selbst, etwas Wertvolles von dem Verkehr mit dem Baumeister heraus zu ziehen? Diese Fragen schienen dem Gelehrten zu kompliziert zu sein. Außerdem war es für ihn nicht so wichtig, eine genaue Antwort zu bekommen. Die Hauptsache war ein neues Verständnis, das er nun besaß, sowie die gute Laune, die die Vorgänge in seinem Kopf begleiten konnte. Nach mehreren Tagen der schweren Aufregung gab es bei ihm einen Ausweg für Gefühle, den der Betroffene eher zum Zusammentreffen der Umstände zählen sollte. Sein Schicksal erteilte ihm immer neue Bestätigungen der Tatsache, dass nicht das Individuum allein mit aller seinen körperlichen und geistigen Eigenschaften, sondern irgendwelche unabhängigen äußeren Umstände für den Erfolg oder Misserfolg seiner Handlungen sorgten. Die Vertreter verschiedenen Fachgebieten könnten sich damit beschäftigen, die Natur dieser äußeren Umstände aufzuklären. Darauf stellte es sich heraus, dass die Welle des Arbeitselans nicht stunde- sondern tagelang dauern sollte, so dass Mike Knudsen so viel zu schaffen fähig war, für was er sonst Wochen brauchte. Manchmal schlummerte er vollständig ein und empfand sich in seinem Arbeitszimmer in Uni, was dank seiner häufigen Verbindung mit seinem Team nicht schwer vorzustellen war. Jedenfalls wusste er Bescheid über die Leistung jedes Mitarbeiters, die vor kurzem geschafft worden war. Außerdem bekam er regelmäßig SMS seiner Sekretärin, die sich neben ihrer Dienstaufgaben dafür sorgte, dass der Chef alle Nachrichten der Fakultät rechtzeitig zu kriegen wusste. In solchem Tempo flogen vier Tage durch, als ihn Ted Tinio anrief. Die Stimme des Politikers war deutlich von irgendwelchen Ursachen erregt, trotzdem wollte er nicht viel sagen. „Es wäre wünschenswert", sprach Ted danach, „uns in einer Stunde irgendwo in City zusammenzukommen, sagen wir, im Rizal-Park, am Rizal-Denkmal". Es war das Ende der Teds Botschaft. Nun musste Mike sich streng beeilen, um nicht zu verspäten.

Der Biologe erinnerte sich momentan an die schöne Übersicht des Parks, die ihm vor einem Monat noch lebendiger und gesunder Yam Salonga ver--schaffte. Es war wirklich eine hervorragende Erscheinung. Dieser riesige Park erfreute die hiesigen und Gäste seit zweihundert Jahren mit hübschen Gärten, Monumenten und Wasserspielen, die man als eine unvergleichbare Ruhe Oase aufnehmen konnte. Auch das Monument Rizal, eine herrliche Errichtung fast dreizehnmeterhoch aus der Bronze und dem Granit stand bis jetzt vor seinen Augen. Dr. Rizal war auf berechtigtem Grund zu größten Nationalhelden zuschrieben worden: Er war ein Reformator und Pazifist gewesen. Deswegen wurden seine sterblichen Überreste unter dem Monument ständig von Soldaten bewacht. Nach der Erzählung Yams war der Nationalheld in der Nähe vom heutigen Monument hingerichtet worden.

Nachdem Mike sich schnell reisefertig machte und telefonische ein Taxi bestellte, nannte er dem Fahrer nur die erwünschte Stelle. Mehr brauchte der junge Mann nicht, um ihn in einer Halbestunden richtig zu liefern. Ted erschien fast pünktlich, sein Gesicht zeigte Unruhe gleichsam er eine schlaflose Nacht hinter sich hatte. Nach einer zurückhaltenden Begrüßung führte er den Gast ohne zusätzliche Rede an einen versteckten Platz mit einer Sitzbank, wo sie sich nach der Erfahrung des Politikers ziemlich sicher fühlen könnten. Dann sprach Mr. Tinio hastig als ob er heute noch viele Sachen entledigen sollte: „Ich habe nach unserem letzten Treffen die große Mühe gegeben, um die Sachlage mit dem Tod Salongas aufzuklären. Leider muss ich Ihnen bestätigen, dass der Fall viel komplizierter sein sollte als ich ihn mutmaßen konnte. Darüber hinaus habe ich mit mehreren kompetenten Menschen aus der Wirtschaft und Politik gesprochen, was ich jetzt wie einem Fehler finden kann.

Nein, im Prinzip waren alle diesen Unterhaltungen auskunftsreich gewesen, so dass ich heute über eine ausführliche Kenntnis verfüge. Der Nachteil dieser Kontakte besteht aber darin, dass ich diese Leute zu benachrichtigen pflegte, was ich nun als gefährlich abschätzen kann. In der Tat wissen jetzt unsere Widersacher Bescheid darüber, dass wir etwas zu unterfangen bereit sind. Die Sache verschlechtert sich dadurch, dass es schon eine Menge der Personen gibt, die eine echte Todesursache Yams wissen. Zugleich wollten sie auf keinen Fall, die Ermittlung machen zu lassen. Im Gegenteil befürchten sie, dass solche Untersuchung sie an die Anklagebank bringen könnte. Ich bin wirklich sehr traurig über das Vorgehen und bitte Sie, Mr. Knudsen um Entschuldigung. Die genannte Begleiterscheinung sollte unsere folgenden Schritte stark erschweren. Sind Sie trotzdem der Meinung, dass wir dem Gerichtsverfahren den Abstoß geben sollten?"

Es war zweifelslos eine schwere Frage, nicht nur aus sachlichen, sondern auch aus sittlichen Gründen. Deswegen dauerte das Schweigen Knudsens minutenlang. Darauf sagte er ganz überzeugt:

„Ich bin der Auffassung, dass Sie, Mr. Tinio, alles richtig gemacht haben. Natürlich war Ihre Mission ursprünglich mit dem großen Risiko verknüpft worden. Wir beiden konnten keine Ahnung davon haben, dass die Todesursache Salongas für jemanden abgesehen von uns bekannt wird. Nun wurde alles viel klarer geworden. Das heißt, den Bescheid über das geplante Attentat wussten mindestens einige Prominenten aus den höchsten Kreisen des Business und Politik. Sie machten aber nichts, um es zu verhindern. Ich verstehe aber solche Sorglosigkeit nicht wie ein Zeichen der Trägheit, sondern wie eine Beihilfe den Verbrechern gegenüber. Solche kriminelle Mitarbeit muss auf jeden Fall bestraft werden. Gleichzeitig darf ich nicht, Ihr Leben, Mr. Tinio, in Gefahr bringen. Deswegen muss ich die Verantwortung für diese Ermittlung übernehmen und Sie davon zu befreien".

Nach diesen Worden des Professors änderte sich der Gesichtsausdruck Teds drastisch. Nach wenigen Minuten begann er, heftig Einwände zu erheben:

„Nein, Lieber Professor, so einfach geht es nicht. Verstehen Sie mich doch richtig: Ich sorgte mit meiner dummen Verhaltensweise für einen Tumult in der Gruppierung unserer Gegner. Und nun stellen Sie mir gefällig vor, mich irgendwo zu verbergen. Nein, es wäre unfair meinerseits, und ich lasse es mich nicht leisten. Entweder werden wir das gemeinsam durchführen oder ich verhinderte jede Ihre Handlung, das heißt, so oder so, das Dritte ist ausgeschlossen".

Ehrlich gesagt empfand der Gast eine gewisse Zufriedenheit von dieser freundlichen Aussage Tinios, denn Mike war fremd in diesem Land und sollte ständig auf eigene Faust vorgehen, was unbedingt sehr riskant sein könnte. Außerdem verstand er jetzt wohl, da Ted selbst, ein hiesiger erfahrener Politiker, bestimmte Fehlschläge zu begehen vermag, sollte der Fremde eine ganze Reihe von groben Fehlern machen. Die letzte Begleiterscheinung verlangte vom Wissenschaftler, dessen harte Position etwas zu mäßigen: „Wenn Sie, Mr. Tinio, Ihre Beteiligung so beharrlich durchsetzen wollen, konnte ich nichts dagegen sagen. Ich fühle mich nun verpflichtet, Ihnen meine Dankbarkeit dafür zum Ausdruck zu bringen".

Dieser Satz sollte Ted einigermaßen beruhigen:

„Sie sollten mir auf keinen Fall danken, vor allem deshalb, weil ich das bevorstehende Gerichtsverfahren wie meine eigene Angelegenheit begreifen musste. Ich fürchte mich aber, dass auch wir beide, ohne verlässliche Unterstützung kaum was zu erreichen fähig sind. Auf diesen Grund versuche ich meinen bekannten Rechtsanwalt auf unsere Seite zu ziehen. Ich werde Sie auf dem Laufenden halten". Auf dieser Stelle verabschieden sich die beiden voneinander.

Als Professor Knudsen wieder allein war, verspürte er keine Lust, nach Hotel zu fahren. Viel lieber fand er nun, durch den schönen Park zu schlendern und langsam seinen Verstand in Ordnung zu bringen. Was vor wenigen Minuten vonstattenging, gehörte eher zu einem Krimiroman, den er irgendwann zu lesen probierte. Doch diese unangenehme Sache hatte mit der Belletristik nichts zu tun. Umgekehrt war es eine grobe Wahrheit des Lebens, die er jetzt annehmen sollte. Er war in der Tat ein Naturforscher, der jeder Erscheinung der Umwelt eine genaue Beschreibung geben sollte. Gleichzeitig war er selbst ein Bestandteil dieser Umwelt, das hieß, er sollte in der Lage sein, auch seinem aktuellen Zustand eine Bewertung zu erteilen. Er konnte jetzt diese Zensur zwischen „schlecht" und „sehr schlecht" auswählen. Der Grund dafür war wahrscheinlich die Tatsache, dass er wohl oder übel in eine ekelhafte Sache herangezogen worden war, die ihn kaum freizulassen versprach. Denn es gab eine mächtige Gruppe von Politiker oder Gott weiß wer noch, die seine Bemühungen mit allen Kräften zu verhindern bereit war. Selbstverständlich wäre es ganz anders, wenn er diese Ereignisse von außerhalb beobachten könnte. Vielleicht wäre es ihm sogar neugierig, wie es weiter gehen sollte. Jetzt war er aber kein Beobachter, sondern ein wirkender Teilnehmer, der alle Gefahr am eigenen Leibe zu spüren bekommen konnte. Sonst erinnerte ihm seine aktuelle Rolle an einem Blindlings, der viel weniger über seine eigene Sachlage wissen konnte als die umgebenden Menschen. Merkwürdigerweise sollte die Schönheit der Gartenanlagen, die er nun genießen konnte, viel Freude mitbringen, dagegen nahm er davon eher den Wehmut und die Traurigkeit entgegen. Seine Lebenserfahrung flüsterte ihm trotzdem heimlich zu, dass man jenes Unterfangen mit einer günstigen Gemütsverfassung anfangen sollte. Aber wie wäre es momentan möglich, ohne eine deutliche Verbesserung der Lage? Eine Antwort auf diese Frage bekam er aus seiner Besinnung. Seltsamerweise war sie mit dem Kodex Professors Burmeister verbunden, der besagte, dass man unter allen Umständen ausnahmslos nach dem Gewissen handeln sollte. Es war unbedingt ein wertvoller Ratschlag, der ihm auch jetzt behilflich sein konnte. In einer aktuellen Situation gab es ziemlich einfache Verhaltensweise, die er genau befolgen sollte, z.B. er war imstande, bei einer unmittelbaren Ermittlung des Verbrechens teilzuhaben, indem er bereit wird, die Hinweise der Rechtspflege zu erfüllen. Es gab vielleicht eine Menge von anderen Aufgaben, über die er augenblicklich absolut keine Ahnung haben konnte. Diese Auffassung sorgte dafür, dass der Gelehrte sich etwas sicherer als zuvor zu fühlen vermochte. Mit dieser verbesserten Stimmung konnte er nach dem Hotel fahren, um dort seine theoretische Arbeit fort zu setzen.

Es gingen noch drei Tage vorbei, als der Biologe einen Anruf von Mr. Tinio bekam. Ted stellte ihm wieder vor, an einem menschenleeren Ort zusammenzukommen, um die letzte Entwicklung der Sache zu diskutieren. Knudsen sollte dafür an einen ganz anderen Ort der City fahren, der nicht weit von der Quiapo-Kirche entfernt lag. Schon auf den ersten Blick konnte der Forscher begreifen, dass etwas mit Ted nicht in Ordnung war. Er war bleich, enorm abgemagert und schindete den vorigen Eindruck der Achtbarkeit nicht mehr. Solche frappierende Veränderung dessen Aussehen konnte unter anderen Umständen auch den Professor in Verlegenheit bringen. Der Gelehrte machte aber alles Mögliches, um den Mut nicht zu verlieren. Die Klangfarbe seiner Stimme schien dem Professor auch viel trockener zu sein. „Es sieht momentan so aus", begann Ted nach einem kurzen Meinungswechsel über die allgemeine Situation in dem süd-östlichen Staat, „gleichsam wir allmählich zu meist gefragten Personen der Elite werden sollten. Die letzten Tage merkte ich zufällig, dass jemand mir stets auf den Fersen sein konnte. Diese anscheinend unsichtbaren Gentlemen machten regelmäßig Aufnahmen mit deren Smartphones, die wahrscheinlich als ein Beweismaterial ihres Dienstfleißes dargestellt werden sollte. Außerdem wäre es nicht schwer zu vermuten, dass diese Daten etwas Zerstörerisches über das Wesen unserer Ermittlung zu zeigen beabsichtigte, um uns simpel aus der Erdoberfläche auszurotten. Zugunsten von dieser Version spricht auch der Fakt, dass uns (also mir und meinem Anwalt) bis heute nicht gelang, die Bittschrift über die Eröffnung der Untersuchung des Falls Salongas zu beantragen. Immer die gleichen Ausreden und Verzögerungen, die nach einem Unglück mit der Beteiligung jemanden von uns oder noch irgendwas Ähnliches von selbst verschwinden sollten".

Was Ted gerade äußerte, sorgte eher dafür, dass die Stimmung des Professors, die der Letzte mit allen Willenskräfte im strengen Rahmen halten wollte, erneut verdorben worden war. Schließlich kam seine Geduld zu Ende, so dass er den Zorn an seinem Gesprächspartner auszulassen wusste:

„Verehrter Mr. Tinio, ich hätte gerne, Ihre inkonsequente Verhaltensweise einmal rügen. Wir haben verabredet, alle unser Vorgehen gemeinsam zu machen. Jetzt setzen Sie mir in Kenntnis, dass Sie etwas allein zu unterfangen suchten, was uns ausschließ Misserfolg zu bringen verspricht. Woher könnten alle diese Übel vorkommen? Ich bin der Auffassung, dass Sie zu viel auf sich übernommen haben, indem unsere Gegner in Wut geraten werden sollten. Sie sind im Lande gutbekannt, was Ihr Erscheinen sofort auffällig machen sollte. Mich kennt dagegen niemand und dieser Umstand lässt mir alles unmerklich schaffen". Ted unterbrach ihn ziemlich unhöflich: „Ich glaube, Sie lassen sich beirren. Ihr unverhohlen europäisches Aussehen entlarvt unbedingt Ihre Herkunft. Das heißt, wir beide riskieren gleichermaßen". Der Forscher setzt aber seinen Einwand fort: „Trotzdem setze ich auf meiner Forderung durch, Ich war der erste, der den Anstoß dieser Erforschung zu geben suchte. Deswegen schein mir Ihren Versuch, mich davon fernzuhalten, unfair zu sein. Wissen Sie, Mr. Tinio, ich kümmerte mich seit meiner Jugend darum, nach den hohen sittlichen Prinzipien zu leben. Die Ermittlung der Todesursachen Mr. Salonga sollte mir wie eine hohe Heimsuchung geschickt, die ich mit einer großen Verantwortung in Betracht nehmen musste. Ich bin der Absicht, als der erste Schritt meiner Aufgabe, ein Gerichtsverfahren einzuleiten. Dazu habe ich mich schon entschlossen und probiere es jetzt, um jeden Preis zu erringen. Natürlich bleibe ich weiter offen für alle Ihre Empfehlungen".
Der Politiker konnte darauf nur die Schultern zucken: „Ein freier Mensch darf bestimmt machen, was er will. Meine Warnung bleibt doch in Kraft. Probieren Sie mal, wenn Sie so entschlossen gestimmt sind, das Verfahren bei einer anderen Gerichtsbehörde zu beantragen".
Es war schon ein wertvoller Ratschlag, den der Biologe sicher folgen sollte.

Am nächsten Vormittag meldete sich Knudsen in Begleitung von Vicente Pascual, der sich nach der vorläufigen Verabredung unerkannt bleiben und nur die Aufgabe des Dolmetschers erfüllen sollte, bei einem örtlichen Gerichtsamt, um eine Bitteschrift der genannten Untersuchung zu beantragen. Ein junger Mann, der das Papier von ihm eintragen sollte, sprach betonend ruhig und höflich. Er machte alle notwendigen Formalitäten fertig und ließ dem Auftraggeber eine schriftliche amtliche Bestätigung über. Die Sache, die Ted Tinio viel Zeit und Mühe kosten sollte, wurde in wenigen Minuten erledigt. Als die beiden Amtsbesucher sich wieder auf der Straße befanden, konnte Mike seine Gefühle nicht weiter aufhalten:
„Kannst du, Vicente, diese Tatsache überhaupt kapieren, dass wir problemlos alles zu erreichen vermochte, was einem hochrangierten hiesigen Politiker nicht gelang. Ich bin davon vollkommen begeistert und schwebe mich nun auf Wolke sieben". Sein Schwager schien aber kaum, dessen Freude zu teilen:
„Du, Mike, bist richtig eine Fremde, der keine Ahnung von unserem Justizsystem haben könnte. Der Kerl, mit dem du gerade gesprochen habe, war

zweifellos ganz einsichtig, denn er sah in dich einen Ausländer, außerdem aus einem europäischen Land, das bei jedem unseren Landsmann eine verborgene Verehrung hervorrufen sollte. In der Tat befürchte ich mich, sieht alles nicht so wunderbar, wie es dich augenblicklich scheinen konnte. Deine Zugehörigkeit zu einer großzügigen Nation kann künftig das Vorantreiben deiner Bittschrift noch verschlechtern lassen. Bei uns treffen die Entscheidung sehr scharfsinnige Beamten, die alle Kleinigkeiten des Verfahrens sich zugunsten auszunutzen fähig sind. Nach meiner Ansicht ist es ein deutlicher Vorrang der Entwicklungsstaaten, die in anderen Richtungen kaum zu prahlen vermögen. Auf jeden Fall sollen wir ein Bisschen darauf warten, wann du eine Reaktion auf deinen Auftrag bekommst".

Der Gelehrte wollte aber gar nicht, seine gute Laune verderben lassen: „Darf ich mich, Vicente, etwas dagegen aussprechen. Die letzten Ereignisse meines Lebens vergewisserten mich darüber, dass es fast bei jeder Verlegenheit eine Chance gibt, einen günstigen Ausweg herauszufinden. Warum sollte diese Chance auch bei diesem schweren Fall nicht realisiert werden?" Nun war der Gastgeben der festen Meinung, die folgenden Debatten einzustellen. Deswegen verabschiedeten sie sich freundlich voneinander.

Der erste Beweggrund, den der Biologe im Moment empfand, als er die Schwelle seines Hotelzimmers übertrat, war der Wunsch, Mr. Tinio an zu rufen, um ihm das Ergebnis des Besuchs des Gerichtsamts mitzuteilen. Nach einer kurzen Überlegung kam er aber zum Schluss, darauf zu verzichten. In seinen Ohren klingelte noch die Warnung von Vicente, der bestimmt viel besser, als Knudsen selbst die örtlichen Bedingungen zu kapieren wusste. Ja, gewiss war sein Schwager einer von diesen tausenden Businessmen, die alle Nuancen der Inneren- und Außenpolitik am eigenen Leibe zu spüren bekamen. Abgesehen von seiner nicht stichhaltigen freudigen Stimmung, verfügte der Gelehrte über keine wesentlichen Gründe, die man stolz zu verkünden vermag. Mehr davon war er nicht komplett sicher, dass Teds Telefon nicht abgelauscht worden ist. Im gegebenen Fall konnte er ihm eine große Unannehmlichkeit bereiten. Deswegen wäre es vielleicht vernünftiger, auf den Anruf von Tinio selbst zu warten. Selbstverständlich war der Professor nicht die Person, die ihre Zeit in einem Müßiggang zu vergeuden bevorzugte. Im Gegenteil vertiefte er sich sofort in sein Forschungsgebiet, wo ihn jetzt wie zuvor unbegrenzte rätselhaften Erscheinungen anziehen sollten. Die letzte Zeit merkte er, dass die allgemein anerkannten Gesetzmäßigkeiten, zu denen er sich seit seinen Studienjahren angewöhnt hatte, immer häufiger die Beispiele der scharfen Ablenkung zum Ausdruck brachten. Sie betrafen sowohl die Anpassungsfähigkeit der biologischen Arten als auch die Lebensräume, wo sie sich behausen sollten. Vom Außen sah es so aus, als ob die Natur nicht mehr imstande war, das Gleichgewicht, um das sie Millionen von Jahren kümmerte, aufrechtzuerhalten. Mehrere Knudsen Studenten und Mitarbeiter brachten ihm ihre Arbeitsdaten, die solch ungereimtes Zeug beinhaltete, und forderten von ihm (manchmal in einem scharfen Ton) eine einsichtige Erklärung deren Daten zu geben. Sein Scherz aus voriger Zeit, dass er nicht Herrgott war, der die Antwort auf alle Fragen geben konnte, befriedigte nun keine. Knudsen bewahrte im Gedächtnis die Belehrungen seines Mentors, Professors Burmeister, wenn er noch ein Student war. Der ehrwürdige Mann begriff in der Natur solche unbeschränkten Kräfte, die ihr die Möglichkeit verschaffen konnten, alle Zusammenbrüche und Katastrophen zu überwinden. Der Alte ergänzte aber diese Schlussfolgerung mit der Äußerung: „Wir sollten uns doch Rechenschaft darüber ablegen, dass die vormenschliche Natur keinen würdigen intelligenten Gegner hatte. Mensch mit seiner eigenartigen Fähigkeit, sich fortschrittlich zu entwickeln, brachte allmählich neue und neue unlösbaren Probleme für seine Umwelt, mit solchen die Natur nie zuvor zusammenstoßen konnte. Diese Schwierigkeiten werden nach meiner Mutmaßung immer stärker für die Natur zu bekämpfen. Ich kann nur wenige Beispiele nennen. Eine natürliche Radioaktivität war seit Milliarden Jahren mit dem Leben auf der Erde gut zusammen-passend. Der Mensch vermochte, diese Radioaktivität für seine Zwecke so enorm konzentrieren lassen, dass sogar die radioaktiven Abfälle für die Natur (und für den Mensch selbst) verhängnisvoll worden waren. Der menschliche Verstand erfindet ständig solche Dinge, die anscheinend seine Macht über die Natur unendlich zu vergrößern pflegt. Ich führe noch ein Beispiel an, das mit der Eroberung des Weltozeans und Luftraum verbunden sein sollte. Die Natur besitzt riesige Möglichkeiten, diese gigantischen Räume zu reinigen, und noch heute geling ihr perfekt, diese Aufgabe zu erfüllen. Ich zweifle mich aber nicht daran, dass diese Situation in absehbarer Zeit drastisch verändern könnte, was unsere Umwelt auf die Schwele einen Kollaps zu bringen zwingt". Zu welchen Zeiten gehörte diese Weissagung Burmeister? Ungefähr zu fast vor drei Jahrzehnt, und nun sind wir alle die Zeugen deren Verwirklichung. Soll es tatsächlich bedeuten, dass der menschliche Fortschritt unvermeidlich dem Untergang den Weg ebnet? Bemerkenswert war aber auch eine unerwartete Fortsetzung, die Burmeister auszuwählen wusste. „Könnten Sie sich, mein junger Freund, nun vorstellen", sagte er ziemlich rätselhaft mit einem ausgelassenen Lächeln, „dass auch die menschliche Gesellschaft selbst, sich immer stärker in Verlegenheit bringt. Wir alle sind fälschlicherweise überzeugt, dass eine vervollkommnende Demokratie die beste aus allen Regierungsformen sein sollte. Mir scheint aber diese hochmütige Überzeugung eine große Verirrung zu sein. Denn solche Demokratie bedeutet, dass das Schicksal des Volkes von jedem Bürger persönlich bestimmt werden sollte. Allerdings zeigte sich solche verantwortungsvolle Entscheidung zu kompliziert für einem jenen Bürger. Umgekehrt sind nur wenige hoch begabten Individuen in der Lage, solche fast göttliche Aufgabe zu übernehmen. Sonst wagt sich die ganze Gesellschaft, eine falsche Richtung zu wählen. Die Geschichte der letzten Jahrhunderte bewies eindeutig die Richtigkeit dieser Vermutung. In besonders komplizierten Situationen bevorzugten die Völker, den schlimmsten Entschluss zu fassen, was schließlich zu abscheulichen Diktaturen führen sollten. Bis jetzt fielen, Gott sei Dank, mehrere solche Diktaturen durch. Sie ließen doch eine verheerende

Verarmung und ein Elend der Bevölkerung hinter sich. Sagen Sie mal, war diese „demokratische" Auswahl in der Tat gerechtfertigt. Ich glaube nicht". Mike war damals ein von den Millionen Bürger, der keine Ahnung in politischen Fragen haben konnte. Er war eher ein bescheidener Student, der sich nach einer wissenschaftlichen Karriere sehnte. Jetzt war er selbst ein renommierter Forscher, der die schwierigsten Fragen der Umweltuntersuchung mit solchen der Gesellschaft gegenüber zu stellen fähig war. Anders ausgedrückt, war er nun imstande, die Äußerung Burmeister einsichtig ab zu schätzen. Nach seinem heutigen Wissensstand sollte er im Großen und Ganzen, die alte Position seines Mentors sowohl in Sache der Natur, als auch bezüglich der Gesellschaft bestätigen. Der Alte hatte unbedingt Recht, dass wir Menschen uns manchmal zu hochmütig benehmen gleichsam wir die Wahrheit schon im Voraus zu wissen vermögen. Wir sind absolut unversöhnlich bei der Verteidigung unserer eigenen Meinung. Wie es aber schon der alte Aristoteles zu begreifen wusste, lag die Wahrheit in der Mitte. Nach zweieinhalb Jahrtausenden kapierte Professor Knudsen das Wort „Mitte" etwas sinnbildlich wie eine gemittelte Meinung mehrerer Sachkündigen. Nicht zufällig vorzog der genannte Aristoteles selbst eine Dialogmethode, die ursprünglich keinem Gesprächspartner eine Vorrangstellung überließ. Jetzt war der Biologe ein Zeuge der Folgen, die bei der Verletzung dieser Bedingung entstehen könnten. Diese Denkweise hatte auch eine unmittelbare Beziehung zum Fall Salonga, weil eine gemäßigte Beurteilung zweifelsohne sein Leben zu retten pflegen sollte. Es wäre unbedingt viel besser, als nun einer gefährlichen Ermittlung den Anstoß zu geben. Eigentlich bewies das Vermischen der mehreren Gedanken, die fast gleichzeitig in den Kopf des Professors kam die Tatsache, dass er von jüngsten Ereignissen übererregt war. Üblicherweise kontrollierte er den Denken Strom so bewusst, dass kein Wirrwarr zustande kommen könnte. Warum sollte heute eine Ausnahme stattfinden, konnte der Biologe nicht erklären. Vielleicht war sein Nervensystem infolge Erschütterungen der letzten Tage in Verlegenheit geraten worden. Als ein Fachmann konnte er solche unerwünschten Prozesse aufgrund des alternden Körpers verstehen, was für sein Alter noch etwas vorzeitig war. Die andere Erläuterung, die ihm mehr wahrscheinlich schien, war mit einer Übermüdung oder mit der Zusammenwirkung mehrerer Faktoren verknüpft. „Unser Gehirn", dachte er sich, unterscheidet kaum deutlich, ob die Anspannung von angenehmen oder schrecklichen Sachen verursacht wird. Im Gegenteil nimmt es alles in gleicher Weise entgegen. Mit anderen Worten muss man selbst für sein Wohlbefinden sorgen, statt das seinem Gehirn zu übergeben. Allerdings begann die ganze heutige Geschichte damit, dass an eine seltsame Unfähigkeit der Natur dachte, das Gleichgewicht in der Welt zu bewahren. Durch diese Denkweise ging er konsequent zum Schluss, dass die Hauptschuld daran der Mensch selbst trug, der sowohl die Natur als auch seine eigene Gesellschaft in einen Alpdruck um zu wälzen vermochte. Konnte man irgendwann überhaupt ernstnehmen, dass der homo sapiens, dessen Schaffenspotenzial unbegrenzt schien, zum größten Zerstörendem überall werden konnte. Diese Begleiterscheinung allein war in der Lage, die Gemütsverfassung eines talentierten Naturforschers grundsätzlich zu verderben. Denn der Begriff „Mensch" betraf nicht zuletzt ihn selbst, den Uniprofessor und Leiter der wissenschaftlichen Schule Mike Knudsen. Diese Schuld konnte man vielleicht mit dem Kain Verbrechen, also mit dem Brudermörder vergleichen. Aus diesem Standpunkt sah auch seine Teilnahme an die Untersuchung der Todesursache Mr. Salonga ziemlich fragwürdig aus. Durfte er es in der Tat machen? Diese, dem Anschein nach, simple Frage konnte im Allgemeinen auch eine Kette von neuen Umständen auslösen. Denn es gab kaum eine Person auf der Erde, die sich innerlich nicht wie ein Täter zu empfinden fähig war. Sogar diese Individuen, die die höchste Rechtspflege auszuführen beruft worden, konnten nicht immer ganz ehrlich eingestehen, dass sie komplett schuldfrei waren. Die letzte Erwägung sollte den Gelehrten in der Meinung befestigen, dass er für die Ermittlung des Falls Salonga berechtigt worden war.

Offen gesagt konnte sich Knudsen seit seiner Ankunft in Manila nicht wie ein alleinstehender fühlen. Ganz umgekehrt bekam er täglich E-Mails, SMS und Anrufe aus unterschiedlichen Orten der Welt, was den Eindruck schinden sollten, dass man ihn nicht nur aus dem Gesichtswinkel zu lassen beabsichtigte, sondern dass er bei mehreren Personen hochgefragt worden war. Gina versuchte, ungeachtet ihrer unermesslichen Beschäftigung, sich zwei-drei Mal pro Tag in Kontakt mit ihm zu setzen. Noch häufiger machten es manchmal seine Kollegen und Mitarbeiter, die in seinem Ratschlag einen Ausweg aus dem schweren (oder sogar kritischen) Zustand sehen konnten. Ab und zu fanden ihn auch alte Freunde aus der Kindheit und Jugend, die keine Ahnung haben sollten, wo er sich momentan empfindet. Ähnlicher Wiese erreichte ihn telefonisch Klaus Brandt, mit dem Mike seit den Schuljahren niemals getroffen oder gesprochen habe. Wieso ihm einen solchen Gedanken in den Verstand kam, konnte er wahrscheinlich selbst nicht sagen. Jedenfalls war Knudsen davon stark überrascht geworden. Denn er versuchte vergeblich, das Aussehen Herr Brandt aus seinem Gedächtnis wiederherzustellen, während der „Freund" ihm unterschiedliche Geschichten aus den Schuljahren an den Tag legte. Der Professor zweifelte sich daran, ob der Anrufende darüber Bescheid wusste, wo sein Gesprächspartner augenblicklich gewesen sein konnte. Weil ein ruhiges Gleichmaß dessen Rede zugunsten der Tatsache sprach, dass er mit der Zeit nicht eingeengt war. In der gleichen Schneckentempo wechselte er das Thema, indem er zu dessen Kariere hinüberkam. So stellte es sich heraus, dass Klaus ein Jurastudium absolvierte und sogar als ein Staatsanwalt tätig war, was er vor drei Jahren zu ändern entschloss. Mit diesem Ziel eröffnete er seine eigene Rechtsanwaltsagentur, die nun in Mannheim ganz erfolgreich gediehe. Aus seiner Erzählung konnte der Forscher erkennen, dass zuerst der heikle Begriff Drogenbesitz und -handel für die Agentur eher eine fakultative Rolle spielen sollte. Später kapierte doch Klaus, dass diese Sache auch dem Rechtswesen große Gewinne mitbringen konnte. So machte er es für den Schwerpunkt seiner Arbeit. „Weißt du, Mike", setzte er seine Rede fort, „ich kam langsam zum Schluss, dass es einen großen Spielraum für die Verteidigung gab. Darüber hinaus gelang es mir festzustellen, dass viele Betroffene enorm benachteiligt werden sollten. Dieser Umstand schien mir auch sehr günstig für meine Agentur zu sein, denn er machte den Angeklagten besonders nachgiebig". Auf dieser Stelle machte der Kerl eine Pause, wahrscheinlich, um tief Atem zu holen, begann aber nach einer Minute, erneut zu sprechen, indem er eine zusätzliche Menge der Ausführlichkeit zu erklären suchte. Im Laufe des ganzen Geschwätzes Klaus brodelte eine deutliche Besorgnis im Kopf des Biologen, die mit einigen Fragen verbunden war. Erstens, wie konnte Klaus zum Gedanken kommen, nach Jahrzenten des Schweigens, ihn plötzlich anzurufen? Zweitens, warum ihm sein voriger Mitschüler alle diesen weit nicht harmlosen Details zur Kenntnis bringen wollte, die im Prinzip ihm selbst Schaden zuzufügen vermochten? Und drittens, ob der Kerl irgendwelche Dinge aus seinem Fachgebiet mit der Persönlichkeit Knudsens verbinden konnte. Die erste innere Regung Mikes war, seinem plötzlichen Gesprächspartner klarzulegen, dass sie sich auf verschiedenen Kontinenten befanden. Der Forscher hielt sich doch inne, weil diese Redensart imstande sein sollte, jemanden, der zufällig oder absichtlich das Gespräch zu belauschen fähig war, besonders aufmerksam zu machen. Die Warnung, die ihm Vicente erteilte, wirkte letzte Zeit in der Tat ganz gut, indem er auch eine Verfolgung nicht ausschließen sollte. In diesem Augenblick ertappte sich der Gelehrte beim Gedanken, dass Klaus mittlerweile etwas weitersprach, was er nicht zuhören vermag. Nun konnte er sich vergewissern, dass Herr Brandt sich für seine Laufbahn interessierte. War es ein förmliches Bekunden dessen Liebenswürdigkeit oder etwas mehr Sachliches? Wenn die zweite Version stimmte, besaß Klaus eine Vielfalt von Möglichkeiten, alles über dessen Schulkamerad zu erfahren: Das Internet wurde mit den Auskünften über Professor Knudsen völlig verstopft gewesen. Allein diese Begleiterscheinung konnte beweisen, dass Brandt keine Mühe sich gab, irgendwas über ihn zu lesen. Gleichzeitig war Mike bei eher schlechter Laune, um etwas Weitschweifiges über sich zu verbreiten. Deswegen antwortete er einsilbig, gleichsam er das Thema nicht zu berühren wusste. Der Rechtsanwalt war aber einsichtig genug, um die Stimmung seines alten Mitschülers zu spüren. Er stellte ihm keine weiteren Fragen, erzählte noch etwas über sich selbst und sorgte dafür, die Unterhaltung zu beenden. Wenn der Biologe in seiner gewöhnlichen Gemütsverfassung wäre, könnte er diesen Anruf leicht vergessen, damit er wieder tief in dessen wissenschaftlichen Gedanken zu versinken vermochte. Jetzt war es aber nicht der Fall: Er setzte seltsamerweise, nach der Lösung des Rätsels von Klaus Brandt zu suchen, fort. Merkwürdigerweise entstand ihm momentan die Gestalt von Jorge Elago so deutlich, dass er sogar zusammenzuzucken vermag. Was wollte der Alte von ihm? War sein Auftauchen absolut zufällig oder war der Weissager der Absicht, ihm etwas Wichtiges mitzuteilen? Der Forscher war noch nicht in der Lage, eine richtige Antwort auf diese Frage zu finden. Was er aber zu kapieren fähig war, betraf die Tatsache, dass die Gestalt Jorges irgendwas Aufschlussreiches bedeuten sollte. Das hieß, Mike sollte jetzt sein Urteilsvermögen stark anstrengen, damit er den echten Sinn des Klaus Anrufs zu begreifen befähigte. Diese Denkweise schien nun dem Gelehrten plausibel zu sein. Jetzt sollte er ohne Eiligkeit, alle Schlüsselworte des Monologs Klaus gegenüberstellen, um ein heimliches Verständnis daraus herauszufischen probieren. Nach einer dauerhaften Überlegung erinnerte er sich an folgende Worte: Staatsanwalt, Gewinn, Verteidiger, Drogen, Nachgiebig. Was sollten alle diese Worte zusammensetzen? Unbedingt nichts Günstiges. Im Gegenteil versteckte sie alle etwas Bedrohliches, was ihn künftig erwarten sollte. Diese Erwägung klang sicher unangenehm, doch jede Kenntnis war nach seiner Ansicht besser, als eine vollständige Unwissenheit. Die erste Schlussfolgerung, die er daraus ziehen musste, bestand darin, fernerhin sehr vorsichtig zu sein. „Zweifellos hängt weit nicht alles", dachte er sich, „von einem Menschen selbst ab. Mehrere Sachen bekommen wir von außen her, doch man darf auch den menschlichen Faktor nicht verkleinern lassen. Mit anderen Worten gibt es einen bestimmten Kreis von Dingen, den ich imstande bin, richtig zu verordnen".

Nach allen solchen Aufregungen, die mit dem Anruf Klaus und dessen Folgen verknüpft waren, empfand der Professor die höchste Zeit, sich wieder mit seiner Forschung zu befassen. Darin verborg sich eine erstaunliche Beschaffenheit der menschlichen Psyche: Einen zufälligen oder nebensächlichen Reizerreger in eine nützliche Anwendung umzuwandeln. In dieser wunderbaren Erscheinung sah der Naturforscher einen eigenartigen Ausdruck des Energieerhaltungssatzes. Es war nicht das erste Mal, wenn er sich mit diesem Satz auseinandersetzen musste. Nein, mehrere anderen Beispiele entstanden in unterschiedlichen Bereichen der Meeresbiologie, die er selbst oder seine Studenten und Doktoranden gefunden haben sollten. Allerdings war das Thema, dem er sich momentan zu widmen bereit war, aus ganz anderem Gebiet. Es kam plötzlich aus der E-Mail von Ben Bausch, einem begabten Burschen, der die Richtung dessen Doktorarbeit ausschließlich selbst ausgewählt hatte. Merkwürdigerweise gelang es dem Professor gelegentlich zu betrachten, wie dieser Ben ein vor Millionen Jahren ausgestorbenes Meerstier malte. Knudsen gefiel es sicher nicht, seine Schüler begeistert zu belobigen. Es änderte sich aber etwas in seinem Inneren, als er das Gemälde Bausch anschaute. Der renommierte Biologe konnte sich nicht davon fernhalten, auszusagen: „Aber das ist die Kunst der Weltklasse". Mike erinnerte sich an diese Episode nur beiläufig, wenn er die E-Mail von Bausch aufmerksam las. Außerdem besaß der junge Mann eine andere Qualität: Er konnte bei seinen Kollegen Anstoß zu neuen Erfindungen geben. Für einen Wissenschaftler war es eine unschätzbare Sache. Etwas Ähnliches fand mit der jüngsten E-Mail von Ben statt. Zur offenen Tugend des Doktoranden gehörte dessen Schreibens Art, die wie üblich in einer Bitten Form verfasst worden war. Der Kerl wendete sich höfflich an den Lehrer, gleichsam er um eine Empfehlung bat. In der Tat gab es einen inhaltsreichen Bericht über die geleistete Arbeit, der die Aussicht für die Zukunft zu eröffnen wusste. Diesmal entdeckte Knudsen zusätzlich eine neue Seite des Textes Bausch, die man wahrscheinlich zu esoterischen Phänomenen zählen sollte. Sie bestand darin, dass man sich nach ihrer Lektüre viel besser zu fühlen begann als zuvor. Etwas Gleiches konnte ihm vielleicht der alte Jorge Elago machen. Der Unterschied zwischen dem Alten und dem Jungen war, dass der erste gezielt um eine heilende Wirkung kümmerte, während der zweite keine Wirkung überhaupt im Kopf hielt. Oder doch – nach allen Ereignissen des Tages konnte Professor für nichts haften. Alles war möglich. Berufsmäßig sollte der Text der Bens Mitteilung einwandfrei sein. Jeder Satz konnte die härteste Kritik überstehen, als ob man sich selbst alle schweren Fragen im Voraus gestellt hatte. Eine anspruchsvolle Einstellung zu eigener Leistung war ganz typisch für Bausch, der auch in diesem Brief eine Analyse seiner neuen Idee gegenüber unternahm. Offen gesagt bürdete er auf sich eine schwere Last auf, die weit nicht allen den Kräften entsprechend sein konnte. Er versuchte, eine theoretische Begründung der Möglichkeit zu schaffen, wie die Lebewesen, die man schon längst für die ausgestorbenen hielt, bis heute zu überleben fähig waren. Sein Beweismaterial stützte sich auf die grundlegenden biologischen Kenntnisse und Prinzipien. Darauf bildete er aufgrund seiner Überlegungen ein Modell, das eine Reihe von Versuchsuntersuchungen zu unternehmen vermochte. Gewohnheitsmäßig suchte Knudsen jetzt nach den schwächen Stellen der Arbeit. Er las den Brief schon dreimal nacheinander und musste schließlich eingestehen, dass diese Suche nicht von Erfolg gekrönt worden war. Diese anscheinend ungünstige Schlussfolgerung brachte ihm aber eine deutliche Freude, gleichsam er selbst der Verfasser des Textes wäre.

„Es gibt unbedingt keinen Anlass dazu, unzufrieden zu sein", sagte er sich, „Ben ist mein bester Doktorand, der im wahren Sinne des Wortes der Vertreter meiner wissenschaftlichen Schüle sein sollte. Deswegen muss ich stolz auf ihn gewesen sein. Außerdem war die Lektüre seiner Arbeit ein echtes Vergnügen für mich, das in meinem Verstand sowohl die Hoffnungsfunken als auch die vielversprechenden Gedanken zu erregen fähig waren. Wenn irgendwelche von ihnen glücklicherweise realisiert werden könte und ich den entsprechenden Artikeln zu verfassen bereit wird, musste ich Herr Bausch als einem Mitautor eintragen". Der Gelehrte notierte sofort diese Pflichtbedingung in seinem Notizbuch. Wegen eines nervösen inneren Zustands konnte Knudsen nicht ganz seinem Gedächtnisvermögen anvertrauen. Deswegen wäre es wünschenswert, die genannten Gedanken sofort zu verarbeiten. Schon in wenigen Minuten funktionierte sein Notebook vollständig, indem es ihm alle benötigten Daten durch das Internet sowie mehrere neue Programme zur Verfügung stellte. Es gab im Allgemeinen seine üblich schematische Tätigkeit, die er in der Abwesenheit der amtlichen Pflichten jeden Tag ausübte. Zugleich regte ihn der Inhalt des Briefes zu Aktivität so enorm an, dass er den vorhandenen Schwung erfolgreich zur Ausführung seiner Absicht anwendete. Dieses Schaffensglück konnte der

Professor vielleicht mit keiner sonstigen Vergnügung der Welt vergleichen. Es gab eine eigenartige Zusammenstellung der Qual und Freude, wenn man den geistigen Schmerz für die göttliche Gabe zu empfinden wusste. Einerseits saß er vor seinem Computer im Hotelzimmer, andererseits schwebte er in den Wolken und wollte auf keinen Fall daraus in die Realität zurückkehren. Es war etwas Märchenhaftes, was nur ihm allein und plötzlich eröffnet worden war. Er durfte diese zauberhafte Empfindung wahrscheinlich mit Gina teilen. Na, sicher, sie war in der Tat die einzige ihm verwandte Seele, die infolge ihres Berufs oder, noch genauer, dank ihrer erblichen Veranlagung irgendwas Gleiches mitzuerleben verhelfen. Für die Mehrheit der Welteinwohnern war es ein Buch mit sieben Siegeln gewesen. In diesen glücklichen Augenblicken konnte der Forscher gerne an die biblische Auserwählt Schaft eines Volkes glauben, die für die nicht eingeweihten bis jetzt unbegreifbar geblieben wurde. Nein, es bedeutete auf keinen Fall, dass ein würdiger Naturwissenschaftler nach dem Wink einer Zauberflöte in einen Gläubigen umgestaltet werden konnte. Seine atheistische Weltanschauung blieb zuverlässig unantastbar. Doch nichtsdestotrotz gehörten solche zauberhaften schöpferischen Minuten zu einem „irdischen Jenseits", das auch er respektieren sollte. Seine Kollegen konnten mit ihm necken, es spielte nun keine Rolle oder, anders ausgedrückt, sie waren einfach nicht in der Lage, etwas Ähnliches wie er selbst zu erleben. Es war bestimmt nicht ausgeschlossen, dass sie selbst mit solchen Fakten gegenübergestellt worden waren, fanden sie aber nicht aufmerksamkeitswert zu sein. Und diesen bekannten Professoren gelang es vielleicht nicht, einen solchen Schüler wie Ben Bausch zu kriegen. Sonst wären sie kaum so entschieden, die übersinnlichen Erscheinungen von Anfang an abzulehnen. Knudsens Schicksal war viel wohlgeneigter zu ihm geworden, indem er im Laufe der kurzen Zeit sowohl weltberühmte Personen (es wäre ausreichend allein das russische Staatsoberhaupt zu nennen), als auch einen richtigen Weissager kennen zu lernen erfolgte. Auf solchem glänzenden Hintergrund konnten sogar sonstige Weltstars wie Hollywood Helden, große Baumeister, Ärzte, Künstler und Entdecker verblassen. Allerdings gehörte das Schicksal zum etwas nicht Stofflichen. In der Tat konnte keine diesen unsichtbaren Gegenstand wie ein real existierendes Wesen beschreiben. Das heißt, es fand unbedingt statt und durfte zugleich an das Vorhandensein zweifeln. Übrigens, was das Schicksal anging, vermochte man seit eh und je vermuten, dass hinter diesem Begriff der Herrgott selbst versteckt worden war. Solche ziemlich verständliche Einstellung rüstete die menschliche Natur mit einer universalen Kraft, die im Prinzip alle Schwierigkeiten des Lebens zu überwinden verhalf. Dafür brauchte man nach den heiligen Schriften „nur", den gewissen Geboten gehorsam zu folgen. Für Millionen und Abermillionen Menschen weltweit war es ein Schlüssel zum glücklichen Leben sowie ein Mittel, das Schicksal zu zähmen. Die Tatsache, dass mehrere Leute sich in dieser Bemühung nicht besonders gut gelungen fühlten, erweckte das Wiederentstehen von göttlichen Abgesandten zum Leben. Wie es häufig in menschlicher Gesellschaft

242

passierte, gab es breite Reichweite zwischen die Fähigkeiten dieser Menschen, indem einige von ihnen tatsächlich für erstaunliche Handlungen bereit waren, während die anderen eher eine mittelmäßige Gewandtheit aufweisen konnten. In diesem Zusammenhang tauchte plötzlich vor den Augen des Professors die Gestalt Jorge Elagos wieder auf, der für den Forscher nun die Verkörperung der menschlichen Vollkommenheit bedeuten sollte. Jorges zauberhafte Begabung, mit deren Hilfe er in einer Seele wie in einem Buch zu lesen vermag. Der Biologe fragte ihn Höflichkeit halber nicht darüber nach, wie er das schaffte. Doch ein hiesiger, mit dem Mike über den Heilseher sprach, erzählte, dass der Alte anscheinend eine Matrix um den Organismus des Menschen sah, die über die Seele maßgeblich viel mehr sagen konnte, als die beste Tomografie der Welt über seinen Körper. Oder noch präziser darzustellen, empfand er diese rätselhaften Eigenschaften nicht durch Augen, sondern mittels einer empfindlichen Ahnung, die für die absolute Mehrheit der Menschen unzulässig sein sollte. Dieser Landsmann war auch der Überzeugung, dass Jorge alle Krankheiten zu heilen vermochte, machte es doch die letzte Zeit sehr selten, gleichsam er von irgendwem eine Erlaubnis bekommen sollte. Aber diese Aussage hörte eher wie ein dummes Zeug an. Wenn der Gelehrte diese Tage in seinem Hotelzimmer arbeitete, dachte er oft darüber nach, wie ihm jetzt Jorge fehlte. Falls er imstande wäre, mit Mr. Elago regelmäßig zu sprechen, sollte er probieren, nicht nur die komplizierten Geschicks Fragen, sondern vielleicht die schwierigen Sachen der Forschung aufzuklären. Leider war es unmöglich, vor allem deswegen, weil der Hellseher keine modernen technischen Geräte besaß. Komischerweise brauchte der Alte auch das Telefon nicht. Knudsen stellte sich gedanklich die ganze Problemliste dar, die er von dem Geweihten erfragen sollte. Nicht zuletzt stand in dieser Liste die hervorragende Arbeit von Bausch, dessen Denken erregenden Potential er bis jetzt nicht vollkommen zu bewerten vermochte. Im Grunde berührte Ben in seinem Brief eine fundamentale Frage der Evolutionsbiologie, wie die kleinsten förmlichen Änderungen, die auf einem zellulären Niveau entstanden, zur Entstehung neuer Arten führen sollten. Denn die geringen Abweichungen der äußeren Bedingungen verursachen zuerst die kleinen Störungen der Struktur von lebenden Zellen. Diese unsichtbaren Veränderungen können entweder verschwinden oder sich befestigen lassen. Alle solchen Prozessen erforscht ein Gebiet der Biologie, das die Morphologie genannt worden war. In seinen theoretischen Studien versuchte Professor seit langem, ein morphologisches Kriterium herauszusuchen, das eine Beziehung zwischen unbekannten Merkmalen und Entstehung von neuen Lebewesen Arten einzuschließen vermochte. Es handelte sich dabei um die Abschätzung der Rolle von kleinen Umgestaltungen für die Entstehung einer neuen Art. Seine Untersuchung bezog sich auf pflanzliche sowie tierische Organismen. Der Forscher betrachtete aufmerksam den Unterschied zwischen Äußeren Merkmalen pflanzlichen Einzelteilen und Körperteilen der Tiere und kam endgültig zum Schluss, dass es tatsächlich eine verlässliche Regelmäßigkeit der Formänderung gab, die für das Überleben der Art sorgen sollte. Offen gesagt war es eine neue Ansicht auch in der Evolutionslehre. Außerdem erforderte nicht selten eine kleine Verwandlung des Organs eine Reihe von anderen Veränderungen der ganzen Körpermorphologie. Im Prinzip konnte der Forscher sogar die ununterbrochene Reihenfolge der Umgestaltungen beobachten, die einem konkreten Organteil begannen. Darauf verbreiteten sie sich auf die nahe Umgebung des Organs, um später auf die anderen Organe zu übergehen. Eine auszeichnende Besonderheit der Naturwissenschaftler bestand darin, dass er (oder sie) ständig an den Ergebnissen der Forschung zweifelte. Professor Knudsen erwies sicher keine Ausnahme, denn der große Anteil seiner psychischen Energie wurde durch den Zweifel vergeuden worden.

Aus dem Text Bauschs konnte er nun erkennen, dass der Gedankengang des jungen Mannes einigermaßen seinen eigenen folgte. Diese Begleiterscheinung sprach nicht nur über ein außerordentliches Talent des Verfassers, sondern über die Korrektheit der Urteile, an den der Professor zweifeln konnte. „Der Kerl verdiente es hundertprozentig", dachte sich Knudsen nach allen diesen Erwägungen, „dass er als künftiger Mitautor meinen Artikeln genannt wird". Das neue Forschungsgebiet, das der Biologe nun wie eine selbstständige Richtung präsentieren konnte, steckte noch in den Kinderschuhen. Gewiss wurden alle morphologischen Umwandlungen sich in den erblichen Merkmalen festgesetzt, was auch das Erschaffen der genetischen Morphologie zum Leben erwecken sollte. Außerdem wäre eine moderne technische Anwendung vorstellbar, die mit IT-Methoden die präzisen 3-D Bilder der Entwicklung von genannten Organumgestaltungen beobachten lassen sollte. Damit wird allmählich den unerwünschten „menschlichen Faktor" aus den Resultaten der Untersuchung ausgeschlossen. Eine künstliche Intelligenz macht es sicher sachlicher und nicht von Gefühlen und Vorurteilen bestimmt. Darüber hinaus konnte man mit allen Novitäten des Computerzeitalters auf eine grundlegende Frage der Biologie eine richtige Antwort geben, ob das Erscheinungsbild eines Lebewesens durch die Erbanlagen oder Umwelteinflüsse geprägt wird, oder, noch genauer formuliert, welche von diesen Faktoren welchen Beitrag dazu zu liefern vermögen.

Die höchste Gefahr, die von dem Umgang des Menschen mit der Maschine entstand, war mit der Abhängigkeit des Ersten von dem Letzten verbunden. Denn die Überzeugung, dass das Künstliche alles besser und präziser macht, konnte hypnotisch wirken. Doch einigermaßen ähnelte die Hypnose an Drogen, die nicht ausschließlich eine angenehme Gemütslage hervorbringen, sondern zu tödlichen Vergiftungen und Überdosierungen führen könnten. Außerdem machten sie die Betroffenen abhängig. Warum ziehen sich Millionen Menschen weltweit zu diesen schrecklichen Substanzen hin, ungeachtet dessen, dass sie dabei ihr Leben riskieren? Es findet vielleicht deswegen statt, weil die Drogen anscheinend das Leben leichter zu machen ermöglichen. Etwas Ähnliches sollte auch bei der Verbindung von Menschen und Maschine passieren, weil die Künstlichen unser Leben erheblich simpler schaffen können. Die Übergabe der fremden Intelligenz der wichtigen kognitiven Funktionen wirkt nicht vollkommen nützlich, sondern sie raubt homo sapiens die Beschaffenheit, die aus ihm den größten Schöpfer der Welt machte. Dieser Gedankenschwall besuchte Professor Knudsen plötzlich und abgesehen von seinem Willen. Zugleich sollte er wahrscheinlich nicht zufällig sein. Denn dieses Drogenthema widerholte sich schon wieder, gleichsam es zu einer Zwangsvorstellung bringen sollte.

In diesem Moment erteilte ihm sein Gedächtnis (schon zweites Mal seit kurzer Zeit) eine Mahnung aus der Heiligen Schrift über die Städte, wohin ein unter Verdacht stehender Mensch fliehen konnte. Dort konnte er sich unbedingt in Sicherheit fühlen. Der Biologe wusste nicht, warum gerade diese Sache ihm nun in den Sinn kam, aber er sah momentan seinen Rettungsort in einem anderen Raum, der seine geistige Ruhe zu bewahren pflegte. Wie konnte man den geistigen Fluchtort begreifen, der faktisch keine Flucht im engeren Sinne war. Diesen Raum konnten man kaum geografisch bestimmen. Umgekehrt wurde er mit keinem irdischen Gebiet in Verbindung stehen, eher mit seiner Verhaltensweise. In der Tat passte ihm für das genannte Ziel eine beliebige Stelle, wo er ruhig seine Forschungsarbeit ausüben konnte. Mit anderen Worten war seine berufliche Tätigkeit ein echter Rettungsort, wo er das Missgeschick entgehen konnte. Wäre er wirklich imstande, die entsetzliche Zeitspanne der letzten Woche ohne diese eigentümliche Erlösung zu überwinden? Der Gelehrte zweifelte jetzt sehr daran.

Die Nachricht aus dem fernen Westen

Ehrlich gesagt zählte Knudsen seine Frau zu solchen raren Schutzengeln, auf die man lebenslang verlassen könnte. Mikes Gesicht begann jedes Mal auszustrahlen, wenn er auf dem Bildschirm seines Telefons die angenehme Nummer erkannte. „Die heilende Sitzung" fand von dem Moment statt, als er die Lieblingsstimme anzuhören vermag. So passierte es auch diesmal, indem Gina über ihren Alltag erzählte. Danach setzte sie gleichsam unter anderem den Inhalt eines Gesprächs in Kenntnis, das sie vor wenigen Tagen während der üblichen Dreharbeit haben konnte. Der Mann hieß Frank Cotler. Er war ein bekannter Drehbuchautor, der schon bei mehreren Hollywoods Filmen beteiligte. Gina unterhielt mit ihm zwei-drei Mal kurz über dessen Texte, es waren aber eher nebensächliches Gerede. Was Frank jetzt sagte, sollte das Gehör der Frau aufmerksam machen. so sagte er ungefähr das Folgende aus: „Finden Sie es in Ordnung, was wir die letzten Jahre im Hollywood zu beobachten wissen. Die beliebtesten Themen sind mit der Welt zerstörerischen Erscheinungen verbunden. Die schrecklichen Katastrophen wie Überschwemmungen, Erdbeben, Terrorattentate nehmen die Millionen Zuschauer mit einer seltsamen Mischung aus Angst, Gleichgültigkeit, Aggressivität und Protzerei auf. Sie tragen im Grunde Hoffnungslosigkeit und Verzweiflung zur Schau. Was sonst kann ein Einwohne bei den Bildern aus den Trümmern und Brandstätten empfinden? Meine eigene

Seele sehnt sich nach bescheidenen menschlichen Gefühle von einzelnen konkreten Personen, die sich zu freuen, begeistern, lieben oder empören vermögen. Genau das möchte ich gerne schreiben, doch die Mehrheit der renommierten Regisseure sagt mir: „Wer interessiert sich nun für solchen Unsinn". Und ich denke mich, wenn man solche menschlichen Sachen für einen Unsinn hält, muss ich tatsächlich, weiter an solchen nächtlichen Hexentreffen teilhaben oder muss ich Schluss damit machen?"

„Diese Worte Mr. Cotlers trafen mich empfindlich", setzte Gina ihre Rede fort, „so, dass ich ihm etwas entgegenzusetzen bereit war. Aus einem unklaren Grunde erinnerte ich mich plötzlich an das Schicksal des armen Yam Salonga. Warum eigentlich, sagte mir in diesem Augenblick meine innere Stimme, wählen unsere Drehbuchautoren planmäßig diese ekelhaften und Abscheu erregenden Sujets, die, abgesehen vom ihren ganz fantastisch fernen von der Realität Wesen, nichts zu haben vermögen? Stelle ihm sofort das vor, was du über Yam vorschlagen wollte. Ich sollte mir dabei natürlich Rechenschaft darüber ablegen, dass meine innere Stimme etwas nicht Materielles erweisen sollte. Trotzdem war der Schwung in meiner Brust vielleicht so stark geworden, dass ich mit diesem Gedanken die Aufmerksamkeit des Schriftstellers zu gewinnen riskierte. Ich weiß nicht genau, ob meine innere Überzeugung oder irgendwelche Vorsehung eine entscheidende Rolle spielen konnte, aber meine Darstellung war in der Lage, das Interesse Franks zu erregen. Er sagte seine Meinung über meinen Vorschlag eher nachdenklich als entschieden aus, doch ich verspürte in seiner Unentschlossenheit etwas Günstiges für mich. Allerdings war Mr. Cotler in diesen Minuten kaum gelaunt, weiter zu sprechen. Trotzdem rief er mich zwei Tagen später an, um mitzuteilen, dass er schon alles überlegt habe. „Das Risiko ist groß", sagte er mir telefonisch, „aber ich bin bereit, es zu übernehmen. Deswegen werde ich Ihnen dankbar, wenn Sie mir eine kurze Beschreibung Ihrer Story fertig zu machen versuchen".

„Seine ermutigenden Worte wirkten auf mich fast magisch", sagte Gina weiter, „so dass ich schon am nächsten Abend zu schreiben begann. Du, Liebling, verstehst ja wohl meinen Zustand. Jetzt hätte ich gerne, deine Ansicht darüber zu erfragen oder, noch genauer ausgedrückt, um dein Segnen zu bitten". Alles, was der Professor gerade anzuhören wusste, tauchte ihm unverhofft wie ein Blitz aus heiterem Himmel auf. Er beschäftigte sich mittlerweile damit, die philippinische Behörde zu überreden, die gerichtliche Untersuchung des Falls Mr. Salonga zu eröffnen. Die Frage Ginas betraf ganz andere Sache, die eher irgendwelches Verhältnis zur Ehre dem Andenken Yams haben könnte. Es gab vielleicht eine verborgene Verbindung zwischen beiden Angelegenheiten, obwohl Mike momentan nicht zu begreifen vermochte, welche genau. Noch wichtiger für ihn war, seine unvergleichbare Frau bei allen deren Unterfangen zu unterstützen. Deswegen sagte er, im Unterschied zu genannten Frank Cotler, sofort klar und entschlossen, dass er von Anfang an auf ihrer Seite steht, und sich auch gedanklich und moralisch neben ihr empfindet. Es war genau das, was sie von ihm augenblicklich zu hören hoffte. Mit dieser gutmütigen Laune verabschiedeten sie sich voneinander.

Die Freude von der telefonischen Verbindung mit Gina erzeugte bei dem Gelehrten ein kräftiges Hochgefühl, dass ihm sofort alle anderen Emotionen zu rauben schien. Es dauerte einige Stunden bis seinen Verstand dessen normales Niveau zu erreichen fähig war. Dieses Wiederherstellen wurde allerdings von unangenehmen Ahnungen begleitet. Nun war ihm klargeworden, dass die beiden Eheleute vollkommen die Wachsamkeit verloren haben, damit sie eine Reihe von Fehlern zugeben ließen. Jetzt analysierte der Forscher ausführlich jede von ihnen und wurde immer ärgerlich geworden. Wenn man anzunehmen bereit war, dass jemand ihr Gespräch zu belauschen wusste (was sehr wahrscheinlich der Fall war), konnten sie mit den verheerenden Folgen rechnen. Denn der Name Yam Salonga klang dabei mehrfach unter allen unerwünschten Gesichtspunkten. Auch die Absicht, über ihn einen Hollywood Film zu drehen, erregte bei dem Biologen einen schrecklichen Schauder. Für die philippinischen Beamten, die in die Causa Yams verwickelt waren, ähnelte diese dumme Auskunft an rotem Lappen für einen Stier. Die Hauptsache war, dass die Menschen, die man in der Unwissenheit halten sollte, eine detaillierte Kenntnis darüber zu bekommen vermochten. Es war unbedingt ein unverzeihlicher Zwischenfall. Nun öffnete sich dem Hotelgast das Bild mit den einschüchternden Rachehandlungen, die man in wenigen Tagen zu erwarten fähig war.

Nach der bedeutungs- und liebevollen Unterhaltung mit ihrem Ehemann zu später Stunde empfand Gina eine so angeregte Gemütslage, dass sie gleich nachdem etwas zu schaffen probierte. Sie wusste bestimmt nicht darüber Bescheid, welche innerliche Unruhe Mike in diesen Minuten erleben sollte. Der Gedanke davon, ob ihr netter Umgang ihren einsichtigen Schatz zum Besonnenheitsverlust zu bringen vermochte, konnte sicher ihre Laune enorm unterdrücken lassen. Doch sie konnte solche Gelegenheit nicht ahnen. Auch die Möglichkeit allein, dass jemand in ihren Philippinen ein Telefongespräch zu belauschen vermag, sollte ihr alle Kraft rauben. Glücklicherweise blieben die schwere Denken Mikes außerhalb ihrer Wahrnehmung. Warum konnte es passieren? Sie war eine außerordentlich leicht für Eindrücke empfängliche Frau, die fast alles, was mit ihrem Mann vonstattenging angemessen zu verspüren bereit war. Die einfachste Erklärung solcher Ungereimtheit wäre wahrscheinlich mit ihrer momentanen Stimmung verbunden. In der Tat war sie diesen Abend von der Idee aufgeregt, den kurzen Inhalt des Drehbuches über ihren verstorbenen Verwandten zu schreiben. Sie war wie eine fixe Idee, die über alle anderen Gedanken beherrschen sollte. Auf diesen Grund saß sie gerade nach dem Telefonat mit Mike am Schreibtisch und versuchte, die Erscheinungsgestalt Yams in eine schriftliche Form einzuhüllen. Schon nach einer Halbestunde wurde ihr klargeworden, dass es für sie eine nichterfüllbare Aufgabe war. Denn die Gestalt ihres Onkels war zu ungehorsam, um sich in eine erstarren gezwungene

Form umgestalten lassen. Zum Erstaunen der Kino Diva blieb diese Gestalt nicht weniger lebendig als zuvor, wenn dessen Körper noch lebte. Diese Tatsache verblüffte die junge Dame so gewaltsam, dass sie selbst in eine Erstarrung versetzt worden war. Als sie das Bewusstsein wiedererlangte, sah sie plötzlich den Onkel neben ihr sitzend, der auf sie mit dem Ausdruck leichter Ironie anschaute. Der Mann sagte nichts, doch was sie von ihm zu verstehen befähigte, war viel mehr als verschwommene Worte. Nein, Yam verzichtete vollkommen aufs zweite Signalsystem und trug seine Darstellungen unmittelbar in den Verstand seiner Nichte über. Diese Begebenheit schien der Star fabelhaft und unglaublich zugleich. Es war vielleicht das Verbindungsmittel der Zukunft, mit dem die Vollkommenheit erreichte Menschen miteinander oder mit der künstlichen Intelligenz zu verkehren vermögen. Wie konnte es zustande kommen? Jetzt brauchte die Hollywoodberühmtheit nur, die Augen ihres Visavis aufmerksam zu betrachten. Und es war ausreichend, um zu erkennen, dass er ihr bei der Erfüllung der Aufgabe zu helfen beabsichtigte. Nun überfüllten die in Menge heran wogenden Gefühle ihren Kopf so, dass sie in ihnen wie in einem Bad zu schwimmen vermag. Wenn es kein Märchen wäre, würde es vielleicht ganz realistisch zu sein, die neuen Drehbücher der kosmischen Qualität aus dem Umgang mit den verschiedenen Berühmtheiten der jungen und alten Vergangenheit zu schaffen. Allerdings beschäftigte augenblicklich diese künftige Aussicht kaum ihren heutigen Verstand. Umgekehrt war der Letzte völlig in den Gedanken versinkt, das Anliegen von Frank Cotler zu erfüllen. Ja, genau das war ihr dringender Wunsch, denn sie empfand sich wie eine Schuldnerin, von der das höchste Gericht etwas Unmögliches forderte. Nein, so schlimm war es sicher nicht, weil der selige Yam Salonga unmittelbar auf ihrer Seite stand. Darüber hinaus gab er ihr zu erkennen, dass er sie nie im Stich zu lassen verspricht. Und nun wusste sie Bescheid, dass dessen Versprechen zuverlässig sein sollte. So riss sie den früh geschriebenen Papierblatt in Stücke, und bemühte sich erneut mit einem unbeschriebenen Blatt. Die Auskünfte, die der Verstorbene ihr jetzt übergab, zeichnete sich dadurch aus, dass man sie kaum druckfertig machen sollte. Sie waren richtig angepasst, damit man in ihnen keine Doppeldeutigkeit zu verspüren vermochte. Gina sollte sich bemerken, dass bei den lebenden Autoren diese Ungenauigkeit nicht selten der Fall war. In der Wirklichkeit entstanden bei den Dreharbeiten nicht selten Wortgefechte, weil die Teilnehmer einen und den gleichen Satz ganz unterschiedlich zu begreifen verstanden. Man brauchte viel Zeit vergeuden, um eine Übereinstimmung zu erreichen. Bei Ginas Visavis war es nicht der Fall: Alles klang einfach und korrekt. Dabei stützte sich der Selige auf dessen Gefühle, die er deutlich zum Ausdruck brachte. Und was noch ungewöhnlich der Darstellerin schien, betraf die Einfachheit, mit der die Gefühle in Handlungen umgestalten werden konnten. So empfand man z.B. Freude von einer Bekanntschaft und dachte nicht lange darüber nach, wie er diesen Umstand sich zugunsten auszunutzen fähig wäre. Stattdessen verkündete man seinem neuen Bekannten diese Freude und stellte aufrichtig eine, beidseitig

Erfolg bringende, Zusammenleistung dar. Oder fand etwas Ähnliches bei dem Gewissenbissen statt, indem man sich nicht Monate und Jahre quälen sollte, sondern machte gleich eine Spende für die meist wohltätigen Zwecke und zeigte damit seine offenherzige Reue. Die Diva ließ sich so selbstlos fortreißen, dass sie kaum zu merken fähig war, dass es schon den dritten Blatt zu Ende kam. Dagegen war ihr Arbeitsgeist noch gar nicht zu Ende gekommen. Mittlerweile verschwand die Gestalt Yams so unerwartet wie er sich auftauchen wollte. Dieses Ereignis nahm die Schauspielerin mit einer Enttäuschung auf, gleichsam sie von einem Vertrauten verlassen worden war. Sie konnte bestimmt kapieren, dass die Personen aus dem Jenseits nicht unzählige Stunden bei den Weltbewohnern verbringen durften. Sie konnte aber nicht damit rechnen, dass deren Verbleib im Diesseits so stark beschränkt wird. Ihre Erörterungsgang wurde aber plötzlich von einem Gedankenblitz unterbrochen, indem ihr der Selige mitzuteilen probierte, dass seine Besuche vorübergehend werden sollten. Diese kurze Botschaft kümmerte darum, dass ihr Herz erheblich regelmäßiger zu schlagen begann und ihr Verstand die Bereitschaft aufzuweisen suchte, um weiter zu arbeiten. Sie las aufmerksam das Geschriebene und konnte, die ersten Schlussfolgerungen ziehen. Der gesamte Umfang reichte wahrscheinlich völlig aus: Frank verlangte von ihr auf keinen Fall eine detaillierte Schilderung jeder einzelnen Aufnahme, die bei den folgenden Dreharbeiten unentbehrlich sein sollten. Um Gottes Willen wollte er nicht, dass jemand auf sein „tägliches Brot" gierig zu blicken versuchte. Er fühlte sich selbstständig genug, um seine Berufssache mit anderen zu teilen. Zugleich war ihm die Persönlichkeit der handelnden Gestalt sowie deren Charakterzüge und Eigenschaften nicht bekannt. Alle diesen Kenntnissen konnte er nun von Gina bekommen. Mehr nichts. Ihrerseits empfand sich der Kinostar verpflichtet, so viel wie möglich über seinen nahen Verwandten aufzudecken, damit die Zuschauer eine gute Chance bekommen könnte, seine Gestalt sogar in einem Haufen zu erkennen. Ihr war es jetzt deswegen lebenswichtig, weil der Mann nichts mehr für die Selbstverteidigung zu unternehmen vermochte. Andererseits wäre die Diva nicht besonders froh, wenn der Drehbuchautor von ihren ständig neuen Kleinigkeiten über den Protagonisten forderte.

Im Großen und Ganzen war Gina mit dem Text, den ihr mithilfe von Yams Gestalt zusammenzustellen gelang, zufrieden. Doch die Hollywoodschönheit war eine sehr selbstanspruchsvolle Persönlichkeit, um auf ihr eigenes Erzeugnis durch rosarote Brille zu sehen. Im Gegenteil sollte sie dort etwas in die Augen Springende heraussuchen, was dem ganzen Wesen des Textes nicht passte. Die Verfasserin konnte sicher nicht ausschließen, dass die Ansicht, die man aus dem Jenseits hinwerfen konnte, viel sachlicher und angemessener sein konnte. Es war nun ein Vorrecht Yams, solcher welträumlichen Folgerichtigkeit treu zu werden. Uns, noch lebenden, war solche Einstellung eher übermäßig. Wir existierten weiter im Raum der einfachen menschlichen Regeln und Traditionen. Aus solcher Sicht hinaus sah das Geschriebene ein Bisschen schematisch aus. Tatsächlich erwies sich der Protagonist wie ein gewisser Vertreter der vom Dinglichen gelöste Gesellschaft, ohne irgendwelche eigentümliche Originalität, Tugend und Sünde. Das sollte sie beharrlich korrigieren lassen, obwohl es ein hartes Stück Arbeit versprechen konnte. Aber wer A sagt muss auch B sagen. In diesem Moment guckte Gina flüchtig auf die Uhr, es war schon vier Uhr nachts. Später durfte sie nicht zum Bett gehen, sonst riskierte sie, morgen früh nicht frisch genug bei den Dreharbeiten zu sein. Diese Begleiterscheinung bedeutete, dass sie ihr schriftstellerisches Schaffen auf den nächsten Abend verschieben sollte.

Es war bestimmt eine weise Entscheidung, denn der nachkommende Tag war nicht nur vom schwierigen Filmausschnitten voll, sondern mehrfach zur Streitigkeit führen sollte, was auch von Gina eine enorme Selbstbeherrschung forderte. Sie gehörte aber zu solcher Gattung der Künstler, die die Geschicktheit der schnellen Umgestaltung anzueignen vermochten. Deswegen schien es kein Wunder zu sein, wenn sie nach einer heftigen Diskussion über eine Episode als wäre nichts geschehen in die Gestalt ihrer Heldin überging. Davon wurden sogar die bewanderten Regisseure erstaunt gewesen. Diese anscheinend simple Leistung war auch mit den Monaten und Jahren harter Selbsterziehung verbunden. Diese spezifische Verpflichtung, sich einer geistigen Verbesserung vorzunehmen, war ihrer täglichen körperlichen Übungen sehr ähnlich, weil die beiden viel Mühe und Zeit verlangten. Als eine unvergleichbare Belohnung sah sie eine innere Freiheit, die sie auf der Drehbühne empfinden könnte. Das heißt, sie befand sich vollständig in der Rolle und dachte ausschließlich aus dem Gesichtspunkt ihrer Protagonistin. Nichtsdestoweniger ertappte sie sich an diesem Tag zweimal beim Gedanken, dass sie sich verstohlen nach ihrem Drehbuch sehnte. Es war sicher ein Vergehen, gegen das sie jedoch nichts zu unternehmen wusste. Zugleich ging dieser ereignisreiche Tag allmählich zu Ende, was der Schauspielerin eine ersehnte Aussicht eröffnete, sich wieder dem Drehbuch zu widmen. Diesmal sollte sie unbedingt nicht bis in den späten Abend aufschieben, vor allem deshalb, weil die Gedanken sich in ihrem Kopf häuften und ungeduldig forderten, die besten auszuwählen. So aß sie hastig zu Abend, um danach mit einem neuen Schwung an die Arbeit zu gehen. „Ich muss", sagte sich Gina entschlossen, „auf alle Schablone verzichten, die seinem urwüchsigen Charakter etwas Mittelmäßiges verleihen könnten. Es gab vermutlich nichts Engelhaftes in dessen Natur, allerdings durfte man nicht seine typisch menschlichen Eigenschaften wegnehmen. So konnte er ganz schroff und aufbrausend sein. Diese Erregung verließ ihn gewöhnlich nach kurzer Zeit, so dass er sich selbst solche unangenehmen Momente nicht verzeihen ließ. Sonst war er ein ziemlich nachgiebiger Kerl, der viel Geld und Energie mitzubringen bereit war, um seinen Kollegen und Verbündeten nutzbar zu sein. Die Mehrheit seiner Business Partner waren männlich, das heißt sie gehörte zu Personen, für die Leckerbissen und teure Getränke einen wichtigen Bestandteil des Lebens erweisen sollten. Er kapierte diese Tatsache wohl und versuchte, sie durch die feine Kochkunst und erhabene Spirituosen zur Genugtuung zu bringen. Wahrscheinlich war er ähnlich verschwenderisch auch gegenüber der weiblichen Hälfte der Gesellschaft, aber diese Seite seines Lebens blieb mir unbekannt. Mir schien er immer für eine Selbstopferung bereit. Jedenfalls war ich einige Male eine zufällige Zeugin seiner Selbstlosigkeit gewesen. Yam war sicher ehrgeizig und zielstrebig, damit seine Nebenbuhler ihn um das Gelungen beneiden konnten. Diese Beschaffenheit war bei ihm aber vernünftigerweise beschränkt. Mit anderen Worten war er davon nicht abhängig wie es bei vielen seinen Kollegen der Fall war. Er war nie ein Bankrott geworden. Doch wenn es so wäre (so dachte sich seine Nichte) würde er bestimmt nicht in die tiefe Verzweiflung geraten. Eher sollte er alles von Anfang an beginnen und vielleicht noch mit größerem Erfolg gekrönt worden. Natürlich durfte man über solche komplizierten Angelegenheiten nicht in Konjunktiv sprächen, aber sein Wesen ließ solche Vermutungen machen. Man durfte auch nicht die Gelegenheit versäumen, über die politische Tätigkeit Salongas zu reden. Denn auch seine Businesskarriere war stark von der politischen Seite beeinflusst worden. Außerdem rückten die letzte Zeit beide diesen Fachgebieten näher aneinander heran. Es ist nun keine Seltenheit mehr, wenn ein Politiker in großen wirtschaftlichen Beziehungen verwickelt wird oder wenn die riesigen Kartelle erheblich die Politik der Regierung sich zugunsten zu ändern versuchen. Die Kino Diva konnte sich nicht darüber vergewissern, ob das Niveau ihres Onkels ausreichend war, um die höchste Politik zu beeinflussen, doch im Prinzip war es ganz wahrscheinlich gewesen. Auf jeden Fall beschränkte sich Yam kaum im Rahmen der nationalen Volkswirtschaft, sondern handelte meistens gemeinsam mit internationalen Fonds und Konzernen. Darüber erzählte er ihr selbst. Welche Charakterzüge verlangte solche globale Arbeit von ihm? Die harte Konkurrenz auf dem Weltmarkt zwang gewaltig alle Teilnehmer, immer geschicktere und raffiniertere Kunstgriffe zu erfinden, um die Nebenbuhler zu überholen. Es gab unbedingt keinen Platz für einen anständigen und kristallklaren Gentleman, dem dessen aristokratische Erziehung verbot, etwas Verwerfliches auszuüben. Sollte es bedeuten, dass alle Beteiligten in gewissen Sinne Konformisten sein sollten? Eher nein. Denn im Grunde genommen unterscheiden sich die moderne Wirtschaft und Politik auch von der Situation in der Kinowelt nicht besonders. Gina selbst lebte schon viele Jahre in dieser Welt und sollte eingestehen, dass auch dort alle komplizierten Erscheinungen der Business- und Politikwelt bemerkbar waren. So dachte sie häufig darüber nach, ob sie überhaupt etwas spielen mussten oder es hinlänglich wäre, sich selbst darzustellen. Neben ihr waren praktisch alle menschlichen Typen vertreten, die die Vielfalt der Bevölkerung widerzuspiegeln fähig waren. Viele von ihnen waren selbstsüchtig und ehrgeizig, versuchten aber, solche Untugend mit aller Kraft zu verbergen. Jetzt stellte sie sich einige von ihnen vor, die bei den Dreharbeiten des Yams Film zu beteiligen vermochten. Ihr Einbildungsvermögen ließ ihr sogar den Hauptdarsteller anscheinend in Wirklichkeit zu sehen. Dieser schon nicht junger Mann benahm sich erstaunlicherweise dem lebendigen Yam ähnlich: Dessen Gangart, Geste, Mimik, Art und Weise zu

251

sprechen verrieten den Protagonisten. Doch diese Fantasie gehörte ihr allein. Jeder Produzent oder Regisseur konnten ihre eigene Gestalt vor den Augen haben, die vom Bild Ginas stark unterscheiden konnte. Zu Vorzügen der Filmindustrie zählte die Schauspielerin nicht zuletzt die Freiheitsstufe nicht allein der Leitung, sondern aller anderen Teilnehmer, die einen unvergesslichen Liebreiz der Gestalt verleihen könnten. Außerdem war sie davon überzeugt, dass man sich auf keinen Fall nach der vollständigen Gleichheit mit dem Prototyp streben sollte. Eine künstlerische Darstellung sollte unbedingt den deutlichen Vorrang erhalten. Mit allen solchen vorläufigen Überlegungen schrieb nun die Schöne fast pausenlos ihre Fassung der Handlung, indem die Gestalt des reellen Menschen mit mehreren künstlerischen Handgriffen beseelt werden sollte. Der Inhalt des kürzen Drehbuches war schließlich zu detailliert geschafft, was Frank Cotler wahrscheinlich nicht gefallen sollte. Andererseits wusste Gina Bescheid darüber, dass jeder Schriftsteller einen Überfluss der Auskünfte deren Mangel vorziehen sollte. Als sie nun auf die Uhr anschaute, war es schon halb Vier morgens. Diese Kenntnisse musste ihr wie einem Befehl dienen, sofort schlaffen zu gehen, denn ihr stand einen noch schwierigen Arbeitstag bevor.

An diesem Abend fühlte sich Professor Knudsen besonders aufgeregt. Er konnte noch nicht die düstere Denkart aus seinem Kopf vertreiben lassen. Das Gespräch mit seiner Frau stand deutlich vor seinen Augen, gleichsam es in einen materiellen Gegenstand umgewandelt worden war. Darüber hinaus benahm es sich wie einem ständigen Vorwurf seiner Voraussichtslosigkeit. Warum er, ein weiser Naturforscher, der den klugen Menschen als ein Vorbild des klaren Denkens dienen konnte, bei dieser Unterhaltung mit der Lieblingsfrau alle Normen der simplen Vorsicht vergessen habe? Es war nicht nur kindisch irrtümlich gewesen, sondern richtig gefährlich für die beiden (für ihn unbedingt) sein könnten. Er sollte nun auch die Verzögerung der amtlichen Reaktion auf seine Antragstellung der Todesursache Salongas gegenüber mit diesem unglücklichen Gespräch verbinden. Jetzt zweifelte er nicht mehr daran, dass sein Telefon vollständig belauscht worden war. Als eine indirekte Bestätigung solcher Mutmaßung kapierte er nun das Schweigen von Ted Tinio, der unbedingt über die Beweisstücke solchen Belauschens verfügte. Diese unangenehme Denkweise raubte ihm auch den Wunsch, sich wieder in seine aktuelle Forschung zu vertiefen. Was sollte es bedeuten, wurde er zu einem gemeinen Sklaven der Umstände geworden? Diese Beschuldigung klang besonders beleidigend, weil er gewöhnlich stolz auf seine Willenskraft und Unabhängigkeit gewesen sei. Aber nicht nur das, auch seine Verbindung mit Gina schien stark gestört zu sein. Denn er brauchte ständig ihre geistige und seelische Unterstützung, die unter neuen Bedingungen der Geheimhaltung richtig erschwert werden sollten. Eine vollkommene Offenbarung, die vor wenigen Tagen zwischen beiden beherrschte, wurde heute kaum vorstellbar. Jetzt bekam er eine zusätzliche Aufgabe, die darin bestand, dass er seiner Liebe mit einer feinen Anspielung zum Ausdruck bringen musste, dass alle gesprochenen Worte belauscht werden könnten. Selbstverständlich erregt jede unvorsichtige Aussage momentan den Argwohn des zuständigen Beamten, der sofort einen Alarm schlagen sollte. Diese ungünstige Sache stimmte mit seinen Interessen gar nicht überein. Denn diese sinnlose Kleinigkeit konnte sogar das Gerichtsverfahren des Falls Yam fragwürdig machen. Diese polizeilichen „Spürhunde" (der Forscher konnte kein milderes Wort für sie herausfinden) suchten beharrlich nach jenem Anlass, um die Ermittlung des Mordfalls Mr. Salonga nicht in Gang zu setzen. Und ihre Verdachtsmomente passten gut zu ihrem Ziel. Aber noch mehr konnte ihn Ted mit dessen seltsamen Verzögerung belästigen. Zuvor hielt Professor diesen Politiker für einen verbindlichen und ehrlichen Menschen und er änderte nicht seine Meinung. Es bedeutete, dass Ted sich in solchen schlimmen Bedingungen befand, die ihm neben dem Schweigen nichts übriglässt. Und die Untätigkeit, die der Gelehrte augenblicklich selbst erlebte, quälte ihn noch stärker. „Du sollst irgendwas machen", befahl er sich streng, „sonst kannst du den Verstand verlieren". Diese drohende Warnung wirkte in der Tat ganz effizient, so dass der Forscher imstande war zu begreifen, was er nun schaffen sollte. Im Hinblick auf seine berufliche Pflicht zeigte diese zwingende Selbstkontrolle die Notwendigkeit, möglichst schnell an seiner täglichen Tätigkeit zu ergreifen. Wahrscheinlich war es ein leichtestes Mittel, aus seiner Niedergeschlagenheit herauszukommen. Zehn Minuten darauf leistete sein Computer auf dem höchsten Grad, indem der Professor in einer Stunde alle Nachrichten über seinen Arbeitsbereich wusste. Seine Mitarbeiter wirkten die letzten Tage so aktiv, dass der Chef sie darum sogar beneiden konnte. Besonders auffällig schien ihm jetzt die Ergebnisse mit den experimentellen Phytokammern gewesen, die die komplizierten Bedingungen des am Ufer gelegenen Meeresgebiets des westlichen Australiens nachzubilden versuchten. Den jungen Leuten gelang es diesmal, mehrere klimatischen und Meeresbedingungen nachzuahmen, die fast allen Anforderungen des Projektes genügen sollten. Es war ein solch wesentlicher Schritt im Durchführen der folgenden Untersuchung, dass Knudsen abgesehen von allen Vorsichtsregel eine ausführliche E-Mail absendete, wo er neben der Gratulation die nächsten Aufgaben für diese eigenartige Richtung ganz ausführlich beschrieb. Diese angenehme Auskunft verbesserte seine Gemütslage so deutlich, gleichsam er ein heilsames Medikament eingenommen habe. Als das erste Anzeichen dieser heilenden Wirkung empfand der Biologe das Gefühl einer ungewöhnlichen Gehirnaktivität. Es war ein aufschlussreiches Kennzeichen seiner schöpferischen Gesundheit, damit er die feinen Prozesse in seinem Hirn zu verfolgen vermochte. Wenn man diese Empfindung bildhaft darzustellen versuchte, ähnelte sie an eine Mitwirkung von mehreren kleinen Tierchen, jedes von denen eine eigene Pflicht zu erfüllen probierte. So jagten sich die Gedanken gegenseitig, indem der Besitzer sie ausfischen musste bevor sie verlorengingen. Knudsen erkannte dadurch seinen besten Arbeitszustand, mit dem er wahrscheinlich die wertvollsten Werke seiner Karriere machte. Er nannte solche seltene Hirnaktivierung seiner eigenen Redensart: Begeisterung, die die großen Entdeckungen hervorrufen könne. Er ertappte sich beim Gedanken, dass man sich belehren musste, solche Gottesgnade sofort zu begreifen und auszunutzen. Ein Schöpfungsvermögen war sicher eine „himmlische Sache", an die auch ein überzeugender Atheist glauben sollte. Seltsamerweise vertrieb diese Denkart vollständig die Befürchtung der letzten Tage, als ob die Gefahr gar nicht stattfand. Und auf ihrer Stelle entstand einen Tätigkeithunger, den man nur mit der langen, die Kräfte erschöpfende Arbeit zu stillen vermochte. Zugleich konnte man in solcher fabelhaften Zeitspanne geistig die Verbindung zu einer „himmlischen Quelle" herstellen. Es war sicher ein rares Ereignis, aber wenn es den Betroffenen besuchte, war man in der Lage, auf Wolke sieben zu schweben. Anders ausgedrückt schaffte man etwas Außengewöhnliches, ohne sich Rechenschaft abzulegen, woher es vorkam. Etwas Gleiches passierte mit dem Naturforscher auch diesmal, indem er den Entwurf eines neuen Artikels geschrieben habe, der eine jahrzehntelang beständige Auffassung über die Mechanismen der Anpassungsfähigkeit der pflanzlichen und tierischen Organismen der scharfen Kritik unterziehen sollte. Die angestrengte Arbeit forderte mehr als zwei Stunden, doch er merkte es kaum. Umgekehrt war er der Überzeugung, dass sie nicht länger als eine Viertelstunde dauerte. Eher ein Hungergefühl sollte ihm als ein Uhrwerk diesen. Doch er war keineswegs der Ansicht, seine Mühe mit einer Esspause zu unterbrechen. Diese nebensächliche Begleiterscheinung fand er zu belanglos, damit man auf sie eine Aufmerksamkeit richten sollte. Stattdessen begann der Gelehrte, das Material des Textes voreingenommen zu überprüfen. Er geriet sich allmählich in Entsetzen, denn er erwartete eher selbst nicht, dass die Schlussfolgerungen, die man aus seinem Entwurf ziehen konnte, so scharf anzuhören scheinen. Nun stand er vor einer schweren Auswahl: Er sollte entweder seine unversöhnlichen Positionen entschärfen oder bereit sein, den allseitigen Angriff abzuwehren. Für seine Seele war die letzte Variante vorzüglich. Vor allem, weil sie das Wesen seiner Erneuerung zu verteidigen versuchte. „Du musst dich eingestehen", dachte er sich, „dass alle großen Errungenschaften der Wissenschaft mit dem heftigen Widerstand der zeitgenössischen Kollegen rechnen sollte. Natürlich war es weit nicht immer der Fall, dass eine Entdeckung die allgemeine Anerkennung zu genießen wusste. Viel häufiger feierte die Mehrheit der Gegner den Sieg. Doch seit den Zeiten Giordano Bruno vorzogen die hervorragendsten Forscher, ihr Leben zugunsten deren Entdeckung zu riskieren. Heute änderte sich die Situation drastisch, so dass keine verlangen konnte, den armen ersten Entdecker mit dem Tod zu bestrafen. Du verstehst selbst wohl, dass die Abwehr eines geistigen Angriffs nichts Gemeinsames mit dem Todeskampf haben sollte. Trotzdem muss jeder Gelehrte imstande sein, seine Position mit aller Kraft zu verteidigen". Solch Selbstgespräch sollte sicher das Bewusstsein des Biologen ein Bisschen verstärken lassen. Eine Gelassenheit, die üblich dem Menschen begleitete, der keinen Zweifel an seine Rechtlichkeit haben konnte, fehlte ihm noch. In solchen strittigen Fällen gewöhnte er sich schon längst an, sich an seine Liebe zu wenden. Jetzt war es anscheinend nicht mehr möglich, diese „Rettungsaktion" auszunutzen. Jetzt grübelte er ernst darüber, bis er einen Entschluss zu fassen fähig war. „Warum aber nicht", fragte er sich eine Stunde danach, „Gina ist letzten Endes meine Ehefrau. Außerdem könnte ihre Unterhaltung den Anlass geben, sie über die Vorsicht wegen des Belauschens zu warnen". Der Professor sah in dieser Entscheidung eine einsichtige wissenschaftliche Einstellung. Selbstverständlich sollte diese Warnung nicht Verdacht erregend anhören. Ein Gelehrte musste aber erfinderisch sein, um diese Kleinigkeiten in Betracht zu ziehen. So kam ihm in Sinn eine künstlerische Anspielung, die auf einer Radierung mit dem Titel „Die Braut von Korinth" von Max Liebermann basiert worden war. Das Sujet des Bildes zeigte die Mutter der Braut, die das Liebespaar belauscht. Nun sollte Mike nur die Aufmerksamkeit seiner Frau auf das Bild lenken, vorläufig betonend, dass es für sie beiden von großer Bedeutung wird. Übrigens kannte Gina dieses Kunststück aus dem Reproduktionsalbum des Künstlers, das sie in ihrer Bibliothek besaß. Nach dieser Erwägung wählte er Ginas Nummer und sagte ihr Bescheid. Ihre Stimme verriet ihm, dass sie besonders froh seinem Anruf gegenüber war.

„Ich wollte gerade dich anrufen", sagte sie mit einem Anflug des Vergnügens, „weil ich vor kurzem den Entwurf des Drehbuchs zum Ende brachte. Ich muss dir eingestehen, dass der Text ziemlich eigenartig sein sollte. Offen gesagt konnte ich selbst damit nicht rechnen. Unparteiisch gesehen ist mein Werk eher eine Mischung aus dem Business Abenteuer und der romantischen Fantasie".

Der Professor konnte gerne darauf eingehen, dass das Business, das Yam überwiegend zu treiben versuchte, von dem riskanten Abenteuer gefärbt worden war. Wenn man diesen Unternehmer wirklich sehr mochte, konnte man dem Kerl auch fantastisch-romantische Neigung zuschreiben. Der Gelehrte, der sich an strickte Begriffe gewöhnte, konnte solch Entzücken aber kaum entgegennehmen. Doch bezüglich seiner Liebe war Knudsen kein Gelehrte, sondern ein sinnlicher Ehemann. Auf diesen Grund reagierte er auf ihre Aussage etwas ausweichend:

„Du bist, meine Prinzessin, viel umsichtiger, wie ich, und kannst deswegen alle Seiten der komplizierten Hollywoodproduktion im Voraus ahnen. Außerdem sollte der Film unbedingt nicht, mit dem realen Leben ein und dasselbe sein. Je bildhafter die Gestalt gezeigt wird, desto größer wird der künstlerische Wert des Kinos. Es ist aber nur meine persönliche Meinung".

Die Kino Diva nahm aber die Worte ihres Mannes als eine Bestätigung ihrer Ansicht auf:

„Du, Liebling, äußerte genau das, was ich von dir zu hören hoffte. Ich zweifelte zuvor stark daran, ob meine Eigenartigkeit nicht überflüssig launenhaft aussehen könnte. Nun gibt es keinen Zweifel mehr. Vielen herzlichen Dank!"

Mike war schon bereit zu sagen „Alles meinerseits!" Er hielt sich aber inne, denn die Dankbarkeit seiner Frau ermöglichte sowieso, die vorbereitete

Frauge an sie zu richten. „Übrigen“, sagte er in einer betonend ruhigen Art und Weise, „ich habe inzwischen auch nicht faulenzte. Im Gegenteil probierte ich, eine Skizze des Artikels zu schreiben, die bei mir ein ähnliches Gefühl des Zweifels hervorrief. Der Anlass dafür war die Tatsache, dass sie die vorigen standfestigen wissenschaftlichen Behauptungen zu zerstören droht. Mit anderen Worten wurde ich durch diese Arbeit in Verlegenheit gebracht. Jetzt muss ich entweder meine harte Position entschärfen, was mir eine Versöhnung mit der Forschungsgesellschaft verspricht, oder ich muss ohne Rücksicht auf Hindernisse mit meiner Überzeugung durchgehen. Nun hängt mein Geschick ausschließlich von deiner Empfehlung ab. Was kannst du darüber sagen“. Es herrschte einige Minuten ein totes Schweigen im Hörer. Dann konnte man eine resolute Stimme des Filmstars anhören:
„Ich bin stolz auf dich, mein Schatz, obwohl ich nichts in deinen Sachen verstehen könnte. Allerdings bringt mich das Vorgefühl auf einen Gedanken, dass du mit deiner unversöhnlichen Position Recht hast. Deswegen wünsche ich dir viel Kraft und Glück mit deiner Arbeit“.
Auf dieser Stelle kam die Unterhaltung zum Schluss. Um ehrlich zu sein, lieferte die Ermutigung Ginas eine viel größere Freude, als er zu vermuten fähig war. Seine Frau habe sicher nichts Gemeinsames mit der Wissenschaft oder, noch genauer ausgedrückt, sprach ihre Natur der Wissenschaft wider. Andererseits besaß sie eine unschätzbare Beschaffenheit, die der Forscher als eine göttliche Gabe begreifen konnte: Sie wusste gewisse Begebenheiten im Voraus und es war kein nichtiges Gerede. Der Professor war schon mehrfach der Zeuge, wie ihre Vorhersage in Erfüllung gehen konnten. Im Allgemeinen wurde die Naturforschung auf konkreten Fakten und präzisen Schlussfolgerungen gegründet, die schrittweise einen langsamen Weg zur Wahrheit anlegen sollte. Allerdings benahm sich manchmal die Wahrheit wie eine launenhafte Dame, die darin ihre Zufriedenheit sehen konnte, den Betroffenen blauen Dunst vorzumachen. Das Ergebnis solcher Täuschung konnte kummervoll werden, was mehreren Gelehrten das Leben kostete. Abgesehen davon lehnten viele Vertreter dieses Berufs entschieden ab, irgendwelche Formen der unbegründeten Prophezeiungen anzuwenden. Warum eigentlich nicht? Die Geschichte der Wissenschaft war voll von verschiedenen Erzählungen über die Traumerscheinungen, die im Großen und Ganzen nichts Gemeinsames mit dem Gegenstand der Forschung haben konnten. Trotzdem brachten sie den Schlafenden fernerhin zu einer großen Entdeckung. Was sollte es bedeuten? Vermutlich, dass es einen unbekannten geistigen Raum gab, wo die Wahrheit sich zu verbergen pflegte. Die nächste Frage bestand darin, wie dieser unsichtbare Raum oder andere ähnliche Substanz eine Person auszuwählen wusste, der er oder sie ihre tiefen Geheimnisse zu verraten herabließen. Manchmal schien es auch dem Professor selbst möglich, sich unter den Ausersehnten zu sein. Der letzte Fall mit dem bahnbrechenden Entwurf konnte vielleicht diese Mutmaßung bekräftigen. Und was sollte denn seine Frau mit ihrem ahnenden Erfassen erweisen? Dass sie irgendwelche Beziehung zum genannten Raum haben könnte?

Jedenfalls sah es so aus. Andererseits gab es in dieser seltsamen Begleiterscheinung etwas Ungerechtes, indem ein Forscher lebenslang ein Problem zu klären versuchte, doch ohne Erfolg, während der andere die gleiche Sache erfolgreich mit einem viel kleineren Aufwand der Zeit und Mühe zu lösen vermochte. Diese geistige Angelegenheit war so rätselhaft wie die Wissenschaft selbst. Man gewöhnt sich aber an, den glücklichen Individuen, die frisch drauflos eine komplizierte Aufgabe zu erfüllen bereit waren, gewisse talentierten oder genialen Begabungen zuzuschreiben. Diese zufällige Überlegung des Biologen sorgte aber dafür, dass er sich zu vergewissern befähigte, das jüngste Werk als etwas prinzipiell Neues darzustellen. Für einen berühmten Forscher sollte dieser Schluss eindeutig sagen, dass er Recht habe, einen Artikel für die renommierten Zeitschrift vorzubereiten. Es war sicher nicht erstes Mal, wenn der Gelehrte sich die Frage stellte, ob seine Arbeit zur Veröffentlichung galt. In der Tat war diese Frage viel schwerer gewesen, als man es zu vermuten vermag. Der Verfasser war dafür verantwortlich, seine Ergebnisse und Schlussfolgerungen als richtig und beständig zu verkünden. Um diesen entschlossenen Schritt zu machen, sollte er seinen inneren Zweifel, der ständig vorhanden war, unterdrücken. Diesmal ertappte er sich aber beim Gedanken, dass er keinen Zweifel mehr besaß. Er war aber noch nicht in der Lage, zu behaupten, ob seine Liebe dafür nicht die zentrale Rolle spielen konnte. Sie erteilte ihm bestimmt die Gelassenheit, ohne die er kaum eine solche Entscheidung zu fassen fähig wäre. Sie selbst war, wie eine Künstlerin, weit nicht immer sicher, was sie fernerhin machen sollte, indem sie sich nicht selten an ihn wendete, um seine Empfehlung zu erfragen. War diese Tatsache mit unserer tiefen psychischen Beschaffenheit verbunden, die anderen aus der Verlegenheit viel einfacher, als sich selbst, hinauszuführen? Gleichzeitig war diese merkwürdige Fähigkeit sehr nützlich, um den fremden Ratschlag als eine eigene Entscheidung zu begreifen. Jetzt war der Professor unbedingt dafür gestimmt, seine Mühe dem Schreiben des Artikels zu widmen. Auf diese Art und Weise gelang es dem Forscher, sich wenigstens für eine kurze Zeitspanne von der Last der schrecklichen Gedanken über die Ermittlung des Falls Salongas zu befreien.

In derselben Zeit suchte Gina im Reproduktionsalbum des Künstlers Max Liebermann die genannte Radierung mit dem Titel „Die Braut von Korinth". Sie brauchte nur wenige Minuten, um zu begreifen, was ihr Mann damit meinen konnte. Es war sicher eine feine Andeutung darauf, dass ihre Telefongespräche rücksichtslos belauscht werden sollten. Was sollte diese unangenehme Nachricht bedeuten? Sie sollte unbedingt davon zeugen, dass ihr Lieblich unter Verdacht stehen sollte. Mit anderen Worten war seine Sicherheit in Gefahr. Wie konnte sie ihm helfen? Natürlich konnte sie für ihn beten, obwohl sie nicht wusste, wie effizient ihre Gebetsworte sein sollten. Es wäre wahrscheinlich sinnvoll, sich wieder an ihren Bruder Vicente zu wenden. Diese Handlung habe aber einen Haken: Vicente war schon einige Zeit zusammen mit Mike gewesen, so dass er selbst verfolgt werden konnte.

„Philippinen sind ein viel kompliziertes Land", dachte sie sich besorgt, „als man sie zuerst darzustellen vermochte. Die hiesigen sagen nicht immer, was sie tatsächlich denken, und versuchen, sich lieber fern von Politik und Machenschaften zu halten. Anders ausgedrückt war es gar nicht leicht, einen anständigen Menschen herauszufinden, auf den man sich verlassen könnte. Zugleich gab es eine Vielfalt von Varianten, sich in ein kriminelles Milieu einzumischen. Die ernste aktuelle Lage Mikes bereitete ihr nun ein neues Kopfzerbrechen. Es sollte teilweise die sonstigen Erlebnisse des Alltags in den Hintergrund versetzen. Trotzdem sollte sie weiter sorgfältig ihre Dienstleistungen bei den Dreharbeiten erfüllen. Außerdem durfte sie nicht, gleichgütig auf die scharfen Bemerkungen von Frank Cotler reagieren, der schon selbst in Leidenschaft des neuen Projekts entbrennt war, dass er von ihr weitere Details übers Wesen vom Protagonisten forderte. Aber jede Präzisierung der Persönlichkeit Yams war auch für sie von großer Bedeutung, denn der Verschiedene war eine verwandte Seele von ihr oder, mit anderen Worten, ihre private Sache. Deswegen wäre es ein Zeichen der Undankbarkeit, wenn sie ihre Unzufriedenheit dem Schriftsteller gegenüber für seine zahlreichen Fragen offenzeigte. Nein, Frank war zweifelsohne ihr Gleichgesinnter, dessen Meinung sie hochschätzen sollte. Diese ungekünstelte Bedingung näherte sie noch mehr mit ihrem Mann, der auch viele seinen unaufschiebbaren Verpflichtungen beiseitelegte, um alle Kräfte in die Untersuchung der Todesursache ihres Onkels aufzuwenden. Das heißt, sie drei versuchten, ihre gemeinsame Arbeit möglichst sachgemäß auszuüben. Andererseits mussten sich die beiden Hollywoodpersonen Rechenschaft ablegen, dass alles, was momentan Mr. Knudsen erfüllen sollte, viel gefährlicher oder sogar lebensbedrohlicher sein sollte, als die hohe Leistung in Hollywood Valley in San Francisco. Deswegen empfand die Kino Diva keine Scheu davor, dem Schriftsteller die Tugend ihres Mannes zu betonen. Dem Drehbuchautor schien es aber noch wichtiger, dass Mr. Knudsen ein renommierter Wissenschaftler war. Denn er zweifelte nicht daran, dass die Forschungstätigkeit nicht weniger Verwegenheit forderte als die Leistung des Polizeibeamten. Die Schauspielerin konnte ihm darauf nur die Tatsache erwidern, dass unsere ganz angestrengte Zeit auch das Schreiben der Schriftsteller oder Journalisten außerordentlich riskant machen konnte.

Ein sonderbares Treffen

Die Arbeit an Neugierde hervorrufenden Artikel nahm Mike Knudsen ganz in sich auf. In solchen Minuten und Stunden gehörte er nicht mehr sich selbst, denn sein Geist verließ vollkommen seinen Körper und verweilte sich in einem anderen Wirkungskreis, der kaum irgendwie mit der materiellen Welt verbunden worden war. Deswegen reagierte er nicht sofort auf den Telefonanruf, obwohl sein Smartphone sich auf seinem Schreibtisch befand. Er betrachtete einige Sekunden aufmerksam den Bildschirm, konnte aber nicht den Namen oder die Nummer des anrufenden erkennen. In der Tat war es Ted Tinio, der wahrscheinlich nicht von dessen Handy sprach. Die Stimme des Politikers klang sehr bestürzt. Er nannte nur die Stelle, wo er in vierzig Minuten auf Professor warten sollte und beendete plötzlich das Gespräch. Knudsen kannte schon diesen Ort, wo sie mit ihm schon Mal zusammenkommen sollten. Es war in der Nähe vom Haupteingang des Rizal-Parks, der einen wohlwollenden Eindruck auf den Gelehrten machen sollte. Als er mit dem Taxi zum Ort gefahren wurde, war Ted schon da. „Ich rief Sie aus einem Telefon-Automat an", sagte Mr. Tinio nach einer spärlichen Begrüßung, „weil mir es bekannt wurde, dass mein Telefon vollständig belauscht worden war. Dieser Umstand macht unsere folgende Netzverbindung unzulässig. Es war aber auf keinen Fall der Grund unseres Treffens. Umgekehrt habe ich ein Indiz gefunden, das unseren Anspruch auf eine Ermittlung enorm zu stärken fähig wird. Genauer gesagt sprach ich mit einem Kollegen im Finanzministerium, der mir den Star stechen ließ. So stellte es sich heraus, dass Yam letzte Zeit seines Lebens in eine internationale Machenschaft mit dem Umweltschutz verwickelt worden war, indem die großen Gelder aus den Fonds für Klima- und Umweltschutz in den Waffenhandel überflossen werden konnten. Allem Anschein nach wusste er Bescheid darüber überhaupt nicht, bevor ein hochgestellter Beamte aus den Regierungskreisen ihn zu erpressen versuchte. Infolgedessen war Mr. Salonga bereit, das ganze Kriminetz ans Licht zu bringen. Dafür sollte er sich an irgendwelche zuverlässige Instanz wenden, um die Sache in Gang zu setzen. Anstatt vorzog Yam, einen vorigen Bekannten aus der Politik zu benachrichtigen, der aber nun keine freundlichen Gefühle zu ihm empfand. Dieser bedrohliche Kerl verriet ihn wahrscheinlich, weil der möglicherweise auch selbst etwas damit zu tun hatte. Faktisch bedeutete es ein Todesurteil für den armen Businessman".

Der Forscher hörte diese Erzählung Teds mit einer klaren Besorgnis zu, gleichsam er alle grausamen Bilder des Geschehens vor seinen Augen beobachtete. Dann sagte er:

„Etwas Ähnliches konnten wir, Mr. Tinio, auch vermuten. Welche Schlussfolgerungen können wir daraus ziehen?" Ted unterbrach seine Überlegungen ziemlich scharf:

„Mir scheint es augenblicklich, dass wir uns beide momentan in einer ähnlichen Lage befinden wie der unglückliche Salonga war. Zuerst deckten wir den Gegner unsere Absichten auf, damit wir unser Leben schwermachten. Jetzt sollten Polizeibeamten oder Sicherheitskräfte jeden unseren Schritt kontrollieren. Was können wir unter solchen ungünstigen Bedingungen unternehmen, ohne unsere Sicherheit nicht zu schädigen? Ich zweifle mich daran, dass sogar die hohen stattlichen Strukturen kein Interesse für uns haben". Es sah so aus, dass auch Mr. Knudsen mit dieser Meinung einverstanden war:

„Vielleicht haben Sie, Mr. Tinio, Recht. Allerdingst scheint mir ein ziemlich langes Schweigen der Behörde ziemlich sonderlich zu sein. Wenn sie der Auffassung ist, unserem Antrag für die Untersuchung des Falls Yams nicht entgegenzukommen, sollte sie uns darüber Bescheid sagen. Sonst sind wir nicht in der Lage, darauf unendlich zu warten. Zugleich muss ich eingestehen, dass ich mit allen bürokratischen Nuancen Ihres Landes nicht vertraulich bin. Wahrscheinlich gibt es andere Möglichkeiten, den Staat auf unsere Seite zu ziehen. Denn prinzipiell machen wir alles rechtsgemäß. Oder beirre ich mich?" Nun konnte der Gesichtsausdruck von Tinio davon zeugen, dass er tief in sein eigenes Nachdenken gesunken war. So reagierte er mit einer bemerkenswerten Verzögerung auf die Frage des Professors: „Ihre Verlegenheit, Mr. Knudsen, bezüglich unserer staatlichen Angelegenheiten, kann leicht verständlich sein. Ich selbst, als ein Bürger des Landes und ziemlich erfahrener Politiker, fühle mich gegenüber vielen Begebenheiten Philippinen verlorengegangen. Es gibt, glaube ich wie in mehreren anderen Staaten, eine Menge von anständigen Menschen in den staatlichen Strukturen, die leider Gottes uns kaum zu helfen vermochten. Und es gibt (auch wie in anderen Staaten) vollkommen korrumpierten Beamten, dessen Aussehen uns nichts darüber erfahren lässt. Wie gesagt, wurde der arme Salonga davon betroffen, dass er in einem Kriminellen seinen Verbündeten erkannte. Wie wir es jetzt wissen können, enden sich manchmal solche Fehlschläge tödlich. Ich kann, meiner Reihe nach, irgendwas Gleiches probieren lassen, doch ich bleibe mich nicht an den günstigen Ergebnissen zu haften. Trotzdem mache ich diesen Versuch allenfalls, wenn Sie darauf bestehen könnten".

Mit solcher Wendung konnte der Wissenschaftler nicht rechnen. Denn sie bedeutete, dass er, Mike Knudsen, die Verantwortung für das Schiefgehen des Verhaltens auf sich zu übernehmen wusste. So äußerte er sich eindeutig: „Sie sollten, Mr. Tinio, wohl kapieren, dass ich hier im Lande ein fremder bin, damit ich eine wichtige und harte Entscheidung zu fassen vermöge. Es wäre gleichermaßen riskant für mich und für Sie. Deswegen haben Sie ein unstreitiges Recht auf den Entschluss. Ich werden jedem von ihnen zustimmen". Es war sicher eine sehr heikle Situation, wo Ted allein etwas Vernünftiges vorstellen konnte. Der blieb aber mittlerweile ungestört bis er zu begreifen fähig war, dass es keinen anderen gab, der die Situation zu erläutern vermag. So redete er leise, als ob ihn jemand unsichtiger auch in dieser menschenfreien Gegend belauschen konnte:
„Im Prinzip habe ich einen Plan, der aber ein Bisschen an Hochstapelei erinnern sollte. Wie Sie wahrscheinlich gehört haben, wurde vor Kurzem im Justizministerium erhebliche Umstellungen durchgeführt, die von einigen Korruptionsfälle ausgelöst worden waren. Es gibt nun unter neuen Mitarbeiter einige Personen, mit denen ich vor mehreren Jahren meine politische Karriere begonnen hatte. Ich weiß nicht genau, was seit dieser Zeit aus ihnen werden sollte. Deswegen müssen wir wagen, diese Erscheinung am eigenen Leibe zu spüren bekommen. Mit anderen Worten werden wir jetzt Kopf und Kragen riskieren. Sind Sie auch dafür bereit?" Der Professor antwortete sofort:

„Ich bin der Auffassung, dass das Risiko eine viel würdigere Sache sein sollte, als eine absolut bedeutungslose Erwartung der Begebenheit, die kaum etwas Nützliches mitbringen sollte. In meiner üblichen Tätigkeit muss ich ständig den Beschluss zur Kenntnis nehmen. Anders kann ich nicht weiterleben".

„Dann besiegeln wir unser Abkommen mit Handschlag". Mit diesem Entschluss verabschiedeten sich die beiden voneinander.

Als der Biologe wieder mit dem Taxi ins Hotel gebracht wurde, fühlte er sich viel besser als zuvor. Die Auskunft Teds über die jüngste Sachlage mit dem Kasus Salonga war nicht besonders ermutigend, sie ließ sich aber aufklären. Nun gab es keinen Zweifel mehr, dass Yam ermordet war. Wenn dies tragisches Ereignis für jemand bekannt war, brauchte man es mit einer ausführlichen Untersuchung zu beweisen. Vielleicht könnten die neuen Mitarbeiter des Justizministeriums in der Tat damit helfen. Obwohl die Situation in dieser Behörde nach den Umstellungen kaum einfach war, blieb weiter die Hoffnung, dass die Bekannten von Mr. Tinio dabei behilflich sein könnten. Man sollte in Erwägung ziehen, dass eine laute Enthüllung einer kriminellen Gruppierung den großen Respekt den neuen Beamtenkollegen mit zu bringen versprach. Solche Chance sollte man bestimmt nicht aus den Händen lassen. Natürlich gab es eine Menge anderen Umständen, die in jeder regierenden Gemeinschaft erhebliche Rolle spielen könnten, die die genannte Ermittlung zu verhindern vermochten. Doch diese Gelegenheit sollte schon zum klaren Missgeschick zählen. Sind wir in der Tat solche Pechvögel? Der Professor wollte nicht daran glauben. Auf jeden Fall verbesserte der Hoffnungsstrahl seine Gemütsverfassung, so dass er zurück zu seinem Artikel zu kehren wusste. Die Arbeit war für ihn immer eine zuverlässige Zuflucht. Vielleicht sorgte die gute Laune wirklich dafür, dass seine heutige Leistung hoch schöpferisch war. Als die fünfte Seite fertig war, kam dem Gelehrten ein Gedanken in Sinn, das ihn zurück in seine ersten Jahre der Wissenschaft brachte. Er versuchte gerade seinen ersten Artikel beim Professor Burmeister zu schreiben. Der Alte (der damals wahrscheinlich noch junger als Mike heute war) war außerordentlich anspruchsvoll zu allen schriftlichen Werken, wo er seinen Namen geben sollte. Deswegen war er nörglerisch zu jedem Satz, den der junge Mike verfasste. Das Ergebnis solcher Nörgelei war die Tatsache, dass Mike den Artikel zwölfmal neu schreiben musste. Die letzten zwei Male ertappte der Student sich beim Gedanken, dass er erneut die Fassung des Chefs selbst umarbeiten musste. Denn es gab in dieser Version ausschließlich der Sätze, die der Lehrer selbst geschrieben hatte. Heute sollte Professor Knudsen seinem ersten wissenschaftlichen Tutor seine tiefe Dankbarkeit zum Ausdruck bringen. Weil die Meisterschaft, mit der er seine Veröffentlichungen zu machen fähig war, war vor allem der Verdienst seines Lehrers. Tatsächlich ließ er von neuem den Text durch, und erkannte die ganzen Redewendungen Burmeisters, die bis dato in seinen Ohren klangen. „Eine wissenschaftliche Schule", sagte sich der Biologe, „ist eine göttliche Gabe, die man mit einem Talent vergleichen

könnte. Gleichzeitig lässt sie, ein unschätzbares Vergnügen von seinen Schülern genießen". Er dachte momentan wieder an Ben Bausch, der nicht allein die prinzipiell neuen Ideen zu ersinnen vermag, sondern die anderen Forscher damit fähig war, emotional zu inspirieren. Diese „himmlische" Beschaffenheit war noch wertvoller, als das eigene Talent zu entdecken. Denn man war in der Lage, mit dieser Fähigkeit, den Verstand vieler Kollegen so enorm zu aktivieren, dass sie selbst hervorragende Entdeckungen zu schaffen vermochte. Eigentlich erwies diese Qualität die höhen humanistischen Grundlagen der Menschheit. Sein gemessener Gedankengang wurde plötzlich von einem Telefonanruf unterbrochen. Es war Gina, deren Stimme dem Gelehrten ziemlich munter schien. Nach dem Warnen über die Vorsicht sprach seine Liebe ganz einsichtig, was Knudsen in Bezug auf deren künstlerischen Talent verstehen konnte. So fragte sie ihn zartfühlend nicht wie zuvor über die Sachlage, sondern erzählte lieber ausführlich das Vorrücken ihres Drehbuchs. Sie sagte dabei höflich, dass seine Empfehlung dem Inhalt gegenüber sehr hilfreich sein sollte. „Weiß du, Liebling", setzte sie ihre Mitteilung fort, „wir sind im Hollywood sehr sinnliche Menschen, das heißt, wir sind häufig imstande, die einfach klingenden Bedingungen in bunten Farben auszuschmücken. So bestätigst du meine wacklige Vermutung, dass die Gestalt unseres Protagonisten neben erhabenen menschlichen Eigenschaften auch die Untugend und Schwäche besitzen durfte. Und genau diese Sache gefiel dem Sriftsteller am besten. Er sagte mir mit klaren Worten, dass die Persönlichkeit des Helden ihm ganz attraktiv und sympathisch aussehen konnte. Deswegen machte er sich an die Arbeit stürmisch und macht sie wie jene andere träumerische Natur. Wie denkst du, welchen Namen er seinem Film vorschlug? (Mike habe keine Ahnung davon, so verriet Gina ihm selbst diese noch heimliche Sache) Er ist der Meinung, dass dem Inhalt ganz gut passend wäre der Titel „Das Leben geht nicht vorbei". Wir findest du ihn?" Der Professor versuchte, diesen Namen wie ein Geschmackprüfer auf die Zunge schmecken lassen. Er passte auf jeden Fall ganz gut. So sagte er: „Mir scheint es, dass etwas Besseres man sich kaum vorstellen könnte". Diese Benennungsfrage, die für den Forscher etwas Zweitrangiges bezeichnen sollte, war für seine Frau vielleicht wie ein modisches Hütchen für eine alternde Dame. Sie war gerade bereit, seinen Schatz zu vergöttern. Wörtlich sagte sie das Folgende:
„Mein Sonnenschein, du kapierst gar nicht, welchen angenehmen Rückhalt du mir zu leisten vermagst. Ich bin dir sehr dankbar gewesen. Denn ich billigte den Titel von Anfang an, warte trotzdem auf dein Wort".
Solche formal sachliche Angelegenheit wurde in den Ohren des Forschers in etwas Ähnliches der Liebeserklärung umgestaltet. Mindestens für den Abend und die kommende Nacht war er absolut glücklich gewesen. Sie wechselten darauf miteinander ein paar Liebenswürdigkeiten und wünschten einander eine gute Nacht.

Neue Mitarbeiter des Ministeriums

Die zwei früheren Kollegen Ted Tinio, über die er im Gespräch mit Knudsen erwähnte, hießen Tirso Raines und Archie Aquino. Nun sollte sich Ted den Kopf mit den weiteren nicht einfachen Fragen zerbrechen. Sein erster Gedanke war, die beiden auf seine Seite zu gewinnen versuchen. „Zwei Köpfe sind besser als einer", sagte er sich, „auch wenn der eine ein Schafskopf ist". Schön wär's, wenn sie einstimmig den Entschluss fassen könnten, ihm eine wesentliche Unterstützung zu leisten. Wenn nicht oder wenn nur einer von ihnen etwas dagegen haben könnte, sollte dieser dummer Streich ihn in die Lage bringen, dass er sich mit schlimmsten Sachen auseinandersetzen müsste. Das hieß, er sollte auf diese Variante ursprünglich verzichten. Dann sollte er das nächste Problem lösen, wer von zweier mehr dafür geeignet war. Er kannte diese nicht mehr junge Leute, wenn sie noch mit dem jugendlichen Eifer und naiven Hoffnungsschimmer erfüllt worden waren. Heute zeigte ihre äußere Erscheinung eher die Besorgtheit und Behutsamkeit. Trotzdem ließ Ted die Situation nichts anders übrig, als seine Auswahl zu machen. Ein ahnendes Erfassen gab ihm den Impuls ein, in Tirso Raines seinen Beschützer zu sehen. Dafür fand Ted die Gelegenheit heraus, gleichsam unvermittelt die beiden zu beobachten, wenn sie vollkommen mit ihren zahlreichen Sachen beschäftigt waren, und gar nicht imstande waren, seine Anwesenheit zu merken. Es war sicher nicht einfach, solche Momente zu erwischen, doch es gelang ihm gut. Welche Schlussfolgerungen konnte er daraus ziehen? Ja, gewiss, es gab in Tirso etwas Voriges, der jungen Gestalt Ähnliches, vielleicht den Augenausdruck, was Archie Aquino völlig fehlte. Ted erinnerte sich sogar an ein Gespräch mit Tirso, das in diesen angestrengten Jahren zwischen ihnen beiden stattfand. Tirso äußerte damals, wenn das Land unter der widerlichen Diktatur Ferdinand Marcos litt, eine sehr mutige Hoffnung, dass ihr Vaterland bald befreit werden sollte, und sie, die jungen Politiker das Schicksal Philippinen zu bestimmen vermögen. Ted glaubte ihm nicht, weil es, nach seiner Ansicht, keine Voraussetzungen dafür gab. Ungeachtet dessen erwiesen sich die Worte Tirsos wie prophetisch, und Ted hatte kein Recht. Es konnte einfach nicht wahr sein, dass alle erhabenen und edelmütigen Charakterzüge dieses Kerls nicht mehr vorhanden sein könnten. Diese einsichtige Erwägung Mr. Tinio sorgte schließlich dafür, dass er sich in Verbindung mit Raines setzte. Bemerkenswert erkannte ihn der Beamte sofort, als ob ihre Bekanntschaft diese Jahrzehnte nicht unterbrochen worden war. Der Tirso sprach mit ihm sogar so freundlich, dass Ted zu zweifeln daran begann, ob der ihn für einen anderen nahm. Auch zeigte der alte Kerl dessen Bereitschaft, mit Tinio zusammenzukommen. Sie verabredeten sich, in Little Owl Café am 65 Broadway Ave, New Manila in zwei Tagen abends zu treffen. Tims Zweifel bezüglich Tirsos möglicher Verwirrung seiner Identität gegenüber verschwand in dem Augenblick, als ihre Blicke sich im Café Saale durchkreuzten. Neben dem Händedruck armten sich die beiden um wie die alten Freunde.

Sie bestellten ihr Essen und machten dem Ober ein Zeichen, dass sie fernerhin nicht gestört werden wollten. Sie saßen in der Tat an einem Tisch in einer einsamen Ecke, wo ihre Worte dank der Musik und dem allgemeinen Lärm niemand zu hören fähig war. Zuerst erinnerten sie sich an die früheren Zeiten, wenn die beiden jung und voller Hoffnung waren. Es stellte sich dabei heraus, dass ihr Gedächtnis viel mehr zu bewahren vermochte als sie vorstellen konnten. Es traten unerwartet mehrere Einzelheiten in Erscheinung, die den beiden ein großes Vergnügen bereiten sollten. Nur fast eine Stunde darauf äußerte Raines eine Vermutung, dass die Absicht seines Visavis nicht allein dieser nostalgischen Besinnung gewidmet worden war. Jetzt sollte Ted mit einer schöpferischen Kraft den Gegenstand dieser Begegnung zum Ausdruck bringen. So erzählte er bildhaft alles, was ihm letzte Zeit über den Todesfall Mr. Salonga bekannt worden war. Er nannte auch das Korpus Delikte, das er für bewiesen nehmen konnte. Er sagte dazu umsichtig, dass alle Auskünfte, die er gerade offenmachte, sehr vertraulich sein sollten. Mit anderen Worten durfte keine im Ministerium etwas übers Thema erkennen. Zum Schluss bat er den Beamten darum, bei der Ermittlung zu helfen und die Täter gerichtlich zu belangen. Darauf herrschte eine Weile ein Todschweigen am Tisch, dass von der Schwierigkeit der Sache zeugen sollte. Die vergangene Freude von dem Treffen verließ im Augenblick die beiden. Stattdessen trat eine Entfremdung ein, die wie ein unaufgeforderter Gast den ehemaligen Kollegen auf die Nerven fallen sollte. Das Gesicht Mr. Raines spiegelte dessen klare Besorgnis wider, weil er nun offen verpflichtet war, irgendwie darauf zu reagieren. Der Beamte suchte tollkühn nach den benötigten Worten, doch keine kamen ihm in den Sinn. Einige Minuten danach war er dennoch in der Lage, seine Ansicht auf diese traurige Geschichte zu erläutern. „Kapierst du, Ted", sprach er nachdenklich aus, „der Fall Salongas wird nach meiner Meinung als eine schmachvolle Seite unserer Geschichte geschrieben werden. Ich kannte persönlich diesen Kerl gut, er schilderte einen günstigen Eindruck auf mich. Aber nicht nur auf mich, für viele unseren Regierungsbeamten war es einigermaßen ein aufschlussreiches Beispiel dafür, dass man im Business häufig allzu großen Eifer zu zeigen riskiert. Man verliert dabei das Maßgefühl, dass bei allen Bedingungen unentbehrlich sein sollte".

Ted unterbrach ihn auf dieser Stelle ziemlich wagemutig:

„Lieber Tirso, es handelt sich dabei nicht um die persönlichen Eigenschaften Mr. Salonga, oder um seine richtigen oder falschen Verhaltensweisen. Wir reden heute mit dir von einer unverzeihlichen Übeltat, die möglichst bald untersucht werden sollte. Du bist momentan ein Beamte des Justizministeriums, dem es obliegt, den Mörder auszusuchen und zu bestrafen. Wer noch konnte den Fall übernehmen". Solche Wendung der Denkweise schien, den Beamten in Verlegenheit zu bringen. Dessen Gesicht wurde momentan rot geworden. Dann sagte er: „Nach der Buchstabe des Gesetzes hast du, Ted, zweifellos Recht. Wir alle wissen Bescheid – ein schweres Verbrechen fand in der Tat statt. Man sollte es ermitteln und so weiter. Doch die Umstände, mit denen ein Ermittlungskommando umgehen sollte, sind außenordentlich verworren. Ich glaube daran, dass sich mehrere bekannten Personen darin verwickelt werden können. Natürlich bin ich bereit, dir und anderen beratend zu helfen, wenn meine Beteiligung vollständig verhehlt wird. Das kann ich dir ehrlich versprechen". Da Mr. Tinio noch keine Ahnung hatte, inwieweit diese beratende Funktion des Beamten ausdehnen könnte, druckte er seine Dankbarkeit im Voraus aus und verabschiedete sich höflich von seinem Gesprächspartner.

Am nächsten Tag morgen saß Tirso Raines in seinem Ministeriumsbüro und dachte über das Geschehen gestern Abend im Café durch. Wahrscheinlich war es von Anfang an einen ärgerlichen Fehler seinerseits, sich mit Tinio in Kontakt zu setzen. Warum konnte ihm sein Spürsinn nicht vorhersagen, dass diese Verbindung für ihn, Tirso, sehr gefährlich sein könnte. Die freundliche Stimmung des Cafés sorgte dafür, dass er keine Kraft haben konnte, um Teds Bitte abzuschlagen. Nun werde ich erzwungen, ihm irgendwie zu helfen. Es passierte gerade zur völlig unpassenden Zeit, wenn ich mich im Ministerium als einem Neuling empfinde. Die Leute aus der Umgebung nehmen mich ziemlich argwöhnisch auf. Und ich selbst fühle mich noch weit nicht wohl. Zugleich ist es vielleicht meine letzte Chance, die Karriere ein Bisschen in Ordnung zu bringen. Es war sicher nicht meine Schuld, dass ich im besseren Alter keine Möglichkeit hatte, auf die Beamtenstelle zu beanspruchen. Nun muss ich mich daran klammern, denn sonst bekomme ich gar nichts Gleiches. Es bedeutet, dass mir jenes falsche Handeln streng verboten ist. Und was mache ich in dieser angespannten Situation? Ich wähle eine gefährlichste Sache aus. Weil der Fall Salongas schon belästigt in aller Munde ist. Wer damit etwas zu tun beabsichtigt, nimmt ein großes Risiko auf sich. Für mich persönlich sollte es einen endgültigen Verfall bezeichnen. Jetzt muss ich alle Mittel in Gang bringen, damit keine über meine dummen Verhandlungen auszuschnüffeln vermochte. Es war unbedingt eine sinnvolle Denkweise, die seine Laune wesentlich zu ermuntern fähig war.

Mittlerweile konnte Ted Tinio sein Treffen mit dem Beamten als ganz nützlich bewerten. Obwohl Tirso ihm keine praktische Unterstützung versprach, zeigte er eindeutig seine Bereitschaft, ihm bei allen Schwierigkeiten etwas Wichtiges zu empfehlen. Aber was konnte benötigter sein, als einem Ratschlag des Beamten, der sich momentan beim Justizministerium befindet. Tinio begriff diese Situation wie eine sehr vorteilhafte für ihn. Jedenfalls habe er freie Hand, um eine eigene Ermittlung anzufangen und sicher zu sein, dass jemand Mächtiger ihm rechtzeitig etwas Nützliches sagen könnte. Mit diesem Gedanken begann er, die Beweisstücke Körnchens weise aus den abgerissenen Auskünften der bekannten Businessmen und Politiker zu sammeln, was allmählich zu gewissen klaren Ergebnissen führen sollte. Er begegnete sich mit mehreren gut informierten Personen, die ihre Kenntnisse kaum auf Geschwätze ausbilden konnten. Nein, so bestimmt nicht. Außerdem war Ted selbst einsichtig genug, um die Daten aus verschiedenen

Quellen zu vergleichen suchen. Viele Faden führten zu zwei Behörden, die mit Militär und Sicherheit verknüpft werden sollten. Für die folgende Präzisierung brauchte er dringend diese beratende Hilfe von Mr. Raines, die der ihm versprach. Ted wählte absichtlich dessen dienstliche Nummer, die man auf keinen Fall belauschen könnte. Das Telefongespräch dauerte nicht mehr als eine Minute, denn der Beamte war gerade sehr beschäftigt und stimmte sich mit dem Termin des nächsten Treffens und mit dem Ort überein. Ehrlich gesagt ging Tinio an den Kasus Salongas sehr verantwortungsvoll heran. Er nahm dafür einen Ordner, wohin er sorgfältig alle Daten, die irgendwie dazu passten, sammelte. Diese strenge Tatsache versicherte ihn von allen zufälligen Kleinigkeiten, die die komplizierte Untersuchung auf einen falschen Weg führen könnte. Und wie jede andere sorgsam bedächtige Arbeit konnte sie auch nicht mit Misserfolg gekrönt werden. Schon nach einer Woche war er imstande, durch eine kurze Begegnung mit dem Professor Knudsen, den Letzten vollständig über die Resultate seinen Bemühungen zu benachrichtigen. Sie trafen sich wie zuvor auf einem menschenleeren Platz, wo es ganz bequem war, alle Details zu diskutieren. Für den Gelehrten war es nun die einzige Gelegenheit, sich auf dem Laufenden zu halten. Für den Politiker war die Meinung eines begabten Forschers auch von großer Bedeutung, weil der momentan alle Ungereimtheiten zu greifen fähig war oder ihm auf eine unlogische Stelle der Erwägung hinzuweisen. Im Großen und Ganzen war der Biologe mit allem, was Ted gelang zu leisten, zufrieden gewesen. Auf einer unerklärten Weise bekräftigte die Auffassung des Professors das Selbstvertrauen Teds, was in seinem aktuellen Zustand ganz unentbehrlich sein sollte. Nach dieser Begegnung stellte Mr. Tinio eine Liste von Fragen zusammen, die Antwort auf denen er von Raines erwartete. Ted fand die unauffälligen Bedingungen des Little Owl Cafés vollkommen passend für ihr zweites Treffen. So gelang es ihnen, den gleichen Tisch in der Ecke zu besitzen, an dem sie das erste Mal saßen. Ted gefiel auch gut, dass Tirso wieder freundlich gelaunt worden war und anscheinend nichts von ihm zu verheimlichen suchte. Erstaunlicherweise zeigte der Beamte keine Misslichkeit, wenn Tinio aus dessen Aktentasche einen großen Ordner herausnahm. Ungeachtet dessen, dass diesmal der Mann aus der Behörde nicht über lange Zeit verfügte, antwortete er auf jede Frage ausführlich und genau, gleichsam er vor einem Staatsanwalt saß. In diese Art und Weise deckte er seinem Visavis mehrere Kleinigkeiten auf, die Ted zweifellos von keinem anderen zu erkennen vermochte. Ganz unerwartet nannte er sogar einige Namen, die Mr. Tinio für dessen logische Konstruktionen wie einem passenden Schlüssel nutzen könnte. Selbstverständlich war der Beamte nicht in der Lage, auf alle Fragen zu antworten. Doch, was er bereits konnte, schritt enorm Ted Erwartungen über. Was konnte er ihm als eine Gegenleistung darbieten? Das konnte Tinio gar nicht begreifen. Vor allem deswegen, weil das Geld oder etwas sonstiges Materielles völlig ausgeschlossen sein sollte. Seinerseits zeigte Raines seine unbeschränkt großzügige Selbstlosigkeit, so dass seine kurze Erwiderung der Dankbarkeit Tinios gegenüber klang nur: „Gern geschehen", was Ted ausschließlich als den Versuch erklären konnte, eine den Kräften entsprechende Beihilfe der Ermittlung zu leisten. Das zweite Mal verabschiedeten sie sich als echte Freunde voneinander.

Was mit der Persönlichkeit Tirso Raines in der darauffolgenden Zeit erscheinen sollte, wurde vollkommen in Dunkel gehüllt. Man konnte schwache Anspielungen darauf gerüchtweise bekommen, was kaum vertrauenswürdig zu sein schien. Ähnlicher Weise sollte es unbekannt bleiben, ob seine Bekanntschaft mit Ted Tinio dabei irgendwelche Rolle spielen konnte. Einige „Eingeweihten" vermuteten, dass seine unerbittliche Verfolgung von dem Tag seines Erscheinens im Ministerium stattfand. Die Gläubigen erzählten gerne eine fast mittelalterliche Überlieferung, die mit dem Geist der entlassenen Mitarbeiter verbunden war, der anscheinend weiter in der Justizbehörde leben sollte. Obwohl es den Bewohnern des 21 Jh. nicht leicht wäre, an solch dummes Zeug zu glauben, zeugte die Wirklichkeit davon, dass es die mögliche Unzufriedenheit des Publikums dem Wesen Tirsos gegenüber ziemlich angemessen zu erläutern vermochte. Allerdings noch glaubwürdiger hörte sich die Version an, dass der neue Mitarbeiter des Ministeriums ursprünglich aus allen Seiten überprüft werden sollte. Besonders in den heftigen Zeiten einer Umgestaltung. So wäre es verständlich, wenn den Neulingen einer Verfolgung oder einem Ablauschen unterziehen sollten. Wenn diese Begebenheit in der Tat realisiert worden war, schien es auch komplett einsichtig zu sein, dass unter Gesprächspartner Mr. Raines auch ein gewisser Ted Tinio identifiziert worden war, der schon in eine nicht genehmigte Ermittlung des Todesfalls Yam Salongas verwickelt worden war. Für die Geheimagenten des Sicherheitsdienstes wären alle solchen Enthüllungen keine schwierige Sache gewesen.

Mr. Tinio fiel es allerdings nicht ein, dass seinem Freund Tirso irgendwelchen Ränken drohen konnten. Nach seiner Auffassung sollte die Führung des Ministeriums ausschließlich zuverlässige Kandidaten auswählen, die eine unbeschränkte Vertraulichkeit verdient haben. Wenn seine Vermutung tatsächlich stimmen könnte, wäre es ganz logisch sicher zu sein, dass Tirso Raines sich keiner Überwachung unterziehen sollte. Auf diesen Grund beschäftigte sich Ted ganz ruhig mit den wertvollen Materialien, die ihm dank Tirso in Besitz zu nehmen gelang. Er grübelte nun wie ein echter Ermittler darüber, welche Rolle bei der Vorbereitung der Ermordung Salongas jener von hochgestellten Personen, auf die ihm Tirso angedeutet hatte, spielen konnten. Warum konnte Yam diesen verehrten Menschen im Wege sein. Nun sollte Tinio jeden von ihnen gedanklich analysieren lassen, um etwas Sachliches über die Beweggründe vermuten zu können. Dafür brauchte er dringlich zusätzliche Daten, nicht nur über die Funktionen, die sie amtlich ausführen sollten, sondern deren sonstige Neigungen, die man dem Anschein nach nicht zur Schau zu stellen suchte. Wenn die Fragen, die mit den unmittelbaren Verpflichtungen der Person verbunden worden waren, nicht besonders schwer aufzuklären wäre, zählten die sonstigen Angelegenheiten eher zu Kunstgriffen, die man nur mithilfe der Vorsehung oder dank einem sechsten Sinnesorgan verspüren könnte. Die beiden fehlten dem Politiker augenblicklich, was er durch seine engen Verbindungen mit erfahrenen Kollegen zu ersetzen vermag. Anders ausgedrückt bedeutete diese verwickelte Begleiterscheinung eine neue Reihe von Kontakten mit seinen ehemaligen Mitarbeitern oder Bekannten, die imstande sein könnten, etwas Wesentliches über diese oder jene Person aufzuklären. Diese mühselige Arbeit forderte viel Zeit und Energie, er hatte aber keine Alternative. So begann er, diese Leute ein nach dem anderen telefonisch anzurufen und sie um eine Begegnung zu bitten. Wegen eines überfüllten Terminkalenders allen von ihnen drohte sich seine Aufgabe in die Länge zu ziehen.

Abgesehen davon, dass Gina letzte Monate ungeheuer angestrengt auf dem Aufnahmeplatz beschäftigt war, bekam sie zusätzlich eine mühevolle Tätigkeit, die mit dem Drehbuch Frank Cotlers verbunden worden war.
Frank war unbedingt ein talentierter Schriftsteller. Doch wie es häufig mit solchen begeisterten Naturen der Fall ist, stellte er sich alle Episoden des künftigen Films erstaunlich bildhaft dar. Diese Besonderheit führte ihn geistig in solchen Zustand, dass er ohne fremde Hilfe nichts weiterschreiben konnte. Üblicherweise half ihm in solcher schwierigen Lage seine Frau. Diesmal hielt er es für selbstverständlich, dass ihm dabei die Urheberin dieses Projekts helfen sollte. Wahrscheinlich besaß die Kino Diva in der Tat eine üppigere Vorstellungskraft als er, aber viel wichtig waren für ihn ihre konkreten Kenntnisse über den Protagonisten, was man im Laufe des Schreibens ständig nachfragen sollte. Diese Tatsache lenkte sie von ihren Hauptgedanken ab, sie kapierte aber, dass sie in dieser Angelegenheit absolut unersetzlich war. Außerdem war Gina eine großherzige Frau und wollte nicht verhehlen, dass ihr jede Beteiligung an dieser Arbeit wünschenswert war. Die einzige Besorgnis, die sie letzte Zeit zu verfolgen vermochte, war mit ihrem Mann verknüpft. Nach dieser vernünftigen (doch furchterregenden) Anspielung auf das Bild Max Liebermanns wuchs in ihrer Seele das Gefühl, dass es seinem teuren Liebling gar nicht gut ging. Darüber hinaus empfand sie eine tiefliegende Ahnung, die ihr sagte, dass es über ihm eine drohende Gefahr schwebte. Es war wie eine himmlische Anweisung, dass sie verpflichtet sein sollte, ihn zu retten. Was sollte unter solchen komplizierten Bedingungen damit anfangen? Sie befand sich an einem Ort, der auf mehreren Tausenden Kilometer von Philippinen entfernt war. Natürlich spielte momentan dieser Entfernung keine Rolle. Sie konnte augenblicklich einfach nicht, ihrem Drehteam preisgeben. Es wäre einem Verrat gleich gewesen. Gleichzeitig begriff sie, dass sie vielleicht die eine von wenigen Hoffnungsträgern war, die etwas Wichtiges für Mike machen könnte. Ihr erster Schwung war mit ihrem Bruder Vicente verbunden. Ihre Anspannung war so hoch, dass sie gerade dessen Nummer wählte. Sie vergas dabei alle Vorsichtsmaßregeln nicht. Sie sollte mit ihm eher sinnbildlich reden. Aber Vicente war ein ihr verwandtes Wesen nicht allein erblich bedingt, sondern auch seelisch. Des-

halb schloss er sich ohne überflüssige Worte an, indem er von einem halben Wort die Denkweise kapierte, die sie ihm übermitteln wollte. Die Schauspielerin sagte Bescheid und machte Schluss damit. Ihre innere Stimme beruhigte sie, obgleich sie selbst die Fähigkeit hätte, sich körperlich an einen fernen Ort zu begeben. Es gab allerdings etwas fast Materielles in dieser Allegorie, denn nun diente Vicente wie ihr Doppelgänger, ihr Vertreter, dem sie wie sich selbst vertrauen konnte. Und es war tatsächlich der Fall: Vicente legte sofort alle seinen dringenden Dingen beiseite und eilte in Richtung Savoy Hotel dahin. Sein Besuch war für den Gelehrten unerwartet aber angenehm. Die beiden gingen gleich herunter ins Restaurant (eher sicherheitshalber) und aßen eine leichte Vesper, damit sie keine Aufmerksamkeit des Personals erregen konnten. Es war ihr erstes Treffen seit Wochen, weil Ted Tinio den Forscher von allen Begegnungen abriet. Es verstand sich von selbst, dass Vicente sich ganz richtig benahm, indem er sich keinen vorläufigen Abruf leistete.

Nun ereignete sich eine Möglichkeit, dem jungen Mann die letzten Nachrichten zu erzählen, damit er sich auf dem Laufenden halten konnte. Der Besucher verstand ganz angemessen, in welcher gefährlichen Lage sich sein Schwager jetzt befand. Trotzdem schien ihm fast unglaublich, dass man in solcher Situation irgendwelche reellen Handlungen zu unterfangen fähig war, um die Ermittlung fortzuführen. Ihm war es auch klargeworden, dass Ted Tinio momentan etwas Fantastisches machte. Weil jeder Schritt bei einer ständigen Überwachung mit einem schrecklichen Risiko verquickt worden war. Nun zeugte sein Gesichtsausdruck davon, dass er sehr kummervoll für Ted und vor allen für Mike war. Der Professor kapierte wahrschein das Ausmaß der Gefahr nicht, denn er sprach wie ein bezauberte über die neuen Beweisstücke und möglichen Personen, die hinter der Übeltat stehen konnten. Ihm war es vielleicht noch wichtiger, als sein eigenes Leben. So versuchte Vicente erneut, mit einfachen Worten zu erklären, dass eine Lebensrettung für die beiden „Ermittler" die allerwichtigste Sache sein sollte. „Mike, versteh mich doch richtig", flehte er nachdrücklich, „sie sind beide verdammt. Es gibt keinen Sinn mehr, ihre Untersuchung weiterzuführen. Ihre einzige Chance besteht darin, eine Flucht aus dem Land zu versuchen. Ich bin bereit, alles zu machen, um ihnen damit zu helfen. Ich kann auch mit Ted darüber reden. Es ist ausschließlich dringend, vielleicht spielen sogar Stunden eine Rolle". Mikes Augen zeigten aber eher Ruhe und Gelassenheit. „Nein, Vicente, ich glaube nicht, dass es so eilig sein sollte. Ich meine, dass wir für ein Landverlassen noch Zeit haben. Außerdem gibt es momentan keinen Anlass, gegen uns etwas zu machen. Wenn doch, passiert es gewöhnlich nicht so bald". Welche Argumente konnte der Besucher noch mitbringen, um die Verirrung seines Verwandten zu überwinden. Er war nicht imstande, gleich etwas noch Überzeugendes auszudenken. In einer Viertelstunde verabschiedeten sie sich verwandtschaftlich voneinander, Betrübter Vicente, dessen Laune in Keller sank, fuhr weg davon. Nur als der Biologe wieder in seinem Arbeitszimmer des Hotels allein war, kam ihm in den Sinn, dass der plötzliche Besuch seines Schwagers nicht zufällig sein sollte. Wie konnte er, ein weltweit anerkannter Wissenschaftler, diese klare Begleiterscheinung aus dem Gesichtsfeld übriglassen? Er hörte über eine Stunde lang die netten und bekannten Redewenden und suchte (leider absolut vergeblich) festzustellen, woraus sie vorkamen. Jetzt waren alles Zweifeln verschwunden: Die einzelne Quelle sollte seine Liebe sein. Natürlich war nur sie imstande, im Abstand von vielen Tausenden Kilometer seine aktuelle Gemütsverfassung auszuspüren und Alarm zu schlagen. Jetzt musste er schamhaft eingestehen, dass er ganz verrücktgeworden war. Plötzlich sah er mit seinem „dritten Auge" ein Trugbild, auf dem Gina selbst in der Gestalt von ihrem Bruder ihn besuchte. Jetzt kapierte er alles in einem Augenblick: Er musste wahrscheinlich, zu jedem Wort Vicentes sehr aufmerksam sein, denn der sprach nicht selbst, sondern sendete ihm eine Botschaft aus einer Vernunftsphäre. Ja, gewiss, alles, was er sagte, war eventuell eine Widerspiegelung des künftigen Ereignisses, nicht mehr und nicht weniger. Der erste Impuls, den der Forscher nach dieser „Entdeckung" empfand, war, sich gleich mit Gina in Verbindung zu setzen. Er hielt aber sich inne, weil er momentan nichts Einsichtiges ohne Vorbereitung zu machen fähig war. In der Tat könnte jede seine Aussage entweder seiner Liebe Schrecken einflößen oder dem Belauschen aufspannen. Die beiden Sachen wären unzulässig geworden. Die letzten Meldungen von Mr. Tinio waren auch kaum ermutigend: Der Politiker versank tief in ein Laster der Beweisstücksammlung, die eine Vielfalt von Überprüfungen und fremden Auskünfte forderten. In der scharfen Abwesenheit der Möglichkeit, irgendwelchen eigenen Beitrag zur Ermittlung des Falls Salongas zu leisten, war der Professor gezwungen, sich wieder vollständig der Forschung zu widmen. Neben seiner eigenen Untersuchungen bekam er jeden Tag neue Telefonanrufe und E-Mails, die an einem Alarm erinnern konnten. Es gab eine Menge von Gelegenheiten, die ohne seine Teilnahme unvorstellbar zu lösen schienen. Eine „fernbediente" Leitung des Arbeitsbereichs bracht ihn ständig in Verlegenheit, weil er nicht fähig war, über alle notwendigen Kleinigkeiten zu verfügen. In der Tat unterschied sich eine örtliche Führung von deren Fernabart dadurch, dass man eine konkrete Lage mit allen eigentümlichen Sachen zu betrachten vermöge. In seinem heutigen Zustand musste Professor Knudsen ständig nach allen solchen Details anfordern, die seine Mitarbeiten eher subjektiv kapieren konnten. Sie konnten es prinzipiell nicht anders machen, weil sie nie zuvor mit solchen Sachen zu tun hatten. Es war unbequem und sorgte nicht für die genaue Schlussfolgerung, die der abwesende Chef zu ziehen vermag. Solche Unsinnigkeit ärgerte schrecklich die beiden Seiten, deren Gemütsverfassung viel zu wünschen übrigließ. Ein empathischer Mensch konnte sich unbedingt in Knudsens Lage versetzen. Der arme Gelehrte zerriss sich buchstäblich in Fetzen zwischen seinem vorübergehenden Zustand in Manila, Bereichsleitung in Uni Heidelberg, australischer Küste, wo sein Projekt schon fast im vollen Gang war, und Los Angeles, wo seine Frau nicht nur mit voller Selbstopferung als eine führende Schauspielerin tätig war, sondern mit aller

Kraft ihm zu helfen suchte. Es war wahrscheinlich eine himmlische Zerreiß-
probe, die nur wenigen ausgewählten zuteilt werden könnte. Was Mike aber
nicht mit der göttlichen Gnade vergleichen konnte, betraf seine unlösbaren
Probleme mit dem Fall Salongas, wo er gar keine Fortsetzung zu sehen vermag. War dieser Fall eine seltsame Ausnahme oder war er ein Vorzeichen
des folgenden Misslingens?

Die nächsten zwei Tagen gingen in solchem quälenden Nachdenken
vorüber. Darauf bekam er einen ziemlich merkwürdigen amtlichen Brief,
den er beharrlich zu lesen versuchte. Der Absender habe anscheinend seine
Ortsitz im Makati Police Department. Auf jeden Fall standen der Name und
die Adresse dieser Behörde auf dem Briefumschlag und auf dem Brief
selbst. Der Amtsinhaber teilte ihm in einer bürokratischen Form mit, dass er
zu einem bestimmten Termin zur Verhandlung eingeladen wurde. Als ein
Betreff war seinen Antrag vom bestimmten Datum genannt, was im Prinzip
dem Tag entsprach, als er mit Vicente Pascual das Polizeipräsidium besucht
hatten. Im ersten Augenblick war der Biologe ein Bisschen erstaunt von dieser Sendung. Denn er gewöhnte sich schon mit dem Gedanken an, dass es
der Landregierung unerwünscht wäre, diese Ermittlung in Gang zu setzen.
Nachdem er den Brief schon das dritte Mal gelesen hatte, änderte sich seine
Stimmung so stark, dass er in dem Inhalt sogar bestimmte Mut erregenden
Züge zu sehen bereit war. Nach einer Stunde fühlte er sich dem Glück nah.
„Warum könnte diese Botschaft nicht davon zeugen", fragte er sich, „dass
unsere tollkühne Strebung nach Gerechtigkeit mit dem Erfolg gekrönt wird.
Letzten Endes verfolgte die aktuelle philippinische Regierung die gleichen
Ziele wie die anderen demokratischen Staaten. Darüber hinaus wurden hier
vor kurzem die entsprechenden Reformen in den Ministerien durchgeführt,
die den Kampf gegen Korruption und Kriminalität gerichtet worden waren".
Er war schon in der Lage, alle versteckten Vorgänge, die mit ihrem Antrag
passieren konnten, aufzudecken. Selbstverständlich konnte ein nicht besonders großer Apparat der Behörde kaum sehr schnell den Haufen der Anträge
mit einer hohen Geschwindigkeit verarbeiten. Aber jetzt ist unsere Untersuchung an der Reihe und niemand kann ihn einfach wegschmeißen. Außerdem musste man die benötigten Fachleute wählen, die eine essenzielle Erfahrung mit den ähnlichen Verfahren haben sollten. Auf dieser Stelle empfand er auch den Stolz auf Ted Tinio, der schon eine Menge der Beweise
gesammelt habe, die für die Ermittlung von großer Bedeutung sein sollten.
Ted war wirklich ein braver Kerl, der alle Hindernisse und Ränken zu überwinden versuchte. Jetzt war er nicht allein: Dieser Mitarbeiter des Justizministeriums namens Tirso Raines sowie andere Kollegen des Beamten
schließen sich zu diesem Prozess sicher ein, um ihn zu Ende zu bringen. Nun
sollte der Gelehrte sich selbst gut zum vorkommenden Gespräch im Police
Department herrichten, damit er die groben Fehler zu vermeiden fähig war.
Die nächste Frage war mit seinem möglichen Begleiter verknüpft. Obwohl
alle hohen Polizeioffiziere Englisch sprachen, verfügte der Professor noch

nicht über komplizierte Details ihres sachlichen Jargons. Knudsen fürchte sich, dass auch Vicente nicht besonders leistungsstark in dieser Sache war. Um ehrlich zu sein, wollte der Biologe überhaupt nicht, dass sein Schwager ihn dorthin begleitete. Mike konnte das Gefühl kaum wörtlich erklären, aber nach dem letzten Besuch Vicente und deren Gespräch im Hotelzimmer herrschte im Herzen des Forschers eine unklare Angst für diesen jungen Mann. Vielleicht habe sie etwas mit Gina zu tun, deren Gestalt ihm in Vicente erschien. Oder gab er einen anderen Grund dafür, aber er hätte gerne nicht, dessen Leben zu riskieren. Wahrscheinlich nicht besser sah es auch mit Mr. Tinio aus, der möglicherweise für mehreren Beamten eine unerwünschte Persona war. Deswegen hieß die nächste Frage: Wer Knudsen in der Tat begleiten sollte. Infolge der genannten Denkart durfte er sich jetzt nicht an seinen Schwager wenden, um dessen Ratschlag bezüglich der Begleitung zu erfragen. Wohl blieb nur Mr. Tinio für diese Sache übrig. Er sollte mit ihm recht bald darüber sprechen. Er wählte gerade dessen Nummer. Letzte Zeit funktionierte der Verstand Teds wahrscheinlich so intensiv, dass er alles durch ein halbes Wort kapierte. So nannte der Politiker selbst den Termin und die Stelle des Treffens. Es sollte morgen früh an dem vorigen Platz in der Nähe von Rizal-Park vonstattengehen. Es war schon das zweite Mal, wenn sie beiden gleich zehn Minuten vor der bestimmten zusammenkamen. Ted las flüchtig den Brief aus dem Police Department, nachdem sein Gesicht einen finsteren Ausdruck bekam. Es gab darin keinen Schatten der Zufriedenheit, die der Forscher zuvor zu erfahren fähig war. Im Gegenteil konnte er darin etwas Gefährliches verspüren. „Solche unerwartete Wende hat mich eher Verdruss bereitet", sagte er leise, gleichsam nur für sich selbst, „was sollte sie bedeuten? Zweifelhaft flammten sie plötzlich vor einem leidenschaftlichen Gefühl, die Untersuchung so beharrlich wie möglich durchzuführen. Sonst käme die Frage parat, warum sie die Sache ganze Zeit in die Länge zogen". Der Professor versuchte widerzusprechen im Sinne, dass sie angeblich sowieso viel zu tun haben, um alle Sachen zusammen zu ermitteln, doch Mr. Tinio war unbeugsam: „Sie probieren, Mr. Knudsen, diese kaltblütigen Beamten recht zu fertigen. Mir scheint es aber viel nüchterner zu sein, eher ähnelt ihre Spielerei an einen scharfsinnig vorbereitet Umtriebe der bürokratischen Macht. Wir müssen uns sehr vorsichtig benehmen, um etwas gegen deren möglichen Maßnahmen entgegenzunehmen. Übrigens, wollen Sie dorthin hoffentlich nicht allein kommen?" Professors Augen spiegelten eine klare Zustimmung wider:
„Gerade diese Angelegenheit wollte ich mit Ihnen diskutieren. Ich konnte selbstverständlich einen Bekannten von mir mitnehmen, aber er ist kein Sachkundiger in Strafrechtsfragen. Vielleicht könnten Sie mir jemanden empfehlen". Ted versank sich einige Momente ins Nachdenken. Dann sagte er resolut:
„Ich soll mit einem bekannten Anwalt darüber sprechen, unbedingt privat und ohne Zeugen. Darauf kommen wir mit Ihnen nochmals zusammen. Lei-

der zwingt uns unsere heutige Lage, sonderbarerweise zu verhalten". Mit diesen Worten verabschiedeten sie sich voneinander.

Als Mike Knudsen sich wieder im Arbeitszimmer des Hotels befand, überlegte er erneut die Bedeutung aller Worte Teds. Sicher war dieser Kerl weit viel erfahrener als Mike selbst in hiesigen Leben und Politik, indem er alle unsichtbaren Unterwasserströmungen zu erfassen vermochte. Allerdings schien es dem Gelehrten ein Bisschen übertrieben zu sein, in allem Vorgehen des Beamten eine böswillige Falle zu erkennen. Nein, so schlimm konnte es bestimmt nicht sein. Darüber hinaus waren alle diesen Staatangestellten einfache Menschen, die man auf keinen Fall über einen Kamm scheren durfte. Es gab vielleicht eine Menge von hartherzigen Vollziehern, doch es sollte auch diejenige geben, die um menschliche Güte und Rechte kümmern sollten. Mit anderen Worten musste Knudsen sich schlimm gegen Menschen und Himmel vergehen, um den allgemeinen Hass gegen sich zu richte. Soweit konnte sich der Forscher bestimmt nicht bringen. Warum eigentlich? Der Gelehrte sollte aber die aktuelle Mentalität von Ted Tinio richtig erfassen: Der Mann war momentan gewaltig von Misslingen und Gleichgültigkeit der Gesellschaft tief betrübt. Teilweise war vielleicht der Forscher selbst schuldig, denn er verursachte eine besonders schwer verständliche Ermittlung der vermuteten Ermordung und war selbst kaum in der Lage, etwas Wesentliches darin beizutragen. In der Tat trug jetzt der ehrliche Politiker die ganze Last der privaten Untersuchung, während der träge Staatsapparat alles Mögliches machte, um ihm zu hindern. Man konnte viel mit seiner Willenskraft erreichen, er konnte aber nicht, einen vollständigen Müßiggang des Staates überwinden. Aber was musste jetzt der Professor selbst machen, wenn die ungünstige Vermutung von Tinio in der Tat stattfindet? Sollte er Kopf und Kragen riskieren, damit er, um jeden Preis das Gerichtsverfahren in Gang zu bringen forderte? Natürlich war Knudsen weiter der Absicht, seine Position aufrechtzuerhalten. Dafür wurde er nicht umsonst hierher geflogen. Doch seine Möglichkeiten in einem fremden Land waren enorm beschränkt. Konnte er momentan auf eine zuverlässige Unterstützung des ihm unbekannten Menschen hoffen, den ihm Mr. Tinio zu verschaffen versprach. Solche gar nicht verheißungsvolle Aussicht konnte dem Wissenschaftler gar nicht gefallen. Vor allem deswegen, weil er sich nie als ein Schmarotzer vorstellen konnte. Außerdem war ihm der Gedanke widerlich, dass jemand um seine Gunst kümmern sollte. Aber genug mit dieser bodenlosen Kasuistik. Jetzt musste er geduldig auf den Anruf Tinios warten, der vielleicht die Situation zu erhellen vermöge.

Ted Tinio war diesen Tag wie immer sehr fleißig gewesen, indem er nicht nur mit drei bekannten Rechtsanwälten in deren privaten Büros gesprochen, sondern sich nach ihrer Bereitschaft erkundigte, das Interesse von Professor Knudsen in Police Department zu vertreten. Ein von ihnen verzichtete sich glattweg daraus, was er als ein sehr riskantes Unterfangen begründete. „Wissen Sie, Ted", setzte er seine Motivation fort, „eine Ermittlung des Todesfalls wandelt sich allmählich in eine gefährliche Beschäftigung um, weil man auf der gegenüberliegenden Seite gewisse mächtigen Kräfte erkennen könnte, die seine künftige Karriere vollständig zu ruinieren vermögen. Ich besitze ausreichend Anträge, die mir problemlos genug Geld mitbringen können. Also verzeihen Sie mir bitte solche Vorsicht, wir sind alle Menschen". Ted vorzog, ihm nichts widerzusprechen, dachte aber sich, dass ein echter Anwalt gerade solche fragwürdigen Fälle zu übernehmen wusste. Die beiden anderen zeigten ein aufschlussreiches Beispiel dafür, indem sie ohne Zögerung die genannte Vertretung zu übernehmen bereit waren. Mr. Tinio fand es aber für überflüssig, wenn Mr. Knudsen mit zwei renommierten Juristen die Schwelle des Police Department übertreten. Einigermassen sollte es herausfordernd aussehen. Deswegen bat er Mr. Mig Carpio den Forscher zu begleiten. Da der Jura Mann nichts dagegen hatte, drückten Ted und Mig die Hand und verabschiedeten sich. In einer Stunde erzählte der Politiker Mr. Knudsen ausführlich die Ergebnisse seiner Verhandlung und gab den Forscher einige Empfehlungen der allgemeinen Art. Morgen sollte das Verfahren wohl oder übel eröffnet werden sein.

Was sich in Police Department ereignete

Was am nächsten Morgen wirklich passierte, konnte Professor Knudsen eher wie einem Alptraum beschreiben, obwohl es dafür gar keine Voraussetzungen gab. Mehr als das begann der Tag sogar vielversprechend. Mr. Tinio war so liebenswürdig, dass er speziell mitgekommen war, um Knudsen mit Mr. Carpio bekanntzumachen. Mig war ein nicht großer gutaussehender von stämmigen Körperbau Kerl Mitte Vierziger mit einem gönnerhaften Lächeln, offenem eiförmigen Gesicht, dünnwerdenden braunen Haaren, richtigen Gesichtszügen, dunklen Augen, dünnen Augenbrauen und Schnurrbart. Sie drei sprachen miteinander einige zehn Minuten, nachdem Ted die beiden allein ließ. Mr. Carpio redete mit einer ausdrücklichen Stimme, indem er seinen Mandanten inständig bat, alle komplizierten Sachen vollkommen ihm zu überlassen. Im Grunde war Mig der Absicht, Mr. Knudsen als einem Komparsen beim Drehen des Films zu halten. „Je weniger mein Klient spricht", dachte er sich, „desto größer die Chance, dass er keine Fehlschläge macht, die mir darauf sehr kompliziert zu verbessern gelinge". Im Großen und Ganzen habe der Forscher nichts dagegen, denn alle juristischen Fragen waren imstande, ihn in schlechter Stimmung zu führen. Wie es dazu gekommen konnte, dass er schon bei der Anmeldung im Vorzimmer von Mr. Carpio getrennt worden war, konnte er auch später nicht erklären. Wahrscheinlich ereignete sich diese Tatsache so blitzschnell, dass seine Wahrnehmung darauf nicht zu reagieren fähig war. So befand sich der Professor plötzlich in einem weiteren Wartezimmer, wo schon mehrere Menschen gesammelt worden waren. „Was für Leute sind alle diesen", überlegte sich der Gelehrte, „die nach meinem ersten Blick sehr Argwohn einflößend aussahen". In der Tat schindeten fast alle von ihnen einen betrübten Eindruck. Sie waren schlampig gekleidet, mit ungekämmten Haaren, auffällig erregten

Gesichter. Ihre äußere Erscheinung erwies einen hervorrufenden Kontrast zum elegant bekleideten in strickten Anzug und Krawatte Professor. Ihre einigermaßen typischen Gestalten passten vielleicht genau den Hollywoodfilmen. Der Biologe erinnerte aus einem unklaren Grunde an Gina, die beharrlich nach den neuen Gestaltentypen suchte. Die Menschen, die sich momentan im Zimmer befanden, waren genau diese, die seine Liebe gedanklich darzustellen versuchte. Es gab wirklich etwas absolut Ungerechtes in dieser Welt: Man quälte sich bis zum Kopfschmerz mit solchen Sachen, die irgendwo schon realistisch existierten, gleichsam sie sich von selbst auf die Leinwand aufdrängten. Noch merkwürdiger schien dem Forscher in diesem Raum die Begleiterscheinung, dass alle Insassen sich selbst überlassen worden waren, es gab also überhaupt keine Aufsicht. Deswegen wechselten sie ständig ihre Sitzplätze, indem sie miteinander etwas Seltsames auszutauschen schienen. Was sie realistisch gesehen machten, war schwer fassbar, weil alle ihre Handlungen wie bei einem Zauberkünstler unmerklich vonstattenging. Solche eigenartige Lage brachte Knudsen schließlich völlig aus dem Gleichgewicht, so dass er als ein erprobtes Gegengift eine Selbstbeeinflussung wählte. Er nahm dafür aus seinem Gedächtnis die abgerissenen Erinnerungen von den Empfehlungen der erfahrenen Personen heraus, und begann, die geistigen Übungen zu praktizieren. Er schloss seine Augen und sprach tonlos etwas Ähnliches einem Gebet. Er konnte nicht genau erfassen, wie lange dieses Verfahren dauerte. Er wusste nur, dass es ihm das Gleichgewicht wiederherstellen ließ. In dieser angestrengten Situation bedeutete es (nach seiner Ansicht) schon einen Erfolg. Auf jeden Fall störte ihn die Verhaltensweise seiner Mitgefangenen nicht mehr. Er merkte allerdings, dass auch die Zahl von ihnen erheblich vermindert worden war. Der letzte Umstand sollte davon zeugen, dass sie der Reihe nach zu den Polizeibeamten gefordert werden sollten. In wenigen Minuten war auch er zum Ausgang geboten. Er war so froh dieser Begebenheit, dass er sogar über seine Aktentasche mit Papieren vergessen hatte. Doch der Mann, der seinen Namen äußerte, wies ihn darauf hin. Ganz unerwartet wurde Knudsen vor dem nächsten Arbeitszimmer der Durchsuchung unterzogen worden. Nein, genauer gesagt, war er zuvor komischerweise gefragt, ob er bei sich verbotene Dingen, etwa Waffen, Drogen usw. hatte. Er antwortete selbstverständlich verneinend darauf. Der Diensthabende wollte sich aber nicht, ganz auf sein Versprechen verlassen. So bat er darum, alle Kleidungstaschen zu wenden. Darauf betastete er den Besucher sorgfältig. Schließlich ging er zu Knudsens Aktentasche, indem er den Inhalt Stück für Stück rausnahm und aufmerksam betrachtete. Plötzlich kamen zwei Päckchen heraus, die zweifelsohne darin nicht gehören sollten. Auf dem fraglichen Blick des Offiziers antwortet der Forscher fast mit einem Schrei, dass er nichts mit diesen Sachen haben konnte. Abgesehen davon schien der Mann mit der Reaktion Knudsens kaum zufrieden zu sein. Stattdessen lud er zwei weitere Beamten sowie Mr. Carpio ein, um den Fall zu protokollieren. Der Gesichtsausdruck des Anwalts sollte vom Entsetzen zeugen. Der Verdächtige wurde nochmal gefragt, über die Herkunft der Päckchen etwas Deutliches zu sagen. Der Gelehrte war aber so beängstigt, dass er nur fähig war, mehrfach zu wiederholen: „Diese scheißen Sachen gehören nicht zu mir". Es wäre nicht berechtigt zu sagen, dass der Anwalt diese unangenehme Szene schweigend verfolgte. Umgekehrt machte er sein Bestes, um zu bestätigen, dass sein Klient ein sehr ehrlicher und anständiger Wissenschaftler war, der sein Leben lang nichts Gesetzwidriges gemacht habe. Die Erwiderung der Beamten klang unparteiisch und kalt im Sinne, dass das Gesetz für allen gleich ist, unabhängig davon, welche Verdienste man zuvor hatte. Außerdem wurde in Anwesenheit aller Zeugen eine Untersuchung des Inhalts von Päckchen durchgeführt, die eindeutig beweisen sollte, dass die Rede von Kokain war. Auf diesen Grund war der Professor sofort verhaftet und ins Quezon-Gefängnis geliefert worden. Diese unvorhersagbare Situation zog Mr. Carpio buchstäblich den Boden unter den Füssen weg. Es sollte nicht nur eine Lebenskatastrophe für den großen Forscher bedeuten, sondern eine berufliche Niederlage für Mig selbst gewesen sein, der sich zuerst als Retter der Weltberühmtheit fühlen konnte. Nun änderte sich die Lage so drastisch, dass er anstatt eines Stars, um einen Drogenbesitzer kümmern sollte. Es konnte überhaupt nicht wahr sein. Was konnte mit dem Professor wirklich passieren? Carpio beobachtete im Laufe ganzer Stunde aufmerksam diese berüchtigten Kriminellen, die unter schmutzigen Umständen ins Police Department gebracht worden waren. Natürlich konnten mehrere von ihnen eine Drogenmenge bei sich haben. Was sollten sie damit weiter machen? Der einfachste Weg, sich von dem Stoff zu befreien, war, ihn diesem fremden Gentleman, der bei ihnen sicher keine Verehrung zu erregen vermochte, heimlich in die Tasche hineinzustecken. Diese Gauner verfügten gewiss über die Zauberkunst, doch wie war es möglich, dass ein noch ziemlich junger Mann solche Gaukelei nicht bemerken konnte. Mig sollte möglichst bald mit Mr. Knudsen darüber sprechen. Zuerst musste er sich aber mit Tinio treffen, um alle Varianten zu diskutieren sowie die Angehörigen des Forschers zu benachrichtigen. Deswegen wählte Mig die Nummer Teds und bat ihn um ein dringendes Treffen. Der Politiker nahm den Anruf Mr. Carpio sehr ernst auf und war bereit, sofort nach dessen Büro zu fahren.

Was vor wenigen Stunden in Police Department geschah, erschütterte Tinio vielleicht noch stärker als Carpio selbst. Er wurde momentan bleich geworden und konnte einige Minuten nicht sprechen. Das Mienenspiel seines Gesichts verriet eine intensive innere Bemühung, die darauf gezielt war, sich zusammenzunehmen. Vielleicht gelang es ihm wohl als er zu sprechen begann: „Wissen Sie, Mig, den ganzen Vormittag heute hinterließ mich nicht das Gefühl, dass dort bei ihnen etwas schiefgehen sollte. Was Sie mir gerade erzählt haben, war dem Anschein nach mit dem Fall Salongas verbunden. Sonst sähe es ganz seltsam aus, dass diese polizeilichen Spürhunde unseren ausländischen Intellektuellen zusammen mit den kriminellen Verbrechern festhielten. Wozu eigentlich? Mir wurde es gleich nach Ihrer

Erzählung klargeworden, dass den Koks ihm von jemandem hineingesteckt worden war. Wie es praktisch geschafft wurde, ist mir unklar, doch diese Leute sind gewandt genug, um solche Sache unauffällig zu machen. Zugleich schließe ich die Vermutung aus, dass die Polizisten sich selbst etwas Gleiches ausdenken ließen. Nein, soweit sollte es sicher nicht gegangen. Nun, glaube ich, müssen wir das ganze Problem diskutieren, das mit der Ermordung Mr. Salongas verknüpft war. Der Fakt der Tötung allein erregt nach meiner Ansicht keinen Zweifel mehr, oder?"

Der Anwalt war so stark von dem Gedanken der Befreiung des Professors verschlungen, dass er kaum vollständig die Frage Teds begreifen konnte. Deswegen erwiderte er ziemlich unangemessen:

„Lassen wir uns lieber, unsere Handlungen nach dem Grad der Wichtigkeit anordnen, das heißt, unsere Haupt-ache heute besteht darin, dem Forscher aus dem Knast hinauszugehen verhelfen. Die Aufgabe ist gar nicht einfach, weil man letzte Zeit den Drogendelikten eine ungeheure Gefahr für das Land verschreiben sollte. Wie es überhaupt möglich wäre, solche schwere Beschuldigung abzuwehren?" Der Politiker hörte nachdenklich die Erwägung Carpios zu, gleichsam er selbst diese Frage stellen wollte. Dann äußerte er in einem gedämpften Ton: „Ich sehe unsere Chance nur darin, die Tatsache des Zusteckens der Droge seitens der Verbrecher zu beweisen. Dafür wäre es nach meiner nicht berufsmäßigen Auffassung nützlich, einen stundenlangen Verbleib des Beschuldigten unter den Banditen zu betonen".

Mig reagierte auf solchen Ratschlag ziemlich scharf:
„Ich muss, Mr. Tinio, im Unterschied zu Ihnen, ausschließlich auf Jurasprache reden. Anders ausgedrückt, muss ich ungeachtet dessen, dass die Umgebung des Gelehrten im Vorzimmer des Police Departments vollkommen aus den Kriminellen bestand, sie alle als absolut unschuldige Menschen aufnehmen. Sonst würde es mir selbst die Anklage gegen Unprofessionalität erhoben, was an einem Todesurteil ähnelte. Deswegen muss jede meine Aussage mit den eisernen Beweisstücken begründet werden. Alle meine Gefühle und Empfindungen sollte ich draußen hinterlassen. Und wie stellen Sie sich das Bild dar, dass ich die Polizeidienstleute aufrichtig beschuldige, sich nicht gesetzmäßig zu benehmen, wenn es keine schriftliche Anordnung gibt, mit welcher man die Personen im Warten Raum halten sollte?" Ted versuchte nochmal, etwas Vernünftiges vorzustellen:

„Da haben Sie, Mr. Carpio, Recht, ich bin ein voller Amateur in Ihrem Fach. Aber kann man sich vielleicht die Begleiterscheinung zugunsten ausnutzen, dass Professor Knudsen nicht als ein Beschuldigte festgenommen (wie alle anderen Insassen des Vorzimmers) worden war. Im Gegenteil wurde er infolge seines Ermittlungsantrags freiwillig eingeladen. Wieso durfte man ihn wie einem Verdächtigen behandeln, ist das in der Tat gerecht?"

Der Anwalt antwortete ohne Zögerung: „Nein, es ist im Prinzip nicht gerecht. Die Sache hat aber einen Haken und zwar, dass es in der Einladung keinen Hinweis darauf gibt, der bestätigen konnte, dass er bezüglich seines Antrags danach aufgefordert wurde. Wenn diese Versäumnis absichtlich gemacht worden war, sollte es bedeuten, dass sie auch seine künftige Beschuldigung nicht auszuschließen wussten. Übrigens stimmt diese Hypothese mit Ihrer Vermutung überein, dass sie keineswegs den Anstoß der Untersuchung der Todesursache von Yam Salonga zu geben vermochten. Wie man bei uns, Juraleute, sagt: Alle Enden treffen sich. Trotzdem bin ich der Meinung, dass wir unsere Bemühungen fortsetzen müssen". Auf dieser Stelle kam die Unterhaltung zum Ende, und Carpio fuhr nach der Gefängnisverwaltung, um ein Zusammentreffen mit seinem Mandanten zu beantragen. Mittlerweile verband sich Ted telefonisch mit Vicente Pascual, um mit ihm über eine kurze Begegnung zu verabreden. Der junge Mann war augenblicklich sehr beschäftigt, hätte aber Ted gerne nach der Arbeit sehen. Die Verhaftung Mikes war für ihn ein tiefer Schlag, den er nicht leicht erleben konnte. Vicente geriet nach der Mitteilung in Verlegenheit, denn neben eigener Unterdrückung stand er vor der schweren Aufgabe, Gina davon zu erzählen sowie sie von einer dringenden Reise nach Philippinen abzuraten. Er zweifelte sehr daran, dass ihr Herbeifliegen etwas Günstiges mitbringen könnte. Darüber hinaus war seine Schwester überempfindlich, um die Situation angemessen zu erfassen. Diese Beschaffenheit sollte ihr noch viel größere Erschütterungen bereiten, die, Gott bewahre, schauderhafte Schaden ihrer Gesundheit versetzen sollten. Nach Vicente feste Überzeugung wäre die Beteiligung jener anderen Frau in dieser unangenehmen Angelegenheit, die gerade mit Mike passierte, ganz unerwünscht. „Nur diejenige, die ein kraftvolles Nervensystem besitzen", dachte er sich, „hätten eine kleine Chance, die ereignete Sache in richtiger Richtung zu bewegen". Er selbst war noch nicht mit Mr. Carpio bekannt, konnte aber aus der Beschreibung Tinio, den er schon gut kannte, eine Schlussfolgerung ziehen, dass der Anwalt gerade solche Person war. Ted teilte ihm auch mit, dass Mig einige Gerichtsverfahren hinter sich hatte, die mit den Drogenbesitz und -handeln beschäftigt haben. Bei einem davon handelte es sich um die Verteidigung eines schweizerischen Businessman, der aus Versehen in ein Drogennetz verwickelt worden war. Dieser Mig zeigte sich anscheinend in diesem Prozess nicht nur als ein erfahrener Jurasachkundige, sondern auch als ein mutiger Mensch, der eine Reihe von Drohungen und Renken überstand. Wahrscheinlich war es in der Tat eine treffende Schilderung dieser Person. Wenigstens könnte es für Gina mehr oder weniger überzeugend klingen, um auf eine Reise nach dem Heimatland zu verzichten. Mit solcher Denkweise wählte Vicente die Nummer seiner Schwester und, als sie beantwortet habe, redete er so ruhig, wie er konnte. Der Bruder erklärte die Lage ihres Mannes gleichsam es ein zufälliges Missverständnis gab, das hoffentlich ziemlich schnell aufgelöst werden sollte. Für die Kino Diva sollte es vielleicht ausreichend sein, um etwas Widerliches zu verspüren. So begann sie sofort, Vicente wie einem Verdächtigen in Polizei zu verhören. Infolge dessen wurde der junge Mann schließlich gezwungen, die ganze Wahrheit zu verraten. Allerdings sah es mit ihrem Heimflug viel komplizierter aus, als ihr Bruder sich vorzustellen vermochte. Sie zog momentan die größten Absichten des Regisseurs an sich, so dass sogar ihre kurze Abwesenheit bei Dreharbeit unrealistisch schien. Gina versprach doch, in zehn Tagen (maximal in zwei Wochen) in Manila zu sein. Sie sagte auch, dass ihren Kontakt mit Vicente nicht seltener als jene zwei Tage stattfinden sollte. Damit ging das Gespräch zu Ende. Der Bruder empfand eine vorübergehende Erleichterung: Vielleich gibt es irgendwelche Besserung der Situation in zwei Wochen.

Schon das erste Gespräch des Anwalts mit dem Inhaftierten bestätigte das vermutliche Geschehen im Vorzimmer des Police Departments. Die Erzählung des Gelehrten über dessen Selbstbeeinflussungssitzung in einem Raum mit Kriminellen erregte aber ein Lächeln beim Jura Mann. Allerdings konnte sich der Letzte etwas Ähnliches vorstellen. Nun blieben ihm keine Fragen übrig: Gedanklich war der Fakt des heimlichen Zusteckens von Drogen in die Aktentasche des Professors vorhanden. Zugleich durfte man die gedanklichen Erwägungen nicht als ein Beweismaterial ausnutzen. Carpio grübelte weiter darüber nach, was er in solcher schwierigen Lage zu unterfangen versuchen sollte. Leider Gottes waren alle seine Argumente nicht überzeugend. Sogar seine Mühe, dem Häftling bessere Lebensbedingungen zu verlangen, wurden abgelehnt. Der offizielle Grund dafür hieß, Drogendelikte ließen keine Gnade der Justiz verdienen. So hart formulierte diese Sache der Erlass des Landespräsidenten, den der Staatsanwalt nicht verletzen durfte. Mr. Carpio hatte auch mit dem Staatsanwalt gesprochen, den er persönlich gut kannte. Der große Beamte redete mit ihm fast gönnerhaft, indem er unter anderem sagte:

„Lieber Carpio, ich kenne Sie seit Jahren und wäre bereit, Ihnen zu helfen. Verstehen Sie mich doch richtig, ich bin bloß ein Staatsangestellter, nicht Herrgott. Anders gesagt brauche ich von Ihnen unwiderlegbare Beweise, keine Vermutungen und Emotionen. Sonst muss ich mich in einen Gegner von Ihnen umwandeln". Es klang kaum etwas Tröstliches in den Worten des großen Mannes.

Natürlich konnte Mig auch nicht, auf die Beratung seiner Kollegen verzichten. Er diskutierte mit mehreren von ihnen, die sich irgendwann mit ähnlichen Verfahren beschäftig waren. Die Mehrheit war eher stark verneinend gestimmt. Die bekannten im ganzen Land Verteidiger begründeten ihre Ratlosigkeit dadurch, dass eine enorme Verhärtung des Drogengesetzes im Namen des Präsidenten die Anwaltsgemeinschaft gewaltsam entwaffnen sollte. „Auf jeden Fall", beschwerten sie sich darüber, „nahm sie die Lust weg, solche Gerichtsverfahren zu übernehmen". Jemand von Ihnen empfahl ihm, eine scharfe Gesundheitsverschlechterung des Verhaftens zu verkünden sowie dessen Verlegung ins Gefängniskrankenhaus zu fordern. In der Abwesenheit etwas Besseres hielt sich Carpio fest an diese Gelegenheit wie an einen rettenden Strohhalm. Tatsächlich war es keine schlechte Idee, weil sich der geistige und körperliche Zustand des Intellektuellen die Woche nach der Festnahme erheblich verschlimmern sollte. Um die Chance auf das Gelingen dieser Bitte zu vergrößern, war der Verteidiger nun bereit, wieder nach der Audienz beim Staatsanwalt zu suchen. Die Bedingungen in der Kerkerzelle, wohin man den berühmten Forscher untergebracht, waren wirklich fürchterlich gewesen: Zwölf Insassen mussten einen zwanzig Quadratmeter kleinen Raum bewohnen, und eine besonders schlechte Verpflegung erleiden. Sogar einige leiblich starken Individuen konnten sich dort nicht wohl fühlen. Man konnte sich vorstellen, wie es einem kultivierten Menschen ging, der zuvor ein luxuriöses Hotelzimmer in Metro Manila besaß. Migs Befürchtung bezüglich der Möglichkeit, dem Wissenschaftler einen Platz im Krankenhaus zu bereiten, war nicht umsonst, denn er bekam in wenigen Tagen einen Brief, wo seine Ansicht als medizinisch nicht begründet qualifiziert worden war. Gab es tatsächlich ein sachkundiges Gutachten oder ein Rank ihm gegenüber, konnte er sofort nicht sagen. Statt eine Untersuchung dieser Sache zu veranstalten, vorzog er sich gerade an den Staatsanwalt zu wenden. Der alte Mann erinnerte sich wohl an ihre letzte Unterredung über den Fall Knudsens, indem er diesen Schritt des Verteidigers indirekt (das heißt, mit einer Andeutung) zu billigen wusste. „Der alternde Beamte", überlegte sich Carpio, „kapierte von Anfang an, dass der Forscher von jemandem einer Gefahr ausgesetzt worden war. Unter anderen Umständen sollte er sich nach dem Anstand und Gewissen agieren. Jetzt musste er aber vor seinem Ruf bangen, um die Zeit der Pensionierung in seiner Position als ein hochgestellter Beamte zu treffen. Im Prinzip ist es ein erhabener Wunsch aller Staatsangestellten". Diese ruhige innere Denkweise des Verteidigers wurde von einer Frage des Amtsinhabers unterbrochen: „Brauchen Sie etwas noch von mir". Solche höfliche Form der Beendigung der Unterhaltung forderte eine unverzügliche und hochachtungsvolle Danksagung, die Mig, der jetzt wie zuvor in seiner Nachdenklichkeit verblieb, Gott sei Dank, nicht versäumte. Er verließ das Büro des Staatsanwalts mit einem Zufriedenheitsgefühl, das ihm seit Woche fehlte.

„Ich weiß nicht", versuchte er in einem Selbstgespräch logisch begründet darzulegen, „ob es mir gelingt, mein Mandant vor Todes- oder Lebenslangstrafe zu retten, doch momentan sieht es so aus, dass ich ihn aus tödlichen Bedingungen hinausschleppte".

Carpios Denkweise war bestimmt nicht übertrieben. Einer Woche fast ohne Schlaff reichte dem Forscher aus, um einen ständigen Schmerz im Kopf und Rücken zu bekommen. Nach dem letzten Treffen mit ihm konnte Mig auch die ersten Warnungszeichen der Depression vermuten. Seine Niedergeschlagenheit fiel in die Augen, er beschwerte sich über innere Unruhe, Appetitlosigkeit und Konzentrationsstörung. Im Grunde unterschieden sich die Bedingungen im Krankenhaus nicht besonders, allerdings bekam dort jeder Insasse ein Bett, während in der Zelle alle am Boden schliefen. Schon solche kleine Verbesserung sorgte dafür, dass der Professor sich vollauf aus zu schlafen vermochte. Der Gelehrte merkte sich gleich, dass sein Körper und Geist eine Umgestaltung erfuhren, indem ihm zum ersten Mal seit seiner Inhaftierung schöpferisch wissenschaftliche Gedanken in den Sinn kamen. Diese Begebenheit brachte ihm solche Freude mit, dass er auch einen dringend nötigen Hunger empfand. Gleichzeitig war er nun imstande, das Maß der nahkommenden Gefahr zu verspüren. Er war herzlich dankbar Mr. Carpio für „Umsiedlung" ins Krankenhaus. Nichtsdestoweniger war es eher eine kurze Maßnahme, die ganz bald vorübergehen sollte. Was sollte ihn darauf erwarten? Ein Gerichtsverfahren versprach ihm nichts Günstiges: Das beste Urteil – eine lebenslange Bestrafung – war im Prinzip nicht besser, als eine Todesstrafe. Weil eine Person seiner Mentalität kaum eine große Chance haben könnte, Jahre lang in solchem Gefängnis zu überleben. Und nicht allein wäre die schlechten Lebensbedingungen dafür verantwortlich: Knudsen legte sich Rechenschaft darüber ab, dass seine inneren Reserven und Willenskraft ihm helfen sollten, sich sogar solchen schrecklichen Umständen an zu passen. Das Schlimmste bestand darin, dass er hier ein absolut fremdes Wesen war. Die Umgebung setzte sich aus armen und glücklosen Menschen, die seit ihrer Kindheit nichts Gutes zu genießen fähig waren. Deswegen verkehrten sie miteinander wie wilde Tiere, für die die Überlebensfragen vorrangig sein sollten. Doch abgesehen davon gehörten diese Gefängnisbewohner zu einer Gemeinschaft, zu einer Bruderschaft, wo es keinen Platz für Individuen wie Knudsen selbst gab. Es war der Stein des Anstoßes, den der Gelehrte nicht zu entgehen fähig war. Waren seine Tage in der Tat gezählt? Auf jeden Fall konnte ihm Mr. Carpio nichts versprechen. Um seine Aufmerksamkeit nicht überflüssig stark darauf zusammenzuziehen, versuchte der Forscher, über die weiteren Problemen der theoretischen Biologie nach zu denken. Im Großen und Ganzen gelang es ihm, sich mindestens gedanklich in einen freien Raum zu begeben. Für seinen Geist und seine Psyche war es unbedingt eine sehr nützliche Übung, die er sich sonst kaum zu leisten probierte. Es stellte sich dabei heraus, dass die Kenntnisse, die er sich seit Jahrzehnten versammelte, auch ohne Computer und Welt Netz ganz erfolgreich anzuwenden vermochte. Es war sicher genug, um die nächsten Tage wohl oder übel zu verbringen. Zu wenigen angenehmen Ereignissen dieser Tage gehörte auch der Besuch eines Mitarbeiters der deutschen Botschaft, der ihm neben der guten Speise eine tröstliche Nachricht mitgebracht habe, dass das Außenministerium alles Mögliches macht, um seine Lage zu verbessern. Außerdem setzten sich die Kollegen des Besuchers mit Mr. Carpio in Kontakt mit der Absicht, einen passenden Schritt bezüglich seines Verfahrens zu unternehmen. Dem Gelehrten war es unklar, was in seiner Situation hilfreich sein könnte, aber der Fakt allein, dass seine Landsleute um ihn zu kümmern suchten, war sehr nett gewesen.

Die vereinigten Bemühungen staatlicher Organisationen und privaten Personen sollten schließlich ihre Wirkung erweisen. Als ihr erstes Zeichen wurde es dem Verhafteten bekanntgeworden, dass die Gefängnisverwaltung die Bitte der Beteiligten billigte, den Verbleib Knudsen im Krankenhaus für zwei Wochen zu verlängern. Für einen unterdrückten Menschen, der jeden Tag außer Zelle als eine Gnade Gottes aufnahm, war es ein echtes Glück. Nun konnte er nicht zittern, dass dieser Morgen der letzte war. Diese geneigte Begleiterscheinung erregte bei ihm ganz gute Laune, die er unverzüglich in reelle Handlungen zugunsten der Wissenschaft verkörpern sollte. Seine wichtigsten Werkzeuge schlossen jetzt einen Kugelschreiber und einen Papierblatt, mit denen er fähig war, sogar die tiefsinnigen Bemerkungen zu machen. Schon in wenigen Stunden war er damit so hingerissen, dass er nicht die Erscheinung eines Wärters in seiner Nähe sehen konnte. Die Botschaft des Diensthabenden lautete, dass er sofort in den Besuchsraum gehen musste, wo ein Gentleman auf ihn wartete. Was für ein Mann sollte er sein, wollte der Bedienstete ihm aber nicht verraten. So folgte er gehorsam dem Wärter. Der Forscher befand sich noch nicht längst hinter schwedischen Gardinen, wusste aber schon einige Regeln bezüglich des Treffens mit Besucher. Unter anderen wurde es ihm bekannt, dass jedes Gespräch nicht allein von den Überwachungskamera verfolgt werden sollte, sondern von einem Kriminalbeamten zusehen und -hören. Auf diesen Grund wäre es vernünftig für die beiden Gesprächspartner, ihre Aussagen vorsichtig zu machen. Dem Gelehrten selbst schienen diese Empfehlungen ganz nützlich zu sein. Außerdem sprachen gleichzeitig mehrere Besucher mit ihren Angehörigen oder Bekannten. Ganz anders sollte diesmal mit seinem „Gast" aussehen. Denn der Sprechraum war von den übrigen mit einer Scheidewand getrennt worden. Darüber hinaus bekam der Forscher den Eindruck, dass niemand ihr Gespräch aufzunehmen oder zuzuhören fähig war. „Wie konnte es stattfinden?", flog im Kopf Knudsens vorüber, „wäre es überhaupt möglich, dass auch die härtesten Regeln der Strafanstalt gewisse Ausnahmen haben konnten? Und wer sollte sein Besucher in der Tat sein, dieser ziemlich gutaussehende und ordentlich bekleidete Gentleman Mitte Fünfziger mit kurzem grauen Haar, gerötetem Gesicht und nachdenklichen braunen Augen". Zum nächsten Erstaunen des Gelehrten gehörte auch die seltsame Tatsache, dass der Kerl sich nicht vorzustellen wusste. Zählte seine Person zu Berühmtheiten des Landes oder zu Geheimagenten, blieb für ihn ein Rätsel. Statt einer Bekanntmachung fing der Mann sofort an, die Lage des Inhaftierten zu diskutieren. Genau genommen sprach er gleichsam sein „Gastgeber" ihn schon längst kannte:

„Ich bin da, Mr. Knudsen, vor allem deshalb, um Ihnen unser Beileid zu bezeigen. Was mit Ihnen passierte, kann man eher wie einen grausamen Schicksalsschlag bezeichnen. Leider Gottes gibt es in unserem Land noch fast mittelalterliche Gesetze gegenüber den Drogendelikten. Jetzt fürchten wir uns vor Ihr Leben". Abgesehen vom schrecklichen Sinn dessen Worten, versuchte der Wissenschaftler angestrengt zu begreifen, wer sich hinter diesem „wir" verbergen konnte. Mittlerweile setzte der Unbekannte eintönig seine Rede fort: „Unsere Angst für Ihr Leben scheint uns nicht umsonst so ernst zu sein. Denn Sie wissen schon unbedingt, dass unser Präsident für diese Sachen ausschließlich eine Todesstrafe fordert. Gut, werden wir nicht so pessimistisch gestimmt, also hoffen wir nur auf das Beste. Aber was bedeutet das Beste für Ihren Fall, eine lebenslängliche Haft unter unmenschlichen Bedingungen? Wie es mir bekannt wurde, wäre es ein-zwei Jahre am Leben zu bleiben eine Ausnahme für die kräftigsten Individuen. Uns gefällt solche düstere Aussicht überhaupt nicht und wir glauben, Ihnen auch. Gerade auf diesen Grund bin ich heute hierhergekommen. Gott sei Dank gibt es noch gewisse irdisch zuständigen Stellen, die uns vor verhängnisvollen Schicksalsschlägen zu retten bereit sind. Diesbezüglich sehen wir momentan Ihr Geschick wie eines Ausersehnten (oder des evangelischen), dem im letzten Augenblick fabelhaft den Tod zu entgehen gelang. Was können Sie, Mr. Knudsen, dazu sagen?"

Der Forscher war von dessen Worten so stark erschüttert, dass er eine Minute fassungslos dasaß. Dann redete er mit einer leicht bebenden Stimme: „Verstehen Sie, bitte, meinen aktuellen Zustand. Ich bin ein Naturwissenschaftler, der ursprünglich an keine märchenhaften Versprechungen glauben sollte. Plötzlich taucht vor meinen Augen ein Zauberer, der mir etwas absolut Unmögliches prophezeit. Wie sollte ich darauf reagieren, wenn ich keine Ahnung habe, wer Sie sind und wie Sie zur Absicht gekommen waren, mich zu retten? Ich bin heute wirklich niedergeschlagen, aber mein Verstand funktioniert weiter und verlangt von mir, mich wie einem ehrenhaften Menschen zu benehmen. Mit anderen Worten benötige ich eine mehr ausführliche Aufklärung der Umstände, wie ich vor dem schrecklichen Urteil gerettet werden könnte".

Der Augenausdruck des Besuchers zeigte eine ziemliche Zufriedenheit: „Es ist uns immer angenehm, mit einem großen Intellektuellen zu sprechen. Wir zweifelten uns von Anfang an nicht daran, dass Sie unsere Worte ganz angemessen kapieren sollten. Selbstverständlich gibt es gegenwärtig kein Wunder mehr. Es bedeutet, dass auch Ihr Fall mit einer besonderen Verhaltensweise Ihrerseits verknüpft werden sollte. In der Tat erwarten wir von Ihnen eine unweigerliche Bereitschaft, mit uns zu kooperieren und unsere Aufgaben zu erfüllen".

Der unschlüssige Blick des Gelehrten zeugte von der Unvollständigkeit dieser Aufklärung. Wörtlich sagte der Forscher seine Beunruhigung aus: „Leider sprechen Sie zu vage, damit ich unweigerlich alle Verpflichtungen auf mich zu übernehmen vermöge. Was muss ich konkret machen, um meine Pflicht zu erfüllen?"

„Prinzipiell werden Sie Ihre bedeutende Arbeit im Gebiet des Umwelt- und Klimaschutzes fortsetzen, allerdings mit Rücksicht auf das Interesse des Verteidigungsministeriums. Nach der Kenntnis, über die wir verfügen, wäre es Ihnen nicht überflüssig zu wissen, dass unser Land vor kurzem ein Abkommen mit Ihrem großen russischen Bekannten getroffen habe. Zu Ihrer Zeit äußerten Sie den Wunsch, mit ihm zusammenzuarbeiten. Deswegen sollte diese Verpflichtung nichts in ihren Plänen ändern. Stimmt es nicht?"

Knudsen wollte erwidern, dass es nach diesen Verhandlungen viel Zeit vergangen war. Sogar der Hauptteilnehmer dieser Begebenheit (er meinte dabei bestimmt Yam Salonga) unter unklaren Umständen gestorben war. Er hielt sich aber inne, weil solche Sache seinem „Gast" unbedingt nicht gefallen sollte. Deswegen sagte er:

„Obwohl ich keine Auswahl habe, wäre es mir wünschenswert, einige Tage für die Überlegung zu bekommen. Es tut mir leid, dass ich Sie darum bitten sollte, aber einen Entschluss zu fassen bedeutet für mich, mehrere Probleme gleichzeitig aufzulösen".

Der Besucher hatte nichts dagegen, ein paar Tage auf die Antwort zu warten. Darauf wurde der Häftling zurück nach Krankenhaus gebracht.

Am nächsten Tag flog schließlich Gina an, nachdem die höchste Anstrengung bei den Dreharbeiten vorbei war. Sie konnte sich doch nicht mehr als eine Woche leisten. Ihr Bruder begrüßte sie im Flughafen und fuhr sie nach dem Hotel. Unterwegs erzählte er ihr ausführlich allen Blickwinkeln der Lage, in die ihr Mann unglimpflich zu geraten vermochte. Für die Kino Diva war es eine tragische Offenbarung, die Vicente zuvor sicher zu verbergen suchte. Jetzt begriff sie die ganze Lebensgefahr, die ihrem Liebling drohte. In ihrem Kopf brodelten die tollkühnen Gedanken, die sie nicht fähig war, in Ordnung zu bringen. Das bunte Kaleidoskop aus den bekannten Landsleuten und Organisationen drehte sich vor ihren Augen und war nicht in Kraft innezuhalten. Es gab in der Tat eine Menge von einflussreichen Personen in ihrem Bekanntenkreis, die Mehrheit von denen dem Gebiet der Kunst und Kultur gehörte. Das heißt, sie konnten bei der Förderung im Wettbewerb oder beim Stellengesuch sehr behilflich sein. In der Situation, wo sich Mike heute befand, brauchte sie aber dringend die Mächtigsten aus der Politik oder dem Business, die ihre Autorität sogar aufs Gericht auszuüben wussten. Leider Gottes kannte die Filmberühmtheit keine davon. So vertraute sie ihre Gedanken mit ihrem Bruder an, der vielleicht momentan mehr als sie auf dem Laufenden war. Die Kenntnis, über die Vicente im Augenblick verfügte, stammte ausschließlich aus den Nachrichten von Mr. Tinio, mit dem ihr Bruder enge Kontakte aufrechterhielt. Letzte Zeit stieß aber auch Ted Tinio auf unüberwindliche Hindernisse in dessen Ermittlung des Falls Salongas gleichsam irgendwelche verborgene Instanz seiner Untersuchung oder sogar seiner Person den Garaus machen wollte. So bekam Ted regelmäßig E-Mails und SMS von Inkognito, die ihn „liebenswürdig" warnten, dass angeblich jemand ihn umzubringen beabsichtigte. Etwas Ähnliches passierte auch mit Mr. Raines aus dem Justizministerium. So teilte ihm ein namenloser Briefpartner mit, dass der Geheimdienst ihn schon längst und aufmerksam beobachtete. Der „Gönner" gab ihm auch zu verstehen, dass man ihm wie einem Verräter anerkannte, was ihm gerichtlich bis zur lebenslangen Strafe mitbringen konnte. So musste jetzt Tirso jeden Tag und jede Nacht ein verworrenes Rätsel entschlüsseln, ob die Botschaft stichhaltig oder falsch sein konnte. Im ersten Falle wäre die Lage noch komplizierter gewesen, denn er wusste nicht, welche seinen rechtswidrigen Handlungen man dabei meinte. Vor allem vermutete er aber, dass man ihn beim Treffen mit Tinio überwachte und belauschte. Allein diese Begleiterscheinung wäre ausreichend, um ihn hinter Schloss und Riegel zu setzen. Die Dauer der Haft spielte dabei keine Rolle.

„Weißt du, Schwesterchen", setzte Vicente seine Erwägungen fort, „ich vermute eine Einmischung der überirdischen Umstände, die die Ermittlung der Ermordung Yams zu verhindern suchten. Du sollst diese Sache viel besser als mich kapieren. Ja, doch, du besaß seit deiner Kindheit den Spürsinn, diese verborgenen Erscheinungen zu empfinden. Ich wollte dich auf keinen Fall bezichtigen. Gleichzeitig scheint es mir nicht richtig zu sein, den ganzen „Tumult" mit der Untersuchung des Dramas Yams anzufangen. Die Sache ist unheilbar verhext geworden".

Merkwürdigerweise nahm Gina die letzte Schlussfolgerung ihres Bruders wie einem voll tiefen Gedanken auf. Vicente war gar nicht zufällig ihr naher Verwandte, er war bestimmt imstande, auch unsichtbare Dingen zu erfassen. Wörtlich sagte sie nur: „Es ist nicht ausgeschlossen, dass du, mein Goldchen, Recht hast". Mehr wollte sich nichts hinzufügen. Nun träumte sie nur von einem Treffen mit ihrem Mann. Das einfachste Mittel, ihren Wunsch zu verwirklichen, war mit der Bekanntschaft mit Mig Carpio verbunden. Vicente war bereit, das Gefallen ihr zu erweisen. Dafür wählte er einfach die Nummer Mr. Carpios, und als der antwortete, teilte ihm mit, dass er den Verteidiger für ein fünfminutiges Gespräch sehen wollte. Der Anwalt habe nichts dagegen, ihn in einer halben Stunde zu begegnen. Darauf meldete sich Gina an der Hotelrezeption an, ließ ihre Reisetasche im Hotelzimmer zurück und fuhr mit ihrem Bruder nach der Anwaltskanzlei.

Nach der kurzen Vorstellung und Erfüllung eines Fragebogens für den Besucher des Gefängnisses, versprach Mr. Carpio der Frau des Gefangenen eine beschleunigte Beförderung des Antrags. Die ganzen Prozeduren betrug nicht mehr als zehn Minuten, nachdem die Geschwister die Kanzlei verließen. Mig sollte nach der Einwilligung sofort Bescheid sagen. Und der Verteidiger zeigte sich nochmal wie eine verbindliche Person, indem er schon am nächsten Nachmittag mitteilen konnte, dass den Besuch zugestimmt worden war. Diese Begebenheit brachte dem Professor viel Freude mit. Es wäre ihm unbedingt noch lieber, seine Liebste unter ganz anderen Bedingungen zu treffen, aber er war jetzt nicht imstande, etwas zu ändern. Sie saßen nach den allgemeinen Regeln auf beiden Seiten der Scheidewand neben anderen Paaren und wussten schon konkret, dass sie vollständig überwacht und zugehört werden sollten. Zugleich war es ein erstaunlich rechtzeitiges Treffen, vor allem, weil er von seiner Frau eine Empfehlung zu bekommen hoffte, wie er auf den verlockenden aber heiklen Vorschlag des Anonymen antworten sollte. Was er allerdings von seiner Liebe anhörte, war zuerst gar nicht das, was er von ihr zu hören erwartete. Darüber hinaus bat sie ihn, sie nicht zu unterbrechen und ihr bis zu Ende zuzuhören. Dann sagte sie das Folgende:

„Mein Lieber, ich dachte lange darüber nach, was Yam für dich und mich bedeuten sollte. Besonders verständlich wurde mir seine Gestalt durch das Schreiben der Skizze des Drehbuches geworden. Er war eine geistreiche und ungewöhnliche Persönlichkeit, die, glaube ich, unser künftiges Leben prägen sollte. Gleichzeitig musste ich eingestehen, dass der irdische Abschnitt

Yams auf keinen Fall einwandfrei sein sollte. Diese wichtige Tatsache half mir, übrigens, der Drehbuchautor Frank Cotler erfassen. Darauf wurde mir klargeworden, dass unser Verwandter auch in gewisse Betrügereien verwickelt werden konnte, wo ganz andere Gesetze herrschen sollten. Aufgrund meiner Grübelei zog ich endgültig die Schlussfolgerung, dass der neue Film über sein Leben das beste Denkmal seiner Person werden sollte. Anders ausgedrückt brauchen wir die geplante Ermittlung, die mit großen Schwierigkeiten und Risiken verbunden könnte, nicht mehr. Deswegen lassen wir uns auf dieser Stelle mit der entsetzten Sache Schluss machen. Jetzt, nachdem meine prinzipielle Position dir bekannt wurde, kann ich mich an deine bedeutendste Frage wenden, die für mich noch komplizierter ist, als das, was ich gerade zu schinden versuchte. Ich begreife wohl, mein Schatz, dass der zweifelhafte Vorschlag für dich wie eine Lebensuntergang aussehen konnte. Du bist ein allgemein anerkannter Forscher und Entdecker. Für dich sind die unwiderlegbaren Gesetze des Gewissens und der Unbeflecktheit unbestritten. Leider erteilt uns das Schicksal manchmal einen Verweis, der unsere Lebensumstände unter anderem Gesichtswinkel anzublicken zwingt. Nicht selten gibt es eine Unvermeidbarkeit, einen Entschluss zu fassen, der anscheinend die Grundlagen unseres Lebens zu zerreißen droht. Doch uns wurde es nicht gegeben zu wissen, was uns der Himmel mit dieser scheinbaren Botschaft mitteilen wollte. Ich meine damit, dass du unter den zusammengesetzten schrecklichen Umständen unbedingt den Vorschlag verwerfen sollte. Auch mein Vorgefühl sagt mir, dass du künftig in der Lage sein könntest, weiter nach dem Kodex Burmeister zu leben und handeln. Es ist sicher nicht der richtige Zeitpunkt, um dein Leben zu opfern".

Knudsen hörte jedes Wort seiner Liebe aufmerksam zu, gleichsam er etwas Sakrales zufällig loszulassen vermochte. Er ertappte sich aber beim Gedanke, dass er seit der Verhaftung niemals die Hilfe seines tiefen geistigen Vermögens in Anspruch nahm. In der Tat waren alle seinen kummervollen Selbstgesprächen mit der Frage verbunden, wie lange er noch die „Freude" des Verbleibs im Krankenhaus zu genießen werden konnte. Es bedeutete, dass er wie ein schutzloser Sklave alle seinen Qualitäten des Forschers und Intellektuellen verloren habe. Das Erscheinen Ginas sowie ihre wertvollen Überlegungen brachten ihn gleich in seinen vorläufigen Zustand (vor der Inhaftierung) zurück, wo er sich ganz normal empfand. Alles, was sie gerade äußerte, schien ihm nun wie einem Wort Gottes zu sein. Er war natürlich noch nicht sicher, dass er den fragwürdigen Vorschlag annehmen sollte. Allerdings förderten ihre gut argumentierte Darlegung den neuen Vorgang in seinem Gehirn, der hoffentlich fähig wird, die benötigten für den gesunden Menschenverstand Kanäle zu reinigen. Der Zuruf des Wachmanns unterbrach scharf seinen Gedankengang. Der Bedienstete teilte ihm mit, dass die Treffens Zeit beendet worden war. So verabschiedete er sich beeilend von seiner Liebe. Nun erwartete ihn eine schwierige Sache, die richtige Antwort auf den genannten Vorschlag zu geben.

286

Nachdem der Gelehrte aus dem Besuchsraum zurück ins Krankenhaus abgeliefert worden war, dachte er beharrlich darüber nach, was ihm seine Frau gesagt habe. Die wichtigsten für sie beiden sittliche und moralische Angelegenheiten verlangten von ihm, alle Aspekte seiner Verhaltensweise in Betracht zu ziehen. Der vollkommene Verzicht auf die Fortsetzung der Untersuchung der Todesursache Salongas sollte eine schmerzende Wunde in seiner Seele hinterlassen. Einigermaßen ähnelte es daran als ob er einen verletzten Freund ohne Hilfe verlassen sollte. Andererseits wäre es eine ungenaue Analogie, weil Yam schon Monate zuvor tot sein sollte. Die nächste wesentliche Begleiterscheinung wurde mit der Frage verknüpft, welche Rolle bei seiner Ermordung Salongas Knudsen potenzielle künftigen Partner spielen konnten. Aus dem geistigen Gesichtspunkt war der Naturforscher bereit, die Erwägung Ginas recht zu fertigen: Eine Verewigung des Andenkens an Yam Salonga durch einen Hollywoodfilm konnte man jedem Weltbewohner wünschen. Dass dieses Kulturereignis eine angemessene Vergütung für dessen Ermordung sein könnte, zweifelte der Professor weiter daran. Die einzige Sache, die ihn momentan ein Bisschen beruhigen ließ, war, dass er bis zum nächsten Besuch des Inkognitos noch etwas Zeit hatte.

Ungeachtet dessen, dass Gina schon vor Jahren aus ihrem Heimatland fort war, hielt sie weiter gute Kontakte mit einigen Personen des Establishments aufrecht. Sie gehörten eher den Kultur- oder Kunstkreisen, waren aber gut über solchen Sachen erkundigt, die für die Mehrheit der Bevölkerung völlig unbekannt werden sollten. Nach dem Treffen mit ihrem Mann fand sie es von großer Bedeutung, einige von ihnen zu besuchen. Wahrscheinlich könnten sie ihr etwas Besonderes über die Lage im Verteidigungsministerium erläutern. Aber zuerst unterhielt sie sich im Hotelzimmer mit ihrem Bruder. Vor ihr lag dabei eine Personenliste, wohin sie ein Dutzend von Bekannten eingetragen habe, jedem von denen sie nun eine treffende Schilderung zu geben versuchte.
„Weißt du, Vicente", sagte sie ihm nachdrücklich, „alle aus dieser Liste sind sehr beschäftigte Leute, um ihnen viel Zeit zu rauben. Deswegen müssen wir höchstens drei von ihnen auswählen, die uns vermutlich meist behilflich sein sollten. du findest dich in heutigen Manila viel besser als ich zurecht, um die richtigen für uns herauszusuchen". Es stellte sich aber fest, dass Vicente einige davon persönlich kannte. So wurde die anscheinende „Qual der Wahl" zu einer kurzen Prozedur geworden.
„Zu meinen guten Bekannten", fügte er hinzu, „kann ich dich sogar begleiten". Die telefonische Vereinbarung der Termine betrug nicht mehr als eine Viertelstunde. Der erste Besuch gelang ihnen gleich an diesem Nachmittag, die anderen zwei – am nächsten Morgen. Die guten Verhältnisse Vicente mit diesen Menschen sorgten auch dafür, dass er ihnen aufrichtig die ganze Geschichte über die merkwürdige Verhaftung des Professors sowie über den Fall Salongas vertrauen durfte. Die alle drei waren nicht nur sehr vernünftige Individuen, sondern sie waren in mehreren gefragten Sachen auf dem Lauf-

enden. Auf diesen Grund gelang es den Besuchern auch das unbegründete Gerede zu vermeiden. Erstaunlicherweise stimmten die zukunftsorientierten Interessen der höchsten Beamten der Militärbehörde mit den „Napoleonischen" Plänen der russischen Seite überein, die die Rüstens Kräfte des Insellandes zu den größten in der Region zu machen versprachen. Die folgende Ausführlichkeit konnte den Gebrüdern auch erklären, wozu die genannte Behörde dringend Professor Knudsen brauchte. Dessen globalanerkannte Kompetenz sollte künftig darum kümmern, die Angemessenheit der großartigen militärischen Maßnahmen den ökologischen Standarten zu begründen. Damit waren die Besucher imstande, das letzte Tüpfelchen aufs i zu setzen.

Am nächsten Morgen nach dem inhaltsreichen Gespräch mit seiner Frau setzte der Gelehrte seine Grübelei bezüglich der Antwort auf den Vorschlag des Inkognitos fort. Nun wurde ihm das ganze Konzept seiner künftigen Tätigkeit bei dem Anbieter klargemacht worden. Seinerseits musste er alles Mögliches unternehmen, um das Wohl der Natur nach den jüngsten Errungenschaften der Wissenschaft zu bewahren. Darin konnte er die Pflicht seines Berufs erfüllen und den Kodex Burmeister (über den ihm gestern Gina bemerkte) nicht verletzen. Es gab bestimmt eine Menge Risikos in solcher Verhaltensweise, doch ein Mensch, der das Todesurteil zu entgehen vermochte, musste (nach seiner festen Überzeugung) zweifellos ständig riskieren.

Das nächste Auftauchen der Person, deren Name der Forscher noch nicht kannte, fand am nächsten Vormittag statt. Den Mann belästigte nur eine Frage, mit der er schon zweites Mal das Gefängnis besuchen sollte, und sie hieß, ob der renommierte Wissenschaftler seine Offerte unweigerlich aufzunehmen vermochte. Diesmal bekam er in der Tat die erwünschte Zustimmung, die seine Obrigkeit von ihm hart forderte. Der Besucher zeigte mit keinem Wink, dass dieser Entschluss des Forschers eine riesige Erleichterung für ihn bedeuten sollte. Umgekehrt äußerte er einen banal klingenden Satz: „Dann mache ich für Sie meine Beste, um Sie daraus hinaus zu schleppen". Es war das Letzte, was er Mr. Knudsen mitzuteilen wusste. Noch in einer Woche war der Professor auf freien Fuß gesetzt.

Ehrlich gesagt nahm Knudsen seine Befreiung wie die Verwirklichung eines unglaubwürdigen Traums auf, die nach seiner Auffassung nur für das Märchen taugte. Andererseits ähnelte sein ganzes Leben an etwas absolut Fabelhaftes, was irdisch ganz schwer vorstellbar war.